U0450732

外国名作家文集·威尔基·柯林斯卷

白衣女人

THE WOMAN IN WHITE

[英] 威尔基·柯林斯 ／著

潘华凌 ／译

William Wilkie Collins

漓江出版社

图书在版编目(CIP)数据

白衣女人 /〔英〕威尔基·柯林斯著；潘华凌译.
—桂林：漓江出版社，2019.6
〔外国名作家文集·威尔基·柯林斯卷〕
ISBN 978-7-5407-8443-0

Ⅰ.①白… Ⅱ.①威…②潘… Ⅲ.①长篇小说-英国-现代 Ⅳ.①I561.44

中国版本图书馆CIP数据核字（2018）第087971号

BAI YI NÜREN

白衣女人

〔英〕威尔基·柯林斯 著
潘华凌 译

出版人：刘迪才
出品人：张谦
责任编辑：谢青芸
书籍设计：石绍康
责任印制：张璐

漓江出版社有限公司出版发行
广西桂林市南环路22号　邮编：541002
发行电话：010-85893190　0773-2583322
传真：010-85890870-814　0773-2582200
邮购热线：0773-2583322
电子信箱：ljcbs@163.com
网址：http://www.lijiangbook.com
香河县闻泰印刷包装有限公司印刷
〔河北省廊坊市香河县安平镇二街　邮政编码：065402〕
开本：880 mm×1230 mm　1/32
印张：23.5　字数：511千字
2019年6月第1版　2019年6月第1次印刷
书号：ISBN 978-7-5407-8443-0
定价：78.00元

漓江版图书：版权所有，侵权必究
漓江版图书：如有印装问题，可随时与工厂调换

译　序

中国的普通读者对英国小说家威尔基·柯林斯（William Wilkie Collins, 1824—1889）可能不很熟悉。英国传记作家凯瑟琳·彼特斯（Catherine Peters）于1991年出版了《故事大王：威尔基·柯林斯传》一书，对柯林斯的家庭背景、人生经历和文学创作进行了全面梳理和系统评介。值得注意的是，本文集收入的作品（除《夫妻关系》之外）均在这部传记中有专章篇幅加以论述。作者在传记的结尾处对传主给出了如下引人注目的评价：

> 柯林斯去世后的许多年间，人们只知道他是《月亮宝石》和《白衣女人》的作者，卓越的精彩故事情节的编造者，侦探小说之父。然而，一百年后的今天，他的作品身价百倍了。我们通过阅读他的小说，能够窥见维多利亚时代生活表层下的怪异和激情。柯林斯本人曾公开冒犯当时的伦理规范而并不感到羞耻，因此，他所揭示出的有关自己时代的阴暗面，既怪异离奇又令人着迷，这一点在当时的小说林中是无与伦比的。维多利亚时代当然诞生过更加伟大的作家，但威尔基·柯林斯却是独一无二的。①

---

① 见《故事大王：威尔基·柯林斯传》，1991年，第434页。另外，中国社会科学院朱虹教授曾发表《威尔基·柯林斯和他的〈白衣女人〉》一文，对柯林斯的文学成就和创作特点进行了详尽的分析和评论，载于《英国小说的黄金时代》，朱虹著，北京：中国社会科学出版社，1997年，第186—202页。

柯林斯是 19 世纪英国维多利亚时代最富盛名的作家之一,因其小说情节复杂曲折,令人惊悚,扣人心弦,引人入胜,赢得了无数读者,他完全可以同查尔斯·狄更斯(Charles Dickens,1812—1870)、威廉·萨克雷(William Thackeray,1811—1863)等名家齐名[①]。柯林斯生活在英国小说空前繁荣的维多利亚时代,那是一个涌现了狄更斯、萨克雷等文学巨人的时代。他是幸运的,因为他的文学才华得到了发挥,有幸成为狄更斯等人的挚友,更是如虎添翼。但他又是不幸的,当时著名作家灿若繁星,生活在大作家们耀眼的光环下,以至于他的文学成就被遮蔽掉了。

柯林斯于 1824 年 1 月 8 日出生在伦敦的马里尔波恩。父亲威廉·柯林斯(William John Thomas Collins,1788—1847)是当时杰出的风景画家和肖像画家,曾为英国皇家艺术院院士。童年时期的威尔基体弱多病,随父亲学习绘画,耳濡目染,深受影响。1835 年,开始入梅达山文法学校学习,但 1836 年始,十二岁的威尔基只得中断学校的学习,与小自己四岁的弟弟查尔斯一起随父母前往法国和意大利。两国绚丽多姿的山水风光、独具特色的风土人情、悠久厚重的文化传统给年幼的威尔基留下了深刻的印象,他后来认为,自己在欧洲的两年时间里学到了在学校里学不到的东西。柯林斯深受欧洲文化的浸染,加上父亲的影响,培养了自己对艺术的执着追求,把艺术看作是他毕生的骄傲与快乐[②]。他喜爱欧洲的绘画,如意大利文艺复兴时代著名画家拉斐尔的画作,荷兰画家伦勃朗的作品。

---

① 人们在谈及英国维多利亚时代的小说时,除了狄更斯和萨克雷外,首先想到的便是盖斯卡尔夫人(Mrs. Gaskell, 1810—1865)、安东尼·特罗洛普(Anthony Trollope, 1815—1882)、夏洛特·勃朗特(Charlotte Bronte, 1816—1855)、爱米莉·勃朗特(Emily Bronte, 1818—1848)、乔治·艾略特(George Elliot, 1819—1880)、托马斯·哈代(Thomas Hardy, 1840—1928)等。
② 参见作者在《月亮宝石》中的再版序言。

他喜爱欧洲的音乐，如意大利19世纪上半叶三大著名歌剧作曲家罗西尼、多尼采蒂和贝利尼的歌剧作品，奥地利作曲家莫扎特的音乐等。他对艺术的爱好总会不自觉地在作品中加以表现。1838年，柯林斯返回英国后，在海伯里广场三十九号的科尔寄宿学校继续学习。1841年，十七岁的柯林斯被父亲送到伦敦一家茶叶公司当学徒，但他厌倦这个行当，暗地里开始从事写作。后来则改学法律，并在伦敦林肯法学协会当过律师，其学习法律和从事律师职业的经历为他的小说创作提供了丰富的素材和广阔的空间，他充分利用自己的法律知识，揭露当时许多法律条文的不合理性，特别是那些涉及妇女、非婚生子女或弱智人权益方面的法律。同时，他也在自己的作品中塑造了多个具有鲜明性格特征的律师形象，而且大都是作者肯定的品德高尚的律师形象，如《白衣女人》中的文森特·吉尔摩律师，《月亮宝石》中的马修·布拉夫律师，《无名无姓》中的彭德利尔律师，《阿玛代尔》中的奥古斯塔斯·佩德吉夫特律师父子，《夫妻关系》中的退休律师帕特里克·伦迪爵士，《法律与夫人》中的普莱摩尔律师。1847年，父亲老柯林斯去世后，他为父亲写了一部两卷本传记《威廉·柯林斯先生生平回忆录》，作品出版后，读者和评论家反应热烈，好评如潮，这坚定了他从事文学创作的决心和信心，一个职业作家从此诞生了。1851年3月，柯林斯结识了当代文豪狄更斯，尽管他们年龄相差了十二岁，但两人因志趣相投，很快成为最亲密的朋友，几乎形影不离，两人甚至合作过一些作品[①]，他们在各自的创作中也是相互影响，相得益彰，所以有研究家指出："创造英国侦

[①] 参见安德鲁·桑德斯：《牛津简明英国文学史》，谷启楠等译，北京：人民文学出版社，2000年，第646页。另参阅William M. Clarke, *The Secret Life of Wilkie Collins* (Chicago: Ivan R. Dee, Inc., 1988), pp.65—76.

探小说并赋予它那些至今保持不变的基本特征的功劳应归于狄更斯和柯林斯①。"T.S.艾略特（T.S.Elliot，1888—1965）在谈及两个人的关系时说："如果不把狄更斯考虑进去，你就无法欣赏柯林斯；而狄更斯1850年后的作品如果没有柯林斯的影响，也不会是今天的这个样子②。"

19世纪60年代是柯林斯创作成就如日中天的十年，他的四部重要作品均在这期间问世：《白衣女人》（*The Woman in White*, 1860），《无名无姓》（*No Name*, 1862），《阿玛代尔》（*Armadale*, 1866），《月亮宝石》（*The Moonstone*, 1868）。柯林斯的作品一般都先在狄更斯主编的、当时最风行的《家常话》和《一年四季》以及萨克雷主编的《康希尔》杂志上连载（同一时期也在美国的杂志上连载，如《哈珀周刊》等），然后再出单行本。柯林斯一生创作了大量长篇小说，其他作品如《安东尼纳，或罗马的衰亡》（*Antonina: Or The Fall of Rome*, 1850），《巴兹尔：现代生活故事》（*Basil: A Story of Modern Life*, 1852），《捉迷藏》（*Hide and Seek*, 1854），《罗斯妹妹》（*Sister Rose*, 1855），《红桃皇后》（*Queen of Hearts*, 1859），《夫妻关系》（*Man and Wife*, 1870），《可怜的芬奇小姐》（*Poor Miss finch: A Novel*, 1872），《法律与夫人》（*The Law and the Lady*, 1875），《两种命运》（*The Two Destinies: A Romance*, 1876），《一个流氓无赖的一生》（*A Rogue's Life*, 1879），《落叶》（*The Fallen Leaves*, 1879），《黑袍》（*The Black Robe*, 1881），《心脏与科学》（*Heart and Science,*

---

① 莫契：《侦探小说发展史》，纽约：1958年，第9页。转引自朱虹：《市场上的作家——另一个狄更斯》，载自《英国小说的黄金时代》，北京：中国社会科学出版社，1997年，第126页。
② 托·斯·艾略特，《〈月亮宝石〉序言》，戴侃译，载《世界文学》，1981年第1期，第234—241页。

1883),《我说不行》(*I Say No*, 1884),《该隐的遗产》(*The Legacy of Cain*, 1889),《盲目爱情》(*Blind Love*, 1890),等等。但《白衣女人》和《月亮宝石》被认为是柯林斯的巅峰之作,享誉世界,现在仍被看成是侦探小说的经典。本文集包括了作者一生中最重要的几部作品。

在19世纪的英国小说家中,柯林斯算得上是位超前的人物,其个人生活充满了神秘色彩。拉斐尔前派创始人、著名画家约翰·米莱(John Everett Millais, 1829—1896)的儿子于1899年撰写的《回忆录》中第一次披露了柯林斯生活中一段很有意思的插曲:50年代的一天夜晚,柯林斯兄弟二人和米莱用过晚餐后陪同米莱步行回家。他们经过一座花园别墅的高墙时,突然听见一声尖叫,随即看见一个身穿白衣的年轻女子跑出来,停在三位男士面前,然后继续顺着大路往前跑,白衣在月光下一闪一闪。米莱大声发出了"多么美丽的女人啊"的感叹。柯林斯一边说:"我得去探个究竟!"一边追了上去,并且消失在了夜色中。根据《回忆录》和柯林斯的弟弟查尔斯的妻子——狄更斯的女儿——的记载,这位神秘的白衣女人便是卡洛琳·格雷夫斯(Caroline Graves, 1830—1895),那次充满了传奇色彩的相遇后她成了柯林斯的终身伴侣。更加不可思议的是,柯林斯与卡洛琳同居期间,另外还与玛莎·鲁德(Martha Rudd, 1845—1919)组成了一个非正式的家庭,后者为他生了三个孩子[①]。柯林斯的这种人生状态与维多利亚时代的社会语境是无法相融的。因此,一方面,他的公开身份是著名作家,与社会名流频繁交往;另

---

① William M. Clarke, *The Secret Life of Wilkie Collins* (Chicago: Ivan R. Dee, Inc., 1988), pp.89—122.

一方面,他分别与两个情妇过着秘密生活。于是,身份认同问题一直与柯林斯如影随形,同时也深刻地影响着他的创作。

《白衣女人》的问世让柯林斯跻身英国文坛并成为知名作家,同时也宣告近代"惊悚小说"的诞生①。《白衣女人》先期在查尔斯·狄更斯主编的《一年四季》上连载,受到了读者的广泛好评,柯林斯也因此"成了家喻户晓的人物"②。一时间,《白衣女人》被誉为拥有"整个英国小说文学中最别出心裁、组织最严密、最天衣无缝的布局"的小说。有关材料显示,《白衣女人》的另一个来源出自法国一桩掠夺财产公案的记载,1856年,柯林斯与狄更斯一同游览巴黎时在一个书摊上购得一本梅冉著的《著名案例纪实》,其中记载了杜欧夫人的冤案,关键地方都与"白衣女人"的故事相吻合:有人把一个身穿白衣的女人麻醉后关进了疯人院,冠上了别的名字和身份,后来宣布其死亡,旨在侵吞其财产……柯林斯自己直言不讳,说从梅冉记录的案件中得到了启发。简单说起来,《白衣女人》描述的是对劳拉·费尔利实施欺骗的故事,同时也是针对骗局展开调查的故事。青年绘画教师沃尔特·哈特莱特与利默里奇庄园的劳拉·费尔利小姐相爱,但劳拉早有婚约。迫不得已,劳燕分飞。劳拉遵从父亲的遗愿嫁给了未婚夫珀西瓦尔·格莱德爵士。但珀西瓦尔觊觎的是劳拉的巨额财产,后与福斯科伯爵密谋勾结,施用种种伎俩,加害劳拉,所幸哈特莱特挺身而出,营救了劳拉也粉碎了珀西瓦尔的

---

① 值得注意的是,1859年4月30日至11月26日,狄更斯在自己主编的《一年四季》周刊连载了他的著名小说《双城记》,而在随后的一期便开始连载《白衣女人》,并加了编者按。
② 侯维瑞,李维屏:《英国小说史》(上),南京:译林出版社,2005年版,第424页。

阴谋。有情人终成眷属。

继《白衣女人》获得了巨大成功之后，1862年12月，柯林斯四部重要小说中的第二部——《无名无姓》在伦敦出版，小说先期分别在英国的《一年四季》和美国的《哈珀周刊》上连载，并立刻被翻译成了俄文、德文、荷兰文和法文。柯林斯将这部作品题献给他的医生和老友弗朗西斯·卡尔·比尔德，以资纪念自己描述小说最后场景的那些日子。柯林斯确定这部小说的书名时颇具戏剧性，《企鹅经典丛书》英文原版提供了以下有关本书书名的背景材料：柯林斯在决定本小说的书名时颇费周折，当时手稿的扉页上仅仅标明了"威尔基·柯林斯的小说"字样，左上角有一句注释："撰写第一页内容时，书名还没有确定。"所以，事情一直拖延到了1862年3月15日——小说将要刊载的前几个星期。1月24日，狄更斯在回复书名建议的请求时，写了二十七个可供选择的建议书名，其中大多数平庸乏味得令人惊讶。2月4日，柯林斯给自己的母亲寄去了一张单子，上面罗列了八个可供选择的书名，但《无名无姓》没有出现在其中。2月的某个时间才确定这个书名，作者这才在一封信的四分之一篇幅处加入了"无名无姓"这个措辞。《无名无姓》聚焦的是非婚生子女权益问题。

1866年6月，柯林斯四部重要小说中的第三部——《阿玛代尔》在伦敦出版，小说先期分别在英国的《康希尔》杂志和美国的《哈珀周刊》上连载，随后被翻译成了德文、俄文和荷兰文在相关国家出版。《阿玛代尔》是柯林斯所有小说中篇幅最长的一部，他将其题献给约翰·福斯特（John Foster, 1812—1876），以"感谢他创作《哥尔德斯密斯传》，为文学事业做出了贡献，同时满怀深情地纪念一种友谊,因为它与本人生平中一些最幸福快乐的日子密不可分①"。《阿玛代尔》的故事涉及两个姓阿玛代尔的家庭的两代人,复杂的故事情节糅合进了柯林斯热切关注的几个主题,如宿命问题、身份问题、谋杀和侦探行为等。

1868 年,柯林斯四部重要小说中的第四部——《月亮宝石》在英国和美国出版。小说先期分别在英国的《一年四季》和美国的《哈珀周刊》上连载。作品问世后好评如潮,立刻被译成德文、俄文、意大利和法文等,并在柏林(1868)、莫斯科(1868)、米兰(1870)和巴黎(1872)相继出版。大诗人 T.S. 艾略特在为"世界经典名著"之一的 1928 年版《月亮宝石》的序言中称它是"第一部最长和最好的现代英国侦探小说②"。《月亮宝石》讲述的是一个由一颗"像鸰鸟蛋那么大的"瑰丽美妙的黄钻石引起的曲折离奇的故事。

1870 年 8 月,柯林斯另一部长篇幅的小说《夫妻关系》在美国出版。作品先前分别在英国的《卡斯尔杂志》和美国的《哈珀周刊》上连载。《夫妻关系》是一部针砭时弊的作品,聚焦婚姻法的实施和妇女地位与权益问题,呼吁立法确保已婚妇女拥有财产的权利,同时抨击了国人崇拜体力运动致使道德衰败的风尚。作者将这部作品

---

① 约翰·福斯特是英国作家、文学评论家和新闻记者。伦敦文坛的著名人物,通过与声名卓著的散文家查尔斯·兰姆(Charles Lamb, 1775—1834)和编辑利·亨特(Leigh Hunt, 1784—1859)等人的友谊,成为当时许多著名作家的顾问、代理人和校订人。他与狄更斯过从甚密,曾创作了《狄更斯传》(1872—1874),尽管书中带有某些个人偏见,偶尔出现有所隐讳不精确之处,尤其嫉妒狄更斯与柯林斯的亲密友谊,省略了他们文学创作和生活中的一些重要情节,但仍不失为一部了解狄更斯的重要传记。除了对狄更斯的研究之外,福斯特对其他作家也颇有研究,如《哥尔德斯密斯传》(1854)、《沃尔特·萨维奇·兰多尔传》(1869)和未完成的《乔纳森·斯威夫特传》(1876),这些作品至今仍然是权威性著作,并为人们广泛阅读。福斯特还是《阿玛代尔》中提到的英国精神病委员会的委员,因此,柯林斯得以详尽描述当沃德医生经营的疗养院的情况。有研究者指出,柯林斯将本书题献给福斯特,旨在向其"伸出橄榄枝",但后者心胸不够开阔,拒绝接受,从而演绎了英国维多利亚时代文坛上的又一段个人恩怨。
② 托·斯·艾略特,《〈月亮宝石〉序言》,戴侃译,载《世界文学》,1981 年第 1 期,第 234—241 页。

题献给弗里德里克·莱曼先生和夫人①。

1875年，美国哈珀出版公司出版了本文集中的最后一部小说——《法律与夫人》，作品先期在英国的《图说周刊》和美国的《哈珀周刊》连载。小说当年便被翻译成了荷兰文、德文、法文和俄文，分别在海牙、柏林、巴黎和莫斯科出版。这又是一部涉及法律和婚姻的小说，女主人公瓦莱拉出于对丈夫的挚爱，坚信丈夫是无罪的。她无法忍受苏格兰法庭"证据不足"的结论，义无反顾地要在世人面前还丈夫一个清白。于是，这样一个对法律一无所知的弱女子，向庞大的法律机器宣战了。作者将小说题献给巴黎法兰西喜剧院的雷尼耶，以表达"对这位伟大演员的仰慕之情和这位真挚朋友的深厚情谊"②。

本文集中收录的作品包括了柯林斯所有作品中的精华，是作者年富力强阶段倾心打造的，时间跨度为十五年左右，由此可以窥见作者辉煌的文学成就。柯林斯以一个现实主义作家的情怀和目光关注社会现实问题。他热切关注的法律（尤其是遗产继承法和婚姻法）、妇女的社会地位、对训练体力的热衷与保持健康理性的人格、弘扬

---

① 弗雷德里克·莱曼（Frederick Lehmann，1826—1891）是个成功的英国商人，出生于德国汉堡，于1880年以自由党成员的身份进入英国下议院。他和夫人妮娜在伯克利广场和海盖特他们的两处寓所接待为数众多的文学和艺术家朋友，其中包括乔治·艾略特、查尔斯·狄更斯、罗伯特·勃朗宁（Robert Browning，1812—1889）和弗雷德里克·莱顿爵士（Sir Frederick Leighton，1830—1896）等。本书作者威尔基·柯林斯与莱曼夫妇更是交谊深厚，这部小说的大部分篇幅是他客居在他们的"林地"寓所时创作的。那是他们坐落在海盖特南森林路的一处乡间静居处。如同他们在小说中的对应人物一样，弗雷德是议会的候选人，妮娜是卓越的钢琴家，而他们的姓氏也和德拉梅恩夫妇相似。
② 法兰西喜剧院（Theatre Francais）是法国最古老的国家剧院。1680年10月21日，奉国王路易十四之命创建，由原莫里哀演员剧团与马莱剧团、勃艮第府剧团合并而成。剧院位于巴黎黎塞留街与圣奥诺雷街拐角处。由于剧院实现了莫里哀生前的意愿，所以法兰西剧院也称莫里哀之家。雷尼耶（Francois-Joseph Regnier，1807—1885）是威尔基·柯林斯的朋友，1866—1867年，二人合作将柯林斯的另外一部著名小说《阿玛代尔》改编成戏剧搬上法国舞台。

高尚道德之间存在矛盾等社会热点问题均在这些作品中得到了生动诠释与表达。他在作品中突出了妇女的权利问题，因为根据当时的法律，妇女一旦结婚，其全部财产都将归丈夫所有，如若死亡，财产将由丈夫全部继承，除非婚约上有专门条款规定，因此，他的作品大都围绕这个问题展开，尤其是《白衣女人》。如前文所述，《夫妻关系》是一部针砭时弊的作品，作者针对英国社会上层阶级不同人群里可以很容易找到长着干净皮肤和穿着精致外套的"粗人"的现象，猛烈抨击妇女财产遭到掠夺和人身遭受到虐待（如赫斯特·德思里奇）的现象，呼吁议会立法，确保已婚妇女拥有财产的权利。作品还猛烈抨击了人们热衷于毫无节制地开展体力训练（如杰弗里·德拉梅恩，四肢发达，道德败坏）的倾向——这导致英国社会到处充斥和蔓延着野蛮粗鲁的行径。至于《月亮宝石》，作者并没有仅仅把它当成一部侦探小说来写，而是在错综复杂的故事中大胆揭露和批判了复杂的人性、虚伪的宗教、邪恶的侵略等问题。作者在作品中惩恶扬善的观念是很明确的。他践行了"弘扬真善美，鞭挞假恶丑"的理念。六部小说中的绝大多数人物都体现了作者的善恶观，唯有《无名无姓》中的玛格达伦形象引起人们的争议。作者认为，人在善与恶的对立作用下进行的挣扎构成了人生的主要内容，而《无名无姓》正是一部专门描述这种挣扎过程的小说。他在前言中说："塑造'玛格达伦'这个人物是我的目标。这个人物体现了这种挣扎，尽管她执拗任性，犯了错误，但仍不失为是一个值得同情的人物。"

柯林斯小说的另一个显著特点是将自己在现实生活中经历和熟悉的一些事情有机地嵌入到作品当中，如前所述，《白衣女人》源于作者个人的经历，其他情况不胜枚举。如作者童年时代随家人到意大利等国生活，则《夫妻关系》和《法律与夫人》中均出现了年轻姑娘被送到米兰接受歌剧训练的情节。例如，伦敦西北郊的汉普斯特德（Hampstead），柯林斯童年时曾在此生活，给他留下了深刻印象，因此，汉普斯特德成为作者多部作品的背景地，《白衣女人》中是男主人公哈特莱特的母亲的居住地；《月亮宝石》中是马修·布拉夫律师的居住地；《阿玛代尔》中是当沃德医生开办疗养院的地方；《夫妻关系》中是万博勒先生的居住地。1857年，柯林斯和挚友狄更斯曾遇到过一个长相很奇特的医生助理，当时柯林斯脚踝扭伤，狄更斯就找来了那么个人，《月亮宝石》中坎迪医生的助手埃兹拉·詹宁斯先生就是根据他塑造的。从19世纪60年代初起，柯林斯患有严重的风湿性痛风病，长期遭受困扰，后来他完全依靠服用"那种效果全能和吉星高照的药品"[①]——鸦片酊来镇痛，结果上了瘾，常常产生幻觉，这种人生的境遇通过詹宁斯这个人物在《月亮宝石》中生动地表现出来了，同时也成为破解月亮宝石谜案的关键证明。作者吸食鸦片的经历在《阿玛代尔》中得到充分的表现，并且他在该作品和《无名无姓》中两次套用柯勒律治的话"生中之死（death-in-life）"[②]。《月亮宝石》中警长卡夫的形象令人难忘。他

---

① 《月亮宝石》中的描述。
② 这个表达典出自英国浪漫主义诗人柯勒律治（Samuel Coleridge, 1772—1834）的《古舟子吟》中的"死中之生"（life-in-death）。和柯林斯一样，柯勒律治也服用鸦片酊上了瘾，这种极为可怕的梦魇形象可能是诗人在服用了鸦片酊之后的幻觉中产生的。据说，柯勒律治服用鸦片酊后产生幻觉，他声称自己未完成的诗篇——《忽必烈汗》得之于梦。他在解释该诗的起源时说，1797年夏，他在一处偏僻的农舍里休息，沉睡了三个小时。入睡之前，服用了含有鸦片的镇痛剂，而且当时正在阅读《珀切斯的游记》（*Purchas's Pilgrimage*），其中描写的内容是"忽必烈汗下令在此修筑一座官殿和一座皇家园林，方圆十英亩都用围墙圈了起来"。他沉睡中做梦吟诗，得诗两三百行，醒来时，脑际依然萦绕着那首诗的形象，于是命笔书写，想要凭记忆把诗歌追记下来，写下了五十余行后，忽然有客人求见，结果灵感中断，记忆消失。五十余行诗句便构成了现在人们所欣赏到的宝贵诗篇。

料事如神，大名鼎鼎，而这一形象并非虚构，而是有现实生活原型的，伦敦市警察局于1842年成立了侦探部，该部最初只有两名警长和六名警官。一开始时，只要付钱，私人也可以雇佣他们，故事中提到的那个时候，这支力量尚不太为公众所知，1849年，逮捕杀人犯曼宁夫妇时才引起公众注意。柯林斯以办此案的惠彻警长为原型创造了卡夫警长这一人物，作品故事中不少线索，如不见的睡衣、洗衣房的登记册、侦探怀疑受害人家的女儿等，都取材于惠彻警长办的另一例谋杀案。虽然狄更斯那本揭露英国司法界罪恶的文学名著《荒凉山庄》(*Bleak House*) 中早已出现了侦探布克特这一角色，但后世侦探小说竞相模仿，都以警长为主角还是在《月亮宝石》问世之后，可见其影响之大。作者在创作《阿玛代尔》莉迪亚·格威尔特的人生故事时糅合了当时两桩轰动一时的案件。一桩案件发生在1857年，苏格兰格拉斯哥一位建筑师的女儿玛德琳·史密斯被控用混杂有砷的热巧克力饮料毒杀自己的情人而受审。按照苏格兰"证据不足"这个法律条文（《法律与夫人》中也诠释了这个苏格兰法律条文），她逃脱了严厉的惩罚。另一桩案件发生在1858年，医生托马斯·斯梅瑟斯特被控毒杀自己的妻子而受审。医生被判有罪，但指控他的证据很不确凿，审判明显不公正，引起医学、律师职业界人士和新闻舆论一片哗然。后英国内政大臣出面干预，几经周折，医生以重婚罪受审定罪。因此，柯林斯设计了让莉迪亚被控毒杀丈夫，但得到了内政大臣的赦免，最后以更轻的盗窃罪收监定罪的情结。凡此种种，不一而足。

柯林斯的传记作者彼特斯称他是"故事大王"，除了故事本身的内容之外，作者十分谙熟读者的心理，善于运用高超的叙事技巧，如《白衣女人》和《月亮宝石》均通过作品中不同人物的第一视角来叙述故事。正如作者自己说的:"我在这部小说中做了一个实验,该实验就我所知迄今尚未有人在小说写作中尝试过。本书的故事通篇由其中的人物来叙述。在由事件构成的这条链中,他们处在不同的位置,轮番亮相,直至故事结尾。"这样做"如同法庭上由多个证人陈述犯罪案件一样——两种情形,目的相同,都是通过让那些在事件前后相连的每个阶段与其有密切关系的人,原原本本地叙述自己的经历,毫无例外地以最直截了当和最明白易懂的形式展示事实真相,从而廓清一个完整的系列事件的始末。"①这样做既展示了故事进展状况,又刻画了叙述者本人的性格特征和其中涉及的人物的性格特征。如最为作者本人和广大读者称道的是《月亮宝石》中由克拉克小姐叙述的那一部分,惟妙惟肖,精彩绝伦。此外,作者还在作品中大量使用契合人物地位和性格的书信、日记,最为突出的如《无名无姓》《阿玛代尔》《白衣女人》。各类人物的书信、日记占据其所在作品的巨大篇幅。这样运用不同体裁叙述神秘莫测、离奇曲折的故事的做法让读者犹如行走在一个迷宫之中,每次都好像找到了出口,但是很多时候都发现那只是一个又一个的诱饵,事情的真相远非如此。尽管他的作品包含了大量书信和日记,但是并不显得杂乱无章,而是层次分明地将疑惑——剖解,拨开疑云,犹如抽丝剥茧,丝丝入扣,让读者最后恍然大悟。读者不至于像阅读一般小

---

① 见作者为《白衣女人》出版撰写的序言和正文的开场白部分。这种叙述方式与英国维多利亚时代杰出的诗人罗伯特·勃朗宁(Robert Browning, 1812—1889)的《指环与书》中叙述方式有惊人的相似之处。勃朗宁晚年的代表作是长篇叙事诗《指环与书》(The Ring and the Book, 1868—1869),该诗叙述一个老夫杀死少妻的故事。全诗由十二组戏剧独白组成,每一独白都由主要人物叙述案情,各人的叙述相互矛盾,但最后还是从错综复杂的乱麻中理出了头绪,揭示了这起谋杀案的真相。不过,从作品出版时间上来判断,柯林斯所言属实。

说那样枯燥地长驱直入，不至于像某些小说那样让人如陷泥淖，晕头转向，感觉不知所云。相反，柯林斯在布篇谋局时，能够全方位地叙述故事，不存一丝纰漏，让故事越发显得真实、生动，让读者产生一种整个故事并非虚构而完全是真实发生过的错觉。

柯林斯的作品不仅故事生动奇特，情节跌宕起伏，而且人物的刻画也极为鲜明，各个都写得栩栩如生，呼之欲出，各具特色，仅仅考察一番《白衣女人》和《月亮宝石》中的各类人物便可见一斑。《白衣女人》中的沃尔特·哈特莱特风度翩翩，感情炽热，为洗刷心上人劳拉的冤屈，披肝沥胆，历尽艰辛，与敌人斗智斗勇，终于使坏人恶有恶报。劳拉·费尔利容貌美丽，性格温柔，心地善良，感情诚挚，虽蒙冤受屈，但终得好报。玛丽安·哈尔寇姆小姐虽相貌平平，但善良仁慈，聪明睿智，既有女性的温柔娴淑，又有男性的坚毅果敢，顾念家人，无私奉献，不愧为"善良的天使"。"白衣女人"安妮·卡瑟里克如梦如幻，嫉恶如仇，知恩图报，却成为恶人行骗的工具。文森特·吉尔摩律师忠于职守，情谊深厚，但面对邪恶亦束手无策。弗里德雷克·费尔利先生性格乖僻，自私自利，冷漠无情，六亲不认。珀西瓦尔·格莱德爵士虽有绅士风度，实则徒有其表，在娶了劳拉之后，便原形毕露，残忍粗暴，刚愎自用，终自取灭亡。福斯科伯爵虽才智超群，多情善感，却心术不正，诡秘莫测，在阴谋骗局中运筹帷幄，步步得逞，但终机关算尽，客死他乡……《月亮宝石》中的卡夫警长思维敏捷，料事如神。茱莉娅·韦林德夫人坚定果断，贵妇派头。蕾切尔·韦林德小姐情真意切，执拗任性。富兰克林·布莱克少爷见多识广，敢于担当。戈弗雷·埃布尔怀特少爷虚情假意，灵魂肮脏。加布里埃尔·贝特里奇管家固执迂腐,真心护主。女仆罗莎娜·斯皮尔曼其貌不扬,痴迷盲目。女仆佩内洛普·贝特里奇心地善良,爱憎分明。德鲁茜拉·克莱克小姐伪善矫情,性格怪异。马修·布拉夫律师德高望重,忠于职守。托马斯·坎迪医生性格外向,口无遮掩。坎迪医生的助手埃兹拉·詹宁斯先生悲天悯人,命运多舛。大旅行家默士韦特先生浪迹天涯,闻名遐迩。西格雷夫警官愚昧昏庸,一事无成。布拉夫律师的跟班小机灵"醋栗"聪明伶俐,胆大心细,等等。这些全都充分显示了作者刻画人物形象的功力。

  柯林斯不仅是编造和叙述故事的大师,也是语言大师,用词精当,极富表现力,反映了他深厚的艺术造诣。他在描写人物肖像时,运用了绘画中素描技巧,把人物描绘得栩栩如生,惟妙惟肖,幽默诙谐,如《无名无姓》中对玛格达伦外貌的描述极富代表性:

  造物主变幻莫测,不可思议,其中有一点在科学上还无法解释。从外貌上看来,万斯通先生的小女儿完全不像父亲或母亲。她的头发怎么回事?眼睛怎么回事?随着她渐渐长成大姑娘,连她的父母都反问自己这些问题,但他们困惑茫然,给不出答案。她的头发属于纯淡棕色调的那种,没混杂进亚麻色,或黄色,或红色——这种色泽更容易从鸟的羽毛上看到,而不是从人的头上。头发柔软而浓密,有规律的褶皱从她的额前低处呈波浪状向下——但是,审美观各有不同,有些人觉得,这种头发由于完全缺少光泽,清一色的纯淡颜色,显而易见,因此看上去显得单调而又缺乏生气。眉毛和睫毛的颜色稍稍比头发的要深一点,好像是专为那些紫蓝色的眼睛制作的,浑然天成，如若配上白皙的肤色，那可就魅力无限了。但是，这儿的实际情况是，脸部令人惊诧地不予合作，希望落空了。眼睛本应该是深色的，但却偏偏是淡淡的颜色，稀奇古怪，极不协调。眼睛接近暗淡的灰色，虽然本身无迷人之处可言，但是，要表露思维最细微的差异，情感最轻微的变化，激情最深切的困扰，这种眼睛却有罕见的补偿优势，细致而又清晰的表露，任何深色眼睛都是无法比拟的。她脸部的上半部分如此古怪离奇地自相抵触，而下半部分拿人们公认的和谐协调的标准来衡量，也不见得不是南辕北辙。她的嘴唇真正具有女性娇美的形状，脸颊圆润光滑，透着青春的妩媚——但对于一个她这个年龄的姑娘而言，嘴巴过于宽大结实，腮帮子过于方正厚重。她的肤色具有她的头发所具有的单一色调的特点——整个都像奶油般呈柔和光滑的暖色调，除了偶尔身体上的特别用劲，或者突然情绪上的焦虑不安，脸颊上不改变半点颜色。整个五官相貌——特征上形成了强烈的反差，很不可思议——因其不同寻常的多变性，显得格外引人注目。那双大大的、令人震惊的淡灰色眼睛几乎就不曾有过消停的时候，瞬息万变的脸上，不同的表情一个连着一个，变化的速度之快，令人头晕目眩，所以，在这场竞赛当中，假如有人要对其做一番从容不迫的分析，那是会被远远抛到后面的。姑娘从头至脚浑身都洋溢着青春的活力。她的身材——比姐姐的要更高，比一般女性也要更高，充满了性感、蛇形般柔美的曲线，轻盈敏捷，嬉戏顽皮，优美动人，其举手投足都表现出一只小猫咪的动作，当然并不显得不自然——她的身材已经发育成熟了，任何人看了都不可能会认为她只有十八岁。她像一个二十岁或更大年龄的姑娘那样身体发育成熟了——而且凭借她无以伦比的健康体魄,那是自然而然、不可阻挡地发育成熟的。

作者对人物心理活动的描写也是入木三分,如《月亮宝石》中描写克拉克小姐接受了富兰克林的要求,叙述其所见所闻的一段:

在这样一个隐居处——一个被罗马天主教汹涌澎湃的汪洋大海包围下的帕特莫斯孤岛——我终于收到了一封寄自英国的书信。我发现自己这个微不足道的人突然被富兰克林·布莱克先生记起来了。我的这位富有的亲戚——但愿我还可以说也是精神上富有的亲戚!——写信来,甚至毫不掩饰,说有事求我。他一时心血来潮,又扯起了月亮宝石那桩肮脏可悲的丑事。要我帮助他,把我客居在伦敦我韦林德表姨府上时亲眼所见的情况叙述出来。提出要给我报酬——一副有钱人特有的薄情寡义的嘴脸。我又要揭开时间刚刚使之愈合的伤口,又要找回极度痛苦的回忆——这样做了过后,我得接受布莱克先生的一纸支票,这个报酬无异于在我身上划的一道新伤口。我天生意志薄弱。经历了一番剧烈的斗争之后,基督徒的谦卑战胜了可耻的傲慢,克己忘我的精神令我接受下了那张支票……本叙述中的某些内容可能对主要涉及其中的人物不够奉承,布莱克先生很容易将其压下不公之于众。他出钱买了我时间,但他即便用他的全部财富也买不去我的良知。

尽管如此，长期以来，人们对于柯林斯这样一位维多利亚时代的重要作家并没有给予应有的实事求是的评价，没有像对待查尔斯·狄更斯、安东尼·特罗洛普、乔治·艾略特、威廉·萨克雷、勃朗特姐妹、托马斯·哈代等那样，把他当严肃小说家看待，尽管他是狄更斯的挚友和合作者，但他只享受到了"通俗小说家"或"侦探小说家"的称号，其作品也被列入"消遣作品"之列，不能登大雅之堂。柯林斯在中国的境遇也同样如此，最明显的例证就是，各种英国文学史书大都对他或一字不提，或只是一笔带过[①]，对其作品的译介也数量极少，在读者的心目中，他连二流作家都算不上。这不能不说是令人遗憾的事。

最后，我有必要简要介绍一下这套文集的翻译情况。假如从我1998年动笔翻译《白衣女人》的时间算起，时间跨度已达二十年了。2003年，译稿完成后，我联系上了当时在漓江出版社任责任编辑的沈东子先生，翻译过爱米莉·勃朗特的《呼啸山庄》等作品的东子先生听了我的介绍后表示愿意出版译稿，书稿的清样都出来了，但后因其他原因未能如愿。于是，书稿束之高阁了几年。时至2008年秋天，我并没有因为《白衣女人》的出版受阻而灰心丧气，而是对柯林斯越发"牵肠挂肚"，"痴心不改"地想要翻译他更多作品，于是选中了本文集中的其他五部（当时，除了《白衣女人》和《月亮宝石》之外，其他作品国内均无译本。期间，某家出版社出版了《法

[①] 只有少数叙述英国文学通史或小说史的著作用很短的篇幅讨论柯林斯的生平和作品，如侯维瑞、李维屏著《英国小说史》（二卷本，译林出版社，2005），刘文荣著《19世纪英国小说史》（中国社会科学出版社，2002），蒋承勇等著《英国小说发展史》（浙江大学出版社，2006），梁实秋著《英国文学史》（三卷本，新星出版社，2011），常耀信主编《英国文学通史》（三卷本，南开大学出版社，2011）等。

律与夫人》,但不是这个书名),准备"孤注一掷"(如若译稿无缘出版,权当做翻译练习好啦,聊以自慰),于是从翻译《月亮宝石》开始,翻译工作次第展开,而且比先前投入的时间更多。世界上的事情讲究机缘,文学翻译作品的出版也如此。2015年的一天,沈东子先生突然发来短信,问我手上有些什么译稿,因为之前我已经出版了包括《白衣女人》和《月亮宝石》在内的其他几百万字翻译书稿,我便告诉他关于翻译柯林斯文集的情况。他当即表示要推出,并且很快便签订了出版协议。

翻译一套几百万字的作品,译者首先面临的是作品中涉及的人名、地名和历史事件名等专用名词的翻译,要力求做到标准、规范,前后统一,体现权威性。我在翻译中的主要策略有:一是约定俗成,沿袭已经固定了的译法,如 Halcombe——哈尔寇姆,Norfolk——诺福克郡,Charing Cross——查令十字,等等。二是使用权威工具书,主要包括陆谷孙先生主编的《英汉大词典》,新华通讯社译名室主编的《世界人名翻译大辞典》,周定国主编的《世界地名翻译大辞典》,《简明不列颠百科全书》,等等。三是对于不包括在前面两类范围之内的专用名词,则通过网络检索工具进行处理。柯林斯的作品问世已经接近或超过一百五十年了,作者本人家学渊源,文学艺术造诣深厚,体现在作品中的历史文化知识丰富多彩,为了准确全面将这些英国维多利亚时代的小说介绍给当今的中国读者,译者决定采用"深度翻译"(Thick Translation)策略,对其中多方面的内容给予较为详细的注释,以便拓展和延伸文本的空间。文集注释的文字超过十万字。

柯林斯的文集能够与读者见面,需要感谢很多人。我要感谢对我始终不弃的沈东子先生,虽未曾谋面,但身为出版家、作家和翻译家的他给予了我无私的支持和厚爱。感谢为本文集出版付出了艰辛劳动的谢青芸编辑和其他编辑。感谢中国社会科学院外国文学研究所的朱虹先生,先生曾慷慨大度,允许我用她《威尔基·柯林斯和他的〈白衣女人〉》(我翻译《白衣女人》的动因源自阅读了朱先生的文章)一文作为《白衣女人》湖南人民出版社 2010 年版(蒙钟伦荣先生鼎力相助)的"代译序"。感谢旅居英国的易运香女士,她曾多次购买柯林斯的传记和研究图书赠送给我。感谢李昆和 Alex 夫妇,他们热忱友好,无论置身何地,都会耐心细致地帮助我解决诸多翻译中的疑难。我曾把作品中的一些内容作为教材用于我所在的宜春学院外国语学院的青年教师、多届翻译本科专业学生以及我兼职的南昌大学翻译专业硕士研究生的课堂,感谢他们讨论中向我提出了富有见地的建议,让我有机会改进了一些译文,纠正了一些错误。感谢我所在学校的历届领导和广大同事,他们对我的肯定、鼓励和包容是我前进的动力。感谢几十年来在我翻译道路上给予过我帮助的许许多多朋友(恕不一一点名)。还要感谢我的家人,是他们的理解和支持,承担起了全部家务,让我能够心无旁骛,专事翻译。尽管如此,译本中不妥甚至谬误之处在所难免,敬祈广大读者批评指正。

潘华凌

2018 年仲春

于宜春丽景山庄听松斋

1860年初版序言

我在这部小说中做了一个实验,该实验(就我所知)迄今尚未有人在小说写作中尝试过。本书的故事通篇由其中的人物来叙述。在由事件构成的这链条中,他们处在不同的位置,轮番亮相,直至故事结尾。

假如这种写法只是达到了形式新颖的目的,我也不至于在此提请大家注意了。然而,采用这种方法,形式和内容都相得益彰。我必须让故事不停地向前推进。为了使叙述不断发展,我笔下的人物必须奉献文稿,他们通过文稿得到表达自己意见的机会。

我的故事在周刊上连载之后,受到英美读者的热忱欢迎,对此,我在写本篇序言时,不能漠然置之,缄口不言。首先,查尔斯·狄更斯先生在其主编的《一年四季》周刊上推出了其结构完美、炉火纯青的艺术杰作之后,拙作也见诸该刊。我希望读者的欢迎证明笔者已承担了严肃的文学创作之职责①。其次,本人对已获得的厚爱,表示诚挚的谢意。同时,要借此机会感谢众多来信的读者(我不认识他们),感谢他们在我的小说连载时所给予的热情洋溢的鼓励。我在那些虚构的男男女女中间生活了很长时间,现在他们要离开我了。此时此刻,我深感欣慰,回想起了很多事:"玛丽安"和"劳拉"在四面

---

① 英国作家查尔斯·狄更斯的《双城记》于1859年4月30日至11月26日在其主编的《一年四季》周刊上连载,该刊接下来的一期便开始连载《白衣女人》,并加了编者按。本书的注释除特别注明者之外均由译者提供,其中个别条目参考了本书原版末尾处提供的部分内容,特此致谢。

八方结交了诚挚友好的朋友，所以，每当故事到了一个危急关头，他们都会火急火燎地告诫我，对她们的处理要谨慎从事——费尔利先生不乏同病相怜的知音，他们对我横加指责，说我没有本着基督精神顾念其神经脆弱的身体——珀西瓦尔爵士的"秘密"惹得人们群情激愤，最后成了人们打赌的对象（我特此申明，要他们"取消"打赌）——福斯科伯爵这个人物引起人们纷纷探询，想知道其生活原型。除此之外，还在这样那样的事情上令饱学之士产生玄而又玄的想法（而我对此至今还不是很理解）。关于其生活原型的问题，我只能承认，原型有许多个，有些人还健在，有些人已去世。同时只能提示，塑造他这个人物跟其他人物一样，如果我选取素材不能超出一个人狭隘的活动范围，伯爵也就不可能像我设法塑造的那样惟妙惟肖，浑然天成。

  故事在以一本完整的书的形式奉献给另一类读者时，我必须说明，作品已经经过了仔细认真的修改，章节的划分以及其他诸如此类的次要情况均有所更改，旨在使故事整体舒展流畅，前后浑然一体。如若成书后的读者亦像故事在周刊上连载时的读者一样给予厚爱，那"白衣女人"将会成为本人塑造的一系列人物中最受人喜爱的女性形象。

  结束本序言之前，我想本着与人为善、坦率真诚的态度向批评家提一两个问题。

  如若有人要对本书进行评论，我要斗胆问一声，如不间接地复述故事，对作者是褒是贬，他做得到吗？我写这个故事时——但在期刊上连载发表，作者必须按规范进行压缩——其篇幅密密麻麻占了一千多页。本篇幅中不小的一部分被几百处"接头"占了，虽其本身价值甚微，但它们对于保持通篇叙述舒展流畅、真实可信，却是至关重要的。如果批评家复述故事时，用上这些东西，他能在特定的篇幅或专栏中完成使命吗？作家同行之间本应互相尊重，如果他将这些东西略而不用，那他对得起与其不同行当的作家吗？最后，无论他以何种方式复述故事，如果他预先就使一切故事引人入胜的两个主要因素——妙趣奇特和刺激突然——消失殆尽，那他是在为读者服务吗？

威尔基·柯林斯

1860 年 8 月 3 日于伦敦哈利街

1861年再版序言

《白衣女人》出版后已蒙众多读者厚爱,所以本书再无须我做什么交代了。本次付梓之际——首次以普及型的版式印行——我有必要说的,可以用几句话来概括。

我仔细认真地进行了订正和修改,以力求使作品得到公众经久不衰的认可。我在写作时,一些技术上的谬误未能发现,此次都予以纠正了。虽然那些瑕疵丝毫不影响故事的趣味性——但本着对读者的尊重,一经发现就应删除,因此,本版不再存在上述情况。

关于本故事中免不了要涉及的"法律条文"的表述是否准确到位的问题,某些吹毛求疵的人士已对此提出了质疑,请允许我声明,我不遗余力——在这方面如同在其他方面一样——努力保持清醒头脑,避免无意之中误导读者。有位资深律师,每当我叙述中陷入法律迷宫时,他都会热情友好、耐心细致给我领路。只要有疑问,我都会去请教那位先生,然后才敢落笔。作品出版之前,所有涉及法律问题的校样都要经他亲手校阅。我可以凭完全站得住脚的理由补充一声,采取这些预防措施并未白费了功夫。本书出版后,其中涉及的"法律"已由不止一个有法定资格的审理委员会讨论审理过,并且认定无懈可击。

结束本序言前,我要再一次对广大读者致以深深的谢意。

我毫无炫耀之意地说,本书的成功让我心情特别舒畅,因为这意味着,自从我以小说家的身份向读者奉献作品以来,指引我写作的一条文学原则获得了认可。

我一贯抱有旧的观点，那就是小说的首要目的应该是讲故事。我从不认为，小说家若是恰如其分地满足了这个首要条件，就会因此忽视对人物的刻画——因为这个显而易见的理由，叙述故事的效果就基本上不有赖于故事本身，而是有赖于与故事有直接关系的人的情调兴致。写小说时，可能有成功地刻画了人物而未讲好故事的，但不大可能有讲好了故事而未刻画好人物的，因为读者认可的生动逼真的人物形象是把故事讲得有声有色的唯一条件。一个故事要想写得强烈吸引读者，那该故事就要描写他们感兴趣的男男女女——理由再明显不过了，他们自己就是些男男女女。

《白衣女人》获得的认可实际上已说明了上述观点是正确的，而且使我确认，今后我还可以坚信这些观点。这部小说受到了热忱友好的欢迎，因为它是一部故事。人们对这部故事的兴趣——我从读者主动给我的来信中可以知道——与对人物的兴趣密不可分。劳拉、哈尔寇姆小姐、安妮·卡瑟里克、福斯科伯爵、费尔利先生和沃尔特·哈特莱特，他们无论在哪儿亮相，都会为我结交来朋友。我希望，不久以后，我可以再见到那些朋友，同时，我可以在另一部故事中通过新的人物来激发他们的兴趣。

威尔基·柯林斯
1861年8月于伦敦哈利街

目 录

译 序
001 / 潘华凌

001 / 1860 年初版序言
004 / 1861 年再版序言

001 / 第一部
471 / 第二部
639 / 第三部

第一部

开场白

　　本故事讲述的是：女人的忍耐性有多大，男人的意志力有多强。

　　假如我们可以依靠法律机器来侦破每一桩犯罪疑案，完成每一道审讯程序，而只需注入些许金钱油起到适当的润滑作用，那么，本书要叙述的故事或许已经公布在法庭之上，备受公众的关注了。

　　但是，面对某些无法避免的犯罪案件时，法律仍然是用来敛财的奴仆。因此，故事只好首次在此讲述了。如同法官当初可能要听到的一样，读者现在要在此把故事听一遍。叙述过程中，从故事开始到最后真相大白，其重要情节没有一处是道听途说的。本开场白的作者（名叫沃尔特·哈特莱特）与要叙述的情节比其他人有更加密切的关系时，他就亲自叙述。若是遇到他没有经历过的事，他便退出叙述者的位置，由别的知情人来继续他的工作。从他中止的地方开始，完全像他讲述的那样，线索清晰，而且有根有据。

　　因此，本书的故事就由不止一个人来叙述了。如同法庭上由多个证人陈述犯罪案件一样——两种情形，目的相同，都是通过让那些在事件前后相连的每个阶段与其有密切关联的人，原原本本地叙述自己的经历，毫无例外地以最直截了当和最明白易懂的形式展示事实真相，从而廓清一个完整的系列事件的始末[①]。

[①] 这种叙述方式与英国维多利亚时代杰出的诗人罗伯特·勃朗宁（Robert Browning, 1812—1889）的《指环与书》中的叙述方式有惊人的相似之处。勃朗宁晚年的代表作是长篇叙事诗《指环与书》（*The Ring and the Book*, 1868—1869），该诗叙述一个老夫杀死少妻的故事。全诗由十二组戏剧独白组成，每一独白都由主要人物叙述案情，各人的叙述相互矛盾，但最后还是从错综复杂的乱麻中理出了头绪，揭示了这起谋杀案的真相。

沃尔特·哈特莱特，绘画教师，二十八岁。让我们先来听听他叙述的故事吧。

由住在伦敦克莱门特公寓[①]的沃尔特·哈特莱特叙述的故事

一

那是7月的最后一天，漫长炎热的夏季即将结束，我们这些徘徊在伦敦街头的漫游者，疲惫消沉，开始憧憬起云朵在麦田里投下的阴影和海岸边凉爽的秋风了。

夏季即将逝去，可怜巴巴的我健康不佳，精神不振，而如果要实话实说的话，还囊中羞涩。过去一年，我没有像以往那样精打细算，安排好自己的职业所带来的收入，花钱总是大手大脚。看起来，秋季里只好紧巴巴地过日子，来往于我母亲在汉普斯特德[②]的乡间小屋和我自己在城里的住处之间。

我记得，那天傍晚平静无风，天空阴沉沉的，伦敦的空气格外沉闷，远处传来的街道交通的喧闹声显得格外微弱。我个人微弱的生命之脉和周围这座城市强大的心脏，此时似乎一同随着太阳沉落而变得越来越软弱无力了。我一直捧着一本书，不是在阅读，而是在对着它出神。我放下书，起身走出居室，打算到郊外去呼吸一下

[①] 昔日伦敦主要供法律系学生居住的宿舍，此处是九处中的一处。
[②] 汉普斯特德（Hampstead）是当时伦敦北郊的一个地名，威尔基·柯林斯童年时曾在此生活（1826—1830），给他留下了深刻印象，所以汉普斯特德成为作者多部作品的背景地。

夜间的凉爽空气。我习惯每星期两个晚上与母亲和妹妹在一起度过,那天是我去她们那儿的日子。于是,我朝着北面汉普斯特德的方向走去。

趁故事尚未开始,我有必要先在此做个交代,即我现在提到的那个时期,父亲已经去世多年了。我和妹妹萨拉是家里五个孩子中的幸存者。父亲先前也是个绘画教师[①]。他勤奋努力,事业上卓有成就。他对靠他供养的家人充满了爱心,一心要替他们的未来未雨绸缪。于是,从结婚开始,他便毅然决然拿出收入中的一部分替自己买了人寿保险,其数额大大超出了一般情况,多数人都会觉得,没有必要拿出如此大的数额来买保险。父亲深谋远虑,辛勤节俭,令人钦佩。幸亏如此,母亲和妹妹在他去世后还能像以往那样衣食无忧。我接下了父亲的业务关系,因此,当我开始步入人生之旅时,有充分的理由为自己的前程心怀感激之情。

霭霭的暮光还在荒野的山脊上闪烁,而我身后的伦敦已是另一番景象:云雾缭绕,夜色沉沉。这时,我来到了母亲的乡间小屋门口,刚一拉门铃,门就开了。开门的不是仆人,而是我尊敬的意大利朋友帕斯卡教授[②]。他兴高采烈地冲上前来迎接我,用外国人的腔调,尖声尖气地模仿用英语打招呼。

为了他,也为了我自己,我必须对教授做一番正式介绍。机缘巧合,教授成了本书将要叙述的这个怪异离奇的家庭故事的起点。

我最初是在一些体面人的家中认识我的这位意大利朋友的。他

[①] 威尔基·柯林斯的父亲威廉·柯林斯也是位画家,此处的取材显然与其家庭背景有关。
[②] 据说,帕斯卡教授这个人物是以加布里耶尔·罗塞蒂(Gabrel Rossetti, 1783—1854)为原形塑造的,即但丁·加布里耶尔·罗塞蒂(Dante Gabrel Rossetti, 1828—1882)的父亲,小罗塞蒂是英国诗人、画家,"先拉斐尔兄弟会"的创始人之一,创办了"先拉斐尔派"杂志《萌芽》(1850),作品有诗作《女神》《生命之屋》及油画《少女时代的玛利亚》等。威尔基·柯林斯和他的弟弟查尔斯·柯林斯与罗塞蒂的圈子关系密切。

在那儿教意大利语，我教绘画。有关他的经历，我当时就只知道他原来在帕多瓦大学①担任教职，因政治原因离开意大利（到底什么原因，他从不与任何人提起），在伦敦当语言教师已有多年，颇受人尊敬。

虽说帕斯卡不是真正的侏儒——因为他的身材从头到脚生得十分匀称，但我认为，他是我在马戏场以外见到的最矮小的人。他由于外表身材特殊，所以无论到哪儿都会备受人们注目。此外，由于他具有某些并无恶意的乖僻性格，他也会在普通人中间显得与众不同。他竭尽全力使自己成为一个英国人，以此表达他对为他提供了庇护和谋生手段的国家的感激之情，他生活的主要目的似乎就在于此。教授不仅一直会带着一把雨伞，还一直会穿鞋套和戴白色礼帽，以此表明他尊重英国的一般习惯，而且立志要在习惯、情趣以及个人仪表上成为英国人。矮小个子发现我们是个以爱好体育运动著称的民族，于是，一旦有机会，他就会天真地参与任何英国的体育运动和娱乐活动。他坚信，凭着他的意志力，他完全可以像习惯于穿我国的鞋套和戴我国的白色礼帽一样适应我国的各种娱乐活动。

我看见过他甘冒缺胳膊断腿的危险，不顾一切地投身猎狐狸和打板球的活动。不久后，我还看见他冒着生命危险，同样不顾一切地一头扎进布莱顿②的海中游泳。

我们在那儿不期而遇，同洗海水浴。我们若是参加我国某项特有的体育活动，我倒是会格外小心照看好帕斯卡教授的，但是，由

---

① 帕多瓦大学（University of Padua）是世界历史最悠久的大学之一，其法学院成立于1222年，但实际建校时间还更早。学校位于意大利的帕多瓦城。
② 布莱顿（Brighton）是英格兰南部海滨城市，以其密布鹅卵石的海滩而著称。其标志性建筑英皇阁（Royal Pavilion）于1815年为方便当时的里根特王子与其情妇菲茨赫伯特（Fitzherbert）幽会而建造。

于外国人一般都能像英国人一样在水里很好地照顾自己,我压根儿没有想到,男子运动训练项目的目录上还应加上游泳技能训练一项,而教授却认为,他能当场学会。我们刚刚奋力游出海滩,我就停下来了,因为我发现,我的朋友并没有跟上我,于是调头去找他。令我惊恐不安的是,我在那片水域中什么也没有看见,只看见两只白皙的小胳膊在水面上挣扎了一会儿,然后就不见了。我潜游到他的身边时,可怜的矮小个子缩成一团,静静地躺在水底的砂石坑里,比先前看到的他显得小多了。我把他弄上岸的那段时间里,由于空气的作用,他苏醒过来了,他在我的帮助下用力登上更衣车的踏板。他刚刚恢复了一些生气,就大谈起他关于游泳的精彩"高见"。他的牙齿咯咯作响,刚能让他张口说话,便傻乎乎地微笑着说,他认为是抽筋了。

等到他完全恢复,走到海滩上我的身边时,他那南方人[①]热情奔放的性格立刻冲破了所有人为的英式约束,用最热烈的言辞对我感激涕零,简直让我受不了。他用夸张的意大利方式热情奔放地宣布,从今往后,他一生都要听从我的调遣。还声明说,他要寻找到机会,为我做一件令我终生都铭记在心的事,以表明他对我的感激之情,否则,他一辈子都不会快乐的。

我坚持说遇险事故只是玩笑的好谈资而已,好不容易才使他止住了滚滚热泪和滔滔不绝的表白。最后终于成功地让帕斯卡对我的强烈感激之情有所减弱。我当时没有想到,后来我们愉快的假期临近尾声时也没想到,我那充满感激之情的伙伴热切以求地要为我出力的机会,竟然很快就到来了。他迫不及待地抓住了这个机会。这

---

① 南欧是对阿尔卑斯山脉以南的欧洲各国的统称,其中包括地处亚平宁半岛上的意大利。

样一来，他将使我的整个生活之流引向一条新的渠道，将使我变得面目全非，连我自己都识别不了。

然而，实际情况就是这样的。假如帕斯卡教授躺在水下砂石地上时，我没有潜水过去救他，我绝不可能同本书所要叙述的故事有半点瓜葛。我或许连那个女子的名字都听不到，而现在她却占据着我的整个心思，是我力量的源泉，成了我生活的指南。

二

那天傍晚，我们在我母亲乡村小屋门口见面时，帕斯卡表情和态度清楚地向我表明，发生了一件不同凡响的事。然而，要他马上解释是不可能的。他拽住我的双手向屋里拖，这时，我只好猜测，他那天晚上到乡间小屋来，肯定能碰上我（因为他知道我的习惯）。他带来了一个令人特别开心的消息。

我们两个举止唐突，风度不雅，猛然闯入了客厅。母亲坐在敞开着的窗户边，一边大笑，一边打着扇子。帕斯卡是她最喜爱的客人之一，在她的眼中，他再古怪的行为都是可以原谅的。可怜的人啊！得知这位小个子教授对他的儿子怀有深深的感激之情，她的心便毫不保留地向他敞开了。她把他所有令人费解的异国怪癖都看成了理所当然的，从不费心去弄个明白。

我妹妹萨拉正值青春年华，但是，令人感到不可思议的是，为人却不那么宽容大度。她很赞赏帕斯卡的美好心灵，但却不肯像母亲那样为了我的缘故，毫无保留地认可他的一切行为。她拘泥于礼节，因此，绝不能容忍帕斯卡不修边幅的习性。她看到母亲对古怪的小个子外国人亲热随和，总会毫不掩饰地表露出几分惊讶。我不仅注意了我妹妹的行为，而且注意了其他人的。我由此发现，我们年轻一代一点儿也不像我们的一些前辈那样诚挚友好，热情奔放。我常常看见老年人面对娱乐消遣的情景时往往会显得兴高采烈，兴奋不已，而他们的孙辈却完全麻木不仁，无动于衷。我不知道我们现在的年轻人，还有没有我们的长辈年轻时候的那种真正年轻人的样子。难道是教育有了飞速发展，使我们现在这些普通人格外有了教养了吗？

我不想对上述问题做出明确的回答，但至少可以说，母亲和妹妹每次共同面对帕斯卡时，我总是发现，母亲要比妹妹显得年轻了许多。比如这一回，老太太看见我们孩子似的闯进客厅时，竟开怀大笑，而萨拉则忙着收拾起教授匆匆跑到门口迎接我时把茶杯从桌上碰下打破了的碎片。

"你若是再迟迟不来，沃尔特，"母亲说，"还不知道要发生什么事呢。帕斯卡等得不耐烦，人都快急疯了。我好奇得不得了，也都快发疯了。教授带来了惊人的好消息，他说同你有关，却坚决不肯向我们透露半点口风，非要等到他的朋友沃尔特到场不可。"

"真是的，把茶具弄得不成套了。"萨拉一面伤心地凝视着破茶杯碎片儿，一面自言自语地低声唠叨着。

萨拉说这话时，帕斯卡却兴高采烈，手忙脚乱。茶具在他手上遭了殃，这是不可挽回的过失，但他却浑然不觉。只见他把一张大扶手椅拖到房间的另一端，摆出一副向大庭广众演说的架势，准备冲着我们三个人发布命令。他把椅子背朝向我们，然后跳上去跪到椅子上,从那临时的讲台向寥寥三个听众慷慨陈词。

"行啊,我亲爱的好人,"帕斯卡开始讲话了(他冲着"好朋友"讲话时,总要说声"亲爱的好人"),"听我说,是时候啦——我宣布我的好消息——我终于要说啦。"

"听吧,听吧!"我母亲乐呵呵地说。

"他接下来若是要弄坏东西的话,妈妈,"萨拉低声说,"该会是把这最精致的椅子的背弄断。"

"我要从我的性命说起,我是针对一个最高尚的人说的,"帕斯卡从椅背横梁上一个劲地指称着我这个微不足道的人,接着又说,"这个最高尚的人发现我昏死在海底(由于抽筋),便把我拖出了水面。我醒过来,穿上自己的衣服后,说什么来着?"

"可不要再提它啦。"我回答说,语气十分坚决,因为说到这件事情时,稍加纵容,教授便会不可避免地感情奔放,泪水如潮。

"我当时说,"教授坚持要说下去,"我的生命从今往后是属于我亲爱的朋友沃尔特的——事实就是如此。我说,我一定要寻找机会,为沃尔特做件好事,否则我一辈子都不会再快乐。随后我一直对自己不满,直到今天这个最快乐的日子。是啊,"小个子热情洋溢,扯起嗓子喊着,"无比的快乐像汗水一样从我的每一个毛孔里冒出来。我以自己的名誉、人格担保,我许诺做的事终于要做了,现在只有一句话要说:'棒啊棒极了!'"

这里或许有必要解释一下,帕斯卡自以为是地道的英国人,不仅表现在衣着、举止和情趣上,而且也表现在语言上。他学会了一些我们常用的口语词汇,便会在交谈中,只要想起就东拉西扯地用上去。他只对这些词的发音感兴趣,一般不理解其含意,结果自己造出一些复合词或重叠词,而且常常连在一起,好像他们是由长音节组成的。

"我在伦敦的一些体面人家教授我的母语,"教授不再讲开场白,而是直截了当讲那件迟迟没有明说的事,"其中有一个极体面的家庭,在一个叫波特兰广场的地方,你们都知道那地方在哪儿吧?对,对——当然啊当然,我亲爱的好人,豪华的住宅里住着一户体面人家,一位妈妈,白白胖胖。三位年轻小姐,白白胖胖。两位公子少爷,白白胖胖。还有一位爸爸,最白最胖。他是个大商人,金子堆成了山。他本来很帅,但已经秃顶了,有了双下巴了,所以现在不再帅了。听我说!我教年轻小姐们读伟大的但丁[①]。噢!我的天啊我的天!任何人类语言都形容不出伟大的但丁是如何把三位聪明伶俐的小姐弄得头晕脑涨的!没关系,别急,对我来说,课越多越好。听好啦!你们自己想象一下,我今天同往常一样给小姐们上课。我们四个人共同下到了但丁的地狱里,到了第七层,不过没有关系,对三位白白胖胖的小姐来说,地狱的哪一层都是一样的。不过,在第七层的时候,我的学生们便牢牢地卡住在那儿,我敦促她们再往下,又是朗诵又是讲解,无论怎么折腾都无济于事,弄得我大发脾气,脸都涨红了,就在这个时候,走廊上传来嘎吱嘎吱的靴子声,随即富爸爸进来了,只见他外表秃着顶儿,露着双下巴。——哈!我亲爱的好人,现在我要接近正题了,比你想象的还要接近。你们一直都捺着性子吗?还是心里在说:'见鬼啊见鬼!帕斯卡怎么今天晚上说话没完没了?'"

[①] 但丁(Alighieri Dante, 1265—1321)是意大利诗人、文艺复兴运动的先驱人物,作品具有人文主义思想萌芽,代表作为《神曲》。这里讲述的是帕斯卡教授讲授其中描写地狱的故事。

我们声明，我们很感兴趣。教授接着讲下去：

"有钱的爸爸手里拿着一封信，他表达了歉意，说为了府上的琐事搅乱了我们的地狱，随后就对三位小姐说话。他开始说话时，像你们英国讲到每件幸福人间的事情时一样，大'噢'一声。'噢，亲爱的，'大商人说，'我收到一封信，是我的朋友某先生寄来的'（名字我忘了，但没有关系，我们回头还要读到，对，对——棒啊棒极了）。于是，这位爸爸说：'我收到我的朋友某先生的来信，他要求我给推荐一位绘画教师到乡下宅邸去。'我的天啊我的天！我听了有钱爸爸的话后，要是我长得高大一些够得着，准会双臂钩住他的脖子，把他紧紧地搂在我的怀里，感激涕零，老半天不松开的！但实际上，我只是在坐着的椅子上猛然扭了几下身子，我的座位上好像长了刺。我心里火急火燎地要说话，但我还是忍住了没开口，让爸爸说下去。'你们也许认识，'有钱的老爷一边说，一边用戴金的手指捏着他朋友的来信翻来覆去地转，'你们也许认识，亲爱的，有哪位绘画教师我可以推荐的？'三位小姐面面相觑，然后说（少不得要'噢'上一声开始）：'噢，亲爱的爸爸，不认识，可是，喏，帕斯卡先生……'他们既然提到了我，我就再也按捺不住了，你的形象，亲爱的好人，就像热血冲到了我的脑门上，我从座位上跳起来，好像从地上长出了一颗钉子穿透了椅子的底板。我对大商人说，我说（用的是英语短语）：'亲爱的先生，我有这样一个人！他是世界上一流顶尖的绘画教师！今晚就去信推荐他吧，让他明天打点行装（又是英语短语——哈？）让他打点行装上火车！''打住，打住，'爸爸说，'他是外国人还是英国人？''完完全全的英国人。'我回答说。'为人正派吗？'爸爸问。'先生。'他的这个问题惹恼了我，我就对他不客气了。'先生!那位英国人的胸中可是燃烧着不灭的天才之火,而且,更有甚者,他父亲生前也是这样的!''先别谈,'有钱但没有修养的爸爸说,'先别谈他的天才,帕斯卡先生。我们这个国家不先谈天才,除非他德才兼备,那样我们就非常欢迎,真的非常欢迎。您的朋友能提供证明材料吗?也就是证明他品行优良的信件。'我满不在乎地挥了挥手。'信件?'我说,'哈!我的天啊我的天!我怎么都没想到,真的!如果您需要,成捆的信件,成包的证明材料都有。''一两份就够了',有钱人冷淡地说,'叫他把材料寄给我,写上他的姓名和地址。还有,等一等,等一等,帕斯卡先生,您去见您的朋友,最好带去一张便条。''钞票[①]!'我愤愤不平地说,'对不起,我的那位了不起的英国朋友挣到钞票之前,我是不会提这事的!''钞票?'爸爸说,神情诧异,'谁说是钞票啦?我是说便条,把聘任条件写上去,那些是他该做的。您继续上课吧,帕斯卡先生,我会把我朋友信中有关的内容摘抄下来给您的。'有钱的大商人坐下来,开始摆弄起笔、墨水和纸。我再次下到了但丁的地狱,后面跟着三位年轻小姐。十分钟后,便条写完了,爸爸的靴子在外面的走廊上嘎吱嘎吱地走远了。从那一刻起,我以名誉和人格担保,我其他什么事都不知道了!我终于抓住了机会,终于实现为这世界上我最亲密的朋友做件感恩戴德的事的愿望,想到这一点,我便欣喜若狂,如痴如醉。我自己和三位小姐怎么出的地狱,后来的事怎么完成的,那一点点午餐是如何咽下肚的,我云里雾里,什么都不知道。我来到了这儿,手里捏着大商人的便条,像生命一样伟大,像燃烧的火焰一样热烈,像国王一样快活!哈!哈!哈!棒,棒啊

[①] 原文中的 note 一词,即可解释为"便条",也可解释为"钞票"。

棒极了！"教授一边在头顶上挥了挥那张写着聘任条件的便条，一边用尖声尖气的意大利腔模仿英语做了声欢呼，总算结束了他这番滔滔不绝的讲话。

他话音刚落，我母亲就站起身，只见她双颊通红，目光闪亮，热情地握住小个子的双手。

"亲爱的好帕斯卡啊，"她说，"我从未怀疑过您对沃尔特的深情厚谊，现在就更加坚信不疑啦！"

"毫无疑问，为了沃尔特，我们真是非常感激帕斯卡教授。"萨拉补充说。她说话时稍稍抬起身子，好像准备走向扶手椅。但是，一看见帕斯卡欣喜若狂地吻着我母亲的双手，她表情便严肃起来，于是重又坐下来了。"既然不拘礼节的小个子会这样对待我母亲，他又会如何对待我呢？"有时候，从一个人的面部表情可以看出其内心的想法。萨拉重新坐下来，心里无疑是这样考虑的。

尽管我心里明白帕斯卡的良好用心，对他心怀感激，想到摆在自己面前的职位有理想的前景，按理说，应该精神振奋才是，但是，我偏偏振奋不起来。教授吻完了我母亲的双手，我也热情地感谢了他为我的事费心。之后，我才请求他让我看看那位体面的主人向我开出的条件。

帕斯卡得意扬扬地挥了一下手，把便条递给了我。

"看吧！"帕斯卡郑重其事地说，"我向你保证，朋友，有钱的爸爸开出的条件，就像是用喇叭吹出来的，够响亮啊。"

便条上写着的条件言简意赅，直截了当，但却面面俱到。内容如下：

第一，坎伯兰①的利默里奇庄园的弗雷德里克·费尔利先生欲聘请一位完全称职的绘画教师，聘期为四个月。

第二，该教师将要担任两项工作，一是指导两位小姐学习水彩画，二是利用业余时间修整和糊裱一批完全疏于照管的名画。

第三，能承担和胜任上述工作的应聘者每星期可获四个几尼②的薪水，可以居住在利默里奇庄园，并享受绅士的待遇。

第四，也是最后一点，应聘者若要谋求此职，必先提供可资证明本人的品行和能力的材料。证明材料可寄给费尔利先生的朋友，他已被授权处理所有相关事宜。其后写有帕斯卡先生在波特兰广场的雇主的姓名和地址，这就是这个便条或者叫备忘录上写的东西。

该职位展示的前景确实很诱人。看起来，工作既轻松又惬意。秋季里给我提供这么个职位，这可是我一年当中最清闲的时候。再则，根据我个人从事这个职业的经验来判断，条件之优厚，可以说是令人惊讶。我知道，自己若能赢得该职位，应该是很幸运的——然而，自己刚看完便条上的内容时，却说不上是什么原因，心里不愿意去尝试此事。眼下，我应尽的职责和个人爱好之间形成了相互矛盾，简直痛苦不堪，无法解释，这在自己过去的全部人生经历中是不曾有过的。

"噢，沃尔特，你父亲当初可从未遇到过这样的好运啊！"母亲

---

① 坎伯兰（Cumberland）是英国的一个历史地区，位于英格兰的西北部。12世纪至1974年之间，坎伯兰是一个实际存在的行政区域。1889年至1974年是一个行政郡。1974年，坎伯兰和威斯特摩兰郡、兰开夏郡、约克郡的一部分地区统合，成为新的坎布里亚郡。现在，坎伯兰仍然作为一个地理名词和文化名词使用。
② 几尼（guineas）是1663年英国发行的一种金币，等于二十一先令，1813年停止流通。后仅指等于二十一先令即一点零五英镑的币值单位，常用于规定费用、价格等。这个酬金应该说是高得惊人，略早时期出版的英国小说《简·爱》描写道，女主人公简·爱在罗切斯特的桑菲尔德庄园里担任家庭教师的年薪是三十英镑，该数字是她在劳伍德学校担任教师时薪金的两倍。

说。她看完上面的内容后,把便条还给了我。

"能认识那么些高贵体面的人,"萨拉说着,在坐着的椅子上挺直了身子,"待遇还那么优渥!"

"是啊,是啊,方方面面的条件都是够诱人的,"我回答说,态度显得不耐烦,"不过,我提交证明材料之前,还要稍稍考虑一下……"

"考虑!"母亲大声说,"嘿,沃尔特,你这是怎么啦?"

"考虑!"妹妹也接口说,"面对这样的情况,都说的是什么话啊!"

"考虑!"教授也附和着说,"还有什么可考虑的?你倒是说!你难道不是一直在抱怨自己的身体不好?不是一直想要按照你自己说的,想吻一下乡间的清风?啊!难道你手中这张便条还不可以让你去尽情地吻四个月的乡间清风吗?让清风呛得你透不过气来。是不是这么回事?哈?再说了——你也需要钱。啊!一星期四个几尼难道不算是一回事吗?我的天哦我的天!若是把钱给了我,我也会像那位有钱爸爸一样,穿上靴子,踩在地上发出嘎吱嘎吱的响声,抖抖有钱人的威风!一星期四个几尼,这还不算,身边还有两位迷人的小姐。这还不算,还有住宿、早餐、午餐、随意喝英国茶、晚餐,还有冒泡的啤酒,样样可都是免费的啊——啊,沃尔特,亲爱的朋友——见鬼啊见鬼!真是奇了怪了,我生平第一次看见你这样的人呢!"

母亲对我的表现明显感到惊讶,帕斯卡先生则慷慨激昂,对这个职位给我带来的种种好处津津乐道,但是,他们两个人的态度都动摇不了我说不清道不明的决定,即不想去利默里奇庄园。为了不去坎伯兰,我说出了自己能想到的种种微不足道的理由,然后,他们对我的理由一一加以反驳,驳得我张嘴结舌,十分尴尬。于是,我又竭力设立最后一道防线,问他们,我去教费尔利先生的两位小姐写生时,自己在伦敦的学生怎么办。问题的答案很明了,大部分学生要外出去做秋季旅游,少数留在家里的可以委托我一位教绘画的同行负责指导,我也曾在类似的情况下接管过他的学生。我妹妹提醒我,那位先生曾明确表示,如果我眼下秋季里想要离开伦敦,他愿意替我代劳。我母亲则严肃地劝告我,可不要盲目任性,妨碍了这件既有收益又有利于我健康的差事。帕斯卡则苦苦央求,他第一次有能力向对他有救命之恩的朋友做一件感恩戴德的事,请我不要拒绝,否则他会很伤心的。

他们的劝告充满了诚挚之情,慈爱之心,任何稍微有良心的人都会为之感动。虽然我不能消除自己无法解释清楚的固执心理,但是,我是一个有道德观念的人,因此内心感到很羞愧。最后,我做出了让步,答应按他们的要求办,于是愉快地结束了这场争论。

当晚剩下的时间过得很愉快,大家兴趣盎然,展望着我未来在坎伯兰教两位年轻小姐绘画的生活情景。帕斯卡先生喝了几杯本国产的格洛格酒①,酒刚下肚五分钟,便来了劲,人飘飘然,酒兴大发,于是,发表了一连串祝酒词,以此证明自己是个地道的英国人。他提议为我母亲的健康干杯,为我妹妹的健康干杯,为我的健康干杯,还提议共同为费尔利先生和两位小姐的健康干杯。紧接着又热情洋溢地代表大家致以谢意。"有个秘密,沃尔特,"我们一同步行回家时,我的矮小个子朋友神秘兮兮地对我说,"想到自己有能言善辩的

---

① 格洛格酒(grog)是一种用朗姆酒或威士忌酒兑水而成的烈酒。

口才，我就兴奋不已。我心花怒放，雄心勃勃，指望着有朝一日能进入你们国家庄严的议会，成为尊贵的帕斯卡议员。这是个毕生的夙愿。"

翌日上午，我把个人证明材料寄给教授在波特兰广场的雇主。三天过去了，我断定，一定是我的证明材料表述不够清楚，心里反而暗暗高兴。但是，到了第四天，有了回信，上面说费尔利先生愿意聘请我，要我立刻赶到坎伯兰去。所有关于旅途上的必要事项均仔细明确地写在了信的附言里。

我很不情愿地打点了行装，准备第二天一早离开伦敦。临近黄昏时，帕斯卡先生去赴一个宴会，顺路来同我告别。

"我心情愉快，你不在身边，也不会流泪，"教授兴高采烈地说，"因为是我这只吉祥如意的手首先把你推到外面去交好运的，去吧，朋友！看在上帝的分上，趁着坎伯兰的阳光好，赶紧晒晒草①（这是句英语谚语），在两个年轻小姐中娶一个做太太，成为尊贵的哈特莱特议员，等你到了梯子的顶端时，可要记得起底层的帕斯卡为你成就了这一切啊！"

矮小个子朋友临别开了这么个玩笑，我假装同他开怀大笑，可兴致就是提不起来。当他轻轻松松说着告别的话时，我的心里感到了刺痛，非常难受。

又剩下我一个人时，我除了要去汉普斯特德的乡间小屋向我母亲和萨拉告别外，再没有别的什么事情要处理了。

---

① 此处原为 When your sun shines in Cumberland, make your hay. 套用了英语谚语 make hay while the sun shines，意思是"趁热打铁""莫失良机"等。

三

整个白天热气袭人,令人难受,这会儿到了夜晚也还是又闷又热。

母亲和妹妹说了一大堆临别的话,一次又一次地挽留我多待一会儿,结果,等到仆人在我出去后关上院子的门时,差不多半夜了。我在返回伦敦的一条距离最近的路上朝前走了几步,接着便停了下来,踌躇不前。

深蓝色的夜空中没有星星,一轮满月当空映照。起伏不平的欧石楠荒原在神秘可怕的月色下更平添了几分荒凉,使得坐落在荒原下的这座大城市仿佛离了几百英里远。想到马上要走下荒原,置身闷热而昏暗的伦敦,我心里就闷得慌。我眼下内心烦躁,浑身难受,在这种状态下,要我在那密不透风的房间里睡觉跟慢慢窒息死亡的情形似乎没有什么两样。我决定绕最远的路,在更加清新的空气中漫步回家,于是,我顺着白色的弯弯小路,穿过寂静无声的欧石楠荒原,然后步入芬奇利路,穿过最开阔的城郊到达伦敦。最后,在凉爽清新的凌晨,经过摄政公园①的西侧回家去。

我顺着蜿蜒的小路而下,缓慢地走过欧石楠荒原,一路领略着优美寂静的景致。周围起伏不平的荒野上,夜色温柔,景色时明时

---

① 摄政公园(the Regent's Park)原为英国皇室猎场,1817年至1828年由约翰·纳什设计为摄政王行官,但后来仅完成部分别墅,现为伦敦最著名的公园之一,占地一百六十六公顷,是伦敦最大的可供户外运动的公园。

暗，不断变化，令我赏心悦目。

欧石楠荒原是我夜间漫步横过的第一段，也是景色最优美的一段路程。其间，我心情放松，尽情欣赏眼前的夜色美景，不想别的什么事情，说真的，就凭我当时的心智状况，我也思考不成什么问题。

可等我走出了荒原，拐弯步入一条小路，可欣赏的景色较少。这时，我自然而然地想起了自己马上就要改变生活习惯和职业，这种想法慢慢地吸引了我全部的注意力。来到路口时，我完全沉浸在形形色色的幻想中：想到了利默里奇庄园，想到了费尔利先生，还想到了我马上就要教其水彩画的两位小姐。

这时，我走到了四条路交会的十字路口，一条通向汉普斯特德，就是我刚才返回的路，一条通向芬奇利，一条通向伦敦西区[①]，还有一条通向我居住的区域。我习惯性地走上了最后一条路，沿着这条寂静冷落的路闲逛——我记得，自己当时心里漫不经心地猜测着，坎伯兰的两位小姐该是怎么个模样——瞬间，有一只手从背后轻轻搭到我肩上，弄得我全身的血液仿佛都停止了循环。

我立刻转过身，手里紧紧地握住手杖。

只见一个女子，从头到脚一身白色，孤零零地伫立在宽阔光亮的大路中间——好像是瞬间从地里冒出来的，要不就是从天而降。我脸朝向她时，她神情严肃地看着我，一只手指着伦敦上空的乌云。

万籁俱寂的夜晚，冷落无人的所在，这个古怪的幽灵突然出现在我面前，令我惊恐万分。我还没有来得及开口对她说话，不可思

---

① 西区（West End）是指伦敦旧城西侧的一片区域，19世纪的英国人用以指称查令十字以西的区域。西区是英国的娱乐中心，也有欧洲最大的购物区、剧院、电影公司、餐厅、酒吧，等等，是富人或者社会精英居住的地区，往往同东区相对应。

议的女子倒是先开口了。

"这是去伦敦①的路吗?"她问。

她向我提出这个奇特的问题时,我神情专注地看着她。当时快一点钟了。月光下,我能清楚地看到:一张年轻的脸,毫无血色,脸颊和下颌瘦削且轮廓分明。一双大眼睛,神情忧郁,看人时流露出渴求的目光。嘴唇因紧张而颤抖,给人心里没有底的感觉。一头秀发,呈浅棕黄色。她的举止神态一点也不显得粗野轻佻,倒是显得文静持重,略微有点忧郁,有点警觉。其神态既不像富家小姐,但也绝非寒门女子。虽然我就只听到她刚才说那句话,但听得出其声调轻得出奇,而且很呆板,语速倒是特别快。她手中拎了一个小包,根据我的猜想,她的服饰——帽子、披肩和宽大的长外衣都是白色的——肯定不是用精致贵重的面料做的。她身材苗条,身高中等偏上,举手投足丝毫不显张狂。在朦胧的月色下,我们鬼使神差、令人不解地相遇了。以上就是我当时能从她身上观察到的一切。至于她的身份,为什么深更半夜孤身一人来到这荒郊野外的大路上,我根本无法猜测。但有一点我可以肯定,那就是虽然在这令人疑惑的深夜,在这令人疑惑的荒郊野外,即使最没有知识的人也不会误解她讲话的动机。

"您听见我说话了吗?"她问,语调还是那么平和,语速还是那么快,然后丝毫不显焦虑和不耐烦,"我问这是不是去伦敦的路。"

"是的,"我回答道,"是这条路,通到圣约翰林②和摄政公园。

---

① 这里所指的伦敦是"伦敦旧城",而我们平常提到的伦敦往往是指"大伦敦",大伦敦由三十二个郡组成,伦敦旧城也是其中的一个郡,而且是最古老的一个。
② 圣约翰林(St. John's Wood)是伦敦西北的一个地区,属于威斯敏斯特城管辖,坐落在摄政公园的西北端,离伦敦地标查令十字约为四公里,曾属于米德尔塞克斯大森林的一部分。

请原谅刚才没有回答您,您突然站在这路上,真的吓了我一跳,到现在我都还没有回过神来呢。"

"您总不会疑心我干了什么坏事吧?我没干坏事。我遇到点麻烦事——我很不幸这么晚孤身一人在这儿。您为什么会怀疑我干了什么坏事呢?"

她说这话时,显得不必要地认真和激动,接着往后退了几步。我则尽力使她宽心。

"千万别以为我对您有疑心,"我说,"或别的什么企求,只要能办到,我会帮助您的。我只是不明白您怎么会突然出现在路上,刚才好像还没呢。"

她转过身,指了指后面通向伦敦和汉普斯特德两条路的交会处,那儿的篱笆上有个缺口。

"我听见您走过来,"她说,"于是便藏匿在那儿,在冒险开口说话之前,先要看看您这个人怎么样。我疑虑重重,担惊受怕,等您走过去后,我才斗胆悄悄地跟随着您,碰了碰您。"

悄悄地跟随我,碰了碰我?为什么不叫我?至少可以这么说,此事蹊跷。

"我能信任您吗?"她问,"您不会因为我遇上了麻烦就把我往坏处想吧?"她停住了,局促不安,把小包从一只手换到另一只手上,痛苦地叹息了一声。

女子孤独无援的境况触动了我,令我情不自禁,冲破理智、谨慎、世故的种种藩篱,要去帮助她,使她免受伤害。而面对同样奇特紧急的情况,换了一位更老练、更明智、更冷静的人却会理智、谨慎、世故地解脱自己。

"您可以信任我,我不会伤害您的,"我说,"如果要您解释眼下这种状况令您为难,那就别再提它啦,我本无权要求您做什么解释的。说吧,需要我干什么,只要我办得到,我一定办。"

"您真好,遇上您,我非常非常欣慰。"她说这话时,声音颤抖,我听得出一丝女性的温柔。她仍然盯着我看,带着渴求的目光,大眼睛没有闪烁泪花。"我以前只去过一次伦敦,"她接着说,语速越来越快,"我对那边的情况一点都不了解。您能给我弄辆单马出租车或者随便什么型的车吗?是不是太晚了?我不知道。您能不能告诉我在哪儿可以弄到单马出租车——能不能答应不干涉我,不管什么时候,以什么方式,只要我愿意离开您,就让我离开——我在伦敦有一位朋友,他会接待我——我别无他求,您答应吗?"

她焦急地看了看路上,再次把小包从一只手换到另一只手上,重复了这句话:"您答应吗?"然后牢牢地盯着我的脸,目光中充满了恳求和恐惧,显得六神无主,令我看后很难受。

我怎么办?眼前这个陌生人,孤单无助,完全由我摆布——而这个陌生人又是个孤苦伶仃的女性。附近没有人家,路上也没有行人我可以商量的。即使我当时知道如何摆布她,我也根本无法这么做。我在写这几行文字追叙时,内心颇为不安,后来发生的事的阴影投在了我书写的纸上,使其变得模糊不清了,但我仍然要说,我怎么办呢?

我当时真正做的就是向她提问,以此赢得时间。

"您真的有把握伦敦的朋友这么晚了还会接待您吗?"我问。

"有把握。只是答应不管什么时候,以什么方式,只要我愿意离开您,就让我离开,只是答应,您不干涉我。您答应吗?"

她第三次重复这个请求时,走近我身边,突然悄悄地把一只手轻轻放到我胸上,这是一只纤纤细手。虽然当天夜里天气闷热,但那只手还是冰冷的(我用手把她的手推开时感觉到了)。可别忘了我是个年轻人。可别忘了我触摸到的是一只女性的手啊。

"您答应了?"

"是。"

一个字的回答!就这么一个人们每天挂在嘴边的简单的字。噢,天哪!我现在写下这个字时,浑身还在颤抖着呢。

在新一天第一个寂静的小时里,我们面对着伦敦,一同前行——我,还有那个女子。至于她姓啥名谁,性格如何,有何身世,有什么样的人生目标,为何出现在我的身边,凡此种种,对于我来说,都是不解之谜,犹如置身梦境。我是沃尔特·哈特莱特吗?这就是星期日度假的人们漫步的那条熟悉而且平安无事的路吗?我当真是在一个小时多一点以前离开我母亲那幢静谧素雅、充满了传统家庭气氛的乡间小屋的吗?我不知所措,同时也隐约怀有一种类似内疚的感觉,所以一时间无法开口与眼前这个陌生的同伴说话。结果还是她首先开口打破了我们之间的沉默。

"我想问您点事,"她突然说,"您在伦敦认识许多人吗?"

"对,认识许多人。"

"许多有地位有头衔的人吗?"她问这个奇怪的问题时,语气中明明白白地透着怀疑。我犹豫迟疑着,不知如何回答。

"有一些。"我沉默了一会儿说。

"许多,"她完全停顿了下来,用探寻的目光看着我的脸,"许多拥有从男爵①头衔的人吧?"

我惊讶得一时答不上话来,反过来问她。

"您为何这样问?"

"因为我希望,为了我自身的缘故,有位从男爵您不认识。"

"您能告诉我他的名字吗?"

"不能——我不敢——一旦提到那个名字,我会控制不住自己。"她说话的声音很大,几乎是怒吼出来的。一只手紧握着拳头举在空中,情绪激奋地挥了挥,然后,控制住了情绪,声音低沉得像是耳语一样补充了一句:"告诉我,您都认识他们中的哪些人?"

对于这样一件小事,我几乎无法不满足她的要求,于是提了三个人的名字,其中有一两个人的女儿是我教的学生,另一个是个单身汉,他有一次请我去乘船游览,叫我帮他画速写。

"啊!您不认识他,"她舒了一口气说,"您自己也有地位有头衔吗?"

"差得远了去了,我只是个绘画教师。"

我的回答刚一出口——可能有点寒酸——她突然抓住我的胳膊,她所有的动作都带有突然性。

"不是个有地位有头衔的人,"她自言自语,"谢天谢地,我可以信任他啦。"

出于对同伴的尊重,我一直竭力克制住自己的好奇心。但是,

---

① 英国封爵起源于14世纪中叶,始创于1350年的"嘉德勋衔"(Knight Commander of the Order of the Gaeter, K.G)是迄今为止英国历史最悠久、地位最高的勋位。英国勋衔可以分三大类:一是皇族勋位(Royal Orders),赐予皇族或最高级的贵族。二是贵族勋位(Noble or Family Orders),赐予一般贵族。三是功绩勋位(Orders of Merit),赐予有重大贡献的人士。皇族与贵族的勋衔(Peerages)共分为五个等级,其名称及其相对的女性称谓是:公爵 Duke(Duchess)、侯爵 Marquis(Marchioness)、伯爵 Earl(Countess)、子爵 Viscount(Viscountess)、男爵 Baron(Baroness),而男爵之下还有从男爵(Baronet),是世袭爵位中最低级者。

这会儿好奇心却把我给控制住了。

"您对某位有地位有头衔的人心怀不满，恐怕事出有因吧？"我问，"是那位您不愿对我提起其名字的从男爵做了什么对不起您的事情，让您痛苦吗？是因为他您才深更半夜到这儿来吗？"

"别问我，别叫我谈这个，"她回答说，"我现在身体不舒服。我被人虐待，我有莫大的冤屈。您最好走快点，别说话，我特别想让自己安静一下。"

我们加快步伐继续向前走。至少有半个时辰，我们两个人谁也没有吭声。由于不敢再提问了，我便时不时地朝她脸上偷看上一眼。她面容依旧，双唇紧抿，眉头紧皱，眼睛笔直地向前看，神情急切而茫然。我们走到了另一片住房，这儿靠近新教卫斯理学院。这时她呆滞的表情才松弛了下来，重新开口说话了。

"您住在伦敦吗？"她问了一声。

"对啊。"我接话时，突然想到，她兴许想要我帮忙或出主意想办法。为了不让她失望，我应该告诉她自己马上要离家外出了。于是，补充说，"不过，我明天就要离开伦敦一段时间，到乡间去。"

"去哪儿？"她问，"北方，还是南方？"

"北方——去坎伯兰郡。"

"坎伯兰！"她亲切地重复了一声。"啊！我多么希望也去那儿啊。我曾在坎伯兰有过幸福的好时光。"

我再次试图掀开悬在我与女子之间的帷幕。

"您或许出生在，"我说，"那片美丽的湖区。"

"不对，"她回答说，"我出生在汉普郡[①]，但在坎伯兰郡上过一阵

[①] 汉普郡（Hampshire）是英格兰东南部的一个郡，南邻索伦特海峡，东部与萨里郡和东萨塞斯郡相接，首府设在温彻斯特。

学。湖区？我不记得有湖。是利默里奇村，也叫利默里奇庄园，真想再去看看。"

这回轮到我突然止步。我当时内心激动，充满了好奇，费尔利先生住处的名字竟然出人意料地从这位神秘伙伴的嘴中说出，这着实让我大吃了一惊。

"您是听见了后面有人喊吗？"她问。我止步时，她立刻惊恐不安地看了看大路的两端。

"不，不。只是利默里奇庄园这个地名让我觉得好奇，因为几天前我听见坎伯兰的人提起过它。"

"啊！不会是我的熟人吧。费尔利太太去世了，她丈夫也去世了，他们的小女儿也许结了婚，现在离开那儿了。我不知道现在谁住在利默里奇。如果说这个家族还有人住在那儿，由于费尔利太太的缘故，我也会喜欢他们的。"

她好像还要说下去，但她说话的当儿，我们看见前面设在林荫道街口的收费卡。她的手紧紧挽住我的胳膊，一面焦虑地看着路费卡的栅门。

"收路费的人在值班吗？"她问。

他没在值班。我们走过栅门时，附近没有人。她一看到煤气灯和住房，似乎就激动了，变得不安起来。

"伦敦到了，"她说，"你看见有我可以搭乘的马车吗？我累了，害怕，想把自己关在车里离开。"

我向她解释说，除非我们运气好，能碰上一辆空车，否则还得走上一段路才能到出租马车的地方。然后，我还想谈坎伯兰的事，但没有如愿。她一门心思要把自己关在马车里离开，根本不考虑也不谈论别的事。

我们沿着林荫道向前走，才刚刚走了三分之一距离的样子，我就看见一辆马车在街对面离我们几个门面远的一幢住房边停下了，车上下来一位绅士，走进了院门。车夫重新登上驾车座位时，我招呼了一声，我们横过大街时，同伴急不可待，几乎催着我跑步走。

"太晚了，"她说，"我之所以匆匆赶路，就因为时间太晚了。"

"先生，如果你们不是去托坦汉姆法庭路的话，我就不能搭你们了，"我拉开马车门时，车夫彬彬有礼地说，"我的马疲劳极了，跑不动了，只好回马厩去。"

"行，行，正合我意，我正是去那儿，我正是去那儿。"她一面急得上气不接下气地说，一面从我身边挤进马车。

我先确信车夫随和持重，才肯让她进马车。而她在车里坐定后，我请求她允许我护送她安全到达目的地。

"不，不，不，"她激动地连声说，"我现在很安全，也很高兴。您若是个绅士，就应记住您许下的诺言。让他驾车走吧，到时我会叫他停车的。谢谢您啊，谢谢您，谢谢您啦！"

我把手放在车门上，她一把抓住我的手，吻了一下，然后推开，这时马车开动了。我随即跑到街当中，不知是为什么，头脑中隐隐闪过一个念头，那就是想把马车叫住。但开始犹豫了一下，害怕吓着她，弄得她心里难过，最后还是喊了一声，但不够响亮，没能引起马车夫的注意。车轮的辚辚声渐渐远去，马车隐入了大路的黑影中，白衣女人也随之远去了。

十分钟或许更长时间过后，我还在路的这一边，时而向前走几步,时而又神情恍惚地驻足不前。一会儿,我怀疑起自己的奇遇。一会儿,又有一种感觉,觉得自己做错了事,心里很茫然,很难过,但又不知道该怎么做才对。我都不明白自己要去哪儿,下一步该干什么。我意识不清,思绪散乱,但就在这时,我身后传来急促的车轮声,声音突然把我带回到了现实中,也可以说是把我给惊醒了。

我当时在大路暗的那一边,花园在树木的阴影下更显阴暗。这时,我停住脚步环顾四周,只见大路对面,光线更亮,不远处有一个警察正慢悠悠地向摄政公园的方向走去。

马车从我身边驶过,这是一辆敞篷马车,上面坐着两个男人。

"停一停!"其中一个喊着,"这里有个警察,我们问问他。"

马车立刻在离我站立的黑暗处几码[①]远的地方停住了。

"警察!"开始说话的那个人喊着,"您看见过一个女人往这方向走了吗?"

"什么样的女人,先生?"

"一个身穿淡紫色长衣裙的女人——"

"不,不,"另一个插嘴说,"我们给她穿的衣服还在床上呢,她一定穿着她进来时的衣服走的。是白色的,警察,一个身穿白色衣裙的女人。"

"没看见,先生。"

"如果您或你们其中的哪位看见了该女子,就把她拦下来,小心看好她,送到这个地址。我会承担所有费用的,另外还有重谢。"

[①] 文学作品中常常会出现英美制的长度和面积单位,常见的有英里、码、英尺、英寸、平方英里、英亩、平方码、平方英尺等;一英里(mile)等于1.6093公里,一码(yard)等于0.9144米,一英尺(foot)等于0.3048米,一英寸(inch)等于2.54厘米,一平方英里(square mile)等于2.59平方公里,一英亩(acre)等于4047平方米,一平方英码(square yard)等于0.8361平方米,一平方英尺(square foot)等于929.03平方厘米。

警察看了看递给他的名片。

"我们为什么要拦下她，先生？她做错了什么事啦？"

"做错什么事！她从我的疯人院里逃出来了。别忘了，是个白衣女人。我们走吧。"

四

"她从我的疯人院里逃出来了。"

此话让人联想到的可怕情形并非是现在突然在我的脑海中闪现的。我未加斟酌便答应让白衣女人自行其事之后，她向我提出的一些古怪的问题，就让我联想到了这样的情形：她要么天生具有反复无常、变幻莫测的性格，要么最近受了什么惊吓，打破了心智的平衡。但是，老实说，我根本没有想过她是个绝对精神失常的人，也就是我们通常同疯人院这个名称联系在一起的那种精神失常状态。从她的言谈或举止来看，我根本看不出有哪一点能证明她疯了，即使现在这个陌生人对警察说的话点破了之后，我还是看不出有什么能证明她疯了。

我都干了些什么啊？是帮助一个受害者从恶劣的非法监禁下逃出来了，还是放任让一个命运多舛的女人进到伦敦这个大千世界？而对她的行为举止，我有责任，人人都有责任，怀着怜悯之心，加以约束。我想到这些时，尤其心怀内疚、觉得为时太晚时，心里很难受。

当我最后回到克莱门特公寓的住处时,我烦躁不安,心绪不宁,根本无法入睡。过不了几个小时,我就要踏上前往坎伯兰的旅途了。我坐了起来,尝试着干点什么事情,先是画画,然后看看书,但白衣女人形象萦绕在我的脑海中,我无法作画和阅读。可怜的女人受到了什么样的伤害了吗?这是我首先想到的,但我自私地避开了这个念头。接着想些别的事,一些不那么让人烦心的事。诸如,她在哪儿叫马车停下的?她现在怎么样了?她被驾敞篷马车的两个男人追赶上抓住了吗?她现在还能行动自由吗?我们两个人大路朝天,各走各的,还会在世事难料的未来的某个时候重逢吗?

该要锁上房门,向伦敦的事业、伦敦的学生和伦敦的朋友告别,然后动身寻找新的兴趣,去面对新的生活。到了这个时候,心才轻松了些。即便火车站那喧闹嘈杂的气氛,平时令人觉得心烦意乱,晕头转向,此时都能令我精神振奋,心情舒畅。

根据行程安排,我先到卡莱尔①,然后再改道搭乘支线铁路火车前往海滨。但是,从一开始就运气不佳,我乘的火车在兰开斯特②和卡莱尔之间出了故障,事故导致火车晚点,结果我无法立刻转乘支线火车。我只好等待了几个小时。当下一趟火车把我送到利默里奇庄园附近的火车站时,时间已经过了十点。夜色黑暗,我几乎看不清路去寻找费尔利先生派来接我的马车。

由于我晚了很长时间,车夫显得心烦意乱了。他毕恭毕敬,一

---

① 卡莱尔(Carlisle)是英格兰西北部城市,坎布里亚郡的首府,距离英格兰与苏格兰边境仅十六公里。
② 兰开斯特(Lancaster)是英格兰西北部城市,兰开夏郡的首府。

副不苟言笑的样子，英国仆人①都这样。我们默然不语，马车缓慢地行进在黑暗中。路不好走，加上夜色深沉，赶路更是难上加难。我看了看自己的怀表，我们离开火车站后，将近走了一个半小时路程。我这才听见了远处传来大海的涛声，我们的马车这时驶上一条平坦的砾石铺面的路，车轮发出嘎吱嘎吱的声音。我们驶上砾石路前，才过了一道栅门。又过了一道栅门，我们才在屋边停下。一个没穿号服、表情严肃的男仆接待了我，他告诉我说全家人都已睡觉了，然后把我领进一个宽敞的房间，一张胡桃木餐桌孤零零地放在室内，餐桌的一端摆放着冷冰冰的晚餐，正等着我吃呢。

我疲惫不堪，精神沮丧。尤其有一个表情严肃的仆人在一旁伺候着，他尽职尽责，那架势就像是招待到庄园来赴宴的一小群客人，而不是我孤身一人，所以我根本吃不下，也喝不下多少东西。一刻钟过后，我准备就寝，表情严肃的仆人把我领进一间装饰精致的房间。他说了句"九点用早餐，先生"，然后朝着四周环顾了一番，确认一切就绪了，再悄无声息地离开了房间。

"我今晚会梦见什么呢？"我吹灭蜡烛时心里思忖着，"白衣女人吗，还是住在这坎伯兰庄园的陌生人？"我睡在这幢宅邸里，虽然如同这个家里的朋友，但实际上一个都不认识，连他们的面都没有见过，心里不免有一种奇怪的感觉。

---

① 此处指的是男仆。维多利亚时代的英国，一般富裕人家才能雇得起男仆，因为男仆的薪水要高于女仆，而且雇佣男仆的主人需要纳税。一个年收入五千英镑的富裕家庭可以负担得起十一个女仆和十三个男仆：女管家、女厨、贴身女仆、保姆、两个室内女仆、洗涤室女仆、蒸馏室女仆、育儿室女仆、厨房女仆和杂务女仆（还不包括家庭女教师）。男管家（butler）、贴身男仆（valet）、家庭财产管理人（house steward）、干粗活儿的男仆（stullion）、两个马夫（groom）、一个马夫助手（assistant groom）、两个迎客上菜的男仆（footman）、三个园丁（gardener）和一个小工（labourer）。

五

翌日早晨,我起床后拉起百叶窗,明媚的八月阳光下,欢腾的大海展现在我的眼前,远处蔚蓝色的苏格兰海岸好像是给天际装的条条缘饰。

对我来说,看腻了伦敦那尽是砖头砂浆砌成的建筑之后,这种景致令人惊奇,倍感新鲜。我一看到它,就好像突然迸发了新的生命力和新的思想。我满脑子困惑迷惘,因为我突然感到失去了熟悉的过去,而对于现在与未来又尚未形成清晰的概念。几天前发生的事情,仿佛已过了很久很久。一切都在记忆中淡薄了。帕斯卡以他那奇特的方式宣布他如何为我找到了眼下这份差事,临行前与母亲和妹妹度过的那个夜晚,甚至还有从汉普斯特德回来的途中那令人不解的奇遇,所有这一切都成了好像我早年生活中发生的事。尽管白衣女人的形象依旧停留在我的脑海中,但她仿佛已经变得暗淡模糊了。

将近九点钟时,我下了楼。昨晚那个表情严肃的男仆看见我在过道上徘徊,便殷勤地领我去早餐室。

仆人把门打开,我第一眼就看到,这是个有多个窗户的长方形房间,中间的餐桌上摆着丰盛的早餐。我的目光从餐桌移到最远处的一个窗户边,只见一位小姐伫立在那儿,背朝着我。她身段美丽绝伦,神态优雅自如,我顷刻被她吸引住了。她身材颀长,但并不显得太高,秀丽丰满,但不显得肥胖。她的头自然灵活,端正稳重。腰部匀称适度,展示出自然曲线,虽然穿了紧身裙,但其美丽并无损害,依然显露无遗,令人赏心悦目。这种腰身在男人眼中是完美无缺的。她没听见我进房间,我先饱赏一会她的秀色,然后搬动身边的一把椅子,以便引起她的注意,这样可以尽量避免尴尬。她立刻转身向着我,开始从房间的另一端走过来,她举手投足,每个动作都显得自如优雅,令我心驰神往,急于要看清她的脸。她离开了窗户,我暗自思量:"这位小姐皮肤很黑。"她向前走了几步,我心里说着:"这位小姐年纪很轻。"她走得更近了,我心里一怔说(惊奇的感觉简直无法用言语表达):"这位小姐长得很丑!"

"造物主无舛错。"这句传统的真理性格言从未像现在这样成了彻头彻尾的悖论。一个人美丽动人的身材,从未像现在这样由于配着这么一张面孔而让人觉得别扭、惊讶,使美好的希望成为泡影。小姐的肤色几乎是黢黑的,上嘴唇上长着浅黑的汗毛,简直像男人的八字胡。她的嘴和下巴颏很大,显得健壮,有男子气。棕色的眼睛向外凸出,目光敏锐,神态坚毅。一头像煤炭一样黑的浓发长得特别低,都到前额了。她虽然看上去活泼伶俐,落落大方,机敏聪颖,但沉静下来时,完全没有了女性魅力中应有的娴静和温顺,而缺少了这些品质,世界上最美丽的女人也是不完美的。雕塑家看到这样的肩膀准会将其当模特——匀称的四肢动一动便透着美,动作端庄文雅,令人心驰神往,继而男性化的神态和男性化的五官容貌使身材的完美不复存在,几乎令人生厌——但看到肩膀上扛着张这样的脸,定会产生一种怪异的感觉:仿佛我们一般人在睡梦中有的那种无能为力、困苦不安的感受,知道梦的荒诞不经,有悖常理,可就是无法协调理顺。

"哈特莱特先生吗?"她问了一声。她开口说话时,黝黑的脸上挂着微笑,显得喜气洋洋,温和柔顺,平添了几分女性的妩媚。"昨晚我们等不到您来了,所以都上床睡觉了。招待不周,请原谅。我自我介绍一下,我是您的学生。我们可以握握手吗?我想我们迟早要握手,那为什么不早点呢?"

这一声奇特的欢迎词说得清脆响亮,悦耳动听。伸过来的手很大,但很美丽,动作自如大方,自信稳重,显得有门第有教养。我们在餐桌边坐下,态度亲切自然,好像我们相识有好多年,事先有约,到利默里奇庄园聚首怀旧来了。

"我希望您来这儿心情愉快,工作顺利,"小姐接着说,"今天早餐只有我陪您用,没有别人,您只得将就一下。我妹妹在她自己房里,她患了女人特有的毛病:轻微头痛症。老保姆维齐太太正在悉心照料她,给她喝滋补茶剂。我叔叔费尔利先生从不与我们一块儿用早餐,他身体不好,一直独自一人待在自己房间里。这儿除了我没有别人。前一阵子有两位小姐待在这儿,但昨天离开了,是失望走的。这也难怪,她们住在这儿期间(由于费尔利先生身体不好),连个打情骂俏、翩翩起舞、能言善聊的男同胞都没有,结果,我们除了斗嘴就没有什么事情可干。尤其是用餐时,每天四位姑娘坐在一块,能不斗嘴吗?我们很笨,不会在餐桌上施展款待别人的艺术,您看,我都看不太起我们女人自己,只是很少有人像我这样坦率承认罢了。天啊,您看上去很为难,为什么?是不知道早餐该吃什么,还是惊讶我说话口无遮拦?若是头一种情况,我作为朋友得劝您别碰手臂边的冷火腿,等到上了煎蛋饼再吃。若是后一种情况,我请您喝点茶,定定神,然后我尽量不说话(不过女人很难做到这点)。"

她给我倒了一杯茶,欢快地笑了笑。她面对一个陌生人侃侃而谈,态度亲切自如,毫不矫饰作态,对自己和自己的身份怀有一种天生的自信,这足以使她赢得世界上最蛮横的男人的尊敬。虽然在她面前不必要讲究客套,拘泥礼节,但绝不可能对她有些许无礼。虽然我受到她爽朗快乐的情绪的感染,极力以她那种坦率活泼的态度回答她的问题,但我还是本能地意识到这一点。

"对,对,"我说出了唯一的理由解释为什么我露出为难的表情时,她说,"我理解。您在一点儿也不了解这个家庭的背景的情况下,就听见我随便谈家里人的事,是会觉得不可思议。照常理,我应该事先想到这一点。我至少现在还可以补救。我就从我自己谈起吧,尽早把与事情有关的内容表明。我的名字叫玛丽安·哈尔寇姆。我管费尔利先生叫叔叔,管费尔利小姐叫妹妹,其实这样的称呼并不准确,但女人通常这样。我母亲有过两次婚姻,第一次嫁给了哈尔寇姆先生,即我父亲。第二次嫁给费尔利先生,即我同母异父妹妹的父亲。我和妹妹除了都是孤儿外,哪一点上都不像。我父亲是个穷人,费尔利小姐的父亲是个富人。我一无所有,她却继承了遗产。我又黑又难看,她又白又美丽。人人都说我性格乖戾,脾气古怪(这话公道)。人人都说她性情温和,娇媚可爱。总之,她是个天使,而我是……尝点果酱吧,哈特莱特先生,照顾一下女人的面子,您自己把这句话说完吧。关于费尔利先生的情况,我该告诉您一些什么呢?说实话,我都不知道。早餐后,他准会派人来请您去的,到时候您可以自己去研究他。但我现在可以告诉您的是,首先,他是已故费尔利先生的弟弟。其次,他没结过婚。再次,他是费尔利小姐的监护人。离开了妹妹,我不想活,离开了我,她不能活,这就是我到利默里奇庄园生活的原因。我和妹妹相亲相爱,您会说这简直不可理喻。既然如此,我同意您的看法——但实际情况就是这样的。哈特莱特先生,您得让我们两个人开心,要么都不开心。还有更头痛的一件事,那就是您完全只有我们两个人做伴了。维齐太太德美行正,但人微不足道。费尔利先生病魔缠身,跟谁都合不来。我不知道他患的什么病,医生不知道,他自己也不知道。我们都说他得的是神经上的毛病,但我们这么说时,连自己都不知道是什么意思。不过,我劝您今天见到他时,要迁就一下他的一些怪癖。只要您赞赏他收藏的钱币、版画和水彩画,就能讨得他的欢心。说实在话,您若是满意乡村的宁静生活,就不可能在这儿过得不顺心。从用过早餐到午餐前,您得去整理费尔利先生收藏的画,午餐过后,我和费尔利小姐要带上写生簿外出,在您的指导下画外景素描。画画是她的爱好,注意,不是我的爱好。女人作不好画——她们心绪不宁,反复无常,漫不经心,注意力不集中。没关系,我妹妹喜欢作画。为了她,我像别的英国女人一样,静下心来,浪费颜料,糟蹋纸张。至于晚上的时间,我觉得,我们可以帮助您打发。费尔利小姐弹琴悦耳动听,我很可怜,一个音符都不懂,但我可以陪您下棋,玩十五子游戏①、埃卡泰牌戏②,甚至可以打台球(女人在这方面有不可避免的劣势)。您觉得这些活动项目怎么样?您能适应我们这儿的宁静刻板的生活吗?在利默里奇庄园这沉闷乏味的气氛中,您会内心烦躁,指望有所改变,出现奇遇吗?"

---

① 十五子游戏(backgammon)是一种双方各有十五枚棋子、掷骰子决定行棋格数的游戏。
② 埃卡泰牌戏(écarté)是一种两人对玩的三十二张牌戏,可以在入局前调牌,以垫牌为特色。

她就这么不停地说着,谈吐诙谐,言辞得体,我除了出于礼貌做一点无关紧要的回答外,没有打断她的话。但是,她在最后那句问话说出的"奇遇"两个字,可以说她是随口说的,倒是令我想起了巧遇白衣女人的事。同时,陌生女子自己也向我提到了费尔利太太,我更急于探询清楚从疯人院逃出来的白衣女人与利默里奇先前的女主人之间原本存在什么关系。

"即便我是世上最静不下来的人,"我说,"未来的一段时间里也不至于渴求什么奇遇。我到达本宅邸的头天夜间,已经有过一次奇遇了。我向您保证,哈尔寇姆小姐,这次奇遇引起的惊叹和激动不说持续更长时间,起码可以持续我待在坎伯兰的这段时间。"

"真的吗?哈特莱特先生!可以说来听听吗?"

"您是该听听。这件事的主角我一点儿也不认识,您或许也根本不认识,但她确实提到已故费尔利太太的名字时,充满了真挚的感激与敬仰之情。"

"提到了我母亲的名字吗?这太有趣了,说下去。"

我立刻叙述了巧遇白衣女人的经过,说得原原本本,一点不差,而且还一字不漏地把她对我说过的关于费尔利太太和利默里奇庄园的话重复了一遍。

我叙述的过程中,哈尔寇姆小姐的眼睛炯炯有神,目光坚毅,始终热切地盯着我的眼睛看。脸上只出现了强烈的好奇和惊诧的表情,别无其他。她显然和我一样,对这个不解之谜一无所知。

"您能肯定她说的话指的是我母亲吗?"

"非常肯定,"我回答说,"不管她是谁,反正她曾在利默里奇村上过学,享受过费尔利太太的特别恩惠,如今她对此仍心存感激,念念不忘，对这个家庭现在还活着的人充满了爱心。她知道，费尔利太太和她丈夫都已过世了，她还说到费尔利小姐，好像她们小时候认识。"

"我想您是说她否认自己是本地人？"

"对，她对我说，她是汉普郡人。"

"而您根本没有打听出她的姓名？"

"根本没有。"

"很不可思议啊。哈特莱特先生，我觉得，您让那个可怜的女人获得自由，做得很对，因为她好像在您面前并没有干什么不配享受自由的事。不过，您倒是该态度更坚决些，打听出她的姓名才是。我们一定要设法弄清楚这个秘密。这事您先别跟费尔利先生和我妹妹提起。我肯定，他们也一定跟我一样，不知道该女人是谁，不知道她过去与我们家有什么联系。而且他们二位，虽然表达方式完全不同，但都神经脆弱，多愁善感，弄不好您会烦恼了一个，吓坏了另一个，结果一事无成。至于我，已经好奇得连坐都坐不住啦，从此要竭尽全力弄清楚这件事。我母亲二婚后到了这儿，当时她确实在村上办了一所学校。学校现在还在，不过原先的教师不是已经去世，就是离开了此地，所以，别指望学校方面能提供什么线索。我能想到的唯一途径便是——"

当时，仆人进来打断了我们的谈话。他通知我说，费尔利先生要我用完早餐后就去见他。

"在大厅等吧，"哈尔寇姆小姐代我回答了仆人的话，说得敏捷干脆，"我是说，哈特莱特先生马上就去。"她接着又对我说："我和妹妹保存了我母亲的许多信件，其中有写给我父亲的，也有写给她父亲的。既然没有别的途径弄到线索，我今天上午就去把她与费尔利先生的通信查询一遍。费尔利先生很喜欢伦敦，常常离开乡下进城去住，而我母亲在这种时候习惯给他写信，把利默里奇发生的事告诉给他。她常常在信中提到自己极为关心的那所学校，我看我们再见面时，我说不定已经发现线索了。午饭是在两点钟，哈特莱特先生，到时我将有幸向您介绍我的妹妹了。下午我们驾车到附近郊游，带您看看我们喜爱的风景点。那就两点见吧。"

她向我点了点头，神态活泼娴雅，给人愉快亲和、教养有素的感觉，其实她的一切言谈举止都具有这个特色，接着便从房间另一端的门口出去了。她刚一离开，我便转身走向大厅，跟在仆人后面，第一次去见费尔利先生。

六

仆人把我领上楼，走进通往我昨天睡觉的卧室的过道。他打开卧室旁边的房门，请我进去看看。

"主人吩咐我带您看看您的起居室，先生，"男仆说，"看看您满不满意房间的陈设和光线。"

我若是对房间和里面的陈设不满意，那我就真是太难伺候了。从弓形的窗户口，可以欣赏到早晨我在卧室里欣赏过的同一片美景，家具豪华精美，房间中间一张桌子闪闪发亮，上面摆了装帧华丽的书籍，雅致的文具和艳丽的鲜花。另一张桌子放窗户附近，上面放了裱水彩画需要的材料。桌边配了个小画架,我可以随意打开或折拢。墙上挂满了色泽艳丽的印度印花布。地上铺着玉米黄和红色相间的印度草席。这是我所见过的最精巧最豪华的小型起居室。我热情洋溢,对它赞赏有加。

表情严肃的仆人受过极其严格的训练,不露半点自豪得意的神色。当我说完了赞美的话以后,他欠了欠身,神情冷漠,一声不吭地帮我打开门,返回到了外面的过道。

我们拐了个弯,走进另一条很长的过道,到了尽头再上一小段楼梯,穿过楼上的一间小圆厅,最后在一扇蒙了浅黑粗纺呢的门前停下了,仆人打开门,领我走了几步,到达另一扇门边,又开了门,然后拉开挂在我们面前的两幅淡蓝绿色绸子帷幔。他轻轻地把其中一幅帷幔撩起来,低声说了句"哈特莱特先生",然后离开了。

我发现,自己到达了一个面积大空间高的房间,天花板装饰得富丽堂皇,地上铺了地毯,地毯又厚又柔软,感觉脚下好像堆的是天鹅绒。靠房间一边立着一个长长的书橱,是用一种稀有的嵌花木做的,我感觉很新鲜。书橱高不超过六英尺,端部摆满了各种大理石小雕像装饰品,陈列得错落有致。另一边有两个古色古香的柜子,柜子中间的上方,挂着一幅用玻璃框着的圣母玛利亚和圣子画像,柜子底部镀金牌上刻着画家拉斐尔[①]的名字。由于我站在了门内,看到左右两边摆着小橱和玳瑁金银等细工镶嵌的小架子,上面放满了各种德累斯顿[②]产的瓷器塑像,稀世古花瓶,象牙饰品,还有玩具古

[①] 拉斐尔(Raphael, 1483—1520)是意大利文艺复兴盛期画家、建筑师,主要作品有梵蒂冈宫中的壁画《圣礼的辩论》和《雅典学派》,其他代表作有《西斯庭圣母》《基督显圣容》等。
[②] 德累斯顿(Dresden)是德国德累斯顿文化的代言词,德国十大主要城市之一,位于德国东部,是仅次于首都柏林的第二大城市。

董,各处镶有金银宝石,闪闪发亮。房间的另一端,与我正对面,与门口帷幔一样同是淡蓝绿色的大幅百叶窗把窗户给遮住了,太阳光变得柔和了些。因此,室内光线也变得柔和怡人,显出神秘色彩。光线均匀地洒在室内的各种陈设上,更显得这儿寂静无声,与世隔绝。庄园主人那孑然的身影就显现在这静谧适度的光线里。只见他仰靠在一张大安乐椅上,没精打采,泰然安详,椅子一边的扶手上装了个托书架,另一边配了一块小台板。

    人一旦过了四十岁,不经过化妆,若是其外表可以准确地显示其年龄——其实这很不可靠——我看到费尔利先生时,估计其年龄在五十到六十岁之间。他颊上无胡须,脸部瘦削憔悴,光滑苍白,但没有皱纹。鼻子很高,呈鹰钩状。眼睛呈灰蓝色,大而凸出,黯然无神,眼睑四周通红。头发稀疏,看上去很柔软,呈浅棕色,这种颜色的头发变灰时,最不容易看出。他穿了件深色礼服大衣,是用一种比一般棉布料薄得多的面料做的,背心和裤子都是纯白色的。他长着一双女式小脚,穿着浅黄色长筒丝袜和小巧的女式黄褐色皮拖鞋。白皙的小手上戴着两枚戒指,其价值连我这个没经验的人都可以看出是昂贵的。总的说来,他看上去虚弱无力,缺乏生气,苦恼烦躁,过分清高,这种气质放在男人身上显得太娇弱,令人觉得怪异少见,挺不舒服。同时,把它转到女人身上,那也不会显得自然得体。我早上和哈尔寇姆小姐见面交谈后,满以为会喜欢上这儿的每一个人的,但一见到费尔利先生,情感的闸门便断然关闭了,对他产生不了好感。

    我走得离他更近时,发现他并不像我一开始认为的那样无所事事。他旁边的一张大型圆桌上除了放着各种珍稀美丽的物品外,还有一个乌黑发亮的矮柜，里面有形状各异、大小不同的钱币，全都陈列在衬有深紫色天鹅绒布的小抽屉里。有一个抽屉就搁在他安乐椅扶手的台板上。抽屉边摆着几把刷珠宝用的小刷子，一块软皮擦，还有一小瓶液体。有了这些东西，一旦发现钱币上有什么不干净的地方，就派上用场了。我走近他坐着的椅子，以示礼貌，然后收住脚步鞠了一躬。当时，他白皙娇弱的手指正在有气无力地摆弄一件东西，在我这个外行人看来，那东西像是一枚锡制勋章，脏兮兮的，边缘还参差不齐。

"很高兴把您请到了利默里奇，哈特莱特先生，"他说着，声音沙哑，有如哭诉，尖声尖气，很不协调，加上说话有气无力，让人听后很不舒服。"请坐吧，但别挪动椅子，我神经衰弱得很厉害，任何一点响动都会给我带来莫大的痛苦。您看过您的画室了吗？还可以吧？"

"我刚看过，费尔利先生，我向您保证——"

我话没说完就被他打断了。他闭上眼睛，一副哀求的样子，举起一只白皙的手。我吓了一跳，赶紧停下。他声音沙哑低沉地向我解释：

"请原谅，您能不能低声点儿说话？我神经衰弱得太厉害，高声说话对我是难以形容的折磨。您会原谅一个病人吗？我的身体糟糕透了，害得我向所有人都要这样说。对啦，您确实喜欢那房间吗？"

"简直再漂亮再舒适不过了。"我放低嗓门说。我此时才发现，费尔利先生为满足一己的装腔作势和费尔利先生痛苦不堪的神经衰弱所指的完全是一回事。

"真高兴啊，哈特莱特先生，您会发现自己在这儿备受尊重的。

英国人对艺术家的看法很糟糕,他们鄙视艺术家的社会地位,但在本庄园绝不会有这样的事情。我早年在国外待了很长时间,所以,完全消除了这方面的偏见。我确实希望绅士们——这是个令人讨厌的字眼,但我觉得,自己还是必须使用它——我附近的那些绅士也能这样。哈特莱特先生,他们可都是些可怜虫,对艺术一窍不通。他们那些人,这么跟您说吧,如果他们当年看见查理五世[①]给画家提香[②]拾画笔,准会惊得目瞪口呆。可不可以请您把这一屉钱币放回小柜,把下一屉递给我?我神经衰弱得很厉害,用一点力气对我来说都有说不出的痛苦。是的,谢谢啦。"

费尔利先生刚才举例向我谈了一通开明的社会理论,以示看得起我,但作为对这种理论的实际评注,他又从容不迫地向我提要求,这着实让我觉得有趣。我毕恭毕敬地把一个抽屉放回,再递给他另一个。他便马上开始摆弄起这一套钱币和小刷子。他一直同我说着话,同时眼睛无精打采地注视着钱币,欣赏着钱币。

"万分感谢,还请万分原谅。您喜欢钱币吗?喜欢,太好啦,除了爱好艺术,我们又有了一项共同爱好。呃,关于薪水的事情——请告诉我——您满意吗?"

"再满意不过了,费尔利先生。"

"真高兴啊,那么——接下来谈什么呢?啊!想起来了,对不对?蒙您好意接受聘请,光临本庄园,为我奉献您的艺术才华,我

[①] 查理五世(Charles V,1500—1558)是哈布斯堡王朝广泛的皇室联姻的产物,其具体国籍很难说明。从父方来看,他是奥地利哈布斯堡王朝的一员。他的母亲又是西班牙人。他的母语是法语,因为法语是他成长所在地贵族的通用语言。即位前通称奥地利的查理,为西班牙国王(1516—1556年在位),神圣罗马帝国皇帝(1519—1556年在位),西西里国王(1516—1556),那不勒斯国王(1516—1556),是低地国家至高无上的君主。
[②] 提香(Titian,1490?—1576)是意大利文艺复兴盛期威尼斯画家,擅长肖像画、宗教和神话题材,作品有《乌尔宾诺的维纳斯》《圣母升天》《文德明拉全家肖像》等。

的管家将在周末去拜访您，看您还需要些什么，还有——还有什么呢？很好奇，对不对？我要说的话有很多，但我好像都忘了。可不可以请您轻轻摇一下铃？在墙角那儿，对了，谢谢您。"

我摇了摇铃，一位新仆人悄无声息地走了过来——是个外国人，脸上凝固着笑容，头发梳得溜光——一副十足的仆人模样。

"路易斯，"费尔利先生说着，他驰心旁骛，用一把刷钱币的小刷子刷着指尖，"今天早晨我在简札上记了些项目，把我的简札找来。请万分原谅，哈特莱特先生，恐怕我烦着您了吧。"

我还没来得及回话，他又倦乏地合上双眼。而他也确确实实令我厌烦了，我一声不吭地坐着，仰望着拉斐尔的那幅圣母玛利亚和圣子的画像。就在这时，仆人离开了房间，但马上又返回来了，捧着一本象牙色的小册子。费尔利先生先是轻轻地舒了口气，然后用一只手抖开小册子，另一只手举着小刷子，这是示意仆人继续等着听他的吩咐。

"对啊，就是这样的！"费尔利先生说着，一边翻阅简札。"路易斯，把那画夹取下来。"他指着放在靠窗户边胡桃木架上的几个画夹说，"不对，不是那个绿背脊的——那里面夹的是伦勃朗[①]的蚀刻画，哈特莱特先生，您喜欢蚀刻画吗？喜欢，太好啦，我们又有了一项共同爱好。红背脊的画夹，路易斯，别掉下了！假如路易斯把画夹掉下来了，哈特莱特先生，您真不知道我会多痛苦。放在椅子上稳当吗？您认为把画夹放在椅子上稳当吗，哈特莱特先生？稳当，太好啦！您若是真以为很稳当，劳您驾帮我看看这些画好吗？路易

[①] 伦勃朗（Rembrandt, 1606—1669）是荷兰画家，擅长运用明暗对比，讲究构图的完美，尤其善于表现人物的神情和性格特征，作品有群像油画《夜巡》、蚀刻画《浪子回家》、素描《老人坐像》等。

斯，你走吧。你蠢驴一头，没看见我还拿着简札吗？你认为我乐意拿着，是不是？那为什么我没吩咐就不接过简札呢？请万分原谅，哈特莱特先生，仆人全是些蠢驴，是不是？请告诉我——您觉得这些画怎么样？这些画是廉价买来的，当时简直不成样子——我上次看这些画时，觉得上面散发着那些可恶的卖主和掮客留下的气味。您能负责修裱一下吗？"

虽然我的嗅觉还没有敏感到能闻出曾经冒犯过费尔利先生鼻孔的那股粗俗平庸之辈留下的气味，但我在翻阅这些画时，凭我的造诣修养，足可以鉴别出它们的价值。它们大部分属于英国水彩画珍品。画的前任主人应更加精心保护，而不至于让它们成为现在这样子的。

"这些画，"我回答道，"需要细心地拉直、糊裱。在我看来，它们很值得——"

"请您原谅，"费尔利先生打断我的话，"您说话时我可以闭上眼睛吗？我的眼睛连这样的光线也受不了。可以吗？"

"我正要说这些画很值得花时间、费工夫去——"

费尔利先生突然又睁开眼睛，神色紧张，一副茫然无助的样子，目光移向窗户那边。

"我求您原谅我，哈特莱特先生，"他说话时有气无力，声音颤动着，"但我肯定听见楼下花园里可恶的孩子——那是我自家的花园——对不对？"

"我不知道，费尔利先生。我没听见什么。"

"劳驾您帮我——您太好啦，一直迎合着我可怜的神经——劳驾您帮我掀起那窗帘的一角。别让太阳射到我身上，哈特莱特先生！

您掀起窗帘了吗?掀起啦?那劳驾您看一看花园里是不是有人,好吗?"

我遵从了他的这个吩咐。花园四周玻璃围得严严实实的,在这个神圣的世外桃源里,一个人影也没有,无论是大人还是小孩。我把这个令人欣喜的事实报告给了费尔利先生。

"万分感谢。我想那是我的幻觉吧。谢天谢地,本庄园没有孩子,但是,仆人们(天生没头脑的人)会放纵村里的孩子进来。那些小混蛋——噢,我的天,那些小混蛋!能恕我直言吗,哈特莱特先生?——我真想改造改造小孩子的身体结构,但造物主好像执意要把他们制造成没完没了地发出噪音的机器。我们可爱的拉斐尔洛①的设计肯定更加可取。"

他指着圣母玛利亚的画像,画像的上半部分画着意大利艺术中传统风格的小天使。他们在天空中把下颌搁在淡黄色的云朵上。

"真是一群样板孩子啊!"费尔利先生斜睨着小天使们说,"多美的圆脸蛋,多美的软翅膀,别的什么都没有,没有脏兮兮的小腿四处乱跑,没有吵吵嚷嚷的小嗓门尖声喊叫。比现在这种小孩的构造不知道要高明多少啊。您如果不介意的话,我又要闭上眼睛啦。您真能料理好这些画吗?太好啦。还有什么别的事要商定的吗?即使有,我看我也忘了。我们摇铃叫路易斯再进来行吗?"

这时,费尔利先生显然巴不得尽快结束我们这次谈话,我也如此,于是我主动提出必须要说的事情,以表明没有必要再多此一举叫仆人来。

"只有一点,费尔利先生,需要商定的,"我说,"那就是,关于

---

① 拉斐尔洛是拉斐尔的昵称。

我教两位小姐画画的事。"

"啊！可不是嘛，"费尔利先生说，"我真希望我有足够的精力来安排这档子事，但我力不从心啊。两位小姐受益于您的亲切指教，哈特莱特先生，她们会自己决定并安排好的。我侄女喜欢您从事的这门富有魅力的艺术，她有一定的绘画知识，看得出自己的缺憾在哪里，我们两个相互都很理解，可不是吗？我不能久留您，耽搁了您所热衷的事业，对吧？真高兴，样样事情都定下来了，这样办事真是轻松愉快，明智有效。劳驾您摇一下铃叫路易斯来把画夹搬到您房间去好吗？"

"如果您不介意的话，费尔利先生，我自己搬过去。"

"您真要自己搬？您有这么大的力气？身体强健，真好啊！您肯定不会让画夹掉下？利默里奇有了你，真是太好啦，哈特莱特先生。我痛苦成这样，简直不可能常陪您。劳驾您千万当心，别让门关得响，别让画夹掉下，好吗？谢谢。请轻轻地掀帷幔——一点点声音都像刀子割我一样。好的，再见！"

淡蓝绿色的帷幔合上了，两扇蒙了浅黑粗纺呢的门也在我后面关上了。这时，我在外面的小圆厅里停了片刻，如释重负，舒舒坦坦地吸了一口长气，一发现自己又来到了费尔利先生的房间外，就好像深深扎进水里后，又浮上了水面一般。

我在我那间精致小巧的画室里舒舒服服地安顿下来，准备上午的工作后，当即就下定决心，除非主人特别请我再去见他，不过这种情况不太可能发生，否则，我决不踏进他的住处半步。费尔利先生态度骄横无忌，傲慢失礼，一时间搅得我内心不得平静，但一旦定下了以后跟我的这位雇主如何打交道的满意计划后，我立刻就平静下来了。上午剩下的时间过得充实愉快:翻阅那些画,将其整理成套,修整残缺的边缘,为今后裱这些画做一些必要的准备工作。我或许本应不止干这些活的,但用午餐的时间临近时,我心神不定,浮躁不安,虽然面对的只是简单的手工活儿,但就是无法集中注意力。

两点钟到了,我又下楼去早餐室,心里有点焦急不安。现在又要去这个房间了,饶有兴趣的期待感油然而生。把我介绍给费尔利小姐的时刻到了。此外,如果哈尔寇姆小姐查阅她妈妈的信件达到了预期目的的话,那么,解开白衣女人这个谜团的时候也到了。

七

我走进餐室时,看到哈尔寇姆小姐和一位上了年纪的太太坐在餐桌边。

经介绍,上了年纪的太太原来就是费尔利小姐先前的保姆,也就是早餐时我的性情活泼的同伴言简意赅地介绍为"德美行正,但人微不足道"的维齐太太。哈尔寇姆小姐对这位太太的性格所做的描述可谓恰如其分,我除了证明这点以外,别无补充。维齐太太看上去是人类平静恬然和女性温柔友善品性的化身。丰满安详的脸上挂着淡然的微笑,这表明她在心境坦然地品味着平静的生活。有些人匆匆忙忙地奔波一生,有些人从从容容地逍遥一生。维齐太太则平平静静地坐了一生。不论早晚,在家里坐着,在花园里坐着,在走廊通道某个料想不到的窗台上坐着,朋友拽她出去散步,又在轻便凳子上坐着,看什么东西前要坐着,谈论什么东西前要坐着,对最普通的问题回答"是"或"不是"前要坐着——无论家里的境况有什么变化,她嘴角边总挂着那淡然的微笑,面部表情总是那样专注地透着几分迷茫,手和臂摆放的姿势也总是显得那样舒适安逸。她就是这么样的一位老太太,性情温和柔顺,态度和蔼可亲,神色娴静安详。从出生起,她压根儿就不会让人觉得她是真正生活着的一个人。造物主对这个世界有太多的事情要做,要忙于创造种类繁杂同时又共生共存的万物,所以,她同时要进行各种不同的造物活动,肯定时常会陷入忙乱混杂的境地,以致分不清这些活动。基于这点,我总是这样认为:维齐太太出生的时候,造物主正专心创造卷心菜,因此,这位善良的太太就因为我们的万物之母心系于一种蔬菜而成为受害者。

"呃,维齐太太,"哈尔寇姆小姐说,她与身边这位沉静缄默的老太太形成对照,看上去比以往更加爽朗活泼,更加聪颖伶俐,更加敏捷灵巧,"您吃点什么?来个炸鸡肉饼怎么样?"

维齐太太把她那双丰满得现出窝儿的手交叉搁在餐桌边上,安详地微笑着说:"行啊,亲爱的。"

"那是什么,哈特莱特先生对面的?是煮鸡肉对吧?我想,同炸鸡肉饼相比,您更喜欢吃煮鸡肉吧,维齐太太?"

维齐太太把丰满得现出窝儿的手从餐桌边缩回,交叉改放在膝上,看着煮鸡肉若有所思地点了点头说:"对啊,亲爱的。"

"那行,但您今天吃哪样呢?是哈特莱特先生给您点煮鸡肉呢,还是我给您点炸鸡肉饼?"

维齐太太再次把一只丰满得现出窝儿的手放回到餐桌边,态度沉静平和,犹豫了片刻后说:"随您的便吧,亲爱的。"

"天啦!问题是您的胃口啊,我的好太太,而不是我的。两样都来点怎么样?哈特莱特先生好像急着要给您切鸡肉,要不先来点煮鸡肉怎么样?"

维齐太太把另一只丰满得现出窝儿的手搁到餐桌边上,一时间微露活泼高兴的神态,但随即又消失了,然后顺从地点点头说:"麻烦您啦,亲爱的。"这真是个性情温和柔顺、态度和蔼可亲、神色娴静安详的老太太啊!但关于维齐太太的情况或许就只能暂时写到这里了。

这期间,仍然不见费尔利小姐的踪影。我们用完了午餐,她仍未出现。哈尔寇姆小姐目光敏锐,什么也逃不过她的眼睛,她注意到我时不时地把目光投向门边。

"我看得出,哈特莱特先生,"她说,"您在寻思着另一位学生到底怎么啦。她下了楼,头痛病好了,只是食欲还没有恢复,不同我们一块儿用餐。如果您能听从我的安排,我估计,我可以在花园里找到她。"

她拿起一把放在她身旁椅子上的阳伞,领着我从房间外侧一扇对着草坪开的长窗走出去。这几乎是多此一举的交代:我们把维齐太太留在餐桌边坐着,丰满得现出窝儿的双手仍旧交叉搁在餐桌边上,很显然,下午剩下的时间里,这个姿势会始终保持着。

我们横过草坪时,哈尔寇姆小姐意味深长地看了看我,然后摇了摇头。

"您的那次神秘的奇遇，"她说，"仍旧悬在漆黑的长夜。我整个上午都在查阅母亲的信件，但尚未发现什么。不过，别气馁，哈特莱特先生。这是一件激发人们好奇心的事，而您又是同一位女士联合行动。这样一来，成功是早晚的事。信件还没有查阅完呢。还有三扎，您放心好啦，我要用整个晚上的时间把信过一遍。"

那么，这是一件我早上预感好了而未能实现的事。接着，我便开始怀疑，是不是我与费尔利小姐相见的事会使我从早餐时起就萌发的种种希望破灭呢？

"您与费尔利先生见面的情况怎么样？"我们走出草坪，拐进一片灌木丛时，哈尔寇姆小姐问，"他今天上午是不是特别情绪不安？不必费心思考虑如何回答，哈特莱特先生。一看到您要想一想的样子，我就已经明白了。从您脸上的表情我就看出了他特别情绪不安，我很体谅，不愿意弄得您也像他那样，所以就不再问啦。"

她说话的当儿，我们转身踏上了一条蜿蜒的小路，前面出现了一座精巧的纳凉小屋，木质结构，如同瑞士的度假小别墅。我们走上台阶到达门口时，发现单间的纳凉小屋里有位年轻小姐。她站立在一张带皮木料做的桌边，正透过树林的空隙向外观赏着荒野和小山组成的陆地景致，一边还信手翻阅身边一本很小的写生画册。这就是费尔利小姐。

我如何才能描述她呢？如何才能把她从我自身的情感以及后来所发生的一切中分离出去呢？我如何才能按照自己第一次看见她时的形象重现她，使她现在在本书的字里行间展现在世人的面前呢？

后来，我为劳拉·费尔利画了一幅水彩画，画的是我第一次看见她时的地点和她当时的姿态。我现在写作时，水彩画就摆放在我的写字台上。我注视着画,透过纳凉小屋那深棕绿色的背景,一个人的形象清晰地呈现在我的面前:身材轻盈,青春年少。身穿朴素的平纹布衣,衣服的图案是淡蓝和白色相间的宽条儿。肩上披了条同样布料的披肩,显得利索得体。头上戴了顶本色的小草帽,帽檐上用缎带简洁地走了一下边,正好与衣服相称。草帽同时还给她脸庞的上半部投下了亲和的珠光色阴影。头发呈暗淡的棕色——不是亚麻色的,但接近那种淡色,不是金灿灿的,但显得那么有光泽——有些地方几乎与帽子投下的阴影融合成了一种颜色。头发明显往两边分开,在耳朵上方再往后梳,掠过前额的发缕呈自然卷曲状。眉毛的颜色比头发的要深得多,一双绿松石色眼睛清澈透明,显得和蔼宽厚,这种眼睛常常会受到赞美,但现实生活中很少见。美丽可爱的眼睛颜色,美丽可爱的眼睛形状——又大又温柔,平静中带着沉思——但是,最美的莫过于那深邃的目光,真诚坦率显露无遗,随着各种表情的变化,目光闪烁,呈现出一片更加纯洁、更加美妙的天地。眼睛透出的魅力——极其柔和而又极其鲜明地透出——弥漫在整个脸庞,掩盖和改观了其他天生的小缺点,所以,很难评价脸部其他地方哪里长得好,哪里长得不好。很难看出,脸的下半部到下颌的地方过于瘦削,不甚丰满,显得与上半部不那么匀称协调,鼻子没成鹰钩状(不管鹰钩鼻生得有多完美,但对于一个女子总是一件痛苦而又残酷的事),但微微地偏向了一边,轮廓显得不那么挺直。她嘴唇娇嫩甜蜜,但微笑时往往会微微神经质地收缩,弄得它们在嘴角一边稍稍向上翘起。这些小的缺陷出现在别的女人脸上,也许人们注意得到,但在她的脸上,就不那么容易看得出了,因为它们与她表情中富有个性和独具特色的东西浑然糅合在一起了,而所有其他部位的表情又紧紧地依靠眼睛做推动力，使其充分地展示出生气。

漫长而又快乐的日子里，我情真意切，勤勉耐心地完成了这幅她的肖像画，这幅拙劣的画能向我展示这些东西吗？啊，这些东西在一幅朦胧呆板的画中所表现的是多么少，而我在凝视这幅画时的思绪中却包含着那么多啊！一位美丽娴雅的少女，身穿精致的薄衣，信手翻着画页，诚挚天真的蓝眼睛正移开画册向上看，这就是这幅画所表达的一切，虽然思想和笔用语言表述时所触及的领域更为深远，但兴许它们也只能如此而已。以生命、目光和体形唤起我们对美的遐想，她以此来填补她出现之前我们灵魂深处那块未知的空白。那些深邃得令语言唤不醒、思想也几乎触不动的情感，到了这种时候，往往被某种风姿韵致——而非那些感觉得到和表现手法所能企及的东西——所激发。女性美的奥秘只有同我们自己灵魂深处更深的奥秘血脉相通时，才能设法破译。这时，也只有在这时，它才超出了这个世界上画家和作家的眼光所关注的狭隘范围。

要找到对她的感觉，就像您当初认为有那么一位女士首次令你心醉神迷，而其他女性都无法让您心动那样去想象她吧。让那双温柔仁慈、诚挚坦率的蓝眼睛就像当初与我的目光对视那样与您的对视吧，那奇妙绝伦的目光会令我们俩刻骨铭心。让她放开歌喉，吟出您最喜爱的曲调吧，那优美和谐的声音会像我当初享受的那样令你赏心悦耳。她在本书中来来去去地走动时，让她的脚步就像那些您的心随着轻盈欢快的节律跳动的其他脚步一样吧。把她当作您想象中的婴儿吧，她会像活在我心目中的那个女人一样，渐渐长大，越来越让您着迷。

我第一眼看见她时，内心激动，感觉丰富，这是我们大家都熟知的感觉，最初在大多数人心里会顿时产生，继而又会在许多人心中消失，而后来又会在极少人心中复苏，重现当初的情形。在我的种种感觉中，有一种感觉令我烦恼不安，困惑茫然，而在费尔利小姐面前，尤其显得奇异不解，不合时宜。

她姣好的面容，美丽的头部，甜蜜的表情，优雅大方的举止，无不给人留下鲜明深刻的印象，但与此同时，也令人产生另一种印象，即朦朦胧胧地感觉到还缺少点什么。一会儿觉得好像是她身上缺少什么，一会儿觉得好像是我自个儿缺少什么，所以，妨碍了我对她做出应有的判断。每当她看着我时，这种感觉总是十分强烈而且矛盾，换句话说，我强烈地感受到她那协调迷人的容貌，但同时又觉得美中有不足，可就是无法点明，所以心神不定。缺少点什么，缺少点什么——但缺在哪里，是什么东西，我说不上来。

我首次同费尔利小姐见面时，上面这种怪异念头（我当时就是这样认为的）弄得我局促不安。她对我说了几句表示欢迎的客套话，我却镇静不下来，连表示感谢的习惯语都答不上来。哈尔寇姆小姐看到我说话支支吾吾的样子，自然以为我是一时害羞，于是机敏自如地把话头接过去。

"您看，哈特莱特先生，"她说道，手指了指摆在桌上的写生画册，以及仍在信手翻动写生画册的纤纤细手，"您得承认终于找到模范学生了吧？她一听说您到庄园来了，就一把抓起珍爱的画册，即刻面对广博的大自然，巴不得马上开始画画啊！"

费尔利小姐情绪昂扬地笑了笑，笑容在她美丽可爱的脸上绽开，好像我们上空灿烂的阳光那样明媚。

"这种表扬我可担当不起,"她说,晶莹坦诚的蓝眼睛看了看哈尔寇姆小姐,又看了看我,"我虽然喜欢绘画,但我很清楚自己的深浅,所以不是巴不得马上开始画,而是害怕开始。我一知道您来了,哈特莱特先生,我就赶紧浏览一下自己的写生画,就像小时候那样,生怕到头来背不出课文,所以习惯先温习一下。"

她做了这么一番措辞得体、简洁明了的表白之后,把桌上的写生画册往自己身边移了移,举止态度一本正经,古怪有趣,带着孩子气。哈尔寇姆小姐坚定果断,快人快语,立刻消除眼前小小的尴尬局面。

"无论是好是坏,还有不好不坏,"她说,"学生的画总是要经过先生严格评判的——快别说这个了吧。我们何不把写生画册带到马车,劳拉,以便让哈特莱特先生在颠簸不定和受到干扰的情况下第一次看看这些画怎么样?他抬头看风景时大自然真真切切,再低头看我们的画时大自然变了样,只要我们一路驾车弄得他这样云里雾里分不清楚,那我们就会弄得他毫无办法,最后只好对我们说几句恭维赞扬的好话了事,我们也就能在他这位内行人面前逃过一劫,让我们特别看重的虚荣心完好无损。"

"但愿哈特莱特先生不要对我说恭维的话。"我们共同离开纳凉小屋时,费尔利小姐说。

"我可不可以冒昧问一句,您为何会有这样的愿望呢?"我问。

"因为我会把您对我说的每一句都当真的。"她回答说,话说得简洁明了。

透过这么简短的话语,她无意中向我展示了了解她整个性格的关键。由于她天性诚实,值得信赖,所以,她也就自然而然地宽厚豁达，信赖别人。我当时对此只是凭直觉，而如今则凭经历明白了这一点。

善良的维齐太太仍然坐在那张散了席的餐桌边，我们只等着去唤醒她，然后一同进入敞篷马车，开始预定的乘马车郊游。老太太和哈尔寇姆小姐坐在后座，我和费尔利小姐一起坐在前座。写生画册在我们面前展开，终于清晰地呈现在我这个内行人的眼前。哈尔寇姆爽朗活泼，一门心思只注意她自己、她妹妹和一般妇女画的美术作品滑稽可笑的一面，所以，即使我自告奋勇要对作品提出严肃的批评意见，恐怕也不可能提得成。我们一边聊着，我还一边机械地翻着写生画，但我对谈话内容的记忆比对写生画的要深刻得多，尤其是费尔利小姐加入的那一部分谈话，如今仍活灵活现地留在我的记忆深处，好像是几个小时以前才听到的。

是啊！让我实话实说吧，我第一天就被她绰约的风姿所倾倒，弄得我心醉神迷，忘了自己的身份了。她就如何用笔和调色的事向我提出了一些问题，她美丽温柔的眼睛看着我时，真诚的目光中透着渴望，想学会我能教的一切，还想领略我能展示的一切。问题再烦琐，眼神变化再细微，也比一路上无限的风光，或光和影汇合在起伏的荒原和平坦的海滩上时无穷的变幻，更能引起我的注意。任何时候，在人类兴趣所致的任何情况下，我们的心灵竟对我们所置身的这个自然世界中的风景无动于衷，不为其所动，这难道不奇怪吗？苦恼时去大自然中寻求安慰，欢乐时去大自然中寻找共鸣，这只是书本上才有的事。现代诗歌连篇累牍，生动形象地描述非生物世界中的美，但欣赏这种美可不是我们的天性，最优秀的人也没有这种天性。我们小时候谁也不具备欣赏这种美的能力，没受过训练的成年男女也不具备。一辈子生活在海洋与陆地组成的瞬息万变的大千世界中的人，恰恰也就是对与他们的职业兴趣没有直接联系的自然风光最无动于衷的人。我们欣赏自然世界的美的能力，实际上是教化熏陶的结果，我们把审美当作一门艺术来学习。即便是对这种能力，除了我们倍感兴趣索然、无所事事时，平时极少去刻意培养。我们自己或我们的朋友在兴致勃勃或者烦躁乏味时，大自然迷人的风光在这当中有多大的影响力呢？我们平日不知多少次相互诉说着各自的经历，这当中，有多少是说自然风光的呢？无论世界表面向我们展示的景色是多么丑陋不堪，或是多么瑰丽多姿，我们的智力能理解的都可以理解，我们内心能学会的都可以学会，同样精确无疑，同样有利可图，同样令我们心满意足。生物与其周围的自然之间缺乏一种天生通感，这当中肯定是有原因的，这原因兴许可以在人类与自然世界迥然相异的命运中找到。肉眼可以穷尽的群山风光，哪怕再气势雄浑，也终究是要消亡的，而纯洁的心灵所怀有的兴趣，哪怕再微不足道，却也是永恒不灭的。

我们在外待了近三个小时，最后马车驶进了利默里奇庄园的大门。

返回途中，我叫两位小姐自己确定好了第二天下午第一次写生的景点，到时再去指导她们。她们回去更衣准备吃饭了，小起居室里又剩下我孤单一人，这时，我的兴致却似乎突然没有了。我感觉心神不定，对自己不满，但又不知道为什么。我或许这才意识到，下午驾车外出郊游时以客人的身份过多，以绘画教师的身份太少了吧。我也许与费尔利小姐初次相见时，心里困惑茫然，觉得她缺少点什么，或者我缺少点什么，这种奇异感觉还在我的心中萦绕吧。

不管怎样，到了该吃晚饭时，我不必一人独处，又回到了庄园的女性们中间，心情这才又好起来了。

我走进客厅时，看到她们服装的料子（而不是颜色）形成奇特反差，大吃了一惊。维齐太太和哈尔寇姆小姐穿得很华丽（风格与她们的年龄极为相配）。前者穿的是一身银灰色。后者穿的浅黄色的，这同她黝黑的肤色和乌黑的头发倒也相得益彰。费尔利小姐穿的是平纹白布衣，显得朴实无华，几乎显得寒酸。衣服洁白无瑕，穿上也很美丽，但是终究还是穷汉的妻子或女儿才穿的衣服。单从外表来说，她看上去远不如自己保姆的经济条件好呢。后来，我对费尔利小姐的性格有了更进一步的了解，这才发现之所以有这种在穿衣上错了位的奇异反差，是因为她生性清高矜持，生性厌恶哪怕是稍许炫耀个人的财富。维齐太太和哈尔寇姆小姐都无法说服她改变观念，即她们两个贫穷的不要穿得这么好，她这个富有的不要穿得那么差。

用过晚餐后，我们一起回到客厅。虽然费尔利先生（仿效那位君主屈尊降贵，为提香拾画笔的高尚行为）差管家来询问我饭后要不要喝点酒，但我态度坚决果断，决定在利默里奇居住期间，决不一个人派头十足地坐在那儿饮自己挑选的酒，而且通情达理地请求女士们允许我按照国外的文明做法，通常与她们一同离开餐桌。

我们到达了客厅，打算在此度过就寝前的这段时间。客厅在一楼，形状和大小都同早餐厅一样。客厅下端大型玻璃门通向外面的露台，上面摆满了各色鲜花，装点得很美丽。我们走进房间时，柔和朦胧的暮色刚刚笼罩在叶片和花蕊上，使其和谐地融合到了自身的色调中，鲜花那黄昏时的甜蜜香味透过敞开的玻璃门扑面而来，以示欢迎。善良的维齐太太（总是头一个坐下）坐在一角的安乐椅上，随即便舒适地打起盹来。应我的要求，费尔利小姐坐在钢琴前。我也随她坐到了钢琴边的一个位子上，这时，看见哈尔寇姆小姐到了一个侧窗边的凹处，开始就着黄昏的幽光查阅她母亲的信件。

写到这里，客厅里那幅恬静的家庭图画又多么鲜活地呈现在我的眼前啊！我从座位上看见了哈尔寇姆小姐正凝神阅读着膝上的信，那魅力无限的身影，一半呈现在柔和的光线下，一半掩没在神秘的阴影中。而房间深处，离我更近的地方，弹琴人美丽的形象正恰到好处地映衬在渐渐暗淡的背景里。外面的露台上，锦簇的鲜花和长长的青草藤蔓在习习的晚风中轻轻摇曳，飒飒响声那么微弱，根本传不到我们耳畔。天空万里无云，朦胧的月光已开始在东方的天边颤动。万籁俱寂，与世隔绝，让一切思想和感情得到安慰，进入一种凝神的、超凡脱俗的憩息状态。光线变得越来越暗了，带着鲜花芳香味的静谧气氛也越来越浓，仿佛更加温柔地在我们周围飘荡，这时钢琴上奏起莫扎特①的乐曲，神妙悠扬的曲调响彻在芬芳的静谧中。这是一个情景和音乐交融的夜晚，令人永远难以忘怀。

我们都静静地坐在各自挑选的位子上——维齐太太还在瞌睡，费尔利小姐还在弹琴，哈尔寇姆小姐还在看信——直到天完全黑。这时，月色悄悄洒落在露台上，柔和神秘的月光已斜照进了房间的下端。从黄昏进入黑夜，那变化真美丽，所以，仆人进来点灯时，我们一致同意不要点灯，让偌大的房间，只有钢琴边的两支蜡烛在黑暗中闪烁。

---

① 莫扎特（Wolfgang Amadeus Mozart, 1756—1791）是奥地利作曲家、维也纳古典乐派的主要代表，五岁开始作曲，写出大量作品，主要有歌剧《费加罗的婚礼》《唐璜》《魔笛》及交响曲、协奏曲、室内乐等。莫扎特是柯林斯最喜爱的作曲家。

音乐又持续半个小时。然后，月色洒落在露台上的景色很美，费尔利小姐禁不住出去欣赏，我也随她出去了。钢琴边的蜡烛点亮后，哈尔寇姆小姐挪动了座位，以便借着烛光继续查阅信件。她坐在钢琴一侧的一把矮椅上，聚精会神地阅读信件，以至我们离开时，她好像都没注意。

我们一同到了外面的露台，就在玻璃门前一点儿，我估计，待了不到五分钟。费尔利小姐听从我的劝告，正把一块白头巾裹在头上，以免受凉。这时，我听见哈尔寇姆小姐唤我的名字——声音低沉、急促，一改她本来那种轻松爽朗的声调。

"哈特莱特先生，"她喊着，"请您到这儿来一下好吗？我有话要跟您说呢。"

我立刻回到了房间，钢琴摆放在靠近内墙中间的位置。哈尔寇姆小姐坐在钢琴距离露台更远的那一端，信件摊在膝上，手里拿着一封从中选出的信，举到烛光边。在钢琴距离露台更近的一端，立着一张软垫凳，我坐在了上面。这个位置离玻璃门并不很远，我能看清楚费尔利小姐，她正在皎洁的月光下缓步来回走着，一次又一次地经过通向露台的门。

"我想叫您听听我念这封信的最后几段，"哈尔寇姆小姐说，"看看是不是能够为解开您去伦敦途中的奇遇提供一点线索。这封信是我母亲写给第二任丈夫费尔利先生的，时间在十一二年前。那时，费尔利先生和太太，还有我的同母异父妹妹劳拉，已经在本庄园住了好多年了，而我同他们不在一块儿，正在巴黎一所学校求学呢。"

她目光严肃，说话时态度恳切，而且在我看来，还有几分不安。她把信举到烛光边，准备念出来，这时，费尔利小姐在露台上从我们面前经过,她朝着里面看了看,看见我们正忙着,便继续缓步走。

哈尔寇姆小姐开始念信,内容如下:

亲爱的菲力普,我无休止地谈我的学校和学生的事,你都听得厌烦了吧。这可别厌我,都是因为利默里奇的生活太单调乏味了。但是这一回,我要告诉你关于一个新学生的真正有趣的事。

你认识村上那个开店铺的肯普老太太吧。唉,她病了好多年,医生终于向她辞了医,她已生命垂危,不久于人世了。她唯一活着的亲人就一个妹妹,上星期来照料她。她这个妹妹大老远从汉普郡赶来,名叫卡瑟里克太太。四天前,卡瑟里克太太来庄园看我了,还带了她的独生女儿,一个漂亮可爱的姑娘,比我们的宝贝劳拉大一岁左右——

最后这个句子念出口时,费尔利小姐再次从我们面前走过。她嘴里哼着刚才弹过的一支曲子。哈尔寇姆小姐等她走过去了,继续念信:

卡瑟里克太太是个正派体面、举止得体的中年妇女,还保留着当年的几分姿色——只是几分。然而,她的神情外貌总有点让我捉摸不透。她拘谨缄默,显然藏着秘密。脸上的神态——我无法描述——令我觉得她心里有什么事。她纯粹属于一个神秘人物。不过,她来利默里奇庄园的目的很简单。她离开汉普郡来照顾生命垂危的姐姐肯普太太,同时不得不把女儿也带上,因为家里没人照顾这个小姑娘。肯普太太或许一星期后故去,或许拖上几个月。卡瑟里克太太请求我让她女儿安妮在我学校上学,待到肯普太太过世后,随她离开这儿回老家去。我即刻答应下来了,那天,我与劳拉外出散步时,我们把小姑娘(只有十一岁)带到学校去了。

月光下,费尔利小姐穿着雪白的平纹布衣,身影显得既轻盈活泼,又平静娴雅——盖住头的头巾系到了下巴下面,洁白的头巾褶儿勾勒出她秀丽的脸庞,她一次又一次从我们面前走过。哈尔寇姆小姐则又一次等她从视线中消失,然后继续念信:

我非常非常喜欢这个新学生,菲力普,原因嘛,我想最后再告诉你,为的是让你惊奇。她母亲没向我介绍她的情况,也没说她自己的情况,所以,我自己发现(第一天我们测验她的功课时发现的),可怜的小东西,智力并没有达到她这个年龄应该达到的水平。针对这种情况,我第二天就把她带到庄园来了,并私下同医生约好,来看看她,向她提些问题,然后把他的看法告诉我。他认为她长大了会好起来。但他说,现在重要的是她应在学校受到细心的教育,因为她接受知识非常慢,说明知识一旦被她接受了,就能非常牢固地保存下来。但是,亲爱的,你可别不假思索就认为我喜欢上了一个白痴。可怜的小安妮·卡瑟里克是美丽可爱、性格温柔、懂得礼貌的姑娘,她说话方式快得出奇,令人惊讶,甚至有点吓人,会说出一些十分奇特、十分机智的话来(凭一个例子,你就可以去判断)。她虽然穿得很整洁，但衣服的颜色和样式都严重缺乏品味。所以，我昨天安排人把我们宝贝劳拉的一些旧的白色外套和白色帽子改一改给安妮·卡瑟里克穿，向她解释了，像她那样肤色的小姑娘穿一身白色比穿什么都更清爽更美丽。她迟疑了一下，一时间有点迷惑不解，然后红了脸，好像是懂了。她的小手竟然紧握我的手，还吻了吻，菲力普，然后说（啊，说得非常恳切）："只要我活着，我就永远穿白衣服，这样可以帮助我牢记您，夫人，帮助我想起，在我离开这儿，再不能看到您的时候，我还能让您开心。"这只是她机智地说出的奇特的话的一个例子。可怜的小东西啊！她应有很多白衣服才是，把褶儿留得宽宽的，等她长大了还可以放开来再穿——

哈尔寇姆小姐停下了，从钢琴另一端看着我。

"您在大路上看到的那个孤单女子看上去年轻吗？她很年轻，就二十二三岁的样子？"

"对，哈尔寇姆小姐，就那么大。"

"而且衣着很奇特，从头到脚，一身白色吗？"

"一身白色。"

刚回答完话，费尔利小姐第三次悄悄地出现在露台的视线内。她停住了，没有继续走，背朝着我们。随后，倚靠在露台的栏杆上，目光投向外面的花园。我目不转睛地盯着月光下那布衣和头巾闪着的白色，一种莫名的感觉突然在心中产生，弄得我心跳加剧，心旌摇曳。

"一身白色？"哈尔寇姆小姐重复一声，"信里最重要的几句话在后头呢，哈特莱特先生，我马上念给您听。但是，我不禁要强调一下,您遇到的女人穿的白衣服,还有当年使我母亲的小学生做出奇特回话的白衣服,这两者之间有巧合。医生看到孩子有智力缺陷,并预言她长大了会好起来,他或许错了。她或许从未好起来过,但这种以穿白色来报恩的陈旧观念,对姑娘来说却是内心的真实情感,她长大后或许这种情感还是那么执着。"

我回答了几句话——但不知道说了些什么。我的全部注意力都集中在费尔利小姐身上平纹布衣闪着的白色。

"听听信的结尾的几句话吧,"哈尔寇姆小姐说,"我看会令您吃惊的。"

她把信举近烛光时,费尔利小姐从栏杆边转过身,疑惑地看了看露台的两端,朝玻璃门走了一步,然后停住了,脸向着我们。

与此同时,哈尔寇姆小姐把她刚才提到过的信的结尾几句话念出:

> 亲爱的,现在信快要结尾了,得把我喜爱小安妮·卡瑟里克的真正原因,令人吃惊的原因,表达出来了。亲爱的菲力普,她虽然并不怎么漂亮,但是,正如人们有时看到某些偶然相像的情景觉得不可思议一样,看她那头发、肤色、眼睛的颜色,还有脸形,活像——

哈尔寇姆小姐还未念下面的字,我便从软垫凳上一跃身子站立了起来。我在那条寂静冷落大路上行走时,有只手搭在我肩上的那一刹那,我浑身打了个寒战,如今这种感觉又上来了。

费尔利小姐全身白色,孤零零一个人站在月光下,那姿态,头的形状、肤色、脸形,在这种距离,在这样的情形下,活像白衣女人!过去多少个小时令我烦恼不安的疑团顿时给解开了。所谓"缺少点什么",缺的原来是我没觉察出疯人院的逃跑者和我的这位利默里奇的学生很相像,这种相像是不祥之兆。

"您看出来啦!"哈尔寇姆小姐说。她把那封再没有用的信放下,眼睛看着我时闪着光芒,"您现在看出来啦,我母亲十一年前就看出来了。"

"我看出来了——但我不愿意这么说。把那个孤苦伶仃、无依无靠的迷途女子同费尔利小姐联系在一起,即便只是偶尔的相像,也好像给此时正站着看我们的这位聪明伶俐的姑娘投下了阴影。让我尽快打消这个念头吧。唤她进来,看她站在外面凄凉的月光下,请唤她进来吧。"

"哈特莱特先生,您令我惊讶。不管女人怎么样,但我觉得19世纪的男人是不迷信的。"

"请唤她进来吧!"

"嘘,嘘!她自己进来了。当着她的面别吭声。这事就您我知道,别声张出去。进来,劳拉,进来,弹琴把维齐太太吵醒。哈特莱特先生还想听音乐,他这会儿想听听轻松活泼的曲调。"

八

我在利默里奇庄园不平凡的第一天就这么结束了。

我和哈尔寇姆小姐保守着我们的秘密。发现了她们长得相像之后,好像再没有什么新线索可供解开白衣女人之谜了。有了适当的机会,哈尔寇姆小姐便谨慎地挑起话题,让她同母异父的妹妹谈她们的母亲,谈过去的事,还有安妮·卡瑟里克。然而,费尔利小姐记得在利默里奇上学的那个小学生,但只有朦胧的一般性印象而已。她记得过去别人说过她长得像母亲最喜爱的那个学生,但她没提起送白衣服的事,也没提起小姑娘接受了礼物后天真无邪地表达感谢之情时所说的那些古怪奇特的话。她记得安妮只在利默里奇待了几个月,随后便回老家汉普郡了。但是,她说不清那母女俩是否回来过,后来是否听到过有关她们的消息。哈尔寇姆小姐继续查阅剩下的那部分费尔利太太的书信,但疑团还是解不开,仍然令我们困惑茫然。我们已经确认,我夜间遇到的那位不幸女子就是安妮·卡瑟里克——我们至少取得了进展,可以把不幸的女子可能存在智力不健全与其穿一身白衣服的癖好联系起来,把她成年后仍然对费尔利太太怀有孩子般天真的感激之情联系起来。——就当时我们知道的情况,我们发现的情况也就这么多了。

日复一日,周复一周,时光流逝。金色的秋天迈着轻盈的脚步,眼看就要蜿蜒起伏地踏遍盛夏浮苍滴翠的树林。平静快乐的时光似水一般流逝!现在,我的故事悄然从您身边滑过,就像当初您悄然从我身边匆匆离去一样。您曾慷慨地给予我无穷的快乐,令我心旷神怡,这其中还剩下多少有意义有价值的东西需要我在此记述的呢?除了一个男人所作的痛心疾首的自白之外——坦陈自己的愚蠢行为之外——什么也没有了。

要在自白时揭开秘密并不难，因为我已经间接地有过暗示。苍白无力的语言虽无法描述费尔利小姐的形象，却成功地表达了她在我心中唤起的激情。我们大家都如此。语言要伤害我们时是巨人，但要为我们效力时却成了侏儒。

我爱她！

啊！我深深地领会了这三个字中所包含的忧伤和嘲讽。我能悲叹出我忧伤的自白，让柔情似水的女人读后对我产生怜悯之心。我想尖刻地放声大笑，因为铁石心肠的男人读了我的自白后会轻蔑地把它抛开。我爱她！同情我也好，蔑视我也罢，我要坚定不移地承认这个事实。

难道我就找不到借口了吗？根据我在利默里奇庄园受聘任教的情况，借口是肯定可以找到的。

上午，我在自己寂静的房间里替雇主装裱画，平静地度过一个又一个时辰，我的工作足以使我的手和眼睛欢快地忙着。而此时我的思绪倒是有如脱缰的马，自由地驰骋，沉溺在想入非非之中。这是一种危险的寂寞，因为它漫长得足以使我精神倦怠，但没有漫长到磨炼我意志的程度。这是一种危险的寂寞，因为随之而来是日复一日，周复一周的下午和晚上，其间，我总是单独同两位小姐度过，其中一位知书达理，聪颖智慧，举止文雅，另一位则风姿绰约，温柔娴雅，朴实大方，令男人灵魂净化，为之倾倒。没有一天不是这样，师生关系处于危险的亲密状态，我的手和费尔利小姐的靠得很近，我们一同俯身看她的写生画册时，我的脸同她的脸几乎要触碰到一块了。她越是专心致志地注视我的用笔动作，我就越是贴近她，能闻到她头发的芳香和呼吸的温馨。同她贴近是我教学工作的一部分——有时要俯身站在她身边，离她的胸部很近，一想到会碰到它，便心旌摇曳。有时感觉到她俯身贴近我看我画画，同我说话时，声音都放低了。帽檐上的饰带没等她撩向后面，便随风吹拂到了我的脸颊上。

下午的郊外写生活动结束后，这种彼此间天真烂漫的行为，不可避免的亲密接触，并没有随着夜幕降临而突然结束，而是改变了方式，变得更加多样化了。我生性喜爱听音乐，她的演奏极富亲切感，充满了女性独有的神妙，而她又心甘情愿地把我用绘画给她带来的快乐再用音乐把快乐赐还给我，这又缔结出了一条令我们两个关系越来越亲密的纽带。平时谈话中的一些小事，甚至用餐时所坐的位置这样的小事情所要遵循的一些简单习俗，哈尔寇姆小姐都随时地插科打诨，说我这个当教师的忧心忡忡，而她这个当学生的倒是兴趣盎然很开心，可怜的维齐太太总是睡眼蒙眬，她性情温和地称赞我和费尔利小姐是两个模范青年，从不打扰她——凡此种种，一桩桩一件件，还有其他许多事情，无不把我们糅合到了一起，处在一种同一家庭氛围中。同时也把我们两个人慢慢地引入同一无望的结局里。

我本该牢记自己的身份，而且心里保持警惕。我这样做了，但为时已晚。警惕性和阅历经验曾对我与其他女性的交往大有裨益，使我抵御了别的种种诱惑，但现在在她面前却毫无作用了。多年来，我一直干着这一行，要同各种不同年龄和美貌各有千秋的姑娘亲密接触。我已认可了这种身份，把它看作我终身职业的一部分。我已训练出来了，能够把我这个年龄的人容易产生的种种感情冷漠而镇定地留在雇主家的外厅里，如同把雨伞搁在那儿，然后再上楼。长期以来，我平心静气，淡然置之，明白了我的职业理所当然地保证任何女学生对我的兴趣都不会超越正常界限，而我置身娇媚动人的女性中，获得她们的认可，如同一只不伤人的家畜在她们中一样。我很早就具有了这种防范经验。它十分严格地指引我径直地沿着我自己这条可怜狭窄的道路向前，从未偏离轨道，向左或向右。而现如今，我头一次同自己实用而可靠的护身符分离了。可不是吗，我好不容易获得的自我控制力丧失殆尽，好像从来就不曾有过。我没有了自我控制力，如同别的男人在与其他女人有关的紧急情况下没有自我控制力一样。我现在知道，自己本该从一开始就扪心自问的，问问为何在宅邸的任何房间，只要她一进来，我就觉得比家更好，一旦她离开后，就会觉得像沙漠一样荒凉？我为何总会注意而且记住她的衣着的细小变化，而过去我从不注意也不会去记别的女人的穿戴？我为何会去看她的样子，听她的声音，接触她的身体（我们早晚握手的时候），而我生平对别的女人从不会这样？我应该反躬自省，一旦发现了苗头，就趁早把它根除。为何对这么一件轻而易举的自我修养工作，我却举步维艰呢？我用三个字已经做了解释，我的自白有这三个字就够了，而且清楚明白：我爱她。

日复一日，周复一周，时光流逝。我待在利默里奇的时间快要进入第三个月了。在我们静谧清幽的环境中，我轻松单调地生活着，优哉游哉，如同一个游泳者顺着平静的溪流而下。对往事的回忆，对未来的憧憬，对我身份职位的虚假和绝望的感觉，一切的一切都隐藏在我的心中，形成虚假的平静。我的内心唱着诱人的歌[①]，把自

[①] 希腊神话传说中塞壬为半人半鸟的女海妖，经常以美妙的歌声诱惑过往海员，使驶近的船只触礁沉没。

己弄得昏然入睡，对眼前的一切熟视无睹，对一切危险的声音充耳不闻，我向着那致命的礁石越漂越近。最后，警报把我惊醒，我深感内疚，突然意识到自己的弱点，这是所有警报中最明了，最真诚，最善意的，因为警报是她悄悄向我发出来的。

一天晚上，我们像平常一样分手。那时，或者先前什么时候，我从未表白过我的心迹，或者说过令她突然领悟真相的话。但是，我们翌日早晨再见面时，她变了——这种变化向我说明了一切。

我当时害怕，现在仍然害怕闯入她心灵深处那块神圣的禁区，像我敞开自己的心扉一样，把她的心扉打开。可以这么说，我坚信，她第一次惊奇地发现了我内心的秘密时，她也第一次惊奇地意识到了自己内心的秘密。同时，她也在一夜之间改变了对我的态度。她真诚坦率，不会欺骗别人，她正直崇高，也不会欺骗自己。我一直抑制住了自己的疑虑，但当她第一次意识到这种疑虑时，内心沉甸甸的，真诚的面容坦陈了一切，等于在用坦诚朴实的语言说话——我替她难受，也替自己难受。

她的神态表明了这一点，还表明了更多内容，只是我当时无法解释清楚罢了。我非常清楚，她态度上的变化，当着旁人的面时，她显得更加友善、更加敏锐地领会我的种种心愿。而当我们两个人碰巧单独相处时，她却显得拘谨、忧伤，于是，迫不及待地找点事情给自己做。我明白了，那美丽害羞的双唇现在为何很少露出微笑，即便笑也笑得很拘谨。那双晶莹的蓝眼睛看着我时，为何时而像天使一样悲天悯人，时而像孩子一样天真迷惘。然而，变化还不止这些呢。她的手冰凉，脸上凝固着呆滞不自然的表情，一举一动都无言地表述出她内心常有的恐惧和挥之不去的内疚感。然而，我在她身上和我自己身上找到的种种感觉，我们共同感受到但未被点破的种种感觉还不是这些。促成她发生变化的某些因素仍然在悄无声息地把我们拉近，另一些因素也同样悄无声息地开始把我们推开。

我处在这样一种心境中，疑惑迷惘，隐约觉得存在某种秘密，有待我亲自去探个究竟。于是，我仔细观察哈尔寇姆小姐的仪表神态，以期得到启发。我们共同生活在一起，彼此亲密无间，如果三个人当中有哪个在感情上发生了重大变化，不可能不波及其他人。费尔利小姐的变化在她同母异父的姐姐身上有了反映，尽管哈尔寇姆小姐未吐露半个字，暗示她在感情上对我发生了变化，但她那双敏锐的眼睛近来总爱注视我。她的目光有时像强压着愤怒，有时像强压着恐惧，有时又什么都不像——总之，我看不懂。一个星期过去了，我们三个人仍然暗暗地彼此感觉不自然。我的处境更糟，尤其是我意识到自己软弱可怜，还漫不经心，但现在觉悟又为时过晚，这时，更加令人难以忍受。我觉得，自己必须立刻彻底摆脱掉这种笼罩在我心头的压抑感——然而，如何行动最好，或者首先该怎么说，我根本不知道。

哈尔寇姆小姐把我从无助和难堪的处境中解救出来了。她告诉了我令人痛苦的、不可回避的、出人意料的事实，她的热诚和友善使我经受住了所说的事实带来的震动，她的智慧与胆量化解了利默里奇庄园里一桩事件，因为该事件本可能对我和其他人酿成最严重的后果。

九

那天是星期四,差不多是我在利默里奇庄园第三个月的月底。

早晨,我在平常时间下楼到早餐室时,哈尔寇姆小姐没有出现在她平时用餐坐的位置上。自从我认识她以来,这种情况还是第一次出现。

费尔利小姐在室外草坪上。她朝我点了点头,但没有进来。我们谁也没吭声,以免说出话来可能令彼此内心不安。但是,同样是这种未曾点破的局促感使得我们都在回避单独会面。她在草坪上等着,而我则在餐室里等着,一直等到维齐太太,或哈尔寇姆小姐进来。但若是再在两个星期前,我会多么迫不及待地走到她跟前,我们又会多么热情地握握手,然后自然而然地转入我们习惯的交谈。

几分钟过后,哈尔寇姆小姐进来了。她表情凝重,因自己迟到表达了歉意,但有点心不在焉。

"我有事耽搁了,"她说,"因为费尔利先生要跟我商量一件家事。"

费尔利小姐从花园里进来了,我们像平常一样招呼寒暄。我感觉到,她的手比任何时候都更加冰凉。她没有朝我看,脸色苍白。维齐太太过一会儿进了餐室,连她都注意到了。

"我估计,风向已经发生变化了吧,"老太太说,"冬天来了——啊,亲爱的,冬天就要来了!"

而她的心中,我的心中,冬天早已到了!

我们的早餐时间——曾经充满了欢乐，大家心情愉悦，讨论着一天的计划——短暂而又沉默。言谈中出现长时间停顿，费尔利小姐似乎觉得很不自在，并且用恳求的目光看了看姐姐，指望她挑起话头。哈尔寇姆小姐态度平淡，有一两次想开口又把话咽回去，但最后还是开口说了。

"我今天早晨见了你叔叔，劳拉，"她说，"他认为应该把紫色房间整理好，还确认了我对你说的事，那天是星期一——不是星期二。"

哈尔寇姆小姐说话时，费尔利小姐低头看着前面的餐桌，手指紧张不安地摆弄桌布上的面包屑。她脸色苍白，嘴唇也一样，而且明显看得出在颤抖。我不是在场唯一注意到这个情况的人，哈尔寇姆小姐也看出来了。她随即带头站起身离开餐桌。

维齐太太和费尔利小姐同时离开了房间。她凝视了我片刻，美丽的蓝眼睛带着忧伤，表明马上就要与我长久分别了。我的心随即一阵剧痛——痛苦告诉我，我一定马上就会失去她，而我的爱会因为失去了她而变得更加坚贞不渝。

她出去把门关上后，我就转身朝向花园。哈尔寇姆小姐手里拿着帽子，胳膊上搭着披肩，站立在通向外面草坪的落地窗边，目不转睛地看着我。

"您返回房间开始工作前，"她问，"可以抽出点时间吗？"

"当然可以，哈尔寇姆小姐，我随时为您效劳。"

"我想单独跟您谈谈，哈特莱特先生。戴上帽子，到花园去吧。早晨的这个时候，那儿大概不会有人来打扰我们。"

我们朝草坪走过去时，一个园丁帮手——还是个少年——手里拿着一封信经过我旁边，向屋里走去。哈尔寇姆小姐拉住了他。

"是我的信吗?"她问。

"不是,小姐,是费尔利小姐的。"少年一边回答,一边把信递过去。

哈尔寇姆小姐从他手里接过信,看了看地址。

"字迹很陌生啊,"她自言自语,"给劳拉写信的人会是谁呢?你是从哪儿拿到这信的?"她接着问少年。

"呃,小姐,"少年说,"是一个女人交给我的。"

"什么样的女人?"

"老妇人。"

"噢,老妇人,你认识吗?"

"我只能说,她完全是个陌生人。"

"她往哪边走啦?"

"那扇大门,"少年回答说,一边不慌不忙地转向南面,手臂大幅度地挥了一下,把整个英格兰南部都包括进去了。

"奇怪。"哈尔寇姆小姐说。"恐怕是封求情信,喏,"她补充说,把信递回给少年,"拿到屋里去,把它交给一个仆人就得了。哈特莱特先生,您要是不反对,我们就顺着这条路走吧。"

她领着我横过草坪,顺着我到利默里奇庄园后第二天跟着她走过的同一条路向前走。走到我与劳拉·费尔利初次见面的纳凉小屋边时,她停住了脚步,从而打破了我们之间一路上保持的沉默。

"我必须要对您说的话,现在可以说了。"

她说完这话后,进入了纳凉小屋,坐在小圆桌边的一把椅子上,并示意我坐到另一把椅子上。她在早餐室里对我说话时,我揣摩着会发生什么事,现在我心里很清楚了。

"哈特莱特先生,"她说,"首先,我得坦率地向您表白一件事,我要说的是——决不夸夸其谈,因为我讨厌这样,也不恭维客套,因为我从心底里鄙视这样——您和我们共处的这段时间里,我已开始对您产生了深厚的友情。您当初告诉我,您是如何对待那位在那种不可思议的境况下遇到的女人那件事时,我就对您产生了好感。您对那件事情处理得兴许不够慎重,但却表现出了一个真正绅士所具备的自我克制、同情体贴他人的品格。我因此对您抱有良好的期望,而您也的确没让我失望。"

她停顿了下来——但同时抬了抬手,表明她不希望我答话,她还要接着说下去的。我进纳凉小屋时,心里压根儿没想到那位白衣女人,但眼下哈尔寇姆小姐的话倒唤起了我对那次奇遇的回忆。整个谈话过程中,这事一直萦绕在心头,但并不是毫无效果。

"作为您的朋友,"她接着说,"我要直截了当、明确无误地告诉您:我已发现了您的秘密啦——注意,不是任何人向我透露过口风或者暗示过。哈特莱特先生,您不留神爱上了我妹妹劳拉——而且恐怕还爱得真挚深厚。我不会多费口舌叫您做一番痛苦的表白,因为我看得出,也知道,您很诚实,不会矢口否认的。我甚至不会责怪您——您敞开心扉,陷入了毫无希望的爱情,我为您惋惜,您并没有偷偷摸摸干不正当的事——您没有私下里和我妹妹说话。您错就错在软弱,对于自己的切身利益欠考虑,但仅此而已,并无大过。但如果您的行为哪怕在某一方面不怎么谨慎,不怎么得体,我都会不打招呼,不跟人商量,就叫您离开本庄园的。但根据现在的现实情况,我只能责怪您的年龄和身份了——我不责怪您自身,握握手吧——我给您带来痛苦了,将来还会带来更多痛苦的,但这是没有办法的事——先跟您的朋友玛丽安·哈尔寇姆握握手吧。"

这突如其来的友好行为瞬间便把我给征服了——她友善平等地对待我,热情大方,无所顾忌地向我表示同情,话虽然很直率,但令人感觉既体贴又宽容,我的心灵受到了触动,自尊和勇气也被激发了。她握住我的手时,我想朝她看看,但眼前变得模糊了,我想对她说声谢谢,但嗓子哽住了。

"听我说,"她说,很体谅地避开目光,不注意我失控的神态,"听我说,我们好尽快结束谈话。我要说的事情中,不涉及社会地位不平等的问题——我认为这是个令人难堪的问题,确实令我倍感欣慰。眼下的情形会让您痛苦不堪,但我都不必谈及社会地位这羞辱人的事情来刺伤一个与我生活在同一屋檐下的亲密无间的朋友。哈特莱特先生,您必须离开利默里奇庄园,否则您会受到更多伤害。我有责任对您说这个。即便您是出身英格兰最古老、最富有的家族,在同样严峻的情况下,我也同样有责任告诉您这一点。您必须离开我们,并不是因为您是个绘画教师——"

她停顿了片刻,转过脸看着我,然后把手从小圆桌对面伸过来,牢牢抓住我的胳膊。

"并不是因为您是个绘画教师,"她重复说,"而是因为劳拉·费尔利已经订婚,要嫁人了。"

最后这句话犹如一颗子弹穿透了我的心脏。我的胳膊被她的手握着,但一点儿感觉都没有了。我一动不动,一言不发。秋风萧瑟,吹散了我们脚边的枯叶。风向我袭来,我感到寒冷。我痴情的向往也好像化作枯叶被风席卷走了。什么向往啊!订婚也好,没订婚也罢,她都同样远离我了。换了别的男人会在乎这个吗?如果他也像我一样爱她的话，不会的。

剧烈的阵痛过去了，留下的只是麻木的伤痛，我重又感觉到哈尔寇姆小姐的手牢牢地握住我的胳膊——我抬起头，看了看她，她乌黑的大眼睛盯着我看，注视着我变得煞白的脸，我感觉到了，而她却是看到了。

"摧毁它吧！"她说，"在这您第一次同她见面的地方，摧毁它！别像女人一样退缩。摧毁它，像个男人的样子，把它踏在脚下。"

她说话时抑制着的激情，感染着我的意志力量——凝聚在她盯着我看的目光中，还有抓住我的胳膊尚未松开的手臂上——使我镇静了下来。我们两个人默默无语地待了一会儿。谈话结束时，她慷慨大度，相信我具有男人气概，我印证了她的态度。至少从外表上来说，我恢复了平静。

"您平静下来了吗？"

"平静了，哈尔寇姆小姐，可以请求您和她的原谅了。平静下来了，可以遵从您的建议，并且只好以这种方式证明我的感激之情，如果不能以别的什么方式的话。"

"您说的话，"她回答说，"已是证明了这一点。哈特莱特先生，我们两个人之间不存在什么相互隐瞒的事情了。我不能存心向您隐瞒妹妹在我面前无意流露出的心事。为了她，同时也为了您自己，您必须离开我们。您待在这儿，您与我们不可避免地亲密相处，虽然在其他方面并无害处，天知道，已经令她心绪不宁，痛苦不堪。我爱她，胜过爱我自己，我已经像相信自己的宗教一样相信她那纯洁、高尚、天真的品性——所以，我非常清楚地知道，打从最初有了对婚约不忠的感觉，而当这个阴影不由自主地掠过她的心头时，她就一直默默地忍受着自责的痛苦。我并不是说——事已至此，再说它也无用——她的婚约曾经对她的情感有很强的约束力。这次订婚是出于面子，而不是爱情——两年前，她父亲在临终前许下了这桩婚事——她本人对这事既不主动，也不退缩——她应承下了这桩婚事。您到这儿来之前，她的处境也许像许多别的女性一样，打算嫁个既不特别爱恋也不特别厌恶的男人，但在婚后要学会爱丈夫（如果不是学会恨的话），而不是在婚前。我诚挚地希望，我的诚意难以言表——您也应当怀着自我牺牲的勇气希望——那些扰乱了往昔宁静与安逸的新的观念和情感还不至于根深蒂固，无法消除，而您的离去（要是我先前不那么相信您是个有自尊、有勇气、有理智的人，我现在也就不会这样信赖您了）。您的离去会对我要努力促成的事有所帮助，而时光的流逝会对我们三个人都有益。幸运的是，我从一开始就相信您，看来我没看错人。当初那位走投无路的陌生女子祈求您的帮助时，您以诚实忠厚、勇敢果断、体贴宽容的态度，没有让她的希望落空。而现如今，面对您的学生，必须痛苦忘却您与她之间的关系，您同样会以那种心态对待的。"

这无意中又提起了那位白衣女人！每当谈到我和费尔利小姐时，一定会勾起对安妮·卡瑟里克的回忆，让她横亘在我们两个人之间，仿佛是命运的安排，无法避免，难道事情一定得是这样吗？

"告诉我，我该如何向费尔利先生提出辞呈，表达歉意。"我说，"告诉我，我一旦获得了谅解，该何时离开。我保证绝对按照你的意思办。"

"无论从哪一方面来说，时间至关重要，"她回答说，"您今天早晨已听见了我提到下星期一，还有必须把紫色房间整理好的事了，我们下星期要接待的客人——"

我不能等待她把事情说得更加明白。这时,我已经很清楚了,我想起了费尔利小姐早餐时的神态举止,说明利默里奇庄园要等待的客人是她未来的丈夫。我极力控制自己,不去想这件事,但是,此时此刻,我内心有了新的念头,凭着自己的意志力根本无法控制得了,于是我打断了哈尔寇姆小姐的话。

"让我今天就走吧,"我说着,痛苦不已,"越快越好。"

"不,今天不要走,"她回答说,"您聘任期未满,而若是要向费尔利先生提出辞呈,唯一理由必须是有某件意外的事情迫使您不得不得到他的允诺,立刻赶回伦敦去。您必须等到明天邮件来了之后才能对他说,因为到时他才会把您突然改变计划提出辞呈同收到了伦敦的来信联系起来。行骗是件可耻又很不光彩的事,即便不怀恶意的也罢,但我了解费尔利先生,一旦您让他起了疑心,怀疑您在戏弄他,他是不会放您走的。星期五的上午去和他说,(然后考虑到应从您的雇主那获得利益)集中精力尽可能有条不紊地安排好您未完成的工作,再在星期六离开此地。这样一来,对您,哈特莱特先生,对我们大家都有充裕的时间。"

我还没有来得及向她保证,自己将严格地按照她的意愿办,我们两个人便被灌木丛中向前行走的脚步声给吓了一跳。有人出来找我们了!我感觉热血涌上了我的脸颊,然后又平静下来了。在这种时刻,这种境况下,即将接近我们的第三者会是费尔利小姐吗?

当打扰我们谈话的人站在纳凉小屋门口,原来是费尔利小姐的女仆,我这才松了一口气——我的境况变成了这个样子,真令人痛苦,令人绝望——我完完全全地松了一口气。

"我能同您说几句话吗,小姐?"女仆说,一副惶恐不安的样子。

哈尔寇姆小姐走下台阶,进入灌木丛,与女仆一道朝旁边走了几步。

我一个人单独待着,心里有一种被抛弃的感觉,悲惨的境况无法用言语来形容。这时,我的思绪转向了即将返回的伦敦那个寂寞黯淡的家。万千思绪一股脑儿地涌上了我的心头:我想到了慈祥的老母,还有妹妹,她曾是那样与母亲一道天真烂漫地替我在坎伯兰的前景庆贺呢——我早已把这些给忘掉了,现在头一次有了羞愧和内疚感觉——同时也充满了爱意和忧伤,想到了久违的朋友。我的母亲和妹妹,我若违约辞职回到她们身边,向她们表白我痛苦的隐情,她们会怎么想啊——在汉普斯特德的乡间小屋里我去向她们辞行的那个幸福的夜晚,她们满怀希望地向我告别。

又是安妮·卡瑟里克!即便我现在回忆起同母亲和妹妹告别的那个夜晚,也会联想起月光下走回伦敦的情景来。这意味着什么?我和那女子还会相遇吗?至少有这种可能啊。难道她知道我住在伦敦吗?不错,她曾用不信任的口吻问我是不是认识许多有地位有头衔的人,在她提这个奇怪的问题之前或之后,我告诉她来着。是在之前还是之后——我当时心里不够平静,记不清楚。

过了几分钟,哈尔寇姆小姐才把女仆打发走了后回来。她此时看上去也很紧张不安。

"我们已做了一切必要的安排,哈特莱特先生,"她说,"我们已经像朋友一样相互理解了,那就赶紧返回室内去吧。说实话,我很担心劳拉。她派女仆来说想马上见我。女仆报告说,小姐情绪十分激动,分明是今天早晨收到的一封信引起的——毫无疑问,是我们来这儿之前,我叫仆人送进屋的那封信。"

我们一同沿灌木丛中的小路匆匆往回走。哈尔寇姆小姐把她认为要说的话都已经说过了,但我想要说的话却没有说完。自从我发现了利默里奇庄园要接待的客人是费尔利小姐的未来丈夫那一刻起,我心里就酸溜溜的,妒火中烧,迫不及待想要知道他是怎么样的一个人。往后要寻找机会提出这样的问题恐怕不那么容易了,所以,我们返回宅邸的途中,我斗胆提了出来。

"哈尔寇姆小姐,你宽宏大量地对我说了,我们已相互理解。"我说,"你也清楚,我对你的宽容心怀感激,而且要按照你的意愿行事。因此,我可不可以冒昧地问一句,谁是——(我迟疑了一下,我强迫自己这么认为,但要开口说出他是她的未婚夫更难)谁是那位与费尔利小姐订婚的绅士?"

她满脑子想的显然是刚才她妹妹捎来的口信。她心不在焉地匆匆回答说:

"汉普郡的一位有一大笔财产的绅士。"

汉普郡!安妮·卡瑟里克的老家。又是,又是白衣女人。这果然是命运的安排啊。

"他叫什么?"我问,态度尽可能平静漠然。

"珀西瓦尔·格莱德爵士。"

爵士——珀西瓦尔爵士!安妮·卡瑟里克的问题——令人疑惑的问题,是关于我碰巧认识的有从男爵头衔的人的——刚才哈尔寇姆小姐返回纳凉小屋时,这个问题尚未在我的脑海中消失,现在经她这么一回答,又重现了。我突然停住脚步,看着她。

"珀西瓦尔·格莱德爵士。"她重复了一声,以为我没有听清她刚才的回答。

"爵士,还是从男爵?"我问,我无法掩饰自己的激动心情。

她停顿了片刻,然后语气冷漠地回答说:

"当然是从男爵。"

十

我们返回宅邸途中,谁也没有再开口说话。哈尔寇姆小姐立刻赶往她妹妹的房间,我则返回了工作室,着手整理我尚未装裱和修复好的费尔利先生的画,以便转交给别的人。我现在孤独一人,一直竭力压抑着种种想法,令我的处境比以往更加难以忍受的种种念头,再一次一股脑儿地涌上心头。

她订了婚,要嫁人了,而她未来丈夫又是珀西瓦尔爵士。是个有从男爵头衔的人,还是汉普郡的业主。

英格兰有成百上千个从男爵,汉普郡有几十个大业主。按照常理,迄今为止,我还没有任何理由把珀西瓦尔·格莱德爵士与白衣女人向我提出的令人迟疑的问题联想起来。不过,我又确实把它们联想在了一起。是不是因为现在他在我心中与费尔利小姐联系在一起,而费尔利小姐,自从那天晚上我发现她与安妮·卡瑟里克长相不祥地相似之后,她们就联系在一起了呢?难道早晨发生的事已弄得我心烦意乱,结果满脑子幻觉,连普普通通的巧合都令我想入非非了吗?没法说得清楚。我只是觉得,我与哈尔寇姆小姐从纳凉小屋返回的途中所谈到的事莫名其妙地影响了我。我强烈地预感到,在我神秘莫测的未来正潜伏着某种危机,只是我们大家尚未觉察。笼罩在我心头的疑云越来越浓了:怀疑自己是不是被牵扯进了一系列的事情,即使我马上就要离开坎伯兰,也无法摆脱得了干系——怀疑我们中是否有人看得到最后的结局。由于强烈地意识到某种隐藏的威胁正在向我们逼近,感觉要大祸临头。相比之下,我这次短暂而又冒昧的恋情以失败而告终所引起的强烈苦痛倒显得缓和麻木了。

我花费了半个小时左右时间埋头整理那些画。这时,有人敲门。我刚应声,门就开了,我感到意外,是哈尔寇姆小姐进来了。

她一副愤愤不平的样子。我还没有给她座位,她就自己拉了把椅子紧挨着我坐下了。

"哈特莱特先生,"她说,"我原本希望,至少在今天,我们不再谈令人痛苦的话题。但事情不是这个样子的。某个罪恶之徒正在兴风作浪,就我妹妹的婚姻进行威胁。您不是已经看到了我叫小园丁把字迹陌生写给费尔利小姐的信送进屋去了吗?"

"当然。"

"那是一封匿名信——企图恶毒地攻击珀西瓦尔·格莱德爵士,以影响我妹妹的看法。我妹妹被匿名信弄得狂躁不安,诚惶诚恐,我好不容易才使她情绪稳定了下来,她才肯让我离开房间上这儿来。我知道,这是件家务事,本不该来找您商量的,况且您也许并不关心这事,或并不感兴趣——"

"对不起,哈尔寇姆小姐,凡是影响费尔利小姐或你的幸福的事情,我都十分关心。"

"您这么说,我真高兴。您是这个庄园内外唯一可以给我出主意的人。费尔利先生健康状况不佳，还害怕各种困难和神秘难解的事，他根本不在考虑之列。牧师是个软弱的好人，除了恪尽职守做好本职工作，其余一无所知。而我们的街坊邻居全是些养尊处优、得过且过的人，遇到困难和危险不可能去打搅他们。我想知道的是，我是应该马上采取措施查出写匿名信的人呢，还是缓一缓，等到明天找费尔利先生的法律顾问？这是个问题——或许是个十分重要的问题——关系到赢得一天，还是失去一天的问题。说一说您的看法，哈特莱特先生。要不是情况十分危急，迫于无奈，告诉了您实情，即便走投无路或许也不能成为来找您的理由。可事已至此，在我们之间话都挑明了，我忘了您是个只有三个月交情的朋友，我不会弄错的。"

她把信递给我。信的开头很突然，没有地址和称呼，信的内容如下：

您相信梦吗？为了您自己，我希望您相信。看看《圣经》关于梦和圆梦的叙述吧（《创世纪》第40章第8节和第41章第25节，《但以理书》第4章第18节至第25节），接受我给您的警告吧，否则就太晚啦。

我昨天夜里梦见了您，费尔利小姐。我梦见自己站在教堂里领圣餐的围栏内——我站在圣餐台的一边，牧师身穿白色法衣，手捧祈祷书，站在另一边。

过了一会儿，一男一女沿着教堂过道向我们走来，他们是来举行婚礼的。那女的就是您。您穿着美丽的白色丝绸婚礼服，披着长长的白色婚纱，显得很漂亮，很迷人，我内心对您充满同情，双眼含着泪水。

　　小姐，那可是上帝赐的同情泪水啊，不像我们平时流泪往下掉，而是化作了两道光，越来越近，朝着站在圣坛您身边的那个男人斜射，最后对准了他的胸膛。两道光形成弧形，就像在我和他之间架起了两道彩虹，我顺着看过去，一直看到他的内心。

　　从外貌看，您要嫁的这个男人倒是一表人才。他不很高，也不是太矮——比中等身材略矮一点儿。他为人轻浮，活泼好动，态度傲慢——看上去大概四十五岁。他脸色苍白，前额上已经谢顶，不过头上其余部分还长着黑发。下巴上的胡须已刮过了，两颊和上唇长满又细又密的棕色胡须。眼睛也是棕色的，炯炯有神。垂直的鼻子很漂亮，就像女人的鼻子那样娇美。手也是如此。他时不时会干咳，当他举起白皙的右手捂嘴时，手背上会露出一道红色伤疤。我梦见的正是这个人吧？您最清楚，费尔利小姐。我梦中的人对不对，您有发言权。看下去吧，看看我在他的外表下看见了什么——我求您了，看下去，有好处的。

　　我顺着两道光看，一直看到了他的内心。他的心灵犹如夜一般黑，上面写着火红的字，是堕落天使的笔迹："无怜悯之心，无悔悟之意。他已在他的道路上播满了不幸的种子，他将继续把不幸播满身边这个女人的前程。"我看到了这些字，然后两道光扫过他的肩膀，就在那身后，一个魔鬼站在那儿哈哈大笑。然后两道光又移开了，扫过您的肩膀，在您身后，一个天使站在那儿哭泣。光线再次移开，直射到您和男人之间。光越散越大,猛然将你们分开。牧师寻找婚礼祷文,他没找到:祷文从祈祷书上消失了,他合上书,绝望地放到一边,我醒来的时候,双眼含着泪,心怦怦直跳——因为我相信梦。

您也相信梦吧,费尔利小姐——我求您啦,为了您自己,像我一样相信它吧。《圣经》中的约瑟夫和但以理,还有其他人都相信梦。趁着您尚未宣誓做那位手臂上带伤疤的男子的不幸妻子,调查了解一下他的身世吧。我向您发出警告,不是为了我自己,而是为了您。我只要一息尚存,就会关注您的幸福。我挚爱着您母亲的女儿——因为您母亲是我的第一个朋友,最真挚的朋友,也是唯一的朋友。

离奇的信至此结束,末尾没有署名。

从字迹上找不到任何线索。信是有人吃力地涂写在横格纸上的,字迹潦草,属于一般的习字帖字体,也就是术语所称的"小写体"。笔力较弱,模糊不清,留有墨渍。此外毫无其他特征。

"此信并非没有受过教育的人的手笔,"哈尔寇姆小姐说,"但同时,有点语无伦次,肯定不是受过良好教育的上流社会人士写的。从对新娘礼服和婚纱的描述及其他细节描写来看,信像是出自一位女性之手。您看呢,哈特莱特先生?"

"我看也是,不仅如此,该女子精神上还一定——"

"失常吗?"哈尔寇姆小姐提议说,"我也想到了这点。"

我没有回答。我刚才说话时,眼睛看着信结尾处那句话:"我挚爱着您母亲的女儿——因为您母亲是我第一个朋友,最真挚的朋友,也是唯一的朋友。"一时间,此话同我刚才对写信人的精神状态是否正常而产生的怀疑在我脑海里交织在了一起,使我产生了一个念头,我简直不敢表达出来,甚至连在心里都不敢细想。我开始怀疑自己是不是神经错乱了。几乎像是患上了偏执狂症,总爱把看见的每一桩坏事,听见的每一句意想不到的话语,归结到同一个隐秘的来源,同一股罪恶的势力。这一回,我决心要管住自己的勇气和理智,没有确凿的证据决不妄下结论,一定要抵制一切诱惑,决不主观臆断。

"我们若是能够追寻到写信人,"我一边说,一边把信递还给哈尔寇姆小姐,"我们不妨及时抓住一切机会。我认为,我们应该再把小园丁找来,了解一下有关给他信的那位老妇人的情况,然后继续到村上调查了解。但是,我先有个问题,你刚刚提到另一个方法,即明天去找费尔利先生的法律顾问商量一下,能不能提早一点跟他联系?为何不可以今天去呢?"

"我要解释一下,"哈尔寇姆小姐回答说,"我要先说点细节问题,是关于我妹妹婚事的,对于这些细节,我想今天早晨没有必要也不适合告诉您。珀西瓦尔爵士下星期一来这儿的目的之一就是要订下婚期,因为这事至今还悬着。他很着急,说是婚事要在年底前办好。"

"费尔利小姐知道他的想法吗?"我迫不及待地问。

"她根本没有想到。而事已至此,我也就不去揽事向她提起了。珀西瓦尔爵士只是把他的想法告诉了费尔利先生,费先生亲口对我说,他作为劳拉的监护人,乐于而且急着要转达珀西瓦尔爵士的想法。他已写信给在伦敦的家庭律师吉尔摩先生。吉尔摩先生碰巧到格拉斯哥[①]办事去了,他回信说,打算在回伦敦的途中到利默里奇庄

[①] 格拉斯哥(Glasgow)是苏格兰第一大城市和商港,英国第三大城市。位于中苏格兰西部的克莱德河(River Clyde)河口。

园来。他明天到,会在这儿住上几天。这样珀西瓦尔爵士有时间来陈述他的理由。如果意见达成一致,吉尔摩先生就回伦敦起草我妹妹婚后夫妻财产处理协议。您现在理解了,哈特莱特先生,为什么我说要等到明天再去请教律师了吧?吉尔摩先生是费尔利家族两代人可信赖的老朋友。我们完全可以信任他。"

婚后夫妻财产处理协议!一听到这几个字,我的内心充满了嫉妒与绝望,这感觉污染了我原本高尚和善良的本性。我开始思考,真难以启齿,但是,我承担了披露这个可怕的故事的责任,我必须原原本本地讲述一切,毫不隐瞒。我充满仇恨,怀着热切的希望,开始思考起匿名信中对珀西瓦尔爵士闪烁其词的指控。如果那些愤怒的指控属实,那该怎么办呢?如果决定命运的婚姻誓言尚未说出口,婚后夫妻财产处理协议尚未草拟好,指控的真实性得到了证明,那又该怎么办呢?随后,我竭力使自己相信,当时激励我的那种情绪自始至终纯粹是出于为费尔利小姐着想。但我无法骗得了自己,我现在也决不欺骗别人,我的情绪自始至终都是出于对要娶她的那个男人的仇恨,我丧失了希望,不顾一切地要报仇雪恨。

"如果我们打算要找到线索,"我说,我此时被另一种力量支配了,"我们最好抓紧每一分钟。我只能再一次提议,再去问一问小园丁,然后立刻去村上打听。"

"我觉得,关于两件事情,我都可能帮得上忙的,"哈尔寇姆小姐站起身说,"我们马上走吧,哈特莱特先生,我们共同努力。"

我握住了门的把手,准备替她开门——但我突然停住了,我要在出发前问她一个重要的问题。

"匿名信中有一段,"我说,"对个人相貌的细微描述。没点珀西瓦尔爵士的名,这我知道——但那些描述与他相符吗?"

"完全相符。甚至连年龄都说的是四十五岁——"

四十五岁,而她还不到二十一岁啊!每天都有他这个年龄的男人要迎娶她这个年龄的女人做妻子。但经验表明,这种婚姻往往是最幸福的。我知道——但当把他的年龄与她的年龄做比较时,就连提一提他的年龄都会增添我对他的盲目仇恨和不信任感。

"完全相符,"哈尔寇姆小姐接着说,"连右手上的那道伤疤都一样,那是几年前他在意大利旅游时受伤留下的。毫无疑问,写信人对他相貌特征的每一个细节都一清二楚。"

"连困扰他的咳嗽都提到了,我没记错吧?"

"没错,确实提了。他自己无所谓,但有时候他的朋友挺替他着急的。"

"关于他的人品,我估计没有什么不好的议论吧?"

"哈特莱特先生!我希望您不至于这么不公正,竟然受那封卑鄙的匿名信的影响吧?"

我感到血突然涌上了双颊,因为我知道,匿名信确实影响了我。

"我希望不会,"我回答说,脑袋里一片混乱,"我或许无权提这样的问题。"

"我没有责怪您提出这个问题,"她说,"我借此可以替珀西瓦尔爵士的人品说几句公道话。哈特莱特先生,我或是我家里人都没有说过关于他的坏话。他两次参加竞选都获得了成功,已经经受了严峻的考验,丝毫无损。在英国,一个人能做到这一步,说明他的人品是站得住脚的。"

我沉默不语,替她开了门,跟着她走出去。她并没有说服我。

即便是记事天使下凡来证实她的话,把善恶簿展示在我这个肉眼凡胎前,恐怕也说服不了我。

我们找到了小园丁,他像平常一样在干活儿。小家伙冥顽不化,再提问也从他那儿问不出个名堂来。给他信的是个老妇人,没跟他说一句话,匆匆忙忙往南面走了。小园丁能告诉我们的也就这些。

村子在庄园的南边。所以,我们接着朝村上走去。

十一

我们在利默里奇村进行了耐心细致的调查,向各种各样的人打听情况,但毫无收获。尽管确有三位村民证实,他们看见过那位老妇人,但是,由于他们说不出其相貌特征,而且关于她最后的确切去向,各人说法不一,因此,相对于人们普遍对情况一无所知的状况,那三个聪明人算是例外,但他们并不比那些不善于观察的邻居能给予我们更多真正有益的帮助。

我们一路调查了解,但毫无结果,最后来到了村子的尽头,费尔利太太创办的学校就在那儿。我们走过男生楼时,我提议最后去问问校长,就他的职位而论,我们或许可以认为他是本地最见多识广的人。

"恐怕那老妇人穿过村子,然后再返回去的那段时间里,"哈尔寇姆小姐说,"校长在给他的学生上课呢。不过,我们可以试试。"

我们走进操场,绕过教室的窗户边,走向位于教学楼后面的门口。我在窗户边停顿了片刻,朝着室内看了看。

校长坐在高高的讲桌边,背朝我,显然是在慷慨激昂地训学生,因为他们全都集聚在他面前。不过有一位学生例外,他是个体格健壮头发淡黄色的男孩,他远离大家站在角落里的一张凳子上——一个被人遗弃的小鲁滨孙,孤苦伶仃地站在那个象征惩罚和耻辱的属于他自己的小荒岛上[①]。

我们绕到门口时,门半开着,于是在门廊里站了一会儿,清清楚楚地听见了校长的讲话。

"好啦,孩子们,"校长说,"记住我对你们说的话,如果我在本校再听到有人谈论鬼魂的事,你们就等着遭殃吧。根本就不存在鬼魂这样的东西,哪儿的孩子相信有鬼,那他就相信根本不存在的东西。作为利默里奇学校的学生,如果他相信不存在的事物,那他就是不明事理,违反纪律,他就必须受到惩罚[②],你们都看见雅各布·波斯尔斯韦特了吧,他站在那凳子上,多不光彩啊。他受惩罚,不是因为他说了昨晚看见了鬼,而是因为他厚颜无耻,冥顽不化,不听劝导。我们告诉了他不可能存在鬼魂一类的东西之后,他还一意孤行地说看见了鬼魂。如果没有别的方法,我就得用笞杖把鬼魂从雅各布·波斯尔斯韦特身上赶走。如果你们有谁还要散布这种东西,我就要采取进一步措施,用笞杖把鬼魂从整个学校赶走。"

"我们似乎来得不是时候啊。"哈尔寇姆小姐说。校长的训话刚一结束,她便推开了门,走了进去。

[①] 18世纪英国小说家丹尼尔·笛福(Daniel Defoe, 1660?—1731)所著《鲁滨孙漂流记》中的主人公,他在乘的船只遇险后,被留在了一个孤立无援的荒岛上。
[②] 崇尚事实和理性,反对无事实根据的幻想,这是英国维多利亚时代早期和中期教育的重要特征,这种现象在查尔斯·狄更斯的作品中有大量描述,如《艰难时世》等。

我们的出现引起了孩子们的一阵骚动。他们似乎觉得，我们是专程来看雅各布·波斯尔斯韦特挨笞杖打的。

"除雅各布外，你们都回家吃饭去吧，"校长说，"雅各布必须站在这儿，鬼魂如果乐意的话，或许会给他送饭来呢。"

雅各布面对同学离去和午饭落空的双重打击，其坚忍不拔的意志也随之消失了。他把手从衣服口袋里拿出来，牢牢盯住自己的指关节看，还从容不迫地把手举到眼前，然后慢慢地揉了揉眼睛，伴随着这个动作，每隔一会儿就急促地抽吸一下鼻子，很有规律——这是孩子难过时通过鼻子发出的求救信号。

"我们来是想要问您个问题，登普斯特先生，"哈尔寇姆小姐对校长说，"没料到您正在驱赶鬼魂。怎么回事？到底发生了什么事？"

"那个淘气孩子说他昨晚看见了一个鬼魂，哈尔寇姆小姐，可把全校吓坏啦，"校长回答说，"我对他没少费口舌，但他还是抱着他那荒诞不经的故事不放。"

"真是不可思议啊，"哈尔寇姆小姐说，"我真没想到，孩子竟然有这样的想象力，说是看见了鬼魂。要开启利默里奇村年轻一代的智慧，已经够不容易了，现在又冒出了这样一件事情——我真诚希望您能够妥善解决好，登普斯特先生。同时，我要向您解释，我们为何来您这儿，来干什么。"

然后，她把我们在整个村里几乎向每一个人提的问题又向校长问了一遍。得到的是同样令人沮丧的回答。登普斯特先生没见过我们要找的陌生女人。

"我们还是回家吧，哈特莱特先生，"哈尔寇姆小姐说，"我们需要的线索显然找不到啦。"

她向登普斯特先生鞠了一躬,正准备离开教室。她走过雅各布·波斯尔斯韦特身边时,发现他还在那忏悔凳上可怜兮兮地抽搭着,那副孤苦伶仃的样子吸引了她的注意,于是,她停下了脚步,和颜悦色地要在开门前跟这个小囚犯说几句话。

"傻孩子,"她说,"你为何不请求登普斯特先生谅解,然后闭起嘴巴,不再谈鬼魂的事呢?"

"呃——但我看见那鬼魂了!"雅各布·波斯尔斯韦特说,语气很坚决,他惊恐不安,睁大了双眼,随即泪水夺眶而出。

"别胡说八道!你看到的绝不是鬼魂,如果是鬼魂,那是什么鬼魂——"

"对不起,哈尔寇姆小姐,"校长插话说,神态有点不安,"但我觉得最好不要问这孩子,他冥顽不化,说的那些蠢话完全不可信的。弄不好您叫他不知天高地厚地——"

"不知天高地厚,怎么样?"哈尔寇姆小姐厉声说道。

"不知天高地厚地把您给吓着了。"登普斯特先生说,神态很不安。

"说实话,登普斯特先生,您认为我的情感竟然会脆弱到被一个顽童吓着,可算是抬举我啦!"她转身对着小雅各布,充满了讥讽和蔑视的神态,然后直截了当问。"嘿!"她说,"我想知道这一切。淘气孩子,你是什么时候看到鬼魂的?"

"昨天傍晚,黄昏时刻。"雅各布回答说。

"噢!你是昨天傍晚黄昏时刻看见的吗?那鬼魂是什么样子的?"

"一身白色——鬼魂就该是那样的。"鬼魂目击者说,他充满了自信,不像是个小孩。

"鬼魂在哪儿呢?"

"那边呢,坟地里——鬼魂就该在那样的地方。"

"'鬼魂'就该是那样的——'鬼魂'就该在那样的地方——哎呀,你个小傻瓜,听你的口气,你好像生下来就熟悉鬼魂的行为习惯啊!不过,你对这个故事倒是滚瓜烂熟的。我看接下来你该告诉我那是谁的鬼魂啦。"

"呃!但我是可以告诉您。"雅各布回答说,他点了点头,一副沮丧而又得意的样子。

哈尔寇姆小姐询问他的学生的当儿,登普斯特先生几次想要插话,但这会儿终于态度坚决地说了。

"对不起,哈尔寇姆小姐,"他说,"恕我冒昧地说一句,您向孩子问这样的问题,等于是纵容他啊。"

"我再问一个问题,登普斯特先生,然后就不再问了。对啦,"她接着说,一边转身对着孩子,"那是谁的鬼魂呢?"

"那是费尔利太太的鬼魂。"雅各布·波斯尔斯韦特回答说,话说得很轻。

哈尔寇姆小姐听到这句异乎寻常的回话后的表情充分证明,校长心急火燎地要阻止她听是完全有道理的。她义愤填膺,满脸涨得通红——她突然怒气冲冲地对着小雅各布,吓得他又哭泣了起来——她张嘴想要对他说话——接着又控制住了——然后对着校长而不是孩子说话。

"要这样一个孩子对自己说过的话负责,"她说,"这无济于事啊。我并不怀疑,这种想法是别人灌输给他的。登普斯特先生,本村每个人都应该对我母亲怀有敬意和感激,如果有人把这个给忘了,我定会把他们找出来的。再则，要是我能对费尔利先生施加影响的话，他们会因此而付出代价的。"

"我希望——真的，我肯定，哈尔寇姆小姐——您误会了，"校长说，"这件事从头至尾都是因为这孩子执拗任性和愚昧无知造成的。他昨天傍晚经过墓地时，看见了或者认为自己看见了一个身穿白衣的女人。而那个人的影子，不管是真的还是想象出来的，又正好站在大理石十字架旁，他和利默里奇村的每个人都知道，那是费尔利太太的墓碑。这两种情况足以让孩子做出自然会吓着您的回答。"

尽管哈尔寇姆小姐看起来并不心悦诚服，但她显然觉得校长对情况的解释合乎情理，所以不便公然反驳。她只对校长的费心表示了感谢，并答应等她释疑解惑后再来看他。说完，她鞠了一躬，离开了教室。

面对这样一个异乎寻常的场景，我自始至终置之度外，专心倾听，从而得出自己的结论。我们两个人再次独处时，哈尔寇姆小姐急忙问我，听了刚才的话后，有没有什么想法。

"我有个非常强烈的想法，"我回答说，"我觉得，那孩子讲的事情，事实上是有根据的。老实说，我迫不及待想去看看费尔利太太坟头的墓碑，同时查看一下周围的地形。"

"您会看到那座墓的。"

她回答了这句话后停顿了下来。我们向前走时，她又沉思了片刻。"教室里发生的事，"她接着说，"完全分散了我的注意力，不去想匿名信的事，但等我把心思回到信的问题上时，心里感到有点茫然。难道我们必须放弃进一步调查的想法，等明天吉尔摩先生来处理这事？"

"千万别放弃,哈尔寇姆小姐,教室里发生的事倒鼓励了我要坚持调查下去。"

"怎么鼓励了您呢?"

"它让我加重了自己看过信后产生的疑惑。"

"哈特莱特先生,您把疑心对我一直隐瞒到现在,我看是有原因的吧?"

"我心里不敢那样去想,觉得那样荒唐透顶——我怀疑那是自己偏执的想象造成的。但我现在不再这样认为了。不仅是孩子对你的问题所作的回答,还有校长解释孩子的经历时无意露出的口风,迫使我再次产生了那种念头。事实或许还会证明那种想法是个错觉,哈尔寇姆小姐,但此时此刻,我坚信墓地那想象中的鬼魂和写匿名信的是同一个人。"

她停住了脚步,脸色煞白,神情急切,眼睛盯着我看。

"什么人?"

"校长无意中告诉了你,他说到孩子在墓地里看到的人影时,说那是'身穿白衣的女人'。"

"不会是安妮·卡瑟里克吧?"

"正是安妮·卡瑟里克。"

她伸手挽住了我的胳膊,身子沉重地倚靠在上面。

"我不知道为什么,"她声音低沉地说,"但您这样怀疑,好像有什么东西令我惊恐不安。我感到——"她把话打住了,想要一笑置之。"哈特莱特先生,"她接着说,"我带您去看那坟墓,然后我们立刻回家。我最好不要让劳拉一人独自待的时间太长。我最好回去陪她。"

她说话的当儿，我们已走近墓地了。教堂是一幢灰石建筑，阴森森的，坐落在一个小峡谷中，从而避开了席卷四周荒野的刺骨寒风。墓地从教堂的侧面向上延伸到山的斜坡，被一堵简陋低矮的石墙围着，一端的尽头有一条小溪从石山的侧面往下流，一丛矮树把狭窄的树荫投在稀疏的浅草地上，除此之外，其余全裸露在天空下。墓地矮墙西侧有三处石台阶作为不同方向的入口。费尔利太太墓上那白色的大理石十字架就耸立在小溪和树丛那边，靠近其中一个石台阶，同周围那些零散的粗陋墓碑形成鲜明对照。

"我不必陪您往前走了，"哈尔寇姆小姐指着坟墓说，"您若是发现了什么情况，可资证明您刚才对我提到的想法，那告诉我好了。我们宅邸再见吧。"

她离开了。我立刻朝下往墓地走，跨过了直通费尔利太太坟墓的石台阶。

坟墓周围的草太短，地面很坚实，根本看不出脚印。我感到很失望，接着认真地注视着十字架，还有十字架下方刻有墓志铭的方形大理石基座。

十字架本来是天然的白色，但由于日晒雨淋，有些地方已经斑驳变色了。下方刻有墓志铭的基座，有一半也是这种情形。而另一半却毫无半点污迹和斑痕，我的注意力立刻被这种奇特的现象吸引住了。凑近看过后发现，有人擦抹过了——是最近自上往下擦抹过的。墓志铭的空白处，擦抹过的部分和没擦抹过的部分之间可以看得出分界线——明显看出是人工留下的。是谁开始做这清洁工作，却又没有完成呢？

我环顾了一番四周，寻思着如何才能解答这个问题。从我站立的地方看去,一个人影也看不到,墓地荒凉寂寞,完全是属于逝者的。我回到了教堂边,绕了一圈,到了教堂后面,然后通过另一处石台阶跨过了外面的一堵墙,走到一条小路入口,小路向下通向一处废弃的采石场。采石场的一侧有一幢两个房间的小屋,有位老妇人在门外洗衣服。

我走上前去,与她聊起教堂和墓地事情来。她很健谈,开门见山就告诉了我,她丈夫身兼教士和教堂司事[①]二职。我随即赞扬几句费尔利太太墓碑。老妇人摇了摇头,说我还没有看到墓碑最佳状态时的样子。她丈夫负责照看墓地,但他病了几个月,身体虚弱,连星期天去教堂主事都挪不动步,结果墓碑疏于照管了。现在身子骨慢慢硬朗起来了,再过上一星期或者十天,他希望有力气再去做事,把墓碑清洁一番。

这些信息——老妇人操一口浓重的坎伯兰方言,回答时冗长而又漫无边际,信息就是从她的回答中得到的——向我展示了自己几乎想要知道的一切情况。我给了可怜的妇人一点钱,然后立刻返回利默里奇庄园。

很显然,那一半清洁墓碑的工作是某个陌生人干的。我把自己迄今掌握的情况同听见黄昏时分有人看见鬼魂的叙述后怀疑的情况联系了起来。这之后,我断然决定,傍晚时暗中去查看一番费尔利太太的坟墓,太阳下山时重返墓地,待在看得见墓地的地方等到夜幕降临。清洁墓碑的工作没有干完,开始了这项工作的那个人可能会返回来接着干的。

我刚一返回到庄园,便把自己的打算告诉了哈尔寇姆小姐。我

[①] 担任这个职位的人负责管理教堂、敲钟、挖掘墓穴等工作。

把自己的目的向她做了解释，她显得惊讶而又不安，但并没有明确表示反对，只是说："但愿此事有个理想的结果啊。"她正要离开我，我挡住了她，态度尽可能冷静，向她询问了费尔利小姐的身体状况。她精神状态好些了。哈尔寇姆小姐希望她听劝告，下午太阳下山前，出门去散散步。

我回到了自己房间，继续整理那些画。这个工作是必须要做的，同时我也需要干点事情，以便分散注意力，不去多想自己眼下的境况，不去多想摆在自己面前毫无希望的未来。我会时不时地停下手中的活儿朝窗外张望，看着天上的太阳越来越接近西方的地平线。有一次，我看到了一个身影在窗外宽阔的砾石路上散步，是费尔利小姐。

我还是早晨见过她，当时连话都没跟她说。我在利默里奇庄园就剩下一天了，往后可能再也见不到她了。这种想法促使我停留在窗户边。出于对她的考虑，我拉上了窗帘，这样即使她抬头看也看不见我，但我忍不住要看她，目光至少可以跟随她，直到看不见为止。

她身披棕色斗篷，里面穿的是一件普通黑绸长裙。头上戴的普通草帽。不过现在草帽上系了面纱，把她的脸给遮住了，我看不见。一条意大利小灰狗在她身边一路小跑着，她每次散步都带着爱犬做伴。小狗活泼可爱，身上裹了一条深红色的护身，以保护美丽柔软的皮毛不被冷风吹坏。她好像没注意身边的小狗，而只是稍稍低着头，双臂在斗篷下交叉着，径直地朝前走。我早晨听到她订婚的消息，风卷着枯叶在面前打转，而现在她漫步在苍凉的夕阳下，风也卷着枯叶在她面前上下舞动，最后散落在她脚边。小狗颤抖哆嗦着，迫不及待地贴近她的衣裙，以引起注意，得到些关爱。但她根本没理会它，继续向前走，离我越来越远，风卷着枯叶在她周围飘动着——继续向前走，最后，我伤痛的眼睛看不见她了，又剩下我孤身一人，怀着一颗沉重的心。

又过了一个小时，我完成了工作，太阳也要落山了。我在厅堂里取了帽子和外套，悄悄出了门，没有遇到任何人。

西边的天际浓云翻滚，海风吹来，寒冷刺骨。这儿虽然离海岸很远，但当我进入墓地时，那拍岸的涛声掠过横在海岸与墓地间的荒原，单调乏味地传到我的耳畔。周围看不见人影。我选定了位置，守候在那儿，两眼注视着立在费尔利太太坟头的十字架。此时此刻，这儿比以往任何时候都显得更加荒凉寂寞。

十二

墓地无遮蔽，我必须小心谨慎地选择好自己的位置。

教堂的大门口在靠近墓地的那一侧，门前修了门廊，门廊两边有玻璃挡着。我天生不喜欢隐蔽自己，所以犹豫迟疑了片刻。但是，为了实现目标，我又必须得隐蔽起来。于是，我决定进入门廊。门廊两侧的墙上均开了一扇小窗，透过其中一扇，我能看见费尔利太太的坟墓。另一扇对着教堂司事居住的小屋所在的采石场。我前面正对着门廊入口的是一片光秃秃的墓地，一堵矮石墙，一片狭长荒寂的棕色山地，日落时的云朵在强劲的风中低沉地飘拂在空中。看不见任何有生命的东西，也听不见任何有生命的东西发出的声响——没有鸟从我身边飞过,没有狗在教堂司事家的门口吠叫。单调的拍岸涛声间隙,会传来墓地边矮树丛凄凉的沙沙声和小溪流过石头时清冷微弱的汩汩声。阴郁的景色,凄凉的时刻。我藏匿在教堂门廊里,心里数着黄昏的分分秒秒,情绪很快就变得沮丧低沉了起来。

还不到黄昏的时刻呢——落日的余晖还弥漫在天边,我独自守望了半个时辰——这时,我听到了脚步声和说话声。脚步声从教堂的另一边传来,说话声是一个女人的。

"别担心那封信,亲爱的,"那个声音说,"我把它安全地交给了一个小伙子,那孩子没吭一声把信接过去了。他走他的,我走我的,没有人跟踪我——这我可以保证。"

这一席话令我内心激动,注意力高度集中,怀着热切期望的心情,几乎感到痛苦。接着是一阵沉默,但脚步仍在向前。片刻之后,有两个人——两个都是女的——走过去,从门廊窗口我可以看见。她们径直走向墓地,因此,她们是背对着我的。

其中一位戴着帽子,裹着披肩。另一位披着长的深蓝色旅行斗篷,斗篷连着风帽。里面的长裙从披风下露出了几英寸。我注意到长裙的颜色时,心跳加剧——那是白色。

她们走到一半时,停下了脚步,披着斗篷的女人把头扭向了同伴,但她的脸部侧面——如果她戴的是一顶一般女帽,我说不定可以看清楚——却被宽厚突出的风帽边给挡住了。

"你得记着披上那件舒适温暖的斗篷啊,"我刚才听到的同一个声音说——也就是那位裹披肩的女人的声音。"托德太太昨天说得对,你一身白色,显得太异常了。你待在这儿时,我到附近走走,不管你对墓地有多大兴趣,我可是没有。我返回前,你要把事情处理好,我们肯定要在天黑前回到家里。"

她说完就转过了身,顺原路面对我向前走。这是一张老妇人的脸,皮肤晒得黝黑,面脸皱纹,但很健康,从神态上看不出有半点不诚实或可疑的地方。接近教堂时,她停下来把披肩裹紧了点。

"古怪,"她自言自语说,"从我记得她起,一直就是这样古怪,行为举止与众不同。但没坏心眼儿——可怜的姑娘,像个孩子,对人毫无恶意。"

她叹了口气,对墓地四周环顾了一番,神情紧张,摇了摇头,看来眼前凄凉的景象令她很不舒服,然后转过教堂的一角不见了。

我犹豫迟疑了一会儿,不知是否应该跟上去同她搭讪。我心里迫不及待地想要见一见她的同伴,所以决定不跟踪。我肯定,在墓地附近等着,等待裹着披肩的女人回来,定能看见她。但是,她会不会向我提供我所需要的信息,那就很难说了。送信人无关紧要,写信人才是关键,才是信息的唯一来源。而此时此刻,我心里已经有了底了,写信人就在我前面的墓地。

我心里掠过这些念头时,看见披斗篷的女人走近了那座坟,伫立在坟前端详了一阵,然后朝着四周瞥了一眼,再从斗篷下掏出一块白色的亚麻布或手帕,转身走向小溪。小溪从矮墙底下一个拱洞流出。她把布放在溪水里浸湿了,再返回坟前。我看见她吻了吻十字架,然后在墓志铭前跪下来,用湿布擦抹它。

我寻思着该怎么露面才能最大限度地不让她受到惊吓,随后,决定跨过我前面的那堵墙,从墙的外围绕过去,再顺着那座坟墓旁边的石台阶进入墓地。这样我走近时,她可以看见我。她全神贯注地在擦抹墓碑,直到我走过石台阶时,她才听见我走近了。这时,她抬起头,怔了一下,轻叫了一声,然后立在那儿,目瞪口呆地面对着我。

"别害怕,"我说,"您肯定还记得我吧?"

我说话时停下了脚步——于是,一点点前移,最后走到她身边。即便我心里还有什么疑问,此时也完全可以消除了。说起来真可怕,在费尔利太太坟头面对我的竟是当初深夜在大路上看到的同一张脸。

"您记得我吗?"我说,"我们深夜相遇,我帮您找去伦敦的路,您肯定没忘记吧?"

她脸上的表情轻松了起来,并且深深地舒了一口气。我发现,由于她认出了我,原先由于惊吓变得煞白呆滞的面容慢慢露出了生气。

"先别急着跟我说,"我接着说,"稳定一下情绪,认准我是个朋友。"

"您对我真好,"她小声说,"现在还跟当初那样对我好。"

她停住了,我则沉默不语。我不仅要给她时间,让她平静下来,还要为自己赢得时间。暮色四合,凄凉暗淡。我和这个女人重逢了。我们中间隔着一座坟墓,周围全是逝者,寂寞荒凉的山野把我们包围起来了。此时此地,此情此景,我们面对面伫立在荒凉峡谷中寂静的暮色里。我们两个人之间接下来不经意说的话可能关系到一生一世的利益。有一种感觉,或许正好相反,我赢得或者失去眼前这个站在劳拉母亲坟墓前颤抖着的可怜女子的信任,可能决定劳拉·费尔利未来的命运,不管是美好的还是不幸的命运——所有这一切都有可能使我不能保持冷静与克制,而我所取得的每一点进展都依靠冷静与克制。意识到了这一点之后，我便竭尽全力地集中自己一切智慧，充分利用这一点时间来思考。

"您现在平静些了吗？"我一意识到该要说话了，便开口说："您能够在不感到害怕而且不忘记把我当朋友的情况下同我说话吗？"

"您怎么到这儿来了啦？"她问，毫不理会我刚才对她说过的话。

"您忘啦？我上次不是告诉过您要前往坎伯兰吗？从那以后，我就一直在坎伯兰，一直待在利默里奇庄园。"

"待在利默里奇庄园！"她重复这话时，苍白的脸上露出了喜悦。她突然兴致勃勃，眼睛出神地盯着我看。"噢，您一定非常快乐吧！"她急切地看着我说，丝毫没有了先前那种不信任的神态。

我利用她刚对我建立起的信任，开始细心而又好奇地观察她的面容，因为为了慎重起见，我先前一直克制着自己。我看着她，满脑子想着的是另一张活泼可爱的面孔，那天在月光下的露台上，那另一张面孔使我不祥地想起她来。我当时从费尔利小姐身上看到了安妮·卡瑟里克的形象，眼下又从安妮·卡瑟里克身上看到了费尔利小姐的形象——现在看得更清晰了，因为她们两个人之间的相似点和不同点都展示在我的眼前。面部的轮廓和五官的比例，头发的色泽和嘴唇边微微紧张的不安表情，身高和体格，头部和身体的姿态，都惊人地相似，其程度超出了我先前的想象。但是，相似点就这些了，接下来是细节上的差异。费尔利小姐娇嫩秀美的肤色，清澈透亮的眼睛，光滑纯洁的皮肤，柔和红润的双唇，这些都是我前面这张憔悴枯槁的脸上所缺乏的。我甚至都不愿意去想这件事情，但是，我凝视面前的女子时，还是不禁产生了这样的想法：我现在看到的不完全相像的部分，可能有待将来的某一场不幸的变故弄得完全相像。假如悲哀和苦难在费尔利小姐青春美丽的脸上留下污浊的痕迹，到那时，也只有到那时，她和安妮·卡瑟里克就会像一双天生相像的双胞胎，一个是另一个的翻版。

想到这一点时，我感到不寒而栗。我心中一旦掠过那种想法所预示的未来的影子，便就充满了盲目荒谬的怀疑，其中潜藏着某种恐怖可怕的东西。好在我感觉到安妮·卡瑟里克的手搭在我肩膀上，打断了我的思绪。她这轻轻的一触碰，如同那次夜晚相遇时触碰我一样，悄无声息，突如其来。我们头一次相遇时，可把我吓得浑身都僵硬了。

"您在看着我，而心里面却在想着什么事情，"她说着，语调古怪，语速快得上气不接下气，"想什么呢？"

"没什么特别的事，"我回答说，"我只是在琢磨着，您怎么到这儿来了。"

"我同一位非常要好的朋友来的，在这儿才两天呢。"

"您是昨天到这儿来的吗？"

"您是怎么知道的？"

"只是猜测。"

她转过身，再次跪在墓志铭前。

"我如果不来这儿，该去哪儿呢？"她说，"这个朋友是我来利默里奇唯一要拜访的。她待我胜过亲生母亲。噢，我看到她墓碑上有一点儿污渍就会感到心痛！为了她的缘故，墓碑必须经常保持得像雪一样洁白。昨天我开始擦抹，今天又忍不住回来接着干。这有什么不对吗？我希望没有。我为费尔利太太，肯定不会有错吧？"

可怜的女子过去对她的恩人心怀感激，这种感情现在显然仍在支配着她的心灵——那狭小的心灵天地太淳朴了,自从烙上了青春年少、幸福快乐的岁月的烙印后,再也留不下对其他事物的持久印象了。我很清楚,自己若是要赢得她的信任,就得鼓励她继续干这件她到墓地来要干的粗活。我刚一告诉她,她可以这么做,她就立刻接着干了。她轻柔地擦抹着坚硬的大理石,好像那是一件有知觉的东西。她还一遍又一遍地轻声念着墓志铭,好像失去的少女时代又回来了,再一次在费尔利太太的膝边做功课。

"如果我说,我在此再次见到您感到又惊又喜,"我说着,谨小慎微,为自己接下来要提的问题做好铺垫,"您会不会感到很奇怪啊?您当时乘坐马车离开之后,我感到非常不安。"

"不安,"她重复着说,"为什么呢?"

"当晚,我们分别之后,发生了一件很怪异的事情。两个男人乘坐着轻便马车赶上了我。他们并没有发现我站在那儿,但在离我不远处停下了,对着大路另一侧的一位警察说话。"

她立刻停下了手上的活儿。拿着湿抹布擦墓志铭的手放了下来,另一只手紧紧抓住坟头的大理石十字架。她缓慢地转过脸对着我,面部再次变得僵硬呆板,露出茫然恐惧的神色。我不顾一切地说下去,现在要停下不说已经太晚了。

"两个男人同警察说话,"我说,"并且询问他是否见到了您。他没有,紧接着,其中一个男人说,说您是从他的疯人院里逃出来的。"

她撒腿就要跑,好像我最后的这句话弄得追踪她的人追上来了似的。

"停下!听我把话说完,"我大声喊着,"停下!您要知道,我对您是友好的。我只要言语一声,那两个男人就知道您往哪条路走了——而我缄口不言。我帮助您逃脱了——我帮助您平平安安逃脱了。想一想,好好想一想吧。好好领会一下我告诉您的情况。"

我的行为举止好像比我的言辞对她更具有影响力。她努力去掂量这件事,迟疑不决地把抹布从一只手换到另一只手,完全跟那天晚上我第一次遇见她时把小包从一只手换到另一只手的情形一样。我的一席话似乎打动了她混乱激动的内心。她的脸部表情慢慢地放松了,眼睛看着我,恢复了因恐惧而迅速失去的好奇神色。

"您认为,我不应该再回到疯人院去对吧?"

"当然不应该。我很高兴您逃出来了,很高兴帮助了您。"

"是啊,是啊,您确确实实助了我一臂之力,帮助我闯过了难关,"她说,神情有点茫然,"逃跑很容易,否则我也逃不掉。他们对我不像对其他人,从不怀疑我,因为我很平静,很顺从,很容易受惊吓。但寻找伦敦是一个难关,而您帮助了我。我当时对您表达了谢意吗?我现在要衷心地谢谢您!"

"疯人院离您看见我的地方远吗?对啊!表明您相信我是您的朋友吧,告诉我疯人院在哪儿。"

她说出了那个地方——根据其位置判断,那是一家私人疯人院,一家离我们相遇地点不远的私人疯人院——随后,很显然,她疑心我会利用她提供的信息做什么事情,便迫不及待地重复了刚才的话,"您认为,我不应该再回到疯人院去对吧?"

"我重申,我很高兴您逃出来了,很高兴,您离开我后一切顺利,"我回答说,"您说过您要去投奔伦敦一个朋友的,您找到了那个朋友了吗?"

"找到了,当时很晚,但屋里有个姑娘在做针线活儿,她帮我叫醒了克莱门茨太太。克莱门茨太太是我的朋友,一个友好善良的女人,但不像费尔利太太。啊,不,没有人像费尔利太太!"

"克莱门茨太太是您的老朋友吗?您认识她很长时间了吗?"

"对,她是我们在汉普郡老家时的邻居。我小时候,她喜欢我,照顾我。几年前,她离开我们时,把她在伦敦的地址写在了我的祈祷书上。她说,'你若有困难,安妮,就来找我。我没有丈夫,不会有人反对,也没有孩子要照管,我可以照顾你。'多么亲切的话啊,不是吗?因为很亲切,我想,我这才记住了。除此之外,我记住的东西很少——很少!很少!"

"您难道就没有父亲或母亲照顾您吗?"

"父亲?我根本没有见过他,从没听我母亲说起过他。父亲?啊,天啊!他大概已经死了。"

"您母亲呢?"

"我同她相处得不融洽,我们彼此感到别扭和害怕。"

彼此别扭和害怕!听了这句话,我的内心第一次闪现这样的疑惑:限制她自由的人可能就是她母亲。

"别再问我关于母亲的事了,"她接着说,"我宁愿谈谈克莱门茨太太。克莱门茨太太像您一样,也认为我不应该再回到疯人院,她像您一样很高兴我逃出来了。她看到我的不幸后哭了,而且说要保守秘密,不对任何人说。"

她的"不幸"。她用这个词是什么意思啊?难道可以解释她写匿名信的动机?难道表明的只是那种普普通通、司空见惯的动机,即像许多女人那样要在毁了她的那个男人的婚姻道路上以匿名信的形式设置重重障碍?我决定在我们深入交谈下去之前,先设法解开这个疑团。

"什么不幸啊?"我问。

"我被关起来的不幸,"她回答说,对我的问话显得很惊讶,"难道还有别的什么不幸吗?"

我决心要刨根问底,尽量做到含蓄委婉,宽容忍耐。我心里应该对我们现在进行的调查的每一步都有绝对把握,这一点非常重要。

"还有另一种不幸,"我说,"女人可能容易遭受到,并且因为那种不幸,她一生一世都会忍受着痛苦与耻辱。"

"那是什么?"她问,神情热切。

"那种不幸就是:她过分天真地相信自己的品德,相信她所爱的男人的忠心和正直。"我回答说。

她抬头看着我,神态像孩子一样天真困惑。表情中没有半点局促不安,脸色也没有丝毫变化,看不出内心深处有什么内疚感要流露出来的迹象——这样一张面孔本来对其他情感倒是会清晰透明地表露无遗的。她的表情和神态令我确信,其程度胜过任何言辞,我设想的关于她写信并把信送给费尔利小姐的动机简直大错特错了。不管怎么说,这个疑团总算是解开了。但是,疑团解开之后,新的迷雾又出现了。我确凿无疑地知道,尽管信中没有指名道姓说出珀西瓦尔·格莱德爵士,但实际上指的就是他。她一定是心灵受到了某种伤害,才会有如此强烈的动机,用如此语言暗中对费尔利小姐谴责他——毫无疑问,这种动机并不是因为她失去了贞洁和名誉而产生的。无论他使她蒙受了何种伤害,但绝不是这一类的。那会是哪一类的呢?

"我不明白您的意思啊。"她说。她显然竭尽全力,但还是没有领会我刚才对她说过的话。

"没有关系。"我回答说,"我们接着聊刚才的话题吧。请您告诉我,您在伦敦和克莱门茨太太待了多长时间,如何又到这儿来了呢?"

"多长时间?"她重复了一声,"我同克莱门茨太太一直待到两天前,我们是一块儿到这儿来的。"

"这么说来,你们住在村上?"我说,"真奇怪啊,我怎么就没有听说,不过话说回来,你们在这儿才待了两天。"

"不,不,不是住在村上。我们住在离村子三英里远的一个农庄上,您知道那个农庄吗?他们管它叫'托德角'。"

我清楚记得那个地方,因为我们经常驾马车经过那儿。那是一座这一带最老的农庄之一,偏僻幽静,处在两座小山的相连处。

"托德角农庄的人是克莱门茨太太的亲戚,"她接着说,"他们经常邀请她去做客。她说她会去,而且带着我一块儿去,因为那儿静谧安宁,空气清新。他们待人友好是不是?我愿意到任何静谧安宁、远离闹市的地方去。但是,当我听说托德角就在利默里奇附近时——噢!我真高兴啊。我乐意一路赤脚走过去,再去看看学校、村子和利默里奇庄园。托德角的人非常友好。我希望能长时间待在那儿。只是有一件事情,我不满意他们,也不满意克莱门茨太太——"

"什么事情?"

"他们拿我开玩笑,说我穿一身白色——他们说,这样的打扮显得很特别。他们如何知道啊?费尔利太太最清楚。费尔利太太决不会要我披这样难看的蓝色斗篷。噢!她毕生钟爱白色,她这座墓碑全是白色的——为了她,我要让它变得更洁白。她自己常常穿白衣服,也总是让她的小女儿穿白色。费尔利小姐幸福快乐吗?她现在还像小时候那样穿白色衣服吗?"

问到费尔利小姐,她的声音便低沉了下来,头也转得离我越来越远。我觉得,根据她神态上的变化,我已觉察出了,她心里因冒险送了匿名信而深感不安。于是,我立刻决定,斟酌一下自己要回答的话,让她措手不及,不得不承认。

"今天上午,费尔利小姐气色不好,或者说心情不佳。"我说。

她咕噜了几句,但含糊其词,声调低沉,我猜测不出她说的是什么意思。

"您刚才是问我费尔利小姐今天上午为何气色不好、心情不佳吗?"我接着问。

"不,"她说,语速很快,迫不及待——"噢,不是,我没问这个。"

"即便您不问我,我也会告诉您的,"我接着说,"费尔利小姐收到了您的信。"

我们刚才谈话时,她已经跪在那儿有一会儿了,小心翼翼地擦抹墓志铭周围由于日晒雨淋留下的斑痕。听到我刚才说的第一句话后,她停下了手上的活儿,慢慢向我转过身来,但没有站立起来。而我的第二句话却把她给惊呆了。她手里的抹布掉下了,嘴唇张开,脸上原有的那点儿血色也瞬间荡然无存。

"您怎么知道的?"她低声说,"谁把信给您看啦?"血液又冲上了她的脸颊——猛烈地冲上来,因为她突然意识到自己的话泄露了真相。她无可奈何地拍了拍双手。"我根本没写信,"她吓得气喘吁吁地说,"我根本不知道信的事!"

"没错！"我说，"您写了，您也知道。送这样的信是不对的，吓唬费尔利小姐也是不对的。如果您有什么话一定要说给她听，您尽可以亲自到利默里奇庄园去，亲口对小姐说。"

她低头伏在平滑的墓碑石上，直到把整张脸贴在上面，没有回话。

"如果您好心好意，费尔利小姐同样会像她母亲那样对您热情友好的，"我接着说，"费尔利小姐会替您保守秘密，绝不让您受到任何伤害。您明天在农庄见她好吗？在利默里奇庄园的花园里见她好吗？"

"噢，假如我死了，能够和您埋葬一块儿，一同安息该有多好啊！"她说，贴近墓碑喃喃低语，话是满怀深情地对地下死者说的，"您知道，为了您，我多么希望拯救您的孩子！啊，费尔利太太！费尔利太太！告诉我如何才能拯救她呢？还像我的亲人，还像我的亲娘一样，告诉我如何办最好！"

我听见她的嘴唇在吻墓碑，看见她的手激动地在上面拍打。那声音，那情景，深深地打动了我，我躬下身子，轻轻地握住那双可怜无助的手，竭力安慰她。

没有用。她挣脱了，脸不肯从碑石上移开。我发现，当务之急就是要千方百计让她平静下来。她在我面前，我心里唯一担心的是我对她的看法——她迫切想让我相信，她很正常，能够控制自己的一切行为。于是，我打算利用她的这种心理。

"行啊，行啊，"我说着，态度很和蔼，"平静下来吧，否则我会改变对您的看法的。别让我觉得，把您送进疯人院的那个人兴许有理由——"

我把后面到了嘴边的话咽了回去。我刚一冒险提到那个把她送进疯人院的人,她便一跃站起身。一时间,她身上发生的变化超乎寻常,令人震惊。她的脸本来平常时就显得紧张敏感,柔弱疲倦,迟疑不定,令人怜惜,但此时此刻,突然阴沉下来了,露出了疯狂而强烈的仇恨与恐惧,五官平添了一分野蛮与残忍。昏暗的暮色中,她瞪大了双眼,犹如一头猛兽。她捡起掉落在一旁的抹布,好像是一只任凭她宰杀的动物,疯狂地用双手拧着,抹布上的水滴顺着她身下的墓碑往下流。

"说点别的事情吧,"她说,声音很小,是从牙齿缝里挤出来的,"您若是再谈这个,我会控制不了自己的。"

片刻之前,她心中充满着温馨的回忆,而此刻却已荡然无存了。很显然,费尔利太太仁慈善良,在她记忆中留下的印象并非像我们想象的那样,是唯一强烈的印象。她心怀感激,记住了她在利默里奇上学的日子。与此并存的是,把她关进疯人院让她蒙受伤害的行为,她定要报仇雪恨。是谁给她造成伤害的?确确实实可能是她母亲吗?

关于最后这一点,我本想刨根问底,不甘就此罢休的,但是,我迫使自己放弃这一念头,不再追问了。看到她现在的样子,除了赶紧宽厚仁慈地安抚她恢复平静以外,再要有什么其他的念头,未免残酷了点。

"我不再谈论令您感到痛苦的事情了。"我用安慰的口吻说。

"您想干什么,"她回答说,语气严厉,满腹狐疑,"别这样看我,对我说吧,告诉我您想要干什么吧。"

"我只想要您平静下来,等您平静了些后,再想想我说过的话。"

"说过的话?"她停住了,双手把抹布搓来搓去,然后轻声地自言自语说,"他说什么来着?"她接着转身向着我,摇了摇头,情绪不耐烦。"您为何不提示一下我呢?"她问这,语气显得既愤怒又突然。

"行啊,行啊,"我说,"我来提示您,您立刻就会想起来的。我刚才请求您明天去见费尔利小姐,告诉她信的真相。"

"啊!费尔利小姐——费尔利——费尔利——"

她刚一提到这个钟爱熟悉的名字,似乎就平静下来了。她脸上的表情放松了,恢复了原貌。

"您不必要害怕费尔利小姐,"我接着说,"也用不着担心那封信会给您带来麻烦。她已经知道了信的内容,所以,您告诉她一切并不难。没必要隐瞒,因为没有什么东西可隐瞒的。您在信中没指名道姓,但费尔利小姐知道,您在信中写到的那个人就是珀西瓦尔·格莱德爵士。"

我刚一说出这个名字,她便怔了一下站起身,发出了一声尖叫,传遍了整个墓地。我都被吓得心怦怦直跳。刚刚消失的阴郁的表情再次呈现在她脸上,其强烈程度是刚才的两三倍。听到名字后发出的尖叫,接着仇恨与恐惧的表情的再现,已然说明了一切。毫无疑问,她关进疯人院的事,不是她母亲所为,而是某个男人把她关进去的——即珀西瓦尔·格莱德爵士。

尖叫声也传到了别人的耳朵里,我听到了墓地一侧教堂司事住的小屋的门开了。我还听到另一侧她同伴的声音,就是那个裹披肩的女人,那女人就是她所说的克莱门茨太太。

"我来啦!我来啦!"叫喊声从矮树丛后面传来。

少顷，克莱门茨太太匆匆忙忙出现了。

"您是谁？"她脚刚一踏上石台阶就毫不畏惧地冲着我大声说，"您怎么会吓唬这样一个可怜无助的女子啊？"

我还没有开口回答，她就到了安妮·卡瑟里克的一侧，并用一只胳膊搂住她。"怎么啦，亲爱的？"她说："他冲你干了什么啦？"

"没干什么，"可怜的人回答说，"没干什么，我只是害怕。"

克莱门茨太太怒气冲冲地对着我，毫无惧色，这反而令我对她肃然起敬。

"这样怒气冲冲地瞪着我，如果我罪该如此，我会真心实意替自己感到愧疚的，"我说，"但是，事实并非如此，我不巧无意中吓着她了。她这不是第一次见到我，您自己问问她，她会告诉您，我不可能存心伤害她或别的女人。"

我把话说得清楚明了，以便让安妮·卡瑟里克听清楚，同时领会我的意思。我发现，她听懂了我的话。

"对啊，对啊，"她说，"他曾对我很好，还帮助过我——"后面的话她是对着她朋友的耳朵说的。

"不可思议啊，真的！"克莱门茨太太说，一副困惑不解的样子，"这可就另当别论啦。对不起，先生，我说话不客气。但是，您得承认，表面现象往往会使人生疑。这事不怪您，都怨我，是我滋长了她的任性，让她独自一人待在这样的地方。过来吧，亲爱的——我们回家去。"

我看见善良的女人想到回家的路时有点担心的样子，便主动提出护送她们走到看得见家的地方。克莱门茨太太婉言拒绝了。她说，她们到了荒野上就肯定可以遇见农工。

"请原谅我。"安妮·卡瑟里克挽着朋友的胳膊要离开时,我说。尽管我并非存心要吓她,刺激她,但是,我看到她可怜的样子,脸色苍白,惊恐不安,我心里突然感到一阵刺痛。

"我会尽力的,"她回答说,"但您知道的东西太多了,恐怕您总会吓着我。"

克莱门茨太太看了我一眼,然后怜惜地摇了摇头。

"再见吧,先生,"她说,"我知道,这事不能怨您,但我希望刚才您惊吓的是我,而不是她。"

她们走了几步,我以为她们就这样离开我了,但安妮突然停住了脚步,放开了她的朋友。

"等一下,"她说,"我必须要说声再见。"

她回到墓前,双手轻轻地放在大理石十字架上,然后吻了吻。

"我现在好些了,"她平静地看着我,叹了口气说,"我原谅您。"

她回到了同伴身边,她们离开了墓地。我看见她们在教堂边停住了,对着教堂司事的妻子说话,那女人从家里出来,等着,远远地看着我们。然后,她们沿着通往荒野的小路向前走了。我目送着安妮·卡瑟里克,直到她消失在暮色中——我张望着,焦虑而又悲伤,在这个纷繁乏味的尘世间,仿佛这是最后一次看见白衣女人。

十三

我半小时后回到了庄园,然后把情况全部告诉了哈尔寇姆小姐。

她冷静沉着，一声不吭，全神贯注地倾听我的叙述。对于像她这种气质和性格的姑娘来说，这是再有力不过的证明，她之所以态度严肃，是因为我的叙述影响了她。

"我心里很担心，"我讲完以后，她说了这么一句，"我心里对未来深表担心。"

"未来的情况取决于，"我提议说，"我们如何把握现在。相对于面对我，说不定安妮·卡瑟里克会更加乐于、更加没有保留地同一位女士谈呢。如果费尔利小姐——"

"片刻都不要考虑，"哈尔寇姆小姐打断了我的话，态度十分坚决。

"这么说来，我建议，"我接着说，"你亲自去见安妮·卡瑟里克，想方设法赢得她的信任。至于我自己，我已经很不巧地让那可怜人受到了惊吓了。我想都不敢想再让她第二次受惊吓。你不反对明天陪同我一同去一趟农庄吧？"

"没有问题。为了劳拉，我愿意去任何地方，干任何事情。您刚说那地方叫什么来着？"

"你一定很熟悉，叫作'托德角'。"

"当然熟悉，'托德角'是费尔利先生几处农庄中的一处。我们这儿的挤奶女是那儿农工的二女儿。她常常往来于庄园和她爸爸干活的农庄之间，也许听说过或者看到过什么对我们有用的东西。需要我立刻去打听一下那姑娘在不在楼下吗？"

她摇了摇铃，派了个男仆去打听。他回来说，挤奶女此时在农庄。她有三天没有回农庄了，所以当天傍晚总管准许她回家一两个小时。

"我明天可以找她说，"男仆离开房间以后，哈尔寇姆小姐说，"在此期间，我先弄清楚同安妮·卡瑟里克见面要达到的目的。您能肯定，把她关进疯人院的那个人是珀西瓦尔·格莱德爵士吗？"

"毫无疑问。唯一令人不解的是他的动机之谜。从他们两个人社会地位极为悬殊这一点来看，他们之间好像不应有任何关系的。所以，至关重要的一件事情就是——即便真有必要把她监禁起来——要弄明白，为何偏偏他是负责执行把她关起来这个重要任务的人——"

"关在一家私人疯人院，您刚才好像是这样说吧？"

"对啊，关在一家私人疯人院，进去接受治疗要支付一笔钱，而旁人是支付不起的。"

"我知道，疑问究竟在哪儿了，哈特莱特先生。我向您保证，不管安妮·卡瑟里克明天是否帮我们的忙，事情都一定会得到解决。如果珀西瓦尔·格莱德爵士不能给我和吉尔摩先生一个令人满意的解释，他绝不可能在本庄园久留。妹妹的前途是我毕生最关切的事，我有足够的影响力使她授予我参与决定婚姻大事的权力。"

我们当晚就这样分别了。

翌日早餐之后，我们没能立刻动身去农庄，因为忙于头天傍晚的事，把另一件事给忽略了。这是我在利默里奇庄园的最后一天，邮件一到，我就必须遵循哈尔寇姆小姐的建议，以发生了意外之事必须返回伦敦为借口，去请求费尔利先生同意提前一个月解除聘约。

幸运的是，当天早晨邮差果真送来了两封伦敦朋友的来信，这样一来，借口从表面上看来是站得住脚的。我取了信立刻就去房间，然后派了个男仆给费尔利先生捎了个口信，问问我什么时候可以去跟他谈件事。

我等待仆人回来，根本不去考虑他的主人得知我的请求以后是什么态度。无论费尔利先生允诺与否，我都得走人。我已开始了这次枯燥乏味的旅途，从此与费尔利小姐分离，想到这一点，我的感觉都麻木了，对与自己有关的所有事情都漠不关心了。我已经克服了自己可怜的大男子主义的傲气，克服了自己所有艺术家微不足道的虚荣。即便费尔利先生存心要对我简慢无礼，现在也伤害不到我了。

仆人带回了口信，对此我已有准备。费尔利先生遗憾地告知，他早晨健康状况不佳，无法享受会见我带来的快乐，因此，他请求我接受他的道歉，并有劳我把要说的话以书面形式转达给他。我在庄园逗留的三个月当中，时不时会收到类似的口信。其间，费尔利先生因可以"支配"我而充满了喜悦，但他的健康状况从未好转到可以第二次同我见面的程度。仆人每次把我新近裱装修复好的一批画，连同我的"敬意"，交还给他的主人，然后空着手返回，带来费尔利先生"亲切的问候""诚挚的谢意"以及"恳切的歉意"，因为健康的原因，他仍然不得不把自己孤零零地关在房间里。对于我们双方而言，这是再理想不过的方法了。因此，在这种情况下，对于费尔利先生与人方便的神经，很难说我们两个人谁应该心存感激了。

我立刻坐下来写信，表达自己的意思，尽可能做到礼貌周到，清楚明了，言简意赅。费尔利先生没有急着回复，过了将近一个小时，我才收到回音。内容写在一张如象牙一样光滑、如薄纸板一样厚实的信笺上，用的是紫罗兰墨水，字迹工整秀丽。全文如下：

费尔利先生问候哈特莱特先生。收到哈特莱特先生的请求，费尔利先生（就他目前的健康状况而言）无法表达他的惊讶与失望之情。费尔利先生不善理事，但他已咨询了他那精明务实的管家，那人支持费尔利先生的意见，即除非发生了生死攸关的大事，否则哈特莱特先生不能以任何理由提出解除聘约的事。费尔利先生沉疴在身，痛苦中培养出了对美术和美术家高度欣赏的情感，并以此为慰藉和快乐，如果这种情感能够轻易被动摇的话，哈特莱特先生目前的所作所为就会使之动摇。但它并未如此——动摇的是哈特莱特先生自己。

费尔利先生陈述了以上意见后——也就是说，就剧烈的神经痛苦所允许他陈述任何事情的程度而言——除了针对这一句他提出的极为反常的辞呈表明自己的决定之外，别无其他的话可说。费尔利先生要在绝对静谧的情境下修身养性，唯此为重，所以，在双方实质上已弄得不愉快的情况下，他是不会容忍哈特莱特先生继续留在庄园来破坏这种宁静的。因此，费尔利先生放弃拒绝的权力，纯粹为了保持自己的安宁——同时通知哈特莱特先生，他可以走人。

我把信折了起来收好同其他信件放在一块儿。若是在过去，我会把这信看作是对自己的侮辱而义愤填膺的，但现在，我当它是一份解除我聘约的书面通知而接受下来了。我下楼到了早餐室，告诉哈尔寇姆小姐，我准备与她一同步行到农庄去。此时，我再没把信的事放在心上，几乎都把它给忘了。

"费尔利先生给了您满意的回答吗？"我们离开庄园时，她问了一声。

"他允许我走，哈尔寇姆小姐。"

她急忙抬头看看我，然后，从我认识她以来，第一次主动挽着我的胳膊。任何言语都无法如此细腻地表明，她理解我是怎样被允许辞职的，同时不是以雇主的身份，而是以朋友的身份向我表达了同情。我没理会那男人简慢无礼的回复，倒是深深地感受到了眼前的女人因内疚而表露出来的友善。

前往农庄的途中，我们说定了，哈尔寇姆小姐单独进屋，我在外边叫得应的地方等待。我们采取这种行动办法，是因为有了头天傍晚在墓地发生的事，我的出现可能再次激起安妮·卡瑟里克的紧张与恐惧。那么，一个素不相识的小姐来到跟前，更会增加她的不信任感。哈尔寇姆小姐离开了我，准备先同农工的妻子谈一谈（她很肯定，那女人定会热情友好地提供一切帮助的），而我则在房舍附近等待。

我一个人充满希望地等待了一阵子，但是，出乎我的意料，哈尔寇姆小姐不超过五分钟就回来了。

"安妮·卡瑟里克走了。"哈尔寇姆小姐回答说。

"走了！"

"走了，和克莱门茨太太一同走的。她们早晨八点钟一道离开了农庄。"

我无话可说——只感觉到，我们弄清真相的最后机会已经随她们而去了。

"托德太太知道的有关她的客人的情况，我都已经知道了，"哈尔寇姆小姐接着说,"我和她一样弄不明白怎么回事。昨天傍晚,她们离开您之后,安全回到了家,同平常一样,与托德家的人度过了傍晚前半段时间。但是,晚餐前,安妮·卡瑟里克突然晕倒了,令所有人吓了一跳。她到达农庄的第一天也晕倒过,只是没那么吓人。托德太太认为,情况与她当时看了本地报纸上什么新闻有关,因为报纸放在农舍的桌上,她拿起报纸才一两分钟。"

"托德太太是否知道,那是一段什么新闻令她受到那样的刺激呢?"我追问了一声。

"不知道,"哈尔寇姆小姐回答说,"她查看了报纸,没看到什么刺激人的东西。我请求允许亲自看看报纸,而刚一展开第一版,就发现编辑利用我家的事情来充实他那内容贫乏的新闻。他从伦敦各报'名人婚姻启事'栏目中转载了一些告示,并把我妹妹订婚的消息放在这些告示里一起发表。我立刻断定,就是这段新闻莫名其妙地刺激了安妮·卡瑟里克。同时,我觉得,自己还找到了她第二天送信到我们庄园的起因。"

"这两点都毫无疑问了,但是,至于她昨晚第二次晕倒,你听说什么了吗?"

"没有。其原因完全是个谜。室内没有生人,唯一从外面来的就是我们庄园的挤奶女,我告诉过您,她是托德的女儿,当时在闲聊,聊的是些当地的平凡琐事。她们听见她叫了一声,脸色无缘无故地变得煞白。托德太太和克莱门茨太太把她扶上楼,然后克莱门茨太太守在她身边。到过了平常睡觉时间后很久,还听见她们在说话。今天一大早,克莱门茨太太把托德太太拉到一边,说她们必须走,可把她吓得,简直无法形容。托德太太从她的客人那儿得到的唯一解释是，发生了一件事情，但与农庄上的任何人无关。事情非常严重，安妮·卡瑟里克下决心要赶紧离开利默里奇。她追问克莱门茨太太，要求她解释清楚一点，但毫无效果。她只是摇了摇头，说为了安妮，她恳求谁也不要再问她了。她本人情绪很激动，一再说安妮必须走，自己必须同她一块儿走。她们的去向必须保密，不告诉任何人。至于托德太太如何热情友好地规劝挽留，我就不跟您评述了。最后，也就是三个小时以前，她驾车把她们送到了最近的车站。她一路上设法要求她们解释清楚些，但没有结果。她叫她们在车站大门外下了马车。她们这样唐突无礼地离开，而又不友好，对她缺乏基本的信任，她很伤心，也很恼火，所以，连再见都没停下来说一声，便就气愤地驾着车跑了。事情就是这样的。您好好回忆一下，哈特莱特先生，告诉我昨天在墓地是不是有什么情况可以解释那两个女人今天早晨莫名其妙离开的。"

"我倒是首先想要知道，哈尔寇姆小姐，我和安妮·卡瑟里克分手了几个小时，这段时间是可以平息我很不幸地在她心中引起的惊恐，但她为何突然发生变化，把农庄上的人吓了一大跳。你是不是特别询问过了她昏倒时，他们在室内聊的具体内容？"

"询问过了，昨晚她们在厅堂里闲聊时，托德太太的注意力好像被某些家务事给分散了。她只告诉我，聊的只是些新闻。我估计，这意思是说，她们聊的全是些彼此的平凡琐事。"

"挤奶女的记忆力说不定比她母亲的要强些，"我说，"我们回去后，你不妨再找那个姑娘谈一谈，哈尔寇姆小姐。"

我们一返回庄园，我的建议就付诸行动了。哈尔寇姆小姐把我领到仆人们干家务活儿的房间。随后在挤奶棚找到了那姑娘，只见她袖子卷到了肩膀,在洗刷一只大奶盆,口里一边漫不经心地哼着曲儿。

"我把这位先生带来看你挤奶,汉娜,"哈尔寇姆小姐说,"这是本庄园的一大景观,真让你脸上有光彩啊。"

姑娘红着脸,行了个屈膝礼,然后羞涩地说,她要全心全意干活儿,把一切收拾得整齐干净。

"我们刚从你父亲的农庄回来,"哈尔寇姆小姐接着说,"我听说你昨晚在那儿,你在家里看见有客人吗?"

"看见了,小姐。"

"我听说,其中一个生病晕倒了是吧?我估计,没有人说了什么或做了什么吓着她吧?你们没说什么非常可怕的事情吧?"

"噢,没有,小姐!"姑娘笑着说,"我们只是谈了些新闻。"

"我猜,你的姐妹们对你讲了托德角的新闻吧?"

"对,小姐。"

"你给她们讲了利默里奇庄园的事情吗?"

"讲了,小姐。我肯定没说什么把那可怜的小姐吓着的事情,因为她晕倒时,我正说着话呢。看到那样子,可把我吓了一跳,小姐,我自己从未晕倒过。"

还没有来得及问下去,她被人叫走,到挤奶棚门口接一篮子鸡蛋。她离开我们,我低声对哈尔寇姆小姐说:"问问她昨天晚上是不是偶尔提到过利默里奇庄园有客人要来的事。"

哈尔寇姆小姐向我使了个眼色,表明她懂了我的意思。于是,挤奶女一回来,就向她提了这个问题。

"噢,对啊,小姐,我提过那事情,"姑娘随便说了声,"有一拨客人要来,花母牛出了事故,这些是我带回农庄的全部消息。"

"你提到了名字没有啊?你是不是告诉了他们,下星期一珀西瓦尔·格莱德爵士要来?"

"对啊,小姐——我告诉他们,珀西瓦尔·格莱德爵士要来。但愿这不碍事,但愿自己没有做错什么。"

"噢,不碍事的。对啦,哈特莱特先生,我们若继续在这儿打断她做事,汉娜可要开始嫌我们碍事了。"

待到又剩下我们俩单独在一起时,我们停下来,相互对视了一下。

"你现在心里还有疑问吗?哈尔寇姆小姐?"

"珀西瓦尔·格莱德爵士应该消除我心里的疑问,哈特莱特先生——否则,劳拉·费尔利永远不可能做他的妻子。"

十四

我们绕到庄园正面时,车道上有一辆轻便马车从铁路那边向我们驶来。哈尔寇姆小姐在门口台阶上等到马车停下。马车的踏脚板刚放下,一位老绅士轻快地从上面下来,哈尔寇姆小姐迎上前去同他握手。吉尔摩先生到了。

介绍认识的过程中,我怀着掩饰不住的兴趣和好奇打量着他。我离开利默里奇庄园后,老人还留在那儿,他要倾听珀西瓦尔·格莱德爵士的解释,并且以他的经验来协助哈尔寇姆小姐,帮她做出判断，等到婚姻方面的问题得到解决了才离开。如果婚事安排妥帖了，他将亲手拟定那份费尔利小姐无法反悔的婚约。同现在比起来，我当时简直一无所知，但我仍然怀着在素昧平生的陌生人面前从未有过的兴趣，打量着这位家庭律师。

从外表相貌看起来，吉尔摩先生与传统的律师形象截然相反。他面色红润，白色头发很长，经过了精心梳理，黑色外套、马夹和裤子适得其所，显得格外整洁，白色领结系得端端正正，一双淡紫色的小山羊皮手套或许可以戴在一位时髦牧师手上，既不用担心，也不会被人嘲讽。他举止庄重优雅，彬彬有礼，给人的印象是，讲究旧式礼数。他显得生气勃勃，机敏聪慧，属于那种由于职业使然其心智必须处于良好工作状态的人。年轻时体格健壮，前途远大，继而漫长职业生涯使其声誉卓著，生活富足舒适，到了老年，则乐观豁达，孜孜不倦，备受尊敬——以上就是吉尔摩先生通过介绍认识时，我对他的总体印象。但是，还必须公允地补充一句，后来由于有了更多的接触了解，证明了上述印象。

老先生和哈尔寇姆小姐一同走进宅邸，他们要商谈家务，我没随同进入，以免旁人在场多有不便。他们穿过厅堂，进了会客室。我则走下了台阶，一个人漫步在花园里。

我在利默里奇的时间以小时计算已经屈指可数了，定于翌日早晨离开，无法更改。由于匿名信的关系，我所参与的必须进行的调查已告结束。剩下的最后一点时间里，如果我让自己再一次放松心情，不受强加在心上的冷酷无情的束缚，去跟与我梦幻般短促的幸福与恋爱相关联的各种景致告个别，除了伤及我自己之外，是不会伤害到任何人的。

我不由自主地转入了我书房窗户下的那条路，因为我昨晚看见她带着她的小狗在那儿。我顺着她可爱的脚经常踏过的小路走，一直走到通向她的玫瑰园的边门。冬天的玫瑰园，凋零萧瑟，她曾教我识别不同名称的那些花，我曾教她描绘的那些花，统统都不见了。花圃间的白色小径已经长出了一层湿漉漉的青苔。我一直走到了林荫道，我们在那儿共同闻过8月里黄昏时那令人兴奋不已的芳香，共同欣赏过阳光与树影交织在一起、斑斑驳驳地在我们脚下地面上形成的无数图案。树叶从吱嘎作响的枝丫上在我四周落下。大气中散发出泥土里腐烂的气息，令我感到寒气刺骨。我又向前漫步了一段，出了庭园，然后沿着一条通向最近的小山的蜿蜒小路走。小路旁有一棵被砍倒的老树，我们曾坐在上面休息，现在已被雨水浸得湿漉漉的。而我曾为她绘画过的那丛羊齿草，当时掩映在我们面前那堵粗糙的石墙根下，如今那儿积了一潭水，死水中间生长着一丛肮脏的杂草。我上到了山顶，眺望着我们在那美好的时光里经常欣赏过的景色，眼前阴沉荒凉，不再是我记忆中的景致。她带给我的阳光已离我远去了，她那魅力十足的嗓音也不再在我耳畔低语。我此刻向下俯瞰的地方，她曾向我谈到她那比母亲去世得晚的父亲。她告诉过我，他们如何相亲相爱，她走进庄园的某些房间时，她进行某些久违的与他有关的娱乐活动时，她仍然想念他。我当时听她讲述那些事情的时候所看到的景象，是我此时独自一人站在这山顶上看到的景象吗？我转身离开了，顺着蜿蜒的小路返回，路过荒野，绕过沙岗，下到了海滩。那儿惊涛拍岸，卷起白色浪花，大海浩瀚辽阔，波涛汹涌，蔚为壮观——但是，哪儿是她曾经用阳伞在沙地上随手画人形的地方呢？哪儿又是我们坐在一起畅谈的地方呢？她跟我谈我自己和我的家,她向我问到我的母亲和妹妹这类只有女人才会留意的问题,还天真地问我,是否想过要离开我那孤独的寓所,娶个太太,拥有一幢属于自己的住宅。

海风和海浪早已抹去了她在沙滩上留下的那些痕迹。我眺望这片辽阔单调的海滨景象,那个我们在一起悠然消磨阳光明媚的时光的地方在我面前消失得无影无踪,好像我根本就不知道有这么个地方。我现在仿佛站在异国他乡的海边,一切对我都是那么陌生。

空寂宁静的海滩令我感到心里发冷。我回到了庄园和花园,那儿处处留有她的印迹。

我在西面露台的走道上遇见了吉尔摩先生。他显然是在寻找我,因为我们彼此看见对方时,他加快了步伐。我目前的精神状态不大适合与陌生人见面交谈。但是,会面不可避免,于是,我只好尽力应付。

"我要找的就是您啊,"老先生说,"我有几句话想要对您说来着,尊敬的先生,而如果您不反对的话,我想现在就说。直说了吧,我跟哈尔寇姆小姐就家庭事务进行了交谈——我就是为那些事来的——交谈之中,她自然而然地跟我谈到了令人不愉快的匿名信事件,还有您迄今为止恰如其分地参与了一些调查了解工作。我很理解,您的参与使您产生了兴趣。您若是没有参与此事,是不会有这种兴趣的。您想要弄清楚,自己已经开始的调查工作,今后是否还会由安全可靠的人来进行。尊敬的先生,在这一点上,您尽管放心——此事由我来负责进行吧。"

"无论从哪个方面来说,吉尔摩先生,您都比我更加适合替这事出谋献策和付诸实施。我可不可以冒昧地问一句,您是不是已经决定了行动步骤了呢？"

"凡是能够决定的事情，哈特莱特先生，我已经决定了。我打算把信的抄件，附上一份情况陈述，交给珀西瓦尔·格莱德爵士在伦敦的律师，此人我认识。信的原件，我要留在这儿，待珀西瓦尔爵士到达后便出示给他看。至于寻找那两个女人的事，我已采取了措施，派了费尔利先生的一个仆人——很可靠的一个人——到车站去打探，他带了钱，接受了吩咐，一旦发现了两个女人的线索，就一路跟踪。珀西瓦尔爵士星期一来之前，能够做的事就这些。我相信，像他那样的一位绅士，一位有声望的人，是会乐意对事情做出解释的。先生，珀西瓦尔爵士地位很高——地位显赫，声望不容置疑——我对事情的结果很乐观，非常乐观，我高兴地向您保证。凭我的经验，这类事情常有发生。匿名信——不幸的女人——悲惨的社会状况。我不否认，这件事有点蹊跷复杂，但是，这件事本身简直普通——太普通了。"

"我很遗憾，吉尔摩先生，对于您的看法，我恐怕不能苟同。"

"对极了，尊敬的先生——对极了。我是个老人，看问题实际。您是个年轻人，看问题浪漫。我们还是不就各自的观点争论了吧。由于职业的关系，我就是生活在争论的环境中，哈特莱特先生。只要逃脱了争论的环境，我就高兴，现在也是这样。我们顺其自然吧——对，对，对啊，我们顺其自然吧。这是个迷人的地方，打猎的理想所在吗？也许不是——大概费尔利先生的土地没有圈出外人禁猎区。但这是个迷人的地方，这儿的人也很可爱。我听说，您是搞绘画的，哈特莱特先生？令人羡慕的才能，属于什么风格的？"

我们不知不觉中谈起了平常的话题——事实上是，吉尔摩先生说，我在听。但是，我的注意力根本不在他身上，不在他滔滔不绝地谈论的话题上。我深受刚才独自一人漫步两个小时的影响——我因此打定了主意：尽快离开利默里奇庄园。我何必要延长告别这种痛苦的折磨？一分钟都是多余的。还有谁要求我再干点什么事？我在坎伯兰再做什么毫无意义了。雇主允许我离开，而且没有规定时间。为什么不就此结束呢？

我决定结束这一切。白天还有几个小时——我没有理由下午不动身返回伦敦。我彬彬有礼地找了个借口离开了吉尔摩先生，立刻回到了房间。

我在自己房间的途中，在楼梯上遇到了哈尔寇姆小姐，她看到我行色匆匆，神态异样，知道我有什么新打算，便问我怎么回事。

我告诉了她我决定尽快离去的理由，原原本本地照上面的想法复述了一遍。

"不，不，"她说，态度诚挚友好，"像朋友间离别一样，同我们吃顿饭，留下来吃晚饭吧，留下来让我们与您度过这最后一个夜晚，如同当初那些夜晚一样，心情欢乐。这是我的邀请，维齐太太的邀请——"她犹豫了一下，然后补充说，"也是劳拉的邀请。"

我答应留下来，请上天为证，我是不愿意让她们中任何人留下丝毫伤心难过的印象的。

用餐铃响之前，我自己的房间是最理想的所在。我待在那儿，一直等到该下楼的时候。

我一整天都没有同费尔利小姐说话——甚至都没有看见她。我进入客厅时，同她见面，对于她的和我的自制力都是一种严峻考验。她也竭尽全力，尽量让我们最后在一块儿的夜晚重现昔日的美好时光——那种时候已经一去不复返了。她穿上了所有服饰中我平时最欣赏的那套——深蓝色的绸裙，用老式花边绲过了，显得精巧别致。她还像过去那样，态度爽朗，上前招呼我。还像往常快乐日子里那样向我伸过手来，显得坦率、天真、友好。同我握手时，她那冰冷的手指在颤抖。苍白的脸颊中央泛着鲜艳的红晕，犹如一团燃烧着的火。唇边勉强浮现出淡淡的微笑，但我看着她时，微笑便消失了。我由此看出，她费了多大的劲才能保持这外表的平静啊。我的心与她贴得再近不过了，即便我从未爱过她，这时也会爱上她的。

吉尔摩先生帮了我们的大忙。他心情愉快，总是兴致勃勃地挑起话头。哈尔寇姆小姐则坚定不移地附和他，我也尽力效仿他。我们在餐桌边刚一坐定，那双和蔼亲切的蓝眼睛便透着乞求的目光看着我，那目光中即便是再细微的变化，我都能心领神会。帮帮我妹妹吧——友好焦虑的脸庞似乎在说——帮帮我妹妹，您也就帮了我啦。

至少从表面上看来，晚餐时间在很快乐的气氛中度过了。女士们起身离开餐桌后，我与吉尔摩先生单独留在餐室里，一个新的情况吸引了我们的注意力，这样也就给了我利用必要的几分钟安静，使自己有安定情绪的机会。派去打探安妮·卡瑟里克和克莱门茨太太行踪的那个仆人带回了了解到的情况，他立刻被领到了餐室。

"行啊，"吉尔摩先生说，"了解到了什么情况啊？"

"我发现了，先生，"仆人回答说，"两个女人在我们这儿的车站买了去卡莱尔的车票。"

"那么，你得知这个情况后，肯定去了卡莱尔吧？"

"我去了，先生，但是，很遗憾，没有找到她们的下落。"

"你在火车站打听过了吗？"

"打听了，先生。"

"还有各家旅馆呢？"

"打听了，先生。"

"你把我写了交给你的那份陈词放到警察所了吗？"

"放了，先生。"

"行啊，朋友，你已尽力了，我也已尽力了。这件事情先就这样了，等待进一步的通知吧。我们已打出了我们的王牌，哈特莱特先生。"仆人退出去了之后，老先生接着说，"至少到目前为止，两个女人在谋略上占了我们的上风。我们现在唯一的对策就是等待，直到下星期一珀西瓦尔·格莱德爵士到这儿。您不再来一杯吗？上等的波尔图葡萄酒[①]——陈年老酒，味正够劲。不过，我自己的地窖里还有更好的。"

我们返回到了会客室——我生命中最快乐的夜晚就是在这个房间里度过的。过了今天这最后一个晚上，我永远也不可能再光顾这个房间。自从白天缩短，天气变冷以来，房间的面貌有所改变，露台一边落地玻璃门关上了，拉上了厚实的窗帘布。里面不再是昔日我们见到的柔和朦胧的暮色，而是通明透亮的灯光，弄得我眼花缭乱。一切都改变了——室内室外，一切都改变了。

哈尔寇姆小姐和吉尔摩先生一同坐在牌桌边，维齐太太则坐在她平常坐的椅子上。他们无拘无束地打发着他们的夜晚，而我看到那样子时，心里更加痛苦，更不自然地熬过我的夜晚。我看见费尔利小姐在乐谱架边徘徊。若是在从前，我会走上前去。我迟疑不

---

① 波尔图葡萄酒是一种原产于葡萄牙的一种高酒精度葡萄酒，常为深红色。

决——不知道下面去哪儿，干什么。她瞥了我一眼，突然从架上取了一份乐谱，主动向我走来。

"我可以弹几曲您平时特别喜欢听的莫扎特的小夜曲吗？"她问了一声。一边紧张地展开乐谱，向下看。

我还没说声谢谢，她就已匆忙走向钢琴。靠在琴边那把我常坐的椅子现在空着。她弹了几个和弦——然后转过脸看了我一眼——最后目光又落在乐谱上。

"您坐到您以前坐的位子上好吗？"她突然说，声调很低。

"在这最后一个夜晚，我坐。"我回答说。

她没有回话，注意力集中在乐谱上——乐谱她背得出，因为她过去没有乐谱演奏过多次。我看到她靠近我的那面脸颊上的红晕已消失，满脸苍白，我知道她听清了我的话，知道她感觉到我离她很近。

"您要走了，我很难过。"她说，声音低沉得近乎耳语。她眼睛越来越专注地看着乐谱，手指在琴键上舞动，异常兴奋有劲，这我以前从未见过。

"明天过后很久很久，我还会记得你这亲切友好的话，费尔利小姐。"

"不要说明天，"她说，"还是让音乐用比我们说的更幸福快乐的语言向我们诉说今晚吧。"

她嘴唇颤抖着——从嘴边发出了抑制不住的轻声叹息。手指在琴键上颤抖，弹错了一个音符，试图纠正，弄得局促不安，最后气呼呼地把双手往膝上一放。哈尔寇姆小姐和吉尔摩先生在牌桌边玩牌，他们吃惊地抬头看了看。连在椅子上打瞌睡的维齐太太都由于音乐突然中止而惊醒了，她问怎么回事。

"您玩惠斯特牌戏①吗,哈特莱特先生?"哈尔寇姆小姐问,眼睛意味深长地看着我坐的地方。

我明白她的意思,我知道她是对的,于是,马上起身走向牌桌。我离开钢琴边时,费尔利小姐翻动了一页乐谱,手更加稳健地又一次触动了琴键。

"我要弹好一曲,"她一边说,另一边几乎充满了激情地弹奏起来,"在这最后一晚,我要弹好一曲。"

"过来,维齐太太,"哈尔寇姆小姐说,"我和吉尔摩先生玩埃卡泰牌玩腻了——过来同哈特莱特先生玩惠斯特牌吧。"

老律师讥讽地笑了笑,他一直是赢家,刚翻到一张王。对于哈尔寇姆小姐突然改变牌局,他显然认为这是因为女士无法反败为胜所致。

晚上剩下的时间里,她没说一句话,也没有看我一眼。她一直坐在钢琴边,我则坐在牌桌旁。她一直不停地弹着琴——似乎只有演奏音乐才是她逃避自我的唯一手段。有时候,她的手指轻击着琴键,怀着恋恋不舍的珍爱,温柔哀怨、缠绵悱恻的脉脉深情,听起来有难以诉说的美丽与悲伤——有时候,手指抖动,不听使唤,或者机械地匆匆掠过琴键,好像弹奏是个负担。虽然她的手指在表达音乐语汇时变化不定,但还是要坚持弹下去,毫不动摇。我们大家起身说晚安时,她才从钢琴边站起身。

---

① 惠斯特牌戏(whist)是包括惠斯特桥牌、竞叫桥牌和定约桥牌在内的纸牌游戏的统称。这三种桥牌都是从最初的惠斯特牌继承发展而成的。惠斯特纸牌游戏的主要特点是,通常四人分成两组,互相对抗,将一副五十二张的纸牌发出,每人十三张牌,每人每次出一张牌,以赢墩为目的。开局前可把一种花色定为王牌。任何一张王牌都可赢过其他花色的任何一张牌,以最后发出的一张牌的花色为王牌花色。惠斯特牌戏于17世纪起源于英国。起初是民间的一种娱乐形式,到了18世纪初,有闲阶层开始在伦敦的咖啡馆里把它作为消愁解闷的手段之一。

维齐太太离门口最近,第一个同我握手告别。

"我再也见不到您啦,哈特莱特先生,"老太太说,"您要离开,我很难过。您一直亲切友好,礼貌周到,连我这个老太婆都感受到了体贴与关爱。我祝您幸福,先生——我祝您一路平安。"

接着是吉尔摩先生告别。

"我希望我们后会有期,到时加深我们的相互了解,哈特莱特先生。那件小事由我来处理靠得住,您放心了吧?对,对,当然。天哪,多冷啊!我不让您总站在门口。Bon voyage①,亲爱的先生——正如法国人告别时说的,Bon voyage。"

接下来是哈尔寇姆小姐。

"明天早晨七点半钟,"她说,然后又轻声补充了一句,"我听到的和看到的比您想象的要多。凭您今晚的表现,我要一辈子做您的朋友。"

费尔利小姐最后同我告别。我握着她的手,想到明天早晨的事情,看都不敢看她。

"我必须很早动身,"我说,"我走的时候,费尔利小姐,你还——"

"不,不,"她急忙打断了我的话,"不要在我还没有出房间就走。我要下楼与玛丽安一起进早餐。我不会那么忘恩负义,不会忘记过去的三个月——"

她声音哽咽了,轻柔地握住我的手——然后突然放下。我还未来得及说声"再见",她就走了。

---

① 法语"一路平安"。

最后的时刻很快就来了——当最后一个早晨的时光呈现在利默里奇庄园时,最后的时刻不可避免地到来了。

我下楼时,刚七点半——但我发现她们两个人都在早餐桌边等我。在寒冷的空气中,在昏暗的光线里,在庄园阴郁寂静的早晨,我们三人坐在一起,极力要吃点东西,说几句话。强装外表,毫无效果。我站起身,结束了这种状况。

我伸出手,哈尔寇姆小姐离我更近,她握住我的手时,费尔利小姐突然转过身,匆忙离开了房间。

"这样更好,"门关上时,哈尔寇姆小姐说,"这样对您对她都更好。"

我等了一会儿才说得出话来——没说上一句临别的话,没有看上一眼,她就走开了,真令人难以忍受。我控制住自己,尽力说出得体的话来同哈尔寇姆小姐告别,但所有我想要说的告别话缩成了一句:

"我值得你给我写信吗?"这就是我想要说的。

"只要我们活着,您值得我为您做任何事情。不管结局如何,您都会知道的。"

"将来什么时候,在我的冒昧与无知被遗忘了很久以后,如果我还能有所帮助的话——"

我说不下去。虽竭尽全力,但嗓音哽咽,眼睛湿润了。

她抓住了我的双手——像个男人那样,刚健有力地紧紧握着——乌黑的眼睛炯炯闪亮——黝黑的脸上泛着深深的红晕——她慷慨大度,悲天悯人,这种来自心灵深度的纯洁之光使她的脸神采飞扬,美丽动人。

"我会信任您的——如果到了那个时候,我会信任您,把您当我的朋友,她的朋友,当我的兄弟,她的兄弟。"她停住了,把我拉得离她更近——看这姑娘,无所畏惧,崇高伟大——像姐姐那样,嘴唇轻轻地吻了吻我的额头,并且呼唤我的教名。"上帝保佑您,沃尔特!"她说,"独自在这儿待一会儿吧,平静平静自己——为了我们两个人的缘故,我还是不待这儿,到楼上阳台上为你送行。"

她离开了房间。我转身走向窗户,在那儿看到的就只有凄凉萧瑟的秋景——我转过身让自己镇定下来,然后轮到我离开房间,永远离开。

过了一分钟——不可能更长时间——我听到门又一次轻轻地打开了,一个女人的衣裙在地毯上摩擦的声音向我靠近。转过身,我的心疯狂地跳着。费尔利小姐从房间的另一端向我走来。

我们的目光相遇时,她发现只有我们两个人时,她停住了脚步,犹豫起来,然后鼓着勇气向我越走越近。女人的这种勇气在小的紧急情况下往往会丧失,而在重大的紧要关头却极少丧失。她脸色异常苍白,神情异常平静,沿着桌子走来,一只手在后面扶着桌边,一只手拿了点什么被衣裙的褶掩盖住了。

"我只是去会客室,"她说,"找这个。它可能会让您想起您在这儿待过,想起您留在这儿的朋友。我画完时,您说过大有长进——我想,您或许喜欢——"

她把头扭向一边,把一幅小的素描递给我,全是她亲手用钢笔画的,上面是我们初次见面的纳凉小屋。她伸手把画递给我时,画纸在她手中颤抖。

我害怕说出自己的感受——我只回答说:"它永远不会离开我,今生今世。我会把它当作最宝贵的财富来珍视。有了它我很快乐——非常感谢你,你没有叫我说一声再见就离别。"

"噢!"她直率地说,"我们在一起度过了这么多幸福快乐的日子,我怎能让您不辞而别呢!"

"那些日子永不复返了,费尔利小姐——我们天各一方地生活着。但是,倘若有朝一日,我能奉献我的整个心灵和全部力量,给你带来瞬间的幸福快乐,或消除你片刻的痛苦悲伤,你还会记住曾教过你的可怜的绘画教师吗?哈尔寇姆小姐答应了,她信任我——你也答应吗?"

她亲切的蓝眼睛噙满泪水,离别的忧伤在眼中隐现。

"我答应,"她说,声调都变了,"啊,别这样看我!我用整个的心承诺。"

我大胆地向她走近一点,伸出了我的手。

"你有许多爱着你的朋友,费尔利小姐。许多人都衷心希望你未来幸福美满。离别之际,我可不可以说一声,衷心希望你未来幸福美满?"

她泪水从脸颊上滚下,一只手向我伸来,另一只手颤抖着,扶住桌子支撑自己。我握住她的手——紧紧地握住。我低下头,泪水落在她手上,嘴唇紧贴着自己——不表示爱情,啊,最后时刻,不表示爱情,但表达了极度的痛苦和自甘放弃的绝望。

"看在上帝分上,离开我吧!"她声音微弱地说。

她乞求的话语袒露了她心中的秘密。我没有权力听,也没有权力回答。这句话道出了她的柔弱与神圣不可侵犯,把我逐出了房间。

一切都结束了。我放下了手,再没说一句话。泪水把我的双眼迷蒙住了,看不见她。我迅速抹掉眼泪,好最后看她一眼。她坐在椅子上,双臂在桌上伏着,长着金发的头无力地伏在手臂上,这时,我看了她一眼,最后看了她一眼。那扇门把她关在了后面——巨大的鸿沟从此开始在我们之间展开——劳拉·费尔利的形象已成为对过去的记忆了。

由住在伦敦大法官法庭巷的文森特·吉尔摩律师叙述的故事

一

应朋友沃尔特·哈特莱特先生的请求,我写下下面这些话,旨在叙述某些事件。这些事与费尔利小姐利害攸关,叙述的是哈特莱特先生离开利默里奇庄园之后发生的事情。

我的叙述成了这个离奇的家庭故事中的重要部分,无须声明自己赞成还是不赞成披露这个故事。哈特莱特先生本人已经承担了这个责任。后面要叙述的情况将表明,他已充分赢得了这样做的权力,只要他愿意,他就可以行使。他计划以最真实和最生动的形式把本故事展示给世人,这就要求,在事件发展的每一个前后相连的阶段,都由事件发生时,直接参与的人来叙述。我以叙述者的身份在此亮相,正是这种安排的需要。珀西瓦尔·格莱德爵士在坎伯兰逗留期间,我在场,而且还亲自参与了他在费尔利先生府上小住时发生的一件重要事情。因此，我有责任在这一事件链上加进这些新的节，并在目前哈特莱特先生中止的地方继续把这一连串的事件叙述下去。

我于11月2日星期五到达利默里奇庄园。

此行的目的是要在费尔利先生家等待珀西瓦尔·格莱德爵士到来。如果珀西瓦尔爵士与费尔利小姐完婚的日期能够就此确定下来，我就会把必要的指示带回伦敦，然后着手草拟小姐的婚后夫妻财产处理协议。

星期五那天，我未能得到费尔利先生首肯与他相见。过去一些年来，他一直有病，或者说他认为有病，所以，他身体不适，不能接见我。哈尔寇姆小姐是我在这个家里见到的第一人。她在家门口迎接我，并把我介绍给了已在利默里奇待了一段时间的哈特莱特先生。

我到晚餐时才见到了费尔利小姐。她看上去气色不佳，令我看了很难受。她是个温柔贤淑、讨人喜欢的姑娘，像她卓尔不群的母亲当年那样，对周围的每一个人都和蔼可亲，体贴入微——不过，我个人认为，她长得像她父亲。费尔利太太黑眼睛黑头发，她大女儿哈尔寇姆小姐的样子一眼就让我想起了她。费尔利小姐晚上给我们弹琴。我觉得，她弹得不如往常。我们玩了一盘惠斯特牌戏，就这种贵族游戏的玩法而论，我们简直是外行。我和哈特莱特先生初次认识，他给我留下了良好的印象。但我很快就发现，他在社交方面也有他的同龄人容易犯的毛病。现在的年轻男士有三件事情不会干。他们不会喝酒，不会玩惠斯特牌戏，不会讨女士欢心。哈特莱特先生也不例外。除此之外，虽然我们只有短暂的交往，他令我感觉到,他是个谦逊的年轻人,不乏绅士风度。

星期五就这么过去了。至于那天我所关注的更加严肃的各种事情——写给费尔利小姐的匿名信,我知道这件事时,我认为,应该采取措施。我肯定珀西瓦尔·格莱德爵士会乐意对事情做出解释,这些情况,我就不谈了,因为据我了解,他们已在前面评述了。

星期六,我还未下楼用早餐,哈特莱特先生就已经离开了。费尔利小姐一天都待在自己房里,哈尔寇姆小姐也显得意气消沉。庄园已不再是菲力普·费尔利夫妇在世时的模样。上午,我独自一人出去散步,到周围一些地方看看,那些地方我三十多年前初次待在利默里奇处理家庭事务时去看过。那也不是当初的模样了。

两点钟时,费尔利先生派人传话,说他身体好了些,可以见我。他倒是与我初次认识他时那样,没有任何改变。他的谈话主题还和往常一样——全是关于他自己,他的疾病,他奇特绝妙的钱币,还有他那些无与伦比的伦勃朗的蚀刻画。我一提到我来到他的庄园要办的事情时,他就闭上眼睛,说我"打搅了"他。我一次又一次地回到这个话题,坚持不懈地打搅他。我所能确定无疑的就是:他认为侄女的婚事已成定局,她的父亲曾认可了,他自己也认可,这是一桩称心如意的婚姻,等到一切烦心的事了结了,他本人也高兴。至于婚后夫妻财产处理协议,我只需与他侄女商量,随后我自行对这个家庭的事情作深入了解,把一切准备就绪,他作为监护人,在这件事中的作用仅限于适当的时候说声"可以"就行了——当然啦,他会欣然同意我的意见,同意任何人的意见。同时,我看见他孤独无助地忍受疾病的折磨,关在房间里。难道我认为他看上去想要别人缠扰吗?不,那么,为什么要去烦他呢?

如果我对这个家庭的情况没有足够的了解,不知道他是个单身汉,不知道他只是在前生享有利默里奇庄园的财产所有权,那么,对费尔利先生身为监护人,却不可思议地放弃所有自主权,我兴许会感到有点吃惊的。因此,事情既然如此,我对这次见面的结果既不感到意外,也不感到失望。费尔利先生的态度完全在我意料之中——所以见面的情况就此结束。

星期天是个阴沉昏暗的日子,室内室外都是如此。珀西瓦尔·格莱德爵士的律师写给我的信到了,告知他收到了那封匿名信抄件和我对这件事的陈述。费尔利小姐下午加入了我们的行列。她脸色苍白,神色沮丧,完全不像她本人了。我与她谈了一会儿,措辞谨慎地提到了珀西瓦尔爵士。她听着,什么也没说。所有别的话题她都乐意谈下去,而谈到这个话题时,她就停止。我都开始怀疑,她是不是对自己的婚事后悔了——就像年轻小姐们常有的那样,总是悔之晚矣。

星期一,珀西瓦尔·格莱德爵士到了。

从风度仪表上来看,我发现,他是个魅力十足的人。他比我想象的要显得苍老一些,前额上方已经秃了,脸上已出现了老年斑,而且略显倦容,但仍像年轻人那样,行动灵活,精神饱满。他同哈尔寇姆小姐见面时,兴高采烈,态度热诚,毫不做作。我被引见给他时,他显得随和自如,温文尔雅,我们一见如故。他到达时,费尔利小姐不同我们在一块儿,但她大概十分钟后进了房间。珀西瓦尔爵士站起身,向她致以问候。他看到小姐的气色不好,便明显表露出关切之情,既温柔亲切又体贴尊重,语气和态度都显得平和谦逊,这更显出他卓有教养和明智达理。令我感到惊讶的是,在这种情况下，费尔利小姐仍然在他面前显得紧张拘束，很不自在，而且一有机会就又离开了房间。对于她接待他时的拘谨不安，以及她突然离开众人，珀西瓦尔爵士都没有加以理会。她在场时，他没有把注意力集中在她身上，她离开房后，他也没有提这件事，令哈尔寇姆小姐难堪。我在利默里奇庄园与他交往的过程中，无论是这次，还是其他场合，他都机敏自如，高雅得体，从未出过差错。

费尔利小姐刚一离开房间，他便主动提起了匿名信的事，从而避免了我们大家因谈起它而引起的尴尬。

他从汉普郡来的途中，曾在伦敦作了停留，见了他的律师，阅读了我寄去的文件，然后再赶往坎伯兰，心急火燎地以语言所能表达的形式做出最及时最圆满的解释，令我们释疑解惑。他做如此表白，我便把留作他备查的匿名信原件给了他。他向我表示了感谢，说他不必再看了，因为他已看了抄件。他很愿意将原件留在我们手上。

他随即做了解释，正如我早已期待的那样，陈述得简单明了，令人满意。

他告诉我们，卡瑟里克太太曾多年忠心耿耿地为他的家人和他本人效力，他当心怀感激。她遭受了双重的不幸，丈夫抛弃了她，唯一的孩子又自小心智不健全。虽说她结婚后迁居到了汉普郡的一处地方，远离珀西瓦尔爵士的地产所在地，但他挂念着她，没与她失去联系。他顾念这个可怜的女人过去对自己的好处，所以对她怀着亲切友好的情感，而她在巨大的苦难面前所表现出的耐性与勇气令他钦佩不已，他的这种情感更加大大地强化了。随着时间的推移，她那不幸的女儿的精神病每况愈下，发展到了非常严重的地步，非送到医院接受治疗不可。卡瑟里克太太本人意识到了这一点,但她也有同属于她那种体面地位的人一样的偏见,不愿意把孩子像个靠救济的人似的送进公立疯人院。珀西瓦尔爵士尊重这种看法,如同他尊重社会各阶层人值得称道的独立意识一样。因此,他决定把卡瑟里克太太的女儿送进一家声誉卓著的私人疯人院,并支付其治疗费用,以表达他对这位太太早年忠诚于他和他家人的感激之情。令这位母亲,同时也令他本人感到遗憾的是,他负责把不幸的姑娘禁闭起来,原来是实情使然,但这事让她知道了,其结果是,姑娘对他产生了刻骨的仇恨和极度的不信任。显然是出于仇恨和不信任——在疯人院里她曾以各种不同的方式表现出来——她在逃脱之后写了匿名信。如果哈尔寇姆小姐或吉尔摩先生认为匿名信的内容不能印证上述解释,或者他们希望了解疯人院更多的具体情况(他已说了疯人院的地址,还有替病人开具入院证明的两位医生的姓名和住址),他很乐意回答任何问题,以便释疑解惑。他已吩咐律师,要不惜一切代价寻找到这个不幸女子的踪迹,然后送回去接受治疗。他对她已尽到了责任了。而现在一门心思只想以同样朴实无华、直截了当的方式对费尔利小姐及其家人尽他的责任。

  我首先对他的吁请做出了反应。我很清楚自己的行为。法律的绝妙之处就在于,它对于人在任何情况下和以任何形式所作的陈述提出质疑。从职业上来说,如果我听了珀西瓦尔·格莱德爵士本人的解释以后,觉得有必要作出不利于他的辩解,我毫无疑问可以这样做。但我的责任并不在这方面,我的职责是要公正明断。我必须认真揣摩我们刚刚听到的解释,并且充分考虑到做出解释的是位卓有声誉的绅士。然后根据珀西瓦尔爵士本人的陈述,最后的结果是明显有利于他，还是明显不利于他，要做出公正的判断。我相信最后的结果是明显有利于他的，因此，我声明，在我看来，他所做的解释毫无疑问是令人满意的。

哈尔寇姆小姐看了看我，态度非常严肃，然后说了几句大意如此的话——但显得态度有点迟疑，我认为，这在当时情况下是没有什么理由的。我不能肯定，珀西瓦尔爵士是不是注意到了。我看他是注意到了，因为，他现在本可以顺理成章地抛开这个话题，可是他却又直截了当地提起了它。

"如果只需对吉尔摩先生简明地陈述事实，"他说，"我想没有必要再提这件令人不愉快的事了。我完全可以指望，作为绅士的吉尔摩先生会相信我的，而他这样公正地对待我，我们之间关于这件事的讨论也就随之结束。但是，面对一位女士，我的处境就不一样了，我要向她提供证据来印证我的话——但对任何男士我都不会这样做。您不可能提出要证据，哈尔寇姆小姐，因此，我有责任向您，更有责任向费尔利小姐，提供证据。我请求您向那不幸女子的母亲——卡瑟里克太太，写封信，要她写个证明，证实我刚才给你们所做的解释。"

我看到哈尔寇姆小姐脸红了，显得有点不自在。珀西瓦尔爵士的提议虽然说得很礼貌委婉，但我和她都听得出，那是冲着她刚才流露出的迟疑神情说的。

"我希望，珀西瓦尔爵士，您可别误解了我，以为我不信任您。"她赶紧说。

"当然不会，哈尔寇姆小姐。我的提议纯粹是出于对您的关注。如果我仍然冒昧坚持这样做，您能原谅我固执己见吗？"

说话的当儿,他走向书桌,拉过一把椅子,然后打开文件盒。

"我请求您写这封短信,"他说,"算给我个面子,只需占用您几分钟。您只要问卡瑟里克太太两个问题:第一,送她女儿进疯人院的事,她是否知道并且同意。第二,我负责处理这件事,她是否应对我本人表示感谢。对于这件令人不愉快的事,吉尔摩先生已经放心了,您已放心了——就请您写这封短信,也好让我放心吧。"

"珀西瓦尔爵士,我本要拒绝您的要求,可现在只好勉为其难啦。"哈尔寇姆小姐说完便起身离开原地,走向书桌。珀西瓦尔爵士谢过了她,递给她笔,然后走到壁炉边。费尔利小姐那只意大利种小狗正躺在地毯上。他伸出一只手,态度和善友好地唤着小狗的名字。

"喂,妮娜,"他喊着,"我们认识的,对吗?"

像一般的宠物狗一样,小东西又胆怯又任性,机敏地抬头看了看他,从他伸出的手边躲开,哀叫着,哆嗦着,然后躲藏到沙发底下去了。一条小狗对他态度不好,本是区区小事,他犯不着为此而生气的——但是,我注意到,他突然走到了窗户边。他或许有时容易急躁?若是这样,我倒是可以理解,因为我自己有时候也容易急躁。

哈尔寇姆小姐写信没花很长时间。信写完后,她从桌边站起身,把展开的信纸交给珀西瓦尔爵士。他鞠了一躬,接过了信,没看一眼信的内容,就把信纸折了起来,加上封,写了地址,默不作声地交还给她。我平生从未见过干事情比这更利索更得体的。

"您非要我发这封信不可吗,珀西瓦尔爵士?"哈尔寇姆小姐说。

"我请求您把它发出去,"他回答说,"既然信已经写好并封上了,请允许我最后再提一两个关于信中提到的那个不幸女子的问题。我已看过了吉尔摩先生热情友好地致我的律师的信,信中描述了确认写匿名信的人的前后经过。但有几点信中并未提及。安妮·卡瑟里克见过费尔利小姐了吗？"

"当然没有。"哈尔寇姆小姐回答说。

"她见过您吗？"

"没有。"

"那么，她除了在这儿墓地巧遇一位叫哈特莱特先生的人之外，就没见过这家里任何人啰？"

"再没见过别的人。"

"我想哈特莱特先生是受雇来到利默里奇当绘画教师的吧？他是某个水彩画协会的会员吗？"

"我看他是。"哈尔寇姆小姐说。

他停顿了一会儿，似乎在思忖这最后一句回话，然后补充说：

"安妮·卡瑟里克到本地来时，您发现了她住哪儿吗？"

"发现了，在荒野上一个叫托德角的农庄上。"

"我们大家都有责任去把那个可怜的姑娘寻找回来，"珀西瓦尔爵士接着说，"她在托德角说过的什么话或许可以帮助我们提供找到她的线索呢。我准备到那儿去打听一下。同时，我还不能亲自去与费尔利小姐谈论这个令人痛苦的话题，请求您，哈尔寇姆小姐，帮帮忙对她做出必要的解释，当然这要等到您收到了回信之后。"

哈尔寇姆小姐答应按他的要求办。他谢过了她——轻松愉快地点了点头——然后离开我们，上他自己房间去。他打开门时，脾气倔强的小狗从沙发底下伸出尖嘴，冲着他又是吠又是咬。

"上午一切进展顺利啊，哈尔寇姆小姐，"就剩下我们两个人时，我立刻说，"令人焦急的一天顺利结束了。"

"对啊,"她说,"毫无疑问,您心里满意,我很高兴。"

"我心里!当然,信在您手上,您不也安心了吗?"

"噢,安心了——不这样又能怎样?我知道事情不可能不是这样,"她接着说,与其说是冲着我,还不如说冲着她自己,"但是,我真希望沃尔特·哈特莱特在这儿多待一阵子,以便能听听他的解释,听到他向我提出写信的建议。"

这后面几句话令我有点吃惊——或许还有点恼火。

"确实,事态的发展使哈特莱特先生与匿名信的事有了十分密切的联系,"我说,"我也承认,总的来说,他处事非常审慎周到。但我就不明白,他在这儿怎么会影响您或我对珀西瓦尔爵士一番解释的看法?"

"只是想象而已,"她心不在焉地说,"没必要再讨论这件事了,吉尔摩先生。您的经验应该是,实际就是,我希望得到的最好向导。"

我一点都不喜欢她这样毫不客气地把整个责任往我身上推。如果费尔利先生这么做,我倒是不会觉得奇怪。但我怎么也没有想到,平常坚定果断、机敏睿智的哈尔寇姆小姐会回避发表自己的意见。

"如果您心里仍有疑虑,"我说,"怎么不立刻说出来给我听呢?直截了当告诉我,您有理由不相信珀西瓦尔·格莱德爵士吗?"

"没有任何理由。"

"您看他的解释中有什么荒谬可笑或自相矛盾的细节吗?"

"他都向我提供了事实证据了,我还有什么可说的?吉尔摩先生,还有什么证明能比那女子的母亲出具的证明对他更有利的吗?"

"没有。如果就您信中的询问所作的回复令人满意的话,那我个人认为,珀西瓦尔·格莱德爵士的任何朋友都不会再向他索要更多的证明。"

"那我们把信发出去,"她说,起身离开房间,"在收到回信之前,不再提这件事了。可别在意我的迟疑。我之所以这样,是因为我近来太替劳拉担忧了,不可能有其他理由。吉尔摩先生,焦虑使我们意志最坚强的人都会心神不宁的。"

她突然离开了我。她刚才说话时,本来坚定有力的声音都发颤了。一个感觉敏锐、激情洋溢、感情奔放的女人——在当今这庸俗委琐、华而不实的年代里,可谓万里挑一。打从她小时候起,我就认识她。在她成长的过程中,我目睹了她不止一次地经受了家庭危机的严峻考验,正是有了长时间的经验,我才格外在意她在上述情况下表露出的迟疑的神色,若是换了别的女人,我是肯定不会有这种感觉的。我看不出有什么引起不安或疑惑的理由,然而,她现在倒使我感觉有点不安,有点疑惑了。如果年轻时,我会因为自己这种莫名其妙的气恼而焦急烦躁的,但到了现在这个年岁,我更明事理了,于是泰然处之,出门去散步,好把这事给淡忘掉。

二

晚餐时,我们又聚在了一起。

珀西瓦尔爵士兴高采烈,我都几乎认不出他就是我早上见到的那个人,他当时显得持重练达、卓有教养、明智达理,给我留下了极为深刻的印象。我发现,他只是面对费尔利小姐时,先前的风度才会时不时地再现出来。费尔利小姐的一个眼神，一句话语，都会使他停止开怀大笑，中断侃侃谈话，不再理会桌上的其他人，而把全部注意力倾注在她身上。他虽未直截了当向她挑起话头同她交谈，但他总是不失时机地引她无意中插话，或对着她说几句。而如若是换了个不像他那么机敏睿智的人，准会一碰上这种有利的情形，就不加掩饰地向她和盘托出的。令我颇为惊奇的是，费尔利小姐似乎觉察到了他的殷勤，但就是不为其所动。他朝她看，或对她说话时，她总显得有点局促不安，但未对他表示出半点热情。地位、金钱、良好的教养、轩昂的仪表、绅士的敬意、爱人的忠诚，这一切的一切都微不足道地呈现在她的面前，但从表面上看来，一切都是枉费了工夫。

　　翌日，星期二早上，珀西瓦尔爵士去了托德角（带了个仆人做向导）。我接下来听说了，他的调查毫无结果。他一回来就与费尔利先生会了面。下午，他与哈尔寇姆小姐一道乘马车出去了。此外，没有什么值得记述的事。夜晚像平常一样过去了。珀西瓦尔爵士没有任何变化，费尔利小姐也没有任何变化。

　　星期三，邮差来了，送来了一封信——卡瑟里克太太的回信。我抄录了一份保存了下来，不妨在此公开，信中写道：

　　　　小姐，谨告知，您的来信收悉。信中问及我对小女安妮送院治疗一事是否知情并且同意，同时，珀西瓦尔爵士参与处理此事是否值得我对这位绅士致以谢意。我对所询两事均作肯定回答。专此。

　　　　　　　　　　　　　　　　　　简·安妮·卡瑟里克敬上

信写得言简意赅，而且正着要领。就信的形式而言，它更像是一封出自妇女手笔的商务信函，就其内容而论，它清楚明了，对珀西瓦尔·格莱德爵士的解释来说，是再好不过的证明。这是我的看法，除了几点小的异议之外，哈尔寇姆小姐也是这样认为的。珀西瓦尔·格莱德爵士看信后，似乎并未因信函简短明了的风格而产生情绪上的变化。他跟我们说，卡瑟里克太太平素寡言少语，头脑清醒，不拐弯子，不善想象，所以写东西时，也跟她说话一样，简洁明了，直截了当。

收到了回复之后，接下来要做的就是把珀西瓦尔爵士的解释告知费尔利小姐。哈尔寇姆小姐答应这事由她来做，她已离开房间上她妹妹那儿去了，可她突然又返回来了，当时我正坐在安乐椅上看报纸，她在我身旁坐下。珀西瓦尔爵士刚出去一会儿，他上马厩去了，房间没有别的人，就我们俩。

"我想，凡是我们能做的，我们都切切实实做了吧？"她说，手里翻来覆去折着卡瑟里克太太的信。

"如果我们是珀西瓦尔爵士的朋友，了解他，信任他，我们何止做了一切，简直超出了需要啦，"我回答说，对她又一次表露出疑惑有点不高兴，"但是，如果我们是他的敌人，怀疑他——"

"这种假设想都不用想，"她打断了我的话，"我们是珀西瓦尔爵士的朋友，再则，如果加上他的慷慨大度，克制忍让我们就不只是尊敬他，还应该崇拜他。他昨天见了费尔利先生，随后就跟我出去了，这您知道吧？"

"知道，我看见你们一道乘马车出去的。"

"我们一登上马车出发就谈论安妮·卡瑟里克的事,再谈到哈特莱特先生与其相遇的奇特方式。但我们很快就搁下这个话题了。接着,珀西瓦尔爵士谈到他与劳拉的婚约,口气极为宽宏大度,他说自己注意到了她精神状态不佳,要是没有得到相反的解释,他倒是很乐意认为,他此次来访,她对自己态度有所改变,正是她的精神状态不佳造成的。然而,假如这种态度变化的背后有更为重要的原因,他请求费尔利先生或我都不要勉强她改变自己的意愿。如若情况如此,他就请求她最后一次回顾一下,他们是在什么情形之下缔结婚约的,从求婚到现在,他的所作所为又如何。如果认真地思考了上述两点之后,她确确实实希望他打消做她的丈夫的愿望——而且她能亲口直截了当地这样告诉他——那他就会做出自我牺牲,允许她完全自由地解除婚约。"

"没有哪个男人把话说得比这更透彻的了,哈尔寇姆小姐。根据我的经验,在这种情况下,极少男人把话说到这个地步的。"

我说完这话后,她停顿了片刻,朝我看了看,表情奇特,显得茫然无措,困苦忧伤。

"我不怨任何人,也不怀疑任何事,"她突然说道,"但是,我不可能,也不愿意承担起说服劳拉圆就这桩婚事的责任。"

"这正是珀西瓦尔·格莱德爵士请求您这样做的嘛,"我吃惊地回答说,"他恳求您不要勉强她改变意愿。"

"如果我把他的一席话转达给了她,那他就是在间接地强迫我使她改变自己的意愿。"

"这怎么可能呵?"

"您是了解劳拉的,吉尔摩先生。我若是要她回忆一下当初订婚时的情景,立刻就触动了她天性中两种最强烈的情感——对已故父亲的爱和对真理的绝对遵从。您知道,她生平从未食过言。您也知道,她是在自己父亲开始病入膏肓时承诺婚约的,而他曾在临终的病床上满怀希望、幸福快乐地谈到过她与珀西瓦尔·格莱德爵士的婚事。"

我承认,我对这种看法感到有点震惊。

"想必,"我说,"您不是在说,昨天珀西瓦尔爵士跟您说话时,就想到了您刚才提到的那种效果了吧?"

还没等到她开口说话,那张坦诚直率、无所畏惧的面孔就已替她作了回答。

"面对一个我怀疑是卑鄙无耻的人,您以为我还会片刻地与其为伍吗?"她气愤地问道。

我喜欢她以这种方式向我发泄满腔愤恨,在我这个职业当中,我们看到的是太多的恶毒行径,太少的愤愤不平。

"既然如此,"我说,"恕我套用一句我们的法律术语跟您讲,您偏离本案啦。不管结果如何,珀西瓦尔爵士有权要求您妹妹,在她提出解除婚约之前,应该从各个方面认真而又理智地考虑一下她曾承诺的婚约。如果那封倒霉的信影响了她对他的看法,那就赶紧去告诉她,在您我的眼中,他已替自己洗刷清啦。事情讲清楚了,她还有什么对他不满的?面对一个两年多以前她实际上答应了做自己的丈夫的男人,现在又要改变主意,她还能有什么借口呢?"

"从法律和理性的角度上来说,吉尔摩先生,我敢说毫无借口。如果她仍然犹豫不决,我也仍然犹豫不决,您尽可以把我们两个人的超常行为看成是偏执任性,我们一定会乖乖地背着这个恶名的。"

说完，她突然站起身离开了我。

一个明智达理的女人，当别人向她提了一个严肃的问题，她则随意敷衍了几句了事时，可以断定，她心里十之八九藏着什么事情。我重新开始看报纸，满腹疑虑，哈尔寇姆小姐和费尔利小姐两个人有什么秘密瞒着我和珀西瓦尔爵士。我认为，这是不给我们两个人留情面——尤其是对珀西瓦尔爵士。

当天晚些时候，再次见到哈尔寇姆小姐时，她的言谈举止证实了我所疑惑的——或更确切地说，我所确信的情况。她告诉我她与妹妹见面的情形时，敷衍了事，语焉不详，令人生疑。好像是说，把匿名信的事从合理的角度解释给费尔利小姐听时，她一声不吭地听着。但是，哈尔寇姆小姐接着说，珀西瓦尔爵士到达利默里奇庄园的目的是要说服她把婚期给确定下来，这时候，她便请求容她些时间，不再提这件事了。如果珀西瓦尔爵士答应目前不谈这事，她定会在年底前给他个最后答复。她焦虑不安，情绪激动，请求推迟时间，所以，哈尔寇姆小姐答应说，必要时会施加影响，促成此事。于是，在费尔利小姐的恳求之下，也就不再讨论婚事的问题了。

这种安排纯属权宜之计，或许应了小姐的心愿，但是，笔者可就有点哭笑不得了。那天早晨的邮件中有一封我合作者寄来的信，信上敦促我翌日乘下午的火车赶回伦敦。这样一来，本年度之内，我极有可能找不到机会重返利默里奇庄园。这样一来，即便费尔利小姐最终决定遵守婚约，在我拟就她的婚后夫妻财产处理协议之前，本来必须当面同她商量，这事根本无法办到，因此，我们通常采取双方口头商讨问题的办法，只好代之以文字的形式了。对于这其中的难处，我只字未提，直到最后，就要求推迟婚期的事征询了珀西瓦尔爵士。他是个雅量豪怀的绅士，立刻就答应了这个请求。哈尔寇姆小姐把事情告诉我时，我对她说，在我离开利默里奇之前，必须同她妹妹谈一谈。因此，哈尔寇姆小姐安排了我次日早晨在费尔利小姐自己的会客室里同她见面。那天晚上她没下楼用餐，也没有加入我们的行列，借口身体不适。我觉得，珀西瓦尔爵士听到之后有点不高兴，他可能就是不高兴。

翌日早晨，刚用过早餐，我便上楼到费尔利小姐的会客室去。可怜的姑娘看上去脸色苍白，神情忧郁，她上前来欢迎我，态度良好，妩媚动人。我刚一路上楼时，心里想着，一定要针对她那偏执任性、优柔寡断的行为教训她一番，但一到了现场，这种想法就打消了。我让她坐回到刚才起身前坐的椅子上，我坐到她对面。她那只脾气倔强的宠物狗也在室内，我满以为它会冲着我又吠又咬。说起来还真是奇怪，简直出乎我的意料，我刚一坐下，稀奇古怪的小畜生竟然跳到我膝上，亲切友好地把尖嘴凑近我的手。

"你小时候就常常坐到我膝上呢，亲爱的，"我说，"现在看来你的小狗要接管你空出来的宝座啦。那幅美丽的画是你的作品吧？"

我指着放在她身边桌上的一本小画册。我刚进来时，她显然是在翻看画册。一幅很小的水彩风景画非常整洁地裱贴在摊开的画页上。我刚才问到的就是这幅，只是随便问问而已——我总不可能一开口就切入正题吧？

"不是，"她说，目光从画上移开，一副茫然若失的样子，"不是我画的。"

她有手指头动个不停的习惯。我记得她从小就这样，只要有人跟她说话，她总是手上抓着什么玩什么。此时，她玩上画册了，正心不在焉地用手指摆弄小水彩风景画的边。忧郁的表情鲜明地挂在她脸上。她既没看画，也没看我。她心神不宁，目光扫视着房里的各种东西。很显然，她在揣摩着我来跟她谈话的目的。既然如此，何不尽早直奔主题呢。

"亲爱的，我来的目的之一，是要跟你告个别，"我说，"我今天必须回伦敦去，临行前，有关你自己的事，还要跟你谈谈。"

"您要走，我很遗憾，吉尔摩先生，"她说，亲切友好地看了看我，"有您在这儿，好像重现了往昔快乐的时光。"

"我希望还能回来，再一次追寻那美好的记忆，"我接着说，"但将来的事难以预料，我必须抓住现在的机会，这就跟你谈谈。我是你们家多年的律师，又是老朋友，所以要提醒一下你与珀西瓦尔·格莱德爵士的婚姻，一定不会见怪吧。"

她的手突然离开小画册，好像画册变热了，烫着了她。她的手搁在膝上，紧张不安地搓着手指，眼睛向下看着地板，脸上神色紧张，几乎显得很痛苦。

"非要谈我婚约的事不可吗？"她低声问。

"有必要提一提，"我回答说，"但不必详谈。我们就说你会结婚，或你不会结婚。若是前者，我必须事先草拟好你的婚后夫妻财产处理协议，但按理我应该事先征询了你的意见才能着手草拟。这或许是我倾听你个人愿望的唯一机会。因此，我们假设你会结婚，那我就尽可用最简练的语言告诉你，你现在的状况如何，将来的情形又怎样。"

我把草拟婚后夫妻财产处理协议的目的向她做了解释，然后确切地对她讲明，她的未来前景如何——首先，讲她成年后的情形；其次,讲她叔叔去世后的状况——讲明了她只有在生时享用的财产和她有权决定遗传给别人的财产之间的区别。她听得很认真,脸上仍然神色紧张,双手还在膝上紧张不安地抠来抠去。

"行啊,"我最后说,"按照我们假设的情况,你若提出什么条件希望我帮你写进协议的,就告诉我吧——当然,还需要得到你的监护人的认可,因为你尚未成年。"

她焦虑不安地在椅子上动来动去——然后,猛然间盯着我的脸看,态度十分严肃。

"如果事情果然发生,"她软弱无力地说,"如果我——"

"如果你结了婚。"我帮她说出来了。

"别让他把我和玛丽安分开,"她突然激情爆发,大声喊着说,"啊,吉尔摩先生,务必以法律形式规定下来,玛丽安定要和我生活在一起。"

针对她完全凭女性的目光来理解我的问题和前面所做的一大段解释,若是换了个场景,我会觉得好笑的,但她说话时表情和语调反而不仅令我态度严肃——而且内心忧虑。她话虽少,但流露出了对往昔无法割舍的眷恋,这是个不祥之兆。

"你要玛丽安·哈尔寇姆和你生活在一起,这很容易解决,私下安排一下就行,"我说,"我认为,你尚未理解我的问题。我问的是属于你自己的财产——如何处理你的钱。你成年以后,假如要你立遗嘱,你会把钱留给谁?"

"对我来说,玛丽安身兼了母亲和姐姐,"善良多情的姑娘说,她说话时,美丽动人的蓝眼睛闪闪发亮,"我可以把钱留给玛丽安吗,吉尔摩先生?"

"当然可以，宝贝，"我回答说，"但是，记住，钱的数目可大呢。难道要把钱都留给玛丽安·哈尔寇姆吗？"

她犹豫了一下，脸上红一阵白一阵，手又悄然放回到了小画册上。

"不是全部，"她说，"除了玛丽安，另有一个人——"

她停住了，脸涨得更红了，放在小画册上的手指轻轻地敲打画的边缘，她好像在回忆一支最喜爱的曲子，所以手指便不由自主地合着节拍。

"你是指除哈尔寇姆小姐之外的另一个家庭成员吗？"见她没说下去，我提醒说。

脸上的红晕红到了前额和颈脖上，手指突然局促不安地抓住了画册的边缘。

"另有一个人，"她说，尽管她显然听清了我刚才说的话，但并不理会，"另有一个人，如果——如果我可以留下点东西，这个人可能乐意留作纪念的。如果我先死，这也无妨——"

她又停住了。刚才突然布满脸颊的红晕，突然又消失了。抓住画册的手松开了，微微颤抖着，把册子推开。她看了看我——然后把头扭向一边。她在椅子上变换姿势时，手绢掉到了地板上，于是赶紧用手捂住脸，不让我看见。

令人伤心啊！曾几何时，她是个那么活泼爽朗、无忧无虑的孩子，整天笑声不断。但现如今，正值花样年华、花样容貌，竟这般心灰意懒，憔悴不堪！

她的样子令我痛苦忧伤，一时间竟忘记了逝去的岁月，还有那些岁月给我们彼此的身份带来的变化。我把椅子向她身边挪动，把她的手绢从地毯上捡起来,轻轻地把她的手从脸上拉开。"别哭了,宝贝。"我说,用我的手把噙在她眼中的泪水擦干,仿佛她还是十年前那个小劳拉·费尔利。

这是我能使她平静下来的最好办法。她把头伏在我肩膀上,眼含泪水露出微笑。

"不好意思,我太感情用事了,"她直率地说,"我身体不太好——近来总觉得精神恍惚,心绪不宁,一个人独处时,常无缘无故地哭泣。现在好些了,可以很好地回答您的问话了,吉尔摩先生,真的可以。"

"不,不,亲爱的,"我回答说,"这事暂时就谈到这儿吧,你的话我已经听明白了,我要尽一切可能维护你的利益,细节问题有待下次再谈。我们先搁下这事,谈点别的。"

我们随即谈了些别的事。十分钟过后,她情绪好了些,于是,我起身告辞。

"要再来啊,"她说,态度热诚友好,"您一定要来,我要竭尽全力,对得起您对我的一片诚意,对我的利益的关注。"

她仍然对往昔充满了眷恋——我以我的方式把往昔展示在她的面前,就像哈尔寇姆小姐以她的方式展示一样!看到她人生的旅程才刚刚开始,就要回首往事,如同我置身暮年,要回首往事一样,真令我痛苦不堪。

"下次我若来时,希望看到你一切都好起来了,"我说——"身体更加康健,心情更加愉快。愿上帝保佑你,亲爱的!"

她只是把脸向我凑近,要我吻一吻,作为回答。律师也是有感情的啊,与她告别时,我的内心有点不好受。

我们见面的时间总共不超过半个小时——当着我的面,有关她在面对婚姻的前景时,明显看上去痛苦忧虑、惊恐失望的不解情形,她未做半个字的解释——不过,她已竭力争取了我,使我在这个问题上站在她那一边,我不知道怎么回事,也不知道为什么。我刚进房间时,心里有种感觉,那就是珀西瓦尔·格莱德爵士面对她对待自己的态度时,完全有理由抱怨。我离开房间时,却默默地希望事情以她相信他说的是真话,从而解除婚约而告终。人到了我这个年龄,有了这样的阅历,照理应该见多识广,明智达理,而不是这样毫无理由地犹豫踌躇。我无法替自己找到借口,只能实话实说,当时实情就是如此。

我离别的时刻已临近,便嘱咐人带话给费尔利先生,如若他愿意,我将登门辞行,但我行色匆匆,务求他原谅。他用钢笔在一张小纸条上写了回话:"谨致亲切的问候和最良好的祝愿,亲爱的吉尔摩先生,任何行色匆匆的举动对我都是无法形容的伤害。敬祈珍重。再会。"

临行前,我同哈尔寇姆小姐单独会面了一会儿。

"您要说的话都对劳拉说了吗?"她问。

"说了,"我回答说,"她非常虚弱,心绪不宁——我很高兴,有您照顾她。"

哈尔寇姆小姐敏锐的眼睛端详着我的脸。

"您对劳拉的态度变了嘛,"她说,"您对她比昨天更加宽容了。"

任何明智达理的男人绝不会在毫无准备的情况下与一个女人斗嘴比高下的。我只回答说:

"请告诉我事情进展的情况,收到了您的信后我再采取行动。"

她仍然盯着我的脸看。"我希望一切都结束,而且圆满地结束,吉尔摩先生——您也希望这样吧。"说完,她就离开了。

珀西瓦尔爵士彬彬有礼,执意要把我送到马车边。

"您若将来有机会到我那边去,"他说,"务必不要忘记,我衷心地希望加深我们之间的了解。您是这个家庭里经受了考验和值得信赖的老朋友,在我的任何一处住宅,您都将永远是备受欢迎的客人。"

真是个魅力十足的人啊——谦恭殷勤,宽容体贴,平易近人,毫无娇气——一个百分之百的绅士。我驱车前往火车站途中,好像感觉到,为了维护珀西瓦尔·格莱德爵士的利益,我乐意做任何事情——人世间的任何事,除了草拟他夫人的婚后夫妻财产处理协议。

三

我回到伦敦后,过了一个星期,未收到哈尔寇姆小姐的任何消息。

到了第八天,她写来的一封信与其他信件一同放在我的桌上。

信上告知,珀西瓦尔·格莱德爵士已被明确认可,正如他最初所期望的,婚礼定在年底前举行,很可能是在12月的下半月。费尔利小姐二十一岁的生日在次年3月下旬,这样一来,她在成年之前,就已做了三个月的珀西瓦尔爵士夫人了。

我本不该感到震惊,不该感到难受,但是,实际上,我又震惊又难受。哈尔寇姆小姐那封简短得令人不满的书信带来的些许失望与上述心情交织在一起,搅乱了我一天的宁静。她在信中用了六行文字通告定下了婚期的事,接下来又用三行文字告诉我,珀西瓦尔爵士已离开坎伯兰,回到在汉普郡的家了。信的结尾处,她用两句话告诉我:首先,劳拉非常需要变换一下环境,参加欢快的社交活动。其次,她已决定,立即实施变换环境的事,带妹妹离开这儿,到约克郡①去走访一些老朋友。信写到这里就结束了,至于我离开才短短一个星期,是什么情况促使费尔利小姐决定认可珀西瓦尔·格莱德爵士的,未做任何解释。

后来,有关这次突然决定的缘由,我听到了完整的解释。凭着间接证据作不完备的陈述,这不是我应该做的事情。事情是哈尔寇姆小姐亲身经历的,她的陈述会接在我的之后,到时她会把细节描述出来,原原本本地述说经过。同时,我要做的事很简单——在我搁下笔,退出本故事之前——把与我有关联的事关费尔利小姐预定婚期的最后一件事讲述完,也就是草拟婚后夫妻财产处理协议的事。

若不首先把一些与新娘钱财方面有关的细节问题交代清楚,不可能把这个协议说得明白易懂。我将尽力解释得言简意赅,直截了当,避免使用晦涩难懂的专业术语。这件事极为重要。我要提醒本书的所有读者:费尔利小姐的继承权问题是费尔利小姐的故事中的极为关键的部分。如果读者诸君想要理解后面叙述的故事,吉尔摩先生在这其中的经历也就必须是他们的经历。

当时,费尔利小姐可望继承的遗产共有两部分:她叔叔死后,她可能继承的部分,即地产。其次是等她成年后,必然要继承的动产,即钱财。

---

① 约克郡(Yorkshire)是英格兰东北部的一个郡,那儿有具有两千多年历史的约克大教堂。

我们先来谈谈地产吧。

费尔利小姐的祖父在世时（我们叫他老费尔利先生），对利默里奇庄园这个不动产的限定继承权顺序是这样确定的：

老费尔利先生去世时，留下三个儿子：菲力普、弗里德雷克和阿瑟。作为长子的菲力普继承庄园地产。如果他去世后无子嗣，地产传给二弟弗里德雷克。而如果弗里德雷克死后亦无子嗣，地产则传给三弟阿瑟。

事情后来的结局是，菲力普·费尔利先生去世后，留下一个独生女儿，也就是本故事中的这个劳拉，因此，根据法律规定，地产就由二弟弗里德雷克这个单身汉来继承。三弟阿瑟比菲力普先去世了许多年，身后留下一儿一女，儿子十八岁时在牛津溺水身亡，他这一死，菲力普·费尔利先生的女儿劳拉便成为地产的假定继承人。如果弗里德里克死后无子嗣，按正常情况，在劳拉叔叔弗里德雷克死后，她完全有可能继承庄园地产。

那么，除非弗里德雷克娶妻而且留下子嗣（这两件事他绝不可能办到），否则，他的侄女劳拉就将在他死后拥有这处不动产。有必要记住的是，只是生前享有。若是她未婚就去世，或去世后无儿女，地产就将归她堂妹，也就是阿瑟·费尔利先生的女儿玛格德琳所有。如果她结婚，有了一份正规的婚后夫妻财产处理协议——也就是我答应了为她草拟的那份协议——那么，在她有生之年，她可以自由支配由这份地产获得的收入（一年足足三千英镑）。要是她先于丈夫去世，那丈夫也就自然终身享有这份收入了。如果她有一子，那么儿子就将取代她堂妹玛格德琳成为地产的继承人。因此，珀西瓦尔爵士娶了费尔利小姐为妻（就其妻可望继承到不动产而论），一旦弗里德雷克·费尔利先生去世，他可望获得以下两方面的好处：

其一，可享用每年三千英镑的收入（妻子在世时，经她同意，如果妻子先于他去世，则他自己有权）。其二，如有儿子，其子可继承利默里奇庄园。

关于费尔利小姐结婚之际，地产的继承，以及地产收入的支配问题就说这么多。至此，珀西瓦尔爵士和我之间就这位小姐婚后夫妻财产处理协议问题不可能出现困难或闹意见分歧。

接下来要谈的是动产问题，换句话说，要谈谈费尔利小姐年满二十一岁后有权享用的那笔钱。

她要继承的这一部分遗产是一笔相当可观的钱。钱是根据她父亲的遗嘱留下来的，总额为两万英镑。除此之外，她还对另外一万英镑享有终身所有权，这笔钱在她死后将归她的姑妈——她父亲唯一的妹妹——埃莉诺所有。如果我在此暂停片刻，先解释一下，这位姑妈要等到侄女去世后才能继承到这份遗产的缘由，那会大大有助于将这个家庭的事情以最明晰的状态展示在读者面前。

妹妹埃莉诺未嫁时，菲力普·费尔利先生与她相处得极为融洽。但是，她老大不小时结婚嫁了人，嫁给了一位叫福斯科的意大利绅士——或者应该说是一个意大利贵族，因为他有个伯爵头衔——这时候，费尔利先生对她的婚事持极力反对的态度，结果中断了与她的一切来往，接下来甚至发展到把她的名字从遗嘱中一笔勾销的地步。家庭中的其他人都认为，以这种严厉的方式来宣泄对妹妹的婚事的不满，多少有点不合情理。福斯科伯爵虽不是个富翁，但也不是个一文不名的冒险者。他自己有一笔数目不大，但是够开销的收入，在英格兰住了许多年，有较高的社会地位。但是，这些优点在费尔利先生那儿毫无用处。费尔利先生看待问题，有许多属于老派英国人的观点，他痛恨外国人，也就仅仅因为他们是外国人。若干年以后，他能被说服做的——主要是费尔利小姐从中调解——顶多也就是把她的名字写回到遗嘱中原先的位置，但他把这笔钱给在了女儿的名下，终身拥有，她只好等待这笔遗产了，而如果她先于侄女去世，这笔钱将归属玛格德琳。因此，从她们各自的年龄来考虑，按正常情况，这位姑妈得到这一万英镑遗产的机会十分渺茫。福斯科夫人也像一般人在这类情况下一样，态度不公允，一概怨恨自己的哥哥不该这样对她，所以不去看她侄女，也不肯相信，是费尔利小姐的调解起了作用，才使她的名字在遗嘱上恢复的。

这就是那一万英镑的缘由。对此，珀西瓦尔爵士的法律顾问也不会持任何异议。这笔钱的收入将由妻子支配，待她去世后，本金由她姑妈或堂妹继承。

预先需要解释的事情现已经解释过了，最后，我们要触及这件事的关键所在——就是那两万英镑。

待费尔利小姐年满二十一岁后，这笔钱就完全归她本人所有。至于它将来如何处理，首先要取决于我在她的婚后夫妻财产处理协议中为她争取到的条件。协议中的其他条款都是约定俗成的，故无须在此复述，但有关这笔钱的条款极为重要，所以不可忽略。几行文字足以对其作出必要的概述。

我对这两万英镑所草拟的条款简明扼要，其内容是：总额固定不动，其收入归夫人终身享用，以后归珀西瓦尔爵士终身享用，本金则归婚生子女所有。如无后嗣，本金则按夫人的遗嘱处理，为此，我替她保留了订立遗嘱的权利。这些条款的大意概括如下：如格莱德夫人去世时未留下子女，其同父异母姐姐哈尔寇姆小姐以及她渴望接济的其他亲朋好友，都可在她丈夫去世后按照她的意愿分享这笔钱。从另一方面来说，如果她去世时留有子女，那么他们自然也必须比其他任何人都更加具有优先权。条款的内容就这些，我认为，任何人读了它，都会赞同我的看法，即它对各方都是公平的。

且让我们看看，丈夫那方是怎样对待我的建议的。

哈尔寇姆小姐的信到达时，我比平时都更忙，但还是千方百计挤出空闲来草拟婚后夫妻财产处理协议。从哈尔寇姆小姐通知我定下了婚期的时候起，不到一星期的时间，我就把协议拟定了，并且送给了珀西瓦尔爵士的律师看，以征得他的同意。

两天过后，协议退还给了我，并附有从男爵的律师的说明和评语。总的来说，他的反对意见很琐碎，大都属于措辞方面的，但对于那两万英镑的条款，他则用红墨水画了两道杠，并附了以下说明：

"不可接受。如果格莱德夫人先去世，而无子女，那么，本金应归珀西瓦尔·格莱德爵士所有。"

也就是说，哈尔寇姆小姐或格莱德夫人的其他亲朋好友得不到这两万英镑中的分文。如若她未留下子女，这笔钱将要全部装进她丈夫的口袋。

我对这个厚颜无耻的提议，写了个回复，努力做到内容简短，笔锋犀利。"尊敬的先生，有关费尔利小姐婚后夫妻财产处理协议，我坚持您反对的条款，丝毫不予更改。专此。"一刻钟后，反唇相讥的回复来了。"尊敬的先生，有关费尔利小姐婚后夫妻财产处理协议，我坚持您反对的用红笔写的意见，丝毫不予更改。专此。"用一句当今难听的话来说，我们双方都"又臭又硬"，没有半点余地，只有去找各自的当事人了。

当时的情况是，我的当事人——费尔利小姐尚不满二十一周岁——是费小姐的监护人弗里德雷克·费尔利先生。我当天就写了封信给寄出去了，把实情告诉了他，我不仅极力强调想得到的种种理由，以说服他坚持我拟定的条款，而且向他挑明，反对我草拟的协议中关于两万英镑的条款的真实原因，是要贪图钱财。当珀西瓦尔爵士那方的协议条款适时地送交给我审看之际，我对他的情况做了必要的了解，所以我再清楚不过了。他背负繁重的地产债务，而他的收入虽然名义上数额很大，但对于他这种状况的人来说几乎等于零。珀西瓦尔爵士现实生活中所缺乏的就是现钱，而他的律师关于协议中该条款的说明已将这种赤裸裸的私欲表露无遗了。

邮差在下一趟就送来了费尔利先生的复信，信写得紊乱不堪，且语无伦次。如用晓畅的英文表达，大意实际上就是："就请亲爱的吉尔摩宽宏体贴，不要用一件可能发生在很久以后的鸡毛蒜皮的小事弄得他的朋友兼当事人心神不宁好不好？难道一个二十一岁的少妇就会比一个四十五岁的男人先死，而且死时不留下儿女？再说了，在这个令人痛苦难熬的世界上，难道还有比和平与宁静更有价值的吗？如果用希望渺茫的两万英镑这种尘间琐事换取上述两种天赐福祉，岂不是一桩合算的交易？毫无疑问，是这样的，那为什么不做这桩交易呢？"

我感到恶心，把信一扔。信飘落到地面的当儿，有人敲门。来者是珀西瓦尔爵士的律师梅里曼先生。这个世界上，精明狡诈的律师形形色色，但我认为，这其中最难对付的就是那种在温文尔雅的外表的伪装下，向人使软刀子的人。律师若是一副大腹便便、养尊处优、满脸微笑、对人和气的样子，那是最难对付的。梅里曼先生就属这类。

"尊敬的吉尔摩先生，您好吗？"他说，态度友好，热情洋溢，"看到您身体这么康健，先生，真是高兴。我正路过您门口，我想进来看看，您是不是有什么话要对我说。就让——务必就让我们口头解决我们之间的这点小小的分歧吧。收到了您的当事人的信了吗？"

"收到了，您收到了您当事人的信了吗？"

"尊敬的好先生啊，我倒是希望他有个明确的答复——我真心实意地希望卸下肩上这副担子，但他很固执——或者这么说吧，他坚定不移——就是不肯把担子从我肩上卸下。'梅里曼，具体问题您去处理，为了我的利益，您认准了的，您就干吧。就当我本人退出了这一档子事，直到一切了结。'珀西瓦尔爵士两星期前就是这么说的，而现在我若要他说点什么，他只能是把这话再重复一遍。我不是个不好说话的人，吉尔摩先生，这您是知道的。我个人私下可以跟您保证，我倒是乐意此时此刻就把我写的那个说明删除掉。但是，如果珀西瓦尔爵士不愿意介入这事，如果珀西瓦尔爵士执意要把一切事关他利益的事情都交给我一个人去办，我除了维护他的利益，还能有别的什么选择吗？我的双手被缚住了——您难道看不出，尊敬的先生？我的双手被缚住了。"

"看来，您是要坚持您关于那条款的说明，一个字也不肯改动啦？"

"对——见他妈的鬼！我别无选择。"他走到壁炉边烤烤火，一边还用圆润欢快的男低音哼出一支曲子的结尾部分。"您那边怎么说的？"他接着问，"请务必告诉我，您那边怎么说的？"

我不好意思告诉他。我想拖延时间——不，还不只是这样。我凭了一名律师的直觉，甚至试着讨价还价起来。

"要小姐的朋友两天期限就决定放弃的可是两万英镑的一笔大钱啊。"我说。

"说的就是，"梅里曼先生回答说，若有所思地低头看着自己的靴子，"说得对，先生——简直对极了！"

"来个折中吧，既照顾到小姐家的利益，又照顾到她丈夫的利益，这样兴许不至于令我的当事人太吃惊，"我接着说，"得啦！得啦！这件日后可能发生的事终究是要靠协商来解决的。你们最少希望拿到多少？"

"我们最少希望拿到，"梅里曼先生说，"一万九千九百九十九英镑十九先令另加十一又四分之三便士。哈！哈！哈！对不起，吉尔摩先生。我就爱开个小玩笑。"

"是够小的！"我说，"这个玩笑正好值那剩下四分之一便士。"

梅里曼先生兴高采烈。听了我对他的反击，他哈哈大笑，笑声在房间里回荡。我连他一半的好心情都没有。我回到了正题上，然后结束了谈话。

"今天是星期五，"我说，"我们等到下星期二再给出最后的答复。"

"当然可以，"梅里曼先生回答说，"尊敬的先生，如果您乐意，再长一点也行。"他拿起帽子要走，然后又对我说，"顺便问一下，"他说，"您坎伯兰的当事人后来收到了写匿名信的女人的信了吗？"

"没有，"我回答说，"您没找到什么线索吧？"

"还没，"我的律师同行说，"但我们没有丧失希望，先生，珀西瓦尔爵士怀疑有一个人把她藏起来了，我们正在监视那个人呢。"

"您是指在坎伯兰与她在一起的那个老妇人吧?"

"根本不是,先生,"梅里曼先生回答说,"我们尚未找到老妇人的下落。我们指的那个人是个男的。在伦敦,我们将他严密监视起来了,我们有充分的理由怀疑,他当初帮助过那女人逃离疯人院。珀西瓦尔爵士想马上质问他,但我说,'不,质问他只会打草惊蛇。应当监视他,然后等待时机。'我们将看看事态如何发展。一个危险的女人逍遥在外,吉尔摩先生,谁也不知道她下一步会干什么。我祝您早安,先生。我希望下星期二能听到您的回音。"他友好地笑了笑,然后出门了。

与我这位律师同行进行后面一部分谈话时,我简直有点神不守舍了。我一心想着婚后夫妻财产处理协议的事,所以无暇顾及别的话题。于是,一旦到剩下我一个人独处时,我便又开始考虑下一步要进行的事。

如果换了别的当事人,不管我个人多么不满意他对我的指令,我定会遵命行事,而且会立刻放弃关于两万英镑那一条。但对待费尔利小姐,我不可以摆出一副公事公办、漠然处之的架势。我真诚地喜爱和尊重她。我心怀感激之情追念她的父亲,他可是世界上最善良友好的恩主和朋友。我在起草这份协议时,心里向着她,就像若我不是个老单身汉,我会尽量向着我的亲生女儿一样。我决心牺牲个人的一切来为她服务,来维护她的利益。根本无须考虑再给费尔利先生写信,这样他只会又一次一推了之。去见他,当面规劝他,兴许还会起一点点作用。明天是星期六。我决定买一张返程票,拖着我这把老骨头一路颠簸到坎伯兰去,看能不能说服他接受这公平合理、见解独到、同时又不失体面的办法。毫无疑问,成功的希望微乎其微，但只有去试一试之后，我的良心才会得以安宁。那么，对于一个处于我这种地位的人，为维护我的老朋友的独生女儿的利益，我所能够做的也就做到了。

星期六的天气晴朗宜人，西风拂面，阳光明媚。我近来头昏脑涨的老毛病又犯了，对此，我的医生在两年多以前就非常严肃地警告过我，于是，我决定把行李先托运走，然后步行到尤斯顿广场的车站①，利用这个机会做一点额外的锻炼。我刚进入霍尔本街时，一位行色匆匆的先生停住了脚步，跟我打招呼，原来是沃尔特·哈特莱特先生。

如果他不先同我打招呼，我肯定就从他身边走过去了。他变化挺大的，都认不出他来了。他脸色苍白，形容枯槁——举止匆忙，心神不定——我记得他在利默里奇时，衣着整洁，一派绅士风度，而现如今，他一身邋遢不堪，若是我的哪个书记员这副模样，我真会觉得脸上无光的。

"您从坎伯兰回来很久了吧？"他问，"我最近收到了哈尔寇姆小姐的信。我知道了，珀西瓦尔·格莱德爵士的解释很令人满意。婚礼很快就要举行了吗？您知道吧，吉尔摩先生？"

他话说得很快，把一串问题奇特而又混乱地搅和在一块，弄得我都理不出头绪。或许他碰巧与利默里奇这个贵族有很密切的关系，但我并不认为他有权去打听人家的私事。所以我干脆利落地决定不跟他谈费尔利小姐婚礼的事。

"到时就会见分晓的，哈特莱特先生，"我说——"到时就会见

---

① 尤斯顿车站（Euston Station）是伦敦的一个火车站，前往苏格兰、爱丁堡、格拉斯哥等地的火车由此出发，于1837年建成投入运营。车站扩建过多次，1873年彻底拆除，20世纪60年代完全重建。

分晓的。我敢说，如果我们留心看报纸上的婚姻告示，准会差不离。恕我直言，我发现您气色看起来不如我们上回见面的时候好。"

一时间，他显得紧张不安，嘴部和眼部肌肉出现挛缩颤抖，我觉得有点内疚，怪自己不该这样用这种明显防着他的态度回答他。

"我根本无权打听她的婚事，"他痛苦地说，"我就该跟旁的人一样等着从报纸上看消息。是这样，"我还未来得及说声道歉的话，他又继续说下去，"我最近身体不佳，准备出国，换个环境和职业。哈尔寇姆小姐热情友好地利用她的关系帮助我，我的证明材料令人满意。那儿路途遥远——但去哪儿，气候怎么样，去多久，我都无所谓。"他说这话时，朝四周看了看从我们身边走过的陌生人群，目光中带着怪异疑惑的神色，好像他觉得人群中有人可能正监视着我们。

"我希望您一切顺利，平安归来，"我说，然后为了不使他觉得与费尔利家的事毫无关系，又补充说，"我今天有事要去利默里奇庄园，哈尔寇姆小姐和费尔利小姐眼下不在家，她们到约克郡看朋友去了。"

他的眼睛熠熠发光，好像要回什么话，但又像刚才那样，因瞬间的紧张造成脸部挛缩颤抖。他握住我的手，使劲地捏了捏，然后就消失在人群中，一句话也没说。虽然我们刚认识，就跟陌生人差不多，但我还是等待了片刻，怀着一种近乎悔恨的心情看着他离去的背影。由于职业的关系，我对青年人有了足够的了解，知道哪些外部迹象是他们误入歧途的开始。当我继续朝火车站走时，很遗憾，我深感哈特莱特先生的前途难以预测。

四

我搭乘了早班车,到达利默里奇庄园时正好吃饭。宅邸里空空荡荡,晦暗沉闷,令人压抑。我原指望两位小姐不在家时,好心的维齐太太会与我做伴,但她感冒了,待在自己房间里。仆人们见了我都很吃惊,结果忙成了一团,还错误百出,令人哭笑不得。连做事老到的管家都竟然拿来了一瓶冰冷的红葡萄酒。关于费尔利先生健康状况的报告依然如故。当我嘱咐人传话去告诉他我来了之后,我被告知,他很高兴第二天早晨见我,但我突然到来的消息,令他整整一晚上心惊肉跳。风吹了整整一夜,发出凄厉的怒号,空空荡荡的室内,每一个角落都传来噼噼啪啪、吱吱嘎嘎的古怪声。我简直无法入睡,翌日早晨起床时,心情糟透了,我独自一人去用早餐。

十点时,我被领进了费尔利先生的住处,他仍待在他平常的房间,坐在平常的椅子上,身心状况还是那样每况愈下。我进去时,看见他的男仆正站立在他跟前,举着一本厚厚的像我办公室的写字台一般大小的蚀刻画册供他翻看。那可怜兮兮的外国人咧着嘴儿,一副惨不忍睹的样子,看他都累得要瘫下去了,但他的主人却悠然自得地翻看着蚀刻画儿,并用放大镜发掘深藏在画中的美。

"最挚爱的朋友,"费尔利先生先是懒洋洋地往后一靠,然后抬头看了看我说,"您好啊?我孤单一人,这时您来看我,真是太好啦!亲爱的吉尔摩先生!"

我本以为，我进来后，仆人会被吩咐退出去的，其实不然。他仍在主人的椅子前面站着，在蚀刻画册的重负下颤抖着。费尔利先生坐着，把放大镜捏在白皙的手指间，正神态安详地转动着。

"我来是要跟您谈一件十分重要的事情，"我说，"因此，请原谅，我们最好单独谈。"

可怜的仆人用感激的目光看了看我。费尔利先生低声重复了我说的最后几个字"最好单独谈"，露出惊恐万状的神色。

我没心情扯淡，于是，决心让他明白我的意思。

"请允许那个人退下去吧。"我指着仆人说。

费尔利先生眉头一皱，嘴唇一噘，惊讶中流露出不屑一顾的神色。

"人？"他重复说，"瞧您个惹人厌烦的吉尔摩，您怎么能称他为人啊？根本不是这么回事嘛。半个小时前，我还没有要看我的蚀刻画，他兴许是个人。半个小时后，等我不看画时，他也许是个人。这会儿，他纯粹就是个画架，您为何要反对一个画架呢，吉尔摩？"

"可不是。费尔利先生，我第三次提出请求，我们单独谈谈。"

我的语气和态度令他别无选择，只有照我的要求办。他看了看仆人，怒气冲冲地指了指他旁边的一把椅子。

"放下蚀刻画走吧，"他说，"别把我看的位置弄乱了来烦我，你弄乱了，还是没弄乱？真的没有吗？把手摇铃放在了我够得到的地方了吗？真的？那见鬼，怎么还不走？"

仆人出去了。费尔利先生在椅子上扭过身子，一面用他那精致的手帕擦拭放大镜，一面还流连忘返地斜视摊开的蚀刻画册。面对如此状况，要控制自己不发火真不容易，但我还是控制住了。

"我个人很不方便，但我到这儿来了，"我说，"来维护您侄女儿和您家庭的利益。我认为,我有权要求得到您的重视吧。"

"别吓唬我!"费尔利先生激动地大声说,软弱无力地靠坐在椅子上,眼睛闭着,"请别吓唬我,我不够强壮。"

为了劳拉的缘故,我打定主意不被他激怒。

"我来的目的,"我接着说,"是要请求您重新考虑您那封信,不要迫使我放弃您侄女和她至爱亲朋的合法权利。让我再一次,也是最后一次向您陈述情况吧。"

费尔利先生摇了摇头,可怜巴巴地叹了口气。

"您真残忍无情,吉尔摩,真残忍无情,"他说,"得啦,接着说吧。"

我仔细地把所有条文说给他听,从每一个可能的角度把事情摆在他面前。我说话的全过程,他都靠在椅子上,紧闭双眼。待我把话说完后,他才懒洋洋地睁开眼睛,拿起桌上的银质嗅盐瓶,并饶有滋味地嗅起来。

"好吉尔摩!"他一面嗅着鼻盐一面说,"您真太好啦!您这是在使人顺从人性啊!"

"对这样一个明确的问题,您就给个明确的答案吧,费尔利先生。我再跟您说一遍,珀西瓦尔·格莱德爵士除了那笔钱的收入以外,他没有任何权利指望得到更多钱。假如您侄女没有儿女,那笔钱的本金也应由她来处理,并且归还给她老家。您要是态度坚决,珀西瓦尔爵士只好让步——他必须让步,我告诉您,否则他就会因娶费尔利小姐完全出于金钱的动机而身败名裂的。"

费尔利先生把银质嗅盐瓶开玩笑似的在我面前晃了晃。

"您这个可爱的老吉尔摩,您就这么痛恨名门望族,是不是?因为格莱德碰巧是个从男爵,您就讨厌他。您真是个激进分子——噢,天啦,您真是个激进分子!"

激进分子!!!我可以容忍无端的挑衅,但我毕生恪守最合理的保守主义原则,却无法容忍被人叫作激进分子。听后血都沸腾了——我突然从椅子上站起来——怒火中烧,连话都说不出来了。

"别在这房间里大吵大闹了!"费尔利先生大声叫道——"看在上帝的分上,别在这房间里大吵大闹了!吉尔摩姓氏中最受人尊敬的人,我无意冒犯您。我个人的观点就极端自由,因此,我认为我本人就是个激进分子。没错,我们是一对激进分子。请别生气,我不能吵架——我精力不支。我们不谈这个话题好吗?对。过来看看这些美妙的蚀刻画。让我来教您欣赏这美妙绝伦的线条吧。就现在,真是个好吉尔摩啊!"

他语无伦次乱说一通的当儿,我幸好出于自重恢复了理智。等到我再次开口说话,我已经很冷静,能够恰如其分地以沉默的鄙夷去对付他的简慢无礼。

"您完全错了,先生,"我说,"您以为我这样讲是出于对珀西瓦尔·格莱德爵士的偏见。我兴许感到遗憾,因为他把这样一件事全盘委托给他的律师去办,结果无法与他本人提任何要求,但我对他并不存有偏见。我所说的话同样适合于这种情形下的任何人,不论其社会地位是高是低。我所坚持的原则是公认的原则。如果您到这附近一带的镇上去找一位受人尊敬的律师问问,他作为陌生人告诉您的和我作为朋友告诉您的会完全一样。他会告诉您,放弃一位小姐的钱,把它全部交给其丈夫,这是有违常规的。根据通常谨慎依法的原则,他是无论如何也不会把两万英镑的权益在妻子死后交给其丈夫的。"

"他真会这样,吉尔摩,"费尔利先生说,"如果他说的话有这一半可怕,我向您保证,我会摇响手铃叫路易斯进来,吩咐立即把他赶出这个房间。"

"您激怒不了我,费尔利先生——为了您的侄女和她的父亲,您激怒不了我。我离开这个房间前,您必须亲自承担起订立这个丢脸的协议的全部责任。"

"不要——请不要!"费尔利先生说,"想想您时间多宝贵呀,吉尔摩,不要把时间给浪费了。我若行,我是会跟您理论的,可我不行——我精力不支。您想烦恼我,烦恼您自己,烦恼格莱德,烦恼劳拉,还有——噢,天啦——就为这么一件世界上最不可能发生的事。不行,亲爱的朋友——出于和平与宁静,绝对不行!"

"这么说来,我明白了,您坚持您信中的决定?"

"对,请吧。真高兴,我们终于相互理解了。坐下吧——坐!"

我立刻走向门边,费尔利先生屈从地摇响了手铃。出房前,我转过身,最后一次对他讲话。

"将来不管发生什么事,先生,"我说,"记住,我已经尽了我的责任,清楚明白地提醒了您。作为您家庭忠实的朋友和仆人,我在临别之际要告诉您,我若有女儿嫁人,绝不会有您迫使我为费尔利小姐草拟的这样的婚后夫妻财产处理协议。"

门在我身后打开了,仆人在门槛边候着。

"路易斯,"费尔利先生说,"领吉尔摩先生出去,然后再回来,再帮我举着蚀刻画册。叫他们在楼下给您准备一顿丰盛的午餐。吉尔摩,千万吩咐我那些懒畜生仆人给您准备一顿丰盛的午餐。"

我感到太恶心了，不愿答话。我转身离去，一句话没说。有一趟到伦敦的火车，是下午两点钟的。我乘那趟火车回到了伦敦。

星期二，我寄出了修改后的协议，这份协议实际上剥夺了费尔利小姐亲口告诉我的她最希望照顾到的每一个人的继承权。我别无选择。如果我拒绝这样做，别的律师也会承担草拟这份协议的任务的。

我的任务完成了。我个人在这个家庭故事中的经历就到此为止了。紧接下去，会有别人的笔来描述离奇的场面。我心情沉重，充满忧伤，就此搁笔了。怀着沉重和忧伤的心情，我要重复在利默里奇庄园临别时说过的话：——我若有女儿嫁人，绝不会有我被迫为劳拉·费尔利草拟的那种婚后夫妻财产处理协议。

由玛丽安·哈尔寇姆叙述的故事
（摘自她的日记）[①]

一

11月8日，利默里奇庄园。

吉尔摩先生上午离开了我们。

很显然，他同劳拉的会面令他很伤心，也很惊讶，只是他不愿承认罢了。我们离别时，从他的气色和态度来看，我担心，她可能

---

① 本书对哈尔寇姆小姐日记中与费尔利小姐或其他人物无关的内容做了省略。——作者注

无意中向他透露了她精神沮丧和我忧心忡忡的真正原因。他离开之后，这种担心仍在滋长，所以，我婉拒了与珀西瓦尔爵士一同乘马车出游，而是上劳拉的房间去了。

自从发觉了自己对劳拉强烈而又不该有的恋情竟浑然不知之后，我对自己处理这件棘手而又可悲的事情的能力完全丧失了信心。我本该知道，可怜的哈特莱特对人体贴宽容，对己克制自重，这些品质使我与他接近，令我对他肃然起敬，而这同样会对生性敏感、慷慨豁达的劳拉产生不可抗拒的吸引力。然而，直到她主动向我吐露心声，我根本就没有想到，这种恋情竟然深深扎根了。我曾想过，时间和关爱或许会消除这种情感。但是，我现在担心，它会始终伴随她，并改变她的一生。我发现自己犯了这么个判断上的错误之后，现在对所有事情都犹豫不决了。面对确凿无疑的证据，我都不能给珀西瓦尔爵士下结论，甚至于对要不要跟劳拉说话都迟疑不决起来。今天上午，我的手都已经抓住了门把，但心里仍在犹豫着，要不要把准备好的问题向她提出来。

我进了她的房间后，发现她来回踱着步，很不安宁的样子。她满脸通红，情绪激动。我还未曾开口，她就立刻向前走来，对我说话。

"我需要你，"她说，"过来同我坐到沙发上，玛丽安！我再也受不了啦——我必须结束这一切。"

她脸颊上血色格外旺盛，行为举止精力格外充沛，说话声音格外坚定。她手里正拿着哈特莱特那本小画册——每当她一个人独处时，她就会拿着这本要命的画册，浮想联翩。我轻柔而又坚决地从她手中拿过画册，把它放在旁边桌上一个看不见的地方。

"平心静气地告诉我,亲爱的,你想怎么办,"我说,"吉尔摩先生给你出主意了吗?"

她摇了摇头。"没有,我现在想的是别的事。他对我亲切友好,玛丽安——我真不好意思,我哭了,他挺难受的。我痛苦不堪,无可奈何,无法控制住自己的情绪。为了我自己和我们所有的人,我必须鼓足起勇气来结束这一切。"

"你是说鼓足起勇气宣布解除婚约吗?"我问。

"不,"她不假思索地说,"鼓足起勇气,亲爱的,说出真相。"

她双臂搂住我的脖子,头静静地伏在我的胸前。对面墙上挂着她父亲的小幅肖像。我低头时,发现她把头伏在我胸前时正凝视那幅肖像。

"我绝不可能提出解除我婚约的要求,"她接着说,"不论以何种方式了结,对我都是莫大的痛苦。我现在所能做的,玛丽安,就是不要在记忆深处再加上违背自己的诺言、忘记父亲临终遗言的事,这样会雪上加霜的。"

"那你打算怎么办?"我问道。

"我亲口把真相告诉珀西瓦尔·格莱德爵士,"她回答说,"假如他愿意,让他放弃我,不是因为我求他放弃,而是因为他知道了一切。"

"你说的'一切'是什么意思,劳拉?只要珀西瓦尔爵士知道了婚约有违你自己的心愿就足够了(他亲口跟我这么说过了)。"

"我能这样告诉他吗,说当初是我父亲作主订的婚约,也征得了我的同意的?我本该履行诺言的,恐怕那样不会幸福,但总还是履约了,"她停住了,脸朝向我,把脸贴得离我的脸更近了,"玛丽安,如果不是心中另有所爱，我本来是会履行婚约的。我当初答应做珀西瓦尔爵士的妻子时，那种情感还未出现。"

"劳拉，你绝不会降低自己的身份向他坦白吧？"

"如果把他有权知道的事向他瞒着，我成功地解除了婚约，那才真正是降低了我的身份呢。"

"他根本就无权知道这个！"

"错啦，玛丽安，错啦！我不应欺骗任何人——尤其不应欺骗这个我父亲把我许配的、也是我自己答应嫁的男人。"她把嘴唇凑近我，吻了我。"亲爱的，"她声音柔和地说，"你太爱我了，太宝贝我了，所以，在你自己身上会记住的事，到了我身上你就给忘了。珀西瓦尔爵士即使怀疑我的动机，误解我的品行，也比我先是在思想上对他不忠，继而卑鄙自私地掩盖这种不忠来达到满足一己之利的目的要强些。"

我大吃了一惊，把她推开。我们生平头一回变换了位置：坚定果断的是她，优柔寡断的是我。我盯着她那苍白文静、无可奈何的年轻的脸看，透过她回望我充满爱意的眼神，我看到那颗纯洁无邪的心——一大堆毫无新意、俗不可耐的告诫与反对的话涌到了嘴边，又因其苍白无力而慢慢咽了回去。我低下头，默然不语。为了一点点微不足道的自尊，有多少女人变得不诚实，而我若处在她的地位，也会为这点自尊而变得不诚实的。

"别生我的气，玛丽安。"她误解了我的沉默。

我只是重新把她拉近我，作为回答。我担心自己开口说话会哭出来。我像男儿一样，有泪不轻弹——但一旦哭起来，便会肝肠寸断般地抽泣，准会吓坏身边的每一个人。

"亲爱的,这事我已经考虑了好几天了,"她接着说,手指还是像小孩子似的动个不停,搓揉着我的头发,可怜的维齐太太还是那么耐心,企图纠正她这个毛病,但毫无结果——"这事我很认真地考虑过了,当良心告诉我这样做是正确的时候,我坚信自己有足够的勇气。我明天就去告诉他——当着你的面,玛丽安。我不会说错什么,不会说令你我丢脸的话——但是,啊,从此不必再痛苦地隐瞒什么,内心也就安宁啦!只是要让我知道,让我感觉到,我无须担当欺骗人的责任,然后,他听了我必须要讲的话之后,随他怎样对待我。"

她叹了口气,然后头伏到了我胸前。我心情沉重,忧心忡忡,不知结果如何。但是,由于心里仍然没有底,我便对她说,我会按她的意思去办的。她对我表示了谢意之后,我们便慢慢地开始谈其他事情。

她同我们一道用晚餐。对珀西瓦尔爵士的态度更加轻松随和,平静自然,这种情形我先前从未见过。夜晚,她来到钢琴的跟前,选择了一些弹奏技巧高、不怎么和谐、过于华丽的音乐新曲目。至于可怜的哈特莱特喜爱的那些莫扎特优美动听的古典旋律,自他离开之后,她从未弹奏过。乐谱都没有放在乐谱架上了,是她自己拿走的,这样别人找不到,不可能请她弹奏。

我一直没有机会了解,她上午的打算是不是有所改变,最后,她向珀西瓦尔爵士说了晚安——这时候,她才亲口告诉我,计划没有改变。她态度非常平静,希望早饭后跟他谈,并且要他去她的起居室,到时她和我都在。听了这话,他脸色变了,轮到我握他的手时,我感觉到手都有点颤抖。翌日早晨的见面将决定他今后的人生,他显然明白这一点。

劳拉就寝前,我像平常那样走过我们两个人的卧室的门口,进去向她说声晚安。我躬身吻她时,看到哈特莱特的那本小写生画册一半被枕头盖住了,放在她小时候藏最心爱的玩具的地方。我想不出说什么好,但我指着画册摇了摇头。她双手捧住我的脸颊,把我的脸凑近她,直到嘴唇碰到了一起。

"今晚就让它放在那儿吧,"她低声说,"明天或许是个令人极度伤心的日子,我可能得跟它永别了。"

9日——早晨发生的第一件事就令我提不起精神来。我收到了可怜的沃尔特·哈特莱特给我写来的一封信。我曾写信给他讲述了珀西瓦尔爵士如何澄清自己因安妮·卡瑟里克的信所引起的怀疑的情形,这是对该信的回复。关于珀西瓦尔爵士的辩白,他写得简短而又尖刻,只是说对于那些地位比他高的人的品行他无权发表看法。这叫人痛苦难受,而他偶然提到自己的情形时更令我伤心不已。他说他努力使自己恢复过去的习惯与工作,但做起来不是一天比一天容易,而是一天比一天艰难,因此,他恳求我,是否愿意给他谋一份能够离开英国的差事,以便置身新的环境和人群当中。信的结尾一段几乎把我给吓坏了,所以,我急于要满足他的要求。

他提到了,自己既没有看见安妮·卡瑟里克,也没有收到她的信件,然后突然打住了,以极为唐突意外、诡秘莫测的笔触暗示,自从回伦敦之后,有陌生人对他无休止地监视和盯梢。他承认,自己不能指认确切的人来证实这种离奇的疑惑,但这种疑惑却是夜以继日地笼罩在心头。我受到了惊吓,因为看起来,他对劳拉的日思夜想快要让他受不了了。我要立刻写信给我母亲在伦敦的几位有影响力的老友,请求他们帮忙。他在人生的这一危急关头,改换环境和工作可能真正使他闯过这一关,获得拯救。

珀西瓦尔爵士捎来口信致歉,说不能与我们共进早餐,这令我大大松了一口气。他一大早就在自己房里喝了一杯咖啡,此时还在那儿忙着写信。到十一点时,假如到时方便的话,他希望荣幸地拜访费尔利小姐和哈尔寇姆小姐。

仆人转达口信时,我的目光落在劳拉的脸上。我早上去她的房间时,发现她平静安详的样子,简直无法形容,整个早餐过程中,也还是保持不变。我们一块儿坐在她房间里等待珀西瓦尔爵士时,她还是保持镇定自若。

"别替我担心,玛丽安,"她只是说,"跟像吉尔摩先生那样的老朋友,或你这样的亲爱的姐姐在一起,我可能会对自己失去控制,但与珀西瓦尔·格莱德爵士在一起,我不会失去控制的。"

我看着她,听着她说话,心里暗自吃惊。我们亲密相处的这么多年,我始终没有发现她性格中的这种潜在力量——甚至连她自己也不曾发现,直到爱情把它发掘,痛苦把它唤醒。

壁炉架上的钟敲响十一点时,珀西瓦尔爵士敲门进来了。他满脸挂着强压着的焦虑与不安,平常折磨着他的剧烈的干咳似乎来得更频繁了。他在我们对面的桌边坐下,劳拉在我身旁。我朝他们两个人看了看,他的脸还更加苍白。

他说了些无关紧要的话,显然极力要保持他平常那种轻松自如的姿态。但是,他的声音镇定不下来,眼睛里焦虑不安的目光也无法掩饰,他自己也一定意识到了。他在一句话中间停住,甚至不再设法掩饰自己的窘态。

劳拉开口同他说话前,有片刻沉静。

"我想跟您谈谈,珀西瓦尔爵士,"她说,"谈谈事关我们两个人的重要问题。我姐姐在这儿,因为有她在场可以给我帮助,给我信心。我要说的话里没有半点她的意思,我是按照自己的想法来说的,而不是按照她的。我接着说下去之前,想必您定能理解这个意思吧?"

珀西瓦尔爵士点头示意了。她话说到这里,外表极为平静,态度极为得体。她看了看他,他也看了看她。看来,他们两个人至少从一开始就决心要清清楚楚地了解对方。

"我听玛丽安说,"她继续说,"只要我提出解除婚约的要求,就可以获得您的允许。您把这样一个信息传给我,珀西瓦尔爵士,足见您的宽容与大度。针对您的这一提议,我当表示由衷的谢意,对您才是公平的。但是,我希望,也相信,我告诉您,我不能接受这一提议,对我才是公平的。"

他紧张的脸部表情稍稍松弛下来了一点。但我发现他的一只脚一直在轻轻地敲击着桌子下的地毯,我感觉到他内心依然焦虑不安。

"我没有忘记,"她说,"您向我求婚之前,曾请求我父亲的允许。您或许也没有忘记,我同意我们订婚时,我说过的话吧?我斗胆告诉过您,我父亲的影响和劝教起了主要作用,使我决定答应您。我接受父亲的指导,因为我总认为他是最值得信赖的顾问,最仁慈和最值得爱的监护人和朋友。他现在离我而去了,我只有回忆他来寄托爱意,但我对这位已故的亲爱的朋友的忠诚从未动摇过。此时此刻,我像以往任何时候一样真诚地相信,他知道什么是最好的,他的期待与愿望也应该是我的期待与愿望。"

她的声音第一次出现了颤抖。她那动个不停的手指悄悄地移到了我的膝上,然后紧紧地抓住了我的一只手。再次出现了片刻沉默,然后珀西瓦尔爵士说话了。

"我能否问一句,"他说,"我一直把拥有这份信任看作是我莫大的荣耀与幸福,但是,是不是我的品行证明不配享有它呢?"

"我以为您的品行无可挑剔,"她回答说,"您一直对我体贴关怀,宽宏大度,您值得我信任。而且,我认为,更加重要的一点是,您值得我父亲的信任,我的信任亦来自此。即便我想找个理由来要求收回我的承诺,您也没给我任何的理由。我所说的这些话,是要表白,我愿意承担起对您的一切义务。我珍视这种义务,珍视对父亲的追思,珍视自己的诺言,这一切都不允许我主动提出改变我们两个人目前的这种关系。解除婚约完全应由您的愿望和行为来决定,珀西瓦尔爵士——而不是我的。"

他的那只脚一直在不安地敲击地毯,这时突然停止了,他迫不及待把身子从桌子另一边倾过来。

"我的行为?"他说,"我这一边能有什么退婚的理由啊?"

我听得见她呼吸声更加急促了,感觉得到她的手变得冰冷了。尽管我们二人单独在一起时,她跟我说了那些话,但我开始替她担心起来了。我错了。

"有一个理由,我对您难以启齿,"她回答说,"我心里有了变化了,珀西瓦尔爵士——一种非常严重的变化,对于您,无论对您还是对我,有充分的理由解除我们的婚约。"

他的脸又变得煞白了,连嘴唇上的血色都消失了。他抬起伏在桌上的手臂，身子在椅子上稍稍扭过一点，然后用手撑着脑袋，这样我就只看得见他面部的侧影。

"什么变化？"他问。他提问的声音令我听了觉得不舒服——因为其中压抑着痛苦。

她沉重地叹了一口气，身子微微倾向于我，以便让她的肩膀靠住我。我感觉到她在颤抖，于是，我来说话，让她镇静下来。她用手压了我一下，告诉我不要说，然后她继续对珀西瓦尔爵士说话，但这一次，没有看着他。

"我听说，"她说，"而我也相信，所有的感情当中，最珍贵、最真诚的感情应该是一个女人对丈夫的爱情。我们订婚之后，如果我能够的话，我就给予这种感情，而您如果能够的话，也能够赢得这种感情。如果我承认，情况不再是这样，珀西瓦尔爵士，您能原谅我，宽恕我吗？"

她停住没说话等待他回话的当儿，眼眶里涌出了泪珠，慢慢地流落到脸颊上。他没吭一声。待到他开始回话时，他移动了支撑着脑袋的手，把脸挡住了。我只看见他露出桌面的上半身。他一动不动。支撑脑袋的手指深深地插在头发里，手指的动作是在释放抑制的愤怒，还是隐藏的悲哀——很难说是哪一种——没发现手指有明显的颤抖。此时此刻——在他和她人生的紧要关头，没有任何迹象，什么也没有，能够表明他思想深处的秘密的。

为了劳拉，我决心要让他自己表白。

"珀西瓦尔爵士！"我语气严厉地插嘴说，"我妹妹说了这么多，您难道就一句话也没有吗？在我看来，"我要命的脾气占了上风，补充着说，"她所告诉您的，超出了任何一个处在您这样地位上的男人有权知道的范围啦。"

最后这一句轻率鲁莽的话正好为他回避我开了方便之门，于是，他立刻利用了这一点。

"请原谅，哈尔寇姆小姐，"他说，手还挡住了脸，——"请原谅，我要提醒您，我并没有要求这种权利。"

我想直截了当地明说，以使他回到他回避开的话题，但话都到嘴边了，劳拉突然又开口说，把我给拦回去了。

"我希望，自己痛苦的表白没有白费了口舌，"她接着说，"我希望，自己的话能使您更加相信我下面要说的话。"

"尽可以放心。"他简短而又热情地回答了一句，说话时把手从桌子上放下去了，身子又朝我们转过来。刚才外表的一切变化，此时都消失得无影无踪了。他脸上一副殷切祈盼的神态——这只表明他迫不及待地要听她下面的话。

"我希望您理解，我说的话并不是出自私心，"她说，"珀西瓦尔爵士，如果您听了刚才的话以后，您就离开我，您并不是让我去嫁给别的男人——您只是允许了我终身不再出嫁。我对您犯下的过错自始至终是思想上的，从未超出这个范围。从未说过半句——"她犹豫了一下，吃不准下面该用什么词，一时间犹豫不决，迷茫困惑的样子，让人看了痛苦悲伤不已。"没说过半句话，"她耐着性子，振作精神接着说，"在我自己和我要第一次也是最后一次当着您的面提及的那个人之间，表白我对他的感情，或他对我的感情——不可能有语言交流——无论是他还是我都在这个世界上不可能有重逢的机会。我真诚地恳求您，不要我再往下说了，相信我刚才对您说的话。我的话是真实的，珀西瓦尔爵士——我认为，无论我在感情上蒙受多大的痛苦,我的未婚夫有权听到真心的话。我相信他会慷慨大度地宽恕我,而且凭他高尚的人品,替我保守秘密。"

"您的这两种信任是神圣的,"他说,"它们绝不会被辜负。"

回答了这两句话后,他停住了,看了看她,好像在等着听后面的话。

"我想说的话都已说了,"她平静地补充说——"我说得已够多了,您完全有理由退出婚约。"

"您说得是够多了,"他回答说,"多得使守住婚约成了我人生最崇高的目标。"说完这话他从椅子上站起身,朝着她坐的地方向前走了几步。

她猛然跳了起来,吓得忍不住轻轻地叫了一声。她所说的每一句话都天真地表露出对一个男人的纯洁与忠贞,而男人完全懂得纯洁与忠贞的女人是无价之宝。她自始至终把一切希望寄托于自己的高尚的品行,可她的高尚品行恰恰是潜在的敌人。我从一开始就担心这一点。即便她给了我一点点机会,我都会加以阻止。事到如今,伤害已经酿成,我都还在等待,还在留意,留意他说的某句话,使我有机会把他置于被动的地位。

"您把事情推给我,费尔利小姐,要我抛弃您,"他继续说,"我可不会无情无义抛弃一个刚已证明她是女人中最高贵的女人。"

他说话时热情洋溢,真挚感人,而且还宽宏大度,她抬起头,脸上微微泛起了红晕,看了看他,突然有了生气,来了精神。

"不!"她坚定地说,"如果她必须嫁人,而又不能奉献出爱,那她就是女人中命运最悲惨的。"

"如果她丈夫毕生的目标就是要值得她爱,"他问,"她将来也不会奉献出爱吗？"

"永远不会！"她回答说，"如果您一定要坚持履行我们之间的婚约，我会做您忠实的妻子，珀西瓦尔爵士——如果我扪心自问，永远不可能做爱您的妻子！"

她无所畏惧地说出这番话时，显得格外美丽动人，世界上没有哪个男人能够铁石心肠地不向着她。我心里很想责怪珀西瓦尔爵士，并且想说出来，可尽管如此，我毕竟是女人，不禁同情起他来。

"我深怀感激地接受您的真诚与忠心，"他说，"您给予我的再少，也比我从世界上别的女人那儿希望得到的再多的要多。"

她左手依然握住我的手，但右手却软弱无力地垂在一边。他轻轻地把手抬到嘴唇边——用它碰了碰嘴唇，而不是吻——向我鞠了一躬——然后，态度随和、彬彬有礼地悄然离开了房间。

他离去后，她没动，也没说什么，静静地坐在我身旁，眼睛盯着地板看。我看说什么都无济于事。所以，我只是把手臂钩住她，默然不语地把她搂住。我们就这么一直待着，好像过了一段漫长的时光——非常漫长，非常乏味，我有点浮躁不安起来，于是我柔声地对她说话，希望改变一下气氛。

我说话的声音好像把她唤醒了过来。她突然挣脱了我，站了起来。

"我必须竭尽全力听任命运的摆布，玛丽安，"她说，"我未来的生活中有艰难的使命，其中之一，今天已经开始了。"

她说时，走到了窗边那张放绘画材料的桌子跟前，小心翼翼地把材料收集起来，放到柜子的一个抽屉里。她锁上了抽屉，然后把钥匙交给我。

"我必须同一切令我想起他来的东西告别，"她说，"你把这钥匙随便放在哪儿——我永远也不可能再需要它了。"

我还未来得及说上一句话,她就已经转身走到书橱边,取下了那本装有沃尔特·哈特莱特的写生画的小画册。她犹豫了片刻,把小画册恋恋不舍地握在手中——然后举到嘴边,吻了吻它。

"噢,劳拉!劳拉!"我说,既没有生气,也不是责备——声音中只有忧伤,心中也只有忧伤。

"这是最后一次了,玛丽安,"她恳求道,"我要跟它永别了。"

她把画册放在桌上,取下固定头发的梳状发卡。一头无与伦比的秀发松落在她的背和双肩上,直垂到她的腰际以下。她理出其中长长一小缕,剪断了,小心翼翼地把它在画册的扉页别成一个圆形。把它固定之后,她赶紧合上画册,交到我手上。

"你会写信给他,他也会写信给你,"她说,"只要我活着,如果他问到我,永远告诉他我很好,绝不能对他说我不幸福。别让他伤心难受,玛丽安——看在我的分上,别让他伤心难受。如果我先死了,答应我,把这本小画册给他,里面有我的头发。我不在人世以后,告诉他是我亲手把头发放进去的也无妨。并说——噢,玛丽安,到那时,代我说,我自己绝不可能亲口说的话——说我爱他!"

她猛然伸出双臂搂住我的颈脖,带着激动与快乐在我耳边低语了这最后几句话,听后令我肝肠寸断。长期以来,她强加在自己身上的约束在这第一次也是最后一次的似水柔情的迸发中给冲破了。她发狂地挣脱了我,一头扑倒在沙发上,一阵抽泣地痛哭,浑身颤抖。

我竭力安慰和说服她,但无济于事,她听不进安慰,也无法被说服。对于我们俩而言,这令人难忘的一天就这样悲哀地突然结束了。一阵死去活来的痛哭平息之后，她疲惫不堪，不愿意说话。她一直睡到下午，我把画册拿走了，以便她醒来时看不见它。她睁开眼睛看我时，不管我心里有多么难受，我的脸上保持着平静。早上那令人伤心的见面，我们谁也没再说起。在今天剩下的时间里，我们谁也没再提起珀西瓦尔爵士的名字，也没有再提到沃尔特·哈特莱特。

10日——今天早晨，我发现她已平静了，并且恢复了常态，于是，重提昨天那令人痛苦的话题，目的只有一个，那就是恳求她让我去找珀西瓦尔爵士和费尔利先生谈谈这桩可悲的婚事，因为我比她本人跟他们中任一个讲时都能够表达得更清晰明白，更加有说服力。我劝教她的话刚说到一半，她轻声但却坚决地打断了我。

"我让昨天来做决定，"她说，"而昨天已经决定了，现在返回去，为时已晚。"

下午，珀西瓦尔爵士同我谈起了在劳拉房间里所谈的事情。他向我保证，劳拉对他无与伦比的信任在他心中有了回应，他坚信她的纯洁与忠实，因此，无论在她面前，或是后来他离开了房间之后，他心中都不曾有过片刻的可耻的妒忌。虽然他为这段缠绵悱恻的恋情深感痛心，因为它有碍于他本可以很顺利地获得她的尊重与敬仰，但他坚信，这段恋情过去未曾被认可，那么将来无论情况发生什么样的变化，也不会被认可的。他坚信不疑，他所能提供的最强有力的证据就是他此刻所做的保证，对这段恋情是不是最近发生的，对方是何许人，他都一概不想知道。他对费尔利小姐的绝对信任令他满足于她认为适合于告诉他的一切。他内心坦然，根本不想知道更多情况。

他说完了这一段话后,等待着,看着我。我很清楚,自己心中对他怀有一种莫名的偏见——意识到心里有一种卑鄙的猜疑,也许他刚才口口声声说绝不问的问题,恰恰就是他正想着要我在一时冲动之下回答了的——因此,我借故心里很乱,回避了这方面的话题。同时,我也绝不放过替劳拉辩护的哪怕是最微小的机会,于是,我大胆地告诉他,说我很遗憾,他的慷慨大度并未使事情获得半步进展,并劝导他解除婚约了事。

这一回,他又是不替自己辩解而消除了我的疑虑。他只是请求我别忘了两者的区别:他让费尔利小姐放弃他,这只是个遵从的问题;而他强迫自己放弃费尔利小姐,那换句话说,就是要他自己毁了自己的希望。她头一天的行为更加增强了他两年来矢志不移的爱和敬慕,因此,要他主动做出有违自己感情的事来,那是万万不可能的。我一定以为他意志薄弱、自私自利,对他爱慕的女人冷酷无情,而他也必须无可奈何地顺从我的看法。同时,只向我提出一个问题,那就是,她将来终身不嫁,抱着那段永无结果的不幸恋情苦苦煎熬,难道就会比她做一个对她顶礼膜拜的男人的妻子有更加光明的前景吗?在后一种情况下,随着时间的推移还有希望,尽管希望渺茫——可在前一种情况下,根据她自己的陈述,那是毫无希望的。

我回答了他——主要是因为我是个女人,必须回答,而不是因为我有什么有说服力的话要说。事情很明显,劳拉昨天采用的办法已经给了他可以利用的机会,而他也已经利用这一机会了。我当时就感觉到了这一点,而此时此刻,我在自己的房间里写下这些文字时,也正强烈地感觉到。

我仅存的一线希望是，如他自己所说，他的动机真的是来自他对劳拉不可抗拒的爱恋。

我今晚结束日记前，还必须记下，为了可怜的哈特莱特，今天给我母亲在伦敦的两个老朋友写了信——两个人都有影响力，又有地位。如果他们能为他做点什么，我肯定他们一定会做的。除了劳拉之外，我最放不下心的莫过于沃尔特了。自他离开我们后所发生的一切，只是增加了我对他强烈的关注和深深的同情。我希望自己设法替他在国外找工作的事做对了——我真诚而又热切地希望，事情会有一个好的结果。

11日——珀西瓦尔爵士同费尔利先生会谈，要我也一同去。

我发现，费尔利先生看到这桩"家庭麻烦事"（他乐于这样描述他侄女的婚事）终于要了结了，一副显得很欣慰的样子。迄今为止，我并没有感觉到，我有必要去向他阐明自己的观点。但当他开始以他那惹人恼火的懒洋洋的态度提议，婚期最好在下一步按珀西瓦尔爵士的意思定下来时，我便措辞强硬，极力反对催促劳拉做决定，狠狠地把费尔利先生的神经折磨了一番，好不得意。珀西瓦尔爵士连忙向我保证说，他感觉到了我反对的威力，并请求我相信，这个提议跟他没有关系。费尔利先生靠在椅子上，闭着眼睛，说我们两个人都尊重人性，然后冷冰冰地重复了一遍他的提议，好像珀西瓦尔爵士和我都未说一句反对的话。最后，我断然拒绝向劳拉提这件事，除非她主动提起它。表达了这个意思之后，我立刻离开了房间。珀西瓦尔爵士看上去非常尴尬和恼火。费尔利先生懒洋洋地把脚伸到丝绒脚凳上，并且说："亲爱的玛丽安！我真羡慕你有这样强健的神经系统呵！关门别使那么大劲！"

去了劳拉的房间，我发现她找了我，维齐太太告诉了她，说我和费尔利先生在一起。她赶忙问我，把我叫去干什么，我把刚才发生的事全告诉了她，并未掩饰自己内心真实的烦恼。她的回答令我有难以形容的惊讶与难受，我怎么也没料到她竟然会做出这样的回答。

"我叔叔是对的，"她说，"我给你和我周围所有的人带来的烦恼与操心已够多了。别让我再添麻烦了，玛丽安——让珀西瓦尔爵士决定去吧。"

我热情洋溢地劝导她，但说什么也打动不了她。

"我要信守婚约，"她回答说，"我与过去的生活决裂了。令人痛苦的日子并不会因为把它推迟了就不会到来。不，玛丽安！再说一遍，我叔叔是对的。我已经造成了够多的烦恼与操心，以后不会再有了。"

她过去一向温柔顺从，可现在却是无可奈何，固执己见，消极处事——我可以说她完全绝望了。我非常地疼爱她，如果她狂躁不安，我的痛苦反而会减轻几分，我现在看见她冷漠沮丧、麻木不仁的样子，简直换了个人，真令人震惊啊。

12日——早餐时，珀西瓦尔爵士向我问了些有关劳拉的问题，我别无选择，只有把她说过的话告诉他。

我们说话的当儿，劳拉下楼了，加入到了我们的行列。她在珀西瓦尔爵士面前恰如先前在我面前一样，表现出异乎寻常的平静。早餐后，他有机会在窗户间的壁凹处与她单独说几句话。他们在一块儿总共只待了两三分钟的样子。分开之后，她与维齐太太一同离开了房间,而珀西瓦尔爵士则来到我身边。他说,刚才他恳求她,给他赏个脸,由她来按照自己的意思选定婚期。她仅仅表示了谢意,并希望他把自己的意思说给哈尔寇姆小姐听。

我没有这个耐心再多写了,这件事情同任何别的事情一样,尽管我要说的话已经说了,要做的事情也已经做了,珀西瓦尔爵士算是实现了自己的意图,而且还最大限度地替自己增光添彩了。他现在的意图当然和他初来这儿时的一样,而劳拉为了这次婚姻已做出了不可避免的牺牲,因此,她依旧和往常一样冷淡茫然,悲观失望,忍辱负重。同会令她想起哈特莱特的小活动和小物品告别的同时,她似乎也告别自己所有似水柔情和一怀愁绪。我写这些文字时才下午三点钟,珀西瓦尔爵士带着即将做新郎的喜悦心情已匆匆离开了我们,去准备在他汉普郡的宅邸迎接新娘。除非发生什么异乎寻常的事阻止了婚礼,否则,他们是会按照他所希望的时间完婚的——即年底。写到这儿,我的手指都火辣辣地痛了!

13日——为了劳拉的事情,我内心不安,一夜未眠。快到清晨时,我做了个决定,设法改变环境,以使她振作起精神。我若带她离开利默里奇庄园,让她置身于和蔼可亲的老朋友中间,她总不会像眼下这样麻木不仁、无动于衷吧?一番考虑过后,我决定给约克郡的阿诺德家写封信。他们一家淳朴厚道,心地善良,热情好客,她打从小时候就认识他们。我把信放进邮袋之后,把这事告诉了她。如果她表示拒绝或反对,我心里倒会舒坦些。但是,没有,她只是说:"我跟你去哪儿都可以,玛丽安。我认为你是对的——我觉得,改变环境会对我有好处。"

14日——我写了封信给吉尔摩先生,告诉他这桩不幸的婚姻就要实现了,也提到了我为了劳拉打算换一下环境的想法。我不想谈具体问题。离年底还早,有的是时间谈。

15日——我收到了三封信。第一封是阿诺德家写来的,他们想到要看见我和劳拉了,全家人兴高采烈。第二封是一位绅士写来的,我先前代表沃尔特·哈特莱特给他去过信,这会儿他告诉我,他已幸运地找到一份符合我要求的工作。第三封是沃尔特本人写来的,他用热情洋溢的语言感谢我,可怜的人,说是给了他离开老家、离开祖国和朋友的机会。好像是说,一支到中美洲去挖掘城市废墟的私人考察队即将从利物浦[①]启航出发。一个已经委派随队前往的绘图员泄了气,到最后关头临阵退缩了,于是,沃尔特补了他的空缺。从在洪都拉斯[②]登陆时算起,他的聘期至少六个月,而假如资金能够维持下去,聘期将再延长至一年。信末尾处答应,等他们全部上了船,领航员离开了他们,他还要写一封信给我辞行。我只能衷心地希望和祝愿,我和他在这件事情上行动有好的结果。看起来,他走了非常重要的一步,以致我想起来都会吓一大跳。然而,由于他置身不幸的处境,我怎能指望他,希望他留在国内呢?

16日——马车在门口候着。我和劳拉今天出发去拜访阿诺德一家。

[①] 利物浦(Liverpool)是英格兰西北部的一个著名港口城市,英国第五大城市,是默西河畔都市郡的五个自治市之一。昔日的利物浦市是英国著名的制造业中心。
[②] 洪都拉斯(Honduras)是中北美洲的一个多山国家,与危地马拉、萨尔瓦多和尼加拉瓜接壤,位于太平洋和加勒比海之间。

约克郡，波利斯丁别墅

23日——置身新的环境里，还有处于热情友好的人们中间，已经一个星期了。已经产生了些许良好的效果，虽说不如我事先期望的那样明显。我决定，至少要再延长一星期。不到万不得已，回到利默里奇去无济于事。

24日——早晨的邮件带来了令人伤心的消息，去中美洲的考察队已于21日启航了。我们告别了一个真正的男子汉，少了一个诚挚的朋友。沃尔特·哈特莱特离开了英国。

25日——昨天得到的是伤心的消息，今天得到的是不祥的消息。珀西瓦尔·格莱德爵士给费尔利先生写了信，而费尔利先生又给我和劳拉写来了信，要我们立刻赶回到利默里奇去。

这意味着什么？难道趁我们不在家时把举行婚礼的日期定下来了吗？

二

利默里奇庄园

11月27日——我的种种预感变成了现实。婚期定在12月22日。看起来，我们启程前往波利斯丁别墅的第二天，珀西瓦尔爵士写信给费尔利先生,告知他在汉普郡的宅邸要进行必要的修缮和改建,工期比最初预期的要长很多,准确的预算将尽快呈报给他,如费尔利先生能告诉他婚礼举行的确切日期,他与工匠们做具体安排时就会方便许多。那么,他可以依据时间做出全部安排。此外,他还得给一些朋友写信致歉,因为他们原本计划冬季来访,工匠们在修缮和改建房屋期间,当然无法接待他们。

费尔利先生写了回信,敦请珀西瓦尔爵士自己拟定一个日期,有待费尔利小姐同意,但作为她的监护人,他愿效全力促成。下一班邮件来时,珀西瓦尔爵士的回信到了,提议(与他最初的愿望一致)在12月下旬举行婚礼——可以定在22日,或24日,或小姐及其监护人乐意选定的任何其他日子。小姐不在家,不便当面商量,她的监护人就在小姐不在家的情况下定在信中给出的最早一天——12月22日——于是,他写信催促我们返回利默里奇。

昨天,费尔利先生同我单独交谈了,他把细节问题向我进行了解释之后,态度极为友好地建议,我们今天应开始必要的协商。我感觉到,除非劳拉首先向我授了权,拒绝是没有用的,于是,我同意跟她谈,但同时声明,我决不负责说服劳拉满足珀西瓦尔爵士的愿望。费尔利先生称赞我"人品优秀",如同我们外出散步时,他会称赞我"体格优秀"一样,迄今为止,他好像十分满意,因为他又把一项家庭责任一推了之,压到了我的肩上。

我按照承诺上午同劳拉谈了。从珀西瓦尔爵士离开我们后,她一反常态,态度坚决,保持着镇静克制的姿态——我几乎可以说,那是一副麻木不仁的样子——但是,这种态度还是比不了我不得不要告诉她的消息所带来的震撼。她脸色变得煞白,浑身剧烈地颤抖。

"不要这么快！"她恳求着说，"噢，玛丽安，不要这么快！"

她虽然只给了这么一点点暗示，但我心里已经够明白的了。我起身离开房间，立刻去为了她同费尔利先生抗争。

我的手按住门把的当儿，她紧紧地抓住了我的衣服，阻止了我。

"让我去吧！"我说，"我一定要去对你叔叔说，这件事不能只由着他和珀西瓦尔爵士来。"

她痛苦地叹息了一声，仍抓住我的衣服不放。

"不！"她低声说，"太晚啦，玛丽安——太晚啦！"

"一点儿也不晚，"我反驳着说，"时间问题是由我们决定的——相信我，劳拉，在这件事情上，要充分利用女人的优势。"

我边说话边把她的手从我衣服上掰开，但她同时伸手抱住了我的腰，这一回抱得更紧了。

"这样一来，我们会更加麻烦，更加被动。"她说，"会造成你和我叔叔之间不和，让珀西瓦尔爵士有理由又到这儿来抱怨——"

"那样求之不得啊！"我大声说，情绪激动，"谁会理会他的抱怨？你难道要叫自己伤心，而他心安理得吗？天下没有哪个男人值得我们女人做如此牺牲的。男人啊！他们是我们纯洁与安宁的敌人——他们把我们拖走，使我们远离父母之爱，姐妹之情——他们占据了我们的肉体与心灵，像把狗拴在狗窝里一样，把我们无助的生命与他们捆绑在一起。而他们给我们的最好回报是什么呢？让我去吧，劳拉——想到这一点，我都要疯了！"

泪水——痛苦、软弱的泪水，女人烦恼与愤怒的泪水——噙满了我的双眼。她露出了伤心的微笑，用她的手帕掩住我的脸，好遮住我显露出的懦弱——她知道，如果别人显露出这样的懦弱，我是瞧不起的。

"噢,玛丽安!"她说,"你哭了!如果位置换了,如果泪水是我流的,想想看,你会怎么对我说。凭你所有的爱,所有的勇气,所有的奉献,也改变不了迟早必定要发生的事。随我叔叔去吧。我甘愿做出任何牺牲,但求不再有更多的烦恼与怨恨。就说我结婚后你将和我一起生活——别的什么也不说。"

但是,我说了更多话。我强忍住了令我感到羞辱的泪水,因为它不能令我舒心,只会令她伤心。然后,我平心静气地劝说和恳求。无济于事。她要我承诺了两遍,答应她结婚后与她一同生活。然后,她突然向我提了个问题,把我的忧伤和对她的同情引向了一个新的方向。

"我们住在波利斯丁别墅时,"她说,"你收到了一封信,玛丽安——"

她说话的声调变化了,目光突然从我身上移开,把脸伏在我肩膀上,还没问完问题就迟疑不决地沉默了下来。这一切都明明白白地告诉了我,这个半截子问题指的是谁。

"我认为,劳拉,我和你谁也不会再提到他啦。"我说,声音很柔和。

"你收到了他的信啦?"她紧追不舍。

"是的,"我回答说,"如果你一定要知道的话。"

"你准备再给他写信吗?"

我犹豫迟疑了一下。我不敢告诉她,他已离开英国了。也不敢告诉她,为了他新的希望和计划,我曾尽了力,所以,他的离去与我有关。我怎么回答呢?他去的那个地方,在未来的几个月,也许几年，是收不到书信的。

"假如我确实准备再写信给他，"我最后说，"那又怎样呢，劳拉？"

她的脸颊靠在我的颈脖上，火辣辣的，手臂在颤抖，紧紧地搂住我。

"别告诉他22日的事，"她轻声细语地说，"答应我，玛丽安——请答应我，你下次给他写信时，连我的名字都不要向他提起。"

我答应了。我许下诺言时，痛苦悲伤的心情无法用语言来表达。她立刻把手臂从我腰间松开，走到窗户边，背朝我站着朝外张望。片刻之后，她再次开口说话，但身体没有转过来，我完全看不清她的面容。

"你去我叔叔的房间吗？"她问，"你就说，不论怎样安排，他认为最好，我都同意，好不好？你就离开我吧，玛丽安。我一个人待一会儿会更好些的。"

我出去了。我刚一进入过道心里便想到，如果我抬一根手指就能把费尔利先生和珀西瓦尔爵士遣送到天涯海角去，我片刻都不会犹豫那样做的。我要命的坏脾气这回倒成了我的朋友。要不是我的泪水都被怒火烤干了，我会完完全全地不顾一切，大哭一场的。事实上，我冲进了费尔利先生的房间——用非常粗鲁的声音大声对他说："劳拉同意22日了！"——不等半个字的回答，又冲了出来。我砰地一下把门关上了，但愿我把费尔利先生的神经损坏得这一天都恢复不了。

28日——今天早晨，我重看了一遍可怜的哈特莱特的告别信。昨天以来，我心里产生了一种疑虑：我把他离别的事实向劳拉瞒着是不是明智之举?

　　一番思索过后,我仍觉得,自己是正确的。从他信中提到的为这次去中美洲考察所做的准备工作来看,考察的领导者知道,这是一次危险的行程。这一点都令我心神不宁,而她又会如何呢?我们若身处紧要关头,孤立无助的境地,需要有人帮助,他是会不顾一切地站出来,但他的离去已使我们失去这样一位最值得信赖的朋友,这已经是一件令人倍感痛苦的事。但是,如果他知道已离开了我们,去面临种种险境:恶劣的气候,渺无人烟的荒野,凶悍的土著居民,那就更加令人痛苦了。不到万不得已,便把事情告诉劳拉,这样做岂不是太残忍了吗?

　　我心里几乎疑惑起来了,自己该不该更进一步——立刻把信烧毁,以免有朝一日落入不该看的人之手。信中不仅提到了劳拉——因为那些话永远只是写信人与我之间的秘密,而且还一再重申了他的怀疑——那么肯定,那么不可思议,那么令人忧虑——从他离开利默里奇后,一直有人在秘密监视他。他声称,他看到了两张陌生人的面孔,在伦敦街头跟踪他,在利物浦密集的人群中监视他,一直看到考察队上了船。他还十分肯定地说,他上船时听见后面有人提到安妮·卡瑟里克的名字。他的原话是这样的:"这一连串的事是有意图的,这些事必定会导致某种结果,安妮·卡瑟里克的谜团尚未解开。我怕再也遇不上她了,但是,如果你哪天遇上了,一定要好好利用那个机会啊,哈尔寇姆小姐,别像我那样。我是深信不疑才这样说的,我求你记住我说的话。"他就是这样说的。我根本不可能忘记他的话——哈特莱特提到安妮·卡瑟里克的话铭刻在我的记忆深处。但是,保留信件却是件很危险的事情。一不留神就可能落入陌生人的手，我可能生病，死亡——还是烧掉吧，省了一件牵肠挂肚的事。

我把信烧毁了！他的告别信化作了灰烬——也许是他写给我的最后一封信——化作了炉子里的几块黑色残片。这就是整个悲惨故事的悲惨结局吗？噢，不是结束——肯定，肯定不是这样的结局！

29日——婚礼的各项准备工作已经开始了。裁缝前来量体裁衣。劳拉对这件与一个女人的切身利益密切相关的事完全无动于衷，漠然置之。她把这一切都托付给了我和裁缝。如果可怜的哈特莱特是这位从男爵，而且是她父亲选定的丈夫，那她的表现会多么迥然不同啊！她会显得多么迫不及待，奇想不断，而手艺再高超的裁缝也会发现令她满意是一件多么不容易的事啊！

30日——我们每天都会收到珀西瓦尔爵士的来信。最新的消息是，他的宅邸的改造工程需要四到六个月才能竣工。如果油漆工、裱贴工和家具商既能制造金碧辉煌，也能营造幸福快乐，那我倒是会关注他们在劳拉未来的家中的工程进展情况的。事实上，对于珀西瓦尔爵士最近的一封信中提到的其他所有计划我都一概不感兴趣，唯有新婚旅行这一件事令我关注。由于劳拉身体娇弱，加上今年的冬季可能异常寒冷，所以，他提议带她去罗马，在意大利待到来年的初夏。如果这一计划没被接受，他就准备到伦敦去过冬。尽管他在那儿没有自己的宅邸，但他会想方设法弄到设施齐全的寓所的。

如果完全抛开我自己和我个人的情感（我应该这样做，我也这样做了），要我来说，我毫无疑问会采纳第一个建议。无论采纳哪一种，我都不可避免地要与劳拉分开。他们到国外去比待在伦敦分别的时间要更长一些——但从另一方面来说，我们必须权衡利弊，这样在气候温和的地方过冬对劳拉有好处。再则，她生平头一次到世界上最具魅力的国家去旅行，仅仅是旅行带来的惊奇与兴奋就肯定会大大有助于她振作精神，并且适应新的生活。以她的性情，她不可能会在伦敦世俗的娱乐和刺激中寻找到慰藉。那种生活只会使她可悲的婚姻最初给她带来的痛苦更进一步。我对她即将开始的新生活的担心简直无法用语言描述。但是，如果她去旅行，我还是看到了她的一线希望——而她若留在家里，则希望全无。

我回过头来查看自己近期的日记，发现我像人们描写一件已确定的事情那样记述婚姻和与劳拉告别的事，真有一种奇怪的感觉。以这种冷酷平静的态度看待未来，似乎令人觉得冷漠无情。但婚期已经迫近，还能有别的什么方式吗？再过不到一个月，她就成他的劳拉，而不是我的劳拉！他的劳拉！我真无法领会这几个字所包含的意义——我麻木不仁了，昏昏沉沉的，描写她的婚姻，犹如描写她的死亡。

12月1日——一个伤心、很伤心的日子。我没有心情评述这一天中的任何事情。关于珀西瓦尔爵士提出的新婚旅行建议的事，昨天晚上我没勇气对她说，但是，今天早晨必须要对她说。

可怜的孩子——她在许多方面仍是个孩子——坚信不疑地认为，她去哪儿我都会陪同她一块儿去，所以，一想到要去佛罗伦萨、罗马和那不勒斯[①]领略美景奇观，几乎兴高采烈起来了。要消除她的错

---

① 佛罗伦萨（Florence）、罗马（Rome）和那不勒斯（Naples）均为意大利的著名城市。

觉,使她面对残酷的现实,我的心都几乎要碎了。我不得不告诉她,男人在宴尔新婚的时候,不管他以后怎么样,决不能容忍一个对手——即便这个对手是个女人——来分享妻子的情感。我不得不提醒她,我能否与她长期生活在一个屋檐下,完全取决于我作为掌握珀西瓦尔爵士妻子的隐秘内情的人,在他们新婚伊始介于他们中间,不至于惹他妒忌和怀疑。世俗的经验中充满了苦涩,我把这一切点点滴滴地向她那纯洁的心灵和天真的头脑灌输,而我心中所有高尚和美好的情感在这肮脏的使命面前都退缩不前了。现在一切都完成了。她已上了残酷而又不可回避的一课。她少女天真的幻想已经破灭,是我的手撕破的。用我的手来撕破比用他的撕破要强啊——这是我颇感欣慰的事。

因此,第一个建议得到了采纳。他们要去意大利,而经珀西瓦尔爵士许可,在他们返回英国时,由我来安排迎接他们,并与他们待在一起。换句话说,我平生要头一次求人,而且是求一个自己最不愿意领受其照顾的男人。得啦!为了劳拉,我觉得,比这更难的事我也能做。

2日——我翻看先前的日记时发现,自己在谈及珀西瓦尔爵士时,总是用贬义词。现在事情既然有了这样的变化,我就必须彻底消除对他的偏见。我都已经想不起自己的心中最初是如何产生偏见的,很显然,这种偏见过去是不存在的。

难道是劳拉不愿意嫁给他使我对他产生反感了吗?难道是哈特莱特的那些显而易见的偏见对我起了潜移默化的作用?尽管珀西瓦尔爵士做了解释,而且我手中还握有事实的证据,难道安妮·卡瑟里克的那封信仍在我心中留下了挥之不去的疑惑吗？我说不清楚内心的感觉。但是，有一件事情是肯定的，是我有义务要执行的——此时已是我的双重义务——即不要无端猜疑珀西瓦尔爵士，冤枉了他。如果我已养成了习惯，写到他时总是采取不友好的态度，那么，我必须也愿意改正这种不良的倾向，哪怕这种努力会迫使我在他们举行婚礼前合上日记！我对自己非常满意——今天不再写了。

* * * * * * * * * * * * * * *

12月16日——整整两个星期过去了，我其间未曾记过一次日记。我已经够长时间没有碰日记本了，现在重返日记，但愿涉及珀西瓦尔爵士时，自己能够怀着更加健康和更加宽容的心态。

过去的两个星期中，其实没有多少可叙述的情况。服饰差不多都已经制作完成了，新的旅行箱也从伦敦送来了。可怜可爱的劳拉成天几乎与我寸步不离。昨天夜间，我们两个人都睡不着，她竟来到了我的卧室，爬到我床上跟我说话。"我马上就要失去你了，玛丽安，"她说，"因此，我必须趁现在有机会尽可能多同你待在一块儿。"

他们的婚礼将在利默里奇教堂举行，感谢上帝，邻居一个也没有邀请来参加婚礼。唯一的来宾是我们的老朋友阿诺德先生，他将从波利斯丁赶来，把劳拉交给新郎。她叔叔身体太虚弱，根本没信心走出家门，置身户外这样恶劣的天气里。如果我不是坚定信念，从即日起，只展望未来光明的一面，那么，在劳拉人生如此重要的时刻，竟然没有一位男性亲属出席，看到如此惨不忍睹的场景，我准会精神沮丧，对前途悲观失望。但是，我已消除了忧郁与疑惑，也就是说，我在日记中不会记述这两种心境的。

珀西瓦尔爵士拟于明天到达。他提议过了，他婚前到利默里奇小住期间，如果我希望严格按照礼仪来招待他，他可以写信给我们的牧师，请求他在教区给他安排一个住处。在目前的情形下，无论是费尔利先生还是我，都认为没有必要自找麻烦去遵循繁文缛节。在我们这个偏僻荒凉的乡间，在这座寂寞的大宅邸里，我们尽可以不理会那些仍在束缚其他地方的人的陈规俗套。我给珀西瓦尔爵士写了一封信，感谢他礼貌周到的提议，并且请求他到利默里奇庄园来时还像往常那样住在原先的房间。

17日——他今天到达了，我觉得，他看上去有点憔悴和忧虑，但仍然精神饱满，谈笑风生。他带来了一些精美的珠宝礼品，劳拉欣然接受了。她至少在外表上显得很镇定自若。在这段难挨的时光里，她必须要付出努力才能保持表面的平静。我能够觉察到，她突然表示，不愿意一个人待着。她不肯像平常那样回到自己房间里去，好像害怕去那儿。午饭过后，我上楼去拿帽子准备出去散步，她当时自告奋勇要陪我一同出去。还有，晚饭前，她把我们两个房间之间的门打开了，以便我们在换衣服时，说说话。"一直让我有点事可干，"她说，"一直有人陪着。别让我思考——我的要求就这些，玛丽安——别让我思考。"

她身上出现的这种可悲的变化反而增添了她对珀西瓦尔爵士的吸引力。我看得出，他把这种变化看成是对自己有利的情况。她满脸通红，两眼闪亮。他充满了喜悦，认为她恢复了美貌，恢复了精神。晚餐时，她谈笑风生，无忧无虑，但显得不真实，有违她的秉性，简直令人震惊。我心里真想要她沉默，并且领着她离开。珀西瓦尔爵士更是喜出望外，无法形容。他刚到达时，我注意到他脸上表露出了心绪不宁的神色，但这时已消失得无影无踪了。即使在我看来，他似乎都比实际年龄年轻了十岁。

毫无疑问——尽管某种异乎寻常的逆反心理令我不愿意看到这一点——毫无疑问，劳拉的未婚夫是个非常帅气的男子。五官端正是一个人的首要优势——这一点他具备。无论男人还是女人，明亮的棕色眼睛具有很强的魅力——这一点他也具备。即便是秃顶，如果只是额头上秃了（像他这样），也比不秃顶的男人看上去更有风度，因为这样显得天庭更饱满，脸上也更平添了智慧的灵性。举止潇洒自如，态度精神焕发，充满活力，机敏灵活，能言善辩——所有这些都是无可置疑的优点，而他具备了这些优点。吉尔摩先生对劳拉心中的秘密全然不知，怪不得他对劳拉的悔婚会感到吃惊啊。任何人若是处在他的地位，也会对我们这位善良的老朋友有同感的。若是此时此刻有人要求我坦率地说说我发现了珀西瓦尔爵士身上有什么缺点，我可以指出两点：其一，他总是浮躁不安，兴奋不已——这可能是他天性中精力异常旺盛造成的。其二，他对仆人说话时，粗暴尖刻，脾气暴躁——这或许只是他的一个不良习惯罢了。不对，我不能否认这一点——珀西瓦尔爵士是个非常帅气并且非常讨人喜欢的男子。得啦！我终于写下来了，我很高兴，一切都要结束了。

18日——今天上午，我由于感觉疲倦乏力，郁闷沮丧，于是，把劳拉交给维齐太太陪伴，独自一人外出进行午间散步，以便振作精神。我近来有很长一段时间没有进行这类散步了。我踏上了荒原上那条路面干燥、微风扑面的路，直通向托德角。外出半个小时后，感到很吃惊，因为我看见珀西瓦尔爵士从农庄方向向我迎面走来。只见他步伐急促，挥动着手杖，像平常一样昂着头，身上的猎装在风中敞开着。我们会面时，他不等我提问——就立刻告诉我，他到农庄去了，打听了一下，看托德先生和太太自从他上次造访利默里奇之后有没有安妮·卡瑟里克的消息。

"您肯定听他们说毫无消息吧？"我问。

"什么消息也没有，"他回答说，"我非常担心她已失踪了，您知不知道，"他接着说，眼睛盯着我的脸看，"那位画家——哈特莱特先生——能否给我们提供进一步的线索？"

"他离开坎伯兰后，我们既没有收到过他的信件，也没有再见到过他。"我回答说。

"真是糟糕啊，"珀西瓦尔爵士说，说话的语气像个很失意的人，然后，奇怪的是，他好像如释重负，"不可能预测得到，可怜的人会碰上什么不测。她太需要别人的关心和保护了，而我白费了精力，未能把她找回，真有说不出的烦恼啊。"

他这时看起来确实很烦恼。我说了几句宽心的话。我们随后一路返回，说了些别的事。我与他在荒原上偶遇，这不是发现了他性格中的另一个优点了吗？他在举行婚礼的前夕，本来可以更加舒适愉快地同劳拉在一起度过这段时光的，但他偏偏想到了安妮·卡瑟里克，而且跑到托德角去打听她的消息。这难道不是少见的对他人关心体贴、忘却自我的品格吗？鉴于他的行为纯粹出于慈爱之心，这种情况说明他的心地不是一般的善良，所以，理应受到非同寻常的赞扬。行啊！我给他非同寻常的赞扬吧——就此搁笔。

19日——珀西瓦尔爵士无穷无尽的美德宝库中，有了更多发现。

今天，我谈到了那个话题，即等他携妻返回英国后，我打算同她夫人一块儿生活。我刚刚露出了一点点这方面的意思，他便热情洋溢地握住我的手，并说我向他提出的这个建议，正是他迫不及待想要向我提出的。他真诚热切地希望我去做她夫人的陪伴，并恳请我相信，等到劳拉结婚后，我还像先前一样同她生活在一起，这对他是个莫大的恩惠。

我以自己和劳拉的名义向他表示了谢意，感谢他对我们两个人体贴周到，亲切友好，然后我们谈了他新婚旅行的事，并先从几个要介绍给劳拉认识的在罗马的英国朋友说起。他提起了几个朋友的名字，希望这次冬季能在国外见到他们。我记得他们都是英国人，只有一个例外，那就是福斯科伯爵。

听到伯爵的名字并得知他和夫人可能会在欧洲大陆会见新郎和新娘，我觉得这显然是头一回给劳拉的婚姻带来的好事。说不定可以了却这桩家庭宿怨。迄今为止，福斯科夫人对作为劳拉的姑姑应承担的义务不予理睬，纯粹是因为已故费尔利先生在处理遗产事情上的做法激起了她的不满。但她现在不能再这样下去了。珀西瓦尔爵士和福斯科伯爵是多年的挚友，那么，他们的夫人就只能友好相处了。福斯科夫人未嫁人时，是我见过的最傲慢的女人之一——喜怒无常，对人苛刻，虚荣自负，简直到了荒唐透顶的地步。如果她丈夫把她调教得明智达理了，那他值得我们每一个人感恩戴德——首先应该受到我的感激。

我越来越渴望认识这位伯爵。他是劳拉丈夫最亲密的朋友。而在这一点上,他激发了我浓厚的兴趣。我和劳拉都未曾见过他。我对他的了解只有以下内容:多年前,珀西瓦尔爵士在罗马三圣山教堂[1]的台阶上被人砍伤了手,接着眼看要刺入心脏了,万分危急的时刻,伯爵碰巧在那儿出现,于是帮助珀西瓦尔爵士避免了抢劫和暗杀。我还记得,已故费尔利先生无理干涉他妹妹的婚事时,伯爵就此问题给他写了一封态度谦恭而且通情达理的信,但我真羞于启口说,费尔利先生连信都未回复。这就是我所知道的有关珀西瓦尔爵士的朋友的全部情况。我不知道他会不会来英国,不知道会不会喜欢他。

我手握着笔陷入了沉思。让我回到现实中来,记叙事实吧。可以肯定,珀西瓦尔爵士采纳了我冒昧提出与他夫人一块儿生活的建议,这还不仅仅是出于友善,几乎可以说带着款款深情。如果我既然开始了,那就继续写下去,肯定劳拉的丈夫是不会抱怨我的。我已经声明过了,他英俊潇洒,讨人喜爱,对不幸者充满了同情心,对我也是热情友好。实话实说,我都认不出自己了。我已转变了角色,成了珀西瓦尔爵士最热心的朋友。

20日——我恨珀西瓦尔爵士!他英俊的相貌一钱不值。我认为他脾气暴躁,令人厌恶,完全没有善良友爱之心。昨天晚上,新婚夫妇的名片寄到了。劳拉把包裹打开,第一次看见自己未来的姓氏印在了面。珀西瓦尔爵士态度亲昵,头探过她的肩头看新名片,上面已经把费尔利小姐换成了格莱德夫人——他沾沾自喜地笑着,令人讨厌——然后又凑到她耳边说了点什么。我不知道说了些什

---

[1] 即罗马的三一教堂,该教堂是1495年查理八世法国人建造的,教堂的正面就是著名的西班牙台阶,共一百三十七级,于1723年是由法国人出资、意大利人设计建设的具有巴罗克风格的建筑。

么——劳拉不肯告诉我——但我看见她脸变得煞白,可吓人啦。我以为她会晕过去。他丝毫也不在乎这种变化,残酷无情,根本没意识到自己说了令她痛苦的话。我先前对他的一切敌视的情绪瞬间又复活了,随后久久无法消散。我比以往任何时候都更加丧失理智不讲公正了。用三个字表达——我挥笔写下!三个字是:我恨他。

21日——难道是这段令人焦虑不安的日子里的各种烦心事最终弄得我有点神思恍惚了吗?近些日子以来,我行文的笔触变化无常,天知道,这与我内心相距甚远。而我回过头翻看日记时,我很震惊地发现了这一点。

一个星期以来,劳拉的心情异常激动,我或许受到了她的情绪的感染。即便如此,兴奋不已的情绪也已从我身上消失了,我处于一种莫名其妙的情绪状态。从昨晚起,心头萦绕着一个想法,总也挥之不去。总觉得会发生一件什么事情阻挠这桩婚姻。这种莫名其妙的幻觉是如何产生的呢?难道是我替劳拉的前途担忧间接造成的吗?或者由于婚礼的日期越来越临近,我清楚地注意到,珀西瓦尔爵士越来越显得浮躁不安,敏感易怒,我的心里从而无形中滋生了这种念头吗?无法说得清楚啊。我知道,自己心里有这个想法——目前这种情况下,这难道不是女人头脑中产生的最最荒诞不经的想法吗?但是,尽管我绞尽脑汁,但还是理不清由来。

最后的这个日子,一切都混乱不堪,一塌糊涂。我如何才能记述它啊?然而,我必须记述。同闷闷不乐地想着自己的心事比较起来,随便干点什么事情都更好啊。

最近以来，我们过于忽略了善良的维齐太太，甚至把她给忘掉了。今天一大早，她无意中引得我们大家心情不愉快。过去的几个月以来，她偷偷地替她的宝贝受照顾者编织了一条暖和的设得兰①羊毛披肩，编织活儿如此精致美丽，令人惊讶，竟然出自一位这样年龄和生活习惯的女性之手。今天早晨，她已经送出了这件礼物。可怜而又善良的劳拉自幼丧母，当她充满爱心的老朋友兼监护人把披肩自豪地披在她肩膀上时，她无法控制住自己的感情。我还没有来得及让她们两个人平静下来，甚至连自己的眼泪都没有来得及擦干，突然间，费尔利先生派人来找我，去当面聆听他详述一大堆安排，全都是为了婚礼当天让他自己保持平静而刻意安排的。

"亲爱的劳拉"要接受他的礼物——一枚拙劣的戒指，上面的饰物不是宝石之类，而是她充满了慈爱之心的叔叔的头发，内侧用法文篆刻着一句毫无新意的格言，什么情投意合，白头偕老之类——"亲爱的劳拉"马上就要从我的手中接受这份情真意切的馈赠，以便见到费尔利先生前，她可能有足够的时间从礼物引起的极度兴奋状态中恢复过来。"亲爱的劳拉"晚上去他那儿作短暂停留，但要行行好，不得哭闹。"亲爱的劳拉"明天早晨要穿婚礼服，再去他那儿作短暂停留，还是要行行好，不要哭闹。"亲爱的劳拉"要在临行前第三次去见他，但不要说什么时候动身，以免惹他伤心，也不要哭——"亲爱的玛丽安，为了表达怜悯之心，为了显示真挚的情感，家庭的温馨，能给人带来快乐和美感的文静娴雅的姿态，这一切的一切，不要哭泣！"到了这样的时刻，他还如此无耻自私地说些无聊的废话，我简直怒不可遏，如果不是阿诺德先生从波利斯丁来了，

---

① 设得兰郡（Shetland）是苏格兰原郡名。设得兰羊毛闻名遐迩。

要我下楼去招呼一下,我准会说出些费尔利先生一辈子都没有听过的难听话来激怒他的。

今天剩下时间里发生的情况难以描述。我肯定,宅邸里没有任何人清楚时间是如何过去的。各种琐事搅和在了一块儿,乱七八糟,所有人都晕头转向。先前被遗忘了的衣服送来了。箱子装好了又打开,接着又装。朋友远近不同,地位各异。他们送来了礼物。我们全都无事瞎忙一通,焦虑不安,等待着明天的到来。尤其是珀西瓦尔爵士,一副心绪不宁的样子,在一个地方待不上五分钟。他急促剧烈的咳嗽比以往任何时候变本加厉,备受折磨。他一整天都进进出出,好像突然间变得好奇起来了,对到庄园来跑差的陌生人都要盘问一番。除上述情况外,我和劳拉还有一件揪心的事缠绕着,即我们明天就要分别。还有一种挥之不去的恐惧感,担心这桩可悲的婚姻可能给她的人生铸成致命大错,给我带来无望的悲哀。我们虽然没开口说出来,但心里时时刻刻就是这么想的。多年来,我们亲密无间,快乐相处。现在第一次,几乎不敢看着对方的脸。我们一致同意,整个傍晚,大家都克制着,不单独在一起说话。我不能再详叙了。无论我将来还要忍受什么样的悲痛,回首往事时,我永远都会把这12月21日看作是我一生中最乏味、最无聊的一天。

劳拉躺在她那张精致洁白的小床上——她从少女时起就睡那张床上——我刚才悄悄地去看了她一眼放回房间来。时间已经后半夜了,我独自一人待在房里书写这些文字。

她躺着,不知道我在看她——她显得很平静,比我期望的还要平静,但没有睡。我凭借着朦胧的夜光看见她的眼睛只是半合着,眼帘上还噙着泪花,晶莹闪亮。我的那件小纪念品——一枚胸针而已——放在床头桌上,旁边还有她的祈祷书和她去哪儿都随身带着的她父亲的小肖像画。我等待了片刻,从枕头后面向下看,她平静地躺着,一条胳膊放在白床单上,轻轻地呼吸着,睡衣上的饰边都未曾动过一下——我在那儿看着她,已经有千百次这样看她了,但以后再也看不到了——然后悄然回到了自己房间。心爱的人啊!你如此富有,如此美丽,却是如此孤独无助啊!唯一能为你奉献终身的男人又远在天边,在这个暴风雨之夜,正在惊涛骇浪的大海上颠簸。还有谁守护着你呢?没有父亲,没有兄弟——再也没有别的人了,只有这位无助无能的女子,怀着无法平息的悲痛,无法消解的疑惑,写着这些伤心的文字,守在你的身边到天明。噢,你明天就被交到那个男人手上了,这是怎样的一种信任啊!万一他辜负这种信任,万一他伤害了她一根头发!

12月22日。七点。一个乱糟糟的早晨。她刚刚起床——时间到了,比昨天看上去气色更好,也更加平静。

十点。她着好了装。我们互相吻别,相互保证决不气馁。我离开了一会儿,到自己房间里去了,思绪一片纷乱,但心里一直萦绕着一个奇怪的念头,即会发生什么事阻止这桩婚姻。珀西瓦尔爵士的心里也萦绕着这个念头吗?我站在窗口望去,看见他在门口的马车间来回走着。我都写了些什么!婚事已成定局。还有不到半小时,我们就要走向教堂了。

十一点。一切结束了。他们结婚了。

三点。他们走了!我哭得泪眼模糊——写不下去了——

三

汉普郡,黑水庄园

1850年6月11日——回顾前六个月——自从我和劳拉彼此分别后,漫长而又孤寂的六个月过去了。

我还要等待多少时日啊?只有一天!明天,也就是12日,旅行的人要回英国了。我简直不知道有多幸福,简直不敢相信,再过二十四个小时,我与劳拉之间的分别就要彻底结束。

她和丈夫整个冬季都待在意大利,随后去了蒂罗尔①。与他们一同回来的有福斯科伯爵和夫人,他们打算在伦敦附近找个地方定居。落实好住处之前,他们夏天要住在黑水庄园。只要劳拉回来了,谁陪她回来都没关系。只要我与他夫人住在一起,珀西瓦尔爵士他乐意让整个宅邸住满客人都可以。

与此同时,我住进了黑水庄园,"这座属于珀西瓦尔从男爵的古老而又引人入胜的宅邸"(该郡的郡志上有如此热情洋溢的描述)——也是平民未婚女子玛丽安·哈尔寇姆未来的住处(这一句是我替自己冒昧加上去的),此时已安稳地坐在这温暖舒适的小起居室里,旁边摆着一杯茶,身边堆着三个箱子和一个提包,里面装着我的全部

---

① 蒂罗尔(Tirol)是欧洲中南部的一个地区,在奥地利西部和意大利北部,坐落在阿尔卑斯山脉的心脏之处,是欧洲最受欢迎的冬夏皆宜的旅游胜地。高达一万英尺的阿尔卑斯山峰与和缓的山谷连成一片,是长达数百年之久的皇家文化和民俗传统的摇篮。

家当。

我前天收到了劳拉从巴黎写来的信,令我喜出望外,昨天便动身离开了利默里奇。我先前不知道,自己是在伦敦与他们团聚,还是在汉普郡。但是,最后这封信告诉了我,珀西瓦尔爵士提议在南安普敦①登岸,然后径直到他的乡间宅邸去。他在国外开销很大,若在伦敦过完这一季,则无钱支付日常费用。于是,从经济上考虑,他决定在黑水庄园平静地度过夏季和秋季。劳拉经受了太多的兴奋与环境变换,所以想到丈夫要节省开支,为她提供了一个静谧安逸的乡间环境,显得很高兴。至于我,同她在一起,住哪儿都高兴。因此,我们大家都很满意,因为这首先满足了我们各自的不同要求。

我昨晚住在伦敦。今天,由于有许多人来看望、交托我办事情,滞留的时间过长,所以,我到天黑以后才到达黑水庄园。

根据我迄今对这儿的模糊印象来判断,它与利默里奇庄园大相径庭。

宅邸坐落在一片沉寂的平地上,好像是掩隐在树木中——在我这个北方人看来,此环境几乎令人窒息。除了替我开门的男仆人和那位礼貌周到的女管家之外——后者又是领我到房间,又是给我端菜,我没有见到任何别人。我有一间精巧别致的小会客室和卧室,在二楼一条很长的过道尽头。仆人的卧室和一些闲置的房间在三楼。起居室全在一楼。我尚未看过任何一间,对这个宅邸不了解,只听说其中一侧有五百年的历史,黑水这个名字来自园里的一个湖。

从宅邸中间的塔楼上传来的钟声怪异可怕,庄严肃穆,刚刚响

---

① 南安普敦(Southampton)是英国南部港口城市,面向英吉利海峡,是重要的客船和集装箱港口城市,也是英国十大港口之一。亦可译为骚桑普顿。

过十一点。我进来时就看见了塔楼。一条大狗在某个角落显然被钟声惊醒了，便凄厉地长吠着，毫无生气地打着呵欠。我听见楼下过道上有脚步声在回荡，还有铁门闩撞击的声音。仆人们显然要睡觉了，我也要学他们的样吗？

不，我没有半点睡意。睡意，我说了吗？我觉得自己再也合不上眼睛了。一想到明天就能见到那可爱的面孔和听见那熟悉的声音，我就兴奋得无法平息。如果我能像个男人那样该多好，我会立刻叫人备好珀西瓦尔爵士的骏马，趁着夜色向着东方策马奔驰，去迎接初升的太阳——接近几个时辰的策马奔驰，路途漫漫，历尽艰辛，步履沉重，绝不停息，犹如大名鼎鼎的大盗狄克·特平[①]当年骑马赴约克郡一样。但我只是一名女子，一生都注定要容忍克制，礼貌得体，严守妇道。我必须尊重女管家的意见，尽量以女性文弱的方式让自己平静下来。

阅读是不可能的事——我无法把注意力集中在书本上。那就让我来书写吧，看能否弄得睡意降临，浑身疲倦。我最近没怎么记日记了。我现在站立在新生活的门槛上，从劳拉结婚之日起已过去了漫长、乏味、空虚的六个月，关于这期间的人和事，境遇和变故，我能回忆起哪些呢？

沃尔特·哈特莱特在我的记忆中最突出。他在我一大串离别的朋友的朦胧身影中站在头一位。考察队在洪都拉斯登岸后，我收到了他寄来的几行文字，信写得比原先要愉快乐观些。一个月或六个

[①] 指英国18世纪臭名昭著的绿林大盗，曾被关押在约克城堡监狱，因为偷马而于1739年被处以绞刑。

星期过后，我看到一份从美国报纸上登出的简讯，说到探险者已启程往内地去的情况。人们最后看见他们走进了一片原始森林，每个人都肩上扛着枪，背上背着行李。从那以后，文明世界就没有了他们的音讯。我也没收到沃尔特寄来的片言只语，公共报刊上也没有登过考察队的任何消息。

关于安妮·卡瑟里克和她的同伴克莱门茨太太的命运如何，我也同样不得而知，真令人沮丧至极。大家都再没有听到过她们二人的任何消息。她们是在国内，还是在国外，是活着还是死了，无人知晓。连珀西瓦尔爵士的律师都已丧失了希望，已下令停止对这两个逃亡女人的追寻。

我们诚挚的老朋友吉尔摩先生已伤心地中止了他的律师职业生涯。初春时，听说他晕倒在办公桌上，结果被诊断是中风，可把我们吓坏了。长期以来，他一直抱怨自己头昏脑涨，沉闷压抑。医生警告过他，说他如果还是像个年轻人一样从早到晚忙工作，后果将十分严重。现在的结果是，医生明确嘱咐他，至少要离开他的律师所一年，改变以往的生活方式，完全让身体得到休息，让心情得到放松。因此，工作全部被交给他的合作人去干。眼下他到德国去了，去走访他的一些因做生意在那儿定居的亲属。这样一来，又一个真诚的朋友、值得信赖的顾问离开了我们——我衷心希望并且相信，离别只是暂时的。

可怜的维齐太太一直跟随我到了伦敦。我和劳拉都离开了利默里奇庄园后，不可能把她一个人孤零零地搁在那儿，于是，我们做了安排，让她同她的一个未婚妹妹住一起。她妹妹在克拉彭①办了所

---

① 克拉彭（Clapham）是伦敦西南部的一个地区，19世纪早期，中产阶级乐于居住在此。

学校。维齐太太打算秋季来这儿探望她的受监护人——我几乎可以说,她的养女。我把好心的老太太安全送到了目的地,把她托付给她的亲戚来照顾,想到再过几个月就又可以见到劳拉了,她很平静,很快乐。

至于费尔利先生,如果我说他因我们女眷都离开了庄园而有说不出的宽心,我相信并不有失公正。如果认为他思念侄女,那才荒谬透顶呢——以前,他习惯了几个月都不想见她的面——至于我和维齐太太,我冒昧地认为,他告诉我们二人说,他看见我们离开心都快要碎了,无异于承认,把我们打发走了,心里暗自喜悦。他最近心血来潮,雇用了两位摄影师不停地给他收藏的所有珍宝古玩拍成照片。准备把一整套照片赠送给卡莱尔实用技术学院。照片裱贴在最精致的纸板上,下方还炫耀地用红字题了签:"拉斐尔的《圣母与圣婴》,弗里德雷克·费尔利先生收藏","提革拉·帕拉萨时期的铜币,弗里德雷克·费尔利先生收藏","伦勃朗孤版蚀刻画,因制版商在此画一角留下独一无二的污迹,故成全欧闻名的'污迹'版,价值三百几尼,弗里德雷克·费尔利先生收藏"。我离开坎伯兰前,已经有好几十幅这样的照片都像上面的一样题了签,还有几百幅有待裱贴。费尔利先生新近有了这么个爱好,挺着迷的,所以,他今后许多个月里将会快快乐乐,而那两个倒霉的摄影师将与他那个迄今为止独自忍受他折磨的男仆一道,共同做出牺牲。

我记忆中占据突出地位的人和事就记述这么多吧。接下来,我心目中占据最重要的地位的人怎么样了呢?我写上述文字的当儿,劳拉的形象一直在我心头涌现。我写完这则日记上床睡觉之前,能够回忆起她过去六个月中的哪些情况呢?

我只能以她的来信为向导，然而，我们通信时能够讨论的所有问题中最重要的那个，她每封信都不谈，让我蒙在鼓里。

　　他善待她了吗？她现在比她婚礼那天与我分别时更快乐些了吗？我给她的每一封信都或多或少地直截了当询问这两方面的情况，只是不断变换方式而已。所有回信都只有在这一点上得不到回答，或者即便回答了，好像我的问题仅仅与她的身体状况有关似的。她再三地告诉我，她身体很好，旅行很愉快。有生以来第一次整个冬天没有患感冒——但找不到片言只语直截了当告诉我，她已经适应了这桩婚姻，现在回忆起12月22日那天的情况时，不再有伤心悔恨的感觉。她在信中提到丈夫的名字，犹如提到一位与她共同旅行并负责安排旅途中一切事务的朋友。"珀西瓦尔爵士"已决定我们当天离开，"珀西瓦尔爵士"已决定我们走这条线路。有时候，她也只写"珀西瓦尔"，但极少——十之八九她都要加上他的头衔。

　　我发现，他的习惯或观点并没有在哪个方面改变或影响了她。一般情况下，一位青春年少、充满活力、敏感伶俐的女子，都会因为婚姻的缘故在心理上产生潜移默化的变化。但是，劳拉身上看不出有任何变化。她领略了奇观异景，写出了自己的印象感受，完全像给别人介绍与我一起而不是与她丈夫一起旅游的情况。我看不出有半点表露他们之间情投意合的意思。即便撇开旅行的话题，转而憧憬自己在英国的生活，她也只是想象着自己作为我妹妹的未来，而绝不谈作为珀西瓦尔爵士夫人的未来。谈论这些事情时，她丝毫没有抱怨的口气，以便向我警示，她的婚姻生活很不幸福。谢天谢地，我看了我们之间来往信件后，并不觉得自己应该得出如此伤心痛苦的结论。一旦我不再把她作为昔日妹妹的角色，而是通过书信，把她当作一位夫人的新角色,我只看到一种令人痛心的麻木和毫无改变的冷漠。换句话说,过去六个月中,写信给我的一直是劳拉·费尔利,而绝非格莱德夫人。

关于她丈夫的性格和作风,她缄口不言,令人不解。但是,在后来的书信中,她偶尔会提及她丈夫的挚友福斯科伯爵的名字,但也同样不置可否。

由于某种未予解释的原因,伯爵和夫人好像到去年秋末才突然改变计划,去了维也纳,而没有去珀西瓦尔爵士指望离开英国后与他们会面的罗马。他们到春天才离开维也纳,然后旅行至蒂罗尔,去见归途中的新郎和新娘。劳拉在信中欣然谈到了与福斯科夫人会面的事,而且向我保证,她已发现姑妈大有变化——做了夫人后比未嫁时文静多了,也通情达理多了——因此,我在这儿见到她时几乎都会认不出她来。但是,关于福斯科伯爵的情况(我关注他远胜过他夫人),劳拉谨小慎微,缄默不语,令人哭笑不得。她只是说,他令她迷惑不解,等到我见了他以后,自己先形成看法,她才会对我谈她对他的印象。在我看来,这对伯爵不怎么友好。比起绝大多数成年人来,劳拉更加完整地保留着儿时那种凭直觉判断朋友的难以捉摸的能力。而如果我认为她对福斯科伯爵的第一印象不佳这种看法没错,那么,我亲眼见到那位杰出的外国人之前,很可能会对他产生怀疑,对他不信任。但是,沉住气,沉住气,这种悬念,还有更多的悬念,都不会持续太久。明天,我的全部疑惑终于要彻底消除了。

钟敲过十二点了,我刚从敞开的窗户边回来,写完这则日记。

这是个万籁俱静、天气闷热、毫无月色的夜晚。星星寥寥落落,暗淡无光。树木挡住了周围的景观，远处漆黑一团，像一堵巨大的石头墙。我听见远处隐约传来呱呱蛙鸣声，大钟敲响过之后，声音仍在沉闷的寂静中回荡。我不知道白天的黑水庄园是怎么个样子？我完全不喜欢其夜间的景致。

12日——调查了解并且有所发现的一天——由于多种理由，比起我先前冒昧期待的情况来，也是更加有趣的一天。

当然，我先参观了这座宅邸。

宅邸的主楼始建于那位被评价得过于崇高的女人的时代，即伊丽莎白女王时代[①]。一楼有两条很长的画廊，平行排列，天花板低垂，面目可憎的列祖肖像，更使画廊平添了几分阴暗和凄凉——如果换了是我，我会把每一幅肖像都烧掉。画廊上层楼上的房间保持得很好，但极少使用。礼貌周到的女管家[②]做我的向导，主动提出带我去看那些房间，却又体贴周到地补充说，她担心我会看到它们乱糟糟的。我注重自己的衣裙和长袜完好无损，远胜过对这个小王国里那

[①] 英国女王伊丽莎白一世（Elizabeth I, 1533—1603, 1558—1603年在位）是都铎王朝的第五位也是最后一位君主。她终身未嫁，被称为"童贞女王"。她在位不但成功地保持了英格兰的统一，而且在经过近半个世纪的统治后，使英国成为欧洲最强大的国家之一。英国文化也在此期间达到了一个顶峰，涌现出了诸如威廉·莎士比亚、弗朗西斯·培根这样的著名人物。形成了独具一格的建筑风格，给后世留下了大量遗产。英国在北美的殖民地亦在此期间开始确立。在英国历史上，女王在位是便被称为"伊丽莎白时期"，亦称为"黄金时代"。

[②] 英国维多利亚时代的女仆有明确的等级和分工，女管家（housekeeper）主要负责雇用和监督女仆以及物品采购，是最高地位的女仆，其出身大都较好。客厅女仆（parlour maid）负责接待访客，因此，女仆的外表是显出雇主威严的代表，故需要外貌好、个子高、柔丽的双手和娴熟的待客技巧，穿着打扮也比其他女仆更加华丽。女主人的贴身女仆（lady's maid）主要负责替主人梳妆打扮，一般出身于上流或中产阶级，给人留下的是淑女形象，完全不用干体力活儿，需要年轻貌美。负责整个家庭的清洁和服务工作的室内（主要指客厅和卧室的活儿）女仆（house maid）是最典型的女仆形象，有等级之分，一般为二等女仆。此外还有做家庭杂务的女仆（maid-of-all-work），（协助厨师和女仆的）杂务女仆（between maid, between girl, between servant），洗衣女仆（laundry maid），厨房女仆（kitchen maid），洗碗女仆（scullery maid），蒸馏室和陶瓷保存工作的蒸馏室女仆（stillroom maid），负责育儿的保姆（nanny）（分乳母（wet nurse）和保姆（dry nurse），育婴女仆（nurse maid），负责教育的女家庭教师（governess）等等。

些伊丽莎白时期风格的卧室的关注，所以，我断然拒绝了去参观楼上那些满是尘埃的领域，以免弄脏我干净漂亮的衣服。女管家说："我很赞同您的看法，小姐。"看起来，她有很长时间没有遇上像我这样通情达理的女人了。

那么，关于主楼就介绍到这儿吧。两边的侧楼是加建的。左边的侧楼（进入宅邸的方位）损坏严重，曾经是一幢独立的住宅，建于14世纪。珀西瓦尔爵士外婆家的一位祖先——我不记得也不在乎那是谁——在上述那个伊丽莎白时代把它垂直地与主楼连了起来。女管家告诉我，行家认为，"老侧楼"的建筑，无论外观还是内部结构，堪称杰作。我经过一番进一步的察看后发现，行家们要运用他们的鉴赏力来欣赏珀西瓦尔爵士的这处建筑古董，首先应该在心理上消除对潮湿、阴暗和耗子的恐惧。在这种情况下，我毫不犹豫地承认，自己根本不是什么行家，于是建议，我们对待这处"老侧楼"应完全像刚才对待那些伊丽莎白时期风格的卧室一样。女管家再次说："我很赞同您的看法，小姐。"她再一次看了看我，对我非凡见识的敬佩，溢于言表。

我们接下来去看看右边的侧楼，建于乔治二世[①]时期，侧楼建成后为黑水庄园复杂的建筑群落锦上添花。

这是宅邸中的居住部分，为了劳拉，内部经过了修缮和装潢。我的两个房间，还有别的精致的卧室在二楼，一楼有一间会客厅，

---

① 乔治二世（George II of Great Britain, 1683—1760）是英国国王和汉诺威选帝侯（1727—1760）。乔治一世与索菲亚·多鲁西亚的独生子，威尔士亲王。1705年，与安斯巴赫的卡洛琳结婚，共育有三个儿子，五个女儿。1727年，乔治一世驾崩后继位为英国国王和汉诺威选帝侯，称乔治二世。政治上得到英国首任首相罗伯特·沃波尔的支持，争取到多数辉格党人和有势力的托利党人对其正统地位的承认。乔治二世一生热爱军事，1743年，在奥地利王位继承战争中的代廷根战役中指挥与法国作战，在失去战马的情况下，步行挥剑指挥战斗，最终以很少的代价赢得了战斗。

一间餐室,一间晨室①,一间图书室,还有一间专为劳拉准备的精巧别致的小客厅——全都经过精巧的装修,富有鲜明的现代特色,里面的陈设一应俱全,都是豪华家具,令人赏心悦目。房间都不像我们利默里奇庄园里那些那样宽敞通风,但看上去很舒适,适宜居住。我先前听到一些关于黑水庄园的传说,因此,非常担心在这儿有坐了容易使人疲劳的老式椅子,阴森森的染色玻璃,肮脏不堪而且散发着霉味的帷幔,还有那些自己不知享受舒适也从不考虑朋友方便的人收集来的粗糙的废旧家具,摆得到处都是。我看到19世纪的时尚已侵入了我这个陌生的未来的家,并一扫我们陈腐的"正统旧时代"的生活方式,这时,我有说不出的欣慰②。

我消磨了上午的时间——一部分耗在楼下的房间里,一部分用在外面的大广场上,广场的三面是房屋,前面有高高的铁栅栏和大门挡着。广场中央是一个大型石砌圆形鱼池,中间耸立着寓言中的铅制怪物。池里游弋着金色银色的鱼,周围环绕着一条宽阔柔软的草地带,我从未见过如此柔软的草。我在阴面的一边漫步,心里很惬意,直到午饭时间。午饭后,我戴上那顶宽边草帽,独自一人外出到温暖迷人的阳光下漫步,去领略宅邸周围的风光。

白天证实了我昨晚的印象,即黑水庄园有很多树。宅邸掩隐在树木中。大都是嫩树,而且栽植得过于密集。我怀疑,珀西瓦尔爵士上一代,整座庄园的树木曾遭受过一次毁灭性的滥伐,其后的主人怒火满腔,而且忧心忡忡,于是,迅速而又密集地在空地上栽满了树。在宅邸的前面,我向四周举目张望,看到左边有个花园,于

---

① 大宅院中用作上午起居以便住户沐浴阳光的房间。
② 玛丽安这里提到的肮脏状况是意味深长的,因为19世纪50年代的英国维多利亚社会,人们特别讲究卫生。

是朝着那边走,看看有什么发现。

走近一看,花园很小,管理得不好。我未加理会,打开大围栅上的一扇小门,进入一片冷杉园。

我沿着一条风光秀丽、蜿蜒曲折的人工小路走向树林中,自己在北方地区生活的经验告诉我,前方将会是一片欧石楠丛生的沙地。我在冷杉丛中约莫走了半英里地,小径突然来了个急转弯,两边的树木没有了。我发现自己突然来到了一片开阔地的边缘,下方是黑水湖,宅邸就是以此来命名的。

我脚下是一片缓缓倾斜的沙地,只有寥寥落落的长着欧石楠的小丘点缀其间,打破其单调的景致。湖面曾经显然延伸到了我现在站立的地方,但后来湖水逐渐低落干涸,面积只剩下原先的三分之一了。我看到,距离我四分之一英里低处静止的湖水生长着盘根错节的芦苇和灯芯草,还有小土墩,结构分割成一个个池塘。对岸又是密密的树林,挡住了视线,树丛在静止的浅水湖面上投下黑色的影子。我向下往湖边走去时,看到对岸的地面松软潮湿,野草丛生,柳树阴森森的。空旷的沙滩上阳光灿烂,靠这边的湖水很清澈,但对岸那边,湖岸松软,灌木丛生,枝叶悬垂,树木繁茂,枝丫盘结,阴影下的湖呈黑色,令人恶心。我走近湖一边的潮湿处,青蛙呱呱地鸣叫着,水鼠在幽暗的湖面上窜进窜出,好像是些活的影子。我在这儿看到一条底朝天的破船残骸,一半露在外面,一半浸在水中。一缕阳光透过树丛的空隙投到船面上,显得很暗淡,一条蛇奇形怪状地卷成一团,阴险狡黠地一动不动,正在那儿舒适地沐浴阳光。远远近近的景色都给人留下单调乏味的印象,令人觉得荒凉寂寞,衰败萧疏。夏日的天空阳光灿烂,太阳照射在这片偏僻的荒野上,似乎还越发使它显得阴郁凄凉。我转身返回欧石楠高地,稍稍偏离了一点儿原先的小径,朝一幢坐落在杉树园边缘的破旧的小木屋走去。在此之前,我只注意空旷荒凉的湖边景色,根本无暇顾及不起眼的小木屋。

走近小木屋,我这才发现,它曾经是个停船棚屋,很显然,有人后来把它改造成了临时凑合着用的纳凉屋,因为里面摆了一把杉木座椅,几个方凳,还有一张桌子。我走了进去,坐下来休息一会儿,缓口气。

我在停船棚屋还未待上一分钟,便突然惊奇地发觉身下有什么东西回应着我急促的呼吸声,真是不可思议。我仔细地倾听了片刻,听到低沉、沙哑、啜泣的喘息声,好像从我坐着的椅子下的地面传来的。小事情一般不大容易令我惊慌失措,但这一次,我吓得跳了起来——惊叫了一声——没有回应——召回我失去了的勇气——然后朝座位底下看。

一条可怜的小狗蹲伏在最远处的角落里,把我吓着的原因找到了——这是一只黑白相间的长毛垂耳短尾矮足小狗,被人遗弃了。我朝它看了看,并且召唤。这时候,小东西发出了微弱的呻吟声,但身子却一动不动。我挪开了椅子,仔细地端详起它来。可怜的小狗目光呆滞,直勾勾地看人,光滑洁白的一侧留下了斑斑血迹。在这个世界上,令人悲痛欲绝的景象很多,但最惨不忍睹的莫过于一只虚弱无助、不会言语的小动物的苦难境遇了。我把可怜的小狗轻轻地抱起来,掀起我衣服的前摆,做成一张临时的小床,让它躺在里面。我就这样抱着它,尽可能不弄痛它,尽快返回到了宅邸。

我看见大厅里没有人,便立刻上楼到自己的起居室,用一条旧披肩给小狗铺成小床,然后摇了摇铃。有位女仆随即来了,女仆中没有比她更高大更肥胖的了,一副兴高采烈而又傻乎乎的样子,让圣人见了都会失去耐心的。看见地板上那只受了伤的小狗,女仆那张肥得走了样的脸笑得龇牙咧嘴。

"看到了什么东西让你这样笑吗?"我怒气冲冲地问,好像她是我自己的女仆一样,"你知道这是谁的狗吗?"

"不知道,小姐,我真的不知道。"她停下了,低头看了看小狗受伤的侧面——突然喜形于色地有了新主意了——指了指伤口,咯咯地发出满意的笑声,然后说,"这是巴克斯特干的,一定是他干的。"

我愤怒到了极点,真想扇她个耳掴子。"巴克斯特?"我问,"你把他叫作巴克斯特的畜生是谁?"

女仆再次龇牙咧嘴地笑了,笑得还更加开心。"愿上帝保佑您,小姐!守猎场的巴克斯特。他一旦发现有陌生狗在周围出没,就会逮住它们,开枪把它们毙了,这是守猎场看护人的责任,小姐。我看这条狗活不了。枪子打在这儿,您看见了吗?是巴克斯特干的,一定是他干的。巴克斯特干的,小姐,这是巴克斯特的责任。"

我心里几乎产生了一股邪念,恨不得巴克斯特枪击的是这位女仆,而不是小狗。我发现,无法指望这样一位冥顽不化的傻女人对我们脚边这条正在受苦受难的小狗提供什么帮助,于是,吩咐她把女管家请过来。她出去了,完全像她进来时一样,笑得咧开了嘴。她关上门时,嘴里轻声地自言自语说:"是巴克斯特干的,这是他的责任——是他干的。"

女管家是个知书达理的人,很会体谅人,上楼时带了些牛奶和温水。看到地板上那只小狗,她立刻大惊失色。

"哎呀，天哪，"女管家大声喊着，"这一定是卡瑟里克太太的狗！"

"谁的？"我问，简直惊呆了。

"卡瑟里克太太的。您好像认识卡瑟里克太太，哈尔寇姆小姐？"

"不认识，但我听说过她。她住在这儿吗？她有了她女儿的消息了吗？"

"没有，哈尔寇姆小姐。她来这儿就是打听消息的。"

"什么时候来的？"

"昨天。她说，听人家说，在我们这一带，有人看见了一位陌生女子，长得很像她女儿。我们这儿倒是没听说过，我派人到村上去替卡瑟里克太太打听，那儿也没人听说。这条可怜的小狗肯定是她来的时候带来的。我看见她走的时候，小狗在她后面一路小跑。我估计小东西在冷杉园里迷了路，因此遭到了枪击。您在哪儿发现的，哈尔寇姆小姐？"

"在湖边的那幢旧棚屋里。"

"啊，对了，是冷杉园旁边。小东西拖着身子挣扎到了最近的避难所，去等死，狗就是这样的。哈尔寇姆小姐，您是否可以用牛奶湿润一下它的嘴唇，我来洗一洗粘在它伤口上的毛。我担心，恐怕太晚了，无济于事，但是，我们还是不妨试一试看。"

卡瑟里克太太！这个名字仍在我的耳畔回响，刚才女管家提到这个名字时仿佛让我大吃了一惊。我们救治小狗的当儿，我想起沃尔特·哈特莱特叮嘱我的话："若是你哪天遇上了安妮·卡瑟里克，可要好好地利用那个机会，哈尔寇姆小姐，别像我这样。"发现了这条受伤的小狗后，我知道了卡瑟里克太太来黑水庄园的事，这件事可能又会导致更多的发现。我决定好好地利用这个机会，尽可能获得更多信息。

"您是说卡瑟里克太太就住在这一带的什么地方吗?"我问。

"噢,不,"女管家说,"她住在威尔明汉①,本郡的另一端,至少有二十五英里地。"

"我估计,您认识卡瑟里克太太有好些年了吧?"

"恰恰相反,哈尔寇姆小姐,昨天她来这儿之前,我从未见过她。当然我听说过她。因为我听说珀西瓦尔爵士慈悲为怀,把她女儿送去治疗。卡瑟里克太太是个举止怪异的人,但外表看上去很体面。她听说有人在这一带看见过她女儿,但当她发现这事毫无根据时——至少我们这儿无人知晓——她看上去很懊恼。"

"我挺关心卡瑟里克太太的事,"我接着说,尽量延长我们之间的谈话,"如果我早点儿来这儿,昨天看见了她就好。她在这儿待了一阵子吗?"

"对啊,"女管家说,"待了一阵子。而且我认为,如果不是有人把她叫走,去同一位陌生的绅士说话,她停留的时间还会更长一些——那位绅士来打听珀西瓦尔爵士什么时候回来。当卡瑟里克太太听见女仆告诉我客人的来意时,她立刻就起身离开,临别时对我说,没有必要把她来这儿的事告诉珀西瓦尔爵士。我觉得说这样的话很奇怪,尤其是这话又是对我这样一个管事的人说的。"

我也觉得这话说得很奇怪。珀西瓦尔爵士在利默里奇曾令我相信,他和卡瑟里克太太彼此绝对信任。如果情况果真如此,那她为何心神不宁地要把自己来黑水庄园的事向他隐瞒着呢?

"说不定,"我发现女管家在等待我就卡瑟里克太太临别说的话

---

① 这是作者虚构出的一个地名,但在本书中频繁出现。

发表我的看法，便说，"说不定，她认为，把她来这儿的事告诉了珀西瓦尔爵士，令他想到她失踪的女儿仍无音讯，这样可能令他无谓地烦恼。有关这个话题，她谈了很多吗？"

"很少，"女管家回答说，"她主要谈珀西瓦尔爵士的事，问了一大堆问题，什么他在哪儿旅行啊，他的新婚夫人怎么样啊。对于在这一带没有找到她女儿踪迹的事，她好像更多的是烦躁和懊恼，而不是伤心难受。'我不管她了，'我记得她最后是这么说的，'我不管她了，太太，就当她没啦。'说完就又把话题转到格莱德夫人身上，想知道她是不是一位美丽和蔼的太太，是不是贤淑端庄，年轻健康——啊，天啦！我就知道会是这个样子的。您看吧，哈尔寇姆小姐！可怜的小东西终于解脱苦难了！"

小狗死了。就在女管家"贤淑端庄，年轻健康"的话音刚落，小东西发出微弱啜泣的叫声，四肢突然痛苦地抽搐了一下。这种变化突然得惊人——转眼间，小东西就在我们手上无声无息了。

八点钟。我刚一个人孤单地在楼下吃了晚饭回房。从窗口望去，落日映照在荒野的树林上，一片火红。我又开始埋头翻阅自己的日记，以便平息我因等待旅行者归来而变得焦躁不安的心情。按照我的估计，这会儿他们早该回来了。黄昏的沉寂中，宅邸显得多么寂寥冷清啊！噢，天哪！要等多久我才能听到马车轮滚动的声音，才能直奔楼下与劳拉拥抱啊？

可怜的小狗，我真不希望到黑水庄园第一天就与死亡沾边——即便死亡只是一只迷途的小动物也罢。

威尔明汉——我回过头来阅读自己这些私人日记时发现，威尔明汉是卡瑟里克太太居住地的名字。她的那封函还在我手上呢,就是珀西瓦尔爵士敦促我写信去询问关于她不幸的女儿的事时,她回复的那封短信。最近哪一天,我找到合适的机会就带上这封短信作为介绍,去见卡瑟里克太太,看能不能了解到点什么。我不理解,她为何来了这儿,而要瞒着珀西瓦尔爵士,不让他知道。但是,我根本不像女管家那么肯定,她女儿没有到过这一带。情况如此紧急,沃尔特·哈特莱特会怎么说呢?可怜亲爱的哈特莱特啊!我开始意识到自己需要坦诚的建议和积极的帮助。

想必我听到什么了吗?是楼下杂乱的脚步声吗?是的!我听见了马蹄声——亲爱的宝贝劳拉终于回来了!

四

6月15日——他们回来时引起的混乱局面已经平息下来了。旅行者归来已有两天,这期间足已使黑水庄园的生活状况调整得井然有序。我现在多少又可以像以往那样镇定泰然地记我的日记了。

我觉得,自己首先必须把一种奇特的想法记下来,那是劳拉回来之后在我头脑中形成的。

两位家庭成员或亲密无间的朋友分离,一位去了国外,一位留在老家。当两个人重逢时,外出旅行归来的那位亲人或朋友,似乎总会把留在家里的那个置于令人痛苦的不利地位。一位热切地接受了新的思想观念和行为习惯,另一位却被动保留着旧有的思想观念和行为习惯，这两种情形的突然相遇最初似乎会打破最至爱的亲人和最深情的朋友间的情感交融，突然产生出一种双方不曾预料的但又是无法控制的陌生感来。我与劳拉重逢所带来的最初快乐过后，我们手拉着手坐在一块儿，平心静气地交谈，随后，我立刻就有了这种陌生感，而我看得出来，她也有。我们现在已恢复了过去的习惯了，陌生感已部分消失，可能不久以后就会全部消失的。但是，既然我们又在一起生活，那它肯定影响了我对她形成的最初印象——仅就这个原因，我认为可以在这儿提一提。

她发现我一点儿没变，但我却发现她变了。

她容貌变了，而且从某一方面来说，性格也变了。我不能绝对地说，她不如过去美丽，只能说，在我看来她不如过去美丽。其他人不以我的眼光和记忆去看她，或许觉得她变美了。脸上比过去气色更红润，神情更果断，轮廓更丰满。身材更加结实了，举手投足也比做姑娘的时候更加沉稳自如了。但我端详她时，还是发现少了东西——曾经属于劳拉·费尔利幸福快乐、无忧无虑生活的东西，在格莱德夫人身上找不到了。曾几何时，她的脸上充满着美丽，那是青春活泼、文静娴淑的美，那是变幻无穷的而又永不消逝的娇柔的美，那魅力无法用语言来形容——或者，用可怜的哈特莱特的话来说，也无法以绘画的形式来展示。这些都没有了。她回来的那天晚上，我们的重逢使她激动不已，脸色变得苍白，这时我觉察到那种美稍纵即逝，但后来就再没有出现过了。她写给我的所有的信都未曾向我透露过她容貌上有变化。相反，来信让我觉得，她结婚后至少容貌没有改变。也许是我先前误解了她来信的意思，而现在又误解了她的表情？没关系！在过去的六个月中，她的美丽是增加了，还是减少了，无论哪种情况，这次分别已使她对于我比任何时候都更加宝贝了——无论如何，这也是她婚姻带来的一个好结果吧！

第二个变化，就是我注意到的她性格上的变化，这并不令我吃惊，因为我有思想准备。在这方面，她写信的笔触已经流露了。她现在回来了，我发现，她依旧像我们分别期间只能通过书信来交流那样，闭口不谈婚后生活的任何细节。只要我一提这个忌讳的话题，她就会用手挡住我的嘴唇，那神态、那动作是那么令人同情，令人痛心，让我回想起了她的少女时代和那已消逝的幸福时光，那时，我们之间毫无秘密可言。

"无论什么时候，我们两个人在一块儿，玛丽安，"她说，"如果我们对我的婚姻生活顺其自然，尽量少谈少想它，我们都会更加快乐，更加安心。"她一面紧张不安地把我腰带上的扣子扣上又打开，一面接着说："亲爱的，如果我的秘密能够就此结束，我倒是会把关于我的一切都告诉你的。但不能结束——我的秘密还会牵扯到我丈夫的秘密，而现在我已经结婚了，我想为了他，为了你，也为了我，最好不谈这个。我并不是说它会令你伤心难受，或者令我伤心难受——我绝不是那个意思。但是——现在你又回到了我身边，我想幸福快乐，我也想要你幸福快乐——"她突然打住了，朝房间四周看了看，我们可是在我的起居室里谈话。"啊！"她叫喊了一声，拍了拍手，因突然想起来了什么，脸上露出了灿烂的笑容，"又发现了一个老朋友！你的书架，玛丽安——你那宝贝的简陋的旧椴木小书架——你把它从利默里奇带来了，我真高兴！还有下雨天你老撑着去散步的那把丑陋笨重的男式雨伞！还有最最重要的，你这张像吉卜赛人一样的脸,这么亲切可爱,呈浅黑色,透着灵气,还像过去一样看着我!在这儿像是又回到了家。我们怎么样才能把它装点得更像老家呢?我要把从利默里奇带来的小宝贝儿都放到这儿来——我们每天在这儿度过一个又一个时辰,有四面亲切的墙壁围着我们。噢,玛丽安!"

她说着,突然坐到我膝边的一张方凳上,态度诚挚地仰视着我的脸。"答应我,你永远不嫁人,不离开我。这样说很自私,但独身的生活更幸福——除非——除非你对丈夫笃爱缠绵——但你除了对我不会对任何人情深意长的,对吗?"她又停住了,把我的手交叉在膝上,然后把她的脸贴在上面。"你最近写了很多信,也收到了很多信吧?"她问,声音低沉,语调也突然变了。我明白她这个问题的含义,但我认为我有责任不去鼓励她。"你收到了他的信吗?"她继续问,她的脸还贴在我手上,吻了我的手,想引得我不在意她这样直言不讳地提问题。"他身体好、生活幸福、工作顺利吗?他已经恢复了常态吗?把我忘记了吗?"

她不应该问这些问题。她应当记住那天上午珀西瓦尔爵士使她遵守婚约时,把哈特莱特的写生画册永久交托给我时,她是下定了决心的。但是,啊,天哪!完美无缺,面对决心,能够义无反顾,没有须臾的反悔,这样的人哪儿有呢?把出于真正的爱情、曾经铭刻在自己心目中的形象彻底摧毁,这样的女人又哪儿有呢?书本上告诉我们世上有这种超凡脱俗的人——但我们自身的经历又是怎样回应书本的呢?

我没有规劝她,也许是因为我对她这种无所畏惧的坦诚态度由衷地欣赏,她的态度让我明白,别的女人处在她的地位可能会有理由向甚至是她最亲密的朋友隐瞒自己的想法——也许是因为，我自己扪心自问，处在她的位置，也会提出同样的问题，会有同样的想法。我真正能做的就是告诉她，我最近没有写信给他，也没有收到他的信，然后把谈话引向其他无关紧要的话题。

我们的谈话很令我伤心——这是她回来之后，我们的第一次推心置腹的谈话。我们之间的关系由于她的婚姻有了变化，我们之间生平头一回有了这么个忌讳的话题；她那些勉强说出的话使我心里忧郁不安，确信她和丈夫之间根本不存在热烈的感情，也没有心心相印的感觉；令人痛苦难受地发现，那注定没有结果的恋情的影响仍然跟以往一样在她心中深深地扎着根（不管多么纯洁，多么没有恶意）——所有这些内情定会令任何一个像我这样关爱体贴她的女人为之痛心疾首的。

与上述情况相对应的只有一种慰藉——应当令我感到安慰，也确实使我感到了安慰。她娴雅温柔的性格，坦诚深情的天性，曾使每一位接近她的人都喜爱她的和蔼纯真的女性魅力，这一切的一切都又随她回到了我身边。对于其他印象，我有时会产生一点点怀疑，但对于最后这最美好最快乐的印象，我却越来越深信不疑。

现在，让我把话题从她身上转向她的旅行同伴吧。我首先应当注意她丈夫。自从珀西瓦尔爵士回来之后，我从他身上发现了什么能够使我对他产生好感的吗？

我不知道如何表达。他回来后似乎被一些小事困扰着，所以烦恼不断。在这种情况下，谁也进入不了最佳状态。在我看来，他看上去比出国前要消瘦一些。他那令人厌烦的咳嗽和使人不舒服的骄躁情绪变本加厉了。他的态度，至少对我的态度——比以前更加生硬。回来的那天晚上，他与我打招呼时，没有先前那种客套和礼貌——没有了礼貌的表示欢迎的言辞——见到我也没有露出特别高兴的表情——只是短促地握了握手，生硬地说了"您好，哈尔寇姆小姐——很高兴又见到您了"。他好像是把我当作黑水庄园一件必不可少的附属物接受下来的，满意地发现我被安顿在适当的位置后，就完全把我搁置在一边了。

大多数男人在别处隐瞒起来的个性，在自己的家里总是会表现出来，珀西瓦尔爵士表现出了爱整洁的怪癖，就我过去对他的性格了解而言，这属于一个新的发现。如果我从图书室里取了一本书，然后把它遗忘在了桌上，他会跟在我后面把书放回原处。如果我从椅子上起身，椅子还留在我坐的地方，他会小心翼翼地把椅子搬回到原先靠墙的地方。他会拾起散落在地毯上的花瓣儿，嘴里还会不满地自言自语，好像它们是闷燃的木炭，会在地毯烧出一个个洞来似的。如果桌布打了皱，或者餐桌本来的位置上少了一把小刀，他会冲着仆人大动肝火，好像他们侮辱了他的人格。

我前面已提到了，他回来后一直被一些小事困扰着，所以烦恼不安。我发现他态度变得不如从前，大概就因为这个吧。我竭力使自己相信，情况就是如此，因为我还不想急于对前途丧失信心。一个男人长期离家之后，脚刚一迈进家门，就被烦人的事困扰，这对他的脾气着实是个考验，而这种烦人的情形真的当着我的面就发生在珀西瓦尔爵士身上。

他们回来的那天晚上，女管家跟随我到客厅去迎接她的男女主人和他们的客人。珀西瓦尔爵士一看见她，便问最近是否有人来过。女管家就把先前她向我提过的那件事告诉他，说有个不认识的先生来过，来打听主人的归期。他立刻追问那位先生的姓名。没留下姓名。先生是干什么的？没说干什么的。先生什么模样？女管家极力描绘了一番，但还是说不出长相特征，有助于她的主人辨认出这位无名氏是谁。珀西瓦尔爵士紧锁着眉头，气愤地在地板上跺着脚，谁也不理就往里屋走去。为什么他会为一件小事这么不冷静，我说不上来——但毫无疑问，他已被弄得心烦意乱。

总的来说，他眼下显然为一些揪心的事暗自烦恼着，不管是些什么事，在他有时间摆脱掉这些事之前，我最好还是先不要对他在家里的态度、言语和行为妄下结论。我要翻开新的一页，我的笔要暂停记述劳拉的丈夫的事了。

下面我要描述这两位客人的情况——福斯科伯爵和夫人。我先叙述伯爵夫人，这样可以尽快把这个女人的事介绍完。

劳拉写信给我时说，我与她姑妈见面时，恐怕认不出她来，此话绝非言过其实。婚姻在福斯科夫人身上产生的变化，过去我在任何女人身上都未见过。

她还是埃莉诺·费尔利时（当时三十七岁），总是自命不凡，喋喋不休，满口胡言，使出一个虚荣愚昧的女人的浑身解数，对长期受苦受难的倒霉男人进行种种无聊的苛求挑剔。成了福斯科夫人后（四十三岁），她冷酷僵化，举止怪异，一个人坐着，几个小时不说一句话。原先垂在脸两边的卷曲发绺，丑陋不堪，滑稽可笑，现在取而代之的是又硬又短的小发卷，就是老式假发上我们看到的那种。头上戴了顶朴素无华、体现女性庄重的帽子，从我记得她起，这是她第一次看上去像个高雅体面的女人。没人（当然不包括她丈夫）现在从她身上找得到过去的影子——我指的是女性锁骨与肩胛骨以上那部分的骨骼结构。她身着素净黑色或灰色的外套，领子高高地裹着脖子——没出嫁的时候，若一时冲动，她会针对这种服饰予以嘲笑或者尖声大叫——她不言不语地坐在角落里，那双干燥白皙的手（干燥得连皮肤上的毛孔都像一层白垩粉）一刻不停地忙着，或干着单调乏味的针绣活，或没完没了地替伯爵卷着特殊的小烟卷儿。很少有那么几回，她那双冷冰冰的蓝眼睛没有注意手上的活儿，这时，眼睛通常是在看她丈夫，目光中透着默默顺从地探询的神色，这种目光我们大家都很熟悉，那就是一条忠实的狗看人时的目光。我只有一两次察觉到，她那坚冰严封的外表下有融化的迹象，那就是对家里的某个女人（包括女仆）表露出抑制不住的凶悍和妒忌，就因为伯爵对她说了话，或者看她时流露出某种特别的兴趣或关注。除了这种特殊情况之外，不论早晨、中午还是晚上，不论在室内还是室外，不论天气好还是坏，她总是像一尊雕像那样冷冰冰的，像用来雕像的石头那样无法穿透。从一般的社交意义来说，发生在她身上的这种变化无疑是一种有益的变化，因为这使她变得娴淑礼貌、不多言语、不干涉他人。她实际上是变好了，还是变坏了，这是另一个问题。有那么一两回，我看见她紧抿的嘴边突然表情异样，听见她平和的嗓音也突然变了调，这令我怀疑，她眼下这种压抑的状态可能封锁住了她天性中的某些危险因素，而这些因素在她过去的生活中总可以自由无害地释放出来。我这样想也许完全错了。然而，我自己觉得我是对的。时间可以证明。

还有那个成就这一奇妙转变的魔术师——那位外国丈夫，是他把这样一位曾经骄横任性的英国女人驯服得连她的亲属都认不出她来了——就是伯爵本人。伯爵是个怎样的人呢？

可以这样概括：他看起来是个能够驯服所有人的人。如果娶了只母老虎，而不是个女人，他定能驯服这只母老虎。如果他娶了我，我就得像他妻子一样替他做烟卷儿——当他看着我时，我就得像她那样缄默不语。

即使在这不为外人知道的日记中，我都害怕承认这一点，即这个男人引起了我的兴趣，他吸引了我，使我不得不喜欢他。在这短短的两天里，他已经赢得了我的好感了——而至于他是如何成就这一奇迹的，我可说不上来。

他现在在我的心目中，形象是那样的清晰可见，这真令我无比吃惊啊！珀西瓦尔爵士，或费尔利先生，或沃尔特·哈特莱特，或者任何不在我身边但我能想得到的人，其形象都不如他的清晰，只有劳拉除外！我能听见他的声音，仿佛此时此刻他正在跟我说话。我记得他昨天谈话的内容，就像此时我正在听一样清楚。我怎么来描述他啊？他的外表相貌，行为习惯，娱乐方式都与众不同，这要是出现在别的男人身上，我准会以最唐突无礼的言辞去诋毁，最冷酷无情的方式去嘲笑。而出现在他身上，是什么力量使我无法对其进行诋毁或嘲笑呢？

比如，他人很胖。在这以前，我总是特别讨厌胖子。我一向坚持认为，那种把体态格外臃肿与脾气格外温和两者不可分割地联系在一起的流行看法无异于说，要么只有和蔼友善的人才会发胖，要么身上多长了几磅肉，就会对这个人的性情产生直接的有益影响。我总是引用一些实例来驳斥上述两种荒诞不经的观点，即胖人也会像他们最瘦最坏的同胞一样：刻薄自私，道德沦丧，凶残狠毒。我问,亨利八世①是不是品格和蔼友善,教皇亚历山大六世②是不是个好人,杀人犯曼宁先生和曼宁夫人③是不是出奇的胖子?那些雇来的保姆,全英国众所周知的凶残狠毒之辈,其中大多数不都是全英国最肥胖的女人吗?等等,一大堆例子,有现代的和古代的,有国内的和国外的,有上层社会的和下层社会的。此时此刻,我仍不遗余力地坚持上述有说服力的看法,但是,现在面对福斯科伯爵,他胖得像英国的亨利八世一样,却在一天内就赢得了我的好感,而他臃肿的躯体并未起什么阻碍作用。真是不可思议啊!

是他那张脸起了作用吗?

可能是他那张脸。他长得同拿破仑大帝出奇地像。五官像拿破仑一样端正帅气:他的表情让人联想到那位伟大军人脸上那种庄重稳健、刚毅坚定的气势。这种鲜明的相似显然从一开始就给我留下了印象。但除此之外,还有其他因素给我留下了更深刻的印象。我觉得,我现在极力要找到的那种影响来自他的眼睛。那是一双我所看见过的最深不可测的灰色眼睛。那眼睛时而闪现出冷漠、明亮、美丽、无法抗拒的光芒,迫使我朝他看,可看时又令我产生畏缩的感觉。他的脸部和头部的其他部位亦有奇异的特征。比如肤色,白皙中略呈浅黄,独具特色,与他深褐色的头发极不协调,所以我甚至

---

① 亨利八世(Henry VIII,1491—1547)是英格兰亨利七世的次子,都铎王朝第二任国王,1509年4月22日继位。他也是爱尔兰领主,后来更成为爱尔兰国王。亨利八世为了休妻另娶新皇后而与当时的罗马教皇反目,推行宗教改革,并通过一些重要法案,容许自己另娶,并将当时英国主教立为英国国教会大主教,使英国教会脱离罗马教廷,自己成为英格兰最高宗教领袖,并解散修道院,英国王室的权力因此达到顶峰。他在位期间,把威尔士并入英格兰。亨利八世曾经有过六次婚姻,其中有两任妻子被其下令斩首。
② 教皇亚历山大六世(Pope Alexander VI,1431—1503)是西班牙籍教皇,出身贵族,极ង荒淫,1492—1503年在位,曾为葡萄牙和西班牙划定扩张殖民势力分界线的"教皇子午线"。
③ 1849年,曼宁先生和曼宁夫人因犯谋杀罪而被处死,本案是当时最轰动英国社会的一个谋杀案。

怀疑那是假发。虽然（据珀西瓦尔爵士介绍）他已年近六十，但他刮得干干净净的脸比我的还要光滑，更少斑点和皱纹。然而，我认为，这并不是使他显得与我所看见的其他男人不一样最显著的相貌特征。就我目前的看法而言，使他与众不同的显著特征完全是他眼中的那种独特的表情与魅力。

他的举止态度和他运用我们语言的能力也在一定程度上有助于他赢得我的好感。他倾听女士讲话时，总是毕恭毕敬，性情温和，聚精会神，兴致勃勃。他同女士说话时，声音中透着奇妙的温柔，可以说，这是我们中谁也抵挡不住的。这时，他非凡的运用英语的能力也必定帮上他的忙。我常听说，意大利人在熟练掌握我们生硬的北方语言时显示出超凡的能力，但是，在我见到福斯科伯爵之前，我压根儿没想到外国人竟能说英语说到他那种水平。有时候，人们几乎无法从他的语言上判断出他不是英国人。而至于流利程度，极少地道的英国人能像伯爵那样表达时少有停顿和重复。他组织句子时可能多少带点外国式，但我从未听到过他用错词语，或者遣词时有片刻的犹豫。

这个奇异的人身上所表现出的各种细微的特征既别具一格，引人注目，又矛盾重重，令人费解。他虽然躯体肥胖，年岁已高，但行动起来却轻捷灵巧，从容自然。他待在房里可以像我们女人一样悄无声息，更有甚者，他外表看上去明显让人觉得意志刚强，精力旺盛，但他实际上像最脆弱的女人一样，情绪不安，高度敏感。听到了意外的声响，他也会像劳拉那样难以克服地吓得突然跳起。昨天珀西瓦尔爵士打一条小狗时，他皱眉蹙眼，浑身发抖，所以自己与伯爵比较，我为我缺乏柔情与敏感而羞愧。

联系到上面这件小事，我想起了他的一个我尚未提到的最古怪的特点——他异乎寻常地喜爱宠物。

他把一部分宠物留在了欧洲大陆，但仍把一只鹦鹉、两只金丝雀和一窝小白鼠带到这宅邸来了。他亲自动手满足这些奇特小宝贝的各种需求，还把这些小宝贝调教得令人吃惊地喜爱他，亲近他。那只鹦鹉对别的任何人都是那么凶狠阴险、缺乏信任，可对他似乎是百分之百地爱。当他把它从鸟笼里放出来时，它就跳落在他膝上，一路爬上他那硕大的身躯，以最最亲昵的方式用自己的冠毛抚摩着他略呈黄色的双下巴。他只要把金丝雀的笼门一打开，召唤它们，两只训练有素的可爱小精灵马上就会无所畏惧地落在他手上，只要他冲着它们喊一声"上楼"，它们就一前一后地攀上他伸出的肥胖的手指。待它们爬到手指顶峰时，便兴高采烈地引吭高歌起来。他的小白鼠则住在他自己亲自设计制作的彩色宝塔形铁丝笼里。它们差不多也跟金丝雀一样驯服温顺，也像金丝雀一样，常常被放出来。它们在他身上满处乱爬，时而在西装背心里钻进钻出，时而露着雪白的身子成双成对地端坐在他宽阔的肩膀上。他钟爱白鼠胜过其他宠物，时而冲着它们微笑，时而亲吻它们，时而用各种亲昵的名字呼唤它们。可以假设一下，如果一个英国人有诸如此类的孩子般的兴致和娱乐爱好，而这个英国人肯定会因此而难为情，并且会在成年人面前迫不及待地道歉一番。但是，面对他自己硕大的块头与弱小的宠物之间形成了令人吃惊的反差，伯爵显然一点儿也不认为有什么滑稽可笑之处。他会当着一大群英国猎狐者的面亲切温柔地吻他的小白鼠，对着他的金丝雀叽叽喳喳地讲话，而当他们对着他哈哈大笑时，他只会对他们表示惋惜，说他们粗野残暴。

我把这些记述下来时，似乎很难令人置信，但它们却是真实无疑的。这个人，像一位老处女一样，对他的鹦鹉倾注满腔喜爱，摆弄小白鼠时，像拉手风琴的人一样，动作灵巧娴熟。同是这个人，当受到什么事感染时，能大胆表述自己独到的见解。他博览群书，通晓各种语言。他见多识广，涉足欧洲一大半国家首都的社交场所。这一切都使他在文明世界的任何聚会上卓尔不群，成为令人刮目相看的人物。这位金丝雀的训练者，白鼠宝塔形小屋的建筑师，（据珀西瓦尔爵士亲口告诉我）是目前世界健在的一流实验化学家之一。他完成了许多令人称奇的发明，其中包括尸体僵硬法，使它硬得像大理石，便于永久保存。这个胖乎乎、懒洋洋的老头，神经这么敏感，偶尔一点声响都会吓得跳起来，看到一条家养的长毛狗遭鞭打都吓得畏缩不前，他到这儿后第二天早晨就进了马厩，把手放到一条拴着铁链的猎犬头上——那畜生凶狠得很，连喂食的马夫都不敢靠近它。他夫人和我在场，下面情景虽然短暂，但我不会很快就忘记的。

"小心那条狗，先生，"马夫说，"见人就会扑上去！""它见谁都扑上去，我的朋友，"伯爵平静地回答说，"那是因为谁都害怕它。我们瞧瞧它是不是向我扑来。"他伸出略呈浅黄的白胖手指，放在那凶狠的畜生头上，十分钟前手指上还落过金丝雀呢，直勾勾地盯着它的眼睛看。"你们这些大狗全是胆小鬼，"他轻蔑地对那畜生说，他的脸离狗的脸就只有一英寸的距离，"你就会咬死一只可怜的小猫，你这该死的胆小鬼。你就会扑向一个挨饿的乞丐，你这该死的胆小鬼。任何被突然吓着的东西——任何害怕你硕大的身躯、你邪恶的白牙、你淌着口水的嗜血大口的东西，都是你攻击的目标。此时此刻，你可以咬住我的脖子呀，你这卑鄙可怜的东西，而你连看都不敢朝我脸上看一眼，因为我不害怕你。你可不可以改变主意，在我肥胖的脖子上试一试你的牙齿呀？呸！你不敢！"他转过身，朝着院子里惊呆了的人哈哈大笑起来，而那条狗则乖乖地溜回窝里去了。"啊！我高级的西装背心！"他可怜兮兮地说，"真后悔来这儿，那畜生的口水都沾到我的背心上了。"这话又暴露了他的另一个令人匪夷所思的怪癖。他喜爱高级衣服，简直到了如痴如醉的地步。他在黑水庄园才住了两天，就已换了四件华贵的西装背心了——全都是耀眼炫目的浅颜色，连穿在他身上都显得太宽大。

如同他独具一格、充满矛盾的性格，以及充满了孩子气的兴趣与爱好一样，他表现在小事情上的机敏与聪慧也格外引人注目。

我已看出，他打算在此逗留期间同我们所有的人友好相处。他已明显注意到，劳拉心里不喜欢（我就此追问了她之后，她承认了）——但他也发现，她非常非常爱花。无论何时，她想要一束散发着芳香的鲜花，他就亲自采撷整理一束送给她。令我觉得很有趣的是，他总是很有心计地预备了双份，花的品种也一模一样，捆扎的方式也完全相同，送给他的夫人，以便在她觉得受了很大的委屈之前，去抚慰她那颗冷若冰霜的外表下充满妒忌的心。他（在公共场合）对待夫人的态度也是一大奇观。他朝她鞠躬，习惯称她为"我的天使"，用手指举着金丝雀去看她，对着她唱歌。当她把烟卷递给他时，就会吻她的手，他会从衣袋的盒子里取出糖果戏谑地放进她嘴里作为回报。那根用来管制她的铁棒都从不当众拿出来——那是属于私人用的棒子，一直藏在楼上。

他向我展示自己的方式却完全不一样。他跟我说话时既严肃认真又理智得体,好像把我当男人看,使我的虚荣心得到了满足。对啊!我离开他后,就明白他的用意了,当我回到楼上自己的房间来想起他时,我知道他是在满足我的虚荣心——然而,当我下楼去,又跟他待在一起时,他又会糊弄我,使我的虚荣心再次得到满足,好像我根本没有识破他似的!每日每时,他能够控制我,就像控制他的夫人和劳拉,控制关在马厩里的猎犬,控制珀西瓦尔爵士本人一样。"我的好珀西瓦尔啊!我喜欢您英国式的粗犷豪放!""我的好珀西瓦尔啊!我欣赏您英国式的一丝不苟!"针对他女人气的爱好和娱乐方式,珀西瓦尔爵士会言辞刻薄地评说一番,可他总是用这种方式平静地把这些评论挡开——总是唤从男爵的教名,带着平静得不能再平静的威严向他露着微笑,轻轻地拍拍他的肩膀,像一个慈父容忍他桀骜不驯的逆子一样,对他宽容友善。

我对这个怪异而又奇特的人产生了抑制不住的兴趣,因此,我向珀西瓦尔爵士打听他的过去。

关于他的过去,珀西瓦尔爵士要么知道得不多,要么他不愿告诉我很多。他与伯爵的初次见面是在许多年前的罗马,当时情况危急,这一点我在前面已提及。从那以后,他们便常常相聚在伦敦、巴黎和维也纳——但再未在意大利。令人奇怪的是,伯爵多年从未跨进自己祖国的国界。兴许他受过什么政治迫害吧?不管怎么说,他好像充满了爱国的热情,每当有他的同胞来英国,他都热切地要跟人家见面。他到达这儿的当晚,就打听离这儿的城镇有多远,那儿是不是有我们认识的意大利绅士居住。他肯定与欧洲大陆的人有书信往来,因为他信上的邮票五花八门,今天早晨我就看到一封寄给他的信放在早餐桌他的位置上,上面盖了个很大、看上去像官印的邮戳。大概他与他的政府有通信联系吧？然而，这又与我原先认为他可能是政治流亡者的想法不一致。

关于福斯科伯爵的情况我已写得够多了啊！但写这一切有何用呢？可怜的好吉尔摩先生会以固执而又讲究实效的态度这样问。我只能重复，我确切无疑地感觉到，虽然才这么短时间的接触，我对伯爵产生一种半情愿半不情愿的好感。他似乎确立了对我的支配地位，如同他获得了对珀西瓦尔爵士的支配地位一样。虽然珀西瓦尔爵士有时对他的胖子朋友态度不太注重礼节，甚至粗鲁，但我看得清楚明白，他还是害怕严重冒犯伯爵的。我不知道我自己是不是也害怕，可以肯定，我生平从未遇到一个这样不愿与其为敌的男人。是因为我喜欢，还是因为我害怕呢？Chi sa?[①] 正如福斯科伯爵会用意大利语问的。谁知道呢？

16日——今天，除了我自己的想法和感受外，还有一些情况要记述。有位客人来了——我和劳拉都不认识，显然也是珀西瓦尔爵士不曾料到的不速之客。

我们都在配有通向露台的新落地窗的房间里用午餐，而伯爵正一脸严肃地要第四个果馅饼，把我们大家都逗乐了（除了寄宿学校里的女生，我还从未看过有哪个人像他那样狼吞虎咽地吃糕点的）——仆人突然进来通报说，有客人来了。

"梅里曼先生刚到，珀西瓦尔爵士，他希望马上见到您。"

珀西瓦尔爵士听后怔了一下，看了看仆人，露出气愤和惊慌的神色。

---

① 原文为意大利语，意为"天知道"。

"梅里曼先生?"他重复了一声,以为自己听错了。

"对,珀西瓦尔爵士,梅里曼先生从伦敦来。"

"他在哪儿?"

"在图书室,珀西瓦尔爵士。"

听到最后一句回话后,他立刻离开了餐桌,没对我们打一声招呼就匆匆离开了房间。

"梅里曼先生是谁?"劳拉向我询问。

"我一点都不知道。"我只能这样回答。

伯爵吃完了第四个果馅饼,然后走到墙边桌跟前,照看他凶狠的鹦鹉。他转身向着我们,肩膀上站着那只鸟。

"梅里曼先生是珀西瓦尔爵士的律师。"他平静地说。

珀西瓦尔爵士的律师。我直截了当地回答了劳拉的问题。但是,在那种情况下,这样回答不能令人满意。如果梅里曼先生是他的当事人特地叫来的,那他离城前来赴命,也没有什么值得大惊小怪的。而当一位律师未受召唤便从伦敦来到汉普郡,来到一位绅士的宅邸而令这位绅士大吃了一惊时,毫无疑问,这位律师客人显然带来了非常出人意料的消息——要么是好消息,要么是坏消息,但无论是哪一种,绝不是日常琐事。

我和劳拉在桌边坐了一刻多钟,默然不语,心里忐忑不安地思忖着,到底发生了什么事,等待着珀西瓦尔爵士随时匆匆返回。看起来,他不会回来了,于是,我们起身离开了房间。

伯爵还跟往常那样殷勤周到,他从刚才给鹦鹉喂食的一角走过来,鸟还站立在肩膀上。他替我们把门打开。劳拉和福斯科夫人先出去。就在我正要跟在她们后面出门时,他向我打了手势。我还未从他身边过去，他便怪模怪样同我说话。

"不错，"他平静地回答了我当时心里并未表达出的问题，好像我用许多话向他清楚地表述过似的，"不错，哈尔寇姆小姐，是发生了一点事情。"

我正要说"我从未问过呀，"但那凶狠的鹦鹉竖直了剪过的翅膀，发出一声尖叫，一下子弄得我神经紧张，只想快些离开房间。

我在楼梯口赶上了劳拉。她心里想的和我的一样，就是刚才福斯科伯爵突然一语道破的——她说的话几乎是对他的话的复述。她也悄声对我说，她担心发生了什么事。

五

今晚睡觉前，我要再写些文字，对今天的日记作点补充。

珀西瓦尔爵士从午餐桌边起身到图书室去会见他的律师梅里曼先生之后，大概有两个小时，我独自一人离开房间，准备到园林中散步。我刚到楼梯口的平台时，图书室的门开了，两位先生走了出来。我想到最好不要在楼梯上出现，以免打扰他们，于是决定等他们走过了厅堂才下楼。虽然他们说话很谨慎，不想让人听见，但他们谈话的内容还是很清晰地传到了我的耳朵里。

"放宽点心，珀西瓦尔爵士，"我听到律师说，"这事完全取决于格莱德夫人。"

我本要转身回房待上一两分钟，但听见劳拉的名字从一个陌生人的嘴里说出，便立刻停住了。我觉得，偷听人家的谈话是极端错误而且极不光彩的事——但是，一方面是抽象的道德原则，一方面是个人情感，以及由此产生的利害关系。这时候，还能用那些道德原则来约束自己的行为，这样的女人普天下上哪儿找去啊？

我听着，而在类似的情况下，我还会听——没错！没有别的办法，就只好把耳朵贴近锁眼。

"您弄明白了吗，珀西瓦尔爵士？"律师接着说，"格莱德夫人要在一个证人面前签上她的名字——或者，如果您想特别慎重一点的话，两个证人——然后按个手印，并说，'我把这个作为我的契约正式交出'。如果这事在一星期内办妥，那这种办法就完全成功了，到时一切忧虑皆可烟消云散。如果办不妥——"

"您说'办不妥'是什么意思？"珀西瓦尔爵士气愤地问，"如果这事必须办，就一定要办成。我向您保证，梅里曼。"

"是这样的，珀西瓦尔爵士——是这样的。但所有事情的操作中都有两种可能性，我们律师喜欢勇敢直面两种可能。如果出现什么意外情况，我们的办法不奏效，我想，我可以让各方接受三个月的期票。但是，期票到期时，这笔钱如何去筹集——"

"去他妈的期票！钱只有用一种办法去筹措，用那种办法，我再跟您说一遍，钱筹得到。梅里曼，临走前喝杯酒。"

"非常感谢，珀西瓦尔爵士。我要赶火车，一分钟也不能耽搁。安排一妥当，您就会告诉我吧？别忘了我提醒您注意的事——"

"当然不会。门口有马车等着您呢。我的马夫立刻送您去车站。本杰明，加把劲赶车！快上车。如果梅里曼先生误了火车，你就要没事干啦。抓牢啦，梅里曼，如果您翻车了，就叫魔鬼救吧。"说完这句临别祝福的话,从男爵转过身,回到了图书室。

我没有听到太多的话,但刮到我耳朵里来的这一点点就足以使我心神不安了。这"已发生"的"某事"显而易见是钱方面的严重困难,而珀西瓦尔爵士能否摆脱困境取决于劳拉。想到她要被卷入她丈夫不可告人的困境,我内心惊恐不安。毫无疑问,由于我对生意一无所知,加上我又对珀西瓦尔爵士怀有难以消除的不信任感,使这种惊慌更加严重了。我打消了原先外出的念头,立刻返回劳拉的房间,把我听到的事告诉她。

她非常镇定自若地听我把这个坏消息告诉她,可令我吃惊。她对丈夫的性格和丈夫的困境的了解显然比我至今所猜测得到的要多。

"当我听说那位陌生的绅士来过,而且还拒绝留下姓名时,"她说,"我也非常害怕。"

"当时你认为那绅士是谁?"我问。

"珀西瓦尔爵士的大债主,"她回答说,"梅里曼先生今天就是为他的事来这儿的。"

"你了解债务的事吗?"

"不,我不了解细节。"

"先不看看清楚,你不要签名,劳拉,知道吗?"

"当然不签,玛丽安。为了使你我的生活尽可能安逸快乐——凡是诚实又无害于人,且能够有助于他的事,我都愿意干。但我决不会不明不白地干什么将来可能令我们丢脸的事。我们现在不谈这事了吧。你都戴好帽子了——要不我们到外面去消磨下午的时光?"

刚一离开宅邸,我们就径直地走向最近的一片荫处。

我们在宅邸前面树丛中走过一片空地时,看到福斯科伯爵在那儿,他在草地上缓慢地来回踱着步,沐浴在 6 月下午的烈日下。他戴了顶宽边草帽,上面环了条紫罗兰色的缎带。硕大的躯体上套了件蓝色的罩衫,胸前布满了白色刺绣装饰图案,在曾经可能是腰的地方束了条宽的大红腰带。下身穿了条中国南京产的淡黄色棉布裤,踝关节上的地方绣了更多的白色图案,脚上配了双紫色的摩洛哥拖鞋。嘴里在哼唱着歌剧《塞维利亚的理发师》[①]中费加罗的著名片断,除了意大利人的歌喉,别人是不可能唱得那么清脆圆润的。他如痴如醉,扬起双臂,动作优美地摇晃着脑袋,用六角形风琴给自己伴奏,就像化装舞会穿了男人服饰的肥胖的圣塞西莉亚[②]。"费加罗在这儿!费加罗在那儿!费加罗在上面!费加罗在下面!"伯爵唱着,一面轻松活泼地突然双臂举起手风琴,从琴的一边伸出头来向我们鞠躬,姿势优雅洒脱,一派费加罗二十岁时的风度。

"相信我的话,劳拉,这个人了解珀西瓦尔爵士的困境。"我们在适当的距离向伯爵还礼时,我说。

"你怎么会这样认为啊?"她问。

"要不然他怎么知道梅里曼先生是珀西瓦尔爵士的律师呢?"我回答说,"再说,我跟随你们走出午餐室的时刻,我并没有询问,他就告诉我发生了一点事情。由此看来,他比我们知道的情况要多。"

"即便他知道情况,那也别去问他。不要把他当我们的知己!"

"你好像讨厌他,劳拉,态度很坚决。他说了什么或做了什么使你对他这样吗?"

[①] 这是意大利作曲家罗西尼(Gioacchino Rossini, 1792—1868)的著名歌剧,他的另一部著名歌剧是《威廉·退尔》。罗西尼是柯林斯最喜爱的作曲家之一。
[②] 圣塞西莉亚(Saint Cecilia, ? —230 ?)罗马的基督教女殉道者、音乐主保圣人,据传她既能歌唱又能弹奏乐器,因拒绝崇拜罗马诸神而被斩首。

"没有,玛丽安。相反,我们回家途中,他热情友好,体贴周到。有几次他都对我关怀体贴,制止了珀西瓦尔爵士发脾气。或许我不喜欢他是因为他比我更有魄力控制我的丈夫。或许是由于他从中调解,我欠了他的人情,从而伤了我的自尊。我就知道,我确实讨厌他。"

白天剩下的时间和晚上在平静中度过了。我和伯爵下棋。开始的两局,他出于礼貌让我赢了,然后,他发现我看出了他的用意时,便请我原谅。而到了第三局,他十分钟就赢了我。珀西瓦尔爵士整个夜晚都未提律师来的事。但是,那件事,或别的什么事,在他身上带来了异乎寻常的好变化。他如同当初在利默里奇庄园经受考验时一样,对我们大家都礼貌周到,热情随和,对他夫人也殷勤有加,和蔼亲切,令人惊奇,连冷若冰霜的福斯科夫人都用严肃诧异的目光看他。这意味着什么?我想我猜得出,恐怕劳拉也猜得出,我肯定福斯科伯爵心里知道。我看出了,珀西瓦尔爵士整个晚上不止一次看着他,以获得他的认可。

17日——多事的一天。我最真诚地希望不要加上这一句:还是充满了灾难的一天。

珀西瓦尔爵士用早餐时还和昨天晚上一样,对于悬在我们心中的神秘"办法"(律师是这样说的),缄口不言。然而,一个小时之后,他突然走进晨室,当时我和劳拉戴着帽子在那儿等福斯科夫人。他问伯爵哪儿去了。

"我们还以为他马上就来呢。"我说。

"是这样,"珀西瓦尔爵士焦虑不安地在房间里走来走去,他接着说,"就为生意上一个例行手续的事,我想叫福斯科夫人到图书室去一下。还有你,劳拉,也去一下。"他打住了,好像这才注意到,我们身上穿着外出散步的服装。"你们是刚进门呢,"他问道,"还是正准备出去?"

"我们都想上午到湖边去,"劳拉说,"但是,如果您有其他安排——"

"没有,没有,"他赶紧回答说,"我的安排可以等一等。吃了中饭跟吃了早饭都一样。都去湖边吗,呃?好主意。那我们就悠闲一个上午吧。我也参加。"

他一反常态地口头上表示乐意为了其他人的方便改变自己的计划和打算,即使这一点会引起别人的误解,但他这样做的态度是不会引人误解的。他的话里提到了要到图书室去履行一个生意上的例行手续,现在找借口推迟办理,他显然有如释重负之感。当我推断不可避免的结果时,我的心都沉了。

这时,伯爵和夫人加入了我们的行列。伯爵夫人手里拿着她丈夫的绣花烟袋和一叠纸,准备没完没了地卷纸烟。伯爵仍像平常一样身穿罩衫,头戴草帽,手里拧着彩色宝塔形小铁笼,里面有他心爱的小白鼠,他冲着它们微笑,又冲着我们微笑。亲切友好之情令人无法抗拒。

"承蒙你们允许,"伯爵说,"我带上我的这个小家族——我可怜的不伤人的漂亮小白鼠,带出去同我们一道呼吸新鲜空气。宅邸里有狗,我能把我可怜的白鼠宝贝让狗欺凌吗?啊,决不!"

他隔着宝塔形铁笼的栅栏慈父般地对着他的小白鼠宝贝发出叽叽的咂嘴声。接着我们共同离开宅邸向湖边走去。

穿过冷杉园时,珀西瓦尔爵士离开了我们。在这种时候,他总是会离开同伴,一个人待着,忙着砍些为自己用的新手杖,这好像是他浮躁好动性格的一部分。单单随意砍伐和劈削这个活动似乎就会给他带来愉悦。他家里满是他自己制作的手杖,没有一根他用过第二回的。当手杖被用过了,他的兴趣也就没有了,他所想的就是继续制作更多新的。

到了那幢旧的停船棚屋,他又加入了我们的行列。我将照实写下我们当时坐定之后进行的对话。对我来说,这是一次至关重要的谈话,因为它使我对福斯科在我思想上和感情上所施加的影响开始产生了深深的怀疑,而且在未来将会对此坚决地加以抵制。

停船棚屋足可以容纳我们所有人,但珀西瓦尔爵士待在外面,用他随身带的小斧头削一根新手杖。我们三位女士宽松地坐在长木椅上。劳拉做她的女工活儿,福斯科夫人开始制作烟卷,我则和平常一样,什么事也不做。我跟男人一样,笨手笨脚,过去是这样,将来也会永远如此。伯爵心情愉快,坐在一个小方凳上,凳子太小容不下他,他只好背靠在棚屋的一扇墙壁上,以此来使他的身子保持平衡,棚壁在他的重负之下发出吱吱嘎嘎的响声。他把宝塔形铁笼放在膝上,和平常一样,把白鼠放出来在他身上乱爬。它们全是些外形漂亮、神态天真的小精灵,但看到它们在一个男人身上到处乱爬,不知怎的,我感觉不舒服。此情此景令我毛骨悚然,产生可怕的联想,想到监狱里那些垂死的人,地牢里那些爬行的东西肆无忌惮地爬在他们身上,侵蚀他们。

上午起了风,天空中满是云,空旷寂寥的湖上时明时暗,变幻莫测。这儿的景致越发显得荒凉寂寞,神秘怪诞,阴森可怕。

"有些人称这儿风景如画,"珀西瓦尔爵士说着,一边用他的半成品手杖指着前方空旷的远景,"而我却认为,这是绅士庄园上的败笔。我曾祖父在世时,湖水一直漫到这儿。看看现在的情形吧!哪儿都不到四英尺深,都变成一口口小池塘了。我恨不得把水抽干,里面种上东西。我的那位地产管家(一个热衷于迷信活动的白痴)信誓旦旦地说,这湖像死海一样有灾祸降临。你说呢,福斯科?倒像是个发生谋杀案的现场,对不对?"

"我的珀西瓦尔啊!"伯爵反驳说,"看你这僵化的英国头脑是怎么想的?这儿水太浅,根本隐藏不了尸体,再说这儿到处是沙地,会留下杀人者的足迹的。总之,这是我所见过的最不适宜发生谋杀案的地方。"

"胡说八道!"珀西瓦尔爵士说,一边恶狠狠地削着手杖,"你知道,我指的是这儿萧条凄凉的景象——这儿人迹罕至的环境。如果你想要理解我,你就可以理解——如果你不想,我也不想费神解释。"

"那为什么呢?"伯爵问,"因为任何人都可以用两句话解释清楚你的意思。如果一个傻瓜想要杀人,他就会首选你的湖边,如果一个聪明人想杀人,他就决不会选这儿。你是这个意思吗?如果是,这就是现成的解释,拿去吧,珀西瓦尔,附上你的好福斯科的祝福。"

劳拉看了看伯爵,脸上明显流露出了对他的厌恶。他忙于逗弄他的小白鼠,没有注意她。

"真遗憾,你们把湖滨景致与谋杀这类恐怖的事情联系了起来,"她说,"而如果福斯科伯爵要把谋杀分类,我认为他用词很不恰当。

把他们说成是傻瓜,太宽容他们了,他们根本不配。而把他们说成是聪明人,我听起来觉得用词方面完全矛盾。我一向听说,真正聪明的人是真正善良的人。他们对犯罪行为深恶痛绝。"

"亲爱的夫人啊,"伯爵说,"这些话令人敬佩,我看到它们已印在儿童习字本的顶头了。"他把一只白鼠放在手掌上举起,怪里怪气地对着它说话。"美丽光滑的白色小调皮啊,"他说,"给你上一堂道德课。一只真正聪明的白鼠是一只真正善良的白鼠。如果你高兴的话,把这话传给你的同伴,只要你活着,绝不再咬铁笼的栅栏。"

"要把什么事情都弄得荒诞可笑这很容易,"劳拉语气坚定地说,"但是,福斯科伯爵,您要给我举出一个聪明人同时又是个大罪犯的例子,却不那么容易。"

伯爵耸了耸宽阔的肩膀,对着劳拉十分友好地笑了笑。

"太对了!"他说,"傻瓜犯的罪是被侦破出的罪,而聪明人犯的罪是没有被侦破的罪。如果我能给您个例子,那就不会是聪明人的例子。亲爱的格莱德夫人,您那扎实的英国式常识真让我受不了。这回将了我一军,哈尔寇姆小姐——哈!"

"坚持自己的立场,劳拉,"珀西瓦尔爵士一直站在门口边听着,这时他嘲笑地说,"接下来告诉他,若要人不知,除非己莫为。又让你听一条儿童习字本上的道德格言,福斯科。若要人不知,除非己莫为。真是胡说八道!"

"我相信这是真理。"劳拉平静地说。

珀西瓦尔爵士哈哈大笑起来,那么狂热,那么无礼,把我们所有人都震惊了——伯爵更甚。

"我也相信。"我说,给劳拉解围。

珀西瓦尔爵士刚才被他夫人的话莫名其妙地逗乐了，现在又莫名其妙地被我激怒了。

"可怜亲爱的珀西瓦尔啊！"福斯科伯爵快乐地看着他的背说，"他是英式坏脾气的牺牲品。但是，亲爱的哈尔寇姆小姐，亲爱的格莱德夫人，你们难道真相信犯了罪就会暴露吗？还有你，我的天使，"他对着他那未吭一声的夫人说，"你也这样认为吗？"

"当着见多识广的男士的面，我不敢妄发议论，"伯爵夫人回答说，冷冰冰的语气中充满了对我和劳拉的责备，"我要等着聆听教诲。"

"真的吗？"我说，"伯爵夫人，我还记得先前您鼓吹女权——女性自由发表言论正是女权之一啊。"

"您对这一点有何看法，伯爵？"伯爵夫人问，平静地卷着烟卷儿，一点儿也没理会我。

伯爵回答前，若有所思地用肥胖的手指抚弄着一只小白鼠。

"真奇妙，"他说，"我们这个社会用这么几句哗众取宠的空话就掩盖了其丑陋不堪的现象，使自己轻而易举就得到了安慰。它设立了侦破犯罪的机构，但效率低下，令人觉得可怜——然而，仅仅编造一句道德格言，说它效率很高，从此蒙蔽了所有人，再也看不清它的大错。犯了罪就会自行败露，是这样吗？这么说来，谋杀也会自行败露（又是一句道德格言），是不是？格莱德夫人，去问一问在城里坐镇验尸的验尸官们，看那是不是真的吧。哈尔寇姆小姐，去问一问那些人寿保险公司的书记员们，看那是不是真的吧。看一看你们国家的公共报刊吧，报上披露的少数案件中，难道没有只发现被害人尸体，而未侦破杀人凶手的案例吗？把公开报道的案件数去乘以没有报道的案件平均数,把发现了的尸体数去乘以没有发现的尸体平均数,会得出什么结论呢?傻瓜罪犯被查获,聪明的罪犯逃避了。罪行隐瞒了,罪行败露了,怎么回事?这是警方与犯罪方能力技巧的较量。如果罪犯是个粗暴残忍、愚昧无知的傻瓜,那么,警方十之八九是赢家。如果罪犯是个意志坚定、素有教养、智力高超的人,那么,警方十之八九会是输家。如果警方赢了,你便听到四处传颂,如果警方输了,你便什么也听不到。就在这么个摇摇欲坠的基础之上,你们建构起了宽慰人心的道德准则:若要人不知,除非己莫为!是啊——这都是你们知道的案件。然而,其余那些呢?"

"千真万确,说得很精彩。"一个声音在棚屋门口大声说。我们在听伯爵说这一段话时,珀西瓦尔爵士恢复了镇静,已返回来了。

"有一部分可能是正确的,"我说,"可能全部都说得很精彩。可我真不明白,福斯科伯爵为什么欣喜若狂,为罪犯战胜社会而庆贺呢?而您,珀西瓦尔爵士,为何因他这样做而欢欣鼓舞呢?"

"你听到了吗,福斯科?"珀西瓦尔爵士问,"听一句我的劝告,与你的听众和平共处吧。告诉她们,美德是个好东西——我向你保证,她们就爱听这个。"

伯爵心里暗自发笑。背心里的两只白鼠被发生在它们下面的抽搐惊了一下,急急忙忙出来,逃回到它们的铁笼。

"我的好珀西瓦尔,女士们会告诉我关于美德的事,"他说,"她们比我更有发言权,因为她们知道什么是美德,而我不知道。"

"你们听见了他的话吗?"珀西瓦尔爵士说,"这不是很可怕吗?"

"这是真的,"伯爵平静地说,"我是个世界公民,生平见识了各种各样名目繁多的美德,现在年纪大了,我都困惑不解了,分不清哪一种是对，哪一种是错的。在英国有一种美德，而在中国，又有另外一种美德。英国人会说我的美德是真正的美德，而且中国人也会说我的美德是真正的美德。而我会对一个人说是，对另一个人说不是，其实无论我面对穿高筒靴的英国人，还是面对留辫子的中国人，对此，我都是糊里糊涂。啊，漂亮的小白鼠宝贝！来，亲亲我。你对一个有美德的人的见解是什么，我的小宝贝？一个使你温暖，给你足够东西吃的人。这是个很好的见解，至少明白易懂。"

"等一等，伯爵，"我插嘴说，"就算我们接受您的观点，我们英国肯定有一种毋庸置疑的美德，而中国没有。中国的皇帝以各种微不足道的借口杀戮成千上万无辜民众。我们英国没有诸如此类的罪行——我们不会犯这种可怕的罪行——我们对这种血腥的杀戮怀有满腔的憎恨。"

"说得对，玛丽安，"劳拉说，"想法很好，表达也很到位。"

"请让伯爵说下去吧，"福斯科夫人严肃而又礼貌地说，"你们会发现，小姐们，他所有话都具有充分的理由。"

"谢谢，我的天使，"伯爵回答说，"来颗夹心软糖吧？"他从衣服口袋里掏出一个精致的嵌花小盒子，打开放在桌上，"香子兰巧克力，"诡秘莫测的人大声说着，一边兴高采烈地"咯咯"摇动盒子里的糖，一边向四周鞠躬，"这是福斯科伯爵对各位可爱的女士的敬意。"

"请您接着讲吧，伯爵，"他夫人说，充满恶意地指向我，"劳驾您回答哈尔寇姆小姐的问题好吗？"

"哈尔寇姆小姐的话无可辩驳，"礼貌文雅的意大利人回答说——"也就是说，就她说的话而言，对啊！我同意她的观点。约翰牛确实憎恨中国人的罪行①。这位老绅士生活这个世界上，挑他邻居的毛病时反应最敏感，而找自己的毛病时却反应最迟钝。难道他的所作所为比他谴责的民族的所作所为更加理想很多吗？英国社会，哈尔寇姆小姐，常常既是罪恶的仇敌，又是罪恶的帮凶。对！对啊！罪行在这个国家和在别的国家是一回事——它对于某个人和他周围的人常常既是仇敌又是益友。一个十恶不赦的流氓恶棍往往要供养妻子和家庭。他越是坏，他就越能使妻儿们成为人们同情的对象。他还要供养自己。一个终日靠借贷挥霍无度的人比一个拘谨忠厚只是在万不得已的情况下才借过一次钱的人更能从朋友那儿借到更多的钱。面对头一种人，朋友们司空见惯了，于是把钱借给他。面对第二种人，他们会大为吃惊，于是犹豫不决。恶棍先生到头来坐牢住监狱难道会比忠厚先生到头来受穷住济贫院更不舒服吗？当慈善家约翰·霍华德②想解救人们苦难时，他去监狱寻找因犯罪而受苦的人，而不是去陋舍茅屋寻找因美德受苦的人。那位赢得广泛同情的英国诗人是谁？——他成了所有主题中，最容易用哀婉的文字和绘画表现的人。这个讨人喜爱的年轻人步入人生时伪造公文，最后以自杀结束生命——他就是你们可爱的、浪漫的、令人关注的查特顿③。两个穷苦的快要饿死的女裁缝，一个抵挡诱惑，忠诚老实，另一个挡不住诱惑，偷盗行窃，你们认为哪个过得更幸福？你们都知道，盗窃是第二个女人致富的手段——并使她在态度和蔼、乐善

---

① 约翰牛（John Bull）是英国或英国人的绰号，此处指典型的英国人。作者在此颠倒是非，英国人于1840年发动针对中国的鸦片战争，中国人民奋起反抗，是正义之举。
② 约翰·霍华德（John Howard, 1726—1790）是英国慈善家，监狱管理及公共卫生等领域的改革家。1753年任贝德福郡郡长，在一次巡视监狱时，发现监狱积弊惊人，于是，于1774年要求议会通过一项法案，以纠正弊端。
③ 即托马斯·查特顿（Thomas Chatterton, 1752—1770），英国哥特文艺复兴运动诗人，十岁能诗，后潦倒自杀，死后出名，备受济慈、雪莱等浪漫主义诗人的赞扬。

好施的英国广为人知——作为戒条的破坏者,她解脱了苦难,而作为戒条的遵守者,她就会被饿死。来吧,可爱的小白鼠!嗨!快!变!我暂时把你变成个体面的小姐。停在那儿,就在我大手掌上,亲爱的,听好。你嫁给你爱的那个穷苦男人,白鼠啊,你的朋友中有一半同情你,有一半责怪你。而现在,相反,你为了金钱卖给了一个你并不喜欢的男人,你的所有朋友都为你而高兴。连备受公众崇敬的牧师也认可了人间最卑鄙最可耻的交易。如果你事后出于礼貌请他用早餐,他还会在餐桌上乐不可支地微笑呢。嗨!快!变!又是只白鼠啦,吱吱叫吧。要是你再多当一会儿小姐,我就会让你告诉我,社会痛恨犯罪——然后,白鼠啊,我就要怀疑你自己的眼睛和耳朵是不是对你有用呢。啊!我是个坏人,格莱德夫人,对不对。我把别人只是心里想的东西说出来了,当世界上其他人串通一气,把假面具作真面孔时,我却急躁地抬手撕下那鼓鼓的人造表皮,显露出下面的骨头。你们要亲切友好地做出评价,在我尚未把自己抹得更黑之前,我的两条大象腿要站立起来——我要起身,去走一走,换换空气。亲爱的女士们,正如你们优秀的剧作家谢拉丹[①]说的,我走了——把我的人品留在了身后。"

他站起身,把铁笼放在桌上,停了一会儿,数了数笼里的白鼠。

"一、二、三、四——哈!"他大声说,面色恐怖,"天啦,第五只哪儿去了——最幼小,最洁白,最可爱的——我的小白鼠本杰明!"

[①] 谢立丹(Richard Brinsley Sheridan, 1751—1816)是英国卓越的剧作家,代表了18世纪英国戏剧艺术的最高成就。出生在爱尔兰的都柏林,祖父是教师,也是斯威夫特(Jonathan Swift, 1667—1745)的知心朋友。父亲是著名的演员和剧院经理,后举家迁到英格兰,成为英语演讲艺术的权威。母亲更是多才多艺,既是剧作家,又是小说家,作品深受理查逊(Samuel Richardson, 1689—1761)的影响。谢立丹的主要作品包括《情敌》(作者的另一部小说《无名无姓》第一部分第五章用了相当长的篇幅描述女主人公玛格达伦参加一次私人社交圈内演出该剧的情况)、《造谣学校》、《批评家》等。此处的引文意思源自《造谣学校》的第二幕。

我和劳拉都心情不好，快乐不起来。伯爵铁齿铜牙，愤世嫉俗，揭示了他性格中一个新的方面，我们两个都予以回避。如此大块头的一个大男人就为失去了如此小的一只小白鼠而伤心难受，滑稽可笑的情景令我们忍俊不禁。尽管我们尽力克制，但我们还是笑出来了，福斯科夫人率先起身让棚屋空出来，可以让她丈夫每个角落找个遍，这时，我们也跟着她出来了。

我们还未走出三步，伯爵那双敏锐的眼睛就在我们一直坐着的椅子下面发现了那只丢失的白鼠。他把椅子挪到一边，把小东西托在手上，然后突然停住了，跪在那儿全神贯注地盯着他身下的一块地方。

当他再站起来时，手颤抖着，连把小白鼠放回铁笼都有困难。整个淡黄色的脸变得淡灰白了。

"珀西瓦尔！"他低声喊道，"珀西瓦尔！过来。"

珀西瓦尔爵士在最后这十来分钟，没理睬我们中任何人。他一直聚精会神在沙地上写数字，然后又用手杖一端把数字抹掉。

"什么事，呃？"他懒洋洋地走进棚屋问。

"喏，你没看见什么吗？"伯爵说，他焦虑不安地用一只手抓住珀西瓦尔爵士的衣领，另一只指着他刚才找到白鼠的地方。

"我看到很多干沙子，"珀西瓦尔爵士回答说，"中间有一块脏东西。"

"不是脏东西，"伯爵低声说，另一只手突然紧紧抓住珀西瓦尔爵士的衣领，激动地摇了摇，"是血。"

虽然他说话的声音很轻，但劳拉离得近，还是听到了最后那个"血"字。她神色惊恐地转身向我。

"胡扯，亲爱的，"我说，"用不着惊慌。这只是一只迷路的小狗的血。"

每个人都惊呆了，每个人都带着询问的目光看着我。

"你怎么知道的？"珀西瓦尔爵士先问。

"你们从国外回来的那天，我在这儿发现了那条狗，快要死了，"我回答说，"可怜的小东西在园林中迷了路，被守猎场的看护人用枪击中了。"

"是谁的狗？"珀西瓦尔爵士追问说，"不是我的吧？"

"你设法救过那小东西吗？"劳拉热切地问，"你肯定设法救过吧，玛丽安？"

"是的，"我说，"我和女管家尽了最大努力——但小狗伤得过于严重，在我们手上死了。"

"是谁的狗？"珀西瓦尔爵士又问了一遍，有点不高兴，"是我的吗？"

"不，不是您的。"

"那是谁的？女管家知道吗？"

女管家说了，卡瑟里克太太希望把自己来黑水庄园的事向珀西瓦尔爵士瞒着，他刚才问这个问题时，我又想起了这件事。我犹豫着，要谨慎回答这个问题，但由于我焦急地要平息大家的惊慌，结果不假思索把话扯得太远，无法把话收回，否则会引起疑心，只会把事情弄得更糟。没有别的办法，只有不计后果，马上做了回答。

"对，"我说，"女管家知道，她告诉了我，那是卡瑟里克太太的狗。"

我在停船棚屋的门口对珀西瓦尔爵士说话时，他和伯爵一直待在里面。但卡瑟里克太太的名字刚一出我的口,他便粗暴地推开了伯爵,在阳光下面对面地站在我跟前。

"女管家怎么知道那是卡瑟里克太太的狗?"他问,眼睛盯着我,眉头紧缩,急切而又专注,弄得我又气愤又吃惊。

"她知道,"我平静地说,"因为卡瑟里克太太带了那条狗。"

"带着它?她常带着它去哪儿啦?"

"到本庄园。"

"真见鬼,卡瑟里克太太到这儿想干吗?"

他问话的态度甚至比他问话的语言还更唐突无礼。我一声不吭地转身离开他,以此来表明我的态度,说他缺乏最起码的礼貌。

就在我要走开的当儿,伯爵以一副劝解的态度,把一只手搭在他肩膀上,用甜美悦耳的嗓音插话劝他冷静点。

"我亲爱的珀西瓦尔!——和蔼点——和蔼点。"

珀西瓦尔爵士怒气冲冲地转身看了看。伯爵只是微笑着,重复了这句安抚的话。

"和蔼点——我的好朋友——和蔼点!"

珀西瓦尔爵士迟疑了一下——跟着我走了几步——然后,令我吃惊的是,他主动向我赔礼道歉。

"我请求您原谅,哈尔寇姆小姐,"他说,"最近我心情不好,我恐怕有点烦躁不安。但是我想要知道卡瑟里克太太到这儿来可能想要干什么。她什么时候来的?就只有女管家看见她吗?"

"只有她一个人,"我回答说,"就我了解的情况而言。"

伯爵再次插话了。

"如若是这样,何不去问问女管家呢?"他说,"为何不立刻去查查消息的源头呢,珀西瓦尔?"

"说得对!"珀西瓦尔爵士说,"当然,女管家是首先要去询问的人。真是愚蠢透顶,我怎么就没想到。"说完,他立刻离开了我们返回宅邸去了。

起初,我对伯爵出面帮腔感到迷惑不解,但等到珀西瓦尔爵士转身离开后,其动机便昭然若揭了。他问了我一大堆问题,全都是关于卡瑟里克太太以及她到达黑水庄园的原因的,而他当着自己朋友的面时,不会问这些问题。我的回答尽可能简单而又不失礼貌——因为我主意已定,决不对福斯科伯爵说半句心里话。然而,劳拉却无意中帮了他的忙。她亲自询问我,我别无选择,只有回答她,否则自己就成了替珀西瓦尔爵士保守着秘密的尴尬而又虚伪的角色,结果把我掌握的情况全部给套出来了。其结果是,大概十分钟后,伯爵也知道了我所知道的关于卡瑟里克太太的全部情况,同时也知道了,自从哈特莱特巧遇她女儿安妮到现在把我们与她联系在一起的种种奇特事件。

从一定意义上说,我所掌握的情况对他产生的影响够奇特。

尽管他与珀西瓦尔爵士关系密切,似乎也很了解珀西瓦尔爵士的一般私事,但是,关于安妮·卡瑟里克的真实情况,显然同我一样并不知晓。我觉得,珀西瓦尔爵士一定向他这个世界上最亲密的朋友隐瞒了解开安妮·卡瑟里克这个未解之谜的线索,所以,这件事情便越发变得扑朔迷离起来了。伯爵热切好奇,全神贯注地倾听从我嘴里说出的每一句话,那表情与态度不可能让人误解。我知道,好奇心有多种多样——但是,由于惊讶引起的好奇是绝对不会令人产生误解的。如果说,我生平在什么地方看到了这种好奇,那我从伯爵的脸上看到了。

一问一答进行着的当儿，我们漫步走过了林园，平静地返回了。我们刚一返回宅邸，首先看到的就是珀西瓦尔爵士的双轮轻便马车，上面套着马，马夫穿着号服在一边候着。如果说眼前这番出人意料的情景确切无疑，说明对女管家询问后已有了重要结果。

"一匹出色的马啊，朋友，"伯爵说，话是对着马夫说的，态度亲切随和，"你要赶车出去吗？"

"不是我出去，爵爷，"马夫回答说，他看了看自己的号服，显然心里在想这位外国绅士是不是把自己的号服当成外出的制服了，"我家主人亲自驾车。"

"啊哈！"伯爵说，"这样啊？我想他有你驾车，何必还自找麻烦呢？他今天赶那么大老远的路，还不把这匹油光闪亮、美丽可爱的马累垮啊？"

"我不知道啊，爵爷，"马夫回答说，"请您看清楚啊，是匹母马，爵爷，她可是马厩里最高大剽悍的一匹，名叫布朗·莫莉啊，爵爷。她生命不止，奔跑不息。珀西瓦尔爵士跑近距离时通常用那匹约克郡的艾萨克。"

"如果路途遥远，那就动用你这匹闪亮剽悍的布朗·莫莉啦？"

"没错，爵爷。"

"根据合乎逻辑的推断，哈尔寇姆小姐，"伯爵敏捷地转过身，继续对着我说，"珀西瓦尔爵士今天要跑远距离。"

我没有回答。根据女管家提供的情况和眼前所看到的情景，我心里已经作出了判断，但我不愿意告诉福斯科伯爵。

珀西瓦尔爵士在坎伯兰时（我心里想），他曾因为安妮，路远迢迢地走到托德角去询问他们一家。而他现在在汉普郡,还打算再次路远迢迢地为了安妮到威尔明汉去询问卡瑟里克太太吗?

我们大家都进了室内。穿过厅堂时,珀西瓦尔爵士从图书室里走出来碰上了我们。他看上去匆匆忙忙,脸色苍白,神色焦虑——但尽管如此,他对我们说话时,依然彬彬有礼。

"对不起,我必须要离开你们,"他开口说——"要驾车跑很远的路——有件事情不能延迟。明天会准时赶回来的——但是,出发之前,我要把早上提到那件事情给办了,是个生意上的小手续而已。劳拉,你到图书室来一下好吗?就一会儿工夫——履行一个手续而已。伯爵夫人,我同样能够劳驾一下您吗?我想要你,还有伯爵夫人、福斯科作为签字手续的见证人——就这个事情。立刻进来吧,马上就办完。"

他开着门,一直等到他们进入,再跟随在他们身后,然后轻轻地把门关上了。

随后一阵子,我独自一个人站在厅堂里,心怦怦直跳,焦虑不安。然后,我登上了楼梯,慢慢上楼走向自己的房间。

六

我的手抓住自己房门门把的当儿,我听见珀西瓦尔爵士在楼下叫我。

"我必须请您再下楼来一下,"他说,"这是福斯科的错,哈尔寇姆小姐，不是我的。他提出毫无道理的理由，反对他夫人作证人，非要我请您到图书室来不可。"

我与珀西瓦尔爵士一同进了图书室。劳拉在写字桌旁等着，心神不宁，手里拧扭和翻转着那顶外出戴的草帽。福斯科夫人坐在她近旁的一把扶手椅上，沉着冷静，充满敬慕地看着她丈夫。他站在图书室的另一端，正在把窗台那些花茎上的枯叶摘掉。

我一到现场，伯爵便向我迎了上来，向我做出解释。

"万分抱歉，哈尔寇姆小姐，"他说，"您知道英国人对我的意大利同胞的性格是怎样评价的吧？憨厚老实的约翰牛对我们意大利人的评价是天生诡计多端，疑心重重。如果您乐意，就把我和我的同胞看作是一路货色吧。我是个诡计多端的意大利人，同时又是个疑心重重的意大利人。您自己就是这么认为的，亲爱的小姐，不是吗？得啦！我自己是格莱德夫人签字时的证人，而我却反对福斯科夫人作证人，这也说明了我的狡诈与多疑。"

"他这样反对一点道理都没有，"珀西瓦尔爵士插嘴说，"我已向他解释过了，英国的法律允许福斯科夫人与她丈夫一同作签字时的证人。"

"这我承认，"伯爵接着说，"英国的法律说'是'——但福斯科的良心说'不'。"他把肥胖的手指张开按在穿了外套的胸前，郑重其事地鞠了躬，好像要把自己的良心作为一个额外的杰出人物介绍给我们大家似的。"格莱德夫人马上要签字的文件可能是哪一方面的，"他接着说，"我不知道，也不想知道。我只是想要说明一点，将来情况可能发生变化，可能迫使珀西瓦尔爵士或他的代表必须找到这两个证人，在这种情况下，两个证人肯定最好是代表各自两种完全独立的意见。如果我和我夫人共同作为证人签字,那是不行的,因为我们两个人只有一种意见,也就是我的意见。我不愿意将来因此被人指责,说福斯科夫人是在我的强制之下做证人的。显而易见,她根本不可能算是证人。我提议我的名字签在上面(作为丈夫一方最亲密的朋友),还有您的名字,哈尔寇姆小姐(作为妻子一方最亲密的朋友)。如果您高兴,您也可以把我看作是个阴谋家——一个纠缠枝节问题而又顾虑重重的人——但我希望您宽宏大度原谅我,理解我这意大利人疑惑多虑的性格,以及我这意大利人躁动不安的良心。"他又鞠了一躬,向后退了几步,如同刚才向我们介绍他的良心那样,又彬彬有礼地把它收回去了。

伯爵的重重顾虑或许诚心诚意,合情合理,但是,他说话时的那种态度使我更加不愿意介入签字的这件事情中。如果不是劳拉,其他事情我是根本不会同意做证人的。然而,看一看她焦虑不安的脸,使我决心去冒任何风险也不能丢下她不管。

"我愿意留在这房间,"我说,"如果对我这方没什么可顾虑的,你们尽可叫我作证人。"

珀西瓦尔爵士目光敏锐地看了看我,好像有什么话要说。但是,就在同一时刻,福斯科夫人从坐着的椅子上站立起来,引起了我的注意。她领悟了自己丈夫使的眼色,显然接到了要她离开房间的指令。

"您不必走。"珀西瓦尔爵士说。

福斯科夫人用目光请求指令,又接受了指令,说她还是离开,让我们办事的好,然后态度坚决地出去了。伯爵点上了一支烟卷,随即回到了窗台的花丛边,朝着叶子喷出小股烟雾,好像迫不及待地要把虫子杀死。

与此同时,珀西瓦尔爵士开了书橱下面一个柜子的锁,从里面取出一张折了很多层的羊皮纸。他把纸放在桌上,只翻开了最后一折,用手把其余部分按住。这最后一折上有一处空白,一些地方贴了小块的封缄纸。每一行字都隐藏在他的手仍然按住的折层里。我和劳拉交换了一下眼神。她脸色苍白——但未显露丝毫迟疑与恐惧。

珀西瓦尔爵士把笔放在墨水里蘸了蘸,然后递给他妻子。

"把你的名字签在那儿,"他指着那地方说,"你和福斯科随后在那两块封缄纸对面签名,哈尔寇姆小姐。到这儿来吧,福斯科!叫你作签字手续的证人,你却看着窗外发呆,往花园里吐烟圈儿可不成啊。"

伯爵扔掉了烟卷,走到桌边加入到了我们的行列,双手插进系在外套上的大红腰带里,目不转睛地盯着珀西瓦尔爵士的脸看。劳拉在她丈夫的另一边,手里拿着笔,眼睛也看着他。他站立在他们两个中间,手仍旧牢牢地把羊皮纸按在桌上。我坐在他的对面,他朝我这边看过来,疑虑与尴尬的表情交织在他脸上,令人觉得阴险恶毒,因此,他看上去更像一个监狱里的囚犯,而不是在自己宅邸里的一名绅士。

"签在那儿。"他突然转身向劳拉重复了一声,手再次指着羊皮纸上那地方。

"要我签名的是份什么东西?"她问了一声,态度很镇定。

"我没有时间解释,"他回答说,"轻便马车在门口候着,我必须马上走。再说了,即便我有时间,你也听不明白。是一份纯粹例行的文件——满是法律术语和诸如此类的内容。来吧!来吧!签上你的名字,让我尽快给办了。"

"珀西瓦尔爵士,在我写上名字之前,我想必应该知道我签的是一份什么文件吧?"

"胡扯!女人与做生意有何相干?我再跟你说一遍,你弄不懂它。"

"不管怎么样,我可以试着弄懂它。吉尔摩先生无论何时要干什么,他总是首先要解释清楚,我也总是理解他的意思。"

"我认为他会。他是你的仆人,有义务解释。我是你丈夫,没有这个义务。你打算要我在这儿待多久啊?我再告诉你,没有时间看什么内容,马车在门口候着呢。一句话,你签还是不签?"

她手里仍然握着笔,并不打算用它来签名。

"如果我签了名就意味着我承诺了什么,"她说,"我想必有权要求知道我承诺的是什么吧?"

他举起文件,怒气冲冲地把它往桌上一扔。

"坦率说吧!"他说,"你一向是以说真话出了名的。别在乎哈尔寇姆小姐,别在乎福斯科——就直截了当说吧,你信不过我。"

伯爵从腰带里抽出一只手,搭在珀西瓦尔爵士一个肩膀上。珀西瓦尔爵士气恼地把它甩掉了。伯爵泰然自若地又把手搭上去。

"克制住你要命的脾气,珀西瓦尔,"他说,"格莱德夫人是对的。"

"对!"珀西瓦尔爵士大声吼着,"一个妻子信不过自己的丈夫还是对的。"

"指责我信不过您,这不公平,也太残忍,"劳拉说,"问问玛丽安,看看签名之前想要知道要求我签字的是一份什么文件这事合不合理?"

"我不会征求哈尔寇姆小姐的意见的,"珀西瓦尔爵士反驳说,

"哈尔寇姆小姐与这事不相干。"

我一直都没吭声，现在也不想说话。但是，看到劳拉转向我时脸上那痛苦难受的表情，还有她丈夫对她傲慢无礼的不公正行为，我别无选择，所以，为了她，就在我被要求发表意见时，我立刻这样做了。

"请原谅，珀西瓦尔爵士，"我说——"但是，作为这个签字手续的见证人之一，我冒昧地认为，我与此事有点关系。我觉得，劳拉的反对意见完全合情合理，而要我个人来说，我不可以担当起劳拉签字的见证人的责任，除非她首先了解您希望她签名的是一份什么文件。"

"天哪，这真是一个冷漠的宣言！"珀西瓦尔爵士大声说，"哈尔寇姆小姐，下回你跑到一个男士府上去时，我建议你不要在一件与你不相干的事情上站在他妻子一边来反对他，以此回报他对你的一片盛情。"

我蓦地站了起来，仿佛冷不防被人打了一下。倘若我是个男人，我准会把他打倒在他自家的门槛上，然后离开他家，出于怎样的世俗原因，也决不会再踏进他的家门。但我只是个女人——而且又如此深情爱着他的妻子！

谢天谢地，这种情真意笃的爱帮了我的忙，我没有吭声又坐下来了。她知道我忍受着痛苦，强压着怒火。她跑到我身边，眼睛泪如泉涌。"噢，玛丽安！"她温柔地低声说，"如果我母亲健在，她能为我做的也不会比这更多啊！"

"返回这边来签字！"珀西瓦尔爵士在桌子的对面大声说。

"我签吗？"她对着我的耳朵问，"如果你要我签，我就签。"

"不，"我回答说，"权利和真理在你这边——除非你先看了，否则什么也不签。"

"返回这边来签字！"他把嗓子提到极限，怒气冲冲地又吼了一声。

伯爵一直默然不语地密切注视着我和劳拉。他再次插嘴说话。

"珀西瓦尔！"他说，"我记得我这是站在女士的面前。请你也讲究点风度，可别忘了这一点。"

珀西瓦尔爵士转向他，情绪激动得说不出话来。伯爵慢慢地把手紧紧抓住他的肩膀。伯爵声音平静而又坚定地重复说："请你也讲究点风度，可别忘了这一点。"

他们彼此看了看对方。珀西瓦尔爵士慢慢地把肩膀从伯爵手里摆脱出来，慢慢地把脸移开，避开伯爵的目光，态度固执地朝下看了一会那羊皮纸文件。然后开口说话，那样子就像一只被驯服了的动物，默默地忍受着，而不是一个被说服了的男人，无可奈何地做出让步。

"我不想冒犯任何人，"他说，"但我妻子固执己见，连对圣人的耐性都是一种考验。我已经告诉了她，这只是一份例行文件——她还想要知道什么？你们想说什么说什么，但违抗丈夫的意愿可不是女人的本分。再问一遍，格莱德夫人，这可是最后一遍，你是签还是不签？"

劳拉回到他那边去了，重又拿起了笔。

"只要您把我当作一个有责任心的人，"她说，"我就心悦诚服地签。如果它不会影响到别的什么人，不会导致不良的结果，要我做出什么样的牺牲我都不在乎——"

"谁说了要你做出牺牲啦?"他打断了她的话,那刚刚压制住的暴躁情绪又抬头了。

"我只是说,"她继续说,"如果我能堂堂正正地做出让步,我是不会拒绝的。要我在一份自己毫不知情的文件上签名,如果对此有所顾虑的话,您何必因此这么严厉地对待我呢?对我的顾虑是这种态度,对福斯科伯爵的顾虑却那么宽容,我认为,这太令人难以忍受了。"

伯爵对她丈夫有异乎寻常的控制力,就这么不合时宜同时也是很自然地点了一下,显然点得很含蓄,但一下子使珀西瓦尔闷在心里的怒火又燃了起来。

"顾虑!"他重复着说,"你的顾虑!现在你顾虑得晚了点儿。当初你心甘情愿地非嫁给我不可的时候,我还以为你已经克服了这类弱点呢。"

他刚说出这话,劳拉便扔下了笔——她看着他,那种眼神是从我同她在一块儿以来从未见过的——然后转过身,一句话也不说了。

这样强烈地公开表露充满了憎恨的蔑视,完全不像是她,完全不属于她的性格,结果弄得我们大家都哑口无言。她丈夫刚刚对她说的这些话,表面上苛刻的背后毫无疑问隐藏着什么。这些话的背后隐含着侮辱,我对此虽然完全不知情,但她的脸上却明明白白地写着屈辱,连陌生人都可以看得出来。

伯爵可不是陌生人,他和我一样看得真真切切。我离开椅子走向劳拉身边时,听见他轻声轻气地对珀西瓦尔爵士说:"你这个白痴!"

劳拉赶在我前面朝门口走去,与此同时,她丈夫再次开口跟她说话。

"那么,你是坚决要拒绝签字啦?"他说。他的语气变了,显然他已意识到了,他那一番粗鲁放肆的话已对自己造成了严重的损害。

"您对我说这番话后,"她坚定地回答说,"我拒绝签字,直到我把文件从头至尾看了一遍。走吧,玛丽安,我们在此待得够久了。"

"等一等!"伯爵插话说,抢在了珀西瓦尔爵士重新开口说话前——"等一等,格莱德夫人,我求您啦!"

劳拉本来要离开房间,根本不理会他,但我把她给拦住了。

"别与伯爵为敌!"我低声说,"不管你怎么样,千万不要与伯爵为敌!"

她听了我的话,重新关上门。我们站在门边等着。珀西瓦尔爵士在桌边坐下,胳膊肘伏在折叠的文件上,脑袋用紧握着的拳头支撑着。伯爵站在我们两个人中间——是我们面临的可怕局面的主宰,因为他也是其他一切事情的主宰。

"格莱德夫人,"他说,语气温柔和蔼,话好像是对我们悲惨的处境说的,而不是对我们说的,"请原谅我,我冒昧提个建议。请相信,我说话时,对本府的女主人充满了深切的敬意和友好的感情。"他蓦地转身向珀西瓦尔爵士。"非要,"他问,"今天就把你胳膊肘压住的东西签掉不可吗?"

"根据我的计划和愿望,很有必要,"对方沉着脸说,"你已经看到了,根本说服不了格莱德夫人。"

"明明白白地回答我这个明明白白的问题吧。签字这件事可以推到明天办吗——可以还是不可以?"

"可以——如果你这样安排了。"

"那么,你还在这儿浪费时间干什么?签字的事等到明天——

等到你回来。"

珀西瓦尔爵士抬头看了看,紧锁着眉头骂了一句。

"我不喜欢你用这种口气跟我说话,"他说,"我不容忍任何人用这种语气。"

"这样劝你是为你好,"伯爵说,他微笑了一下,平静中透着轻蔑,"给你自己时间,给格莱德夫人时间。你难道忘了马车正在门口候着吗?我的口气让你吃惊啦——哈?我想是这样——这是一个能够控制住自己的脾气的人的口气。我给过你多少忠告了?你数都数不清。哪次是我错了吗?我倒是要看看你能不能找出一个实例来。去吧!驾着你的马车。签字的事可以等到明天再办。再等一等——等你明天回来再说。"

珀西瓦尔爵士犹豫了一下,然后看了看怀表。伯爵的话提醒了他今天要迫不及待进行的这次不可告人的旅行,同时又迫不及待地要设法弄到劳拉的签字,两种心情此时混合在一起。他权衡了一下,然后从椅子上站起身来。

"这么容易说服了我,"他说,"因为我没时间回你的话。我接受你的建议,福斯科——不是因为我需要它,或者相信它,而是因为我不能在此耽搁太多时间。"他停了一下,转身气愤地看了他妻子一眼,"如果我明天回来你还不签字——"他打开了书橱下的柜子,把羊皮纸文件重新锁了进去,余下的就淹没在这一过程的响声中了。他从桌上拿了帽子和手套,然后朝门边走去。我和劳拉后退了一下,让他走过。"记住,明天!"他对妻子说,然后走了出去。

我们等着他穿过厅堂,然后驾车离开。我们站在门边时,伯爵朝我们走近。

"您刚刚看到了珀西瓦尔脾气坏透了的样子,哈尔寇姆小姐,"他说,"作为他的老朋友,我深表遗憾,同时替他羞愧。作为他的老朋友,我保证,他今天有失风度地大发雷霆,明天决不会再这样了。"

他说话时,劳拉握住我的一只胳膊。等他把话说完后,她又意味深长地在上面使劲按了一下。对于任何一个女人来说,她自己站在一边,目睹自己丈夫的男性朋友性情温和地替丈夫在自己家里的不端行为道歉,这简直是令人难以忍受的痛苦——对她也是一种令人难以忍受的痛苦。我礼貌客气地向伯爵道了谢,然后带着她出去。是的!我向他道了谢,因为怀着无法表达的无助感和屈辱感,我已经意识到了,我还能继续在黑水庄园住下去,要么是出于他的关心,要么是他一时心血来潮。我知道,珀西瓦尔爵士都对我这样了,要是没有伯爵的影响支撑着,我是不会希望再留在这儿的。他的影响力是所有影响力中我最惧怕的,但在劳拉最需要我的时刻,他的影响力是把我与劳拉连在一起的唯一纽带!

我们走进厅堂时听见轻便马车的轮子在铺着砾石的车道上吱吱嘎嘎行驶的声音。珀西瓦尔爵士开始他的行程了。

"他上哪儿去呀,玛丽安?"劳拉低声问,"他所做的每一件事都似乎使我对未来充满了恐惧。你怀疑有什么事吗?"

有了她上午的经历之后,我都不愿意把我心里的怀疑告诉给她了。

"我怎么知道他的秘密啊。"我闪烁其词地回答。

"我觉得,女管家是否知道呢?"她坚持问。

"当然不知道,"我回答说,"她一定跟我们一样,不知道的。"

劳拉疑惑地摇了摇头。

"你难道没听女管家说,有传闻说,有人在这儿一带看到了安妮·卡瑟里克吗?你不认为他是去寻找她吗?"

"劳拉,我宁可不去想这件事情,让自己平静一下,况且,发生了这个事以后,你也最好跟我一样。到我的房间,休息一下,平静平静自己。"

我们一同在紧靠窗户的地方坐下,让夏日的芳香扑面而来。

"你为了我,刚才在楼下忍受屈辱,玛丽安,"她说,"我都没脸面看你。噢,亲爱的,想到这个,我心都要碎啦!但我会报答你的——真的会!"

"嘘!嘘!"我回答说,"可别这样说。你做出了这么大牺牲,连幸福都失去了,我受一点微不足道的委屈算得了什么?"

"你听见他刚才对我说的话了吧?"她接着说,语气急促,情绪激动,"你听到了那话——但你不知道那话里是什么含义——你不知道我为何把笔扔下,转身背朝着他。"她突然站起身,在房间走着,情绪异常激动,"我向你隐瞒了很多事情,玛丽安,是怕你伤心痛苦,结果生活的开始就弄得你不幸福。你不知道他是怎样对待我的。然而,你应该知道,因为你今天目睹了他对待我的情景。你听见了他嘲笑我假装有顾虑,你也听见他说,我心甘情愿非要嫁给他不可。"她重新坐了下来,满脸通红,双手在膝上不停地搓揉着。"我现在不能告诉你,"她说,"现在告诉你我会哭出来的——以后吧,玛丽安,等我平静下来以后,我要命的头痛病犯了,亲爱的——痛啊,痛啊,痛啊。你的嗅盐瓶呢?让我对你说说关于你吧。为了你的缘故,我希望自己把名字签了。我明天要给他签字吗?我宁愿委屈了自己,也不愿委屈了你。你站在我这边来反对他之后,如果我再拒绝签字,他会全部怪罪于你的。我们怎么办啊?噢,多想有个朋友来帮助我们,替我们出主意啊!一个我们能够真正信赖的朋友!"

她痛苦地叹了口气。我从她脸上的表情看得出,她是在想念哈特莱特——令我看得更加清楚的是,经她这么一说,我也想念起他来了。她结婚才六个月,我们就需要他在临别时许诺过的真诚帮助了。我曾经真没怎么想,我们有朝一日会需要他的帮助!

"我们必须想办法自己帮助自己,"我说,"我们平心静气地讨论一下,劳拉——尽可能想出万全之策。"

我们把她掌握的有关她丈夫的窘境情况和我听到他与律师的对话结合在一块儿,便得出了以下结论:图书室里的羊皮纸文件是为借款而起草的,而要实现珀西瓦尔爵士的目的,必须要有劳拉的签名。

接下来一个问题是,这份以借款为目的法律契约的性质,还有劳拉如果在不知情的情况下把名字给签了,她要在多大程度上承担个人责任。该问题牵涉的因素远非我们两个人的知识和经验所能企及。我个人坚信,文件上那些隐秘内容的背后深藏着最卑鄙无耻、最具有欺诈性的交易。

我得出这个结论,并不是因为珀西瓦尔爵士拒绝展示文字内容,或拒绝对其做出解释,他这样做仅凭他固执己见的秉性和骄横跋扈的脾气就能说明问题。我怀疑他的诚实的唯一理由是我在黑水庄园观察到的他在言谈和态度上的变化。这一变化令我相信,他在利默里奇庄园整个接受考验的期间一直是在演戏。他处心积虑,体贴入微,讲究礼节,文雅谦逊,与吉尔摩先生的老派观念融洽一致,令人愉快。他对劳拉谨慎谦恭,对我真诚坦率,对费尔利先生温和克制——所有这一切都是一个卑鄙无耻、诡计多端、粗鲁残忍之徒玩弄的鬼蜮伎俩。当他得心应手地玩两面派伎俩达到了目的之后,便撕下了伪装,而就在今天,在图书室里,公开地露出了他的本来面目。我不说这一发现使我为劳拉感到多么痛苦悲伤,因为我无法用语言来表述它。我只是提一提,那是因为它使我下定了决心,除非她首先知道了文件的内容,否则不管后果怎样,我也要反对她在文件上签名。

面对如此情形,等到明天,我们的唯一可能性就是给出一个拒绝签字的理由,该理由要有充分坚实的商业和法律基础,从而动摇珀西瓦尔爵士的决心,同时还要让他觉得,我们两个女人也和他本人一样懂得法律和商业条文。

一番思索之后,我决定给自己能找到的唯一一位正直的人写信,我们可以信赖他对处于悲惨境地中的我们提供直接帮助。此人就是吉尔摩先生的合作者——克尔先生。我们的老朋友因健康原因退出了事务所,并已经离开了伦敦。律师事务所的事情由克尔先生负责处理。我向劳拉解释说,吉尔摩先生曾亲口保证,他的合作者为人诚实,处事慎重,对她的所有情况知道得清清楚楚,绝对可以信赖。我征得她的完全同意后,立刻坐下来写信。

我开宗明义便向克尔先生据实陈述了我们的处境,然后再请求他给我们出主意。我用词言简意赅,直截了当。这样做不至于引起任何误解。我把信写得尽可能简短,同时希望不要纠缠在不必要的客套和不必要的细节上。

正当我要在信封上写上地址时,劳拉发现了一个难题,而我由于一门心思用在写信上,完全把它给忽略了。

"我们怎么能及时得到回复呢?"她说,"你的信要等到明天早晨才能送到伦敦,而回信要到后天早晨才能送到这儿。"

要克服这个困难,办法只有一个,那就是,有一个特别信使把回信从律师事务所直接送给我们。我写了一句附言,大意是请求派一信使乘上午十一点钟的火车把回信送来。这样一来,一点二十分就到达了我们站,信使最迟两点便抵达黑水庄园。要嘱咐他来找我,不要回答任何其他人的询问,不要把信交给除我之外的任何人。

"万一珀西瓦尔爵士明天两点钟以前就回来了,"我对劳拉说,"你要采取的最明智的办法就是,整个上午都待在户外,带上书本或女工活儿,不要在室内露面,直到信使有时间把信送到。我拟整个上午候着他,以免出什么差错。按照这样一个安排,我希望并且相信,我们不可能碰到什么意外的。我们到楼下的客厅去吧。如果我们两个人在房间里待的时间过长,可能会引起怀疑的。"

"怀疑?"她重复了一声,"我们会引起谁的怀疑,珀西瓦尔爵士都已经离开家了?你是指福斯科伯爵吗?"

"可能是吧,劳拉。"

"你也像我一样开始讨厌他了吧,玛丽安。"

"不,不是讨厌,讨厌总是或多或少与蔑视联系在一起的——我在伯爵身上还找不到令人瞧不起的东西。"

"你害怕他对吧?"

"我也许——有一点吧。"

"他今天的干预行为是想着我们的,你还害怕他吗?"

"对啊,同珀西瓦尔爵士的凶狠粗暴相比,我更加害怕伯爵的干预。记住我在图书室对你说过的话。无论情况如何,劳拉,你都不要与伯爵为敌!"

我们下了楼。劳拉进了客厅,我则穿过厅堂,手里拿着信,放进了挂在我对面墙上的邮袋。

宅邸的大门开着,我走出门口时,看见福斯科伯爵和他夫人正站在外面台阶上说话,他们脸朝着我。

伯爵夫人匆匆忙忙进了厅堂,问我有没有空闲和她私下聊上五分钟。对于这样一个人提出这样一个请求,我感到有点惊讶,于是,把信放进了邮袋,回答说,我悉听尊便。她便挽着我的胳膊,表现出从未有过的友好和亲昵态度。她没有把我领进空房间,而是把我拽到外面大鱼池周围的草地带旁边。

我经过伯爵站立的台阶时,他向我们点头微笑,然后立刻进入到室内。他随手把厅堂的门拉了一下,但没有关紧。

伯爵夫人领着我环绕鱼池慢步行走。我还以为她要告诉我什么非同寻常的秘密呢,但却惊奇地发现,福斯科伯爵夫人要找我私下谈的,只不过是在发生了图书室里的事之后要礼貌地表达对我的同情。她丈夫已经告诉了她事情的经过以及珀西瓦尔爵士对我说话时那简慢无礼的态度。冲着我和劳拉,这个消息令她震惊不已,伤心难受。因此,她已打定了主意,如果此类事情再度发生,她将离开此地,以表达对珀西瓦尔爵士粗暴行为的不满。伯爵已经认可她的想法,而她现在希望我也认可。

福斯科夫人平时十分缄默寡言,对于这样一个女人的如此举动,我感到非常奇怪——尤其经历了今天上午我们在停船棚屋交谈时的一番激烈的唇枪舌剑之后。当我的一位长辈主动礼貌客气、亲切友好地找我谈话时,我也应该礼貌客气、亲切友好地回应,才能是尽到了自己的本分。因此,我也以同样的语气回答了伯爵夫人的话。随后,我认为我们双方该说的话都已说了,想设法返回到室内去。

但是,福斯科夫人似乎决心不跟我分手,令我倍感惊诧的是,她还打算聊下去。这位昔日一贯缄默不语的女人,这会儿却喋喋不休,用一些陈芝麻烂谷子的事来纠缠我,什么婚姻生活,什么珀西瓦尔爵士与劳拉,什么她自己的幸福,什么已故费尔利先生在分配遗产时如何对待她,还有其他一大堆事。她就这样缠住我环绕着鱼池一圈又一圈地走了半个多小时,直到把我弄得精疲力竭。我不知道她是不是发现了这一点,她如同突然开始一样,突然停住了——朝宅邸的大门看去——一时间,又恢复到了她那冷若冰霜的样子——我还未想出借口脱身,她就主动地放开我的胳膊。

我把门推开走进厅堂时,突然发现自己又与伯爵面对面站着。他正要把一封信放进邮袋里。

他放了信把邮袋关上后,问我同福斯科夫人在哪儿分的手。我告诉了他,于是,他马上出了厅堂走到他夫人身边。他对我说话时,态度显得异常平静,没精打采,于是,我转过身看了看他,心里思忖着,他是生病了还是情绪不佳。

我为何接下来要径直地走向邮袋,把我自己的信取出来,心里隐隐觉得不放心,又看了看信,为何第二次看信时,突然想到要把信封再贴牢一些——这些谜团要么太深奥,要么太浅显,令我捉摸不透。谁都知道,女人做事往往凭一时冲动,连她们自己都无法解释清楚。而我只能说,我这次的这种无法解释的行为正是那种冲动所致。

不管激发我的影响力是什么,我在自己的房间里准备封信时,立刻庆幸自己顺应了这种力量。我本来同平常一样把信封口,把粘口弄湿,然后放在纸下按了按,而现在过了整整四十五分钟之后,我用手指试试封口,信封立刻就开了,没有粘住,也没有撕破。或许是我粘得不牢吗?或许是粘胶质量有问题吗?

或者,说不定——不!我心里萌发了第三种猜测,想到这一点就恶心。我不愿正视这件明明白白的事。

我几乎害怕明天了——很大程度上取决于我的谨慎和克制。无论如何,我不能忘记两件事:我必须注意在外表上保持对伯爵热情友好。信使把给我的回信从事务所送到这儿来时,要格外小心提防。

七

晚餐时,我们又聚在了一起,福斯科伯爵像平常一样兴致勃勃。他竭尽全力激发我们的兴致,逗我们开心,仿佛决心要把下午在图书室里发生的事情从我们的记忆中抹去。他声情并茂地讲述旅行中的各种奇遇,讲述他遇见的名人要员的趣闻轶事。他任意选择了欧洲各地男男女女的实例来说明不同国家社会风俗的奇特差异。他还风趣幽默地坦陈自己早年做过的一些天真荒唐的事,如在一个意大利中等城镇引领社会风尚,模仿法国作家为一家中型的意大利报纸撰写一些荒诞不经的传奇故事——他就这样轻松愉快地述说着一件又一件事情,直截了当,娓娓动听,让我们兴趣盎然,大饱耳福,好奇心得到了满足。因此,我和劳拉都聚精会神地听,而且,显然看起来有点不合常理，也像福斯科夫人本人一样，充满着敬意。女人能够抵挡住男人的爱情，男人的声誉，男人的仪表和男人的金钱，但当男人知晓如何在女人面前说话时，她们却抵挡不住男人的言辞。

晚饭后，伯爵给我们留下的良好印象还活灵活现地停留在我们心中时，他庄重谦恭地抽身到图书室读书去了。

劳拉提议到屋外空地上去散步，欣赏漫长黄昏时夜幕降临的景象。出于一般礼貌，我们应该邀请福斯科夫人一同前往，但她这一回显然预先得到了指令，于是，请求我们谅解她。"伯爵可能需要些烟卷儿，"她说，语气中透着歉意，"除我之外，别人卷的烟他不满意。"她说这话时，冷冰冰的蓝眼睛几乎透出了温暖——她实际上为自己担当起了制烟工具的职责而自豪，因为她的主人能够在烟雾中心平气和！

只有我和劳拉一同外出了。

黄昏时分，朦胧不清，阴沉压抑，空气中弥漫着植物枯萎腐烂的气息。园里的花朵蔫头耷脑，野地上焦干，没有半点露水。我们从静悄悄的树林上方望去，西边的天际呈淡黄色，太阳矇矇眬眬地在一片烟雾中下沉。天好像要下雨了——说不定夜幕降临时就会下雨呢。

"往哪边走？"我问。

"如果你愿意，玛丽安，去湖边吧。"她回答说。

"你好像对那片凄凉阴森的湖有不解之爱啊，劳拉。"

"不，不是对湖，而是对湖畔的景色。我发现，偌大的一处地方，唯有沙地、欧石楠和冷杉树那些景致才能让我想起利默里奇来。不过，如果你喜欢，我们也可以走另一个方向。"

"亲爱的,黑水庄园里,没有哪条道是我特别喜欢的。我觉得,哪一条都差不多。我们去湖边吧——那空旷的野外,我可能会发现比这儿更凉爽些。"

我们默默无言地穿过树荫密布的林园。黄昏的空中阴沉沉的,我们两个人都觉得有种沉重的压抑感。我们到达停船棚屋边时,很高兴走进去坐下休息一会儿。

一层白色的雾霭低悬在湖面上,对岸深棕色的树影呈现在雾霭之上,如同一片矮树林飘浮在天空中。沙地从我们坐的地方向下倾斜,神秘莫测地消失在雾的深处。万籁寂静,令人恐惧。没有树叶的沙沙声——林中没有鸟的鸣唱——隐蔽着的湖中没有水鸟发出的叫声。今晚连青蛙的呱呱声也停息了。

"这儿很阴暗荒凉,"劳拉说,"但我们在这儿比在别处更加清静。"

她平静地说着,若有所思地凝视着眼前这荒凉寂寞、迷雾笼罩的沙地。我看得出,她满腹心事,根本无法感受外界这片已经印在我心中的荒凉寂寞的景象。

"我答应过你,玛丽安,要把我婚后生活的实情告诉你,不再叫你自己去琢磨了,"她开口说,"我这是头一次向你隐瞒事情,亲爱的,但我断定,也是最后一次。我缄默不语,你是知道的,那是为了你——或许同样也有点为了我自己。对于一个女人来说,承认自己把一生一世相赠的那个男人原来是最不在乎这份礼品的人,这是一件难以启口的事。如果你自己要嫁人,玛丽安——尤其假如你婚姻生活幸福美满——你才会理解体谅我,而单身女子是办不到的,不管她多么善良,多么真诚。"

我该怎么回答呢?我只能拉着她的手,既用自己的眼睛,也用自己的整个心灵看着她。

"我曾多少次,"她接着说,"听见你嘲笑你自己'贫穷'!多少次你开玩笑地祝贺我拥有财富!噢,玛丽安,别再嘲笑了。为了你的贫穷要感谢上帝——它让你主宰自己的命运,使你得到了拯救,不会遭遇降临在我身上的这种厄运。"

一位少妇的嘴里说出了一个伤心痛苦的开端——态度平静,直言不讳,令人听后伤心痛苦。我们在黑水庄园只待了短短数日,但我已经清楚地看到——任何人都可以看到——她丈夫娶她到底目的何在。

"你听了我的失望与痛苦来得如此之快后,"她说,"一定不要伤心难受啊。我让它们留在自己的记忆中已经够难受的。如果我告诉你,他如何接受我的第一次,也是最后一次忠告,如同我用大量话语来描述一样,你定会知道他平时是如何对待我的。那是在罗马的一天,我们一同骑马出去参观塞西利亚·梅特拉的墓[①]。当天碧空如洗,风和日丽——庄严雄伟的古墓格外壮丽——于是,我想起了古代的一位丈夫为纪念他的爱妻而修了这座墓。当时,我心中对自己的丈夫产生了比以往任何时候都更加温柔、更加热切的感情。'你也会为我修一座墓吗,珀西瓦尔?'我问他,'我们结婚前,你说过你深深地爱我,但是,从那时候起——'我说不下去了。玛丽安!他连看都不看我一眼!我放下面纱,心想最好不要让他看见我眼睛里噙着泪水。我还以为他没有注意我,但他注意了。他说:'走吧。'而且他把我扶上马时,独自笑了起来。他上了自己的马,我们离开

[①] 此处是罗马附近亚壁古道上的一个著名景点,拜伦在其《怡尔德·哈罗尔德游记》中对此有描述。

时,他又笑了。'如果我确实要替你修一座墓的话,'他说,'那一定是用你的钱修的。我不知道塞西利亚·梅特拉是不是有一笔财富来支付她的修墓费用'。我没回答——我在面纱后面哭泣,如何回答啊?'啊,你们这些皮肤白皙的女人都喜欢动不动就生气,'他说,'你想要什么?赞美和温柔的话?那行啊!我今天上午心情舒畅,想想要说的赞扬话和温柔话。'当男人对我们说出刻薄话时,他们不知道,我们会把那些话清清楚楚地记着,他们对我们造成多大的伤害。如果我能哭出来,我可能会好受些,但他不屑一顾的样子把我的眼泪都弄干了,我的心都麻木了。从那时起,玛丽安,我再也不克制自己思念沃尔特·哈特莱特了。我回忆着我们相互暗暗眷恋的幸福快乐的日子,我享受到了慰藉。我还能从别处寻求安慰吗?如果我们两个人在一块儿,你会帮助我把事情弄得更好些。我知道这是个错误,亲爱的——但是,告诉我,我是不是毫无道理,大错特错了?"

我不得不把脸转开向别处看。"别问我!"我说,"我难道不也像你一样忍受着煎熬吗?我有什么权利来做判断啊?"

"我常常思念他,"她继续说,放低了声音,身子挨得更近了——"珀西瓦尔晚上去听歌剧,把我一个人撇下。我此时就会思念他。我心里想着,如果上帝保佑赐予我贫穷,而且做了他的妻子,那会是个什么样子。我看见自己穿着便宜洁净的衣服,坐在家里等着他回来,而他在外面挣钱养家糊口——坐在家里为他做家务,因为我必须为他干家务,所以,我更加爱他——看见他疲劳地回到家里,我去帮他取下帽子,脱下外套——玛丽安,用我为他而学会做的小菜,让他高兴开心。噢!我希望他想着我的时候,永不孤独,永不悲伤,就像我想着他而且看见他一样,也看见我啊!"

她在说着这些伤感的话时,声音又充满了那逝去的似水柔情,那所有失去的美丽重又在她脸上晃动。她的眼睛深情地凝视着我们前面这片枯萎萧条、寂寥凄凉、阴森恐怖的景象,如同天色阴沉朦胧之中看见坎伯兰亲切的山峦一样。

"别再说沃尔特了,"我克制住了自己的情绪后,便赶紧说,"噢,劳拉,现在不要谈他,不要让我们两个人都伤心痛苦!"

她醒悟过来了,深情地看着我。

"我宁愿永不再提起他,"她回答说,"也不愿给你带来片刻的痛苦。"

"这是为你好,"我恳求着说,"我这样是替你着想,如果你丈夫听到你——"

"如果他听到我这样说,也不会吃惊的。"

她给了个这么奇怪的回答,一副心灰意懒,沉静冷漠的样子。她答话时态度的变化给我的震惊不亚于回答的内容本身。

"他不会吃惊!"我重复说,"劳拉!记住你都说了什么——你吓着我了!"

"这是真的,"她说——"这就是我们今天在你房间里谈话我想要告诉你的。我在利默里奇时向他坦陈了一切,只有一个秘密是无害的秘密,玛丽安,你自己也是这么说。我只有那个名字没告诉他——但他还是发现了。"

我听着她说,但我却什么也说不出来。她最后几句话把仅存在心中的一点希望都给毁灭了。

"事情发生在罗马,"她接着说,仍是一副心灰意懒、沉静冷漠的样子,"我们参加了一次小型集会,那是珀西瓦尔爵士的朋友——马克兰先生和夫人为英国人举行的。马克兰太太素描画画得好,都出了名,因此有的客人劝她向我们展示一下她的画。我们都夸奖那些画——但我说了句什么引起了她对我的特别注意。'想必您自己也画画吧?'她问。'我曾经画过一点,'我回答说,'但已放弃了。''如果您曾经画过,'她说,'哪一天您尽可以再捡起来,如果情况如此,我希望能给您推荐一位绘画教师。'我没有吭声——你知道为什么,玛丽安——于是竭力转移话题。但马克兰太太仍要说下去。'形形色色的绘画教师我都请过,'她接着说,'但最好的教师,最有才华、最负责任的就是哈特莱特先生。如果您将再画画,可要请他当教师。他是个年轻人——谦逊随和,卓有教养——我肯定您会喜欢他的。'想想看,这些话竟是当着一群陌生人的面对我说的——那些陌生人都是应邀要见新郎和新娘的!我竭尽全力地控制自己——我没有吭声,只是低着头看画。我壮着胆子抬起头时,我和我丈夫目光相遇了。我从他的眼神中看得出,我脸上的表情已泄露了自己内心的秘密。'我们回英国后,'他说,眼睛直盯着我看,'会考虑请哈特莱特先生的事。我同意您的观点,马克兰夫人——我想格莱德夫人肯定会喜欢他。'他最后几个字说得特别重,不由得我脸上火辣辣的,心里怦怦直跳,好像有点透不过气来。没有再说什么话——我们提前离开了。乘车回旅馆时,他在马车里缄口不言。他跟平常一样,扶我下了车,陪我上了楼。但我们一进入到客厅,他就锁上门,把我推到椅子上,双手按住我的肩膀站在我面前。'从你那天上午在利默里奇厚颜无耻地向我进行了一番表白之后,'他说,'我就想要找出那个人,而我今晚从你脸上找到了。你的绘画教师就是此人,他名叫哈特莱特。你将为此而后悔，他将为此而后悔，一直到生命结束。现在睡觉去吧，如果你愿意，就跟他在梦中相见吧——我的马鞭子会在他的肩膀上留下印记的。'他现在只要生了我的气，就会提到我当着你的面时承认的事，而且态度不屑一顾，还带着威胁。他恶意地歪曲了我对他的信任，但我无力阻止他这样。我无法让他相信我，或者使他不提此事。你今天听他说，我心甘情愿非嫁给他不可时，你看上去很吃惊的样子。下次他再发脾气时，你若再听见他这样说，就不会再奇怪了——噢，玛丽安！不要！不要！你让我伤心了！"

我双臂搂住她。悔恨给我带来阵阵刺痛与折磨，我像钳子似的把她夹得更紧了。不错！我悔恨。在利默里奇的纳凉小屋，我对沃尔特说的那番残忍无情的话伤了他的心，他那张苍白绝望的脸浮现在我眼前，给我默默无言的、难以忍受的责备。我的手为妹妹爱着的那个男人指了方向，使他一步一步地远离他的祖国和朋友。我挡在了两颗年轻的心中间，使他们永远分开——他和她的一生也都毁在了我面前，成了我的所作所为的证据。这是我造成的，而且是为了珀西瓦尔·格莱德爵士而造成的。

为了珀西瓦尔·格莱德爵士。

我听着她说话。而透过她说话的语气，我知道，她这是在安慰我——我啊，什么都不配，只配她默默无言的指摘！我不知道，过了多长时间，自己才从痛苦的思绪中解脱出来。我首先感觉到她在吻我，随后才突然醒悟，留意到外界的事。我知道了，自己一直在神情茫然地盯着湖畔的风景看。

"时候不早了，"我听见她低声说，"林园中会很暗的。"她摇了摇我的胳膊,又复述了一遍。"玛丽安!林园里会很暗的。"

"再等一会儿吧,"我说——"就一会儿,好平静一下。"

我心里忐忑不安,不敢看着她,所以,目光一直盯着前方的景色看。

时候不早了。暮色四合,半空中那深棕色的树影变得模糊不清了,隐隐约约像是一个长长的烟圈。下面湖面上的雾不知不觉中弥散开了,飘向我们。周围依然万籁俱静,无声无息——但恐惧感已经过去,只留下宁静寂寥中庄严的神秘。

"我们离宅邸很远了,"她低声说,"回去吧。"

她突然停住了,转过脸朝棚屋门口看。

"玛丽安!"她说着,浑身剧烈地颤抖,"你没看见什么吗?看!"

"哪儿呢?"

"那下面,我们下面。"

她指着,我眼睛顺着她的手,也看到了。

一个人影在远处欧石楠荒原上移动着,横过了我们从停船棚屋看过去的视野,神秘莫测地顺着雾霭的边缘以外过去。人影在我们前方遥远处停住了——等待着——然后继续向前。慢慢地移动,后面和上方全是白色雾团——慢慢地,慢慢地,最后在棚屋的一边滑过,这时候,我们便什么也看不见了。

我们两个人因今天傍晚发生的事而心烦意乱。又过了几分钟,劳拉才壮着胆子走进林园,我这才打定主意领着她回宅邸去。

"是个男的还是个女的呢?"我们最后走进阴暗潮湿空气中时,她低声问。

"我不能确定。"

"你认为呢?"

"看上去像个女人。"

"恐怕是披着斗篷的男人呢。"

"说不定是个男人。光线昏暗,不可能看得准确。"

"等一等。玛丽安!我害怕——看不清路。是不是那人影跟着我们来了?"

"不可能啊,劳拉。的确没有什么可害怕的。湖畔离村庄不远,不论白天还是晚上,这一带都有人走动。只是令人惊奇的是,先前我们怎么在这一带没看见一个人。"

我们此刻来到了林园。这儿很黑——这么黑,我们寻路都有困难。我让劳拉挽住我的胳膊,然后以最快的速度返回。

我们还未走到一半,她停住了,我只好跟着她停下来。她在倾听。

"嘘!"她低声说,"我听见后面有响动。"

"是枯叶,"我让她振作精神说,"或是树枝被风吹下来了。"

"这是夏季啊,玛丽安,根本没有风。听吧,啊!"

我也听见了声音——我们身后像是有轻轻的脚步声。

"不管是什么人,是什么东西,"我说,"我们往前走吧。再过一会,如果有什么东西吓着我,我们离屋很近,喊人也听得见。"

我们快步向前——很快就要走出林园,看得见宅邸窗户口射出的灯光,劳拉已经上气不接下气了。

我等待了片刻,让她有喘息的时间。我们继续向前走时,她又停住了,向我做了个手势再听。我们两个人都清清楚楚地听见身后林子里的黑暗处传来一声长长的沉重叹息声。

"谁在那儿？"我叫出了声音。

没有回答。

"谁在那儿？"我重复了一声。

随后是短暂的寂静。紧接着，我们又听见轻微的脚步声，越来越微弱，越来越微弱——轻轻地消逝在黑暗中——轻了，轻了，轻了——最后在寂静中消失了。

我们匆忙跑出树林，到达了树林边的草坪，急忙横过了草坪，一声没吭，最后到达了宅邸。

厅堂的灯光下，劳拉看着我，脸色苍白，眼神惊慌。

"差点吓死了，"她说，"那会是谁呢？"

"我们明天再猜一猜，"我回答说，"同时，不要对任何人提起我们的所见所闻。"

"为什么不呢？"

"因为沉默才是安全的——而我们在这幢宅邸里需要安全啊。"

我立刻把劳拉送上楼——等了一会儿，取下了帽子，理了理头发——然后立刻借故去图书室找一本书，开始了我的调查。

伯爵坐在那儿，身子占满了整个宅邸里最宽大的安乐椅，双脚搁置在一个矮凳上，膝上横着领带，衬衫的领口敞开了，一边吸着烟，一边平静地看书。福斯科夫人坐在他身边的一个凳子上，像个文文静静的孩子，一边卷着烟卷儿。不管怎么说，夫妻二人今晚都不可能这么晚外出，而匆匆忙忙刚赶回来。从我刚才看见他们的片刻开始，我感觉自己进入图书室的目的已经达到了。

我进入图书室时，福斯科伯爵急忙站起身，态度彬彬有礼，并把领带系上。

"您别客气,"我说,"我只是来这儿取一本书。"

"像我这样大块头的胖子都害怕热,"伯爵说着,一边打着一把大绿扇,郑重其事地替自己扇风,"真恨不得同我的好夫人换一换,她这会儿凉爽得像外面鱼池里的一条鱼。"

伯爵夫人听到丈夫这句怪异的比喻后,犹如冰雪消融,情绪舒缓了一些。"我从不感到热,哈尔寇姆小姐。"她用女人谦虚的口吻,表白了自己的优点之一。

"您和格莱德夫人今天傍晚出去了吗?"我装模作样从书架上取下一本书时,伯爵问了一声。

"对啊,我们出去透了透风来着。"

"我可不可以问一声,是走的哪个方向呢?"

"湖那边——到了停船棚屋那儿。"

"啊哈?到了停船棚屋那儿啦。"

若是在别的情况下,他这样好奇,我可能会觉得反感。但在今晚,我心里反而高兴,因为这证明他和他夫人都与湖畔出现的神秘现象无关。

"我估计,今晚没有什么奇遇吧?"他接着说,"没有什么新发现,就像您那天发现了那只受伤的狗一样?"

他那双深不可测的灰眼睛直盯着我看,目光阴森冷漠,清澈透亮,魅力无穷,令我情不自禁地朝着他看。而我看着他时,心里总觉得不安。每当这种时候,我心里不由得产生一种难以描述的疑惑感,怀疑他在窥探我内心的秘密,而此时此刻,便有了这种疑惑了。

"没有,"我立刻回答说,"没有奇遇——没有发现。"

我把目光从他身上移开,然后离开了房间。很奇怪啊,如果不是福斯科夫人使他先挪动身子并把目光移开帮了我的忙，我恐怕很难做到。

"伯爵，您让哈尔寇姆小姐站着。"她说。

他转身给我搬椅子的当儿，我抓住了时机——对他说了声谢谢——找了个借口——然后溜出去了。

一个小时过后，劳拉的女仆碰巧到女主人的房间来时，我乘机提了一下傍晚很闷热，目的是要进一步弄清楚，仆人们刚才都在干什么。

"你们一直待在楼下感觉很热吧？"我问。

"不热，小姐，"女仆说，"我们并不觉得闷热。"

"我估计，你们到林子里去了吧？"

"我们有的人倒是想去，小姐。但厨娘说，她要搬把椅子到厨房门外的院子里纳凉，其他人想了一想，也都搬了椅子到那儿了。"

现在要了解的就只剩下女管家了。

"迈克尔逊太太睡了吗？"我询问了一声。

"我估计没有，小姐，"女仆微笑着说，"迈克尔逊太太这会儿不是要上床睡觉，而是正要起床呢。"

"为什么呢？你这话是什么意思？难道迈克尔逊太太白天睡觉了吗？"

"不，小姐，不完全是这样，但也差不多。她傍晚一直在她房间里的沙发上睡着呢。"

我把在图书室亲眼所见的情况和刚才从劳拉的女仆那儿了解到的情况结合在一起，自然就得出结论了。我们在湖畔看到的人影，不是福斯科夫人，不是她丈夫，也不是某个仆人。我们听见的身后的脚步声不是这幢宅邸里的某个人。

那会是谁呢？

看来再调查也没有什么结果。我连那人影是个男的还是女的都不能确定。我只能说，我认为那是个女的。

八

6月18日——昨天傍晚，我在停船棚屋里听了劳拉告诉我的情况后，深感内疚，痛苦不已。夜深人静，孤单寂寞，痛苦的感觉再次向我袭来，令我几个小时辗转反侧，备受折磨。

我最后点亮了蜡烛，翻阅往日的日记，看看自己在这桩婚姻灾难中起了什么作用，看看自己本来可以做点什么来避免这场灾难。翻阅的结果令我稍稍欣慰——因为可以看到，不论自己当初的行为有多么盲目轻率，愚昧无知，但是，我完全都是出于好意。通常情况下，哭泣对我是有害的，但昨夜却并非如此——我觉得，哭泣会令我更加轻松。我今天早晨起床时，决心已定，内心平静。不论珀西瓦尔爵士说什么或做什么，绝不可能再激怒我。我一刻也不会忘记，自己待在这儿，无视忍辱负重、饱受欺凌、面临威胁的境况，是为了帮助劳拉，替劳拉着想。

今天上午，我们本来打算对湖畔出现的人影和林园中的脚步声的事情进行深入的研究，但是，有一件令劳拉悔恨不已的小事打断了计划。她把我在她结婚头一天送给她留作纪念的小胸针给弄丢了。

由于我们昨天傍晚外出时,她把胸针别在了身上。我们只能认为,胸针一定从她衣服上掉落了,要么在停船棚屋,要么在返回的途中。她打发仆人出去寻找,但毫无收获。劳拉现在自己出去找了。无论她能否找到,如果珀西瓦尔爵士在吉尔摩先生的合作者的回信送到我手上之前就回来了,丢失胸针这件事倒是有助于她找到不待在家里的借口。

一点的钟声刚刚响过。我在思忖着,自己是该在此等待从伦敦来的信使,还是该悄悄出去,到庄园门房那边去观望。

我怀疑宅邸里的每一个人和每一件事,因此,觉得第二种办法更加理想。伯爵没问题,他待在早餐室里。十分钟前,我跑上楼时,透过门听见他在训练自己的金丝雀变戏法:"出来,爬上我的小指,我的漂……漂……漂亮宝贝儿!出来,跳上楼!一、二、三——上!三、二、一——下!一、二、三——啾……啾……啾……啾啾!"鸟儿像平常一样兴奋地高歌起来。伯爵也对着它们咂嘴啧鸣着,好像他自己也成了一只鸟。我的房门开着,此刻还能听见尖锐的歌唱声和鸣啧声。如果我真要悄悄溜出去,不让人看见——此时正是时候。

四时。我写完上面的日记后,时间已经过去三个小时了。这段时间里,黑水庄园的整个事件的进程全都转入到了一个新的方向。究竟是转入好的方向,还是坏的方向,我不能也不敢断定。

让我首先回到前面停止的地方——否则我会在混乱的思绪中迷失方向的。

我按照计划好了的,出门到庄园门房处准备迎接从伦敦来的信使。我在楼梯上没看见任何人。厅堂里,听见伯爵仍在训练他的鸟。但走过外面的四方院时,碰上了福斯科夫人,她正一个人绕着大鱼池一圈一圈转着,这是她最喜爱的活动。我立刻放慢了步伐,避免显得匆匆忙忙。而且,为了慎重起见,我甚至还询问她是否考虑午饭前出去散步。她态度热情友好,向我微笑着说——她愿意待在宅邸附近——和蔼可亲地点了点头——然后返回厅堂去了。我朝后看了看,看见她关上了门,这才打开了马车入口旁的小门。

不到一刻钟,我便到达了庄园的门房。

门外的小路向左急转,笔直向前延伸了一百码左右后,再向右急转,然后与大路连接。我在两个急转弯之间等待,来来回回地走着,一端门房处看不见我,另一端通向火车站的路上也看不见。两边有高高的树篱,我看了看表,已过了二十分钟,但没有任何动静。这时,我耳畔传来了马车的声音。我向第二个拐弯处走时,迎来了一辆从火车站驶来的轻便出租马车。我示意车停下。他依照我的示意停了下来,少顷,一个外表体面的人把头探出窗外,看是怎么回事。

"对不起,"我说,"我估计,您是去黑水庄园的吧?"

"对啊,小姐。"

"给人送一封信吗?"

"给哈尔寇姆小姐送信,小姐。"

"您可以把信给我,我就是哈尔寇姆小姐。"

来人触摸了一下帽子,立刻下了马车,把信送给了我。

我立刻拆开信看了起来。我把信的内容抄在下面。我觉得,为了慎重起见,最好销毁原件。

亲爱的小姐：来信上午收悉，令我极度焦虑不安。我的回复将尽可能简短明了，直截了当。

我仔细认真地斟酌了您信中陈述的情况，同时根据我所了解的婚后夫妻财产处理协议对格莱德夫人所处地位的界定，我很遗憾地得出如下结论：拆借珀西瓦尔爵士托管款项（即换句话说，借用格莱德夫人两万英镑财产中的一部分）的事正在筹划之中。她已成了该借款契约的一方了，目的是要迫使她同意这种公然背信的行为，并得到她对自己不利的签名，以防她日后提出异议。除此之外，就她所处的境况而论，不可能有别的假设来说明她必须签署任何性质的契约。

万一格莱德夫人在我不得不认为具有上述性质的契约上签了字，那她的托管人就可以从她的两万英镑中把钱预付给珀西瓦尔爵士。如果这样借出的钱不能归还，如果格莱德夫人有子女，那么，以这种手段预付出的款项，无论是多是少，也就冲减了子女的财产。说得更明白一些，格莱德夫人绝不知道，这笔交易可能是对她未出生子女的一种欺诈。鉴于上述严重情况，我建议格莱德夫人以下列理由拒绝签字：即她要求首先应把契约呈送给作为她家庭律师的我审阅（我的合作者吉尔摩先生不在时，由我担任）。这样做无可非议——因为，如果这种交易光明正大，要获得我的赞同是不会有困难的。

真诚地向您保证，我愿意向您提供任何您需要的进一步帮助和建议。小姐，我是您忠实的仆人。

威廉·克尔

我怀着感激的心情阅读这封诚挚友好、通情达理的信。此信为劳拉拒绝签字提供了一个无可辩驳的而且我们两个人都能理解的理由。我在看信时,信使在一旁候着,等待我看完信后对他的吩咐。

"恳请您带话回去,说我弄懂了信中说的意思,并且十分感激,"我说,"目前没有其他事情要回复。"

我手里正握着展开的信说这些话的当儿,福斯科伯爵刚好从大路拐进来,站在了我的面前,犹如从地里冒出来的一样。

这是个无论如何都想不到会遇见他的地方,他的突然出现着实令我大吃了一惊。信使向我告辞后上了马车。我未能跟他说一句话——连点头回个礼都未来得及。我肯定被发现了——而竟然是被那个人发现的——我简直惊呆了。

"您准备回宅邸去吗,哈尔寇姆小姐?"他问了一声,毫无半点惊讶的神色,他对我说话时,马车离开了,他连看都没有看一眼。

我竭尽全力让自己平静下来,做了个表示肯定的动作。

"我也回去,"他说,"请允许我荣幸地陪您一同回去。您挽住我的胳膊好吗?您见到我好像很惊讶啊!"

我挽住了他的胳膊。我刚才思绪混乱,现在刚恢复了一点就想到,不论做出多大牺牲,也不要与他为敌。

"您见到我好像很惊讶啊!"他平静而又固执地重复了一声。

"伯爵,我好像听见您在早餐室里逗您的鸟儿。"我回答说,语气尽量显得平静而又坚定。

"当然,但是,亲爱的小姐,我的那些长了羽毛的孩子很像别的孩子。它们也有任性的时候,今天早上就是如此。我把它装进鸟笼时,我夫人进来了,她说您一个人出去散步去了。您是这样告诉她的吗?"

"当然。"

"呃,哈尔寇姆小姐,陪伴您是一种莫大的快乐,是挡不住的诱惑。到了我这个年纪,这样坦白地说,也没有什么不好,对吧?我抓起帽子,出门来当您的陪伴。有福斯科这样的胖老头陪,比完全没有人陪更强些吧?我走错了路——失望地回来了——结果在这儿,到达的正是我希望的地方(可以这么说吗?)。"

他一直这样滔滔不绝地说着恭维的话,而我除了尽力保持平静之外,根本无法插上嘴。他压根儿就只字不提在小路上看到的情景,也不提我仍拿在手中的信。这种谨慎回避的态度是不祥之兆,我因此相信,他一定通过最不光彩的手段发现了我为了劳拉写信请求律师帮助的秘密。而现在他又确切知道我私下收到了回复,所以他要知道的都已经知道了。他明白,自己一定引起了我的疑心,所以唯一要做的就是竭尽全力消除我的疑虑。面对如此情况,我当机立断,没有以种种自圆其说的解释试图蒙骗他——尽管我害怕他,但作为女人,我仍感觉到,好像我靠在他胳膊上的手被玷污了。

宅邸前的车道上,我们看见双轮轻便马车正要调头拉回马厩去。珀西瓦尔爵士刚刚回来。他在宅邸门口迎接我们。不论他的行程有了什么样的收获,他粗暴刚烈的脾气因旅途劳累而变得更加温柔了。

"噢!你们两个回来了,"他沉着脸说,"室内这样空空荡荡的,什么原因啊?格莱德夫人呢?"

我告诉他掉了胸针的事,并说劳拉到林园里找去了。

"什么胸针不胸针,"他满脸怒气地大声说着,"叫她别忘了下午在图书室会合的事,半个小时之内我要见到她。"

我把手从伯爵的胳膊上松开,慢慢走上台阶。伯爵姿态优雅地向我鞠了躬,然后态度爽朗地对怒气冲冲的宅邸主人说话。

"告诉我,珀西瓦尔,"他说,"你一路驾车愉快吗?你那油光闪亮、美丽可爱的布朗·莫莉累垮了吧?"

"该死的布朗·莫莉——这次驾车外出也一样!我还没吃午饭呢。"

"我想先跟你聊上五分钟,珀西瓦尔,"伯爵回答说,"就在这草坪上聊五分钟吧,朋友。"

"聊什么呢?"

"与你密切相关的事情。"

走过厅堂时,我磨磨蹭蹭地拖延时间,结果听见了他们这一问一答,而且看见珀西瓦尔爵士双手插进口袋里,一副闷闷不乐、犹豫不决的样子。

"如果你再顾虑重重,想用那些该死的话来纠缠我,"他说,"我才不会听,我还没吃午饭呢!"

"出来吧,来跟我聊,"伯爵重复说,他仍丝毫不受他的朋友粗鲁言辞的影响。

珀西瓦尔爵士走下台阶。伯爵抓住他的胳膊,轻轻地拽着他走。我肯定,"事情"指的就是签名。毫无疑问,他们在聊我和劳拉的事。我焦虑不安,心里很难受。对于我们两个人来说,此时此刻知道他们谈话的内容也许是至关重要的事——但无论如何,我无法听到半个字。

我把律师的回信藏在胸前(这时我连把它锁起来都不放心了),在室内从一个房间走到另一个房间,心里惴惴不安,紧张得都快要发疯了。还不见劳拉回来，我想出去找她。但是，一个上午痛苦烦心的事不断，弄得我精疲力竭，所以，经受不住外面的炎热，硬撑着到了门口，还是不得不退回到客厅，躺在身边的一张沙发上休息。

我刚要使自己平静一下，门突然轻轻开了，伯爵探头进来看。

"万分抱歉，哈尔寇姆小姐，"他说，"我只得冒昧打搅您了，因为我带来了好消息。珀西瓦尔——您知道的，他干什么事都变化无常——到了最后关头都会改变主意，所以签字的事暂时搁一搁。我们大家都松了一口气，哈尔寇姆小姐，我很高兴从您脸上看到了这一点。当您把这令人高兴的变化转告给格莱德夫人时，务必请转达我衷心的问候与祝贺。"

我还没有来得及从惊讶中恢复过来，他便离开了我。毫无疑问，签字这件事情上出现了异乎寻常的变化，肯定是他的干预的结果。而他之所以能干预成功，完全是由于他昨天发现了我写信到伦敦求助，今天又收到了回信的事。

我感觉到了这些，但头脑和身体一样，疲惫不堪，所以无法去深思，无法将它们有效地与含糊不清的当前或充满凶兆的未来联系起来。我再一次试图跑出去找劳拉，但头晕目眩，双膝打战。没有办法，只好放弃，很不情愿地躺在沙发上。

室内静谧无声，敞开着的窗外传来夏虫阵阵低吟，我感到舒适了些。我双眼闭着，慢慢地进入了一种奇异的状态，既不是醒着——因为我对周围发生的事一无所知，也没有睡着——因为我意识到自己在休息。如此状态之中，我疲惫不堪的躯体在休息，而头脑却神思连连。我不知道是该把它叫作神态恍惚，还是白日做梦——我看见沃尔特·哈特莱特了。自从今天早上起来，我连想都没有想过他。劳拉也没有向我直接或间接地提到过他——但是，我现在却看见他了，真真切切，犹如过去的时光倒流了，我们两个人又共同在利默里奇庄园。

他仿佛是在一群男人中，其他人的脸我一个也辨认不清。他们全都躺在一座败落的大庙的台阶上。一棵棵参天的热带大树——芜生蔓长的藤蔓绵延不绝地缠绕着树干，面目狰狞的石像在树叶枝丫间若隐若现，龇牙咧嘴——围着大庙，遮天蔽日，把阴森可怕的树荫投在台阶这群可怜无助的人身上。白色的薄雾悄然从地面向上盘旋，一个个像烟组成的圈儿向他们飘近，接触他们的身体，然后在他们现在躺着的地方一个接着一个地把他们放倒，僵死了。我心里充满了痛苦。可怜的沃尔特，我替他害怕，忍不住喊出声，请求他逃命。"回来！回来！"我喊着，"记住您对她和对我许下的诺言。赶在瘟疫传给您、像其他人一样染病死亡之前，回到我们身边来吧！"

他看着我，脸上平静得出奇。"等着，"他说，"我会回来的。我在大路上遇见那个迷途女人的夜晚就已使我的一生与众不同了，注定要成为某个尚未被揭穿的阴谋的道具。无论我在这儿迷途于荒野之中，还是返回到那边的故乡，受到欢迎，我依旧走在一条黑暗的路上，这条路引着我，引着你，还有你我都爱着的你的妹妹，走向未知的因果报应的地方，走向不可避免的结局。等着瞧吧，让其他人染上的瘟疫会从我身边过去的。"

我又看见他了，他仍在森林中，他迷途的同伴已经减少到所剩无几了。大庙不在了，石像也不在了——而在原先的地方，一群又黑又矮的人心藏杀机地潜伏在树丛中。他们手持弓箭，箭已上了弦。我再一次替沃尔特担心，喊出声来警告他。他又一次转向我，脸上仍旧不动声色，平静安详。"黑暗道路上的又一环节而已，"他说，"等着瞧吧，射死其他人的箭会放过我的。"

我第三次看到他，在一条遇险的船上，船搁浅在一片荒凉的沙地海滩外。几条载人超负荷的小船正驶离陆地，把他一个人留在那儿随船一同下沉。我大声喊叫要他向最后那条小船呼救，做最后的努力保全性命。他平静安详的脸看着我，坚定的声音传来一成不变的回答："旅途中的又一环节而已，等着日出吧，淹死其他人的大海会放过我的。"

我最后一次看到他，他跑在一块白色大理石墓碑边，一个戴了面纱的女人的幽灵从下面的墓里出来，在他身边候着。他那张平静得出奇的脸变得出奇的悲伤。但他的话仍然是那么肯定，那么可怕。"越来越黑暗，"他说，"越走越遥远。死神带走了善良、美丽和年轻的生命——但会放过我。瘟疫把人毁灭，弓箭把人射死，大海把人淹死，坟墓把爱情与希望埋葬，这都是旅途中一个个环节，带着我步步接近那个结束。"

我惊恐害怕，语言无法表达，我痛苦悲伤，泪水无法宣泄。我心都沉了。黑暗笼罩了大理石墓碑边的朝拜者，笼罩了从坟墓出来的面纱女人，笼罩了看着他们的做梦人。我再也看不见听不见什么了。

我被一只放到我肩膀上的手惊醒了。是劳拉。

她在沙发边跪下，满脸通红，异常激动。神态狂乱茫然，眼睛盯着我看。我看见她的刹那吓得跳了起来。

"出了什么事？"我问，"什么东西把你吓的？"

她回头看了看半开着的门——把嘴凑近我耳边——低声地回答。

"玛丽安！湖畔的人影——昨晚的脚步——我刚才看见她啦！我跟她说话啦！"

"天啦，谁呀？"

"安妮·卡瑟里克。"

九

我见到劳拉惊魂未定的样子后，惊诧不已。加上醒来后想到梦中的情景，更是沮丧绝望。因此，劳拉说出安妮·卡瑟里克这个名字时，我对这个始料未及的情况简直承受不了，只能一动不动地站立着，屏息静气，默然不语，盯着她看。

她全神贯注于刚才发生的事情，所以根本无暇留意自己的回答在我身上产生的影响。"我看见安妮·卡瑟里克了！我同安妮·卡瑟里克说话了！"她反复说着，好像我没有听清楚她的话似的，"噢，玛丽安，我有事情要告诉你！走吧——待在这儿可能会受到打搅——立刻到我房间去吧！"

她说过这几句心急火燎的话后，拽着我的手，走过图书室，到了一楼尽头的一个房间，那房间是专供她使用的。除了她的女仆，再没有第三个人有任何理由到这儿来打搅我们。她先把我推进房，锁上门，然后还拉上里面的印度印花布窗帘。

我刚才被吓得失魂落魄，这种奇异而又震惊的感觉依然存在。但是，我的心里开始闪现出一个念头，令我越来越相信，长期以来，她面临着威胁,我也面临着威胁,一系列纷繁复杂事情突然把我们两个人紧紧地包围起来了。我无法用言语来表达这个念头——甚至都难以在自己的思绪中朦朦胧胧地领悟到。"安妮·卡瑟里克!"我徒劳无助地低声重复着——"安妮·卡瑟里克!"

劳拉把我拽到房间中间离我们最近的一个软垫凳上。"看吧!"她说,"看这儿!"指着她衣服的胸襟。

我第一次看到丢失的胸针又别在了原先的位置。先是看到了这个实实在在的东西,随后又摸了摸这个实实在在的东西,我混乱不堪的思绪似乎得到了稳定,从而平静了下来。

"你在哪儿找到胸针的?"如此至关重要的时刻,我能够对她说出的第一句话竟然是这样一个无关紧要的问题。

"是她找到的,玛丽安。"

"在哪儿?"

"棚屋的地上。噢,我一开始——怎么告诉你这件事情啊!她对我说话时的态度很奇怪——看上去病得很厉害——她那么突然离开了我!"

种种记忆一股脑儿地涌上了她的心头,一片混乱,因此,她提高了嗓门。我待在这座宅邸里,心中怀有一种无法消除的不信任感日日夜夜地压在心头。此时,这种不信任感立刻促使我要提醒她——如同片刻之前我看见胸针便询问她一样。

"轻点,"我说,"窗户开着呢,花园小路正好在窗户下。从头说起吧,劳拉。把你和那个女人之间发生的事情原原本本地告诉我。"

"我先把窗户关上怎么样?"

"不用,只要小声点儿。只要记住安妮·卡瑟里克在你丈夫的屋檐下是个危险的话题。你最先在哪儿看见她的?"

"在棚屋里,玛丽安。你知道,我出去找胸针,沿着穿过林园的小路走,一步一步地仔细看地上。这样一直走着,过了很长一段时间才到达棚屋。我一进入室内,便就跪在地上到处寻找。我背对着门口,仍然在寻找,突然听见背后传来一个轻柔而又怪异的声音,'费尔利小姐'。"

"费尔利小姐!"

"是的——我先前的名字——一个我以为永远失去了的亲切熟悉的名字。我跳了起来——没有吓着,那声音亲切和蔼,不会吓着任何人——但很惊讶。一个女人站在门口看着我,我根本不记得曾看过那样一张脸——"

"她衣着打扮如何?"

"她穿着整洁漂亮的白色裙服,外面披了一条质地差、又旧又薄的黑色披肩。她的裙服和其余服饰之间的差别令我感到很惊讶。我发觉她注意到了这一点。'别看我的帽子和披肩,'她说,说话时语速很快,气喘吁吁,显得很突然,'如果我不能穿白色,我根本不在乎穿什么。您尽管看我的裙服吧,我不会害臊的。'很奇怪,是不是?我还未说点什么话来安慰她,她便伸出了一只手,我看见了手上有我的胸针。我兴高采烈,感激不已,于是走近她,把我的真实感受告诉了她。'您既然要感谢我,可以帮我个小忙吗?'她问。'可以,当然可以,'我回答说,'只要我力所能及,我很乐意帮助您。''那么,我现在帮您找到胸针,就让我帮您把它别上吧。'她的要求出乎意料,玛丽安,而提出要求时,态度异常地热切,以至我后退了一两步,不大清楚怎么办才好。'啊!'她说,'您母亲是会让我把胸针别上的。'她的语气和神态,还有她提到我母亲时有点责备的意思,令我为自己怀有的不信任感而羞愧。我拉着她拿着胸针的手,轻轻把它举到我的胸前。'您认识我母亲吗?'我问,'是很久以前的事了吧?我以前看过您吗?'她的手忙于给我别胸针,她停住了,把手紧紧按在我胸前。'在利默里奇,一个春光明媚的日子,'她说,'您母亲走在那条通向学校的路上,两个小姑娘,一边一个,您不记得了吗?从那以后,我心里就不再想别的事情了,我心里一直记着。您就是其中的一个小姑娘,而我是另外那一个。当时,美丽可爱、聪明伶俐的费尔利小姐与贫穷可怜、冥顽迟钝的安妮·卡瑟里克比她们现在可是更加亲近啊!'"

"劳拉,她把名字告诉你时,你还记得她吗?"

"记得——我记得在利默里奇时,你问过我关于安妮·卡瑟里克的事,记得你说过,大家都认为她长得像我。"

"你怎么想起那个来了呢,劳拉?"

"是她让我想起的。她看着我时,靠得我很近时,我突然想到,我们彼此很相像!她面容苍白消瘦,憔悴不堪——我看后吓了一跳,好像从镜子里看到了自己病了很长时间以后的面容。这个发现——不知为什么——令我大吃了一惊,一时间,面对她,完全说不出话来。"

"她看到你缄默不语伤心了吧?"

"恐怕是伤心了。'您的脸长得不像您母亲,'她说,'心也不像您母亲的。您母亲的脸很黑,而您母亲的心,费尔利小姐,是天使的心。''我肯定,我对您感到很亲切,'我说,'尽管我无法表达这种感受。您为何叫我费尔利小姐?''因为我喜爱费尔利这个姓,而憎恨格莱德这个姓。'她充满激情地脱口而出。在此之前,我在她身上并未发现任何疯狂的迹象,但我现在好像从她的眼中看到了。'我只是觉得,您或许不知道我已嫁人了。'我说着,想起了她在利默里奇时写给我的那封荒诞不经的信,试图让她平静下来。她痛苦地叹息了一声,转身离开。'不知道您已嫁人了!'她重复着说,'我之所以来到这儿,就是因为您嫁了人。我要在坟墓那边的世界与您母亲相会之前,赶来这儿向您做出补偿。'她离我越来越远,最后到了棚屋门口——然后她观察、倾听了一会儿。她转过身再次对我说话而不是走回来时,停住在那儿,朝里面看着我,两只手分别撑在门口两边。'您昨晚在湖边看见我了吗?'她说,'您听见了我在林子里跟踪你们了吗?为了能单独跟您说话,我已经等待了好几天了——我离开了自己在这个世界上唯一的朋友——让她为我心急如焚,担心受怕——我冒了再度被关进疯人院的危险——这一切可是为了您,费尔利小姐,都是为了您啊。'她的话令我惊恐不安,玛丽安,然而,她说话时的神态令我打心眼里同情她。我肯定,自己的同情是发自内心的,因为我勇敢地把可怜的女人请进了棚屋,让她坐在我身边。"

"她这样做了吗?"

"没有。她摇了摇头,告诉我她必须站在原地,以便观望和倾听,当心有第三者突然闯入。因此,她自始至终守候在门口,两只手分别撑在两边,一会儿突然探进身子对我说话,一会儿又突然缩回去四处望了望。'我昨天天黑前在这儿,'她说,'听见您和与您同来的小姐在说话。听见您告诉她您丈夫的事。听见您说,您无法让他相信您,无法使他保持沉默。啊!我知道那些话的含义。我在倾听时,良心告诉了我。我为何让您嫁给了他啊?噢,我的恐惧——疯狂、痛苦、邪恶的恐惧!'她用那条劣质的破披肩遮住了脸,在披肩后面痛哭流泪,喃喃自语。我开始担心,怕她过于悲痛绝望控制不了自己,到头来连我也没有办法。'请冷静点,'我说,'请告诉我,您本来可以怎么阻挠我的婚姻。'她拿开披肩,目光茫然地看着我。'我本应下定决心,留在利默里奇,'她回答说,'我本不该被他要去那儿的消息吓跑。我本该提醒您,拯救您,不至于把事情弄得不可收拾。我怎么就只有勇气给您写那封信呢?我为何本想做好事,却偏偏把事情搞糟了呢?噢,我的恐惧——疯狂、痛苦、邪恶的恐惧!'她重复了那句话,又用破披肩的一头遮住了脸。看她的样子真可怕,听她说的话真可怕。"

"劳拉,她一再强调恐惧,想必你也问了恐惧什么吧?"

"对,我问了。"

"她怎么说的?"

"她反过来问我,说有个男人曾把她关进疯人院,而如果可能还会再把我关进去,问我怕不怕这个人?我说:'您还害怕吗?如果您还害怕,想必也就不会来这儿吧?''不,'她说,'我现在不害怕了。'我问为何不怕。她突然把身子探进棚屋说:'您难道还猜不出为什么吗?'我摇了摇头。'看着我。'她接着说。我告诉她,看见她一脸痛苦悲伤,一脸病容,我很难受。她第一次露出了微笑。'病?'她重复说,'我快要死了。您知道我现在为何不害怕他。您认为我会在天堂里与您母亲会面吗?如果我见到她,她会原谅我吗?'我很震惊,很慌张,一时答不上话。'在我躲避您丈夫的所有时间里,在我生病的所有时间里,'她接着说,'我一直在考虑这件事,心里催促着自己到这儿来——我想要做出补偿——要竭尽全力消除一切危害。'我态度尽可能诚恳地请求她告诉我,她这样说是什么意思。她仍然看着我,两眼呆滞,目光茫然。'我会消除危害吗?'她疑惑地自言自语。'您有朋友保护您。如果您掌握了他的秘密,他就会害怕您。他就不敢像对待我那样对您。如果他害怕您和您的朋友,为了他自己,他必须善待您。而如果他善待了您,如果我能说这是我促成的——'我心情迫切地要听下去,可她说到这儿突然停止了。"

"你设法叫她再说下去了吗?"

"对啊,但她只是又缩了回去,把脸和手臂倚在棚屋的一边。'噢!'我听见她说着,从声音里听得出,她惊恐不安,心神烦乱,但却亲切温柔,'噢!我能与您母亲埋在一起该有多好啊!如果当天使吹响号角,坟墓里的死者复活时,我能够在您母亲身边醒来该有多好啊!'——玛丽安!我浑身颤抖——听她这样说真可怕。'但是,毫无希望,'她说着,向前移了一点儿,以便再看着我,'对于一个像我这样的陌生人,毫无希望。为了她,我曾亲手擦洗了那墓碑上的大理石十字架,把它擦洗得洁白无瑕,我不会在那下面安息的。噢,不!噢,不!上帝的仁慈,而不是人的,会把我带到她的身边,在那儿,罪恶之徒不再捣乱,疲惫不堪的人得以安息。'她平心静气、痛苦悲伤地说着这些话,沉重绝望地叹息了一声,然后等了一会儿。她一脸局促不安、忧心忡忡的样子,好像在思考,或企图思考。'我刚才说什么来着?'她过了一会儿问,'一想到您母亲,我就什么别的事都忘了。我说什么?我说什么?'我尽可能亲切友好、体贴周到地提醒可怜人。'啊,对,对,'她说着,表情依然困惑茫然,'您与您那邪恶的丈夫在一起,无可奈何。对啊,我必须做成我来这儿要做的事——曾经有一个更好的时机,由于害怕不敢说出,我现在必须对您补偿。''您要告诉我什么?'我问。'您那残忍的丈夫害怕被泄露的秘密,'她回答说,'我曾经用那个秘密威胁过他,他受了惊吓。您也将用那秘密去威胁他,让他也受惊吓。'她沉着脸,两眼射出严厉和愤怒的光芒。神情茫然呆板地向我挥了挥手。'我母亲知道那秘密,'她说,'我母亲守着那秘密消磨了大半生了。我长大后的一天,母亲对我说了些事。而第二天,您丈夫——'"

"说呀,说呀,接着说。她告诉你,你丈夫怎么啦?"

"她在那个关键点上又停住了,玛丽安——"

"没再说什么了吗?"

"她竖起耳朵听了听,'嘘!'她低声说,仍朝我挥挥手,'嘘!'她移向门外一侧,一步一步蹑手蹑脚地慢慢走,直到走过了棚屋的一侧,看不见了。"

"想必你跟上去了吧?"

"对啊,心急火燎,壮着胆子站起身,跟上她去。我到达门口时,她突然又在棚屋的一侧出现了。'那秘密,'我低声对她说——'等下再告诉我那秘密!'她抓住我的胳膊,带着失魂落魄、惊恐不安的眼神看着我。'不是现在,'她说,'这儿不单我们两个人——有人监视我们。明天这个时候来——就您一个人——记住——就您一个人'。她猛然又把我推进了棚屋,我再没看见她了。"

"噢,劳拉,劳拉,又丧失了一次机会!要是我当时在你身边,她就不会逃跑了。你是在哪边最后看见她的?"

"左侧,那边地势低,树林最茂密。"

"你又追出去了吗？你叫了她吗？"

"我怎么可能呢？人都吓呆了，动弹不得，也说不出话。"

"但等到你动得了时——你走出来时？"

"我便跑回来了，告诉你所发生的事。"

"你在林园里没有看见什么人，也没有听见脚步声吗？"

"没有——我穿过林园时，那儿好像悄无声息。"

我思索了片刻。那个所谓暗中监视这次会面的第三者确有其人，还是安妮·卡瑟里克由于激动而幻想出的人呢？这事无法确定。唯一肯定的事情便是，我们都快要知道真相了，结果又告失败——完全彻底、无可挽回地失败了，除非安妮·卡瑟里克翌日会守约到停船棚屋去。

"你肯定把所有经过都告诉了我吗？连带所说的每一句话？"

"我想是的，"她回答说，"我的记忆力不如你的好，玛丽安，但这件事给了我深刻的印象，激发了我浓厚的兴趣，所以，不大可能把重要的情节遗漏掉。"

"亲爱的劳拉，与安妮·卡瑟里克有关联的事情，再微不足道都是至关重要的啊。再想一想，她偶然露过一点她眼下住的地方的口风吗？"

"我记得没有。"

"她没提到一个同伴和朋友——一个叫克莱门茨太太的女人吗？"

"噢，提到了！提到了！我把这给忘了。她告诉我，克莱门茨太太特别想要跟她去湖边，以便照看她，并恳求她千万不要一个人冒险到这一带去。"

"关于克莱门茨太太，她就说了这么多吗？"

"对啊,就这么多。"

"她没有告诉你,离开托德角后藏匿在哪儿吗?"

"没有——我很肯定。"

"也没说她后来住在哪儿吗?也没说她患的什么病吗?"

"没有,玛丽安,只字未提。告诉我,请你告诉我,你对此是怎么想的。我不知道下一步该考虑些什么,该做些什么。"

"亲爱的,你必须要做的是:要注意明天去停船棚屋赴约,无法预料,你再与那个女人见面会有什么结果。不能再让你一个人去了,我会跟随你,保持适当的距离。谁也看不见我,但我会待在听得见你们的声音的范围内,以防不测。安妮·卡瑟里克已逃过沃尔特·哈特莱特,又逃过了你,无论如何,不能让她逃过我。"

劳拉久久地端详着我。

"你相信有我丈夫害怕的那个秘密吗?"她说,"假如,玛丽安,那实际上只是安妮·卡瑟里克的幻想呢?假如她想见我,跟我说的,只是为了叙旧呢?她行为举止怪异,我几乎要怀疑她了。你在其他方面都相信她吗?"

"我什么都不信,劳拉,除了我亲眼观察到你丈夫的行为。我根据他的行为来判断安妮·卡瑟里克说的话——我相信有个秘密。"

我没再说什么,于是起身离开了房间。我的心里充满了种种想法。我们的谈话若是再持久一点,我可能就会把这些想法告诉她,而一旦她知道了,可能会有危险。她把我从噩梦中唤醒,但梦的影子仍然阴森昏暗,笼罩在她的叙述给我内心带来的每一点鲜活印象上。我感觉到不祥的未来正在逼近,心里有说不出的恐惧,令我不寒而栗,迫使我坚信,一系列错综复杂的事情把我们牢牢缠住了,其中有一个尚未被揭穿的阴谋。我想到了哈特莱特——犹如与他告别时看到了活生生的人，犹如在梦中看到他的灵魂——我现在也开始怀疑了，我们是不是正在盲目地向前，迈向一个注定不可避免的结局呢？

我让劳拉独自上楼后，出门到宅邸附近的路上四处看了看。我知道了安妮·卡瑟里克同她分手的情形后，心里迫不及待想知道福斯科伯爵是如何度过下午时光的。同时，珀西瓦尔爵士几个小时前刚结束单枪匹马的旅行，我心里也不禁揣摩这次旅行的其他结果来。

我四处寻找他们，但一无所获，于是返回宅邸，对一楼的房间挨个地看了一番。房里空无一人，我从房间里出来，走进厅堂，然后上楼去劳拉那儿。我在过道上经过福斯科夫人的房间时，她打开了门。我停住了脚步，问她是否能告诉她丈夫和珀西瓦尔爵士的下落。对，她在一个多小时前从窗口看见了他们两个人了。伯爵一如既往地热情友好，抬头看了看，还同平常一样，在微不足道的事情上对她殷勤有加，他说了，要同他朋友一块儿出去进行一次远距离散步。

进行一次远距离散步！自从我与他们交往以来，他们还从未两个人一同外出散步呢。珀西瓦尔爵士除了骑马，根本不喜欢进行其他的锻炼活动。而伯爵（除了出于礼貌陪伴我出去外）也根本不喜欢锻炼。

我回到劳拉身边后发现，我不在场时，她想起了即将要在契约上签字的事。我们一门心思讨论她与安妮·卡瑟里克会面的事，却一直把这事给忽略掉了。她见到我时，一开口便说很惊讶，居然没有叫她去图书室见珀西瓦尔爵士。

"你对这件事情尽管放心好啦,"我说,"至少在目前,你我的决心都不会受到进一步的考验。珀西瓦尔爵士已改变计划了,签字的事推迟。"

"推迟?"劳拉重复了一声,一副惊讶的样子,"谁告诉你的?"

"福斯科伯爵。我相信,多亏有他干预,你丈夫这才突然改变了计划。"

"看起来不可能啊,玛丽安,正如我们考虑到的,如果要我签字的目的是为珀西瓦尔爵士弄到他急需的钱,这事怎么可能推迟呢?"

"我觉得吧,劳拉,我们现在可以释疑解惑了。你忘了珀西瓦尔爵士和律师走过厅堂时,我听到他们之间的对话了吗?"

"没忘记,但我不记得——"

"我记得。有两个方案。一个是弄到你在文件上的签名。另一个是给对方三个月的期票争取到时间。他显然是采用了第二种办法——我们完全有望如释重负,在今后一段时间不必替珀西瓦尔爵士的经济困难分忧了。"

"噢,玛丽安,太好啦,简直不像是真的。"

"是吗,亲爱的?你刚才还在赞扬我的记忆力好呢——但你现在又好像怀疑了。我把我的日记拿来,你就可以看看我是对还是错?"

我立刻拿来了日记本。

我们把日记翻回到记述律师来访的那一则,发现我对当时提出的两种办法的记忆完全准确,发现了这次的记忆同平常一样可靠。我和劳拉的心里都轻松了许多。面对目前危机四伏、凶吉难卜的形势,我们将来的利益关系说不定取决于我坚持不懈记的日记,取决于我记日记时记忆的可靠性。

我从劳拉的表情和态度看出,她也和我一样,考虑到了上面这一点。无论如何,这只是一件小事而已,而我几乎羞于在此记述——因为它似乎生动形象地展示了我们悲惨可怜的处境。我们发现了我的记忆力依然可以有助于我们,如同发现了一位新朋友一样兴高采烈,说明我们已到了无依无靠的地步了。

晚餐铃响起时,我们分开了。铃刚响过,珀西瓦尔爵士和伯爵散步回来了。我们听见宅邸的主人冲着仆人大发雷霆,因为迟到了五分钟,而主人的客人还像平常一样出面劝解,要注意礼貌、忍耐和和睦。

* * * * * * * * * * * * * * * * * * *

傍晚过去了。没有出现任何异常情况。但是,我注意到了,珀西瓦尔爵士和伯爵的行为举止有点独特,因此,上床睡觉时,关于安妮·卡瑟里克,我感到焦虑不安,心绪不宁,担心明天会出什么事。

至此,我已经看得很清楚了,珀西瓦尔爵士最虚伪的一面,因此也是最恶劣的一面,就是他表面上装得彬彬有礼。他同自己的朋友进行了远距离散步后,态度有所好转,尤其对自己妻子的态度。令劳拉暗自惊讶同时也令我暗自惊慌的是,他用劳拉的教名喊她,询问她最近是不是收到了她叔叔的来信,维齐太太何时可以应邀前来黑水庄园?同时还在许多其他小事上对她殷勤有加,令人几乎想起了他在利默里奇庄园求婚时的可恶伪装。这是一种不好的迹象。而我觉得这更是一种不祥之兆。晚饭后,他竟然在会客室里假睡,眼睛狡诈地看着我和劳拉,还以为我们两个人对他毫无戒备。我始终觉得,他独自一人外出,是到威尔明汉质询卡瑟里克太太去了——但是,今晚的情形令我很担心,他此次外出没有白费功夫,无疑掌握了我们尚不知晓的情况。我若是知道了安妮·卡瑟里克身处何处,明天一大早就去向她提个醒。

虽说珀西瓦尔爵士今晚的表现令人看后感觉不舒服,不过我对此也习以为常了,然而,伯爵的表现却是自从我认识他以来没有见过的。他今晚头一次让我见识了一位多情善感的男人①——我觉得,其情感真真切切,而不是逢场作戏。

比如说,他平静文雅,克制顺从,目光和声音都显露出一种既拘谨克制又多情善感的气质。他身上穿的西服背心是他所穿过的最富丽华贵的一件(看起来,他最艳丽显眼的服饰与他最深厚奔放的情感之间存在某种潜在的联系)——背心是淡蓝绿色丝绸做的,四周精巧雅致地镶着银丝花边。他一旦开口同我或者劳拉说话,声调便会降低,有了抑扬变化,绵绵情意,脸上的微笑透着体贴慈祥的爱怜。用餐时,他夫人对他的殷勤表示感谢,他会在餐桌下紧紧握住她的手,与其同斟共饮。"祝你健康快乐,我的天使啊!"他说着,两眼含情脉脉。他吃得很少,甚至不吃什么东西,他朋友嘲笑他时,他会叹息一声说"好珀西瓦尔啊!"饭后,他握着劳拉的手,并问她可不可以"和蔼可亲地替他演奏一曲。"她惊愕不已,答应了。他

---

① 苏格兰作家亨利·麦肯齐(Henry Mackenzie, 1745—1831)的小说《多情的人》(1771)中对此有描述。柯林斯如同其挚友查尔斯·狄更斯(Charles Dickens, 1812—1870)一样,喜爱阅读英国作家劳伦斯·斯泰恩(Laurence Sterne, 1713—1768)的《感伤的旅行》、奥利弗·高尔德斯密斯(Oliver Goldsmith, 1730—1774)的《威克菲牧师传》以及德国作家歌德(Johann Woldgang von Goethe, 1749—1832)的《少年维特之烦恼》等描述男人情感的作品。

坐在钢琴边，表链像条金蛇，盘在淡蓝绿色背心凸出的地方。他硕大的脑袋懒洋洋地耷拉在一侧，两个白皙中呈浅黄的指头轻轻地打着节拍。他高度赞赏着音乐，情深意切地赞美劳拉的演奏风格——不同于当初可怜的哈特莱特对她演奏的赞美。哈特莱特只是天真烂漫地欣赏美妙的乐声，而伯爵则对音乐思路清晰，颇具造诣，训练有素，于是，首先赞扬乐曲的优点，继而赞扬演奏者娴熟的技艺。夜幕降临时，他请求暂不要点灯，以免灯光破坏了日光逝去时的美景韵致。他走到远处我伫立在一旁的窗户边，脚步悄无声音，令人可怕，我站在那儿目的就是要离他远点，以免看见他——他来到我身边，请求我支持他不要点灯的提议。倘若当时真有那么一盏灯能够把他烧毁掉，我会下到厨房亲自把灯拿来的。

"毫无疑问，您一定喜爱这淡雅柔和、闪烁不定的英格兰黄昏吧？"他轻柔地说，"啊！我喜爱。面对如此黄昏，我感到自己对一切崇高、伟大和美好的事物的天生仰慕之情由于这来自天堂的气息而净化了。大自然对于我具有永不磨灭的魅力，具有永不消逝的似水柔情！我是个又老又胖的人，哈尔寇姆小姐，适合于从您嘴里说出来的话，到了我嘴上听起来可就滑稽可笑啦。伤感时遭人揶揄嘲讽是件很难受的事，我的灵魂也仿佛跟我这个人似的，成了老古董了。看啊，亲爱的小姐，日光在树梢间消逝的景色多美！我的心为之所动，您的心也为之所动了吗？"

他停顿了片刻——看了看我——然后吟诵起了但丁描写黄昏的著名诗行[①]，抑扬顿挫，声情并茂，为诗中那无与伦比的美平添了一

---

① 评论家彼得·卡拉乔洛（Peter Caracciola）在《19世纪的小说》（1971）一书中指出，柯林斯在此处是指但丁《神曲》中的《地狱篇》（ii. 1=6）和《炼狱篇》（viii, 1-6）里的诗行。

分魅力。

"呸!"吟诵杰出的意大利诗歌时抑扬顿挫,最后一行刚刚从他嘴边消失,他便突然大声喊着,"我真是老糊涂啊,竟然把你们大家都烦透了!让我们关上心灵之窗,回到现实世界中来吧。珀西瓦尔!我同意点灯啦。格莱德夫人——哈尔寇姆小姐——埃莉诺,我的好夫人——你们哪位赏个脸陪我玩一把多米诺骨牌① 如何啊?"

他的话是针对我们大家说的,但却特别看着劳拉。

劳拉怀有像我一样害怕得罪他的心理,于是接受了他的建议。此时此刻,我是很难做得到的。我无论如何都不可能与他坐到同一张桌子边。透过越来越浓的暮色,他的目光似乎看到了我的心灵。他的声音顺着我的每一根神经颤抖,我时而觉得冷,时而觉得热。梦中那神秘莫测而又恐怖可怕的情景整个傍晚都时不时地在我心中萦绕,现在更是沉重地压在我的心头,令我产生无法忍受的预感和难以言说的恐惧。我又看到了白色的墓碑,还有哈特莱特身边那从墓里出来的蒙了面纱的女人。想到劳拉就像有一股泉水从心底涌出,过去从未体味过的苦水积满了心田。

劳拉从我身边走向牌桌时,我抓住了她的手,吻了她,仿佛今晚我们将会永久离别似的。他们全都用惊愕的目光盯着我看的当儿,我跨过面前敞开着的落地窗跑到室外的庭院了——跑到了室外的黑暗中,不让他们看见,甚至也不让我自己看见。

我们今晚比平常分别更晚。午夜时分,树林里传来低沉凄凉的

---

① 多米诺骨牌(domino)是一种用木制、骨制或塑料制成的长方体骨牌。玩时将骨牌按一定间距排列成行,轻轻碰倒第一枚骨牌,其余的骨牌就会产生连锁反应,依次倒下。多米诺是一种游戏,多米诺是一种运动,多米诺还是一种文化。

风声,打破了夏夜的寂静。我们都感觉到了空气中一股突如其来的凉意,但伯爵第一个就注意到起风了。他替我点亮蜡烛时,停了下来,警示性地举起了一只手。

"听啊!"他说,"明天天气要变了。"

十

6月19日——昨天发生的一件件事情提醒了我,要有思想准备,迟早得面对最坏的局面。今天尚未结束,但最坏的局面已经出现了。

我和劳拉对时间进行了精确推算,从而做出了判断,安妮·卡瑟里克昨天下午一定是两点半钟到达棚屋的。因此,我做出如下安排:劳拉只在午餐时露一下面,然后趁机溜出去,留下我来掩人耳目,一有机会也就跟着出去。根据这个行动方案,如果不出现什么阻碍,她可以在两点半钟前到达棚屋,我也可以在三点钟前到达林园中某个安全地点(轮到我离开餐桌后)。

昨晚起风时,我们便预料到了,今天早晨果然天气有了变化。我起床时,雨下得很大,一直下到十二点钟——这时候,云开雾散,重现蔚蓝色的天空,太阳出来了,看来下午又是阳光明媚的天气。

我迫不及待地想知道,珀西瓦尔爵士和伯爵如何打发上午的时光,因此心里总是无法平静下来。至于珀西瓦尔爵士,尽管外面下着雨,但他一用完早餐就独自一人外出了。他既没告诉我们去哪儿,也没说什么时候回来。我们就看见他穿着长筒靴和雨衣匆匆忙忙从早餐室的落地窗口出去——如此而已。

伯爵在室内平静地度过了上午，时而待在图书室，时而待在会客室，随心所欲地弹奏了几首钢琴曲，嘴里还哼着。从外表上判断，他性格中多情善感的一面依旧自然而然地显露了出来。他沉默寡言，反应敏感，遇上一点点不顺心的事就会长吁短叹，心情沉重（只有胖子才会这样子）。

中餐时，珀西瓦尔爵士还没有回来。伯爵坐在餐桌边他朋友的位置上——伤心痛苦地吞吃了大半块果酱馅饼，蘸掉了整整一瓶奶油——刚一吃完，他便向我们解释这一成就的优点。"喜爱吃甜食，"他说着，语气温柔，态度亲切，"是女人和孩子们天真的爱好，我乐于同他们共享——亲爱的女士们，这是把我同你们联系在一起的又一纽带啊。"

劳拉十分钟后离席。我真想陪同她走。但是，如果我们两个人一同离开了，那会引起怀疑的。更糟糕的是，如果我们让安妮·卡瑟里克看到有一个她不认识的人陪同劳拉，我们很可能从此失去她的信任，而且永不可能挽回。

因此，我竭力耐着性子等待，直到仆人进来收拾餐桌。我离开餐室时，宅邸内外全无珀西瓦尔爵士回来的迹象。我离开伯爵时，他两唇间正衔着一块糖，那只凶狠的鹦鹉正顺着他的西装背心向上攀爬，要去叼那块糖。而坐在丈夫对面的福斯科夫人正聚精会神地注视着鸟和他的动作，她好像过去从未见到过这种情形似的。我在向林园走的路上，小心翼翼地回避，不让别人从餐室的窗口看到。没有人看见我或跟踪我。我看了看表，当时是三点差一刻。

我进入了树林后，便加快了步伐，直到穿过了大半个林园，这才放慢了步伐，小心地向前走——不过，我没有看见任何人，也没有听见声音。慢慢地，我看见了停船棚屋的后壁——停住了脚步，听听动静——然后继续向前走，一直走到离它很近了。棚屋里若是有人说话，我一定听得见。无论远近，依然悄无声息，不见活人的影子。

我从棚屋的后面先绕到一侧，然后再到另一侧，没发现什么，这时我才壮着胆子走到屋前，直接朝里看，室内空无一人。

我喊了一声"劳拉！"刚开始时，声音很轻——然后，喊声越来越大。无人答应，也不见人影。就我能够看到的和能够听到的情况而言，湖畔和树林里唯一的人就是我自己。

我的心开始怦怦直跳了，但沉住了气，先查看了棚屋，然后再查看棚屋前面的空地，看看是否有劳拉到达后留下的痕迹。室内没有发现她到过的痕迹，但在外面的沙地上发现了她留下的足迹。

我看到了两个人的足迹——有大足迹，好像是男人留下的，有小的足迹，我把自己的脚放进去比试了一下，肯定是劳拉留下的。棚屋前的空地上，足迹很凌乱。靠近棚屋一侧屋檐的沙地上，我发现了一个小洞——毫无疑问，那是人工挖的。我只是留意了一下，马上就转身顺着足迹走，沿着足迹指引的方向一路寻找。

足迹引着我从停船棚屋的左侧开始，顺着树林的边缘向前走了——我估摸着——大概有两三百码远的距离——随后，沙地上不见了足迹。我猜想，自己要追寻的人一定是在此进了树林，于是，我也进入了。开始时，我没有寻找到路——但随后找到了一条小路，只是在树木中依稀可辨，于是顺着路走。我顺着小路朝村子方向走了一段，后来在同另一条小路交会处停下了脚步。第二条小路的两侧密密麻麻地长满了刺藤。我伫立在那儿张望了一番,不知该走哪条路。我张望的当儿,发现了荆棘枝上挂了一些女人披肩上脱下的缘饰。我仔细一看,确认缘饰是从劳拉的披肩上脱落的,所以立刻走了第二条路。最后,我来到了宅邸的后面,总是松了一口气。我之所以说松了一口气,那是因为我判断,出于某种原因,劳拉已先期绕着这条路返回了。我从后院和下房进入室内。穿过仆人房间时,碰到的第一个人就是女管家迈克尔逊太太。

"您知道,"我问,"格莱德夫人散步回来了吗?"

"片刻之前,夫人和与珀西瓦尔爵士一同回来的,"女管家回答说,"我担心啊,哈尔寇姆小姐,发生了什么很不幸的事情。"

我的心沉了下来。"您不是说出了什么意外事故吧?"我问了一声,说话声音很微弱。

"没有,没有——谢天谢地,不是什么意外事故。但夫人是哭着跑上楼进自己房间的,而珀西瓦尔爵士已吩咐我通告芳妮一小时后离开。"

芳妮是劳拉的女仆,姑娘心地善良,感情诚挚,跟随劳拉已经有好几年了——凭了她的耿耿忠心和无私奉献,她是这个宅邸里唯一我们两个人都可以信赖的人。

"芳妮在哪儿呢?"我问了一声。

"在我房里,哈尔寇姆小姐。小姑娘失魂落魄的样子,我叫她坐下,平静平静自己。"

我去了迈克尔逊太太的房间,发现芳妮在房间的一角,旁边放着箱子,伤心痛苦地哭泣着。

她根本无法向我解释自己为何会突然被辞退。珀西瓦尔爵士吩咐过了,她领一个月的工钱,以弥补没有提前一个月通知辞退她,然后走人。没有说明任何理由,对她的行为也没有任何指责。不准她去向女主人求情,甚至去见一下说声再见都不可以。她必须离开,没有解释,没有告别——立刻走人。

我说了几句亲切友好的话来安慰可怜的姑娘,接着问她打算今晚住在哪儿。她回答说,想去村上的旅馆住,女店主是个体面人,黑水庄园的仆人都很熟悉。明天一大早,她便动身返回到坎伯兰的朋友身边去,中途不在伦敦停留,因为她在那儿不认识任何人。

我立刻意识到,芳妮离去给我们提供了一个联系伦敦和利默里奇庄园的安全途径,如此途径至关重要,我们要充分利用好。于是,我嘱咐她,傍晚时分等待其女主人或者我的消息。同时还嘱咐她,眼下忍受同我们离别的痛苦,但是,她可以信赖我们,我们定会竭尽全力帮助她的。我说完后同她握了握手,然后上楼了。

若要进入劳拉的卧室,首先必须经过一道通向过道的前厅门。我推了推那道门,门在内侧闩起来了。

我敲了敲门,应门的还是那位体态肥胖的女仆。我那天发现那条受伤的小狗时,她愚蠢笨拙、冥顽不化姿态已经让我的耐性经受了严峻的考验。那件事过后,我才知道她名叫玛格丽特·波切尔,本宅邸的女仆中,她是最笨手笨脚、邋里邋遢、顽固不化的一位。

她刚一打开门便立刻迈步走到门口,呆滞地站立着,冲着我龇牙咧嘴地笑,一声不吭。

"你站立着干什么啊?"我问了一声,"没看见我要进去吗?"

"啊,但是,您不能进去,"她回答说,嘴巴咧得更大了。

"你竟敢这样跟我说话?赶紧让开!"

她两只又大又红的手和胳膊向两边伸开,挡住去路,愚笨的脑袋慢慢点了点。

"主人吩咐过了。"她说,再次点了点头。

我极力控制住自己的情绪,决不在这件事情上同她较劲儿,提醒着自己,一定要去向她的主人说出自己必须要说的话。我转身背朝着她,立刻下楼去找他。我本决心不论珀西瓦尔爵士怎样激怒,都要耐着性子不发火,但此时却已经忘得一干二净了——真不好意思——好像从未下过决心似的。这对我有好处——因为我在这个宅邸受够了,心里闷得慌——发一通脾气确实很痛快。会客室和早餐室都不见人影。我随即去了图书室,珀西瓦尔爵士、伯爵和福斯科夫人都在那儿。他们三个人都站立着,相互挨得很近,珀西瓦尔爵士手上拿着一张小字条。我推开门时听见伯爵对他说:"不——千万不可以。"

我径直地走向他,盯着他的脸看。

"珀西瓦尔爵士,我可以这样理解吗,你妻子的房间是监牢,而你的女仆是监牢的看守?"我问。

"对,你就是应该这样理解,"他回答说,"当心点,不要让我的看守承担双份责任——当心点,不要让你的房间也成为监牢。"

"你要当心点,你是怎样对待你妻子,又是怎样威胁我的,"我冒火了,脱口而出,"英国是有法律保护妇女不受虐待和凌辱的国家。你若伤害了劳拉头上的一根头发,你若胆敢干涉我的自由,我无论如何都会诉诸法律的。"

他没有回答我的话,而是转身向着伯爵。

"我怎么告诉你来着?"他问,"你现在有什么好说的?"

"还是我前面说过的,"伯爵回答说——"不可以。"

即便我怒气冲冲,我还是感觉到他那双镇定自若、冷漠无情的灰眼睛在盯着我的脸看。他刚把话说完,目光便从我身上移开了,意味深长地看着自己夫人。福斯科夫人立刻靠近了我身边,未等珀西瓦尔爵士或者我再次开口说话,抢先对珀西瓦尔爵士说。

"请允许我占用您片刻时间,"她说,声音清晰,冷漠压抑,"珀西瓦尔爵士,我必须要感谢您的盛情款待,但必须拒绝再接受这种款待。您夫人和哈尔寇姆小姐今天受到如此对待,我不可能待在一个妇女受到如此对待的家庭里!"

珀西瓦尔爵士后退了一步,一声不吭地盯着她看。他刚刚听到的宣言——他清楚地知道,就像我清楚地知道一样,福斯科夫人未经她丈夫的许可是不敢斗胆发布的——似乎把他给惊呆了。伯爵站在一旁,看着自己的夫人,满腔热情,充满敬佩。

"她多了不起啊!"他自言自语地说。他边说边走近她,拉着她手挎到自己胳膊上。"我听候你的吩咐,埃莉诺,"他接着说,其态度之平静,神态之威严,是我过去从未看见过的,"如果哈尔寇姆小姐肯赏脸接受我能提供的帮助,我愿为她效劳。"

"见鬼!你这是什么意思啊?"伯爵和他夫人一同平静地走向门边时,珀西瓦尔爵士大声说着。

"别的时候,我都是说一不二的,但这一次,我得听夫人的,"神秘莫测的意大利人回答说,"我们这次调换位置啦,珀西瓦尔,福斯科夫人的看法就是——我的看法。"

珀西瓦尔爵士把手上的纸揉成一团,又骂了一句,抢在伯爵的前头,站到他与门之间。

"你想怎么样就怎么样吧,"他说着,窝着一肚子火,说话声音低沉,近乎耳语。"你想怎么样就怎么样吧——那就等着看好结果吧。"他说完便离开了房间。

福斯科夫人用探询的目光看了看丈夫。"他突然离开了,"她说,"这是什么意思啊?"

"意思就是,你我共同让这位全英格兰脾气最坏的人恢复了理性,"伯爵回答说,"意思就是,哈尔寇姆小姐,格莱德夫人不会再受到粗暴的侮辱,而您也不会再受到不可饶恕的伤害。请允许我对您在这不堪忍受的时刻采取的行动和表现出的勇气给予赞赏。"

"由衷地赞赏。"福斯科夫人提议说。

"由衷地赞赏。"伯爵附和着说。

面对凌辱与伤害,我开始满腔怒火地对抗,但现在已经没有那股力量做后盾了。我忧心忡忡,迫不及待地想要见到劳拉。我无可奈何,对停船棚屋边发生的事一无所知。这一切都压在我的心头,感觉难以忍受。我强作镇定,想用伯爵和他夫人对我说话时的口气跟他们说话,但是却什么也说不出口——呼吸急促而又沉重——默然不语,眼睛热切地看着门口。伯爵看出了我的急切心情,打开门出去,然后再关上门。这时,传来了珀西瓦尔爵士下楼时沉重的脚步声。我听见他们在外面窃窃私语,而福斯科夫人沉着冷静,态度极为平常地安慰我,说她为我们所有的人而感到高兴,珀西瓦尔爵士的行为并没有迫使她丈夫和她离开黑水庄园。她还没有把话说完,外面的窃窃私语停下来了。门开了,伯爵探头朝里看。

"哈尔寇姆小姐,"他说,"我高兴地告诉您,格莱德夫人还是这座宅邸的女主人。我觉得,您会更加愿意从我这儿听到情况好转的消息,而不是从珀西瓦尔爵士那儿——因此,我特意回来说一声。"

"体贴入微,令人钦佩啊!"福斯科夫人用伯爵的措辞和口吻回赠一句对丈夫的赞美。他面带笑容,鞠了一躬,仿佛是从一个彬彬有礼的陌生人那儿听到一句客套的恭维话。他后退了一点,让我先出门。

珀西瓦尔爵士站在厅堂里。我急忙往楼上走时,听见他迫不及待地把伯爵从图书室里叫出来。

"你在那儿等什么?"他说,"我要跟你说话呢。"

"我想单独考虑一下,"对方回答说,"再等一会儿吧,珀西瓦尔——再等一会儿。"

他和他朋友都没再说什么。我到了楼上,顺着过道跑。由于匆忙,心里激动,忘了把前室的门关上——但我一进卧室就把内室的门关上了。

劳拉一人坐在卧室的另一侧,双臂无力地伏在桌上,两手捂住脸。她见到我后边高兴地叫了一声,一跃站起身来。

"你怎么到这儿来的?"她问,"谁允许的?不是珀西瓦尔爵士吧?"

我焦虑万分,一门心思想要听她告诉我事情的经过,所以没能回答她的问题——我只能反问她。然而,劳拉却迫不及待地想知道楼下发生了什么事,她态度坚决,我拗不过她。她还是一个劲儿地重复她的问题。

"当然是伯爵,"我不耐烦地回答说,"本宅邸里谁的影响力?"

她做了个表示厌恶的手势,没让我把话说下去。

"别提他了,"她大声说,"伯爵是世界上最卑鄙无耻的货色!伯爵是个肮脏下流的间谍！"

我还未往下说，卧室门外轻轻的敲门声吓了我一大跳。

我还未坐下，所以我先去看看是谁。打开了门，福斯科夫人站在我面前，手里拿着我的手绢。

"您把它落在楼下了，哈尔寇姆小姐，"她说，"所以我想回房时路过这儿把它带给您。"

她原本白皙的脸变得像死人一样苍白无血色，我看后吓了一大跳。她平常稳健坚定的双手剧烈地颤抖着。两眼恶狠狠地透过敞开的门死盯着我身后的劳拉看。

她敲门前一直在偷听！我从她脸上看出了这一点，从她颤抖的手上看出了这一点，从她看劳拉的眼神中看出了这一点。

她停了片刻后，默不作声地转过身，然后慢慢走开了。

我把门关上了。"噢，劳拉！劳拉！你叫伯爵间谍，我们会后悔这一天的。"

"你若是知道了我知道的情况后，玛丽安，你自己也会这样叫他的。安妮·卡瑟里克说得对，昨天林园里有第三个人在监视我们，而那第三个人——"

"你能肯定是伯爵吗？"

"我绝对肯定。他是珀西瓦尔爵士的间谍——是向珀西瓦尔爵士通风报信的人——他安排珀西瓦尔爵士整个上午在那儿监视和等待我和安妮·卡瑟里克。"

"安妮·卡瑟里克被发现了吗？你在湖边见到她了吗？"

"没有。她没有接近那儿，所以保护了自己。我到达停船棚屋时，一个人影也没有见到。"

"然后呢?然后呢?"

"我进去了,坐下等了一会儿,但内心焦虑不安,又站起身,四处走一走。出门后,靠近棚屋前檐下的沙地上,发现有一些印迹。我躬身仔细看了看,发现沙地上写着一个由几个大写字母组成的词,即'LOOK'(看)。"

"你刮开了沙子,把那儿挖开了对吧?"

"你是怎么知道的,玛丽安?"

"我到棚屋找你时发现了挖动的地方。接着说——接着说吧!"

"对,我刮开了地面上的沙子,不一会儿,看到了藏在下面的一张小字条,上面写了字。署名是安妮·卡瑟里克名字的手写字母。"

"字条呢?"

"珀西瓦尔爵士从我身上抢走了。"

"你记得上面写的内容吗?能给我复述一遍吗?"

"大体上可以,玛丽安,内容很简短。如果换了是你,准能一字不漏记住。"

"告诉我大致内容,然后我们再接着说。"

她照办了,我完全按她向我复述的内容写在下面。内容如下:

昨天,我和您在一块儿时,被一个身材高大、体态肥胖的老头看见了,所以,我赶紧逃走。他走路不很快,追赶不上我,所以,我在树丛中便脱身了。今天,我不敢冒险在同一时间返回到此。于是写了这个,告诉你这个情况,今天早晨六点钟,我把它藏在了沙地里。下次我们谈您那邪恶的丈夫的秘密时,一定要在安全的情况下谈,否则,提都不要提。耐心点吧,我

保证,您会再见到我,而且很快。——安·卡

上面提到的"身材高大、体态肥胖的老头"(劳拉确信,她向我复述时,这几个词用得准确无误)已确凿无疑地表明了,谁是那位窥视者。我记起来了,一天前,我当着伯爵的面告诉了珀西瓦尔爵士,说劳拉到停船棚屋那边寻找胸针去了。情况很有可能是,他进入到会客室里把珀西瓦尔爵士改变计划的事告诉了我之后,接着就殷勤有加地跑到那边去找劳拉,想要让她松口气,不必再为签字的事烦心伤神。情况若是如此,他刚到停船棚屋附近时就被安妮·卡瑟里克发现了。他见到她离开劳拉时慌慌张张的神态,便起了疑心,于是追赶上去,但未能追上。他不可能听到她们先前的谈话内容。把宅邸到湖畔的距离和他从会客室离开我的时间同劳拉和安妮·卡瑟里克谈话的时间对照起来看,我们可以肯定,这件事情确凿无疑。

至此,我得出了类似于结论的推断后,接下来想要知道的是,珀西瓦尔爵士获得了福斯科伯爵告知的情况后,有了什么样的发现?

"你那信是怎么被抢走的?"我问,"你在沙地里找到信怎么处理的?"

"我看了一遍后,"她回答说,"拿着信走进了棚屋,坐下,然后又看了一遍。我看信时,信纸上投来一片阴影。抬头看了看,发现珀西瓦尔爵士站在门口看着我。"

"你设法把信藏匿了吗?"

"我想藏匿起来——但他阻止了我。'你用不着劳神把它藏匿起来,'他说,'我碰巧已看过了。'我只能无可奈何地看着他——一声未吭。'你明白了吗?'他接着说,'我已看过了,两小时前,我把

它从沙地里挖出来了，然后又把它埋了起来，再在上面写了那个字，等待着你来发现它呢。你现在都把它挖出来了，还有什么可说的。你昨天偷偷见了安妮·卡瑟里克，此时此刻，手上又拿着她的信。我还未逮着她，但已经逮着你啦。把信给我。'他走近我——我孤身一人面对他，玛丽安——我干得了什么？我把信给了他。"

"你给他信后，他怎么说？"

"刚开始时，他没有说什么，抓住我的胳膊，把我拽出了停船棚屋，然后朝四周看了看，好像担心有人看见或听见。后来，他紧紧地拧住我的胳膊，并且低声地对我说——'安妮·卡瑟里克昨天对你说了什么？我要一字一句从头至尾听一遍。'"

"你告诉他了吗？"

"我孤身一人面对他，玛丽安——他手段残忍，把我的胳膊拧得青一块紫一块——我还能干什么呢？"

"你胳膊上还有伤痕吗？让我看看如何？"

"你为何想要看呢？"

"我想看看，劳拉，因为我们的忍耐已到了极限，我们的反抗必须从今天开始。伤痕就是反击他的武器。现在让我看看吧——我或许将来的某个时候还要为它作证呢。"

"噢，玛丽安，别这样！别这样说！现在不痛了！"

"让我看看吧！"

她把伤痕亮给我看。我已无法为它们而悲伤，为它们而痛哭，为它们而颤抖。人们说，我们女人要么比男人好，要么比他们更坏。如果说那一时刻，诱惑某些女人变得更坏的因素降临到了我身上——谢天谢地，他夫人未能从我的脸上看出半点异样。温柔娴雅、天真无邪、情真意笃的人还以为我这是替她担心受怕，替她伤心难受——根本没想别的什么。

"别把这事想得过于严重了，玛丽安，"她把衣袖拉下来时，态度天真地说，"现在，我不感觉疼痛了。"

"亲爱的，为了你，我会静下心想一想的。——行啊！行啊！安妮·卡瑟里克对你说的所有的话——即你告诉我的全部情况，都告诉他了吗？"

"是啊，全告诉了。他一直追问——我独自一人面对他——什么情况都隐瞒不了。"

"你告诉了他之后，他说了什么吗？"

"他一副挖苦嘲弄、尖酸刻薄模样，看着我，然后独自哈哈大笑起来。'我要你把其余的情况都说出来，'他说，'你听明白了吗？其余的。'我神色严厉，告诉他说，自己已把所知道的一切都对告诉他了。'你没有！'他回答说，'你知道的不止这些。你不说吗？你会说的！我在这儿不能撬开你的嘴，到家里一定要把你的嘴撬开。'他带着我穿过了林园中一条陌生的小路——我们途中不会遇上你——他一声都没有吭。直到我们看见宅邸，他这才停住了脚步，一边说：'如果我再给你一次机会，你把握住吗？你会再好好想一想，把其余情况都告诉我吗？'我只能重复前面说过的话。他骂我顽固不化，然后继续向前走，把我拽进了室内。'你骗不了我，你知道的不止这些，我会叫你把秘密说出来的，还会叫你姐姐把它说出来。你们两个再也别想在一块儿搞密谋、说悄悄话了，除非你把真实情况说出来，否则你们谁也别想见到对方。我会派人早上、中午、晚上监视你，直到你说出真相。'我说什么他都不听。他把我直接带到楼上我自己的房间。芳妮坐在那儿,帮我做手工活儿,他立刻命令她出去。'我倒是要小心点儿,不要让你搅和到一块儿去搞密谋,'他说,'你今天就得离开本庄园。如果你的女主人想要个女仆,她可以到我挑选好的里面要一个。'他把我推进房间,锁在里面——他安排那个没头没脑的女人在外面监视我——玛丽安!他的神态和说话的样子像个疯子。你简直不可理解——他真是那样的。"

"我能理解,劳拉。他疯了——他做了亏心事,害怕了,所以疯狂了。我对你刚才跟我说的每一句话都确信无疑,安妮·卡瑟里克昨天离开你时,你都快要发现那个可以置你那卑鄙的丈夫于死地的秘密了——而他以为你已经发现了秘密。他心里有鬼,本性虚伪,无论怎么说或怎么做都无法消除他对你的猜疑,也无法让他相信你说的是实话。我这样说并不是想吓唬你,亲爱的。我说的目的是要你睁开眼睛看看自己的处境,而且要让你相信,趁着机会还掌握在我们手中时,为了保护你,让我尽最大的努力采取行动,刻不容缓。福斯科伯爵今天下午进行了干预,我能够接近你,但他或许明天就撒手不管了。珀西瓦尔爵士已经辞退了芳妮,因为她是个敏捷睿智的姑娘,对你忠心耿耿,情真意笃。他已挑选了一个女人代替她,那女人根本不会为你的利益着想,加上冥顽不化,和院里的一条看门狗差不多。我们除非现在把握利用好时机,否则,很难说他下一步会采取什么强暴的措施。"

"我们能做什么呢,玛丽安?噢,我们若是能够离开这座宅邸,永不再看到它,那该有多好啊!"

"听我说,亲爱的——尽量想着,只要有我在这儿陪着你,你就不会感到孤独无援的。"

"我会这样想的——我确实是这样想的。想着我的时候,可不要完全忘记了可怜的芳妮啊。她也需要帮助和安慰。"

"我不会忘记她的。我来这儿之前已去看过她了,而且安排好了,今晚再与她联系。信放在黑水庄园的邮袋里不安全——为了你,我今天准备写两封信,送信的事不经别人的手,只由芳妮来办。"

"什么信?"

"我准备先给吉尔摩先生的合作人写封信,劳拉,他答应了,一旦出现了什么紧急情况,他会帮助我们。我尽管不是很懂法律,但可以肯定,法律是会保护一个女人的,不至于受到如今天那流氓无赖那样对你的虐待的。至于安妮·卡瑟里克的情况,我不会详述,因为我提供不出确凿无疑的信息。但那位律师应该知道你胳膊上的拧伤,还有在这个房间里对你实施的暴行——我今晚睡觉之前就会让他知道的。"

"但是,想想事情可能会暴露的,玛丽安!"

"我还就存心要让事情暴露出去。珀西瓦尔爵士比你更加害怕事情被暴露。如果没有别的办法可以迫使他妥协屈服,把事情捅出去则可以办到。"

我说话时站起身,但劳拉请求我不要离开她。

"你会逼得他走极端的,"她说,"我们的危险则增加十倍。"

我感觉,这是实话,令人痛心疾首的实话。但是,我自己不能实话实说地向她坦白这一点。我们处在可怕的境地,无依无靠,毫无希望,只有铤而走险,做最坏的打算。我说话谨慎,向她表达了这个意思。她痛苦地叹息着——不再坚持己见了。她只问了我准备写那第二封信的事情。信准备写给谁?

"写给费尔利先生,"我说,"你叔叔是你最亲的男性亲属,又是一家之主。他必须也一定会出面干预的。"

劳拉摇了摇头,态度悲伤。

"对啊,对啊,"我接着说,"我知道,你叔叔那个人,体弱无力,自私自利,俗不可耐。但是,他不是珀西瓦尔·格莱德爵士,而且他身边也没有像福斯科伯爵这样的朋友。我压根儿不指望他对你或对我会体贴仁慈,关怀备至。但为了自己养尊处优,安宁平静,他什么事都会干。我只要这样去劝他:说他此时此刻出面干预,实可使他免除今后不可避免的麻烦、苦难和责任。所以,他看在自己的分上,也会行动起来的。我知道如何跟他打交道,劳拉——我曾尝试过。"

"你若是能够劝说他同意我返回利默里奇庄园去,和你一道平静地过上一段时间,玛丽安,我定会像出嫁以前那样幸福快乐。"

我听到这话后产生了新的想法。要让珀西瓦尔爵士面临两种选择:一是用法律的手段保护他夫人,从而把他陷入身败名裂的境地。二是同意她以到叔叔家探亲为借口悄无声息地与他分别一段时间。这样做可不可以呢?如果可以,能不能指望他接受后一种选择呢?难说——很难说啊。尽管希望渺茫,但难道不可以试上一试吗?处于一筹莫展、不知道如何办更好的情况下,我决心要试上一试。"你叔叔应该知道你刚才提出的这种愿望,"我说,"对于这件事情,我也会征求律师的意见。这样做可能会有个好的结果——我希望将来有个好结果。"

我说后站起身,但劳拉再次要求我坐回原位。

"别离开我,"她说,心神不宁,"那桌上是我的书写台,你可以在这儿写信。"

虽说是替她着想,我要拒绝她也会感到很痛苦,但是,我们两个人单独待在一块儿的时间已经太长了。我们要想再见面,就一定不能再引起他们怀疑。此时此刻,那些无耻之徒可能正在楼下想着我们,谈论着我们,因此,我应该不露声色,若无其事地到他们中间去。我向劳拉解释了这种必要性,要她和我一样认识到这一点。

"一个小时后,或更早一些,我还会回来的,亲爱的,"我说,"今天最糟糕的事已经过去了。保持平静,没有什么可害怕的。"

"钥匙在门上吗,玛丽安?我可以在里面锁上吗?"

"可以,钥匙在这儿。锁上门,任何人来都不要开,等着我上楼来。"

我吻了她后离开了。离开时,听到钥匙在锁里转动的声音,知道了那扇门完全由她把持了,我这才松了一口气。

十一

我刚刚才走到楼梯口,突然由劳拉锁门这件事联想到我不在房内时自己的房间也应锁上,把钥匙安全地带在身边,以防不测。我的日记连同其他文件已经锁在桌子的抽屉里了,但文具却放在外面,其中包括一枚印章,上面有两只鸽子在同一杯中饮水的普通图案,还有一些吸墨纸,昨天夜里写的日记的最后几行印在了上面。我疑虑重重,难以控制,连这样微不足道的东西都不放心,好像不妥善保管好都会出危险——我不在房内时，连上了锁的桌子抽屉都不保险，非要谨慎小心，等到把进入房间的途径也封锁了才行。

我发现，自己同劳拉在一块儿说话的当儿，没有人进入自己房间的迹象。文具仍然和平常一样零零散散地摆在桌上（我对仆人吩咐过了，绝不能去动它们）。与其有关的，只有一个情况引起了我的注意，即印章与铅笔和封蜡一同整整齐齐地放置在文具盒里。我这人粗心大意惯了（不好意思，只得承认），不会把它放到那儿的。我也不曾放到那儿过。但是，话得说回来，由于我也记不起来原先它是放在哪儿的，同时心里面觉得，这次或许可能随手放在了它该放的地方。再说了，这一天的事情已经令我够心烦了，所以，我不想再因这样一件小事情添堵。我锁上了门，把钥匙放在衣袋里，然后下楼了。

福斯科夫人独自待在厅堂里，看着那支晴雨计。

"还在下雨，"她说，"雨还会下的。"

她脸上的表情很平静，恢复了平常的表情和气色。不过，那只指着晴雨计表面的手仍然在颤抖着。

她无意中听见了劳拉同我在一块儿时骂她丈夫是"间谍"，她已经把这个情况告诉他了吗？我断定，她一定告诉他了。我想到由此引起的后果，心里不禁担心受怕起来了（尤其是由于这种恐惧感迷离不清，所以更加难以抑制）。女人间相互都能觉察到对方种种细微的显露内心想法的迹象，所以我坚信，福斯科夫人虽然外表上装得礼貌客气，但她并未原谅自己的侄女，因为后者妨碍了她获得那一万英镑遗产——上述种种想法一股脑儿地涌上了我的心头。我不得不怀着无望之望，凭着自己的影响和力量替劳拉说话，以便弥补其过错。

"福斯科夫人,您大人大德,恳请您原谅,我能冒昧跟您谈一件令人不快的事吗?"

她两手交叉放在前面,表情严肃地点了点头,一声不吭,眼睛盯着我看了一会儿。

"您一片好心把我的手绢送回给我时,"我接着说,"我非常非常遗憾,您一定无意中听见了劳拉说的话,那话我不愿意重复,也不想辩解。我只是冒昧地希望,您不会把它当成重要的事告诉伯爵。"

"我根本不认为那是什么重要事情,"福斯科夫人突然尖刻地说。"不过,"片刻间又恢复了冷若冰霜的神态,补充着说,"我对我丈夫从无秘密可言,即便是微不足道的小事也罢。刚才,他注意到了我伤心难受的样子,尽管令人不愉快,但我有责任告诉他自己为何伤心难受,所以,我坦率地向您承认,哈尔寇姆小姐,我已经告诉他了。"

我对此本来是有思想准备的,但当她把这些话说出来之后,还是觉得浑身冰凉。

"我真心诚意地恳求您,福斯科夫人——真心诚意地恳求伯爵——体谅一下我妹妹的恶劣处境。她由于受到丈夫的侮辱和不公平的对待,极度痛苦才说出了那些话——她说出那些鲁莽的话时,情绪不正常。我可以希望你们二位宽宏大度,原谅她说了那些话吗?"

"毫无疑问。"我背后传来伯爵平静的声音。他手上拿着从图书室取来的书,脚步悄无声息,偷偷走到了我们身边。

"格莱德夫人说那些轻率的话时,"他接着说,"她冤枉我了,我对此很痛心——但我不会计较。我们不要再谈论这个话题了,哈尔寇姆小姐，我们从此和睦友好地团结一致把它忘了。"

"您真的很仁慈啊，"我说，"您让我一身轻松，简直无法形容——"

我本想再说下去——但他的眼睛看着我，宽阔光滑的脸上挂着生硬刻板的笑容，把一切都掩盖起来了。我信不过他那神秘莫测的假相。我丢人现眼，竟然降低身份去向他妻子和他本人求情。我心烦意乱，局促不安，所以接下去的话到了嘴边又咽下去了，只是缄默不语地站在那儿。

"我恳切地请求您不要再说啦，哈尔寇姆小姐——您竟然认为有必要说这么多，真令我震惊。"他说完这句彬彬有礼的话后，握住了我的手——噢，我多么瞧不起我自己啊！噢，即使我知道自己屈服是为了劳拉，心里也还是享受不到些许的慰藉！他握住了我的手，把它凑到他那令人厌恶的嘴唇边。我从未像当时那样对他怀有满腔的憎恨。他那看似坦率真诚的亲热表现令我厌恶到极点，仿佛那是男人强施于我的最肮脏无耻的侮辱。然而，我还是掩饰了对他的厌恶——极力装出笑容——我曾经对别的女人的欺诈行为深恶痛绝，极度鄙视，现在却也像她们当中最恶劣的人一样虚伪，同吻过我的手的这个犹大一样虚伪。

假如他的眼睛继续盯着我的脸看，我恐怕难以保持这种有辱我人格的自制了——知道我不能保持这种自制，才算弥补了我一点自尊。他妻子凶悍妒忌的神态救了我，迫使他刚握住我的手瞬间，注意力从我身上转移开了。她冷若冰霜的蓝眼睛闪着光，毫无生气的脸颊涨得通红，一时间，她显得比实际年龄年轻了许多。

"伯爵啊！"她说，"您这种外国人的彬彬有礼，英国女人是不会理解的。"

"请原谅，我的天使！这个世界上最出色而又最可爱的英国女人是会理解的。"他说完便放开了我的手，然后再平静从容地拉起他妻子的手凑向嘴边。

我跑上楼，躲回到我自己的房间里。如果有时间思考，我孤身一人时，内心会痛苦不堪，备受煎熬。但没有时间思考，幸亏当时只想到行动，不能思考别的，我才保持了冷静和勇气。

给律师和费尔利先生的信尚未写，于是，我毫不迟疑地坐下来专心写信。

我并没有很多对策，需要煞费苦心地进行选择——首先，除了我本人，根本没有别人可以依靠。珀西瓦尔爵士在这一带的朋友和亲戚中没有哪一个可以指望替我们说情的。他与附近这些身份与地位相当的家庭的关系极为冷淡——与其中某些家族简直势不两立。我们两个女人既没有父亲又没有兄弟到宅邸来保护我们。我别无选择，只好写两封结果难以预测的信——或者，悄悄逃出黑水庄园，让劳拉背黑锅，让我背黑锅，彻底断了将来和解的后路。除非面临生命危险，否则没有理由采取第二种办法。先必须考虑写信的事。于是我写了信。

给律师的信中，我只字未提安妮·卡瑟里克的事，因为（正如我向劳拉提示过的）这个话题连着一个至今尚未解开的谜团，因此，给一位职业男性写信时提这件事毫无用处。我让我的收信人按照自己的意愿去理解，把珀西瓦尔爵士的不光彩行为归因于新的金钱方面的纷争，并且直截了当地请教他，如果劳拉的丈夫不许她离开黑水庄园一段时间，与我一道返回利默里奇庄园，是不是可以通过法律手段来保护她。我请他就后一种安排的详情去征询费尔利先生的意见——我向他保证，我写信是经劳拉授权的——信的末尾，我恳请他以他的名义，尽最大的努力，在最短的时间内采取行动。

我接下来再给费尔利先生写信。用曾对劳拉说过的话请求他，因为那样最有可能促使他采取行动。我随信附了一份给律师的信，以向他表明，事态有多么严重。我陈述了，我们返回利默里奇是唯一的折中办法，因为它可以使劳拉目前危险和痛苦的处境不至于在不久的将来不可避免地殃及她本人和她叔叔。我写完信，把信封好，再在信封上写好姓名地址，然后拿着信返回劳拉的房间，告诉她信写好了。

"有人打扰你了吗？"她给我开门时，我问了一声。

"没人敲过门，"她回答说，"但我听见前室有人来过。"

"男人还是女人？"

"女人。我听到她的衣裙窸窣作响。"

"像丝绸那样窸窣作响吗？"

"对，像丝绸。"

福斯科夫人显然在外面监视。她本人造成的危害倒并不怎么可怕。但作为她丈夫的驯服工具所造成的危害倒是极为可怕，不容忽视。

"你听不到前室里的衣裙窸窣声时，那声音往哪边去了？"我问，"你听到在外面走廊上你房间的墙边过去了吗？"

"对，我静静地听，并且听到了。"

"往哪边？"

"你房间那边。"

我再思忖了一下。声音没有传到我耳边。但当时我一门心思在写信,而且写信的手用力很重,鹅毛笔划在纸上嚓嚓作响。福斯科夫人很可能都听见我的笔写字的嚓嚓声,我却没听见她衣裙的窸窣声。这是我不放心把信放进厅堂里邮袋的另一原因(如果我需要原因的话)。

劳拉看见了我若有所思的样子。"困难更多了!"她满脸沮丧地说,"困难更多了,危险也更多了!"

"没有危险!"我回答说,"困难或许有一点。我在想一个万全之策,如何把这两封信送到芳妮手里。"

"这么说来,你真的已经把信写好啦?噢,玛丽安,不要冒险——千万,千万不要冒险啊!"

"不,不——不用怕。让我看看——现在几点钟?"

六点差一刻。我晚饭前还有时间到村上的旅馆去,再返回。如果我等到傍晚,可能再没有机会安全离开宅邸了。

"用钥匙把门反锁,劳拉,"我说,"别担心我。如果听到有人问起,你就隔着门应,说我出去散步去了。"

"你什么时候回来?"

"晚饭前一定回来。鼓起勇气来吧,亲爱的。到了明天这个时候,就会有一个头脑敏锐、值得信赖的人为了你的利益而采取行动了。吉尔摩先生的合作人是我们除吉尔摩先生本人之外最好的朋友。"

我刚一离开,想了一下,觉得最好先看看楼下的动静,然后再换上出门散步的衣服。我还不肯定珀西瓦尔爵士是在室内还是在室外。

金丝雀在图书室里唱着歌,门没关上,室内散发出烟味,我立刻知道伯爵在哪儿。我经过门口时,扭头看了一下,惊奇地发现,他正风度优雅、彬彬有礼地向女管家展示鸟的驯服温顺。他一定是特意邀请她去看的——因为她从不会主动想到进图书室。这个男人每一个细小的行动都有其目的,这一次的目的是什么呢?

我当时根本没有去探究他的动机,接着,四下寻找福斯科夫人,发现她正在做她热衷于做的事,绕着鱼池一圈又一圈地转。

片刻之前,她因为我妒意大发,我心里有点疑惑,不知道她如何面对我。但是,这期间,她丈夫已把她驯服了,所以,她同我说话时,还和平时一样礼貌客气。

我对她说话的唯一目的就是要弄清楚,她是否知道珀西瓦尔爵士到哪儿去了。我故意拐弯抹角提起他,双方搪塞了几句。她最后提到,珀西瓦尔爵士离开家了。

"他骑的哪一匹马啊?"我问了一句,显得漫不经心。

"没有骑马,"她回答说,"他两小时前步行走的。我觉得,他是要再次去打听那个名叫安妮·卡瑟里克的女人的情况。他好像迫不及待地要寻找到她。您知道她疯了,很危险吗,哈尔寇姆小姐?"

"我不知道,伯爵夫人。"

"您要进屋去吗?"

"对啊,我想进屋了,快到更衣用餐的时间。"

我们一同进入宅邸。福斯科夫人信步走进了图书室,关上了门。我立刻去取帽子和披肩。我若是想要在晚餐前赶到芳妮住的旅馆并且返回,那得分秒必争啊。

我再一次走过厅堂时,那儿没有任何人,图书室里也没有了鸟儿鸣唱的声音。我不可能再停下脚步来观察动静了。只能让自己确信,一路通畅,然后把两封信安安稳稳地藏匿在衣服口袋里,离开了宅邸。

前往村里的路上，我做好了可能遇上珀西瓦尔爵士的准备。我只要对付的是他一个人，就肯定不会惊慌失措。无论何时，对自己的智慧充满了信心的女人，定能对付无法控制自己脾气的男人。我不至于像惧怕伯爵那样惧怕珀西瓦尔爵士。我知道了他外出的目的之后，心里不仅没有躁动不安，反而平静自如了。他既然全力以赴，迫不及待，一定要寻找到安妮·卡瑟里克的下落，我和劳拉便有望暂不会受到他的加害。眼下，为了我们，同时也为了安妮，我希望并且热诚地祈祷，她还能从他身边逃脱。

我顶着炎热，以最快的速度行走。到达通向村里的十字路口时，我时不时地回头张望，确认后面没有人跟踪。一路上，后面除了一辆空马车，没有看到其他什么。我听到马车轮子辘辘滚动的声音后，心烦意乱。我发现，马车也同样朝着村上行驶。这时候，我停住了脚步，让马车先过去，直到听不见声音了。我比先前更加警觉，注视着前方的马车，好像看到了，时不时有一对男女紧跟在马车后面行走，赶车的在前面马的一侧。我刚才走过的那段路很狭窄，跟在我后面的马车都挨着两旁的树丛了，只好让它先过去，才能验证自己的感觉是否准确无误。很显然，我的感觉是错误的，因为等马车从我身边开过去时，后面没有人。

我到达了旅馆，没有遇见上珀西瓦尔爵士，也没有发现其他什么情况。我看见，旅馆女店主对待芳妮热情周到，心里很高兴。姑娘可以坐在一间远离酒吧①喧闹的幽雅单间里，顶层还有一间洁净的

---

① 旅馆内设置的酒吧（tap-room），主要吸引社会最底层的人，因为这里的酒水更加便宜，所以很喧闹嘈杂，高雅一些的客人往往进入幽雅单间（parlour）。

卧室。她看见我便哭了起来，可怜的姑娘啊。她说，没有人能找到她的茬儿——连把她赶走的主人都找不到——但却好像犯了什么不可饶恕的错误，被扫地出门了，想一想都可怕啊。

"尽量想开点儿，芳妮，"我说，"我和你的女主人信任你，不会让你的人品受到损害的。对啦，听我说，我没有时间，打算把一件重大的事情托付给你，请你亲手完成，希望你妥善保管好这两封信，明天到达伦敦时，在这封信上贴上邮票，投到信箱去。另外这封，你一到家就交给费尔利先生。你一直要把两封信带在身上，不要交给任何人。书信极为重要，关系到你女主人的利害。"

芳妮把信揣到胸前。"我会把信一直藏到这儿，小姐，"她说，"直到完成了您吩咐的事情。"

"你要记住明天早点去车站，"我接着说，"还有，你见到利默里奇的女管家时，代我向她问候，并告诉她你接受了我的差遣，直到格莱德夫人把你召回去。我们很快就会再见面，比你想的要快。所以，放宽心好啦，不要误了七点钟的火车。"

"谢谢您，小姐——真心诚意地谢谢您。我听到了您的声音就有了勇气了。请代我向夫人问候，告诉她我临行前把东西整理好了。噢，天哪！天哪！今天晚餐谁帮她换衣服啊？小姐啊，我想到这一点，心都要碎了。"

我回到宅邸时，离晚餐时间只有一刻钟了。我得整理好自己，下楼前还要去跟劳拉说几句话。

"信已交到芳妮手上了，"我在门口低声对劳拉说，"你跟我们一块儿用餐吗？"

"噢，不，不——决不！"

"发生什么事情了吗？有谁打扰你啦？"

"对——刚才——珀西瓦尔爵士——"

"他进了房间吗？"

"没有，他在外面把门敲得砰砰响，把我吓着了。我问：'谁呀？''你知道，'他回答说，'你改变了主意，准备把其余情况都告诉我吗？你会的！我迟早会叫你开口说出来的。你知道安妮·卡瑟里克现在在哪儿！''真的，真的，'我说，'我真的不知道。''你知道！'他大声吼着，'我要摧毁你的韧劲儿——当心点！我非撬开你的嘴说出来不可！'他说完便离开了——离开了，玛丽安，不到五分钟之前啊。"

他没找到安妮！我们今晚是安全——他还没有找到她。

"你下楼去吗，玛丽安？傍晚再上来吧。"

"会的，会的。我若是晚了一点儿，别心神不安——我必须谨小慎微，不能因为过早离开，得罪了他们。"

晚餐的铃响了，我赶紧下楼。

珀西瓦尔爵士领着福斯科夫人进了餐室，伯爵则把胳膊伸给了我。他热得满脸通红，衣着也不像平常那样一丝不苟，整整齐齐。难道晚餐前他也出门去了，结果回来晚了吗？或者仅仅因为，他感觉比平常更加热一些？

不管情况可能是怎么一回事，反正伯爵心里面一定藏着什么揪心烦恼的秘密，令他忧心忡忡。虽说他欺骗有术，但还是不能完全掩饰自己。整个用餐期间，他几乎和珀西瓦尔爵士一样，沉默不语，显得鬼鬼祟祟，心神不宁，时不时看一眼自己的夫人。这种情形我过去从未见过。不过，有一种社交礼节他却是镇定自若地注意遵守了，即自始至终对我礼貌周到，殷勤体贴。他心里到底怀着什么不可告人的目的，我还无法猜测。但是，不管他的目的如何，他自从进入这座宅邸以来，为达到自己的目的，总是处心积虑，施用种种伎俩，令人匪夷所思。对我始终彬彬有礼，对劳拉始终谦恭随和。针对珀西瓦尔爵士笨拙粗暴的行径，他总是始终（不惜一切代价）加以约束制止。那天在图书室，珀西瓦尔爵士提出在契约签字的事，他第一次出面干预，替我们说话。当时，我就怀疑过，而我现在更加相信他另有图谋了。

我和福斯科夫人起身离开餐桌时，伯爵也起身陪我们一同回会客室。

"你离开干什么去？"珀西瓦尔爵士问——"我说你呢，福斯科。"

"我之所以离开，是因为吃饱了喝足了，"伯爵回答说，"行行好吧，珀西瓦尔，请允许我遵循外国的习惯，陪女士们进来，还陪她们出去。"

"胡说八道！再喝一杯红酒也不会伤着你。像个英国人一样坐下吧。我想跟你边喝酒边平心静气地再聊上半小时。"

"我非常愿意跟你平心静气地聊一聊，珀西瓦尔，但不是现在，也不是边喝酒。如果你乐意，等到夜间晚些时候——夜间晚些时候。"

"彬彬有礼啊！"珀西瓦尔爵士说，显得气急败坏，"天哪，对一个在他家里的人彬彬有礼！"

晚餐期间，我不止一次发现他看着伯爵，一副心神不宁的样子。但是，我注意到，伯爵谨慎地克制着自己，绝不回看他一眼。此情此景，加上主人焦虑不安，提出要边喝酒边平心静气地聊一会儿，还有客人固执己见，执意不在餐桌边坐下这个情况，我想起了今天早些时候，珀西瓦尔爵士曾请他的朋友从图书室出来，有话跟他说，但没有如愿。今天第一次请求密谈时，伯爵拒绝了。餐桌上第二次提出这个请求，他再次拒绝了。不管他们之间要讨论什么样的话题，但很显然，珀西瓦尔爵士觉得，那是至关重要的事情——但是，（从伯爵明显不愿意交谈这一点来看），伯爵或许觉得这是个危险的话题。

我们从餐室走向会客室的当儿，我的脑海里闪现这些情况。珀西瓦尔爵士怒气冲冲指责他朋友不该丢下他不管，但毫无结果。伯爵态度坚定，一定要陪同我们到达茶桌边——在会客室内等待了一两分钟——到厅堂去了——回来时手里提着邮袋。当时是八点钟——这时候，信件已经从黑水庄园送走了。

"您有信要寄吗，哈尔寇姆小姐？"他问了一声，提着邮袋走近我。

我看见福斯科夫人正在沏茶，手里握着夹方糖的夹钳。她停下了，等着听我的回话。

"没有，伯爵，谢谢。今天没有信。"

他把邮袋给了当时同在室内的仆人，走到钢琴边坐下，弹起那曲轻松欢快的那不勒斯街头小调《我的卡罗琳娜》，弹了两遍。他夫人平时干什么事都慢条斯理，但今天沏起茶来倒像我一样动作麻利——两分钟就完成了两杯——然后不声不响地溜出了房间。

我起身赴她的后尘——一方面因为我怀疑她会到楼上劳拉那儿耍什么阴谋诡计，另一方面因为我打定了主意决不与她丈夫单独待在一个房间里。

我还未走到门口，伯爵便拦住了我，请我给他端杯茶，我端了一杯茶给他，再一次要走。他又拦住了我——这一回他走回到钢琴边，向我提了一个关于音乐方面的问题，并声称这事关他祖国的荣誉。

我推说自己对音乐一窍不通，同时也完全缺乏欣赏水平，但他不信。他依然热情洋溢，一个劲儿地提出请求，弄得我无法推脱。"英国人和德国人（他愤愤不平地大声说）总是污蔑我们意大利人创作不出高水准的音乐。我们一直津津乐道于我们的歌剧，他们则津津乐道他们的交响乐。难道我们忘记了，他们也忘记了那位不朽的朋友和同胞——罗西尼吗？《摩西在埃及》又如何，那难道不是一部神采超逸的歌剧吗？只不过不在音乐厅里冷冰冰地演唱，而是在舞台表演罢了。《威廉·退尔》序曲又如何，那难道不是一部另一种名称的交响乐吗？你听过《摩西在埃及》吗？我会听这一曲，这一曲，还有这一曲，并说凡夫俗子曾创作出过比这更加神采超逸、神圣庄严的音乐吗？"——没有等到我说一句表示赞同或者不赞同的话，他一直死死地盯住我的脸看，把钢琴弹出雷鸣的响声，一面还和着旋律，热情奔放地引吭高歌，只是不时地向我热情通报不同曲目的标题时才会停顿一下："《黑色瘟疫中埃及人的合唱曲》，哈尔寇姆小姐！"——"《摩西律法书的吟诵调》"——"《以色列人渡红海祈祷曲》。啊哈！啊哈！这神圣崇高吗？这庄严雄浑吗？"钢琴在他充满了力量的手下颤抖着。他高亢宽阔的嗓音唱出不同的音符，一只脚在地板上沉重地敲着节拍，这时候，桌上的茶杯都震得咯咯作响。

他自弹自唱，喜形于色。看到我被吓得往后快要退到门边时，更是神采飞扬，其神情有点令人毛骨悚然——凶狠狂暴，穷凶极恶。

我终于脱身了,不是靠我自己的努力,而是珀西瓦尔爵士出面干预。他打开会客室的门,怒气冲冲地吼着,想知道"这恶魔般的闹声"是怎么回事。伯爵立刻从钢琴边站起身来。"啊!如果珀西瓦尔来了,"他说,"和谐悦耳的声音和美妙动听的曲调就都要结束了。哈尔寇姆小姐,音乐女神悲观失望地抛弃了我们,我这个又胖又老的歌手就只好到野外去宣泄我剩余的激情了!"他大步向外面的露台走去,双手插在口袋里,到了花园里后又低声哼起了《摩西吟诵调》。

我听见珀西瓦尔爵士在他后面餐室的窗户边喊他,但他不予理会,好像故意装着没听见。他们之间那次一推再推的密谈还得推迟,要等到伯爵完全愿意,等到他心里高兴。

从伯爵夫人离开的时候算起,他把我滞留在会客室里长达半个小时。她这期间去哪儿了,干什么去了?

我上楼去确认一下,但没有发现任何情况。我询问劳拉时,发现她没有听见什么。没人打搅过她——前室和走廊都未听见有丝绸衣裙的窸窣声。

当时是九点差二十分。我去房间里取了日记本后返回了,同劳拉坐在一块儿,时而写一点儿,时而停下来同她说话。没人接近我们,也没有发生什么事。我们在一起待到了十点钟。我随后站起身,最后说了几句开心的话,向她道了晚安。我们说好了,我明天早晨第一件事情就是来看她。她然后关上了房门。

我就寝前还要在日记中加几句话。离开劳拉之后,沉闷乏味的一天里,我最后再次下楼到了会客室,只是想要到那儿去露一下面,找些借口,然后比平常提前一小时就寝去。

珀西瓦尔爵士,还有伯爵和他夫人全坐在一块儿。珀西瓦尔爵士坐在一张安乐椅上打着哈欠，伯爵在看书，福斯科夫人在给自己打着扇子。很奇怪啊，她的脸此时红彤彤的。从不怕热的她今晚却确切无疑地遭受炎热的折磨。

"伯爵夫人，您恐怕今天身体不如平常吧？"我说。

"我还正要用这句话问您呢，"她回答说，"您脸色苍白，亲爱的。"

亲爱的！她这还是头一回用这种亲昵的口吻对我说话呢！她说这话时，脸上还挂着一丝傲慢的微笑。

"我头痛得厉害。"我回答说，神情冷漠。

"噢，真的吗？我估计可能是缺乏运动的缘故吧？晚饭前散散步对您正合适。"她怪里怪气地强调"散步"二字。她看见了我出去吗？看见了也没关系。两封信现在在芳妮手上很安全。

"过来吸支烟吧，福斯科。"珀西瓦尔爵士说，他站起身，心神不宁，再次看了他朋友一眼。

"很乐意啊，珀西瓦尔，但要等到女士们都睡觉去了之后。"伯爵回答说。

"伯爵夫人，对不起，我先告辞了，"我说，"治我这个头痛病的唯一良方就是睡觉去。"

我离开了。我同那女人握手时，她脸上依然挂着傲慢的微笑。珀西瓦尔爵士没有注意我。他不耐烦地看着福斯科夫人，因为她并没有随我一同离开的意思。伯爵用书挡着自己，独自微笑着。他又要推迟同珀西瓦尔爵士的密谈了——因为这次伯爵夫人成了障碍了。

我稳稳当当地把自己关进房里之后，便翻开日记，准备把今天要记而还没有记的事继续写上去。

有十多分钟，我手里握着笔空坐着，心里想着这十二个小时来发生的事。最后，我动笔写作时，发现自己先前从未像现在这样难以下笔。尽管我极力把思绪集中在眼前的事情上，但非常奇怪，思绪总是会顽固地偏离目标，转向珀西瓦尔爵士和伯爵。我本想把全部注意力集中到日记上，注意力就是会转向他们的密谈，谈话一整天里都一推再推，现在夜阑人静，他们该要进行交谈了。

我内心一反常态，早晨以来发生的事就是记不起来，没有办法，只好合上日记，暂时把它搁下。

我打开从卧室通向起居室的门，为了防止过道上的风吹倒放在梳妆台上的蜡烛而发生意外，我走过去以后又把门带上了。起居室的窗户敞开着，我倚靠在窗台上，百无聊赖地看着夜色。

黑夜沉沉，静谧无声，看不见月亮，也看不见星星。沉寂凝重的空气中好像弥漫着雨的气息，我把手伸出窗户。没有下雨，只是要下雨了，尚未下。

十二

我一直倚靠在窗台上将近有十五分钟，神情恍惚地看着深沉的夜色，除了时不时传来仆人的说话声和楼下远处的关门声外，别的什么也没听见。

我无精打采，从窗户边转身返回卧室，准备再次努力完成那则没记完的日记。这时，我闻到了凝重的黑夜空气中有烟草的气味微微向我飘来。接着看见一个红色的小亮点在一片漆黑中从宅邸的另一端向前移动。我没有听见脚步声，除了那个点之外什么也看不见。亮点在黑夜中移动着，经过了我伫立的窗边，停在我卧室窗户的对面，室内我留在梳妆台上的灯还亮着。

亮点停住了片刻，然后又移回到刚才出发的地方。我顺着它的方向看，看到了第二个红色亮点，比前一个要大些，正从远处过来。两个亮点在黑暗中会合了。我想起了谁吸烟卷，谁抽雪茄，随后立刻断定，伯爵先出来在我窗户下看了看，听了听，珀西瓦尔爵士随后同他会合。他们两个人一定是在草坪上漫步——否则，即便伯爵轻柔的脚步声在砂砾走道上可以逃过我的耳朵，但我肯定听得见珀西瓦尔爵士那沉重的脚步声。

我屏声静息，在窗户边等待着，室内一片漆黑，肯定他们谁也没看见我。

"怎么啦？"我听见珀西瓦尔爵士低声说，"为什么不进来坐下？"

"我想看看那扇窗户透出来的光。"伯爵小声地回答说。

"那灯光有什么危害？"

"说明她还未上床睡觉，她很机敏，容易对事情产生怀疑，而且胆子又大，她有机会就会下楼来听的。耐心点，珀西瓦尔——耐心点。"

"胡说八道！你总是说什么耐心。"

"我马上就要说别的事情啦。好朋友，你在这家里已经濒临悬崖绝壁，而倘若让你再给那两个女人一次机会，我以我神圣的名誉担保，她们会把你推下去的。"

"你这话是什么意思啊？"

"珀西瓦尔，等到那扇窗户里面的灯光熄灭了，等到我查看了一番图书室两边的房间,再看了一眼楼梯之后,我们再来解释。"

他们缓慢地走开了。他们之间后来的谈话(一直是用很低的声音进行的)听不见了。不过没有关系,我听到上面的话后,足以断定,要像伯爵评价我那样:敏锐机智,勇敢无畏。红色亮点还未在黑暗中消失,我就决定,两个男人坐下来交谈时,应当有个听者——而尽管伯爵小心谨慎,严加防范,该听者应该就是我。我只需要一个动机,好让自己的良心认可这种行为,好赋予我足够的勇气付诸行动。而动机我已经具备了。劳拉的名誉,劳拉的幸福——劳拉的生命——说不定今夜有赖于我灵敏的耳朵和可靠的记忆。

我听见了伯爵说,他对珀西瓦尔爵士作出解释前,要查看一番图书室两边的房间,还有楼梯。他的意图已经充分地向我表明,他提议谈话在图书室里进行。我得出这一结论的瞬间,也有了挫败他防范措施的办法——即换句话说,无须冒险下楼到一楼去,就可以听见他和珀西瓦尔爵士交谈的内容。

关于一楼的房间,我碰巧说到过它们外面都有露台,每个房间都经过从檐板一直到地面的落地窗通向露台。露台的顶是平的,上面的雨水通过管子引入供宅邸用水的蓄水池。狭窄的铅板台顶顺着卧室延伸。我估计,它搭在窗台下不到三英尺的地方,上面摆着一排花盆,相互之间的间隔很宽,边上还装有装饰性的铁栅栏,以防止强风把花盆吹落。

我现在想到的办法是,从我起居室的窗台爬出去到露台顶,然后不声不响地顺着往前爬,一直到图书室窗户的正上方,再在花盆之间蹲下,耳朵贴近外缘的栅栏。我看见过,有多个夜晚,珀西瓦尔爵士和伯爵坐着吸烟,椅子紧挨着敞开的落地窗,他们的脚伸直架在窗台镀锌的花园凳上，如果今晚他们也和平时那样坐着，那他们交谈的每一句话，只要声音大于耳语（我们都知道，长时间交谈是不可能用耳语进行的），都会传到我的耳朵里。而如果他们今晚特意坐在房间最里端，那么，我可能就听不清多少，或者什么也听不清。而情况若是如此，我就必须冒更大的风险，到楼下去用计谋胜过他们。

我虽然面对绝望的处境有了坚定不移的决心，但仍然强烈地希望可以避免这后一种情况发生。我虽有勇气，但毕竟只是个女人。我想到寂静无声的黑夜自己要壮着胆下到一楼去，而珀西瓦尔爵士和伯爵近在咫尺，这时，都快要丧失勇气了。

我轻轻地返回卧室，先要试一试到露台顶上去这个较安全的办法。

由于多种原因，我绝对需要彻底改变装束。我先脱下了丝绸衣裙，因为在这寂静无声的夜晚，哪怕衣裙发出一点点响声都有可能自我暴露。接着，脱下一部分让我行动不便的白色内衣，换上一条深色法兰绒裙子，外面再罩上黑色旅行斗篷，把风帽拉到头上。我穿着平常的晚装时，至少要占三个男人的空间。穿着现在的衣服，并紧裹在身上，没有哪个男人能够像我这样轻而易举地穿过最狭窄的空间。我必须认真地考虑装束问题，因为露台顶上一边是花盆，另一边是墙壁和窗户，中间很狭窄。若是我碰倒什么，若是我发出哪怕一点点声响，谁知道那会是什么后果啊！

我把火柴放在蜡烛旁边，然后吹灭蜡烛，再摸索着返回起居室。我先锁好了卧室的门，再锁上起居室的——然后悄无声息地爬出窗户，小心翼翼地把脚踩在露台的铅皮顶上。

我的两个房间处在宅邸我们大家居住的新建一翼的尽头。要到达图书室正上方的位置，得爬过五个窗户的距离。第一个窗户是备用房的，里面空着，第二个和第三个是劳拉房间的，第四个是珀西瓦尔爵士房间的，第五个是伯爵夫人房间的。其余我不必经过的窗户，里面的房间是伯爵夫人的梳妆室、浴室，还有另一间备用的空房。

我没有听见任何声响——刚站到露台顶上时，四周黑夜茫茫，一片漆黑，只有福斯科夫人窗外那一块除外，那儿是图书室的上方，我要去的正是那儿——我看到了那儿有一丝亮光！伯爵夫人还未睡觉。

现在要后撤已为时过晚，没有时间等待。我决心不顾一切危险继续向前，相信凭着我谨慎行事和黑暗的夜色，会平安无事的。我一只手抓住斗篷，让它紧裹在身上，另一只手摸着墙壁，向前迈出了第一步。这时，我心里想着，"为了劳拉！"另一边的花盆离我几英寸远，弄不好脚会碰上去，所以紧挨着墙走要安全些。

我把整个身体的重量压在铅皮露台顶上之前，每走一步都先用脚试一试。这样走过了备用空房那个黑暗的窗口。又过了劳拉房间黑暗的窗口（"愿上帝保佑她，今晚守护她！"）。过了珀西瓦尔爵士房间那黑暗的窗口。然后，我等待了片刻，跪下用双手支撑着身体，这样在亮着光的窗台与露台顶之间那一段矮墙的掩护下，爬到了我的位置。

我大着胆子抬头看窗口时，发现窗户上半部的摇头开着，里面窗帘拉上了。这时，我看到福斯科夫人的身影掠过白色窗帘——然后又缓慢地返回原地。到现在为止，她不可能听见了我的动静——否则，即便她不敢打开窗帘朝外看，那影子也肯定会在窗帘边停下来。

我侧身倚靠在露台顶的栅栏上,先摸了摸,弄明白两个花盆的位置。只够我坐下的空间,没有多余的。我把头轻轻地靠在栅栏上时,左手这边透着芳香的花瓣正好抚在我脸上。

我最先听到的声音是三扇门接连打开或者关上发出的声响(很可能是关门声)——毫无疑问,那是通向厅堂和图书室两侧房间的门,伯爵说了要亲自去查看一下的。我首先看到的又是那个红色亮点,从露台下进入夜幕中,向我的窗户那边移动,等待了片刻,然后又返回到了出发的地方。

"真见鬼啊,你坐立不安的!打算什么时候才坐下来呀?"珀西瓦尔爵士的吼声从下面传了上来。

"噢!真热啊!"伯爵说着,没精打采地叹息了一声,喷了一口烟。

叹息过后,露台下传来一阵花园椅在花砖地面上拖得嘎吱作响的声音——这是求之不得的声音啊,说明他们会和平时一样紧挨着落地窗坐。到目前为止,形势对我有利。他们在椅子上坐定后,塔楼的大钟敲响,十二点差一刻。透过开着的气窗,我听见福斯科夫人在里面打着呵欠,看到她的身影再次掠过白色的窗帘。

与此同时,下面珀西瓦尔爵士和伯爵的交谈也开始了,他们时不时地把声音压得比一般情况下要低一些,但并未到耳语的程度。我面临的情况奇特古怪,充满危险,对福斯科夫人亮着光的窗口有一种无法控制的恐惧,这一切在开始时令我很难、几乎是无法平静下来,专心致志地倾听下面的交谈。有那么几分钟,我只能听到个大概。我领会伯爵说话的意思是,唯一有亮光的那扇窗户是他夫人的,一楼没人了,他们现在可以说话,不必担心出意外。珀西瓦尔爵士只是厉声斥责他的朋友,整个一天对他的要求置若罔闻,对他的利益漠不关心。于是,伯爵替自己辩解,说自己被一些烦恼揪心的事给弄得忧心忡忡,无暇顾及别的,而且只有等到他们认为不会被打扰或偷听时,才能安下心来作出解释。"我们的事儿正面临严重的危机,珀西瓦尔,"他说,"而我们若是要对今后的事有所决断,今晚就必须要秘密作出判断。"

伯爵说这句话时,我的注意力能够集中了,此话我听得真真切切。从此刻起,除了中间一些停顿和间断外,我屏息静气,全神贯注地听他们的谈话,而且字字句句,听得清清楚楚。

"危机?"珀西瓦尔爵士重复说,"我告诉你吧,情况比你想象的还要糟糕!"

"根据你这一两天的举动,我猜情况也是如此,"对方回答说,语气冷若冰霜,"但是,等一等,我们先不谈我不知道的,谈谈我确切知道的吧。我们先来看看我对过去的看法是否正确,然后再就将来的情况向你提些建议。"

"等我拿点白兰地和水再说,你来点吧。"

"谢谢,珀西瓦尔。凉水就行,一把勺子和那罐糖。糖水,朋友——别的不要。"

"你这个年纪的人喝糖水!——拿着!搅和你那不利健康的水吧。你们外国人都一个样。"

"好啦,听着,珀西瓦尔。我要按照自己的看法把我们的处境明明白白对你讲清楚。然后你再说我是对还是错。你我共同从欧洲大陆返回这座宅邸时,囊中羞涩,狼狈不堪——"

"简单点说吧！我需要几千英镑，你需要几百——但是，没有这笔钱，我们两个人一块儿彻底完蛋。这就是我们的处境。看看你有什么对策。接着说吧。"

"呃，珀西瓦尔，用你们实实在在的英语词来表达，那就是你需要几千，我需要几百，而你要筹到所需的这笔钱（另加上我那区区几百），唯一的办法就是依靠你妻子的帮助。关于你妻子，我们来英国的途中，我是怎么对你说来着？我们到了这儿之后，我亲眼看见了哈尔寇姆小姐是个怎么样的女人，随后，我又是怎么对你说来着？"

"我怎么知道啊？你喋喋不休，唠叨个没完，我看全是老一套。"

"我说过这样的话：人类足智多谋，朋友，迄今也只发现了两种男人控制女人的办法。一种是制服她——这种办法多为残忍野蛮的下等人采纳，而高尚文雅、素有教养的上等人对此则深恶痛绝。另一种办法（时间更长，难度更大，但到头来效果并不会差）就是绝不跟女人斗。适用于动物，适用于孩子，同样也适用于女人，因为女人只是长大了的孩子而已。沉着冷静，坚忍不拔，这是动物、孩子和女人缺乏的品质。他们一旦动摇了其主人的这种卓越品质，他们就战胜了他。他们若是对这种品质产生不了丝毫影响，那他就战胜了他们。我对你说过，当你需要你夫人的帮助来筹钱时，记住这个简单明了的真理。当你面对你夫人的姐姐哈尔寇姆小姐时，你更要双倍地三倍地记住。你记住了吗？在这样一座宅邸里，当错综复杂的情况把她们纠合到我们身边时，一次也没有记住。你夫人和她姐姐向你发动的每次挑衅，你都立刻接受。你粗暴的脾气让在契约上签字的事情告吹，快到手的钱没有了，结果哈尔寇姆小姐给律师写了第一封信——"

"第一封？难道她还写了？"

"对，她今天又写了。"

一把椅子倒在露台的地板砖上——哗啦一声倒了，好像是被踢倒的。

伯爵的提示激怒了珀西瓦尔爵士，这对我有利，因为我听到自己再次被发现时，吓了一跳，结果弄得我倚靠在上面的栅栏也发出了嘎吱的响声。他跟踪我到旅馆去了吗？难道我告诉他自己没信放到邮袋时，他推测到了我一定把信给芳妮了吗？即便如此，那信是我亲手给那姑娘，她揣到胸前的，他又是如何看到信的呢？

"多亏你吉星高照，"我听见伯爵接着说，"有我待在本宅邸，一旦你干出了有害的事，可以及时消除掉。你今天气急败坏，说要把哈尔寇姆小姐关起来，如同你瞎搞胡闹、愚不可及地把你夫人关了起来一样。亏得你吉星高照，我说了'不'。你眼睛长到哪儿了？你观察哈尔寇姆小姐，却没有注意到她具有男人的深谋远虑和不屈不挠吗？倘若这样的女人成了我的朋友，那我可以在世人面前捻手指，满不在乎。倘若这样的女人成了我的敌人，那么我，尽管凭着我的智慧和经验——我，福斯科，正如你无数次对我说过的，犹如魔鬼一样狡猾——用你们的英语词汇来表达，我得如履薄冰！了不起的女人——我喝下这糖水祝她健康——了不起的女人，凭着她的爱和勇气，犹如岩石般坚定地屹立在我们两个人和你那位可怜巴巴、弱不禁风、金发碧眼、容貌秀丽的夫人之间——伟大崇高的女人，虽然为了你我的利益，我与她作对，但我对她佩服得五体投地，而你却把她逼得走投无路了，仿佛她并不比别的女人更加聪明睿智，敢作敢为。珀西瓦尔!珀西瓦尔啊!你活该失败,而你已经失败啦。"

谈话暂停了。我把这个恶棍评价我的话写了下来,因为我打算要记住这些话,因为我希望有朝一日能够当着他的面痛痛快快地说话,到时我要直言不讳地一一反驳他。

珀西瓦尔爵士先开口说话打破了沉默。

"是啊,是啊,你爱大声嚷嚷,恐吓威胁,随你便好了,"他说,语气阴郁,"困难还不仅仅是钱方面的呢。如果你知道的情况和我知道的一样多——你自己也会赞成对两个女人采取强硬措施的。"

"我们这就要讨论第二件难事的,"伯爵说,"你尽管把自己搞糊涂好啦,珀西瓦尔,但你不要把我搞糊涂。还是先把钱的问题解决了吧。我让你认识到了自己顽固执拗的德性了吗?我对你讲清楚了自己的脾气对你不会有好处了吗?是不是要重说一遍(正如你用你们那可爱的直截了当的英语表达的),再来点大声嚷嚷,恐吓威胁怎么样?"

"呸!冲着我出口怨言这很容易,说说该怎么办吧——那才有点难呢。"

"是吗?呸!应当这么办:从今晚起,你在这件事情上不要再发号施令,以后一切由我一个人办。我是在同一个讲究实际的英国男士说话吗——哈?对啦,讲究实际,你看这样行吗?"

"如果我把一切都交由你办,你打算如何办?"

"先回答我,是否交由我办?"

"若说交给你办——那又如何?"

"首先有几个问题,珀西瓦尔。我还必须等一等,视情况再定。尽可能弄清楚事态的发展变化。时间紧迫。我已经对你说过了,哈尔寇姆小姐今天给律师写了第二封信。"

"你是怎么发现的？她信中写了什么啦？"

"如果我告诉你，珀西瓦尔，我们最终还得回到现在的话题上。我知道的情况够多了——而发现的情况令人忧心忡忡，焦虑不安，弄得我一整天都无法跟你接近。好啦，回顾一下你的事——从我上次对你说过后，已经有些时候了。没有你夫人签名，筹钱的事通过开具三个月的期票解决了——这代价令我这个外国穷光蛋一想起就毛骨悚然！等到期票到期时，除了你夫人的帮助，难道就真的没有别的办法偿付了吗？"

"没有。"

"什么！你银行里没钱啦！"

"几百英镑，但我需要好几千啊。"

"你就没有别的什么抵押品来借贷吗？"

"一无所有。"

"目前，你实际上从你夫人那儿得到了多少钱？"

"除了她那两万英镑的利息，什么钱也没有——就只够支付我们的日常开支了。"

"你从你夫人那儿有望得到什么？"

"等她叔叔死后，每年三千英镑。"

"一笔可观的财富啊，珀西瓦尔。那位叔叔是个怎么样的人？年岁大吗？"

"不——不大，但也不年轻。"

"是个性情温和、无忧无虑的人吗？结婚了吗？没有——我记得我夫人告诉我，没结婚。"

"当然没有。如果他结了婚,有了子嗣,那格莱德夫人就不是财产第一继承人了。我告诉你他的情况。他是个感情脆弱、废话连篇、自私自利的蠢货,见到谁都谈他的身体状况,弄得谁都厌烦。"

"这种人活得长久,珀西瓦尔,而且会心怀叵测地在你压根儿想都没想到的时候把婚给结了。朋友啊,至于你那每年三千英镑,我并不抱多大希望。你从你夫人那儿一点儿别的什么也得不到了吗?"

"得不到。"

"绝对得不到?"

"绝对得不到——除非她死了。"

"啊哈?她死了。"

又停下来了。伯爵从露台走到了外面的砂砾路上,我从他说话的声音判断得出。"终于下雨啦,"我听见他这么说。已经下雨了。我的斗篷被淋湿了,说明雨密集地下了有一阵子。

伯爵回到了露台下——我听见他重新坐下时,椅子在他的重压之下发出的嘎吱声。

"对啦,珀西瓦尔,"他说,"假如格莱德夫人死了,你能够得到什么?"

"假如她没留下儿女——"

"这她可能吗?"

"她根本不可能——"

"就是呀?"

"呃,那么,我就得到她那两万英镑。"

"现金支付?"

"现金支付。"

又是一阵沉默。他们停止说话的当儿，福斯科夫人的身影再次在窗帘后面出现。这回不是一掠而过，而且一动不动地停了一会儿。我看见她手指偷偷地抓住窗帘的一角，掀到一边。窗户后露出了那张模糊苍白的脸，正在我的上方朝外看着。我一动不动，从头到脚用黑色斗篷裹着。雨水很快把我湿透了，雨点打在玻璃上，弄得模糊一片，她看不清任何东西。"又下雨！"我听见她自言自语地说。她放下了窗帘——而我又自由地呼吸了。

我身下，谈话还在进行着，这次是伯爵先说。

"珀西瓦尔！你在乎你夫人吗？"

"福斯科！这问题直截了当了点。"

"我是个直截了当的人，我再问一遍。"

"见鬼，你干吗这么看着我？"

"你不回答我吗？那行，这么说来，我们假设你夫人在夏天结束前死亡了——"

"打住，福斯科！"

"我们假设你夫人在——"

"打住，我告诉你！"

"这样一来，你将得到两万英镑，而你也失去——"

"我将失去每年获得三千英镑的机会。"

"渺茫的机会，珀西瓦尔——只是渺茫的机会。而你急需要钱。以你的情况而论，获利是肯定的，不可能有损失。"

"你既在说我，也在说你自己吧。我需要的钱有一部分是替你借的。你要说到获利，我夫人一死，就会有一万英镑装进你夫人的口袋。你这么头脑敏锐的人，好像偏偏把福斯科夫人的遗产的事给忘了嘛。别这么看着我！我不理会！瞧你的神态，还有你提的问题，天哪，你令我躯体汗毛竖直！"

"你的躯体？难道英语里躯体指的就是良心？我说到你夫人死亡，说的是一种可能性。为什么不呢？备受尊敬的律师们字迹潦草地为人们拟定契约和遗嘱，他们直言不讳地谈论活人的死亡，难道律师会使你的躯体汗毛竖直吗？为什么我会呢？今晚我就是要讲明你的处境，以免出差错——而现在我已完成任务了。你的处境是这样的：如果你夫人活着，你就得凭她在契约上的签名支付那些期票。如果你夫人死了，你就利用她的死来支付。"

他说话的当儿，福斯科夫人房里的灯熄灭了，整个二楼一片黑暗。

"说吧！说吧！"珀西瓦尔爵士满腹牢骚地说，"听你这么说，人家还以为你早已弄到了我夫人在契约上的签名呢。"

"你已经把这事交给了我办，"伯爵接话说，"而我还有两个多月的时间来运作。我眼下请你不要再谈这件事。等到期票到期时，你自会明白我的'说吧！说吧'是有价值，还是没有。好啦，珀西瓦尔，钱的事今晚就谈到这儿。那第二件难事已经同我们小小的经济困境搅和到一起了，让你的处境变得不佳，每况愈下，我都快要认不出你来啦，而你若希望就这第二件事征询我的意见，我倒是可以平心静气地听你讲出来。讲吧，朋友——我若再调一杯糖水有悖你浓烈的民族口味，让你感到震惊，还请原谅我。"

"要讲出来，这话很好说，"珀西瓦尔爵士回答说，现在口气比先前平和多了，也客气多了，"但是，从何讲起却不容易啊。"

"我来帮帮你好吗？"伯爵建议说，"要我帮你给这件个人的难事取个名字吗？我把它叫作安妮·卡瑟里克——怎么样？"

"听好啦，福斯科，我与你相识已有很长时间了，如果说在这之前你帮助我摆脱过一两次困境的话，我也尽了自己最大的努力在金钱上回报你。作为男人，我们双方都多次为了友谊做出过牺牲，但是，当然啦，我们各自都有自己的秘密——对不对？"

"你有一个秘密瞒着我，珀西瓦尔。黑水庄园里有个不可告人的隐情，但最近已经呈现在了除你之外的其他人面前了。"

"呃，就算是这样吧。假如这事同你并不相干，你也就用不着好奇，对不对？"

"我看上去好奇吗？"

"对啊，是这样。"

"噢！噢！是我的表情显露了真情吧？人一旦到了我这个年岁，脸上依旧气质不变，还能显露真情，可见他天性美好，基础多么雄厚啊！——行啊，格莱德！我们开诚布公说吧，你的这个秘密找上了我，而我并没有找到它。就说我好奇吧——作为老朋友，你要不要我尊重你的秘密，让你自己永远保守它呢？"

"对——我正是要你这样。"

"那么，我的好奇就到此为止了。从即刻起，它在我心中消失。"

"你真说话算话吗？"

"怎么你不相信我？"

"福斯科，我已领教过你那旁敲侧击的伎俩啦，说不定你终究会把秘密从我这儿套出来呢。"

下面的椅子突然又发出吱嘎的响声——我感觉到身下的格子结构从上到下有晃动。伯爵跳起身来，满腔怒火地用手敲击了柱子。

"珀西瓦尔！珀西瓦尔！"他大声说着，情绪激动，"难道你就这么不了解我吗？难道我们的交往还没能使你看出我的品行吗？我是个旧派人物！我如果有机会展示——定能做出崇高的事情。可惜的是，我生平极少有这样的机会。我把友情看得崇高伟大！你那不可告人的隐情找上了我难道是我的不是吗？我为何要承认自己好奇呢？你这可怜而又浅薄的英国人，这只是要夸大我的自制力罢了。我如果乐意，能够像把这根手指从我的手掌心里抽出来一样把秘密从你身上套出来——你知道，我是能够办到的！但是，你已借助于我的友谊了，而友谊的职责对我来说是神圣的。看看吧！我把自己卑鄙的好奇心踩在脚下了。我崇高的情感领我超出了好奇。确认这些情感吧，珀西瓦尔！仿效它们吧，珀西瓦尔！握握手吧——我原谅你啦。"

说到最后几句话时，他的声音颤抖了——颤抖了，仿佛真的掉泪了。

珀西瓦尔爵士心慌意乱，想要赔不是，但伯爵宽宏大量，不要听他说。

"不！"他说，"我的朋友若是受到了伤害，无须道歉我就会原谅他的。直截了当地告诉我，你需要我的帮助吗？"

"需要，太需要了。"

"而你能既请求帮助又不难为自己吗？"

"无论如何，我要试试。"

"那就试试吧。"

"行啊，事情是这样的：——我今天告诉了你，我尽了最大努力寻找安妮·卡瑟里克，但没有找到。"

"对,你说了。"

"福斯科!我如果找不到她,那就完蛋了。"

"哈?事情有那么严重吗?"

一束亮光从露台下照出,洒落在砂砾路上。伯爵从房间里面把灯端了出来,以便借助灯光看清楚他的朋友。

"对啊!"他说,"这回是你的脸显露了真情。确实很严重——像钱的事那样严重。"

"还更严重呢。如同我坐在这儿一样真实,还更加严重!"

灯光消失了,谈话仍在进行着。

"我给你看过安妮·卡瑟里克藏在沙地里的写给我夫人的信,"珀西瓦尔爵士继续说,"信里并无自夸之词,福斯科——她确实知道了秘密。"

"珀西瓦尔,当着我的面尽量少提秘密的事。她是从你这儿知道的吗?"

"不,从她妈妈那儿。"

"两个女人掌握着你的隐情——糟糕,糟糕,糟糕啊,朋友!我继续谈下去之前,有个问题。对于你把那人女儿关进疯人院的动机,我现在已清清楚楚了——但对于她是如何逃出去的,却不怎么清楚。你可曾怀疑过,看护她的人得了某个仇敌的好处,被他收买了,结果故意视而不见?"

"没有。她是那儿最顺从的病人——而他们像傻瓜一样,竟然相信了她。疯了,完全应该被关起来,但她又是清醒的,无人看守时,足以把我给毁掉——你明不明白啊?"

"我完全明白。行啊,珀西瓦尔,直接谈实质问题吧,我接下来就知道该怎么办了。你眼下面临的危险在哪儿？"

"安妮·卡瑟里克在附近一带，而且同格莱德夫人取得了联系——显而易见，这就是危险所在。凡是看过她藏匿在沙地里的信的人，还会看不出我夫人已经掌握了秘密吗，虽说她可能否认这一点？"

"等一等，珀西瓦尔。假如格莱德夫人确实知道了秘密，她心里也一定清楚，这是个对你很不利的秘密。作为你的夫人，想必保守住这个秘密关系到她的利益吧。"

"是吗？我正要说呢。她如果把我放在心上的话，或许此事与她利益攸关。但是，我恰恰是挡在另一个男人面前的绊脚石。她嫁给我之前，就已经爱上那个人——她现在也还爱着他——那个可恶的流浪汉是个叫哈特莱特的绘画教师。"

"亲爱的朋友啊！这其中有什么反常的情况吗？女人们都会爱别的男人。谁会是第一个就赢得女人的心的呢？我这一生还未见有第一个就赢得女人心的男人。有时是第二个，第三个，第四个，第五个，也是常有的事。从未有什么第一个！他当然存在——但我从未碰上！"

"等一等！我还没说完呢。疯人院的人追寻安妮·卡瑟里克时，你想得到是谁最初帮助她逃脱的人吗？哈特莱特。你想得到在坎伯兰又是谁再次同她见面的吗？哈特莱特。他两次都跟她单独交谈了。打住！别打断我。那个恶棍爱上了我夫人，她也爱上了他。他知道了秘密，她也知道了秘密。一旦让他们两个人再度聚首，他们用掌握的情况来对付我，那才事关她和他的利益呢。"

"小声点，珀西瓦尔——小声点！你难道就没有感受到格莱德夫人的美德吗？"

"什么格莱德夫人的美德！关于她，除了她的钱，我什么都不相信。你难道还不明白事态吗？她本人倒或许不会有太大的危害，但如果她和那个流浪汉哈特莱特——"

"是啊，是啊，我明白啦。哈特莱特先生在哪儿呢？"

"离开了本国。他如果想要保住小命的话，我建议他不要急着回来的好。"

"你确信他出国了吗？"

"当然。从他离开坎伯兰到他登船启航，我派了人监视他。噢，我谨小慎微，我可以告诉你！安妮·卡瑟里克与利默里奇附近的一个农庄上的人住在一块儿。她甩掉了我之后，我亲自到了那儿，确认他一无所知。我要她母亲按照我给她的格式写信给哈尔寇姆小姐，以免人家怀疑我把她关起来，是动机不纯。为了再寻找到她，我都不敢说颇费了多少心思了。但是，尽管如此，她还是在这儿露面了，而且在我自己的地界上从我身边逃脱了！我怎么知道还有别的什么人可能看见过她，还有别的什么人可能同她说过话啊？那个爱刺探秘密的恶棍哈特莱特没准在我不知情的时候就回来了，而且可能明天就利用她——"

"不是她，珀西瓦尔！只要有我在这儿，只要那女人还在附近，我保证，我们在哈特莱特先生回来之前——假如他确实会回来的话——找到她。我明白啦！对啊，对啊，我明白啦！寻找安妮·卡瑟里克是当务之急，其余的事你就放心好啦。你夫人在这儿，有你控制着，哈尔寇姆小姐无法同她分离，所以也在你的控制之下，而哈特莱特先生则不在国内。我们眼下所必须要考虑的就是你的那个隐匿的安妮。你已经打听过了吗？"

"是啊，我到了她母亲那儿，在村上也仔细寻找过了——但毫无结果。"

"她母亲可靠吗？"

"可靠。"

"她曾经泄露过你的秘密呀。"

"她不会再泄露啦。"

"为什么不会？难道保守秘密既关乎你的利益，也关乎她的利益吗？"

"对——关系可大啦。"

"我听到这么说挺为你高兴的，珀西瓦尔。不要气馁，朋友。我已告诉你了，关于钱的问题，我有足够的时间来解决。我明天就去寻找安妮·卡瑟里克，说不定比你更有效果些。睡觉之前，还有最后一个问题。"

"什么问题？"

"是这样的，我到停船棚屋去告诉格莱德夫人，说那件要签名的小麻烦事已推迟了，当时，碰巧看到了一个陌生女子，形迹十分可疑，正与你夫人告别来着，但不巧我离得比较远，未能看清楚那女人的脸。我必须知道如何识别我们这位隐匿的安妮。她什么模样？"

"模样吗？别着急！我用一句话给你描述，她长得像我夫人生病时的模样。"

椅子吱嘎一响，柱子又震动了。伯爵又站了起来——这次是大吃了一惊。

"什么？！！！"他大声，声音很急切。

"想象一下,我夫人大病之后,神志有点不大清楚——你看到的安妮·卡瑟里克就是那副模样。"珀西瓦尔爵士回答说。

"她们之间有亲戚关系吗?"

"一点儿也没有。"

"但是,长得很像?"

"对,很像。你笑什么?"

没有反应,一点声音也没有。伯爵正性情温和,默不作声,会心会意地笑着。

"你笑什么?"珀西瓦尔爵士追问了一句。

"大概是笑我自己浮想联翩吧,好朋友。请原谅我这种意大利式的幽默吧——我难道不是来自那个首创潘趣①的杰出民族吗?行啊,行啊,行啊,我看见安妮·卡瑟里克时认得出来的——今晚就这样吧。放心好啦,珀西瓦尔。睡觉去吧,我的孩子啊,心安理得地睡个安稳觉。等到天亮我们行动方便时,你将看到我会为你做什么。我已经有计谋了,就在我这大脑袋里。你将支付那些期票,又找得到安妮·卡瑟里克——我以神圣的名誉担保,你办得到的!我是不是你心中最值得珍视的朋友?你刚才谨小慎微地向我提到了贷款的事情,我值不值那些贷款?你无论干什么,千万不要再伤了我的感情。想想清楚吧,珀西瓦尔!学着点儿,珀西瓦尔!我再次原谅你,再次同你握握手。晚安吧!"

没有再说什么了。我听见伯爵在关图书室的门,听见珀西瓦尔爵士在关百叶窗。天下着雨,一直都在下雨。我由于所处的位置,

---

① 潘趣(Punch)是一部传统的英国木偶剧,也是一部悲喜剧,距今已有四百年历史。

感到全身发麻,寒冷彻骨。我第一次试着移动时,感觉难以动弹,只好停下来。再试一次,这才在湿漉漉的露台顶上跪起来了。

我爬到墙边,倚着墙挺直了身子。这时,我回头看了看,看见伯爵梳妆室的窗户内有了亮光。我颓丧的勇气又回来了,于是,我一步步沿着墙退回去时,眼睛一直盯着他的窗户看。

我手抓住自己房间的窗台时,大钟敲一点一刻。我没看见什么,也没听见什么,所以心里觉得,自己返回时没有人看到。

十三

6月20日——八点钟。晴空万里,阳光灿烂。我一直未走近床边——我不曾合上自己困倦不堪而又毫无睡意的双眼。昨晚,我透过这扇窗户看到外面黑暗的夜色,现在,我又透过它看到了外面明媚宁静的晨景。

我凭着感觉,估算着自己逃进房间后过去了多少个小时——几个小时时间犹如几个星期。

黑暗中,我瘫坐在地板上,浑身湿透,四肢麻木,寒冷彻骨。完全无能为力,孤苦无助,惊慌失措,从开始到现在——多么短暂的一段时间,但我觉得多么漫长啊。

我几乎不知道自己是什么时候恢复元气的,几乎不知道自己是什么时候一路摸索着返回房间,然后点亮蜡烛,再寻找干衣服暖和身子(真的很奇怪,刚开始,都不知道往哪儿找衣服了)。我心里记得做了这些事,但记不得什么时候做的。

寒冷彻骨而又浑身麻木的感觉何时从我身上消失,随之而来的是给人活力的体热。我还能记得起这个吗?

肯定是在太阳升起之前吧?对啊,我听到大钟敲响三点。我豁然开朗,记起了那时间。当时,我的所有官能都兴奋紧张,狂躁不安。我记得自己决心要控制住情绪,要容忍克制,一个小时一个小时地等待,直到有了机会,便把劳拉带走,离开这个惨无人道的地方,注意不被立刻发现而遭到追踪。我记得自己心里深信不疑,那两个男人之间的谈话不仅使我们有了正正当当的理由离开这座宅邸,而且也给了我们反抗他们的武器。我记得内心一阵兴奋,情不自禁,趁着我还有时间,心里还记忆犹新的时候,要原原本本地记录下他们的谈话。所有这些我都记得真真切切,因为当时我头脑还一点儿都不糊涂。太阳尚未升起,我拿着笔墨和纸从卧室来到这儿——在这敞开着窗户前坐下,呼吸到新鲜空气,让自己清醒平静下来——趁着宅邸里的人还未起床开始新的一天这段恐怖可怕的时间,我不停地写着,越写越快,身上越来越觉得热,头脑也越来越觉得清醒——我记得多么清楚啊!开始是就着烛光写,写完上一页时,新一天的阳光已出现了!

我怎么还坐在这儿?两眼灼热,头上发烫,精疲力竭,怎么还要写下去?何不躺下休息,让销蚀我精力的高烧在睡眠中退下来呢?

我不敢这样做,一种从未有过的恐惧笼罩在心头。我害怕这灼伤皮肤的高烧,害怕脑袋里微微震颤、突突抽痛的感觉。我若是现在躺下,怎么知道自己还会神志清醒,有爬起来的力量啊?

啊,雨啊,雨啊——昨晚那令我寒冷彻骨、残酷无情的雨啊!

＊＊＊＊＊＊＊＊＊＊

九点。钟敲的是九点，还是八点？肯定是九点吧？我又浑身颤抖起来——夏日的空气中，从头到脚颤抖着。我坐在这儿睡着了吗？我不知道自己干了什么。

噢，天啦！我要生病了吗？

偏偏在这个时候生病！

我的头——极度担心我的头。我还能写字，但一行行字全叠到一起了。我看得清字。"劳拉"——我能够写"劳拉"两个字，也看得清。九点还是八点——是几点啊？

好冷，好冷——噢，昨晚的雨啊！——还有那钟的敲击声，我无法数得清敲了多少下，它在我头脑里一直敲着——

＊＊＊＊＊＊＊＊＊＊

注：

[至此，日记本上的记载看不清了。接下来的两三行只是些没写完整的词，还夹杂了些笔留下的墨迹和涂痕。纸张末尾的记号很像是格莱德夫人（劳拉LAURA）的名字的头两个字母（L和A）。

日记本的下一页上，出现了另一种记载，是个男人的笔迹，字体巨大，苍劲有力，工整规范，日期是"6月21日"。内容如下：]

[一位挚友的附记]

我们这位杰出的哈尔寇姆小姐生病了,我有机会饱尝一下意料之外的精神上的快乐。

我指的是细细品读这本饶有趣味的日记(刚刚品读完)。

日记足有好几百页。我可以把手按在胸口上宣称,日记的每一页都令我如痴如醉,精神振奋,心花怒放。

对于一位像我这样多情善感的男士来说,能这样说是一种难以形容的愉悦。

令人钦佩的女人!

我指的是哈尔寇姆小姐。

令人惊叹的业绩!

我指的是这部日记。

是啊!这些文字令人惊奇。我发现这其中展示出机敏睿智,谨慎持重,非凡的勇气,令人惊奇的记忆力,对人物的观察准确到位,文风洒脱清丽,女性的情感热情奔放、娇媚动人。这一切都增添了我对这位杰出的人——了不起的玛丽安难以言表的崇敬之情。对我本人性格的描述可谓炉火纯青,叹为观止。我由衷地承认,这一形象惟妙惟肖。我觉得,自己一定是给她留下了格外鲜明清晰的印象,她才以这般强劲有力、色彩浓艳、气势恢宏的笔触刻画了我。残酷的现实使我们利益相左,相互对抗,我再一次为此而感到痛惜。若是在更加幸运的境况下,我与哈尔寇姆小姐会是多么般配——而哈尔寇姆又会与我多么般配啊。

丰富的情感激荡着我的心弦。我坚信,以上所写的文字表达了一条深刻的真理。

这些情感使我得到了升华,超出了只考虑个人得失的境界。我以公正客观的态度证明,这个无与伦比的女人施用绝妙的手段偷听到了我与珀西瓦尔之间的密谈。再则,她把我们的谈话从头至尾准确无误地记录下来了,令人称奇。

这些情感敦促我主动向那位医治她的医生提供我广博的化学知识。医学和催眠术[①]在给人类消灾祛病时会施用更为玄妙的手段,我有过这方面有益的尝试,还主动把自己的经验奉献给他。但他却一意孤行,一直拒绝接受我的帮助。多么可怜兮兮的一个人啊!

最后,这些情感促使我在此写下这些文字——这些表达感激、悲悯同情、充满父爱的文字。我合上了日记本,严格奉行正统作风,所以,(经过我夫人的手)把日记本送回到写作者书桌上它本来的位置。事情纷繁,我得赶紧去处理。我有了处理严重问题的天赐良机。巨大成功的前景展现在我眼前。我要以连我自己都觉得可怕的毫无愧色的态度去完成我的使命。我别无他物,唯有殷勤崇拜之情。我毕恭毕敬、情意绵绵地把它奉献给哈尔寇姆小姐。

我衷心地祝愿她恢复健康。

我向她表示慰问,因为她替她妹妹设计的每一个方案都必然要

[①] 此处原文为 magnetgic science,也就是当时人们通常说的 mesmerism,是19世纪人们对"催眠术"(hypnotism)的称谓。催眠术源自古希腊神话中睡神许普诺斯(Hypnos)的名字,是运用心理暗示和受术者潜意识沟通的技术。由于人类的潜意识对外来的信息的怀疑、抵触功能会减弱,因此,施术者会用一些正面的催眠暗示(又称信息,例如信心、勇气、尊严等)替换受术者原有的负面信息(又称经验,例如焦虑、恐惧、抑郁等),从而让受术者能够产生和原有所有不同的状态。据历史记载,1774年,奥地利医生梅斯梅尔(Franz Anton Mesmer, 1734—1815)以"动物磁力"的心理暗示技术开创了催眠术治疗的先河。1841年,英国医生布雷德(James Braid, 1795—1860)出版了名叫《神经催眠术》的书,书中把心理暗示技术正式定名为"催眠"。定名后的一百七十多年历史中,"催眠术"最初主要应用于心理治疗,狄更斯等对其产生过浓厚的兴趣。但最近数十年间,"催眠术"开始涉及更多领域,如医学麻醉、婚恋、教育、运动、职场、警务和演艺等领域。

失败。同时,我还要恳请她相信,她的失败绝不是因为我从她的日记中获取了信息才帮助我促成的。这些信息只不过证明了我原先安排好的行动方案是正确的而已。我对这些日记充满感激,因为它们唤醒了我天性中最高尚的感情——如此而已。

对于一个怀有类似情感的人来说,这个言简意赅的表白足以解释、辩白一切。

哈尔寇姆小姐就是这样一个怀有类似情感的人。

我怀着这样的信念,签下自己的名字:

福斯科

由利默里奇庄园弗里德雷克·费尔利先生叙述的故事[①]

谁都不让我过清静日子,这是我生平莫大的不幸。为什么——我问所有人——为什么要来烦我?谁都不回答这个问题,结果还是谁都不让我清静地过日子。亲戚、朋友,还有陌生人都联合起来惹我生气。我招谁惹谁啦?我问自己,问我的仆人路易斯,一天问上五十次——我招谁惹谁啦?我们谁也说不出来。简直太不可思议啦!

最近还有一件烦心的事情强加到了我身上,即要求我写出这段叙述。我这样神经脆弱、可怜兮兮之人能够叙述吗?我以这种理所当然的理由提出异议时,人家就跟我说,我经历过的一些事情,性质非常严重,它们与我侄女有关,因此,描述这些事,非我莫属。人家还威胁我,如果我不全力以赴按要求办,其结果甚至想一想都

[①] 关于费尔利先生的叙述以及紧接着后面其他人的叙述最初是如何获得的问题,后面会予以解释。——作者注

会把我吓得昏死过去。其实根本用不着威胁我。我病魔缠身,家事烦恼,已被拖垮了,毫无反抗之力。人家若要坚持,他们尽可以无端欺凌我好啦,我立刻就会让步。我会(不情愿地)尽力回忆自己所能记得起的一切。而且(同样不情愿地)写下所能写的东西。至于我回忆不起的或者无法写出来的东西,路易斯一定记得起,而且帮助写出来。他是头蠢驴,而我是个废人,我们两个人都可能会出这样那样的错。丢人现眼啊!

人家要我回忆日期。天啦!我一辈子都没有做过这样的事情——现在叫我如何着手啊?

我问过路易斯了。他并不完全像我以前认为的那样是头蠢驴。他记起了一星期或两星期前那件事情发生的日期——而我也记起了那个人的名字。日期是在6月底或7月初,那个名字(我觉得是个俗不可耐的名字)叫芳妮。

6月底,或7月初。当时,我仍然像平常一样斜倚着,置身种种艺术品包围之中。我把它们集在了一起放到周围,目的是用它们来陶冶附近那些野蛮人的情趣。即我把自己的油画、蚀刻画、钱币等等拍成的照片摆在我身边,打算最近哪一天把它们送到(如果拙劣的英国语言还能让我表达一点意思的话,我指的是送那些照片)——送到卡莱尔实用技术学院去(可恶的地方!),旨在提升那里人的品位(文明人眼中,他们就像是古代野蛮民族哥特人[①] 和汪达尔人[②])。

[①] 哥特人(Goths,也译作哥德人)是东日耳曼人部落的一支分支部族,从公元2世纪开始定居在斯基泰、达其亚和潘若尼亚。公元5到6世纪时,分裂为东哥德人和西哥德人。哥特人在历史上一直以狂暴的作风著称于欧洲,如果不是匈奴人的入侵,他们甚至有可能攻占整个罗马帝国。
[②] 汪达尔人(Vandals)是古代日耳曼人部落的一支,曾在罗马帝国的末期入侵过罗马,并以迦太基为中心,在北非建立一系列的领地。汪达尔人的名字可能来源于西班牙的省份"安达卢西亚"(Andalucia)。

人们可能会认为，一位绅士，如果他为了伟大的民族利益着想，投身于为他的同胞谋福祉的事业之中，他是绝不应受到个人困难和家庭事务的无情困扰的。我告诉大家，在我的事情上，他们完全搞错了。

然而，我斜倚在那儿，周围摆满了我的艺术珍品，想度过一个安逸恬静的早晨。我正是因为想要度过一个安逸恬静的早晨，但路易斯偏偏进来了。他在我没有摇铃的时候闯了进来，到底怎么回事，我要询问一番，这再自然不过了。我很少骂人——骂人的习惯有失体统——但当路易斯龇牙咧嘴回答时，我认为，骂他也是顺理成章的事情。不管怎么说，我还是骂了他。

据我观察，严厉的责骂定会让下人回过神来。路易斯回过了神。他很知趣地不再咧着嘴了，然后告诉我说，有个年轻女子在外面想要见我。他还加上了一句（他像一般仆人那样，也有令人讨厌的饶舌习惯），她名叫芳妮。

"芳妮是谁？"

"是格莱德夫人的女仆呢，先生。"

"格莱德夫人的女仆找我干什么？"

"有一封信，先生——"

"把它收下。"

"除了您，她谁也不给，先生。"

"谁写来的？"

"哈尔寇姆小姐，先生。"

我一听到哈尔寇姆小姐的名字，立刻就让步了。我总是向哈尔寇姆小姐让步，这算是我的习惯了。根据经验，我发现，这样做可以避免噪音。这回我又让步了,亲爱的玛丽安!

"让格莱德夫人的女仆进来,路易斯。等一等!她的鞋子会发出吱嘎声吗?"

我不得不要问这个问题,因为鞋子发出吱嘎声会搅得我一整天都不得安宁的。我答应见那位年轻女子,但绝不允许那年轻女子的鞋子来烦我。我的忍耐也是有限度的。

路易斯明确保证,她的鞋子一点问题都没有。

我挥了挥手。他领了她进来。她抿起嘴巴,用鼻孔呼吸,以此来显示她的局促感,有必要说这个吗?对于专门研究下层女性性格的人来说,肯定没有必要吧。

我要替这姑娘说句公道话。她的鞋子没有发出吱嘎声。不过,年轻女仆为何都会手上出汗呢?为何她们的鼻子都鼓鼓囊囊,脸颊都粗陋刻板呢?为何她们的脸部,尤其是眼角附近,都那么粗糙难看,不可救药呢?我精力不支,对任何事情都不能深究,但是,我可以请求那些精力旺盛的专家来研究。我们为何养育不出多种类型的年轻女仆呢?

"你给我带来了哈尔寇姆小姐的信?请放在这桌上吧,可别弄乱了东西。哈尔寇姆小姐怎么样啊?"

"很好,谢谢,先生。"

"那么格莱德夫人呢?"

我没有听到回答。年轻女仆的脸比任何时候都更加粗糙难看,而且我觉得她哭了。我确实看见她眼睛边湿润了。是泪水还是汗水?路易斯认为那是泪水(我刚才问过他了)。他和她是同一类人,应该是最了解的。那我们就说是泪水吧。

除非经过了精细的艺术加工，把泪水中自然天成的东西恰如其分地去除掉，否则，我绝对讨厌泪水。泪水在科学上称为分泌物。我理解，一种分泌物可能是有益于健康的，也可能是不利于健康的。但我不理解的是，泪水从情感的角度来看有什么好处。或许是我本人的分泌物完全出了差错的缘故，我在这个问题上有点带偏见。不过没有关系，我这回会尽可能举止得体。悲悯同情。我闭上眼睛，然后对路易斯说："设法搞清楚她说话的意思。"

路易斯尽了全力，女仆也尽了全力。他们弄来弄去终于把对方给弄糊涂了。照理说，我应该心存感激，并且说，他们真的把我给逗乐了。我觉得，等到我情绪低落的时候，还应该叫他们再来。我刚才把这个想法对路易斯说了。真的很奇怪啊，他听后好像不开心。可怜虫！

我侄女的女仆对她自己流泪的缘由作了解释，我的瑞士男仆又用他自己的英语翻译了一遍，想必我不要再复述了吧？很显然，这件事情也无法实现。我或许可以谈点自己的印象和感受。这样可以吗？那就请说吧。

我的印象是：她一开始时告诉我（通过路易斯），她的男主人解雇了她，不再需要她服侍女主人。（请注意：女仆的话通篇不着边际，真莫名其妙，莫非她丢了差事是我的过错不成？）她遭到解雇后，去了一家旅馆住宿。（旅馆又不是我开的，对我提它干什么？）傍晚七点到八点之间，哈尔寇姆小姐前来同她告别，并且给了她两封信。一封给我，另一封给一位住在伦敦的先生。（我又不是那位伦敦的先生——该死的伦敦先生！）她小心翼翼地把信揣在胸前。（她的胸前跟我有何相干？）哈尔寇姆小姐离开时，她伤心难受极了。不想吃什么,也不想喝什么,直到临近睡觉时,当时将近九点钟,她想喝杯茶。(她这样情绪起伏不定,俗不可耐,开始伤心难受,后来又要喝茶,难道我该对此负责不成?)她热茶壶的当儿(路易斯授权给我引用他的原话,他说他明白这话的意思,希望对我作此解释,我当然阻止了他)——她热茶壶的当儿,门开了,伯爵夫人出现在旅馆的门厅里,把她吓成了一团(又是她的原话,这回路易斯也和我一样完全弄不明白)。听见我侄女的女仆称我妹妹的头衔,我心里说不出有多兴趣盎然。我那可怜的宝贝妹妹是个令人讨厌的女人,她嫁给了个外国人。接着讲吧,门开了,伯爵夫人出现在门厅里,年轻的女仆吓成了一团。真不可思议!

我确实必须休息片刻后才能接着讲述下去。我闭上眼睛斜倚了几分钟,路易斯在我可怜兮兮疼痛不已的两边鬓角上洒了点科隆香水,振作了我的精神,我这才又有可能接着讲述。

伯爵夫人——

不,我能接着讲,但不能坐正了。我就斜倚着口述吧。路易斯的噪音难听死了,但他听得懂英语,也会写。多方便啊!

伯爵夫人向芳妮解释了自己出人意料来到旅馆的原因。她对芳妮说,哈尔寇姆小姐匆忙之中忘记了一些事情,她是赶到这儿来带口信的。于是,年轻女仆迫不及待地要听听是什么口信。伯爵夫人似乎要等到她喝完了茶才肯说出来(我妹妹就是那么一副令人讨厌的样子!)。伯爵夫人态度亲切宽容,体贴周到,真令人吃惊(完全不像是我妹妹),然后说:"可怜的姑娘啊,我肯定你想喝茶。我们可以等一等再说口信的事。行啊,行啊,若是没有别的什么事让你放松，我来沏茶，陪你喝一杯。"我估计啊，年轻女仆当着我的面激动地述说的就是这些话。总而言之，伯爵夫人坚持要沏茶，滑稽可笑地装出一副谦卑辞让的样子，以至自己端了一杯，还坚持要女仆端另一杯。女仆喝了茶，据她自己讲，五分钟过后，她昏迷过去了，有生以来头一次这样，事情异乎寻常，性质很严重。这里我又用了她的原话。路易斯觉得，她说这些话时，又有更多的泪水分泌出来。我自己不好说，我在竭尽全力听的时候，眼睛是闭着的。

　　我刚才说到哪儿啦？啊，对——她同伯爵夫人喝了一杯茶之后就昏迷了，倘若我是她的医生，或许会对这个事情感兴趣的，但是，实际情况不是这么回事。我听后除了感到厌烦，不会有别的。半小时后她醒过来时，躺在沙发上，身边没有别人，只有旅馆的老板娘。伯爵夫人发现时候不早，不能在旅馆久留，于是，她一发现女仆好像快要苏醒，便赶紧走了，老板娘对人很好，她扶她上楼睡觉。她独自一人待着时，摸了摸自己胸前（真遗憾，我必须要再次提到那个部位），发现两封信还在，挺安全的，但奇怪的是，信被弄皱了。她夜间头晕目眩，但早上起床时感觉好了，可以上路。她把那封给了那个突然冒出来的陌生人——伦敦的先生的信放进了邮筒，然后如她自己说的，现在把这另外一封送到了我的手里。这是明摆着的事实，但是，尽管她没有什么故意的疏忽可自责的，但她内心很不安，特别没有了主意。这时候，路易斯觉得，分泌物又出现了。也许分泌物是出现了，但也就在这时，我有不知更加重要多少倍的事情要提，即我失去了耐性，睁开眼睛，开始质疑。

　　"说这些意图何在啊？"我问。

　　我侄女这个语无伦次的女仆眼睁睁看着，站在那儿，张口结舌。

"没法解释清楚，"我对我的仆人说，"把我的话翻译一下，路易斯。"

路易斯尽力翻译了。换句话说，他立刻坠入了无底深渊，弄得云里雾里，年轻女仆也步了他的后尘。我真不知道什么时候还有如此开心好玩的。他们既然会逗我乐，我就把他留在深渊里得啦。等到他们不再让我开心时，我再运用我的智慧，把他们再拉上来。

不必说，我在这个时候提出质疑，终于弄明白了年轻女仆说话的意图。我发现她心神不宁，因为有了她刚才说给我听的一连串事情，结果她未能听到哈尔寇姆小姐委托伯爵夫人转达的补充口信。她担心口信可能对自己的女主人关系重大。她害怕珀西瓦尔爵士，因此没有连夜返回黑水庄园去询问。哈尔寇姆小姐再三嘱咐了她，千万不能误了早晨的火车，所以翌日也没有在旅馆里等待。她心急如焚，担心自己不幸昏迷的事会不会导致另一件不幸的事发生，即她的女主人会认为她做事疏忽大意。她恳求我，问我要不要给哈尔寇姆小姐写封信，把情况向她解释，并请求她原谅。如果还来得及的话，顺便问一问那口信。我用不着为这段枯燥乏味透顶的文字道歉，我是奉命写的。令人不解的是，就因为这样的人，他们有兴趣听我侄女的女仆在这种时候说给我听的话，而不乐意听我讲给我侄女的女仆听的话。真是很有意思的变态行为啊！

"先生，如果您宽宏大度告诉我该怎么办，我会万分感激您的。"年轻女仆说。

"顺其自然吧，"我用对方听得懂的话说，"我本人一向就是顺其自然的。没错。这样可以吗？"

"先生，如果您认为我写信有失体统，我当然不敢贸然行事。但我真是想要竭尽全力,一心一意为自己的女主人效力——"

下人从来都不知道该什么时候或以什么方式离开房间。他们总是需要主人提示才会出去。我认为,是时候了,应该提示年轻女仆出去。我恰如其分地用两个字提示:

"早安!"

突然,奇异独特的女仆身体里面或者外面,有什么东西发出吱吱嘎嘎的响声。路易斯看着她(我没看),他说她行屈膝礼时发出的吱嘎声。真奇怪啊,是她的鞋子,她的紧身褡,还是她的骨头发出的响声?路易斯认为是她的紧身褡。真奇怪啊!

等到就剩下我一个人时,我小睡了一会儿——我真想睡。我醒过来后,才理会亲爱的玛丽安的来信。假如我略微知道信的内容,我断然不会拆开看的。真是不幸得很,由于我一点都不知情,我看了信,结果一天都不得安宁。

论性格,我属于世界上最随和的人——我对所有人都体谅宽容,从不计较任何事情。但是,正如我前面说过的,我的忍耐有限度。我放下玛丽安的信,觉得自己——有充分理由地觉得自己——是个受到了伤害的人。

我准备发表一点看法。当然,是针对现在关注的严重事情而言的——否则,我也不会让它见之于此了。

我认为,社会的所有阶层中,没有什么事情会像已婚者对待独身者的态度那样将人类可恶的自私行为表露得如此淋漓尽致,令人作呕。你一旦表现得对人过于宽宏大度,对己过于忘我克制,并不准备在已经人满为患的世界上再增加一个属于你自己的家庭,这时候,你就会被你的那些已婚的朋友不怀好意地盯上。他们不像你一样宽宏大度替他人着想，也不像你一样对己忘我克制，挑选你分摊他们一半的夫妻矛盾，而且做他们所有孩子的法定朋友。丈夫和妻子谈论夫妻生活的烦心事，而单身汉和未婚女却要承受那些烦恼。以我的情况为例吧，我体贴他人，一直未娶，而我那已故的亲爱的兄长菲力普，不替他人着想，结了婚。他去世的时候都怎么啦？他把自己的女儿留给了我。她是个讨人喜爱的姑娘，也是个可怕的负担。为何要把她压到我肩膀上？因为我是个心慈好善的单身汉。我必须承担起责任，替我那已婚的亲属们解除他们所有烦恼忧伤。我竭尽全力，承担起我兄长的责任，力排众议，克服困难，把侄女嫁给了她父亲想要她嫁的那个男人。她和她丈夫意气不相投，出现了令人不快的后果。有了这样的后果，她又做了什么呢？她转嫁到我身上。为何要转嫁到我身上？因为我是个心慈好善的单身汉，我必须承担起责任，替我那已婚的亲属们解除他们所有烦恼忧伤。可怜的单身汉啊！可怜的人性啊！

不必说，玛丽安的信对我造成了威胁。谁都威胁我。倘若我犹豫不决，不立刻把利默里奇庄园变成我侄女及其不幸遭遇的避难所，形形色色的可怕事件恐怕都会落到我这个忠诚老实的人头上。然而，我犹豫不决。

我已说过了，我过去一向对亲爱的玛丽安迁就让步，以避免噪音。但是这一次，她那毫不替他人着想的建议所要酿成的后果迫使我犹豫迟疑。我若是把利默里奇庄园辟为格莱德夫人的避难所，我有何防护手段阻止珀西瓦尔·格莱德爵士追踪她至此，因为收留了他夫人而冲着我气势汹汹，满腔怒火呢？我看这样做会招致难以摆脱掉的麻烦，所以，我决定先试探一下再说。因此，我给亲爱的玛丽安写了信，请求她（因为她没有丈夫对她提所属权的要求）自己先到这儿来，同我谈谈这件事。如果她能对我的种种质疑给予完全满意的回答，那么，我向她保证，定会心悦诚服地接受我们可爱的劳拉——否则不行。

当然，我在此觉得，自己采取这种敷衍拖延的办法，玛丽安最后可能怒气冲冲，跑到这儿来，把门关得砰砰作响。但是，如若采取另一种办法，珀西瓦尔爵士也可能怒气冲冲地跑到这儿来，也把门关得砰砰作响。面对两种怒气冲冲和砰砰作响的关门声，我宁愿选择玛丽安的——因为我已习惯她了。于是，我趁返程邮班把信发出去了。无论如何，这样给我赢得了时间——噢，天啦！这是个多么关键的开头啊！

我凡是遇到疲惫沮丧时（我提到了自己被玛丽安的信弄得疲惫沮丧了吗？），总要休息上三天才会起来。我真是太不切实际了——指望过三天清静悠闲的日子。当然，我没有享受到。

第三天，我收到了一封措辞简慢无礼的来信，信是一个完全不认识的人写来的。他自称是我们的家庭律师——是我们亲爱的固执己见的老吉尔摩的——执行合作者。他向我通报，他最近从邮局收到了一封信，是哈尔寇姆小姐的手迹。拆开信封一看，他大吃了一惊，里面什么字也没有，只有一张白纸。如此情形令他满腹狐疑。（他探索不止的法律头脑由此联想到，信被人用不正当的手段拆启过）。于是，他立刻给哈尔寇姆小姐去了信，而邮班返程时毫无音讯。面对此种困境，他没有像明智达理的人那样行事，让事情顺其自然，而是干出了另一件荒唐事。正如他自己说的，写信来打扰我，问一问我是不是知道其中的缘由。我怎么知道其中的缘由？他自己担心受怕，为何还要搭上我呢？我回信时表达了这个意思，是一封我措辞最尖刻的信之一。自从给沃尔特·哈特莱特那个极其讨厌的家伙写了封解聘信以来，我还没写过比这措辞更尖锐的东西呢。

我的信起了作用了，再没收到那律师的来信。

此事或许并不十分奇怪。不过，我再没有收到玛丽安的信，也没有任何迹象说明她要来。这个情况倒是引起了我的重视。她就这么出人意料不来了，对我而言，是件喜出望外的好事情。我断定（当然就是这样做的），自己的那些已婚亲属已经和好如初了。真令人如释重负，舒心快乐。我连续度过了五天平静祥和的日子，无人打扰，享受了美妙悠闲的独居生活，身体恢复了。到了第六天，觉得精力旺盛，于是派人去把照相师请来，要他继续把我的艺术珍品拍成照片的工作。正如我已经说过的那样，旨在提升本地野蛮人的品位。我刚刚打发他到他的工作室去，于是开始把玩起我的钱币来了。突然间，路易斯手里拿着一张名片进来了。

"又来了个年轻女仆？"我说，"不见，我这个身体状况，不适宜见年轻女仆。说我不在家吧。"

"这次是位绅士，先生。"

一位绅士当然就不一样了。我看了看名片。

天哪！是我那讨厌的妹妹的外国丈夫啊，福斯科伯爵。

我有必要说说自己见到了来访者的名片后的第一印象是什么吗？想必没必要吧？由于我妹妹嫁的是个外国人，任何头脑清醒的人都只可能会产生一个念头，伯爵当然是来问我借钱的。

"路易斯，"我说，"如果你给他五个先令，你觉得他会离开吗？"

路易斯看上去一副很震惊的样子。他通报说，我妹妹的外国丈夫穿着很气派，一副有钱人的派头。这着实令我感到惊讶啊。这样一来，我的第一印象便有了些许变化了。我现在断定，伯爵自己面临夫妻纠纷，所以也和其他亲属一样，把困难往我肩上推。

"他说明了来意了吗？"我问。

"先生，福斯科伯爵说他来这儿，是因为哈尔寇姆小姐无法离开黑水庄园。"

很显然，又是新的麻烦。不完全像我认为的那样是他自己的麻烦，而且是亲爱的玛丽安的。反正是麻烦。天哪！

"请他进来。"我无可奈何地说。

伯爵初次亮相着实吓了我一跳。他块头大得吓人，我浑身都发颤了，感觉他准会弄得地板晃动，把我的艺术珍品震倒。两件事都未发生。他身穿夏装，精神抖擞，泰然自若，举止斯文，讨人欢喜——他脸上露着迷人的微笑。我对他的第一印象非常好。承认这一点不会对我的洞察力带来更好的评价——随后发生的事情会表明这一点。

"请允许做个自我介绍，费尔利先生，"他说，"我从黑水庄园来，很荣幸也很幸福做了福斯科夫人的丈夫。恳请您不要把我当外人，好让我第一次也是最后一次利用一下这个身份。我恳求您不要麻烦自己——我恳求您不要动。"

"您真太好了，"我回答说，"我真希望自己身体强壮，能够起来。在利默里奇见到您真高兴。请椅子上坐吧。"

"您今天不大舒服吧？"伯爵说。

"老样子，"我说，"我看似像个人，其实只不过就是一捆套着衣服的神经罢了。"

"我生平研究过许多科目，"眼前充满了同情心的人说，"其中就包括了研究不尽的神经科。我能提一个既最简单又是最深奥的建议吗？您能让我改变一下您房间里的光线吗？"

"当然可以——不过请您行行好，千万不要让光线照射到我身上。"

他走到了窗户边。他与亲爱的玛丽安形成多么鲜明的对照啊！一切举动都如此顾念别人！

"阳光，"他用愉快而又信任的口吻说，这很能宽一个病人的心，"是最首要的。阳光会激发人，滋养人，保健人。费尔利先生，人就像花朵一样，离开了阳光可不行啊。您看吧，您坐在这儿，我把百叶窗关上，让您平心静气。那儿，您不坐的地方，我拉起百叶窗，让使人生气勃勃的太阳光照进来。您忍受不了阳光照射到自己身上，可以让它照进房间。先生，阳光是上苍伟大的圣旨。您凭自己的约束力接受上苍。以同样的方式，接受阳光吧。"

我觉得这番话很有说服力，也透着对人的关怀体贴。他让我接受了——关于阳光的观点，他确实让我接受了。

"您看我局促不安，"他说着，回到自己的座位——"说真的，费尔利先生，您看我在您面前局促不安。"

"我听后很惊讶，真的，可以问问为什么吗？"

"先生，我走进这个房间（您坐在里面忍受痛苦），看到您周围到处是绝妙的艺术品，我能看不出您是位感情丰富、反应敏锐，而且永远富有同情心的人吗？告诉我，是不是这样的？"

我若是有这个精力从椅子里坐正，一定要起来鞠个躬。但我精力不支，只好以微笑表示谢意了。这样也好，我们两个人彼此都理解了。

"请听听我的想法吧,"伯爵接着说,"我坐在这儿,自己算是个卓有教养、富有同情心的人,在另一个也是卓有教养、富有同情心的人面前。我心里明白,若是要提及一些令人肝肠寸断的家事,一定会可怕地折磨两颗同情心。会出现什么不可避免的后果吗?我已经很荣幸地向您点破了。我坐着,心里局促不安。"

此时,我是不是该开始怀疑他存心让我心烦呢?我觉得是这么回事。

"非要提及那些令人不愉快的事不可吗?"我问,"用我们通俗的英语词汇来说,福斯科伯爵,难道不可以留着不说吗?"

伯爵一脸严肃,样子吓人。他叹了口气,摇了摇头。

"我真的一定要吗?"

他耸了耸肩膀(打从他进房间以来,这是他做的第一件有外国特点的事),目光直盯着我看,令人不舒服。凭直觉,我最好闭上眼睛。我顺应了直觉。

"请轻声点说吧,"我请求说,"有人死啦?"

"死!"伯爵用不必要的外国凶狠腔调大声说,"费尔利先生!你们民族这种沉着冷静的性格把我给吓着了。天哪,我说什么啦,还是做什么啦,让您认为我是来报丧的?"

"请接受我的道歉,"我回答说,"您什么也没说,什么也没做。我已形成习惯了,在面对这类令人伤心难受的情况时,总爱把事情往最坏处想。这样,半途中遇上灾祸,可以减轻它的强度,等等。听说没死人,我有说不出的欣慰,真的。有人病了吗?"

我睁大眼睛看着他。他进来时脸色就有这么黄吗?还是这一两分钟之内变得这么黄的？我确实说不准，又不能问路易斯，因为他此时不在房间里。

"有人病了吗？"我再问了一声，看来我们民族沉着冷静的性格仍在对他起作用呢。

"这只是我带来的一部分坏消息，费尔利先生。对，是有人病了。"

"够痛苦的，我肯定。是谁病了？"

"我深感悲痛，是哈尔寇姆小姐。您可能有了心理准备来听这个消息吧？哈尔寇姆小姐没有如您建议的那样亲自过来，而且也没有来封信。您有可能发现这个情况时，您充满了爱而又悬着的心就开始怀疑她是不是生病了吧？"

毫无疑问，我充满了爱而又悬着的心确实在某个时候有这种忧虑感，但是，一时间，我可怜兮兮的记忆力完全想不起是怎么个情况来。然而，为了对自己公平起见，我还是要说，是这么回事。我很震惊。真不相信亲爱的玛丽安那么健康的人会生病。所以，我只能猜想，她是碰到什么不测了。骑马，或在楼梯上踩空了，或诸如此类的情况。

"情况严重吗？"我问。

"很严重——毫无疑问，"他回答说，"我希望，同时也相信没有危险。哈尔寇姆小姐不幸淋了大雨，全身湿透了。随后便患上了重感冒，现在已出现了最坏的后果——发高烧了。"

我听到"高烧"这两个字，同时又记起眼前这个同我说话的肆无忌惮的家伙刚刚来自黑水庄园，感觉自己要当场晕倒了。

"天哪！"我说，"有传染吗？"

"目前没有，"他回答说，态度镇静得令人厌恶，"有可能会转变成传染病——但我离开黑水庄园时尚未出现这种可悲的症状。我极为关注这种病状,费尔利先生——我尽全力协助专职医师观察病情——相信我好啦。我保证,我离开时高烧并没有传染性。"

相信他的保证!我生平从不认可什么保证。他即便赌咒发誓我也不信他。他脸色太黄,没法叫人相信。他看上去就像个西印度群岛[①]的传染病人。他身材魁梧,足可以携带成吨的斑疹伤寒[②]病毒,让走过的地毯都染上猩红热[③]。面对某些紧急情况,我可以异乎寻常地打定主意。我立刻决定打发他走人。

"您会心慈友善地原谅一个有病的人吧,"我说——"但是,凡是长时间谈话,我都会不可避免地心烦意乱。我对您的到来深感荣幸,但是,我可不可以问一声您此行的具体目的是什么吗?"

我热切期望,他听到这个明确无误的暗示后,会诚惶诚恐——会局促不安——会赔礼道歉——总之,他会离开房间。正好相反,他坐在椅子上一动不动。他显得更加严肃、庄重而可信,竖起两根丑陋可怕的手指,再次令人厌恶地盯着我看。我该怎么办啊?我精力不支,不能跟他吵嘴。请你想象一下我的处境吧。能够用语言来描述吗?我想不能。

"我此行的目的,"他接着说,有点抑制不住自己,"用手指头数一数。一共两个。其一,我怀着深深的忧伤,前来证实,珀西瓦尔爵士和格莱德夫人之间令人惋惜地产生了冲突。我与珀西瓦尔爵

---

① 西印度群岛(West Indies)是北美洲的岛群,位于大西洋及其属海墨西哥湾、加勒比海之间,北隔佛罗里达海峡,与美国佛罗里达半岛相望,东南邻近委内瑞拉北岸,从西端的古巴岛到委内瑞拉北海岸的阿鲁巴岛,呈自西向东突出的弧形,伸延四千七百多公里。
② 斑疹伤寒(typhus)是一种急性传染病。鼠类是主要的传染源,其临床特点为急性起病、发热、皮疹、淋巴结肿大、肝脾肿大等。夏秋季发病率高。
③ 猩红热(scarlet fever)是一种由溶血性链球菌感染引起的急性呼吸道传染病,其症状为发热、咽峡炎、全身弥漫性鲜红色皮疹和疹退后明显的脱屑。

士交谊长久,又是格莱德夫人的姻亲,还是黑水庄园一切情况的目击者。有了这三种身份,我说的话真实、可信,透着诚心诚意的惋惜。先生!您作为格莱德夫人家的一家之主。我告诉您,哈尔寇姆小姐给您的信中所述的情况毫无半点夸张。我肯定,那位令人钦佩的小姐提出的办法是唯一可以让您免受因家丑外扬带来惊扰的办法。夫妻间短暂的分离是和平解决家庭纠纷的唯一办法。目前暂让他们分开,待纠纷的一切起因都消除之后,我这个现在有幸对您说话的人——再去负责劝说珀西瓦尔爵士,让他回心转意。格莱德夫人是不幸的。格莱德夫人受到了伤害。但是——请听我把话说清楚!——正是因为如此(我说出来都难为情),她若是待在她丈夫的屋檐下,那她就是家庭纠纷的起因。除了您这座庄园之外,没有任何地方适合收留她。我请求您敞开庄园的大门吧!"

厚颜无耻啊。英格兰的南方正在劈头盖脸地下着一场婚姻冰雹,而我却要受一位其外衣的每个褶皱里都沾满了热病菌的人邀请,走出英格兰的北方,去陪着挨冰雹的袭击。我真想要把这一点义正词严地表达出来。伯爵不慌不忙地放下一根丑陋可怕的手指,让另一根还竖着,然后接着说——犹如一辆马车从我身上碾过,可以说,把我撞倒之前,连一般车夫那种"嗨"一声以便引起我的注意都没有。

"请再听我把话说清楚吧,"他接着说,"我的第一个目的您已经听到了。我来贵庄园的第二个目的是,哈尔寇姆小姐现已罹患疾病,她因此不能亲自做的事情,那就我来做吧。我阅历丰富,黑水庄园的人凡是碰到什么棘手事情时,都会来征询我的意见。因此,针对您写给哈尔寇姆小姐的信中提出的那件颇有意思的事情,他们也请求我提出中肯的建议。我立刻明白了——因为我们意气相投有同感——您为何在亲口允诺要格莱德夫人来之前希望哈尔寇姆小姐来一趟。先生,您在不知道那位丈夫会不会行使他的权力来要人的情况下,对是否该接纳他夫人的事情举棋不定,这个事情做得对,我赞成您的做法。我同时还赞成,面对这样一件家庭纠纷,需要进行细致全面的解释,仅靠书信文字是无法恰如其分解释清楚的。我亲自到这儿来(其实我本人很不方便)就足以证明,我说的是真心话。至于说到解释,我——福斯科——了解珀西瓦尔爵士比哈尔寇姆小姐了解他要全面得多。我以自己的名誉担保,他夫人住在本庄园逗留期间,他绝不会踏进这儿,或者试图与这儿取得联系。他自己的事情已经够让他焦头烂额了,那就让他夫人离开,给他自由吧。我向您保证,他会利用好他的自由,一旦能够离开,便会迫不及待地重返欧洲大陆的。您不觉得这像水晶一样清晰吗?是的,是这样。您还有什么问题要问我吗?如若有,我这就回答。问吧,费尔利先生——为了让您放心,我请您问吧。"

他不顾我的感受,说了这么一大通。很可怕啊,他看起来还有更多话要说呢,而且同样不会考虑我的感受。因此,出于纯粹的自卫,我谢绝了他的友好请求。

"多谢您啦,"我回答说,"我衰弱得很快,处于这么个身体状况,必须对任何事情都无所谓。针对这件事情,也请允许我采取这种态度吧。我们都相互理解。对啊,多谢您的善意打扰,真的。我若是身体好起来了,而且再有机会增进我们的了解——"

他站起身,我以为他要走。没有的事,他还有话要说,还要延长时间让病菌传染——而且是在我的房里,请记住,是在我的房间里!

"还有一会儿,"他说,"一会儿,我然后就离开。临别之际,我请求再对您说一件紧要的事。是这样的,先生!等到哈尔寇姆小姐身体康复了之后,您可一定不要考虑接格莱德夫人回来啊。黑水庄园不仅有一位经验丰富的护士,还有医生、女管家,哈尔寇姆小姐有他们的护理——我以性命担保,他们三个人才能干练地忠于职守。我要告诉您这个情况。我还要告诉您,格莱德夫人对她姐姐的病情心急如焚,担心受怕,已经影响到了她的身体和情绪,在病号室派不上用场,所以,她完全不适宜再待在那儿。她与她丈夫的关系每况愈下,越来越危险了。如若把她留在黑水庄园,不但丝毫不能加速她姐姐的康复,而且还有家丑外扬的危险。对此,为了家庭神圣的利益,您、我,还有我们所有人,都是有责任要加以避免的。我真心诚意地建议您,给格莱德夫人写封信,叫她立刻动身过来,这样您就从肩膀上卸掉了延误时机的重大责任了。尽一尽您显示爱心、表露诚意、责无旁贷的义务吧。这样一来,无论将来发生什么事,谁也无法怪罪于您。我是凭着自己丰富的阅历才这样说的,给您提出中肯的建议,您接受吗——接受,还是不接受?"

我看着他——只是看着他——我脸上的每一道皱纹都显露着自己内心的感受:觉得他的保证莫名其妙,而且正要决定摇铃叫路易斯进来,领着他离开房间。完全不可思议的是,但实情确实如此,我脸上的表情似乎对他毫无作用。天生麻木不仁——显而易见,天生麻木不仁!

"您在犹豫迟疑吗?"他说,"费尔利先生!我理解您的这种心情。您觉得——看看吧,先生,我们有同感,我都看透您的心思啦!您觉得,格莱德夫人身体不佳,情绪也不佳,不便一个人大老远地从汉普郡过来。她自己的女仆已经从她身边被辞退了,这您知道,而在黑水庄园又没有别的哪个女仆适合陪她走过横跨英格兰的行程。您觉得,她到这儿来的途中,不适宜在伦敦停留休息,因为她一点都不熟悉公共旅馆,不能一个人舒适地住进去。一方面,我赞同您的看法——另一方面,我又不赞同。请您最后听我说一遍。我随珀西瓦尔爵士返回英格兰时,就打算在伦敦附近安顿下来的。这个目标刚圆满地实现了。我在一个叫圣约翰林的住宅区租下了一所配有家具的住宅,期限为六个月。麻烦您注意这个事实,注意听我提议的办法。格莱德夫人旅行到伦敦时(行程很短),我亲自到火车站去接她——我带她到我的住处去休息住宿,那也是她姑妈的家——等她恢复了体力后,我再护送她到火车站——她再到这儿来。到时候,她自己的女仆(现在住在您府上)再到马车边接她。这样注意到了舒适,也注意到了礼节。这样一来,您自己的职责——一位不幸的女人需要有人尽到友好款待、同情支持、关切保护三方面的职责——便可以自始至终顺顺当当、轻轻松松地履行了。我由衷地恳求您,先生,为了家庭的神圣利益,支持我的努力吧。我严肃认真地建议您,写一封信,经过我的手,给那位受到伤害、处于不幸中的女士,向她奉献出您家的友好款待(和敞开心扉),同时也奉献出我家的友好款待(和敞开心扉),因为我今天正是为了她的事求情来的。"

他向我挥舞着丑陋可怕的手,拍了拍他那有传染病菌的胸部,滔滔不绝地对我发表一番演说——仿佛我是躺在英国众议院似的。看起来,是该要采取某种极端手段了。还应该把路易斯叫来,实施烟熏房间的预防措施。

处在如此痛苦难捱的紧要关头,我突然有个主意——一个价值无法估量的好主意。可以说，一举两得。我决定按这个可恶的外国人的意思办，立刻写信，这样既可以不听伯爵令人厌恶的滔滔不绝的演讲，又可以摆脱掉格莱德夫人令人厌倦的麻烦事。我接受这个请求不会有半点危险，因为玛丽安躺在黑水庄园病着，劳拉是绝不可能会同意离开那儿的。对这个令人高兴、顺理成章的障碍，爱管闲事、头脑敏锐的伯爵怎么会没注意到啊。真是不可想象——但他就是没注意到。我担心，如果我让他有时间思考，他可能会意识到，这个想法大大刺激了我，我于是挣扎着坐直了身子，抓起——真正是抓起——身边的文具，如同办公室里的一位普通文员，以最快的速度写完了信。"最亲爱的劳拉：请随便什么时候来吧。途中到伦敦你姑妈家住。听说亲爱的玛丽安病了，我很伤心。爱你的叔叔。"我伸直手把写好的文字交给伯爵——又在椅子里躺下了——我说："请原谅，我完全精疲力竭了，不能再做什么。您去楼下休息，用午餐好吗？向所有人转达爱和同情，等等，早安。"

他再次进行了一番演说——此人绝对有使不完的劲。我闭上眼睛，设法不听。尽管如此，还是难免听进了许多。我的这位说话没完没了的妹夫，针对这次会面所取得的成果，又是向他自己祝贺，又是向我祝贺。他还说了很多关于我们意气相投有同感的话。对我惨不忍睹的身体深表遗憾。主动替我开了药方。嘱咐我别忘记他对我说的关于阳光重要性的话。接受了我要他去休息和用午餐的热情邀请。提醒我格莱德夫人两三天后就会来。恳求我答应安排下次再会面，而不是说再见，他感到痛苦，我也感到痛苦。他还说了一大堆的话。我很高兴，那些话当时我没有认真听，所以现在忘记了。我听见他和谐的声音渐渐离我远去——但是，他虽然身材巨大，但我根本没听见他走的声音。他有一个不怎样的本事，即绝对不会发出半点声响。我不知道他什么时候开的门，或什么时候关的门。一阵寂静之后，我壮着胆子睁开眼睛——他走了。

我摇铃叫来路易斯，然后去浴室。温水里再加些香醋，我要洗个澡。我书房里用大量熏香熏过了，这都是明显要采取的预防措施，我当然都采取了。我高兴地说，这些措施很有效。我按照习惯睡了个午觉。醒来时，觉得湿润、凉爽。

我首先过问伯爵的事，我们真的摆脱他了吗？真的——他乘下午的火车走的。他用过午餐了吗？如果用过了，吃了点什么呢？吃的全是果酱馅饼加奶油。怎么样的一个人啊！真消化得了啊！

我需要叙述更多情况吗？我估计不需要了。我觉得，规定我要做的事情我都已经做到了。我深感欣慰的是，后来发生的那些骇人听闻的事情，不是在我面前发生的。我恳切地希望，不会有人铁石心肠，把那些事情的任何一点归罪到我头上。我尽了自己最大的努力了。我不应对一个令人悲痛的灾难负责，这种灾难无法预见。我已因此心力交瘁了。有了这种事，我经受了别人没有经受的折磨。我的男仆——路易斯（虽愚钝冥顽，但对我确实忠心耿耿）认为，我永远都走不出这个阴影。他看见我此时此刻正一边口述，一边用手帕擦眼睛。为了对我自己公平起见，我希望能够说一声，这不是我的错，我已心力交瘁了。还需要我说什么吗？

由黑水庄园的女管家伊莱莎·迈克尔逊叙述的故事

一

有关哈尔寇姆小姐病情,还有格莱德夫人离开黑水庄园前往伦敦的情况,他们要求我把自己所知道的清清楚楚叙述出来。

他们对我提出如此要求的理由是:为了澄清事实真相,必须有我的证词。作为一位英国国教会① 牧师的遗孀(受不幸的处境所迫,我不得不接受一份差事),我懂得,考虑任何事情时,首要的是实事求是。因此,我答应遵命行事。我原本是不大情愿的,因为不想把自己与令人伤脑筋的家事牵扯到一起。

我当时没有在备忘录上做记载,所以,某一天的具体日期不是很准确,但我相信,说哈尔寇姆小姐严重的病情开始于6月的最后两个星期或者十天,那不会有错。黑水庄园的早餐一向很晚——有时晚至十点,但从未早于九点半过。我现在说到的那个早晨,哈尔寇姆小姐(她通常第一个下楼)没有到餐桌边来。全家人等了一刻钟之后,派了司膳的上等女仆去叫她。结果,女仆笑得失魂落魄跑

---

① 英国国教会(Church of England,也可称为英格兰国教会,英国圣公会,英格兰圣公会)属于"圣公宗"("安立甘宗")的教会之一,"安立甘宗"神学的创始人是理查德·胡克(Richard Hooker,1553—1660)。16世纪由英格兰君主亨利八世时期开始由圣公会坎特伯雷大主教托马斯·克兰麦(Thomas Cranmer,1489—1556)等进行改革成为英格兰的国教。教会的辖区为现在的联合王国的英格兰,不包括苏格兰、威尔士和北爱尔兰,后者分属于苏格兰圣公会、威尔士教会和爱尔兰国教会。英格兰圣公会的最高主教为坎特伯雷大主教,副手是约克大主教。

出房间。我在楼梯上碰到女仆,急忙去哈尔寇姆小姐那儿去看个究竟。可怜的小姐无法向我诉说。她在房里走着,手里握着笔,神志不清,发着高烧。

格莱德夫人(由于我已不在珀西瓦尔爵士的府上当差了,所以,我可直呼自己先前女主人的名字,而不称她为我的夫人,不算失礼)第一个从她卧室进来。她吓得要命,而且痛苦极了,帮不上任何忙。福斯科伯爵,还有他夫人,随后立刻上了楼。他们二位全都乐于助人,仁慈宽厚。伯爵夫人协助我把哈尔寇姆小姐安顿到了床上。伯爵留在起居室,派人提来了我的药箱。他替哈尔寇姆小姐配制了一种混合药剂,还有敷在她前额上的一种清凉剂。因此,在医生赶到之前,没有浪费时间。我们给她敷了清凉剂,但不能让她服用混合药剂。珀西瓦尔爵士负责派人去请医生,他打发了马夫骑马去请离得最近的医生——橡树山庄的道森先生。

道森先生没有一个小时就到达了。他是位受人尊敬的老人,远近闻名。他认为病情十分严重,我们得知这个情况后,都吓坏了。

伯爵谦恭有礼,同道森先生交谈了起来,坦率亲切而又恰如其分地发表了自己的看法。道森先生却不那么谦恭有礼,他问伯爵的建议是否出自医生之口。他得知那是一位对医学颇有研究者的,而非一位专职医生的建议时,便回答说,自己不习惯同业余医生商讨问题。伯爵具有真正基督徒和蔼温顺的性情,笑了笑后离开了房间。他出门前告诉我,如果白天用得上他,可以在湖畔的停船棚屋找到他。他为何要去那儿,我不知道。但他确实去了,整个白天都待在外面,直到七点钟吃晚饭时才回来。他有可能希望做出个榜样,让宅邸尽可能保持安静。这完全是他的性格使然,因为他是一位很会替他人着想的贵族。

哈尔寇姆小姐熬过了十分艰难的一夜，高烧时高时低，到了早晨，情况仍不见好转，反而还变本加厉了。附近找不到适合于看护她的护士，所以，我和伯爵夫人承担了这个责任，相互轮流着来。格莱德夫人很不明智，非要同我们坐在一块儿熬夜。她精神太过紧张，身体太过虚弱，对哈尔寇姆小姐的病忧心忡忡。她承受不了，无法保持冷静。她这样实际上非但帮不上什么忙，反而伤害了自己的身体。世上再没有比她更温柔和谐、慈爱诚挚的夫人了，但是，她又是哭又是受惊吓——有了这么两个方面的弱点，完全不适宜待在病室里。

早晨，珀西瓦尔爵士和伯爵来探视。

珀西瓦尔爵士（我估计，由于看到夫人痛苦忧伤和哈尔寇姆小姐病倒了，显得忧心忡忡）看上去格外神情恍惚，心绪不宁。伯爵则相反，一副平静泰然与关切同情的姿态，恰到好处。他一只手拿着草帽，另一只拿着书。我听见他对珀西瓦尔爵士说，他还要出去，到湖畔去看书。"我们要保持宅邸里安静，"他说，"朋友，我们不要在室内吸烟，哈尔寇姆小姐现在生病了。你走你的，我走我的。我看书时喜欢一个人独处。早安，迈克尔逊太太。"

珀西瓦尔爵士不怎么温文尔雅——我或许应该公正地说，显得情绪不够稳定——离开我时，没有表现出同样的殷勤客套。确实，当时或其他时候，宅邸里唯一把我当作只是落了难的太太看待的也就只有伯爵。他具有一位真正贵族的风度，对谁都关怀备至。即便对伺候格莱德夫人的那位年轻女仆（名叫芳妮）都不会忽略。珀西瓦尔爵士辞掉她时，伯爵（当时他在向我展示他可爱的小鸟呢）关怀体贴，焦急不安，要知道她情况怎么样，她离开黑水庄园的当天到哪儿去了，等等。对人表露出无微不至的关怀，其中总会凸显出贵族血统的优点来。我用不着为说了些关于细枝末节的话而道歉，说这些话是为了对伯爵显示公正，因为我很清楚，某些人对他的人品的评价很苛刻。一位贵族能够敬重一位落了难的太太，能够充满父爱地关怀同情一位地位卑贱的女仆，表现了一种毋庸置疑的崇高道德与情操。我不发表看法——只提供事实。我生平努力要做到的就是不评判别人，以免被别人评判。我亲爱的丈夫有很多精彩的布道词，其中有一篇就是谈这个问题的。我常常阅读——自己寡居的最初日子里，该布道词载在教友们捐资印刷的册子里，我有一本——每次重温它，都会在精神上获得更多教益和启迪。

哈尔寇姆小姐的病情不见好转，第二天夜间，情况甚至比第一天的更糟。道森先生一直在诊治。我和伯爵夫人仍然分摊着具体的护理工作。尽管我两个人都恳请格莱德夫人去休息，但她还是坚持要和我们一同熬夜。"我要待的地方就是玛丽安的床边，"这是她唯一的回答，"无论我的身体有病还是健康，我的面前不能没有她。"

临近中午时，我下楼去处理一些日常事务。一个小时后，我返回到病室时，看见伯爵（他一早出门去了，这是第三次）走进厅堂，看上去格外精神抖擞。这时，珀西瓦尔爵士从图书室门口探出头来，心急火燎地同他尊贵的朋友搭讪：

"找到她了吗？"

伯爵宽大的脸庞上挂满了恬静的微笑，但没有吭声。这时，珀西瓦尔爵士扭过头，发现我正朝楼梯走，于是瞪了我一眼，神态粗鲁，目光凶狠。

"进来吧,跟我说说,"他对伯爵说,"无论何时,室内只要有女人,她们就总是会楼上楼下地跑。"

"亲爱的珀西瓦尔,"伯爵说,态度和蔼可亲,"迈克尔逊太太有事要忙呢,像我一样真心诚意地认可吧,她可是忠于职守啊!病人怎么样啦,迈克尔逊太太?"

"我很遗憾,伯爵大人,不见好转。"

"遗憾——太遗憾了!"伯爵说,"您看上去很疲倦,迈克尔逊太太。护理的事,您和我夫人应该有个帮手。我觉得,我可以给你们想办法。福斯科夫人有事必须明后天去一趟伦敦。她清早出发,晚上返回。她将带回一位品行优良、才能干练的护士来接替您。那位护士眼下正好脱得开身。我夫人了解她,是个信得过的人。她到达这儿前,还请您不要在医生面前提起她,因为他对于我物色来的护士会另眼相看,瞧不起她。等她到达宅邸后,她会凭自己的表现说话的。道森先生也会不得不承认,自己找不到拒绝雇佣她的理由。格莱德夫人也会这么说。请向格莱德夫人转述我最诚挚的敬意和最深切的同情。"

伯爵和蔼仁慈,对人关怀体贴,我对他表达了我的感激之情。我的话被珀西瓦尔爵士给打断了,他招呼他尊贵的朋友(我很遗憾,他用的是一个俗不可耐的词)进入图书室,不让他待在那儿等待。

我继续上楼。我们是可怜误入歧途的人。一个女人不管她曾经把道德防线守得有多牢固,她也不可能永远不受到诱惑,从而去满足一种无聊的好奇心。说起来很羞愧,这一次,我无聊的好奇心冲破了自己的道德防线,我表现得有悖道德,竟然打听起有关珀西瓦尔爵士在图书室门口向他尊贵的朋友提出的问题来。早晨时,伯爵漫步在黑水庄园里，专心看书，谁会是他要寻找的人呢？根据珀西瓦尔爵士的提问，估计是个女人。我并不怀疑伯爵有什么不轨行为——很清楚他的道德品行。我心里只有一个问题——他找到她了吗？

二

接着叙述吧。当晚还像平常一样过去了，哈尔寇姆小姐仍不见好转。翌日，她看上去有了一点点好转。过了一天，伯爵夫人乘早晨的火车去伦敦了。我没有听见她向任何人提起此行的目的。她尊贵的丈夫一如既往地殷勤有加，陪同着她到了火车站。

我现在独自一人负责照料哈尔寇姆小姐了。由于妹妹态度坚定，执意不肯离开病床边，因此，我接下来极有可能还要负责照料格莱德夫人本人了。

当天发生的唯一一件比较重要的事情就是，医生和伯爵之间的又一次不愉快的会面。

伯爵刚从车站返回便上楼到哈尔寇姆小姐的起居室去了解病情。我从卧室出来同他说话，当时道森先生和格莱德夫人都在病人身边。伯爵询问了我很多关于治疗和症状方面的情况。我告诉他，治疗采用的是叫作"生理盐水"的疗法，至于症状，由于一阵连着一阵的高烧，病人肯定显得越来越虚弱疲乏。我说到最后这些细节的当儿，道森先生正好从卧室里出来了。

"早上好，先生，"伯爵说着，态度彬彬有礼，迎上前去拦住了医生，温文尔雅的坚定神态令人无法抗拒，"恐怕，您今天发现病情还没有好转吧？"

"我发现病情有明显好转。"道森先生回答说。

"您还坚持用您的退热疗法吗？"伯爵继续问。

"我坚持这种疗法，因为我的职业经验证明它是正确的。"道森先生说。

"请允许我就职业经验这个宽泛的话题提个问题，"伯爵说，"我不再冒昧提什么建议了——我只是斗胆问一句。先生，您住的地方与伦敦和巴黎那些庞大的科学活动中心有些距离。您听说过吗，合理而且灵活地服用白兰地、葡萄酒、氨水、奎宁可以让疲惫不堪的患者增强体力，从而达到退烧的目的？这种最高医学权威发布的新观点传到了您的耳朵里吗？——传到了，还是没传到呢？"

"倘若职业人士向我提出这个问题，我倒是会乐意回答的，"医生说，一边开门要出去，"您是非专业人士，对不起，恕我不回答您。"

伯爵像一位身体力行的基督徒一样，一边的脸颊被这样粗暴无礼、不可宽恕地打过之后，立刻又凑过另一边脸颊，然后和蔼可亲地说了声："早安，道森先生。"

若是我那亲爱的已故丈夫有幸认识伯爵先生，他们会多么相互敬仰啊！

伯爵夫人当晚乘末班车回来了，从伦敦带来了那位护士。他们告诉我，那女人名叫鲁贝尔太太。我从她那外表长相以及开口说话时不纯正的英语看出，是个外国人。

我对外国人一向都怀有宽容迁就的情感。他们没有我们得天独厚的优越条件,大都是在可怕的天主教教义误导的环境下教育成长起来的。待人如望人待我,这是我始终信守的格言和奉行的准则,因为这也是我亲爱的丈夫在我面前信守的格言和奉行的准则(参见已故文科硕士塞缪尔·迈克尔逊牧师的《文集·布道词第二十九篇》)。由于这两方面的原因,我不打算说,鲁贝尔太太给我的印象是,她身材矮小,嗓音尖细,诡秘狡猾。年龄五十岁左右,肤色黝黑,或者长得像克里奥尔人① 的模样,眼睛呈浅灰色,警觉戒备。出于前面提到的理由,我也不打算说,自己认为她的服饰虽然是最朴素的黑色丝绸做的,但对于她这种身份地位的人来说,质地太华贵,显得不相称,花饰和卷边也显得多余。我不喜欢别人这样说我,因此,我也就应该不这样说鲁贝尔太太。我只提一提她的态度——或许不属于那种不讨人喜欢的拘谨缄默——但只是异常平静腼腆,畏首畏尾。她很注意察言观色,极少开口说话,可能一方面因为性格谨慎,另一方面因为对自己在黑水庄园的职位心里没有底。尽管我客客气气,邀请她到我房里去用晚餐,但她就是不去(可能会令人觉得很奇怪,但想必没有什么值得怀疑的吧?)。

根据伯爵的特别建议(伯爵就是这么仁慈宽厚!),已安排好了,鲁贝尔太太一定要等到第二天早晨面见了医生并征得同意之后,才开始履行职责。当晚我守夜。格莱德夫人对雇用新来的护士照看哈尔寇姆小姐的事似乎很不情愿。一位有文化修养的夫人对待一个外国人竟如此缺乏容忍大度的胸怀,着实令我感到惊讶。我冒昧地

---

① 克里奥尔人(Creole)这个称谓在16—18世纪时指出生于美洲而双亲是西班牙人的白种人,以区别于生于西班牙而迁往美洲的移民。后来指所有属于加勒比文化区的人,不论其祖先是欧洲人、非洲人、亚洲人,还是印第安人。

说:"我的夫人啊,我们一定要记住,不要急于对我们下人做出判断——尤其是当他们来自异国他乡时。"格莱德夫人似乎对我的话置若罔闻。她只是叹了叹气,然后吻了一下哈尔寇姆小姐搁在床单外面的手。病室内,面对一个特别不能激动的病人,这可不是什么明智的举动啊。但是,可怜的格莱德夫人不懂的护理方面的事情——我可以很遗憾地说,一无所知。

翌日早晨,鲁贝尔太太被召唤到了起居室,以便医生经过那儿进入卧室前同意接纳她。

哈尔寇姆小姐当时睡这了。我让格莱德夫人陪伴她。然后怀着一片好意,到鲁贝尔太太跟前去,目的是不让她因对自己的工作心里没有底而感到局促不安。她看上去好像并不紧张,好像事先有了把握,觉得道森先生会同意她来护理。她坐在那儿,态度很平静,眼睛看着窗外,全神贯注地欣赏着乡野的景观。有些人或许会觉得,如此表现多少有点令人感觉肆无忌惮,过于自信,但是,恕我直言,我倒是更加宽容地把它看作是意志十分坚定的表现。

医生没有上我们这儿来,反而有人叫我去见医生。我认为事情的变化有点奇特怪异,但看不出对鲁贝尔太太有半点影响。我离开了,她仍然泰然自若地朝着窗外张望,仍然默默无言地欣赏着乡野的景致。

道森先生独自一人在早餐室里等着我。

"关于这个新来的护士的事,迈克尔逊太太。"医生说。

"是吗,先生?"

"我知道,她是那个外国胖老头的老婆从伦敦领来的。他总是想要干涉我的事。迈克尔逊太太,外国胖老头是个江湖骗子。"

这样说话很粗鲁啊,我听后自然很震惊。

"您知道吗,先生,"我说,"您这是在议论一位贵族大人?"

"呸!他可不就是头一位姓名前挂了个头衔的江湖骗子。他们都是些伯爵什么的——该死的!"

"先生,如果他不是最上等的贵族——当然不是英国贵族——中的一员,他就不可能是珀西瓦尔·格莱德爵士的朋友啦。"

"很好,迈克尔逊太太,您爱怎么称呼他随您的便。我们回到护士的话题吧。我已经表示反对雇用她。"

"还没有见到她就反对吗,先生?"

"对啊,还没有见到她就反对。她也许是世上最优秀的护士,但她不是我推荐来的。我已把我的反对意见对作为本宅邸主人的珀西瓦尔爵士说了,但他不支持我。他说,即便由我推荐来的护士不也是从伦敦来的嘛。所以,他认为,既然他夫人的姑姑辛辛苦苦把那个女的从伦敦领来了,那就不妨让她试一试。这话也有些道理啊,我不便坚持说不行。但我有个条件,假如我有理由对她不满,她就得立刻走人。作为医生,我是有权提出这种条件的,所以,珀西瓦尔爵士也就同意了。呃,迈克尔逊太太,我知道,我只能依赖您了。我想要您开始一两天内注意观察一下那个护士,搞清楚她给哈尔寇姆小姐服用的药除了我开出的之外有没有别的。您的那位外国贵族大人一心想在我的病人身上施用他江湖医生的方子(包括催眠术),而一个由他夫人领来的护士也许正乐意帮助他。您明白了吗?很好,那么,我们这就上楼去吧。护士在那儿吗?她进病室之前,我有话要对她说。"

我们发现鲁贝尔太太还在窗户边自顾自地欣赏着。我把她介绍给道森先生时，医生满腹狐疑的目光也好，寻根问底的问话也罢，似乎一点儿都没有使她局促不安。她态度冷静，结结巴巴地用英语回答医生的问题。尽管他绞尽脑汁想难倒她，但她并未表露出对自己的职责有哪个方面不知道的。正如我先前说过的那样，这毫无疑问是意志坚定的表现，而不是什么肆无忌惮，过于自信。

我们都进了卧室。

鲁贝尔太太聚精会神地看了看病人，向格莱德夫人行了个屈膝礼，摆好了室内的几件小东西，然后平静地在一角坐下，等着有事找她。对于这位陌生护士的出现，夫人好像吃了一惊，而且很不高兴。谁也没有吭声，怕吵醒仍在熟睡中的哈尔寇姆小姐——只有医生轻声地问了一下夜间的情况。我小声地回答说："还跟平常一样。"然后，道森先生就出去了。格莱德夫人跟随他出去，我估计，是要说关于鲁贝尔太太的事。至于我，我心里已经有底了，和蔼文静的外国女人保住了这份差事。她聪颖机智，肯定明白自己要做的事。根据目前的情况，我本人在病床边也不见得能干得更好。

我牢记道森先生对我的交代，接下来的三四天里，总要时不时地对鲁贝尔太太进行一番严密的监视。我不声不响地突然一次次进到房间，但从未发现她有什么可疑行迹。格莱德夫人也跟我一样留神注意她，也未发现什么。我从未发现有药瓶子被调换过的迹象，未看见鲁贝尔太太跟伯爵说话，或伯爵跟她说话。毋庸置疑，她对哈尔寇姆小姐的护理小心周到，郑重其事。可怜的小姐的情况反反复复，时而没精打采，疲惫不堪，一副半昏半睡的样子，时而发起高烧，结果有点神情恍惚。面对前一种情况，鲁贝尔太太从不去打扰她。面对后一种情况，则从不突然出现在床边以免小姐看见陌生人的面孔给吓着了。荣誉归于配得荣誉的人（无论是外国人还是英国人）——而我要把殊荣不带偏见地给予鲁贝尔太太。她极不愿同周围的人交流，太过拘谨缄默，从不征求对病室护理工作知识丰富有经验的人的意见——但是，她虽然有这些欠缺，仍不失为一个好护士。无论格莱德夫人还是道森先生都找不到对她不满意的理由。

后来，宅邸里发生一件重要事情，即伯爵暂时离开了。他有事去了伦敦。他是在鲁贝尔太太来后的第四天早晨动身走的（我想是这样），临行时，当着我的面神态十分严肃地对格莱德夫人谈到哈尔寇姆小姐的事。

"还请您再信赖道森先生几天吧，"他说，"但到时如果仍不见有好转，就派人去伦敦请医生，对此，这个顽固医生不愿接受也得接受。虽说得罪了道森先生，但拯救了哈尔寇姆小姐啊。我以名誉担保，并且发自内心，我说这话是认真的。"

伯爵说话时充满了感情，态度诚挚。但可怜的格莱德夫人神情惶恐，完全控制不了自己，她好像很害怕他。她浑身颤抖着，没吭一声让他走了。他走后，她转身向我说，"噢，迈克尔逊太太，关于我姐姐的事，我心都碎了，没有了给我出主意的朋友了！您认为道森先生错了吗？今天早晨他亲口对我说，不用担心，根本没有必要去请别的医生。"

"尽管我对道森先生敬重有加，"我回答说，"但是，我若是处在夫人您的位置上，定会记住伯爵的忠告。"

格莱德夫人突然转身避开我，一脸绝望的神色。我不明白是怎么回事。

"他的忠告！"她自言自语说，"天哪——他的忠告！"

我记得伯爵离开黑水庄园差不多有一个星期。

由于伯爵不在身边,珀西瓦尔爵士似乎在诸多方面都受到影响。我因此觉得,由于宅邸里有病人,愁云笼罩,他还显得格外神情沮丧,变化很大。有时候,他显得很焦躁不安,连我都注意到了,来来去去,一个劲儿在室外庭院里徘徊。他十分关切,询问哈尔寇姆小姐的病情和他夫人的身体状况(后者日见衰弱的身体似乎令他心急火燎)。我认为,他的性情变得温和多了。如果有位心慈好善的牧师朋友——我已故的杰出丈夫或许可以成为这样的朋友——此时在珀西瓦尔爵士身边,他也许会取得令人喜笑颜开的道德上的进步。对于此类情况的判断我极少出差错,因为我有幸福的婚后生活经验作指导。

伯爵夫人现在是珀西瓦尔爵士在楼下唯一的伴,我看她不太理会他。或者,也可能是他不理会她。不明底细的人几乎会觉得,现在就剩他们两个人在一起,他们实际上有意要避开对方。当然,情况不可能会是这样的。但是,事情确实这样发生了,伯爵夫人总是午餐后不久就用正餐,虽然鲁贝尔太太已从她手里接过所有护理工作,但她总是不到傍晚时就上楼了。我听见威廉(那个没穿号服的男仆)说,他主人的饮食减少了一半,而喝酒却多了一倍。对于这种出自仆人之口的傲慢无礼的话,我并没有当一回事。我当时就针对这话谴责了几句。我如今还要在此谴责一次,希望能够得到理解。

随后几天里,我们所有人都认为,哈尔寇姆小姐确实有了一些好转。我们对道森先生的信任恢复了。他似乎很有信心治好这个病。格莱德夫人跟他谈病情时,他向她保证,一旦他心里有些许疑虑，自己会提议请个医生来的。

我们中唯有伯爵夫人好像听了这话不感到欣慰。她私下里对我说，她并不因为道森先生的意见而对哈尔寇姆小姐的病情感到轻松，她心里焦急地等待丈夫回来，到时再听听他的意见。他通过书信告诉她了，三天后就回来。伯爵离别期间，他与夫人每天早晨固定书信来往。他们在这方面跟所有其他方面一样是已婚者的楷模。

第三天傍晚，我注意到哈尔寇姆小姐的病情有了变化，令我十分担心。鲁贝尔太太也注意到了。我们没有对格莱德夫人吭声，她完全累垮了，当时正躺在起居室的沙发上睡着了。

道森先生那天傍晚比平常来得更迟。我发现，他一看见病人，脸色就变了。尽管他试图饰掩着，但他看上去仍然显得局促不安，惊慌失措。他派人到他的住处去取药箱，室内喷了消毒剂，还按照他的要求，在宅邸内为他铺了个床。"难道高烧转成传染病了吗？"我轻声问他。"恐怕是这样，"他回答说，"明天早晨情况就更清楚了。"

根据道森先生的要求，不让格莱德夫人知道病情恶化的事。出于她身体状况的考虑，他绝对不允许她当晚进入卧室跟我们待在一起。她不服从——那情形令人伤心难受——但他有医生的权威替他挡着，他达到了目的。

翌日上午十一时，道森医生派了个男仆带上一封写给城里一位医生的信去伦敦，还要求他赶当天最早一班车把医生领回来。信使出门半个小时后，伯爵回到黑水庄园。

伯爵夫人自作主张立刻把他带去看病人。我看她这么做没有什么不妥。伯爵是个已婚的人，他年龄大得都可以做哈尔寇姆小姐的父亲，况且他去看她时还是当着他夫人这位女眷的面去的。然而，道森先生不肯让他进入那个房间，但我坦率地说，医生这回过于惊慌失措，所以也就没有严厉阻挠。

可怜的小姐病情严重，她认不出周围的人了。她好像要把朋友当敌人。伯爵走近她床边，她那双眼睛先前在房间里不停地左顾右盼，此时其目光停留在他脸上，惊魂丧魄，可怕的神态我到死都忘不了。伯爵在她旁边坐下，摸摸她的脉搏和太阳穴，聚精会神地打量着她，然后再转身向着医生，满脸露出义愤填膺、不屑一顾的神色。医生一句话也说不出口，愤怒与惊恐弄得脸色苍白，结果只是站了一会儿——脸色苍白，哑口无言！

伯爵随即看着我。

"变化什么时候开始的？"他问。

我告诉了他时间。

"那以后格莱德夫人一直在房内吗？"

我回答说没有。头天晚上，医生绝对禁止她入内，早晨又把要求重复了一遍。

"您和鲁贝尔太太都明白了这病情严重性了吗？"他接着问。

我回答说，我们都明白了，这病是有传染的。他打断了我，没让我再说下去。

"这是斑疹伤寒病。"他说。

一问一答的当儿，道森先生恢复了常态，于是以平常有的强硬口气对伯爵说话。

"这不是斑疹伤寒病，"他带着怒气说，"我反对这种侵扰，先生。这儿除了我，别人无权提问。我竭尽所能，履行了我的职责——"

伯爵打断了他的话——不是用话语,而只是指了指床。道森先生似乎意识到这是对他声称尽了力的无言否认,于是怒气更盛。

"我说我已履行了职责,"他重复说,"已派人去伦敦请医生了。关于这种高烧的性质,我会同他商讨,而不会用别的人。我坚持要您离开这个房间。"

"先生,我是出于神圣的人道主义走进这个房间的,"伯爵说,"出于同样的原因,如果那位医生迟迟不来,我还会进来的。我再一次提醒您,高烧已转化为斑疹伤寒病了,对于这种令人痛惜的病情恶化,根源在您的治疗方法。如果这位不幸的小姐有什么不测,我将会在法庭上作证,那是您的无知与固执导致的。"

道森先生尚未回话,伯爵尚未离开我们,通向起居室的门开了,我们看见格莱德夫人出现在门槛边。

"我必须,而且一定要进来。"她说,神态异常坚定。

伯爵没有阻拦她,反而自己走向起居室,让开路好让她进入。如果在别的情况下,他是绝不可能忘记任何事情的,但面临眼下出人意料的情况,他显然忘记了斑疹伤寒有传染的危险,以及必须迫使格莱德夫人采取适当的自我防护措施。

令我感到惊讶的是,道森先生显得更加镇定自若。夫人刚一迈步向床边走,他就拦住了她。

"我由衷地感到遗憾,由衷地感到伤心,"他说,"我担心,高烧可能有传染。我确认它不会传染之前,恳求您离开房间。"

她对抗了一会儿,然后双臂突然下垂,身子往前倒。她晕过去了。我和伯爵夫人把她从医生那儿搀扶起来,把她扶到她自己房间去。伯爵跟在我们后面,在过道上等着,直到我出来,然后我告诉他,我们已经把她从昏迷中弄得醒过来了。

我回到了医生跟前,按照格莱德夫人的要求,告诉他,夫人有话一定立刻要对他说。他赶紧退回去,平息夫人激动的情绪,然后向她保证,医生几小时后就会赶到。那几个小时过得真慢。珀西瓦尔爵士和伯爵一直待在楼下,时不时地派人上楼了解情况。最后,五六点钟左右,医生到达了,我们大家如释重负。

他比道森先生更年轻些,表情非常严肃,神态非常果断。至于他对先前的治疗有什么看法,我说不上。但是,我感到好奇的是,他向我和鲁贝尔太太提的问比向医生提的要多,而他对道森先生的病人进行检查时,似乎不那么有兴趣听道森先生说明讲解。根据观察到的情况,我开始感觉到,一直以来,伯爵对病情的判断从根本上来说是正确的。延迟片刻之后,道森先生提出了那个聘请伦敦医生前来解答的重要问题。这时候,我的想法得到了证实。

"您如何看这种高烧情况?"他问了一声。

"斑疹伤寒病,"医生回答说,"毫无疑问,是斑疹伤寒。"

那位温和沉静的外国人——鲁贝尔太太,把瘦小黝黑的双手交叉放在前面,眼睛看着我,脸上挂着意味深长的微笑。如果伯爵在房间里,听到自己的意见得到了证实,准会再高兴不过了。

医生吩咐了一些关于护理病人的事情,并说五天后再来,然后退出房间同道森先生私下商讨去了。至于哈尔寇姆小姐有无康复的可能,他没有发表任何看法。他说了,病情目前处在这样一个阶段,还不可能做出什么预测。

五天时间过得忧心焦虑。

我和伯爵夫人轮流替换鲁贝尔太太。哈尔寇姆小姐的病情越来越严重，这越发需要尽心看护，精心照顾。真是一段痛苦难挨的日子啊。格莱德夫人（正如道森先生说的，由于对姐姐牵肠挂肚，一直处于极度紧张状态，所以强撑着）异乎寻常地振作了精神。她表现出的坚毅与果断是我根本没有想到的。她每天坚决要求进病室两三次，亲眼看看哈尔寇姆小姐，并且答应，只要医生答应她的要求，她不靠近床边。道森先生万般无奈之下，只好做出了让步。我估计，他心里很清楚，同她争执也无济于事。她每天都要进来，并克制自己，遵守承诺。看到她面对如此情形时一副痛苦不堪的样子，我自己也是揪心地难受（我想起了丈夫最后生病的日子里，我自己经受的苦楚），因此，我请求不要要求我叙述这一部分。我倒是更加乐意提一提，道森先生与伯爵之间再未发生新的冲突。伯爵派人了解所有情况，所以一直同珀西瓦尔一同待在楼下。

第五天，医生又过来了，给了我们一线希望。他说，从出现斑疹伤寒算起，到了第十天时，或许可以确认病情的结果，他第三次来探视的日子确定在那个时候。这段时间同以往一样过去了——伯爵有一天又去了伦敦。早晨出发，夜间返回。

第十天时，上帝悲悯仁慈，我们整个宅邸的人都如释重负，不再忧心忡忡，诚惶诚恐。医生确切地告诉我们，哈尔寇姆小姐已脱离危险了。"她现在不再需要医生——今后一段时间，她所需要的就是悉心照料和护理，而我看到，这一切她都已经有了。"这是他的原话。当天夜间，我阅读了丈夫那篇关于病后复原的感人的布道词，读后（在精神上）享受到的快乐与获得的裨益比我所记得的任何一次都要丰富。

说起来令人痛苦，这个令人欣喜的消息却令格莱德夫人受不了。她体质过于虚弱，承受不了剧烈的反应。过了一两天，她身体衰弱，精神沮丧，只得待在房间里。为了她的健康，道森先生认为，休息静养，然后再换一换环境，这是最有效的办法。幸好情况没有恶化，因为，她开始待在房里的第二天，伯爵和医生之间又发生了冲突。他们这次争执得很激烈，道森先生离开了宅邸。

我当时不在现场，但我知道了，他们为营养品剂量的事情发生了争执，哈尔寇姆小姐高烧过后，体力衰竭，必须要补充营养，以利康复。病人既然已经转危为安，道森先生也不像先前那样听得进非专业医生的意见了，而伯爵（我想象不出缘由）失去了所有的自制力，一扫先前理智谨慎的态度，一次次地对医生冷嘲热讽，说他在高烧转为斑疹伤寒时竟出现误诊。这件令人遗憾的事情发展到最后的结果是，道森先生请求面见珀西瓦尔爵士，并威胁说（他现在离开，哈尔寇姆小姐也绝对不会有危险），如不及时制止伯爵干预行为，他将辞去负责黑水庄园医务的差事。珀西瓦尔爵士的回答（虽然不是有意无礼）把事情弄得更糟了。面对伯爵的态度，道森先生义愤填膺，因此，离开了宅邸。翌日早晨，他送来了账单。

这样一来，我们身边没有医生负责诊疗事务了。尽管事实上并不需要再聘请一位医生——正如那位医生所说，哈尔寇姆小姐需要有人护理和照料——但是，若是征询我的意见，我认为，从形式上考虑，还是应该另行聘请一位专业人士来帮忙。

珀西瓦尔爵士心里好像并不这么想。他说，即便哈尔寇姆小姐出现病情复发的迹象，再派人去请医生也还来得及。再说了，小问题我们还可以问伯爵，因此，面对病人眼下体质虚弱、情绪不安的状况，我们大可不必非要弄个陌生人站在床边去惊扰她不可。这些想法无疑都合情合理，但我还是有些担心。我们把医生离开了事情向格莱德夫人瞒着，我也于心不忍。我承认，这是个善意的欺骗行为——因为以她目前的身体状况，承受不了新的焦虑了。但总归还是欺骗行为，对我这位坚持道德原则的人来说，怎么说也是件不大好的事。

同一天，发生了另一件令人困惑不解的事，完全出乎我的意料，令我原本沉重的心头又添了新愁。

有人叫我去图书室见珀西瓦尔爵士。我进入时，伯爵也在，但他立刻起身离开了，以便让我们两个人单独待着。珀西瓦尔爵士态度彬彬有礼，请我坐下。然后，令我大为吃惊的是，他说了以下一番话：

"迈克尔逊太太，我想跟您谈件事，事情我在一段时间之前就已经决定下来了，但是，由于本宅邸有人病了，酿成了麻烦，否则，事情早就已经提出来了。简单说来，我有充分的理由就此拆散这个包括仆人在内的大家庭——当然，您还得留下来担任管家。等到格莱德夫人和哈尔寇姆小姐能够出行，她们都必须换个环境。我朋友福斯科伯爵和他夫人在那之前就会离开我，住到伦敦附近去。所以，我拟不再在此宅邸接待客人了，目的是要精打细算，节省开支。我不责怪您——但我在这儿的开销过高。总之，我要卖掉马匹，立刻遣散全部仆人。我做事情一向都是一不做二不休，这您是知道的。我的意思是说，明天的这个时候，府邸内一切闲散人员全部都要辞退。"

我听他说话时，瞠目结舌，惊诧不已。

"珀西瓦尔爵士，您的意思是说，我必须辞退我管的全部室内仆人，而不需按惯例提前一个月通知他们，是吧？"我问。

"当然是，我说的就是这个意思。我们本月有可能要离开本宅邸，宅邸里没有主人在，不会让仆人留下无所事事的。"

"珀西瓦尔爵士，你们都还待在这儿时，谁做饭呢？"

"玛格丽特·波切尔会烧菜煮汤——留下她。既然我都不打算宴请宾客了，还留着厨子干什么呢？"

"珀西瓦尔爵士，您刚才提到的那个女仆是本宅邸仆人中最笨拙的。"

"我告诉您，留下她，再到村上找个女人来打扫卫生，干完了再回去。我这儿每星期的开销必须也应该迅速降下来。我叫您来不是要征求意见，迈克尔逊太太——我是叫您来执行我的节支计划的。明天，除了波切尔之外，那一帮室内的懒骨头仆人全部打发走人。波切尔强壮得像头牛——我们就把她当牛使唤吧。"

"珀西瓦尔爵士，还请您原谅，我要提醒您一下，如果仆人们明天离开，他们必须多领一个月的工钱，以弥补没有提前一个月通知他们。"

"给他们吧！多发一个月的工钱，但可以省去仆人房里一个月的浪费和吃喝。"

最后这句话是对我管理工作最唐突无礼的诽谤。我有强烈的自尊，根本不屑面对如此粗俗下流的污蔑而替自己做什么辩护。哈尔寇姆小姐和格莱德夫人眼下正处于无依无靠的境地，我若突然离开，有可能给她们造成极大的不便。出于一位基督徒宽宏人道之心，我这才没有当即辞职不干。我立刻站起身,心里觉得,让这样的谈话再延续片刻都会降低我的人格。

"珀西瓦尔爵士,您话都说到这个地步了,我也没有什么好说的。照您吩咐的办就是了。"说完,我点了点头,表达了最冷淡的敬意,离开了房间。

翌日,仆人们全部离开了。珀西瓦尔爵士亲自辞退了马夫和小马倌。除了留下一匹马,连人带马全送到伦敦去了。整个室内外的家仆中,只剩下我本人、波切尔和园丁。园丁住在他自己的小屋里,需要他照看马厩里留下的那匹马。

宅邸现在一片古怪凄凉,其女主人生病待在自己房内,哈尔寇姆小姐还像个孩子一样无助,医生一怒之下离开了我们,面对眼前的一切,我自然情绪沮丧,也很难像平时那样保持冷静。我感到局促不安,希望夫人小姐都好起来,也希望自己能离开黑水庄园。

三

接下来便发生了那件十分离奇的事情。如果不是我反对异教恶习的思想增添了自己的抵御能力的话,这件事或许会使我吃一惊,而且产生迷信的想法。我心神不安,感觉这个家庭出了什么问题,令我产生要离开黑水庄园的念头。说来奇怪,我接着还真的就离开了这个宅邸。其实我只是暂时离开。不过,我觉得,这种巧合挺不可思议的。

我是在这样的情况下离开的：

仆人们全部离开后的一两天，我应召面见珀西瓦尔爵士。我很欣慰地说，上次他对我管理这个家庭的工作所给予的不应有的诽谤，并未影响我竭尽全力，以德报怨。所以，我还和先前一样，心甘情愿、毕恭毕敬地遵从他的吩咐。我与人所共有的堕落天性进行了一番斗争，这才抑制住了自己的情绪。由于我已习惯自我克制，这才做出了牺牲。

我发现珀西瓦尔爵士和福斯科伯爵又坐在一块儿。此次我们见面时，伯爵在场，他帮着珀西瓦尔爵士说话。

我们大家都希望哈尔寇姆小姐和格莱德夫人换个环境，以便尽快恢复健康。他们这会儿要跟我谈的就与这事有关。珀西瓦尔爵士说到，夫人小姐可能要去坎伯兰郡的利默里奇庄园过秋天（应弗里德雷克·费尔利先生的邀请）。但是，他认为，她们去那儿之前，应先到气候宜人的休养胜地托奎城①去小住，对她们有好处。这个主意福斯科伯爵也赞同（他就此接过话头，一直说到结束）。所以，当务之急是要在那儿找到她们所需的具备舒适和便利条件的住所。最大的困难是要找一位有经验的人能够挑选到她们所需的处所。情况紧迫，伯爵代表珀西瓦尔爵士征询我是否愿意替夫人和小姐着想，亲自赴托奎城，帮忙办成这件事情。

处于我这种地位的人，面对如此提议时，不可能公然表示反对。

我只有斗胆陈述，眼下正值非常时期，因为除了玛格丽特·波切尔之外，全部室内仆人都已经离开了。而我若是离开黑水庄园，

---

① 托奎（Torquay）是英格兰德文郡的一座小城，位于英格兰的西南部，是一个著名的海滨小镇，有"英国的里维埃拉"的美誉，那儿风景优美，气候宜人，是著名的度假胜地之一。

那会多有不便的。但是，珀西瓦尔爵士和伯爵表示，为了病人，他们两个人都心甘情愿忍受不便。我随即态度恭谦地提议，给托奎的某位代理人写封信，但他们提醒说，租个住处如不事先看一看，那是不明智的。他们还告诉我，格莱德夫人目前所处的状况，伯爵夫人不可能离开她侄女（否则自己可以亲赴德文郡）。而珀西瓦尔爵士和伯爵又要共同处理事务，这样一来，他们就得留在黑水庄园。总之，我已经弄明白了，我若不去完成这桩差事，那就物色不到别人去完成了。面对这种情况，我只能告诉珀西瓦尔爵士，自己愿意为哈尔寇姆小姐和格莱德夫人效劳。

因此，事情安排妥当，我拟翌日早晨出发，在托奎待一两天，看一看那儿所有条件便利的住所，然后尽快捎信回来。伯爵还给我写了份备忘录，写清楚了我去物色住处所应该具备的各种条件。珀西瓦尔爵士还又给了我一张便条，上面写了供我掌握的租金限额。

看过了开具的条件之后，我觉得，这样的处所无论在英格兰的哪个海滨胜地恐怕都不可能寻觅到。再说了，即便碰巧物色到了，凭着授权于我出的价格，无论怎样的租期，都不可能租得到。我向两位先生表示了有困难的意思，但珀西瓦尔（由他回答我）似乎没有理会。我不能去与人争论这个问题，没再说什么。但我坚信不疑，由于交给我的这份差事困难重重，从一开始就几乎没有希望。

临行前，我要去看看哈尔寇姆小姐情况确实好转了，心里这才觉得踏实。

她脸上表情痛苦，焦虑不安。我看了之后很担心，她久病初愈，恐怕心情不舒畅。但是，她体力明显在增强，比我先前预料的还要快。她能够表达向格莱德夫人问好的愿望，说自己会很快好起来，恳请夫人不要操心劳累。我把她交由鲁贝尔太太来护理,那位太太仍然和平常一样,沉默不语,不同宅邸里任何人交往。我出发前敲开了格莱德夫人的房门,发现伯爵夫人在里面陪伴。伯爵夫人告诉我说,夫人还很虚弱,而且情绪消沉。我坐上马车出发时,珀西瓦尔爵士和伯爵在通向门房的大路上走着,我向他们鞠了躬,然后离开了宅邸,仆人房里除了玛格丽特·波切尔之外再没有别人。

从那一刻起,大家都会像我一样觉得,情况非同寻常——几乎令人疑惑。不过,我还是要重申一遍:像我这样寄人篱下的人,除了奉命行事,是不可能有其他办法的。

我在托奎办事的情况,其结果恰如我事先预料的一模一样,整座城镇根本就没有我奉命要租住的住所,即便找到了想要的住宅,我被允许出的租金额也过于低下,根本不可能成交。因此,我返回了黑水庄园。珀西瓦尔爵士在门口迎接我,我告诉了他此行无功而返。他好像心有旁骛,想着别的什么事情,对我办差的结果不加理会。他一开口便告诉我,在我离开的这段短时间内,宅邸出现了一个令人瞩目的变化。

福斯科伯爵和夫人已离开黑水庄园到圣约翰林他们自己的新住处去了。

他没有向我解释清楚他们突然离开的动机——只告诉我,伯爵曾特别留下话,要向我表示诚挚的问候。我壮着胆子问珀西瓦尔爵士,伯爵夫人离开后,格莱德夫人是否有人照顾?这时,他回答说,有玛格丽特·波切尔守护在身边。他还补充说,在村上找了个女人来干楼下的活儿。

这个回答确实令我感到震惊——允许一个打杂的女仆来充任格

莱德夫人的贴身女仆，简直太有失体统了。我立刻上了楼，在卧室外的过道上碰见玛格丽特。她无所事事（这是自然的），因为女主人早晨已经恢复得很好，可以下床了。我接着问到关于哈尔寇姆小姐的情况，但她没精打采，绷着脸孔回答我的话，问了也等于白问。我不愿意重复自己的问题，弄不好还惹来放肆无礼的顶撞。对于我这种身份的人，立刻到格莱德夫人的房间去显然更加适合一些。

我发现，夫人在过去三天中身体确实有了起色。尽管她仍然虚弱，精神紧张，但不需要人扶着可以起床，在房间里慢慢来回走动。随后，除了略微有点疲倦，没有什么不适的反应。当天早晨，由于没有人告诉她关于哈尔寇姆小姐的情况，她显得有点心神不宁。我觉得，这似乎表明鲁贝尔太太照顾不周，应受责备，但我没说什么，与格莱德夫人待在一起，帮助她穿衣服。等她穿好衣服之后，我们一同离开房间，去看哈尔寇姆小姐。

珀西瓦尔爵士出现在过道里，把我们给挡在了那儿。他好像是特意在那儿等待我们的。

"你们去哪儿？"他问格莱德夫人。

"去玛丽安的房里。"她回答说。

"如果我马上告诉你们，你们在那儿找不到她，"珀西瓦尔爵士说，"免得你们白跑一趟。"

"在那儿找不到她?！"

"对，她昨天早晨与福斯科伯爵和夫人一同离开本宅邸了。"

格莱德夫人身体仍然很虚弱，经受不住这句令人震惊的话带来的打击。她脸色苍白，模样吓人，向后倚靠在墙上，一言不发地看着她丈夫。

我感到很惊讶,不知道说什么好。我问珀西瓦尔爵士,他是不是说的真话,哈尔寇姆小姐已经离开了黑水庄园。

"我当然说的是真话。"他回答说。

"她那个身体状况,珀西瓦尔爵士!她都没有向格莱德夫人言一声自己的打算啊!"

他未来得及回答,夫人稍稍恢复了一点,然后开口说话。

"不可能!"她大声说,声音又大又吓人,从墙边向前走了一两步,"医生在哪儿呢?玛丽安离开时,道森先生在哪儿呢?"

"不需要道森先生了,他不在这儿,"珀西瓦尔爵士说,"她是主动提出要离开的,这本身足以说明,她已够强壮了,可以出行。看看你盯着人看的样子啊!你如果不相信她已经离开了,那你自己去看看好啦。打开她的房门,如果乐意,打开其他所有房间的门都可以。"

她按照他的话去做了,我跟在了她后面。哈尔寇姆小姐的房间里只有玛格丽特·波切尔在忙着收拾东西,没有别的任何人。我们随后查看了那些备用房和梳妆室,那儿也都没人。珀西瓦尔爵士仍在过道上等我们。我们查看了最后一个房间,正要离开时,格莱德夫人低声说:"别去,迈克尔逊太太!别离开我,看在上帝的分上!"我还未来得及回话,她就已经到外面的过道上了,在跟她丈夫说话。

"这是怎么回事啊,珀西瓦尔爵士?我坚持——恳切地请求您告诉我,这是怎么回事!"

"是这样的,"他回答说,"哈尔寇姆小姐昨天早晨精神很好,可以坐起来穿衣服,她坚持要趁着福斯科去伦敦的机会,也到那儿去。"

"去伦敦!"

"对——一路去利默里奇。"

格莱德夫人转过身央求我。

"您最后看到哈尔寇姆小姐时,"她说,"直截了当告诉我,迈克尔逊太太,您认为她看上去适合旅行吗?"

"我认为不适合,夫人。"

珀西瓦尔爵士本来侧身站着,这时立刻转过身,也来央求我。

"您离开前,"他说,"是否对护士说过,哈尔寇姆小姐看上去更加精神,更加健康?"

"我确实说过,珀西瓦尔爵士。"

我回答了后,他立刻对着夫人说话。

"把迈克尔逊太太前后两次说的话好好比较一下,"他说,"理性地对待一件完全明摆着的事情。如果她身体没有好到可以走动的程度,你认为我们中会有哪个人冒着风险让她走吗?她有三个称职的人照顾——福斯科和你姑妈,还有鲁贝尔太太。她与他们一同前往,显然是专门为了这个目的。他们昨天包了一整节车厢,怕她累着,还为她在座位上铺了个床。今天,福斯科和鲁贝尔太太还继续与她一同前行去坎伯兰——"

"为何玛丽安去利默里奇,而把我一个人留在这儿?"夫人打断了珀西瓦尔爵士的话。

"因为你叔叔要先看到了你姐姐后才会接纳你,"他回答说,"你忘记了她刚生病时,他写给她的信了吗?你看过了信,应该还记得的。"

"我当然记得。"

"你若是记得,为何她离开你,你还感到很惊讶呢?你想回利默里奇去，她就是按你叔叔的要求去那儿为你征得他同意的。"

可怜的格莱德夫人眼中噙满了泪水。

"玛丽安过去从来不会不打招呼离开我的，"她说，"从来都不会。"

"她这次本来也是要同你告别的，"珀西瓦尔爵士接过话说，"她只是担心她自己和你。她知道，你会设法阻挡她。她知道，你一旦哭起来，她会伤心难受的。你还有什么意见吗？如果有，你必须下楼，到餐室里去说。烦恼的事情已经弄得我心神不宁了，我想喝杯酒。"

他突然离开了我们。

这是一次异乎寻常的谈话，他自始至终一反常态，还时不时地和她夫人一样，战战兢兢，慌慌张张。我根本没想到他的身体竟然如此脆弱，内心会这么沉不住气。

我想方设法劝格莱德夫人回房去，但无济于事。她停在过道上，一副失魂落魄的样子。

"我姐姐出事了！"她说。

"别忘了，夫人，哈尔寇姆小姐有多么惊人的毅力啊，"我提醒说，"她会竭尽全力，而别的小姐在同样处境中都不可能做得到。我希望而且相信，会没事的——真的。"

"我必须跟随玛丽安！"夫人说，表情还是诚惶诚恐，"她去哪儿我也必须去哪儿，必须亲眼看到她活得好好的。来吧！随我下楼到珀西瓦尔爵士跟前去。"

我犹豫了起来。担心自己这一去会被认为不守规矩。我向夫人说明了这一点，但她听不进去。她牢牢抓住我的胳膊，强拉着我同她一起下楼，等到我打开餐室的门时，她仍然用仅剩的一点点力气牢牢抓住我。

珀西瓦尔爵士坐在餐桌边，前面摆了一瓶酒。我们进入时，他把酒杯凑到嘴边，一口把酒全饮了。我发现他放下酒杯时用愤怒的目光看着我，我于是为自己意外进入餐室而向他道歉。

"你认为这儿有什么秘密吗？"他突然脱口而出，"没有什么——没什么见不得人的事。没有什么事瞒着你或别的什么人。"他声色俱厉地说完这几句莫名其妙的话之后，又给自己斟了一杯酒，然后问格莱德夫人有什么事。

"要说我姐姐适合于旅行，那我也适合，"夫人说，语气比以往更加坚定，"我求求你，看在我替玛丽安担心受怕的分上，让我乘今天下午的火车立刻跟她去吧。"

"你必须等到明天，"珀西瓦尔爵士回答说，"到时，如果你没有得到否定的消息，你就可以去了。我想你不大可能得到否定的消息——所以，我要给福斯科写封信，赶今晚的邮班。"

他说这几句话时，眼睛没有看着格莱德夫人，而是端起酒杯对着光线，看着杯中的酒。其实，整个交谈过程中，他都没看她一眼。如此有地位的绅士，竟然如此缺乏修养，真是少见啊。我承认，自己看了十分痛苦。

"你为何要给福斯科伯爵写信呢？"她问，显得很惊讶。

"告诉他，你乘中午的火车到达，"珀西瓦尔爵士说，"你到伦敦时，他会去车站接你，把你接到你姑妈在圣约翰林的家去住。"

格莱德夫人搂着我胳膊的手开始颤抖了——为何如此，我无法想象。

"福斯科伯爵不必来接我，"她说，"我不想在伦敦住。"

"你必须住那儿，不可能一天之内完成去坎伯兰的行程。你必须在伦敦休息一宿——我不会让你一个人去住旅馆的。福斯科伯爵主动向你叔叔表示,途中给你提供住处,你叔叔也答应了。喏!这是他写给你的信。我本该早晨拿上楼去的,但我给忘记了。看看信,看看费尔利先生是怎么对你说的。"

格莱德夫人看了一会儿信,然后递到我手上。

"看看,"她有气无力地说,"我不知道我这是怎么了,我自己看不成。"

这是一张仅有四行字的便条——信写得又短,又不认真,令我很吃惊。如果我没记错的话,上面只写如下的话:

最亲爱的劳拉,请随便什么时候来吧。途中到伦敦你姑妈家住。听说亲爱的玛丽安病了,我很难过。爱你的叔叔,弗里德雷克·费尔利。

"我不想去那儿——我不想在伦敦待一宿,"信虽然很短,但没等我看完,夫人便迫不及待地大声说,"不要写信给福斯科伯爵!请,请不要写信给他!"

珀西瓦尔爵士又从酒瓶里斟了一杯,手很不灵便,结果把杯子弄倒了,酒全洒在了餐桌上。"我的视力好像越来越差了,"他自言自语地说,声调古怪而又低沉。他慢慢地扶起杯子,又斟满了酒,然后一口喝干。从他的眼神和态度,我开始担心,酒劲开始上来了。

"请不要给福斯科伯爵写信!"格莱德夫人坚持说,态度更加恳切。

"为何不要,我倒是想要知道?"珀西瓦尔爵士大声说,突然怒气冲冲,把我们两个人都吓了一大跳,"到伦敦时,你不待在你叔叔替你选定的地方——你姑妈的家里,那你待在哪儿更合适些?问一问迈克尔逊太太吧。"

已经做好的安排无疑是正确的,也是妥当的,所以,我无法提出反对意见。尽管我在其他方面很同情格莱德夫人,但是,她对福斯科伯爵怀有不公平的偏见,我在这一点上可不能向着她。我从未见到过像她这样有身份有地位的夫人对待外国人竟然如此心胸狭窄,真是令人惋惜啊。她叔叔的短信也好,珀西瓦尔爵士越来越不耐烦的态度也罢,似乎对她都毫无影响。她仍然拒绝在伦敦待一宿,仍然恳求丈夫不要写信给福斯科伯爵。

"别再说了!"珀西瓦尔爵士说着,态度粗鲁地背对着我们,"你若是缺乏判断力,弄不清楚什么对你是最好的,那么别人会替你弄清楚。已经安排妥当了,事情就这么定下来了。你只需要去做哈尔寇姆小姐在你前面已经做过了的——"

"玛丽安?"夫人重复了一声,一副迷惑不解的样子,"玛丽安在福斯科伯爵家里住?"

"对啊,在福斯科伯爵家里。她中途停下,昨晚就住在那儿了。你要按照她做的去做,按照你叔叔吩咐你的去做。你也要像你姐姐一样,中途停下来,明晚住在福斯科家里。别给我惹太多的麻烦!别弄得我后悔让你去了!"

他站起身,突然穿过敞开的落地窗到了外面的露台。

"如果我提议,我们最好不要在这儿等着珀西瓦尔爵士回来,"我轻声说,"夫人能原谅我吗?我很担心他酒喝多了。"

她同意离开房间,精神不振,神情茫然。

我们安全地返回到了楼上后,我便立刻竭力劝导夫人,让她平静下来。我开导她说,费尔利先生写给哈尔寇姆小姐和她本人的信确实对已经实施的方案表示认同,而且事情迟早得这么办。她赞同这一点,甚至主动承认,那两封信的风格与她叔叔乖僻奇特的性格完全吻合——但是,尽管我耐心细致,想要说服她,但她的态度依然毫不动摇,还是替哈尔寇姆小姐担心,还是莫名其妙地害怕在伦敦伯爵的家里过夜。我觉得,格莱德夫人对伯爵所抱有的成见,自己有责任提出异议。于是,我克制得体而又满怀敬意地这样做了。

"请夫人原谅我冒昧直率,"我最后说,"但常言道,'观其行,知其人。'我觉得,从哈尔寇姆小姐生病开始,伯爵一直亲切仁慈,关怀备至,赢得了我们深深的信任与尊敬。即便伯爵与道森先生之间产生了严重的误会,那也完全是因为他对哈尔寇姆小姐的担心造成的。"

"什么误会?"夫人突然关切地问。

我说出了道森先生如何辞去治疗工作那件令人不快的事情——之所以迫不及待地说出来,因为本人不赞同珀西瓦尔爵士继续把发生了的事瞒着格莱德夫人的做法(如他当着我的面表现的那样)。

夫人突然站起身,听了我告诉她的事之后,显得越发狂躁不安,惊慌失措。

"情况严重啊!比我想到的还要严重!"她说着,一边不知所措地在房里走动,"伯爵知道,道森先生绝不会同意玛丽安外出旅行——他故意侮辱医生,以便把他赶出宅邸。"

"噢,夫人!夫人!"我劝解着说。

"迈克尔逊太太!"她说,情绪很激动,"怎么说我都不会相信,我姐姐会心甘情愿受那个人控制,到那个人家去住。我对他充满了恐惧,所以不管珀西瓦尔爵士说什么,不管我叔叔在信中是怎么说的,如果要我自己拿主意,绝不会同意到他家去吃喝睡觉。但是,我内心痛苦,挂念着玛丽安,我有勇气跟随着她到任何地方去——即便随同到福斯科伯爵家去也罢。"

到了这个时候,我觉得应该告诉她,根据珀西瓦尔爵士的陈述,哈尔寇姆小姐已经到坎伯兰去了。

"我不相信这是真的!"夫人回答说,"她恐怕还在那个人的家里。我若是估计错了——她若是果真到利默里奇去了——那我明天晚上绝不住在福斯科伯爵家里。我那位最亲密的朋友就住在伦敦附近,她仅次于我的姐姐。您听到我说过,也听到哈尔寇姆小姐说过维齐太太吧?我想要写封信给她,请求到她家去落脚。我不知道上那儿怎么走——不知道如何避开伯爵——但是,若是我姐姐去了坎伯兰,我就要设法躲藏那儿去。我请求您做的是,亲眼看到我写给维齐太太的信确实今晚寄往伦敦了,如同珀西瓦尔爵士的信寄给福斯科伯爵一样。我有理由怀疑楼下的邮袋。对待这件事情,您能替我保守秘密并且帮帮我的忙吗?说不定这是我最后一次请您帮忙啊。"

我犹豫迟疑了起来——感觉这件事情很是蹊跷——几乎担心起来了,夫人由于近期焦虑不安,痛苦难受,头脑受了点影响。然而,我最后还是冒险应承下来了。那信若不是寄给一位自己已经听熟悉了的维齐太太,而是寄给某个陌生人什么的,我或许会拒绝。感谢上帝——想想后来发生的事——感谢上帝,格莱德夫人最后待在黑水庄园那天,我没有违背那个或者其他愿望。

信写好后交到了我手上。我当晚亲手把信放进了村上的邮箱。

当天剩下的时间里,我们没再看见珀西瓦尔爵士。

应格莱德夫人的请求,我睡在她隔壁的房间里,两个房间之间的门敞开着。宅邸里冷静寂寞,空空荡荡,气氛总觉得有点怪异,阴森恐怖。所以,我很高兴身边有个伴儿。夫人很晚才睡觉,她一直在阅读信件,然后烧毁,把抽屉和柜子里的那些心爱的小物件都拿出来,看起来她打算永不返回黑水庄园了。她最后上床睡觉后,又睡得很不安宁,几次都哭出了声音——有一次的哭喊声很大,把她自己也惊醒。不知道她梦见了什么,她不便告诉我。或许,我这种地位的人没有权力要求她说出来的。现在已无所谓了。我替她难受——由衷地替她感到难受。

翌日,天气晴朗,阳光灿烂。早餐后,珀西瓦尔爵士上楼告诉我们说,十二点差一刻时,马车会等候在门口。二十分钟后去伦敦的火车会在我们当地的车站停靠。他告诉格莱德夫人,他必须出去一下,但又说了一句,希望能在她出发前赶回来。他若是因为有什么意外事情给耽搁了,那我就陪她去车站,特别注意她正点赶上火车。珀西瓦尔爵士交代这些事时非常匆忙,一边还不停地在房间里走来走去。夫人目不转睛看着他走动的身影。而他一眼也没看过她。

待他交代完毕后,她才开口说话。然后,他朝着门边走时,她才伸出一只手把他给拦住了。

"我不会再见到你了,"她说,神态异样,"我们这就告别——我们的告别,说不定是永远。珀西瓦尔,你会像我真心诚意地原谅你一样原谅我吗?"

他满脸煞白,模样可怕,光秃的脑门上冒出了大颗汗珠子。"我会回来的。"他说——于是匆匆忙忙朝着门边走,仿佛是他夫人的话把他吓得跑出房间的。

我从未喜欢过珀西瓦尔爵士——而他离开格莱德夫人时,那神态真令我觉得端他的饭碗和替他服务是一种耻辱。我本想怀着基督的精神,对可怜的夫人说几句表示安慰的话,但是,看到她丈夫关上门时,她看着他的背影的那个神态,我改变了主意,于是沉默不语。

到了约定时间,马车等候在大门口。夫人的看法是正确的——珀西瓦尔爵士根本没有返回。我一直等待他到了最后一刻——但白费了功夫。

尽管我并不承担什么明确的责任,但是,我心里并不因此感到轻松。"夫人,您去伦敦,"马车驶出大门口时,我问了一声,"是您心甘情愿要去的吗?"

"此时此刻,我的内心备受煎熬,若能结束这令人困扰不安的焦虑感,"她回答说,"我可以到任何地方去。"

如同她替哈尔寇姆小姐忧心忡忡和心神不宁一样,我听了她的话后,也有同样的感受。我冒昧地请求她,倘若到了伦敦后一切顺利,请写封信告诉我。她回答说:"我一定会写的,迈克尔逊太太。"她答应给我写信后,我看见她默然不语,若有所思,于是说:"夫人啊,我们大家都要忍受苦难。"她沉默不语,好像过于沉浸在自己的思绪中,没有理会我说的话。"我担心夫人昨夜没有休息好。"我过了片刻后说。"对啊,"她说,"我梦魇不断,深受困扰。""真的吗,夫人?"我以为她会立刻告诉我梦见了什么,但没有。她接着开口说话,只是问了一声:"您亲手把给维齐太太的信发出去了吗?""对,我的夫人。"

"昨天,珀西瓦尔爵士说了福斯科伯爵会在伦敦火车站接我吗？""他说了，夫人。"

我回答了最后这个问题，再没说什么。随后，她深深地叹息了一声。

我们到了火车站时，还剩不到两分钟。园丁（他驾车送我们）负责搬运行李，我则去买车票。我在站台上走到夫人跟前时，火车的汽笛响起来了。她神态看上去很奇特，一只手按住胸口，好像那一时刻有什么突如其来的痛苦或者恐惧令她承受不了似的。

"我真希望您能随我一同走啊！"我把车票给她时，她热切地抓住我的胳膊说。

若是还有时间，若是我头一天的感受也像当时的感受一样，我定会安排好一切随着她去的——即便这样做会迫使我当场向珀西瓦尔爵士辞职也罢。但是，事实上，她到最后一刻才表达了她的愿望。为时已晚，我无法遵从。用不着我解释，她好像已明白了这一点，所以没再要求我随她一同前往。火车进入了站台。她给了园丁一件礼物，请他转送给孩子，接着又握住我的手，态度诚恳，感情真挚，最后走进了车厢。

"您对我和我姐姐非常亲切友好，"她说——"我们两人孤独无助时，您对我们亲切友善。今生今世，我会心怀感激地记住您的。再见——愿上帝保佑您！"

她说话的语气和神态令我热泪盈眶——她说出这些话，似乎在向我说永别。

"再见，夫人，"我说着，一边把她扶进车厢，一边设法宽她的心，"再见，只是暂时，再见，衷心地祝愿您幸福快乐！"

她摇了摇头，坐在车厢时，颤抖着。司乘员关上了车门。"您相信梦里的情景吗?"她在窗口轻声地对我说,"我昨晚梦见了过去从未梦见过的东西。梦中的恐怖情景仍在我心中萦绕。"我还未来得及回答,汽笛响了,火车开动了。她神情忧伤,态度严肃,苍白沉静的脸最后一次从窗口探出看了看我——她挥动着手——我再也没有见到过她了。

当天下午,我忙于处理落到自己身上的一些家务事。将近五点钟时,我忙里偷闲独个儿在房里坐下来,阅读一会儿我丈夫的那本布道词,以便使自己平静心情。我的注意力生平头一次偏离了那些虔诚笃信、令人振奋的文字。这种情况一定同格莱德夫人离别的事把我的内心给全搅乱了有关,我先前没想到事情有如此严重。于是,我把书搁置在了一旁,到外面的花园里去转一转。据我所知,珀西瓦尔爵士还未返回,我毫不犹豫地到室外去,刚转到宅邸的一角,看得见花园时,有个陌生人走进了园里,吓了我一跳。那陌生人是个女的——她背朝向我,沿着小路漫步,一边采撷花朵。

我走近时,她听见了我的脚步,于是转过身。

我血脉里的血都凝结住了。花园里的陌生人竟是鲁贝尔太太!

我惊呆了,说不出话来。她向我走来,手里捧着花,还像平常那样镇定自若。

"怎么啦,太太?"她平静地问。

"您在这儿!"我喘着气说,"没有去伦敦!没有去坎伯兰!"

鲁贝尔太太闻了闻花朵,露出险恶而又带着遗憾的微笑。

"当然没有去,"她回答说,"我根本就没有离开黑水庄园。"

我深吸了一口气,鼓起了勇气,又提了个问题。

"哈尔寇姆小姐在哪儿？"

这一回，鲁贝尔太太冲着我大笑了起来，然后说了下面的话：

"哈尔寇姆小姐嘛，太太，也没有离开黑水庄园。"

四

哈尔寇姆小姐根本没有离开黑水庄园！

我听了这话后震惊不已，一切思绪都被震回到了与格莱德夫人离别的那一时刻。我不能说责怪自己——但那一时刻我就是这样想的，倘若我能提前四个小时知道当时知道的事，哪怕拿出我多年辛辛苦苦积攒下来的钱，我也愿意。

鲁贝尔太太等待着，一边默不作声地整理她那些散发着香味的花束，仿佛期待我说点什么。

我什么也没说。想到精疲力竭、身体衰弱的格莱德夫人，想到我发现的情况一旦被她知道了，她会多么震惊。这时候，我浑身颤抖了起来。我瞬间担心起小姐来了，于是，沉默不语。最后，鲁贝尔太太从花束的一侧抬头看了看，并说："看珀西瓦尔爵士，太太，他骑马回来了。"

她看到他的当儿我也看到了。他朝我们过来，一边用马鞭恶狠狠地抽打花朵。他走近到能够看清我的脸时，停住了脚步，用马鞭朝自己靴子上敲击，突然哈哈大笑起来，笑声刺耳难听，粗暴放荡，连他身旁树上的鸟都受惊飞走了。

"呃,迈克尔逊太太,"他说,"你终于发现真相了,对不对?"

我没有回答。他转身向着鲁贝尔太太。

"你什么时候在花园露面的?"

"我大概半小时前到花园的,先生。您说过的,只要格莱德夫人出发去了伦敦,我就可以自由行动了。"

"完全正确。我没有责怪你的意思——我只是随便问问罢了。"他稍等了片刻,然后就又对我说话。"你不相信对吧?"他带着揶揄的口吻说,"得啦!你过来自己亲眼看看吧。"

他领着路绕过宅邸的前部。我跟随着他,鲁贝尔太太跟着我。走过了铁栅栏门之后,他停住了脚步,用马鞭指了指宅邸楼中间无人居住的房间。

"那儿!"他说,"看二楼,你知道那些伊丽莎白时代风格的旧式卧室吧?这会儿,哈尔寇姆小姐正在其中一个最好的房间里,安稳舒适,平安无事。领她进去吧,鲁贝尔太太(你带了钥匙吗?)。领着迈克尔逊太太进去,让她亲眼看看,这次没有骗人。"

他对我说话的语气,还有我们离开花园后过去的一两分钟时间,有助于我平息了一点点情绪。即便我一辈子做伺候人的事情,但是,在当时那个关键时刻,自己可能会有什么行动,我真说不准。实际上,我具备了一位夫人所应有的情愫、原则和教养,所以对于正当的行为,自己是不会犹豫不决的。我对自己负有责任,对格莱德夫人也负有责任,所以绝不能继续受雇于这样一个人。他卑鄙无耻,接二连三用卑鄙的谎言蒙骗了我们两个人。

"珀西瓦尔爵士,我恳请单独同您说几句话,"我说,"说过之后,我再同这个女人进入哈尔寇姆小姐的房间。"

我朝着鲁贝尔太太稍稍转过了一点头,她态度简慢,闻了闻花束,接着大摇大摆地朝宅邸的门走去。

"好啦,"珀西瓦尔爵士说,语气很严厉,"有什么事情说吧?"

"我想要说,先生,我希望辞去眼下在黑水庄园的职位。"我原话就是这么说的。我下定了决心,当着他的面开口说话,应该表达清楚自己辞职的意思。

他看着我,目光阴险极了,并且气急败坏地把双手插进骑装外套的口袋里。

"怎么啦?"他问,"我想知道怎么啦?"

"珀西瓦尔爵士,我本不应该对发生在宅邸里的事情说三道四的。我不想冒犯谁,只想要表明,自己觉得,继续受雇于您,与我对格莱德夫人和对我本人应尽的职责不符。"

"你站立在这儿,当着我的面对我表示质疑,难道这就与你对我应尽的职责相符啦?"他突然大声说着,一副怒不可遏的样子,"我知道你居心何在,对格莱德夫人施行善意的欺骗,是出于对她好,而你却卑鄙庸俗,居心叵测,以小人之心来看待这件事情。格莱德夫人应该立即换个环境,因为这样对她的健康有必要——而你和我一样清楚,倘若她知道哈尔寇姆小姐仍然留在此地,她是绝不会离开的。她虽受了欺骗,但对她有好处——我并不在乎有谁知道了这件事。如果你乐意,那就走吧——只要出面聘请,你这样的管家有的是。你爱什么时候走那就什么时候走吧——但你从我这儿辞职不干之后,可得当心点儿,不要对我和我的事情造谣诬蔑。实事求是,只讲事实,不讲别的,否则,对你不会有好处的!亲眼看看哈尔寇姆小姐吧,看看她是不是在这个宅邸的一个地方同在另一个地方一样受到悉心的照料。想一想医生亲口吩咐过的,格莱德夫人应尽快换一换环境。好好记住这一切——然后再看看你还是否胆敢说出攻击我和我的做法的话来吧!"

他来回走着,马鞭子在空中挥舞着,气势汹汹,滔滔不绝,一口气说了这么些话。

头一天,他当着我的面厚颜无耻地编造了连篇谎言,还无情无义地通过施用欺骗伎俩把格莱德夫人与她姐姐分离。而正当夫人心急如焚,替哈尔寇姆小姐担心忧虑时,他却徒劳无益地打发她去了伦敦。面对上述情况,不管他说什么或者做什么,都无法动摇我的看法。我自然把这些想法藏在心里,再没说什么激怒他的话,但我不达目的不罢休的决心并未动摇。俗话说,温和的回答可以消除别人的怒气。因此,轮着我说话时,我抑制住了自己的情感。

"我受雇于您时,珀西瓦尔爵士,"我说,"希望自己恪守了本分,决不探询您做事的动机。当我不再受雇于您时,希望自己清楚自己的地位,决不会对同自己无关的事情说三道四——"

"你是打算什么时候离开呢?"他毫无礼貌地打断了我的话,"别以为我会迫不及待地挽留你——别以为我会在乎你离开本宅邸。对待这件事情,我自始至终公平公正,宽宏大度。你打算什么时候离开呢?"

"我希望尽早趁您方便的时候离开,珀西瓦尔爵士。"

"我方便不方便与这事无关。我明日一早就要离开本宅邸,永远不再回来了。我今晚就和你结账。如果你想替什么人的方便尽心尽力的话,最好考虑考虑哈尔寇姆小姐的方便吧。鲁贝尔太太的雇用期限今天到了,她有理由提出今晚回伦敦去。你若是立刻离开,哈尔寇姆小姐就没有人在身边照顾了。"

我希望用不着我说明,格莱德夫人和哈尔寇姆小姐本人眼下遭遇如此不测,我是根本不可能抛下哈尔寇姆小姐不管的。我先从珀西瓦尔爵士那儿弄明白了,我若是接替了鲁贝尔太太的位置,她就肯定会立刻离开。而且我还得到了许可,安排道森先生继续来诊治他的病人。在这种情况下,我这才心甘情愿地同意继续待在黑水庄园,直到哈尔寇姆小姐不再需要我的护理为止。最后决定,我应该在离开前一个星期通知珀西瓦尔爵士的律师,以便他做出必要的安排,物色到继任。三两句话的协商就把事情给定下来了。商谈刚一结束,珀西瓦尔爵士就突然转身离开了,待我自己去找鲁贝尔太太。这期间,那位怪里怪气的外国女人一直神态安详地坐在门口台阶上,等待我随她到哈尔寇姆小姐的房间去。

我朝着宅邸的方向走,还没有走到一半,这时,朝着相反方向离开的珀西瓦尔爵士突然停住了脚步,把我叫了回去。

"你为何要从我这儿辞职不干呢?"他问。

我们之间该说的话刚才都已说过了,这个问题未免太离奇了,所以我都不知道该说些什么。

"听好啦!我不知道你为何要离开,"他接着说,"我觉得,等你找到新工作时,总得说出个离开我这儿的理由吧。是什么理由?是因为这个家庭四分五裂了吗?是不是这个原因?"

"我并不否认这个原因,珀西瓦尔爵士——"

"很好!这正是我想要知道的。假如人家要求我替你出具证明,这可是你自己说的理由。你之所以离开,是因为这个家庭四分五裂了。"

我还未能开口说话,他就又转过了身,迅速走到外面去了。他的举止态度就像他说的话一样，不可思议。我承认，他令我惊慌。

待我到达宅邸门口鲁贝尔太太跟前时，她都等得不耐烦了。

"终于来了！"她说着，一边耸了耸她那外国人瘦削的肩膀。她领着路走向宅邸有人住的一侧，上楼梯，然后到了通道尽头。她掏出钥匙，打开了门，门是通向那些伊丽莎白时代风格的老式房间的——我在黑水庄园期间，这扇门先前从未使用过。鲁贝尔太太在沿旧式通道的第三个门停下来，把房门的钥匙连同通门的钥匙一齐交给了我。并告诉我说，哈尔寇姆小姐就在那房里。我认为，自己进入房间之前，必须让她明白，她的护理工作已告结束了。因此，我直截了当地告诉她，从此，护理生病小姐的事交由我负责。

"我听了很高兴，太太，"鲁贝尔太太说，"我非常想要离开了。"

"您今天走吗？"我想证实一下，于是问了一声。

"行啊，既然由您负责，太太，我半个小时后就走。珀西瓦尔爵士友好仁慈，他已替我安排好了，我随时可以叫园丁赶上马车，半小时后就把我送到车站。我已经收拾好了行装。祝您快乐，太太。"

她体态轻盈地行了个屈膝礼，然后顺着旧式通道往回走，一边哼着小曲儿，一边用手里拿着的花束兴高采烈地合着节拍。可以说，我打心眼里感到欣慰，那是我最后一次看见鲁贝尔太太。

我走进房间时，哈尔寇姆小姐正睡着。她躺在那张阴暗压抑的老式高床上。我焦虑不安地看着她。同我最后看见她的情形相比，她确实没有在哪一方面变得更糟。我不得不承认，自己看不出她在哪一方面有过护理不周的情况。房间里阴森凄凉，满是灰尘，而且光线暗淡，但窗户（朝向宅邸后面一个荒凉寂静的院子）倒是敞开着的，有新鲜空气进来，而且想尽了一切办法，尽可能让这儿变得舒适。珀西瓦尔爵士施用残忍的手段，制造骗局，这一切全落到可怜的格莱德夫人头上了。我觉得，他或者鲁贝尔太太对哈尔寇姆小姐所施行的唯一虐待就是居心不良地把她给藏起来了。

我让病中的小姐再平静安详地睡一会儿，于是，悄悄出来了，吩咐园丁去请医生。我请他把鲁贝尔太太送到车站后，再绕道到道森先生的住处，替我请他来见我。我知道，他听说是我请，定会过来的。而且我还知道，一旦他发现福斯科伯爵已离开了宅邸，他会留下来的。

园丁准时返回了，告诉说，他把鲁贝尔太太送到车站后绕道到了道森先生的住处。医生带话给我，他自己身体不舒服，但如若可能，翌日早晨就会过来。

园丁传了口信后正打算离开，但我把他给叫住了，请他天黑前回来，晚上在一个空房间里守候着，我一旦需要他帮忙时能够叫得应他。园丁很快就明白了我的意思，我这是不乐意独自一人整夜待在这凄凉寂静的宅邸里最凄凉寂静的地方。于是，我们说定了，他八点至九点之间过来。

他按时过来了，幸亏我采取了这一预防措施，把他叫了过来，半夜前，珀西瓦尔爵士的古怪脾气发作了，大发雷霆，样子着实吓人。如果不是园丁及时到场平息了他的怒气，我真不敢想象会发生什么情况。

几乎整个下午和晚上时间，珀西瓦尔爵士都心绪不宁，神色紧张，不停地在室内室外走动着，依我看，他极有可能独自一人用餐时酒喝多了。不管出于什么原因，我夜间最后顺着过道来回走动时，听见他在宅邸里新建的一侧高声大气、怒气冲冲地直嚷嚷。园丁立刻跑下楼到了他身边，我则关上了通门，尽可能不让那吓人的声音传到哈尔寇姆小姐耳朵里。园丁整整过了半个小时才回来。他说，主人神经错乱了——并不是像我认为的那样，是酒后兴奋，而是由于受了某种惊吓或内心狂乱，对此无法解释清楚。他发现，珀西瓦尔爵士独自一人在厅堂里来回走着，看上去情绪异常激奋，破口大骂，说他在这个监牢一样的家里一分钟都待不下去了，还说半夜就要启程出发旅行去。园丁刚刚走到他身边，就被连骂连吓地赶了出来，要立刻去备马和车。一刻钟过后，珀西瓦尔爵士到放马车的院子同他会合，然后跳上马车，扬鞭催马，亲自驾车奔驰而去。只见他在月光下脸色苍白，如同死灰。园丁听见他冲着门房守卫高声大喊，张口骂人，要他起床开门——大门打开后，又听见马车轮子在寂静无声的黑夜里疯狂地辘辘行进的声音——后来的情况如何就不得而知了。

翌日，或是一两天之后，我记不清楚是哪一天，马车由离这儿最近的诺尔斯伯里镇上那家旧式旅馆里的马夫送回来了。珀西瓦尔爵士把马车停在了那儿，然后乘火车走了——至于去了哪儿，那人说不上来。我再没有从珀西瓦尔爵士本人或别的什么人那儿获得关于他行踪的消息。到如今，我甚至都不知道，他是在英格兰呢，还是出国去了。自从他像个逃犯似的从他自己的宅邸驾车离去之后，我同他再没有碰过面了。我热切地希望并真诚地祈祷，我们永不再见面。

关于这个悲惨的家庭故事，由我叙述的这一部分就快要接近尾声了。

我被告知，关于哈尔寇姆小姐醒后，以及她发现我坐在她床边时，我们之间发生的事情，其细节不需要我在叙述中涉及。有人施用伎俩，把哈尔寇姆小姐从宅邸里住人的地方转移到这个无人居住的地方。她本人对此并不知情，这件事我在此提一提就够了。当时，她处于沉睡状态，如此情形是自然形成的呢还是认为的，她也说不上来。我当时去了托奎城，宅邸里除了玛格丽特·波切尔（她不干活儿时，只是一个劲儿地吃、喝或睡），所有的仆人都不在了。毫无疑问，把哈尔寇姆小姐从宅邸的一部分秘密转移到另一部分是件很容易办到的事。那几天当中，鲁贝尔太太也和病中的小姐一同遭到了禁锢，但这里配备了食品和其他所有生活必需品。另外还有不用生火也可热水、煮汤等用的器具，任由她使用（这我是查看房间时亲眼看见的）。哈尔寇姆小姐自然要向她问这问那，但她不予回答。不过，在其他方面，她并未对哈尔寇姆小姐虐待或照顾不周。老实说，我能够指责鲁贝尔太太唯一不光彩的事情就是，她不光彩地卷入了一个无耻的骗局。

哈尔寇姆小姐知道了格莱德夫人的消息，随后不久，我们在黑水庄园又听到了更加令人悲戚的消息，这一切对哈尔寇姆所产生的影响，我无须叙述其详情（我知道这一点之后，心里如释重负）。对于两种情况，我都事先尽可能温和而又谨慎地对她进行安抚，让她有个思想准备。只是后一种情况发生时，我遵照医生的建议行事，因为我派人去请道森先生时，他身体不适，要过些时日才能到宅邸来。那是一段痛苦的日子，关于那段时间，现在回想起来或者用笔记述一番，都会令我揪心地难受。我竭尽了全力，企图以神恩带给人的珍贵祝福来宽慰哈尔寇姆小姐，但她心灵遥远，难以企及。不过我希望,也相信,祝福终究会降临到她心灵的。我一直没有离开过她,直到她恢复了体力。载着我离开那个悲惨宅邸的火车也载着她离开了那儿。我们在伦敦分别了,悲痛万分。我待在艾林顿①的一个亲戚家里,而她继续赶路,去了坎伯兰费尔利先生的庄园。

我结束这段令人伤心痛苦的叙述之前,还要补充几行文字。之所以如此,是一种责任感使然。

首先,我希望表明,我坚信,自己记述的这一系列有关的事件中,福斯科伯爵无可指责。有人告诉我,人们对伯爵大人的品行提出可怕的质疑,而且郑重其事,众说纷纭。然而,我仍然坚定不移地相信,伯爵是无辜的。如果说在珀西瓦尔爵士把我派到托奎城去这件事情上,他从中帮了忙,那也是他上当受骗所致。而作为一个人生地不熟的外国人,对此他是不应受到指责的。如果说他在把鲁贝尔太太弄到黑水庄园来这件事情上有牵连,而当那外国女人卑鄙无耻地帮着完成了一个由宅邸的主人策划和实施的骗局时,那是他的不幸,而不是他的过错。出于道义,我反对毫无根据而肆无忌惮地对伯爵的行为举止横加指责。

其次,我要表达自己的遗憾,我不记得具体是哪一天,格莱德夫人离开黑水庄园去伦敦的。我听说,弄清那次可悲的出行的准确日期至关重要。我心急如焚,搜肠刮肚地要回忆起那个日子,但一无所获。我现在仅能回忆起那是 7 月的下旬。我们都清楚,过了一段时间之后,要精确无误确认过去的某一个日子是有难度的,除非先前记录下来了。尤其是在格莱德夫人离别的那段日子里,令人担心受怕,搅得人心烦意乱的事接踵而至,以我的情形,难度就更大

---

① 艾林顿(Islington)是大伦敦地区的一个区域。

了。要是我当初做了备忘录该有多好啊。可怜的夫人那张脸从车窗口神情忧伤地最后看着我时,我记得真真切切,若是我能像记住那张脸一样记住那个日子该有多好啊。

由福斯科伯爵雇用的厨子海丝特·平霍恩叙述的故事
（据她的口述记载）

我很对不起,自己从未受过读书写字的教育。我一辈子都是个辛劳干活儿的女人,而且品行端正。我知道,说假话是有罪的,是邪恶的,所以,我这一回也同样会切实地注意这一点。对于自己所知道的事,我会全部说出来的。我恳求记述我的话的先生把我说得不对的话改正过来,还请原谅我不是个识文断字的人。

刚刚过去的夏天里,我被人辞退了（可不是因为我有什么过错）,又听说圣约翰林的森林路五号需要个普通厨子。我去试了试,结果被雇用了。雇主名叫福斯科。女主人是位英国夫人。是一对伯爵夫妇。我到那儿时,有个女仆干家务活儿。她不怎么干净利索——但人并不坏。家里就我和她两个用人。

我们的男女主人在我们之后才进屋。而他们一进屋,便在楼下告诉我说,乡下有客人要来了。

客人是女主人的侄女,二楼后面的卧室已经给她准备好了。女主人对我说,格莱德夫人（那是她的名字）身体不舒服,所以我烧菜做饭时必须格外注意。我记得,她就是那天要来——不过,无论如何,在这件事情上,您可不要寄希望于我的记忆。我很对不起,关于何日何时这类事情,问我也没用。除了星期天,其余日子我多半不放在心上。我就是个辛劳干活儿的女人,不会识文断字。我所知道的就是格莱德夫人来了。而她人来时,可真把我们大家给吓了一跳。我当时正在干活儿,不知道主人是怎样把她弄到家来的。但他确实把她给弄来了,我想当时是下午。女仆给他们开的门,把他们领到客厅。她回到厨房同我没待多久,我们就听见楼上乱糟糟的,客厅的门铃发疯似的响个不停,女主人大声叫喊去帮忙。

我们两个人跑了上去,看见那位夫人躺在沙发上,脸色煞白,样子怪可怕的,两只手紧紧地攥着,脑袋耷向一边。她是突然被吓的,女主人这样说。但男主人告诉我们,她患了抽搐昏厥的毛病。对于附近这一带,我比其他人更熟悉,于是我跑了出去,到最近处请医生来帮忙。最近处有古德里奇和加思的诊所,他们两个人合伙开的,我听说他们在圣约翰林一带名气挺大,找他们看病的人不少。古德里奇先生在诊所里,他立刻随我来了。

过了有一阵子,他才帮上了忙。可怜不幸的夫人一次又一次地昏厥过去——而且一直如此,直到精疲力竭了,像个新生儿一样无能为力。然后,我们把她弄到床上。古德里奇先生回家取药去了,一刻钟后,或许还不到一刻钟,他就返回来了。除了药之外,他还拿来了一段空心红木,形似喇叭。过了一会儿,他把红木的一端放在夫人的心口,另一端贴近自己的耳朵,认认真真地倾听。

听完了之后,他便对同在房里的女主人说话。"这病很严重,"他说,"我建议您赶紧给格莱德夫人的朋友写信。"女主人问他:"是心脏病吗?"他回答说:"对,一种非常危险的心脏病。"他把自己对这件事的看法原原本本地对她说了,可我不够灵光,听不懂他说的话。但有一点我明白,他最后说了,恐怕他本人或其他医生都对这个病无能为力。

听了这个不好的消息，女主人倒显得比男主人更加平静。他是个大块头，胖胖的怪老头儿，饲养了鸟和白鼠，还冲着它们说话，好像它们是一大群孩子，而不是动物。他对发生的事伤心极了。"啊！可怜的格莱德夫人！可怜亲爱的格莱德夫人！"他说着——一边不停地昂首阔步走着，两只胖胖的手使劲地拧来扭去，那样子与其说像个绅士，不如说像个演戏的。女主人问过医生一次夫人的病能否有治愈的可能，而他问了至少有五十次。我说他把我们给折磨苦了——而当他最后终于平静下来了时，他走进了住所后面一处花园里，采摘了一些小朵的杂花儿，并要求我把花送上楼去，用鲜花装点一下，让病室显得雅致一些。好像这样有什么用似的！我觉得他有时候头脑有点不太灵光，但他不是个坏主人。他说话极有礼貌，而且兴高采烈，脾气随和，讨人欢喜。跟女主人相比，我更加喜欢他。如果世上有那么一个叫人难以忍受的人的话，女主人就是。

快到夜晚的时候，那夫人稍稍清醒了一点儿。在那之前，她不停地抽搐，被折腾得精疲力竭了，手脚都没有动弹一下，也没有跟任何人说过一句话。她现在在床上能动了，眼睛朝房间四周看，看我们大家。身体好的时候，她一定是个很好看的夫人，淡色的头发，蓝色的眼睛，哪儿都好看。她夜里没休息好——至少我听女主人是这么说的，她一个人陪的夜。我只是睡觉前进过那房间一次，是去看看是否需要我帮忙。当时，她正在自言自语，说话颠三倒四，语无伦次。她好像很想跟某个人说话，而那个人不在她的身边。说第一遍时，我没听清那名字，说第二遍时，男主人敲门了，照样又是一大堆问题，又采来了杂花儿。第二天一大早我进去时，那夫人又完全精疲力竭了，昏睡着躺在床上。古德里奇先生带了他的合伙人加思先生来会诊。他们说，她休息时千万不要打搅她。他们在房间的另一端向女主人提了一大堆问题，诸如以前那夫人的身体如何，是谁护理她的，她是不是长时间以来心里郁闷难受。我记得女主人对上述最后一个问题作了肯定回答。古德里奇先生看了看加思先生，然后摇了摇头。加思先生又看了看古德里奇先生，也摇了摇头。他似乎是认为，内心的痛苦是导致夫人心脏疾病的根源。她看上去弱不禁风，可怜的人啊！我可以说，任何时候都没什么力气——没有力气。

当天上午晚些时候，夫人醒过来时，她病情突然有了转变，表面上看起来好多了。我不能进去看她，女仆也不准，理由是她不能受到陌生人的打搅。我是从男主人那儿听说她好些了的。病情有了好转，他高兴极了，他戴着那顶卷边白色礼帽出门时，站在花园里透过厨房的窗户往里看。

"好厨娘，"他说，"格莱德夫人好些啦。我的心情也好多了。我要去夏日的阳光下散会儿步，让大腿伸展伸展一下。要我替你订什么东西吗？要我替你买什么东西吗，厨娘？你在做什么呢？在做正餐用的美味果馅饼吗？还请多做些馅饼皮——亲爱的，多做些脆馅饼皮，入口即化，味道精美。"他就是这样的，过了六十岁的人了，还喜欢吃点心。想想看吧！

医生上午又来了，他也发现格莱德夫人醒来好些了。他禁止我们跟她说话，或如果她乐意，可以跟我们说话。还说她要尽可能保持安静，要尽可能多睡。每次我去看她，她都好像不想说话——除了头一天夜里。当时我听不懂她说的是什么——她看起来太疲惫不堪了。关于她的情况，古德里奇先生不如男主人那样乐观。他到了楼下时，除了说他五点钟再来，别的就什么也没说。差不多就在那个时间（在男主人回家之前），卧室里的铃声响个不停，女主人跑出来到了楼梯顶部过道，叫我去请古德里奇先生，告诉他夫人昏过去了。我戴上帽子，披上披肩，正巧，这时医生按照他承诺的自己上门来了。

我请他进屋，陪他一同上楼。"格莱德夫人就跟平常一样，"女主人在门口对医生说，"她醒了，向四周张望，局促不安，愁眉苦脸，我听见她短促地叫了半声之后，立刻就晕过去了。"医生走到了床边，俯身对着病中的夫人。他看见她后表情突然变得格外严肃，然后把手放在她心口。

女主人目不转睛地盯住古德里奇先生的脸看。"不是吧！"她低声说道，从头到脚浑身颤抖起来。

"不，"医生冷静沉着地说，"死了，我昨天给她检查心脏时，就担心这事会突然发生。"他说话的当儿，女主人从床边往后退，又颤抖起来了。"死啦！"她低声自言自语，"死得这么突然！死得这么快！伯爵会怎么说啊？"古德里奇先生建议到楼下去，让自己平静一下。"您守了整整一夜，"他说，"神经太紧张了。这位女士，这位女士留在这房里，直至我找来需要的帮手。"女主人按照他的吩咐做了。"我得让伯爵心理上有个准备，"她说，"我得小心让伯爵心理上有个准备。"于是，她离开了我们，浑身颤抖着，走了出去。

"你的男主人是个外国人，"女主人离开我们后，古德里奇先生说，"他知道要去办理死亡登记的事吗？""我说不准，先生，"我说，"但我认为他不知道。"医生想了一会儿，然后说，"我平常不做这类事，但如果我亲自去办理死亡登记，或许会给这家人省些麻烦。半小时后，我会路过区办事处，可以顺便进去一下。请你告诉你家主人，这事我去办。""行啊，先生，"我说，"我会的，多谢您热情友好，想到了这一点。""我派个合适的人来接替你之前，你不介意待在这儿吧？"他问。"不介意，先生，"我回答说。"那之前，我要守在可怜的夫人身边。先生，我想所有的办法都用上了吧？"我说。"用上了，"他说，"没有了别的办法。我来看她之前，她已经病得很严重了。我来这儿时，病已无法治疗了。""啊，天啦！我们迟早也都会走到这一步的，对吗，先生？"我说。他没回话。他好像没兴趣说话。他说了声"再见"，就出去了。

从此，我守在床边，直到古德里奇先生按照他承诺的派人来为止。她名叫简·古尔德。我看她是个体面的人。她没说别的，只说了她明白自己来干什么，她这辈子帮许许多多死了的人入过殓。

男主人刚听到这个消息时，是如何承受住打击的，我说不上来，当时我不在场。我后来看见他时，他看上去显然精神垮了。他坐在一角，一声不吭，两只胖胖的手悬在粗壮的膝盖边，脑袋向下垂着，两眼发直。他好像不那么难受，倒是像被所发生的事给吓呆了。女主人安排了有关葬礼的一切事情，一定得花费不少钱，尤其是棺材，做得精致漂亮。我们听说，死了的夫人的丈夫到国外去了。但是女主人（是她姑妈）与乡下的亲友（我想是坎伯兰的吧）一起定下来了，把她葬在那儿她母亲的墓旁。我还要说一遍，关于葬礼的事，样样都办得很体面风光。男主人亲自送葬送到乡下。他身穿深色丧服，大脸盘上表情严肃，步伐缓慢，帽子上系了宽的黑帽带，显得很庄重——他就是那样！

最后，我得回答向我提出的几个问题：

1. 我和我的女仆伙伴都没有看见过男主人亲自给格莱德夫人用过什么药。

2. 据我所知，我也相信，他也从未与格莱德夫人单独在房间里待过。

3. 女主人告诉过我，那夫人刚进门时，突然受了惊吓，那是怎么回事，我说不上。我或是我的女仆伙伴也从未听到过解释。

上述陈述已当着我的面念过了。我没有什么要补充，也没有什么要删除。我以一个基督徒的身份起誓：以上说的是实话。

（签名）海丝特·平霍恩（手印）

医生的证明

拟就发生了如下死亡的事致分区注册官——兹证明，本人替年满二十一周岁的格莱德夫人治过病，最后看见她是1850年7月25日。她于当日在圣约翰林的森林路五号死亡。她死于动脉瘤，疾病持续时间不详。特此证明。

（签名）阿尔弗雷德·古德里奇

职业资格：英国皇家外科医师学会[①]会员，

持伦敦药剂师的开业执照

地址：圣约翰林克罗伊顿花园十二号

[①] （英国）皇家外科医师学会（Member of the Royal College of Surgeons）诞生于1800年，是外科医生的专业学会。医学院毕业的学生要经过一种准入考试才能成为其会员。

简·古尔德的证明

本人受古德里奇先生之托，前去料理一位夫人的遗体，该夫人逝世于上述证明中提到的那个处所。我发现遗体由用人海丝特·平霍恩看守着。我留下来，将遗体入殓，等待出殡。遗体是当着我的面放进棺木的，随后还看到棺木启运前用螺丝拧紧了。待一切料理妥当后，而不是之前，我收到了酬金，然后离开了那处所。有欲调查本人品行者，可去向古德里奇先生了解。他可以证明，我说的是事实，可兹信赖。

（签名）简·古尔德

墓志铭

特此纪念劳拉·格莱德夫人，汉普郡黑水庄园珀西瓦尔·格莱德从男爵之妻，本教区已故菲力普·费尔利先生之女。生于1829年3月27日，完婚于1849年12月22日，卒于1850年7月25日。

由沃尔特·哈特莱特继续叙述的故事

一

1850年初夏，我同幸免于难的伙伴们一道，离开了中美洲的荒野和密林，返回故乡。到达海岸后，我们搭乘了前往英格兰的船。船在墨西哥湾遇险，我是少数几位获救者之一。这是我第三次死里逃生。病死,被印第安人杀死,在海里淹死——三种死亡均向我逼近,最终又全都被我躲过去了。

轮船遇险中的幸存者是由开往利物浦的美国船只救起来的。该船于 1850 年 10 月 13 日抵达目的港。我们下午晚些时候登的岸,我当天晚上便抵达了伦敦。

这些文字不是关于我离家后浪迹海外和种种历险的记载。我背井离乡,远离亲友,到一个新世界去历险,其中的缘由已经告知读者了。这是一次自愿的流放。我曾希望、祈祷、相信,自己会定会回来,现在终于回来了——变了个人样。我在新生活的海洋中磨炼了自己,重塑了个性。濒临绝境,面对险情,在这样一所严厉的学校中我锻炼成了意志坚忍不拔,情感坚定不移,头脑独立冷静的人。我曾离家远行,目的是要逃避自己的未来。我现在重返故里,目的是要面对自己的未来。男子汉就应该这样。

我知道,若要面对未来,那就不可避免地要求我要克制自己的感情。我曾经同痛苦不堪的过去告别了,但记忆深处仍然保留着那段难忘时日里的悲伤与柔情,挥之不去。我依旧感受得到我生命中那次无法挽回的失望——我只是学会了忍受而已。当轮船把我带走,我最后一次回望英格兰时,满脑子想的是劳拉·费尔利。当轮船把我带回,晨光中呈现出亲切的海岸时,我满脑子想的还是劳拉·费尔利。

我的笔追寻到昔日的这几个字,我的心也随之回到了昔日的恋情。我仍然把她写成劳拉·费尔利。若是要她丈夫的姓氏称呼,难以想到她,难以提及她。

我这是第二次在本故事中出现,所以,无须多费笔墨进行解释。

既然我有力量，而且有勇气把最后这部分叙述写出来，那现在就继续吧。

翌日早晨，我心急火燎，满怀希望，首先想到的是母亲和妹妹。我离开家已经许多个月了，其间，她们无法得到我的音讯。我现在回来了，她们准会又喜又惊，所以，我觉得有必要让她们有个心理准备。我一大早便向汉普斯特德的乡间小屋发了封信，一小时之后，我自己也随之出发了。

最初的见面情景过去了，往昔平静安然的气氛又慢慢地回到了我们身边。这时，我从母亲脸上的表情看出，她内心沉重，隐忍着痛苦。她表情亲切慈祥，端详着我，焦急的目光中不仅透着慈爱——而且透着忧伤。她紧握住我的手，虽不怎么灵便，但充满了深情，那和蔼亲切的手上动作显露出怜惜之情。我们之间从不隐瞒任何事情。她知道，我人生的希望是如何幻灭的——她明白，我为何离开她。我尽可能表现得若无其事，正要询问是不是有哈尔寇姆小姐写给我的信——有没有我想要知道的有关她妹妹的消息。但是，我看了母亲脸上的神态后，连如此小心谨慎的问题都没有勇气提出来。因此，我只是态度迟疑、小心谨慎地说了一声：

"您有什么事要告诉我吧？"

我妹妹坐在我们对面，突然站起身，没说一句解释的话——起身就离开了房间。

母亲坐在沙发上离我更近了，双臂搂住我的颈脖，动作轻柔，手臂颤抖着，真挚慈爱的脸上淌着泪水。

"沃尔特！"她低声说——"亲爱的宝贝！为了你，我心情沉重。

噢，我的儿！我的儿啊！要记住，我还活着呢！"

我把头伏在她的胸前。这几句话把所有的意思都表达出来了。

二

那是我回家后的第三天早晨——即10月16日早晨。

我同她们一道待在乡间小屋里。重返故乡本是件幸福快乐的事，而对我来说是痛苦的。但是，我竭尽全力不要让她们感受到痛苦。经历了打击之后，我做了一个男人所能做的一切，振作起了精神，而且无可奈何地接受生活的现实——让巨大的痛苦忧伤化作柔情而不是绝望埋藏在心里。但毫无作用，毫无希望。泪水缓和不了我眼睛的伤痛，妹妹的同情，母亲的慈爱，也令我感受不到慰藉。

那第三天早晨，我向她们倾吐了心声。母亲那天把她死了的事告诉我时，我迫切想说的话，终于说出口了。

"让我一个人离开一阵子，"我说，"我要再去看一看自己初次见到她的地方，要去他们埋她的地方，跪在她的坟头祈祷，这样，我心里会好受一些。"

我开始了行程——去劳拉·费尔利的坟地。

那是个寂然静谧的秋日下午，当时，我在冷冷清清的车站下了车，随后顺着那条熟悉的路踽踽独行。夕阳微弱的光线透过淡淡的白云照射下来。空气温暖而平和。原本沉寂平静、人迹罕至的乡野，在萧瑟的秋季里，更加显得阴郁朦胧，黯淡凄凉。

我来到了荒野——再次伫立在了小山脊上——顺着小路看过去——远处是熟悉的花园树木，车道大幅度弯曲形成的半弧形，利默里奇庄园高耸的白色围墙。过去的多少个月中，我奇遇不断，境况多变，四处漂泊，面临险象，一切都在我的心中淡化消失了。我最后踏上这块长满飘着芳香的欧石楠的土地的情景仿佛就在昨天。我想象着自己会看见她过来迎接我，只见她头上的小草帽遮住了脸庞，朴素的衣裙在风中摆动，夹满了速写画的画册随时拿在手中。

啊，死神，你制造了痛苦！啊，坟墓，你获得了胜利！

我转身向一边，身下的峡谷地里便是那孤零寂静、灰暗阴森的教堂。我曾在那儿的门廊里等待白衣女人的到来。小山环抱之中就是那寂静无声的墓地，小溪里的水冰凉的，正汩汩地流过石头的河床。墓碑的顶端耸立着大理石的十字架，洁白无瑕——墓碑现在竖立在母亲和女儿的坟头。

我走近坟墓，再次跨过矮墙的石台阶。我踏上这块神圣之地时，脱下了帽子。神圣，对于温柔与善良；神圣，对于崇敬与悲哀。

我伫立在十字架耸立的墓座前。在它的一侧，即离我更近的一侧，新刻的墓志铭映入我的眼帘——那生硬、清晰、冷酷的黑字诉说着她生与死的故事。我试图看清楚墓志铭。我看了，但只看到名字边，"特此纪念劳拉——"那双和蔼仁慈的蓝眼睛被泪水模糊了，美丽的头困倦地向下垂着，还有恳求我离开她的纯真坦率的临别话语——啊，多么希望对她最后的回忆比这更加温馨快乐，那我当初会带着它离去，如今又会把它带回到她的墓前！

我再次试图看墓志铭，看到了末尾处她逝世的日期，而在日期上面——

　　日期上面，大理石的墓碑上刻了几行字，其中有一个名字搅乱了我对她的想念。我走到墓的另一侧，那一侧没有文字——没有任何尘世间的邪恶强行横在我与她的灵魂之间。

　　我在墓碑边跪下。我把双手和头伏在宽阔洁白的石碑上。我闭上了困倦的双眼，不看周围的泥土，不看头顶的日光。我要让她回到我身边。啊，我的爱人！我的爱人啊！我的心灵现在可以跟你对话啦！又回到了昨天，当时我们分别——昨天，你可爱的手握住我的手——昨天，我的眼睛最后看着你。我的爱人！我的爱人啊！

　　　　＊＊＊＊＊＊＊＊＊＊＊＊＊＊＊＊

　　时间似流水般逝去，寂静如漆黑的夜一般降临了。

　　一阵如天堂般的平静过后，墓地的草地上，传来了如轻风掠过一样的微弱的沙沙声。我听见那声音缓慢地向我临近。我最后觉得声音变了——像是脚步一样的声响向前移动——然后停住了。

　　我抬头看了看。

　　日薄西山了。云朵已经散去。斜射的阳光倾泻在山丘上，柔和宜人。在这寂寥无声的死者之谷，一天里的最后时刻显得寒冷、清净和安宁。

　　墓地的远处，寒冷清净的余晖中，有两个女人站立在一起。她们朝墓碑看，朝我看。

　　是两个。

她们稍前移了点，然后又停住了。她们戴了面纱，我看不见脸。她们停住以后，其中一个掀起了面纱。幽静黄昏的光线里，我看见了玛丽安·哈尔寇姆的脸。

变了，变了，那张脸仿佛经历了多年的岁月沧桑！一双大眼睛显得失魂落魄，正局促不安、诚惶诚恐地看着我。满脸憔悴，消瘦不堪，令人怜悯。痛苦、恐惧和悲伤像烙铁一般印在了她脸上。

我从墓边朝她走了一步。她一动不动——一声不吭。同她在一起的那个仍戴着面纱的女人低声地喊了出来。我停住了。我的脉搏都突然变得微弱了，一种难以名状的恐惧向我袭来，我浑身颤抖着。

戴面纱的女人离开她的同伴，向我缓步走来。玛丽安·哈尔寇姆原地不动，独自站立在那儿，她开口说话了。还是我记得的声音——声音不像那诚惶诚恐的眼神和憔悴不堪的面容，没有发生变化。

"我的梦！我的梦啊！"可怕的寂静中，我听见她轻柔地说出这些话。她双膝跪地，把紧握着的双手朝天举起。"上帝啊！使他坚强些吧。上帝啊！在他需要帮助的时刻，帮助他吧。"

那女人继续朝前走，步履缓慢、默然不语地朝前走。我看着她——从那时刻起，我没看别人，只看她。

替我祝福的那个声音颤抖了，变得微弱了——然后，突然又提起来了，朝我惊恐地叫喊着，绝望地叫喊着，要我离开。

然而，我的整个身心已被面纱女人控制住了。她停在墓的一侧，我们面对面站着，中间隔着个墓碑。她紧靠着刻有墓志铭的墓座，衣裙接触到上面黑色的字。

叫喊的声音更加近了,激动不已,越提越高了。"把脸遮住!别朝她看!啊,看在上帝的分上,饶恕他吧——"

那女人掀起了面纱。

"特此纪念劳拉·格莱德夫人——"

劳拉·格莱德夫人,正站在墓志铭的旁边,隔着墓看着我呢。

第二部

由哈特莱特叙述的故事

一

我展开了新的一页,把我的叙述跳过了一个星期。

我跳过的这段时间里发生的事不予记载。我想起那些事时,情绪低落,头脑混乱,一片黑暗。如果说承担了叙述故事的我应当当好阅读故事的您的向导,那么,这种情形是不可以出现的。如果说贯穿在这个复杂离奇的故事中的线索自始至终不至于在我手上弄得紊乱不清,这种情况也是不可以出现的。

生活突然间改变了——生活的整个目标被重新确立,生活中的希望与恐惧,生活中的奋斗,生活中的利益,生活中的舍弃,一切的一切都瞬间永远地转入了一个新的方向——即现在展现在我面前的景象,犹如站在了山巅,突然一览无遗了。我上次是在利默里奇教堂边宁静的黄昏里停止自己的叙述的。我现在继续叙述,从一个星期之后伦敦一条街上的喧闹嘈杂声音中开始。

街道地处一个人口稠密、贫穷落后的区域。街上有一幢住房的一楼是一家卖报的小店铺,二楼三楼是那种配有家具的最简陋的出租房。

我用化名租下了那两层。我住三楼,一间为工作室,一间为卧室。二楼供两个女人住,她们用的也是化名,对人介绍说是我姐妹。我帮几家廉价的期刊搞插图和木刻画,以此维持生计。两个姐妹则揽些针线活儿,帮助帮助我。为了遁迹于住宅林立的伦敦,我们租的是简陋住所,从事的是卑贱职业,冒充亲属,隐姓埋名。我们不再属于有头有脸的一类人。我是个默默无闻、无人理睬的人,没有赞助人或朋友来助我一臂之力。玛丽安·哈尔寇姆现在只是我的姐姐,她凭自己的双手,辛勤操持家务。别人以为,我们卷入了一场胆大妄为的骗局,既是被人利用的工具,又是骗局的实施者。我们被看作是疯女人安妮·卡瑟里克的同谋,因为她说自己是已故的格莱德夫人,以便冒名顶替,取得其地位与身份。

这就是我们的处境,这就是我们改头换面后的模样,而在今后很长很长篇幅的叙述中,我们三人都得以此面貌出现。

按照情理与法律,在亲友们的心目中,依照文明社会所公认一切准则,"劳拉·格莱德夫人"已安葬在利默里奇墓地里她母亲的身旁。菲力普·费尔利的女儿,珀西瓦尔·格莱德的妻子,人还活着就已被从活人的名册上一笔勾销了,至于她的姐姐,她仍然活着,至于我,她仍然活着,但至于世界上所有的其他人,她已经死了。在她叔叔看来,她已死了,所以他拒不接纳她。在庄园里的仆人看来,她已死,所以他们认不出她来。在当局官员看来,她已死了,所以他们把她的财产转交给了她丈夫和姑妈。在我母亲和妹妹看来,她已死了,所以她们相信我是被一个冒险家操纵的傀儡和一个骗局的受害人。于社会,于道义,于法律——她已死了。

然而,她仍然活着!贫寒穷苦、隐姓埋名地活着。与一个穷困的绘画教师生活在一起,这个人要为她而斗争,要为她赢回在人世间属于她的地位。

我事先得知,安妮·卡瑟里克长得像她,而当她最初把脸展现在我面前时,难道我的心里就不曾产生过一丁点怀疑吗?她在记述着她的死亡的墓志铭旁掀开面纱时,我未曾产生过半点怀疑。

那天,太阳还未下山,把她拒之门外的那个家,其最后形象尚未在我们的视线中消失。这时候,我们重温了当初在利默里奇庄园惜别时我说过的话。我复述了一遍,她认同了:"倘若有朝一日,我能奉献我的整个心灵和全部力量,给你带来瞬间的幸福快乐,或消除你片刻的痛苦悲伤,你还会记住曾教过你的可怜的绘画教师吗?"此时此刻的她,记不起多少后来经历过的不幸与恐怖,却记住了当时说过的那些话,于是,她态度坦率,充满了信任,把可怜的头伏在说那番话的人的怀里。那时刻,她呼唤了我的名字,她说:"沃尔特,他们企图使我忘记一切,但我记得玛丽安,我记得你。"那时刻,早已把爱献给了她的我,愿把生命献给她。对啊!是时候了。我从万里之遥的地方返回,穿过密林,跨越荒野。途中,比我更加强壮的同伴都在我身边倒下了。死亡的危险三次向我袭来,三次被我逃脱了。引导人们在黑暗的道路上走向未来的上帝之手同样指引着我来迎接这个时刻。她孤苦伶仃,家人不认,忍受痛苦的折磨,经受了不幸的变故。她美貌消逝,精神恍惚。她在人世间的地位,在生者中的名分,都被取消了——我曾许诺过要奉献,奉献我的整个心灵和全部力量,现在可以名正言顺地把这一切奉献在她的面前了。她横遭不测,举目无亲,终于属于我了!由我供养,由我保护,由我珍爱,由我护理。我要像父亲和兄长一样去爱她,去善待她。为了洗刷她的冤屈,我甘冒一切风险,付出一切代价——与达官贵人做无望的较量，与全副武装的骗子和力量强大的成功者进行长期的搏斗，舍弃自己的名誉，丧失自己的朋友，直至赴汤蹈火，牺牲生命。

二

我的处境已经表明，我的动机已经交代。接下来就得叙述玛丽安的故事和劳拉的故事了。

我在叙述她们两个人的故事时，拟不采用她们的原话（因为她们的话常被打断，不可避免会条理不清），而是用简明扼要的文字叙述故事概要。这是我当初为了使自己理清头绪，也是为了使我的律师理清头绪而有意简化的。这样一来，这张错综复杂的网就会以最快的速度、最明晰的状态加以展开。

玛丽安的故事从黑水庄园的女管家中止的地方开始叙述。

格莱德夫人离开了她丈夫的宅邸后，有关她离别的事，还有这件事发生的前后经过，都是由女管家告诉哈尔寇姆小姐的。一些天过后（具体多少天，迈克尔逊太太说不准，因为她没记备忘录），福斯科夫人才寄来了一封信，告知格莱德夫人猝死在福斯科伯爵的住处。信上没有说明死亡日期，而且委托迈克尔逊太太酌情处理，或立刻把这事转告哈尔寇姆小姐，或推迟转告，等小姐的身体强壮了些再说。

迈克尔逊太太请教了道森先生（他由于自己身体欠佳，延迟了前往黑水庄园诊治病人的时间）。她收到信的当天，或是第二天，遵照医生的嘱咐，并当着他的面，把这个消息转告了。至于格莱德夫人的姐姐得知了妹妹猝死的消息后有何反应，无须在此详述。目前有必要说的只是，随后的三个多星期中，她不能出门旅行。那段时间结束后，她在女管家的陪同下启程去了伦敦。她们在伦敦分别了。迈克尔逊太太先前就已经把自己的住址告诉了哈尔寇姆小姐，便于日后她们可以保持联系。

哈尔寇姆小姐同女管家分别后，立刻去了吉尔摩先生和克尔先生的律师事务所。吉尔摩先生不在，她便与克尔先生商量。她认为，格莱德夫人死因可疑——并把自己的想法告诉了克尔先生，希望他不要把她的疑惑告诉其他任何人（包括迈克尔逊太太）。克尔先生热切地希望为哈尔寇姆小姐效力，而且早先也已经热忱友好地提供了这方面的事实。因此，他当即表示要展开调查，竭尽全力把这个复杂的危险事件弄个水落石出。

为了在后来发生的故事展开前把这件事详尽无遗地交代清楚，我或许可以在此先提一提后来发生的事情。克尔先生声明，自己受了哈尔寇姆小姐的委托，前去收集她尚不知晓的有关格莱德夫人死亡的细节。这之后，福斯科伯爵给他提供了一切便利。他安排克尔先生同医师古德里奇先生和两位仆人取得联系。因无法弄清格莱德夫人离开黑水庄园的确切日期，克尔先生的最后判断只能根据医生和仆人的证明，以及福斯科伯爵和夫人的主动陈述来作出。他只能猜测，哈尔寇姆小姐在失去了妹妹之后，悲痛欲绝，因而做出了令人十分遗憾的错误判断。因此，他给她去信指出，他觉得，她曾当着他的面提到的令人震惊的怀疑毫无半点事实依据。因此，由吉尔摩先生的合伙人展开的调查就这样开始和结束了。

与此同时，哈尔寇姆小姐返回了利默里奇庄园，并在那儿尽其所能收集别的情况。

费尔利先生是最先从他妹妹福斯科伯爵夫人信中获得侄女死亡消息的，信中也没有提供确切的日期。他同意了妹妹的提议，答应将故去的夫人安葬在利默里奇墓地她母亲身边。福斯科伯爵把遗体护送到了坎伯兰，并参加了7月30日在利默里奇举行的葬礼。村里和附近一带的居民都去送葬，以表示敬意。翌日，墓志铭（据说初稿是由故去夫人的姑妈起草的，然后呈交费尔利先生认可）刻在了坟头墓碑的一面。

葬礼当天和随后一天，福斯科伯爵作为宾客受到利默里奇庄园的接待，但是，按照费尔利先生的意思，两人没有见面。他们通过文字进行了交流，以这样的形式，福斯科伯爵向费尔利先生通报了其侄女儿最后患病和逝世的细节。通报信中除了已知的事实，并无新内容，但末尾附了一段引人注目的话，谈的是关于安妮·卡瑟里克的事。

该段话的内容大意如下：

> 首先，告知费尔利先生，安妮·卡瑟里克在黑水庄园一带被人跟踪并抓住了（待哈尔寇姆小姐到达利默里奇后，他可以从她那儿听到详情），然后被再次交给医生治疗，因为她曾经就是在那医生的看管下逃脱的。

这是附言的第一部分。第二部分则提醒费尔利先生，安妮·卡瑟里克由于长时间逍遥在外，无人照管，其精神病越发严重了。她先前最显著的妄想症之一是，疯狂地仇视而且不信任珀西瓦尔·格莱德爵士，如此情形如今仍然以一种新的形式存在着。珀西瓦尔爵士看来，不幸女人的最新想法就是，冒充自己是他已故的夫人，从而惹他烦恼，令他痛苦，同时也想借此提高自己在病人和护理人员中的声望。这一冒名顶替的伎俩，显然是在她偷偷摸摸与格莱德夫人成功会面之后想到的。她们会面时，她注意到，自己与故去的夫人碰巧长得不可思议地相像。她绝不可能再次从疯人院逃脱，但她有可能通过书信的方式骚扰已故格莱德夫人的亲属。如若情况如此，得事先提醒费尔利先生如何对待从她那儿收到的信件。

　　哈尔寇姆小姐抵达利默里奇后，看过了附言中的这些话。格莱德夫人穿过的衣服及其随身带到古墓的其他遗物均交由哈尔寇姆小姐保管。这些东西是由福斯科夫人小心收集并且送到坎伯兰的。

以上就是9月上旬哈尔寇姆小姐到达利默里奇时的情况。

　　随后不久，她由于遭受严重的精神打击，原本虚弱的身体垮下来了，致使病情复发，于是一直待在室内。一个月过后，体力渐渐恢复了。她仍然对妹妹死亡的情形持怀疑态度。这段时间里，她未听到关于珀西瓦尔爵士的任何消息，但福斯科夫人给她来过一些信件，代表她丈夫和她本人款款深情地嘘寒问暖。哈尔寇姆小姐不但没有回信，反而请人对圣约翰林的住宅和里面住的人的一举一动予以秘密监视。

没发现任何可疑情况。接下来对鲁贝尔太太进行的秘密调查也是如此，她大约是在六个月前同丈夫一道来到伦敦的，他们来自里昂，并在莱斯特广场附近租下了一处住所，布置成提供膳食的寄宿公寓，供外国人下榻，因为1851年将有大批外国人到英格兰来参观万国博览会①。在这一带，没有发现夫妻二人有什么不端行为。他们不善言谈，到目前为止，他们都是安分守己地支付分内的各种费用。最后，对珀西瓦尔·格莱德爵士进行了调查。他住在巴黎，平静安逸地生活在一个英国和法国朋友的小圈子中。

哈尔寇姆小姐虽然频频受挫，但仍不肯罢休。她接下来决定去看看那座疯人院，因为她当时设想安妮·卡瑟里克有可能会再次被监禁在那儿。她原先就对那女人怀有强烈的好奇心，现在更是兴趣倍增——首先要确认，传说安妮·卡瑟里克企图冒名顶替格莱德夫人是否确有其事。其次（如果此事得到证实），要亲自弄清楚，可怜的女人设此骗局的初始动机何在。

尽管福斯科伯爵写给费尔利先生的信中未提及疯人院的地址，但这一重大的遗漏并未给哈尔寇姆小姐造成什么困难。哈特莱特先生当初在利默里奇与安妮·卡瑟里克会面时，她告诉过他疯人院所处的位置。哈尔寇姆小姐听了哈特莱特先生对会面情况的口述后，原原本本地在日记中记录下了其方位以及其他细节。因此，她查阅了那则日记，摘录下了地址。带着伯爵给费尔利先生的信，作为证据，或许用得上。然后于10月11日独自出发到疯人院去。

11日晚上，她住在伦敦。她本想住在格莱德夫人的老保姆家里，

---

① 即1851年5月1日在英国伦敦海德公园水晶宫举行的第一次世界博览会，维多利亚女王此前发出外交邀请信函，有十个国家接受了邀请。认真刻板的英国人动用了全国的经济力量，为第一届世界博览会布展。

但维齐太太见到了她已故受监护人最亲近最挚爱的朋友之后,情绪很不稳定,令人伤心难受。因此,哈尔寇姆小姐于心不忍,不住到她那儿。于是,经维齐太太已婚妹妹的推荐,搬到附近一家体面的寄宿公寓去住。翌日,她继续前往疯人院,那地方离伦敦不远,坐落在城北。

她很快得到许可,可以见疯人院的主人。

起初,主人好像执意不肯让她去见他的病人。但是,她向他出示了福斯科伯爵信上的附言——她提醒了他,自己就是上面提到的"哈尔寇姆小姐",是已故格莱德夫人的近亲,因此,出于家庭缘由,她自然很想亲眼看看安妮·卡瑟里克如何癫狂妄想,冒充自己已故妹妹的——这时候,疯人院主人的语气和神态才有所改变,这才不固执己见了。他或许觉得,面对如此情况,若再拒绝,不仅这事本身不合礼数,而且还等于说,本疯人院的经营状况经不起有身份的外人的调查。

哈尔寇姆小姐的印象是,疯人院主人对珀西瓦尔爵士和伯爵的秘密并不知情。他同意让她探视病人,似乎可以证明这一点。再则,他愿意提供一些情况,这显然又是一个证明,而如果是同谋,那是绝不可能露半点口风的。

譬如说,刚开始谈话时,他就告诉哈尔寇姆小姐说,7月27日,福斯科伯爵凭了必需的授权书和证明材料,把安妮·卡瑟里克送回到他这里来了。福斯科伯爵还出示了一封珀西瓦尔·格莱德爵士签名的信,上面有解释和嘱咐。重新接受了他的病人后,疯人院的主人注意到,她身上有了奇特的变化。毫无疑问,在他行医治疗精神病人的经历中,这类变化过去也不是没有过。精神不正常的人的外表和内心常常在某一段时间里同别的时候相比有异样，因为在疯狂的状态下，不论病情是由好变坏，还是由坏变好，都必然会产生外貌上的一些变化。他想到了上述情况，也想到安妮·卡瑟里克的癫狂妄想在形态上的变异。毫无疑问，这种变异肯定会在行为举止和表情神态上反映出来。但是，他的病人在逃脱之前和重新被送回来后，有某些差异，这件事情常常他困惑不解。差别太细微了，难以说清。他当然不能说，她的身高、体态、肤色、头发和眼睛的颜色，或者脸部的轮廓有特别明显的变化，但他所说的变化是感觉出来的，而不是看出来的。总而言之，这一病例当初就颇费思忖，现在就更加令人困惑迷茫了。

可以说，这次谈话并未使哈尔寇姆小姐对后来发生的事情有什么心理准备，连部分准备都没有，但却对她产生了十分严重的影响。她完全被弄得心烦意乱，结果过了好一阵才使内心平静下来，才跟随疯人院主人到监禁病人的区域去。

通过了解后得知，所说的安妮·卡瑟里克当时正在疯人院所属的运动场地上锻炼。一位护士自告奋勇领哈尔寇姆小姐上那儿去。院主因有一例病人需要他亲自处理，留在了室内一会儿，然后才急忙到达运动场，去到来访者的身边。

护士把哈尔寇姆小姐带到一处同疯人院不相连的地方，那儿布置得很雅致。她朝着四周环顾了一番，然后踏上一条铺了草皮块的小路，路的两边灌林成丛。大概走到路的一半时，有两个女人缓步走来。护士指着她们说："那就是安妮·卡瑟里克，小姐，旁边有护士照看她。护士会回答您提的任何问题。"说完，护士离开了她，回到室内自己的岗位上去了。

哈尔寇姆小姐在她自己一侧朝前走，那两个女人则在她们自己的一侧朝前走。彼此相距十来步远时，两个女人中的一位停顿了片刻，目光热切地看了看眼前的陌生小姐，挣脱了护士抓着她的手，紧接着，冲过来扑到哈尔寇姆小姐怀里。一瞬间，哈尔寇姆小姐认出了妹妹——认出了那个活着的死人。

幸好当时除了护士没有别人在场，这才有了随后行动的成功。护士是个年轻女子，她惊愕不已，所以一时间束手无策。等她回过神来干预时，哈尔寇姆小姐需要她的全力帮助。哈尔寇姆小姐因这一发现受到极大震动，还得竭尽全力保持神志清醒。因此，瞬间身体挺不住了。她在清新的空气里和凉爽的树荫下待了一会儿，加上天生的力量和勇气也助了一臂之力，她已清醒地认识到，为了自己遭遇不幸的妹妹，她必须镇定自若。

她得到了允许，可以单独同病人交谈，但条件是，她们两个人必须待在护士看得见的地方。没有时间提出问题——哈尔寇姆小姐只能抓紧有限的时间嘱咐不幸的妹妹，一定要控制自己，并向她保证，只要她遵嘱行事，立刻就会有人来营救她。遵照姐姐的嘱咐行事，便有望逃离疯人院，格莱德夫人听后平静了下来，而且知道了该怎么办。哈尔寇姆小姐随即返回到护士身边，把自己当时口袋里全部的金币（三个沙弗林①）递到护士的手上，并且询问什么时候和什么地方可以同她单独谈谈。

那女人一开始大惑不解，而且满腹狐疑。但是，哈尔寇姆小姐声明，她只是想要提几个问题，由于一时间心情太激动，问不成问题。她绝没有要求护士玩忽职守的意思，女人这才收下了钱，并提

---

① 沙弗林（sovereign）是英国旧时的金币，一个沙弗林面值为一英镑。

议翌日下午三点钟会面。到时病人用过膳,她可以溜出去半个小时。她可以在挡住院运动场的北面高墙外的一个僻静处与小姐见面。哈尔寇姆小姐只有时间表示同意,并低声告诉妹妹,叫她翌日等待她的消息。这时,疯人院主人到达了她们跟前。他注意到了来访者神色不安的样子,而哈尔寇姆小姐则解释说,她与安妮·卡瑟里克会面时,一开始受了点惊吓。她接着便尽快告辞了——即在她鼓起了勇气,迫使自己离开她遭遇不幸的妹妹之后。

哈尔寇姆小姐可以重新思考问题了,稍稍思索了片刻后认定,假如借助法律手段来证实格莱德夫人的身份,从而拯救她,即便能够成功,也得延宕耽搁,对妹妹的精神会是毁灭性的摧残,因为她先前陷入恐怖的环境,已经神思恍惚了。哈尔寇姆小姐回到伦敦之后下定决心,一定要通过那位护士的帮助秘密完成格莱德夫人逃离的行动。

哈尔寇姆小姐立刻去找自己的经纪人,把她拥有的一点公债券出售,总共还不到七百英镑,如果需要,她决心为了妹妹的自由支付自己在世界上所拥有的每一分钱。于是,她翌日带上了所有现金前往疯人院的围墙处去赴约。

护士已经在那儿了。哈尔寇姆小姐很谨慎,先提出了很多问题,然后才涉及正题。除了其他详情之外,哈尔寇姆小姐还发现,先前照料真正安妮·卡瑟里克的那位护士对病人逃跑负有责任(尽管不是她的过错),结果失去了职位。她还被告知,如果这位安妮·卡瑟里克再次失踪,同样的处罚也会落到眼前同她说话这个护士身上,而这位护士又特别想要保住这个职位。她订了婚,快要嫁人了,她和未婚夫还等着积攒两百到三百英镑时便开始经商做生意。护士的薪水可观，凭着克勤克俭，两年之后，她或许能够攒齐所需的数额。

面对这种情况，哈尔寇姆小姐开口说话了。她明确地说，这位所谓的安妮·卡瑟里克实际上是她自己的亲人，是被人粗心大意而送进疯人院的，护士若能促成她们团聚，那可做了一件大好事，是一桩体现仁爱精神的善举。还未等到对方提出反对意见，哈尔寇姆小姐便从钱夹里抽出了四张面值一百英镑的钞票，答应给她，作为对她所担的风险及失去职位的补偿。

护士犹豫迟疑起来，感到难以置信，而且大惑不解。哈尔寇姆小姐态度坚决地劝说她。

"您这是在做一件好事啊，"她重复说，"您这是在帮助一位人世间受到最严重的伤害和最不幸的女人。这是给您置办嫁妆的酬劳。把她安全领到这儿来，我把她领走前，会把这四张钞票交到您手上的。"

"您能把这些话写在一封信上给我吗？待到我的心上人问我怎么弄到这些钱时，我可以把信给他看。"护士要求着说。

"我会把信写好，签上名，随身带着的。"哈尔寇姆小姐回答说。

"那我就冒这个风险吧。"护士说。

"什么时候？"

"明天。"

她们匆匆约定，哈尔寇姆小姐翌日一大早返回来，在树丛的隐蔽处等待——但始终要在北墙根下运动场的附近。护士不可能确定到达那儿的时间，出于慎重，她得等待，而且见机行事。她们约定之后便分手了。

翌日十点前，哈尔寇姆小姐带上答应写的信和许诺给的钱到达

| 484　白衣女人

了现场。她等了超过一个半小时。最后，护士搀护着格莱德夫人匆匆绕过墙角。她们一见面，哈尔寇姆小姐便把钱和信交到了她手上——就这样，姐妹二人团聚了。

护士事前经过了精心筹划，用自己的帽子、面纱和披肩对格莱德夫人进行了一番打扮。哈尔寇姆小姐只留住她嘱咐一下，一旦逃跑的事被疯人院发现了，建议她把追寻行动引向错误方向。要她回到院里去，说给其他护士听，就说安妮·卡瑟里克近来一直在打听从伦敦到汉普郡有多远，等到最后事情暴露在所难免时，再去报告安妮失踪了。所谓打听关于汉普郡的事报告给了疯人院的主人之后，他会认为病人返回黑水庄园了，因为她癫狂妄想，坚持认为自己是格莱德夫人，所以，一开始的追寻极有可能朝那个方向去。

护士同意遵照上述建议行事——她巴不得这样做，因为待在疯人院里，至少表面上保持一副若无其事的模样，到头来，除了丧失职位之外，保证不会遭遇到更加严重的后果。她立刻返回到了院里，而哈尔寇姆小姐也争分夺秒地领着妹妹返回伦敦了。当天下午，她们便搭乘了开往卡莱尔的火车，当天晚上抵达了利默里奇，途中没有遇到任何意外或者困难。

行程的最后一段，车厢内就只有她们两个人。哈尔寇姆小姐就妹妹混乱和衰弱的记忆所及，了解到了一些过去的情况。通过这样的方式，她听到了这个惨无人道的阴谋故事。故事讲得支离破碎，前后互不连贯，互不搭界。尽管故事的内情讲述得不够完整，但是，这段陈述性文字于次日发生在利默里奇庄园的事结束之前，我必须在此把它记录下来。

下面的情节是哈尔寇姆小姐了解到的。

关于格莱德夫人离开黑水庄园后发生的情况，她自己记忆始于她到达西南铁路伦敦终点站。她事先没有记录下自己出发旅行的日期，所以没有希望从她或迈克尔逊太太那儿找到证据，以便确定那个重要的日期。

火车进站后，格莱德夫人发现福斯科伯爵在等待她。司乘员刚一把车厢打开，他就站到门口了。火车特别拥挤，取行李时，简直乱成了一团。福斯科带来的一个什么人好不容易取走了属于格莱德夫人的行李。行李上附了她的姓名标签。她跟伯爵单独坐一辆车走，那是辆什么车，她当时并未特别留意。

他们离开火车站后，她首先问到了哈尔寇姆小姐。伯爵告诉对她说，经过再三考虑，他认为，为了慎重起见，必须要让哈尔寇姆小姐先休息数日，然后再领着她踏上如此漫长的旅程。所以，哈尔寇姆小姐还没有去坎伯兰。

格莱德夫人接着问，她姐姐当时是否待在伯爵家里。她对那回答的记忆混乱不清，只是模模糊糊有点印象而已。伯爵声称说，正要领着她去见哈尔寇姆小姐。格莱德夫人对伦敦很陌生，所以说不出经过了哪些街道。但是，他们从未驶出过街道，从未穿过什么花园或树丛。马车停住时，那是在一个广场后面的小街上——广场那儿有店铺、公共建筑和许多人。通过这些记忆（格莱德夫人对此很肯定），情况似乎很清楚了，福斯科伯爵并没有把她领到坐落在郊外的圣约翰林他自己的寓所去。

他们进屋后上到了二楼或是三楼的一个后房。有人小心翼翼地把行李搬进了室内。女仆开的门，有个长着黑胡子的男人，显然是个外国人，在厅堂里迎接他们，然后彬彬有礼地领着他们上了楼。

伯爵回答格莱德夫人不停的询问时，向她保证，哈尔寇姆小姐在那住宅里，这就去通报给她，说她妹妹来了。他和那个外国人随即离开了，留下她独自一人待在室内。房间陈设简陋，是个起居室，外面就是住宅的后园。

那地方出奇地宁静。楼梯上没有上上下下的脚步声——她只听见从楼下房间里传来男人们单调的说话声。她一个人并没有待多久，伯爵返回来了。他解释说，哈尔寇姆小姐正在休息，一时间不能去惊扰她。有位先生（是个英国人）陪同他进入房间。他介绍说，先生是他的朋友。

这样一番奇特怪异的介绍——就格莱德夫人的记忆所及，介绍中双方的名字都没有提及——她便留了下来同那位陌生人待在一起。他人倒是彬彬有礼的，但问了一些有关她的一系列稀奇古怪的问题，并且提问时还神情怪异地看着她，着实把她给弄得惊慌失措，局促不安。他待了一会儿就离开了。几分钟过后，另一位陌生人——也是英国人——进来了。此人自我介绍是福斯科伯爵的朋友，也同样怪模怪样地打量着她，也同样问了些不着边际的问题——据她回忆，他从未叫过她的名字。他也如同前面那位一样，过了一会儿又离开了。这时候，她感到十分害怕，同时很挂念她姐姐，于是想冒险回到楼下去，请求那位她在室内看到的唯一的女人保护和帮助她——即开门的那个女仆。

她刚从椅子上站起身，伯爵返回进入了房间。

伯爵刚一出现，她便焦躁不安地问，自己和姐姐见面的事还要延迟多长时间。他开始时支支吾吾，但一再追问之下，他才勉强承认，哈尔寇姆小姐的身体根本不像他一直介绍的那样健康。他回答问题时，语气和态度吓着格莱德夫人了，或者说，她刚才同那两个陌生男人独处时产生的那种痛苦不安的心情变本加厉了。因此，她突然感到一阵头晕目眩，不得不要了一杯水来喝。伯爵在门口喊了声端水和拿嗅盐瓶来。模样像外国人的大胡子男人拿来了两样东西。格莱德夫人极力喝了点水，味道怪怪的，头晕目眩的感觉更加厉害了。然后，她急忙从福斯科伯爵手上接过嗅盐瓶嗅了起来。瞬间，她感到天旋地转，嗅盐瓶从她手上滑下，伯爵急忙接住了，她头脑清醒时的最后一点印象是，他再把嗅盐瓶凑近她的鼻孔。

从此刻起，她的记忆开始混乱不堪起来，支离破碎的，很难合理地串联起来。

她自己的感觉是，她当天晚上清醒过来了，然后离开了那幢住宅，去了（按照她在黑水庄园事先安排好了的）维齐太太家。在那儿喝了茶。在维齐太太家里过了夜。她根本说不清楚，她以什么方式、什么时间、有谁陪同着离开福斯科把她送去的住宅的。但是，她坚持认为，自己到了维齐太太家里，而且，更加不可思议的是，是鲁贝尔太太帮助她脱衣服上床睡觉的！她不记得自己在维齐太太家里说了什么话，或者除了那位太太之外，还看见了什么人，鲁贝尔太太为什么会出现在那屋里帮助她。

她对翌日早晨发生的事情的回忆更加含糊不清，不足为凭。

她隐隐约约记得，是同福斯科伯爵乘车外出的（至于具体时间，她说不上来）——还有鲁贝尔太太，带个女伴当护理。但是，至于什么时间、为何离开维齐太太，她说不清。她也不知道马车是往哪个方向行驶的，她在哪儿下的车，伯爵和鲁贝尔太太是否在她出门后一直陪着。在她悲惨的故事当中，这一段完全是空白。她一点印象都没有——根本不知道是过了一天,还是几天——直到后来,她在一个陌生的地方突然醒来,周围全都是她不认识的女人。

这是疯人院。在这儿,她头一次听到别人叫她安妮·卡瑟里克这个名字。在这儿,有一个情节是在整个阴谋故事中最不可思议的,即她亲眼看见了,自己身上穿着安妮·卡瑟里克的衣服。在疯人院的头一天晚上,护士给她看了脱下来的每一件内衣上的标签,并且不急不怒,语气平和地说:"看看你的名字都写在衣服上了,不要再说自己是格莱德夫人来烦扰我们。她已经去世了,已经安葬了,而你却活生生的。现在看看你的衣服吧!看看,上面用墨水清楚地写着呢,你过去那些东西上都写了名字,我们院里还保管着——都明明白白地写着,安妮·卡瑟里克!"她们到达利默里奇庄园当天晚上,哈尔寇姆小姐检查了妹妹身上穿的亚麻内衣,上面确实有名字。

以上就是在去坎伯兰的途中,经过认真仔细的询问,从格莱德夫人那儿了解到的所有情况——全都不甚确切,有些还前后矛盾。哈尔寇姆小姐克制自己,没有进一步追问她发生在疯人院里的事情,因为她的精神状态显然经受不住回忆那些事情所引起的痛苦。根据疯人院主人自告奋勇通报的情况得知,她是7月27日入院的。从那一天到10月15日(她获救的日子),她一直被监禁着。她作为安妮·卡瑟里克的身份已一步步地得到确认,而且人们自始至终完全否认她精神正常。再坚定的意志,再强壮的体格,在历经了如此磨难之后,也会受到摧残的。没有哪个人经过了这种劫难,而到头来不发生变化的。

15日傍晚到了利默里奇庄园之后,哈尔寇姆小姐做出了明智的决断，等到翌日再宣布格莱德夫人的身份。

她早晨做的头一件事就是去费尔利先生的房间。她先是小心翼翼，让他事先有足够的心理准备，最后才费了很多口舌把所发生的事情告诉了他。最初的震惊和恐慌有所减退之后，他立刻就怒气冲冲地说，哈尔寇姆小姐被安妮·卡瑟里克给蒙骗了。他把福斯科伯爵的来信给她看，而且还提起了她自己告诉他的安妮·卡瑟里克跟他已故的侄女外貌相似的事。于是，他断然拒绝面见一个疯女人，哪怕一分钟也不行，因为把这样的女人带进他的家门，是一种侮辱和冒犯。

哈尔寇姆小姐离开了房间，等到她最初的愤慨平息之后，想了想认为，出于人之常情，费尔利先生在把侄女当作路人拒之门外之前，总得见她一面吧，因此，在事先没有打招呼的情况下，她就领着格莱德夫人去他的房间。守在门口的仆人拦住她们不准进去，但哈尔寇姆小姐强行闯过他，拉着妹妹的手，来到了费尔利先生跟前。

接下来的情景虽然只有短短几分钟，但令人痛苦万分，难以述说——哈尔寇姆小姐本人都缄口不提它。费尔利先生斩钉截铁地声称，他不认识被带到他房间里来的这个女人。看了这个女人的相貌和神态，他丝毫也不怀疑，自己的侄女已经安葬在利默里奇的墓地了。如果当天结束之前，还没有把她从庄园弄走，他将要诉诸法律，以保护自己。提一提这些就已经足够了。

即便把费尔利先生看得再坏，认为他自私自利，好逸恶劳，一贯麻木不仁，却无论如何也想不到，他竟会干出这种令人不齿的勾当来，即心里默认自己的哥哥的女儿，明里却公然拒绝接纳她。哈尔寇姆小姐心地善良，明智达理，她认为他是受了偏见和惊吓的影响才不能做出理智的判断的,所以,对所发生的事做如是解释。但她接着试探了仆人们,发现他们也都说不准,站在他们面前的这个女人是他们的少女主人,还是他们听说过的长得像她的安妮·卡瑟里克。这时候,便得出了令人悲伤的结论:在疯人院的监禁生活给格莱德夫人相貌和神态造成的变化远比她一开始所认为的要严重得多。这个捏造的事实说她已死亡的可耻骗局,连在她出生的庄园,与她共同生活过的人们中间都无法揭穿。

如果当时情况不是那么特别紧急,她们也不至于那么失望地放弃努力。

比方说,女仆芳妮当时碰巧不在利默里奇,她两天后才会回来,否则她有可能先认出女主人来的,因为跟其他仆人相比,她与女主人的接触更加频繁,因而感情也更加深厚。再有,格莱德夫人也可以悄悄地留在庄园里,或者留在村上,等到她身体有所恢复,精神稍稍安定了一点再说。待她记忆力健全了之后,她自然会明确而熟悉地指认过去的人和事,而冒名顶替的骗子是无法编造出来的,这样一来,她的身份尽管无法通过自己的外貌得到确认,但过了一段时间之后,有她自己亲口说的话作为更加确凿的证据,是会得到证实的。

但是,鉴于她是在那种特殊状况下重获自由的,所有这些办法都根本行不通。疯人院的追寻行动只是暂时被引向汉普郡的,接下来会准确无误地追踪到坎伯兰来。派去寻找逃亡者的人接到通知几小时后就可抵达利默里奇庄园。以费尔利先生眼下的心情,他们可以立刻利用他在本地的影响和权威得到帮助。出于对格莱德夫人的安全这一最起码的考虑,哈尔寇姆小姐只得放弃为她主持正义的斗争，立刻把她转移，离开这个眼下对她最危险的地方——她自己的故乡。

看起来，立刻返回伦敦是最首要和最明智的安全措施。偌大的城市里，她们可以以最快的速度和最可靠的途径销声匿迹。没有任何准备工作可做——无须跟任何人说句祝福的告别话。16日是个难以忘怀的日子。当天下午，哈尔寇姆小姐激发起了她妹妹最大的勇气，没有一个人为她们送行，两个人孤零零地上路出去闯荡，永远告别了利默里奇庄园。

她们跨过了墓地上方的山岗。当时，格莱德夫人坚持要返回去最后看一眼她母亲的墓。哈尔寇姆小姐竭力说服她打消念头，但在那种情况下，劝说无效。她毫不动摇，昏暗无神的眼睛突然冒着怒火，透过遮住的面纱闪烁。她那消瘦无力的手指一直没精打采地抓在亲人的胳膊上，手指的力量越来越大了。我坚信，上帝之手指给了她们回来的路，在那个可怕的时刻，这个众生中最无辜和受难最深重的人被选中，看见了路。

她们返回到了墓地，而这一行动决定我们三个人未来的生活。

三

这就是过去的故事——我们到那时为止所知道的故事。

听过之后，我心里有了两个显而易见的结论。首先，我隐约看出了，这个阴谋的本质，看出了如何等待时机，如何设置情境，以便确保犯下了这胆大包天和精心策划的罪行之后能够逍遥法外。虽然具体细节对我来说仍是个谜,但他们利用了白衣女人与格莱德夫人长相相似这一点,其卑鄙可耻的行径已是昭然若揭。很显然,安妮·卡瑟里克已被当作格莱德夫人领到福斯科伯爵的寓所去过。很显然,格莱德夫人在疯人院代替了那个已死去的女人的位置——这种偷梁换柱的行径安排得如此巧妙,以致无辜的人都成了这桩罪行中的帮凶(医生和两个仆人是肯定无疑的,疯人院的主人也极有可能)。

有了第一个结论,自然就有第二个了。福斯科伯爵和珀西瓦尔爵士绝不会放过我们三个人。阴谋得逞了,那两个人因此净得了三万英镑的收入——一个得了两万,另一个通过他夫人得了一万。有了这个利益,还有其他利益,他们当然要确保事情不被败露。他们会不遗余力,不惜代价,施用一切伎俩,以寻找到受害人的藏身之所,并把她与她在这个世界上仅有的朋友——哈尔寇姆小姐和我本人——分隔开来。

我意识到了这样严重的危机——这种危机可能每日每时都在向我们逼近——这种意识是影响我行动的因素,促使我要确定我们的遁身之地。我地点选择在伦敦最东面,那儿极少有游手好闲之徒徘徊街头,左顾右盼。我把地点选择在一个贫穷落后、人口稠密的区域——因为我们周围的男男女女越是为了生计而奋力拼搏,他们花费时间或精力去注意偶然来到他们中间的陌生人的可能性就越小。这些都是我求之不得打算的有利条件。我所处的位置对于我们而言还有另外一个同样重要的好处。我可以凭着自己的双手去工作,我们可以维持简朴的生活,可以省下挣到的每一个法寻①,以便实现既定的目标——即伸张正义,洗刷不白之冤。我把这一点自始至终铭记在心。

一星期之后,我和哈尔寇姆小姐确定了我们新生活的方向。

住宅里没有别的房客。我们出入也不必经过那家店铺。我至少为现阶段做好了安排,即没有我的陪同,玛丽安和劳拉都不能出门。还有,我不在家时,她们不能允许任何人以任何借口进入她们的房间。定下了这个规矩后,我便去找一个自己过去认识的朋友——一个业务做得很大的木刻画家——去找点活儿干。同时告诉他,我希望隐姓埋名。

他立刻就断定我这是欠了人家债了。他照例表达了自己的遗憾之情,然后承诺尽力帮助我。我将错就错,没有向他点破,接受了他提供的工作。他知道,我有工作经验,而且勤勉努力,可以信赖。我具备他所要求的稳重达练的性格和娴熟精湛的技能,而尽管收入甚微,却也足以支付生活必需。我们对这一点心里有了底之后,我和玛丽安·哈尔寇姆便立刻把手上的钱凑到了一块儿。她有两百多英镑,我差不多也有这个数额,是我离开英格兰前卖掉绘画教师培训业务所得的钱。这样一来,我们就共同拥有超过四百英镑资金了。我把这一小笔资金存入一家银行,留着用来支付开展秘密调查所需的开支。我决定开始着手调查,如果找不到帮助我的人,那就单枪匹马地进行。我们精打细算,筹划好每个星期的开支,除非事关劳拉的利益,为了劳拉的缘故,否则,我们绝不动用那一小笔资金。

从第一天开始,玛丽安·哈尔寇姆便把家务事当作她的义务承

---

① 法寻(farthing)指英国旧时值四分之一便士的硬币。

担下来了，而我们若是敢于相信出现在身边的陌生人，家务活儿本来是可以请个用人来做的。"凡是适合于女人的双手干的活儿，"她说，"我的两只手也可以从早到晚干。"她把手伸出来时，两手颤抖着。为了安全起见，她穿着破旧朴素的衣衫。而当她卷起袖口时，那消瘦无力的手臂诉说着往日悲惨的故事，但女人的精神像扑不灭的火焰一样在她身上燃烧。我看见她看着我时眼中含着硕大的泪珠，顺着脸颊缓慢地往下流。她猛然抹去泪水，恢复了一丝昔日的活力，露出了微笑，表露出了昔日愉快的心情。"不要怀疑我的勇气，沃尔特，"她申辩说，"是我的弱点在哭，不是我。如果我征服不了它，是可以征服家务活儿的。"她说到做到——我们晚上见面时，取得了成功，她坐下来休息了。她那深沉乌黑的大眼睛看着我，闪烁着昔日明亮坚毅的光芒。"我并没有垮下来，"她说，"我干这份工作，值得信赖。"我还没有来得及回话，她接着又低声说："参与分忧担险，也是值得信赖的，等时候到了，请记住吧！"

到了那个时候，我真的记住了。

早在10月底，我们日常生活的进程按照预定的方向推进，三个人隐居在此，完全与世隔绝，我们的住宅好像是个渺无人烟的荒岛，而我们周围那纵横交错的街道和成千上万的人类同胞是浩渺无边的大海。我现在可以用点闲暇的时间来考虑一下未来的行动计划，还有为了将要展开的与珀西瓦尔爵士和福斯科伯爵的斗争，如何从一开始就地把自己武装起来。

我已经不再指望，凭着我或者玛丽安认得出劳拉这个事实来作为恢复她身份的证明了。假如我们不是这般炽热地爱着她，假如这种爱所赋予我们的直觉不是远比理性更加可靠,比任何观察过程都更加灵敏,那么,连我们在刚看见她时都可能会感到犹豫不决。

过去历经的磨难与恐惧造成了外表上的变化。这一点可怕地几乎无可挽回地增强了安妮·卡瑟里克和她本人之间在外表上的相似。我叙述自己待在利默里奇期间发生的事情时,有过记述,根据我个人的观察,乍一看,她们两个人很相像,但仔细观察比较后会发现,她们两个人还是存在很重要的差异。先前的日子里,若是让她们两个人肩并肩站立在一起,绝不可能有人把她们混淆——如同人们常常分辨不清双胞胎一样。我现在可不能这样说了。悲伤与苦难已经在劳拉·费尔利年轻美丽的脸上留下了污浊的痕迹,而我曾经还责怪自己不该把悲伤与苦难同她的未来联系起来,哪怕是片刻的念头。对于那种致命的外表相似,我过去只是在观念中觉得,而且为之颤抖。但现在,却活生生地呈现在我眼前,确凿无疑。陌生人、熟悉的人、甚至不像我们这样看着她的朋友,倘若她刚被从疯人院救出来时,让他们看,他们可能会怀疑,她还是不是他们曾经看到过的劳拉·费尔利。他们的疑心无可厚非。

还剩一种可以尝试的途径,我当初觉得,我们兴许用得上——即启发她回忆一些人和事,而这一切是任何冒名顶替的骗子都不可能熟悉的。但是,我们接下来进行的试验令人遗憾,其结果还是毫无希望。我和玛丽安小心翼翼地对她,能用的办法都用上了。我们尝试一些办法,以便慢慢增强和稳定她衰弱和混乱的心智,但每次都又自相矛盾,生怕她回忆起痛苦烦恼、不堪回首的往事。

回忆往昔,其中只有一部分是我们敢于鼓励她做的。那就是我当初去利默里奇教她画画时,那些幸福快乐的日子里发生的家庭琐事。有一天，我把她画的纳凉小屋的素描给她看，那是她在我们分别的那天早晨送给我的，从那以后我一直把它带在身边，以此激起她对美好往事的回忆。从那天起，我们看到了希望。隐隐约约，点点滴滴，她开始回忆起了过去散步和乘车的情景。她黯然神伤、苦苦渴望的眼睛看着我和玛丽安时，透着一种新的兴趣，透着一种飘忽不定的沉思。从那刻起，我们精心培植，将其激活。我给她买了一小盒颜料和一本速写簿，那速写簿跟我们初次见面的那天早晨我看见她拿在手里的那本是一样的。又一次——啊，我的天哪，又一次！——我利用工作之余，在伦敦暗淡的光线下，在伦敦这简陋的房间里，坐在她的身边，指正她摇晃不定的笔触，扶住她软弱无力的手。日复一日，我不停地激发起这种新的兴趣，直至在她生活的空白中最终有了一席之地——直到她能思考她的画，谈论她的画，并且独自耐心地作画。面对我的鼓励，她呈现出天真的愉悦。她对自己的进步所表现出的快乐与日俱增，而她在过去失去的生活和失去的幸福时光里就是这样的。

　　我们用这种简单的方法帮助她慢慢地健全心智。晴朗的日子里，我们带她到附近宁静古老的城市广场去散步，让她走在我们中间。在那儿，没有什么东西会搅得她心烦意乱，或惊慌失措。我们从存在银行的资金中支取出了几英镑，给她买红酒和她所需要的清淡可口的滋补食品。晚上，我们陪她玩小孩子们玩的纸牌游戏，摆弄我从雇用我的木刻画家那儿借来的满是画片的剪贴簿，以此逗她开心——通过这些方式，加上在其他方面对她无微不至的关心，我们使她惊魂平静，情绪稳定。我们满怀喜悦，对一切都充满了希望，相信随着时间的推移，有我们的精心呵护，还有对她从未忽视和从未抛弃的爱,一切都会好起来。但是,要冷酷无情地使她脱离与世隔绝的生活和清幽静谧的环境,要让她去见陌生人,或比陌生人熟不了多少的熟人,……唤起她对痛苦往事的回忆,我们一直对此小心谨慎,缄口不言——这一切,即使是为了她好,我们也还不敢冒险而为。不管付出什么代价,不管延宕的时日是多么漫长,多么令人厌烦,多么令人肝肠寸断,只要凡人的力量能够做得到的,我们就一定要在她不知情并无须她帮助的情况下洗刷她所蒙受的冤屈。

决心已定,接下来需要确定的是如何冒着风险走好第一步,一开始应该采取哪些措施。

我同玛丽安商量好了,决定一开始大力搜集尽可能多的事实材料——然后,向克尔先生请教(我们知道,他是可以信赖的),首先向他打听清楚,我们可不可以寻求法律的保护。事关劳拉的利益,只要有一线希望通过获取任何可靠的帮助来改善我们的处境,我就不能把她的整个未来全都寄托在我的孤军奋战上。

我首先了解到的情况源自玛丽安·哈尔寇姆在黑水庄园记的日记。日记中有些段落涉及我本人,而她又认为我最好不要看,所以,她把原稿念给我听,我则边听边把需要的内容记录下来。我们唯有挑灯夜战,才能挤出时间做这件事。就这样干了三个夜晚,我获得了玛丽安能够告诉我的全部情况。

我要进行的第二步是,在不引起他人怀疑的情况下,想方设法从其他人那儿获取其他证据。我上门去找到了维齐太太,以证实劳拉说在她那儿过过夜的印象是否正确。在了解这件事的过程中,考虑到维齐太太年事已高,身体虚弱,我隐瞒了我们的真实情况,总是小心翼翼地把劳拉称作"已故格莱德夫人"。而在后来的所有类似调查中，出于谨慎考虑，也是如此。

维齐太太针对我的询问作出了回答，结果证实了我先前的忧虑。劳拉确实写信说过，她要去她老朋友家过夜——但她根本就没有踏进过家门。

我担心，在这件事情上，如同在其他事情一样，她头脑混乱，把原本只是打算要做的事，错误地认为自己已经做了。这么说来，她无意识的自相矛盾就很容易解释了——不过，这样有可能导致严重的后果。调查工作刚一开始就遇上了阻碍。这是对我们很不利的一个证据。

我接着要求看劳拉在黑水庄园写给维齐太太的那封信，信给了我，但没有信封，扔到了废纸篓里，早就毁掉了。信上未标明日期——连星期几也没有。只有下面几行字：

最亲爱的维齐太太，我痛苦万分，心情焦虑，我可能明天晚上去您家，借宿一夜。信中我不能告诉您出了什么事——因为写信时很紧张，怕人发现，所以集中不了思想。请在家里等着我。我要千万次地吻您，把一切都告诉您。爱您的劳拉。

字里行间有没有用得上的东西呢？没有。

我刚从维齐太太那儿回来，便敦促玛丽安给迈克尔逊太太写信（还是要注意和我一样小心谨慎）。她可以大体上说说对福斯科伯爵的行为持怀疑态度，然后请女管家实事求是地坦陈事情的经过。我们在等待回答的同时——复信是一个星期以后收到的，我去找了圣约翰林的那位医生，自我介绍说，本人受哈尔寇姆的派遣来，如若可能,想在克尔先生掌握到的情况的基础上再了解一些她妹妹最后生病的详情。在古德里奇先生的帮助下,拿到了一份死亡证明书的抄件,还与受雇前去料理遗体的那个女士(简·古尔德)面谈了。通过该女士,我还得到了与用人海丝特·平霍恩联系的方式。她由于与女主人不和,最近离开那儿了。她在附近租了住处,与古尔德太太一些认识的人住在一块儿。通过这样的方式,我获得了女管家、医生、简·古尔德、海丝特·平霍恩诸位的叙述,都已原原本本地在本书中展示了。

我有了这些叙述材料所提供的补充证据,便自认为有了充分的准备了,可以去找克尔先生商量,接着玛丽安便写信给他,提到了我的名字,并具体说好日期和时间,说我有私事请求面见他。

早晨,我有充足的时间和平常一样带劳拉出去散步,随后安排她平静地坐下来作画。我起身要离开房间时,她抬起头看着我,脸上呈现出焦虑不安的神色,手指也跟过去一样毫无目的地摆弄桌上的画笔和铅笔。

"你不是厌倦了我吧?"她问,"你不是厌倦了我才要走的吧?我要努力做得好些——要努力把身体搞好。沃尔特,我现在这么苍白,这么消瘦,学画画又这么迟钝,你还和过去一样喜欢我吗?"

她讲话像个孩子,像个孩子一样把心里话告诉给我。我待了一会——告诉她说,对我来说,她比以往任何时候都更加可爱。"努力把身体养好吧,"我看到她对未来产生了新的希望,便加以鼓励说,"为了玛丽安和我,努力把身体养好吧。"

"会的,"她自言自语说,重新开始画画,"我一定要努力,因为他们两个都那么喜欢我。"她突然又抬头看了看。"别去得太久!沃尔特，你不在身边帮我，我画不下去的。"

"我很快就会回来，亲爱的——赶紧回来看看画得怎么样。"

虽然我努力克制，但声音还是颤抖。我强迫自己离开了房间。我不能失去了自我克制，白天里我需要这样。

我打开门，示意玛丽安跟我走到楼梯边。我认为自己在街上公开露面，迟早会被人发现的，对于这种结果，必须让她有个思想准备。

"我很可能几个小时后就返回，"我说，"我不在家时，你还要像平常一样小心谨慎，绝不让别人进门。但是，如果发生了什么事——"

"会发生什么事？"她急忙插话说，"沃尔特，直截了当告诉我吧，是不是有危险——我也好知道如何应付啊。"

"唯一的危险，"我回答说，"就是珀西瓦尔爵士听说劳拉逃跑了之后，会赶回伦敦。我离开英格兰前，他曾派人监视过我，这你已知道了，那人可能见面后还会认出我，而我不认识他。"

她把手搭在我肩膀上，默然不语地看着我，神态焦虑不安。我看得出，她已明白了我所面临的严重危险。

"也可能，"我说，"我在伦敦不会这么快就被珀西瓦尔爵士本人或他雇用的人认出来的。但是，意外情况不是没有可能发生。如果那样，我若今晚没有回来，你不要惊慌，一定要替我找到最好的借口，搪塞劳拉的询问。只要我稍稍意识到被人监视了，我一定会加倍小心绝不让跟踪者跟到这个住所来。玛丽安，不论耽误多久，都不要担心我回不来——什么也不要害怕。"

"什么都不怕！"她语气坚定地回答说，"沃尔特，有个女人帮助你，你不会后悔的。"她停顿了一下，我也又拖延了一会儿。"当心啊！"她急切地握住我的手说——"当心！"

我离开了她，出发去为弄明真相而铺平道路——那是一条一片黑暗、难以预测的路，它始于律师的家门口。

四

我前往位于大法官巷的吉尔摩先生和克尔先生的律师事务所，一路上未出现任何重要的情况。

我把名片递进去给克尔先生的当儿，心里突然有了一个念头，深深地懊悔先前没有想到。根据从玛丽安的日记中获得的情况，可以断定，福斯科伯爵拆封过她在黑水庄园写给克尔先生的头一封信，然后又通过他夫人截获了第二封。因此，他非常熟悉事务所的地址，自然会推断，劳拉从疯人院逃脱之后，如果玛丽安需要有人出主意和提供帮助的话，她肯定还会找有经验的克尔先生。如果那样的话，他和珀西瓦尔爵士要布控监视的首先就是大法官巷的律师事务所。而如果他们为此而雇用的与我离开英格兰前用来跟踪我的是同一拨人，那么，我回国的事极有可能从那天开始就被确认无疑了。我先前只是大体认为我可能会在大街上被认出来，但直到当时，我根本未想到律师事务所这儿会特别危险。现在要纠正这令人遗憾的判断上的失误已来不及了——来不及了，真后悔事先没约定与律师见面的秘密地址。我只定下心来，小心谨慎，离开大法官巷后，无论如何不能径直地往家里去。

等待了几分钟之后,我被领到了克尔先生的个人办公室。他是个脸色苍白、身材瘦削、温和沉静、泰然自若的人,他目光十分专注,语调十分低沉,态度不事张扬。(据我判断)他对陌生人不易表示同情,由于职业关系,他养成了镇静、不易受到侵扰的特性。我要实现自己的目标,他是再理想不过的人。如果他要做出一个决定,而如果这个决定又是有利于我们的,那么,从那刻起,我们在这个案件中的优势就已经被证明了。

"我有事到这儿来,进入正题之前,"我说,"我应该向您提个醒,克尔先生,我对事情所作的陈述哪怕再简明扼要恐怕也得占用您一些时间。"

"我的时间由哈尔寇姆小姐支配,"他回答说,"凡是涉及她的利益的事,无论是从职业还是从个人意义上来说,我都代表我的合作人。他不再亲自理事之后,便要求我这样做。"

"请问吉尔摩先生在英格兰吗?"

"不在,他和亲戚一起住在德国。他身体好些了,但何时回国尚未确定。"

我们这样寒暄的当儿,他一直在他前面的文件里寻找着什么,此时找到了一封未启封的信。我认为他准备要把信给我,但是,显然又改变主意了,把信放在了桌上,自己在椅子上坐下,然后静静等待听我的叙述。

我没有浪费时间做什么开场白,而是直奔主题,把前面我已叙述过的事情经过原原本本地讲给他听。

尽管他是位真正的律师,但他那职业所养成的镇静还是被搅乱了。对于我叙述的事情,他感到难以置信,而且很震惊,无法控制住自己的情绪，几次打断我的话。然而，我还是坚持把话说完，而话一说完之后，便斗胆提了个重要问题：

"您的看法如何，克尔先生？"

他过于谨慎，不肯先花点时间恢复自己的平静，不肯答话发表意见。

"我发表意见之前，"他说，"请允许我提几个问题澄清一下情况。"

他提了问题——问题提得很尖锐，充满怀疑和不信任感。这些问题清楚地告诉我，他这是认为我患上了狂想的毛病，要不是有哈尔寇姆小姐介绍给他，他还会怀疑，我是不是企图要实施一个处心积虑策划好的骗局。

"您相信我说的是事实吗，克尔先生？"他盘问过了我之后，我问。

"您自己坚信是事实，我就肯定您说的是事实，"他回答说，"我十分敬重哈尔寇姆小姐，那么，是她委托一位先生来斡旋此事，我就应该有充分的理由尊重这位先生。出于礼貌，为了便于说理，如果您乐意，我还要更加进入一步，承认——对于哈尔寇姆小姐和您本人来说——格莱德夫人依然活着，这是已被证明了的事实。但是，您来找我是要征求法律方面的意见。作为律师，只能是作为律师，我有义务告诉您，哈特莱特先生，您毫无证据。"

"您言过其实了吧，克尔先生。"

"我会把这件事情解释清楚的。从表面上来看，格莱德夫人的死亡证据很清楚，也站得住脚。有她姑妈的证言，证明她到了福斯科伯爵的寓所，她生病了，然后死亡。有医生开具的死亡证明，证明死亡是在正常情况下发生的。有在利默里奇举行葬礼的事实，有墓碑上墓志铭的陈述。以上就是您要推翻的证据。您有什么证据证明您所说的死亡并安葬了的那个人不是格莱德夫人？我们来复述一下您所陈述的要点，看看有何价值。哈尔寇姆小姐去了一家私立疯人院，并在那儿看见了一个女病人。她知道，有个女人叫安妮·卡瑟里克，而且外表长相和格莱德夫人出奇地相似，曾逃出了疯人院。她知道，该女人是7月份被送往那儿的，说是安妮·卡瑟里克又被送回了。她知道，把她送回疯人院的那位先生曾提醒费尔利先生，那个精神不正常的女人想要冒充他侄女。她还知道，她在疯人院里（无人相信她）反复说自己是格莱德夫人。这些都是事实。您有什么证据来推翻它们？哈尔寇姆小姐声称认出了那女人，但后来发生的事又使其无效，即否认了其真实性。哈尔寇姆小姐把她所谓妹妹的身份向疯人院的主人说明了，并采取法律手段去营救她吗？没有。她秘密地贿赂了一个护士，使其逃脱了。当病人被这样不明不白地救出，又被领到费尔利先生跟前时，他认出了她吗？他对侄女儿的死亡有片刻的迟疑吗？没有。仆人们认出她来了吗？没有。她留在附近证明自己的身份，并经受进一步的考验了吗？没有。她私下被带到了伦敦。与此同时，您也认出她来了——但您不是亲属，连家族的老朋友都不是。仆人们否认了您的说法，而费尔利先生又否认哈尔寇姆小姐的，而所谓的格莱德夫人又否认了自己。她声称自己在伦敦某个人家里过了一夜，您找到的证据显示，她压根儿没踏进人家的家门。您自己也承认，由于她精神状态不佳，您不能带她到任何地方去接受调查，以便替自己辩白。时间关系，我省略掉双方证据方面细枝末节，就问您，如果本案现在就推向法庭——推到陪审团的面前，而陪审团必定要以合情合理的事实作为依据——您的证据在哪儿呢？"

我得等待一会儿，让自己平静下来，然后才能回答他的问题。以一个外人的视角评说劳拉的故事和玛丽安的故事，这是头一回——我们所面临的那些可怕的障碍也是头一回被真真切切地展示了出来。

"毫无疑问，"我说，"您所列举的事实似乎对我们不利，但是——"

"但是，您认为那些事实是可以澄清的，"克尔先生打断我的话说，"让我把这方面的经验说给您听吧。对于表面上显而易见的事实与对表面下需要一番冗长的解释的事实，一个英国陪审团若面临抉择，总是选择事实，而非解释。比方说，格莱德夫人（我用您所用的名字称那位夫人，是为说理方便起见）声称她在某个人家里睡过，结果证明她根本没在那儿睡。您要解释清楚这件事，就得谈及她的精神状态，从而推断出一个形而上学的结论。我不说这个结论是错误的——我只是说陪审团会接受她否认自己真实性的事实，而不会接受您所提供的造成这种情况的理由。"

"但是，凭借耐心和努力，"我说，态度很坚决，"难道就不可能找到更多的证据吗？我和哈尔寇姆小姐有几百英镑——"

他看了看我，目光中流露出掩饰不住的怜悯，然后摇了摇头。

"哈特莱特先生，根据您自己的看法来考虑这件事，"他说，"如果您对珀西瓦尔爵士和福斯科伯爵的判断是正确的（注意，我可不这么认为），您要获得新的证据，任何想象得到的困难您都会遇上。任何诉讼障碍都会出现。涉及案情的每一点都要按部就班地进行质疑辩论——而等到我们花费了几千英镑，不是几百英镑，这时，最后的结果仍然极有可能对我们不利。涉及长相相似时,身份问题本身就是最难以澄清的问题——即使没有我们现在谈到的这些困扰本案的复杂情况,它也是最棘手的问题。对于这个不可思议的案件,我真看不到有半点告白于天下的希望。甚至葬在利默里奇教堂墓地的那女人不是格莱德夫人,她是正如您说的生前长得很像她,那么,假如我们提出要求开棺验尸,我们也会一无所获的。总之,哈特莱特先生,毫无事实根据——真是一点儿事实根据都没有。"

我坚信有事实根据,满怀决心,变换了理由,再一次请求他。

"除了表明身份的证据之外,就不存在我们可能拿出的其他证据吗?"我问。

"就您的处境而言,没有,"他回答说,"所有证据中最简单最确切的,应是把日期进行对照得出的证据,但据我所知,这个证据您根本无法弄到。如果您能够表明医生证明书上开具的日期与格莱德夫人赴伦敦的日期有出入,那么这件事就完全不一样了,那我会头一个说,让我们继续查吧。"

"那日期或许会查出来的,克尔先生。"

"哈特莱特先生,等到查出来的那天,您就有事实根据啦。此时此刻,如果您有查明它的指望——就告诉我吧,看看我能给您出点什么主意。"

我寻思着,女管家帮不了我们,劳拉帮不了我们,玛丽安帮不了我们。最可能知道日期的唯有珀西瓦尔爵士和福斯科伯爵。

"眼下我还想不出有何办法弄清那日期,"我说,"因为除了福斯科伯爵和珀西瓦尔爵士之外,我想不出有哪个人确切知道。"

克尔先生镇定严肃、凝神专注的表情第一次舒展开了,露出了微笑。

"根据您对那两位先生的所作所为的看法,"他说,"我估计,您是不指望从他们那方面得到什么帮助吧?如果他们联手合作,阴谋策划,获利了大量钱财,那他们无论如何也不会供出那个日期来的。"

"克尔先生,他们可能被迫供出来。"

"由谁?"

"由我。"

我两个人站了起来。他聚精会神地看着我的脸,表情中透出比刚才更加深厚的兴趣。我看得出,自己有点令他困惑不解了。

"您真是锲而不舍呵,"他说,"毫无疑问,您采取这个行动自有个人的动机,而我对此无权过问。如果将来拿得出事实证据,我只能说,我乐意替您效劳。同时,我还得向您提个醒,金钱问题总是要牵扯到法律问题,因此,即使您最终有了事实确证格莱德夫人仍然活着,我看收回她财产的希望也很渺茫。诉讼程序尚未开始,那外国人可能就离开本国了,珀西瓦尔爵士则困难重重,拮据窘迫,很可能已把手头所有的钱都转给其债主了。您当然明白——"

我就此打断了他的话。

"我请求,我们不要谈格莱德夫人这方面的事吧,"我说,"我过去不知道这类事情,现在除了知道她没有了钱财之外——其他也一无所知。您说得对,我对此事采取行动是有个人动机的。我希望,我的动机永远像现在这样公正无私——"

他极力想要插话解释,但我觉得,他对我有怀疑,所以有点激动,未等他说话,便直言不讳地接着说。

"但绝非金钱方面的动机,"我说,"我想要替格莱德夫人出力,绝不是想要捞取什么个人的好处。那座她出生的庄园已经把她当作陌生人赶出来了——记载着她死亡的谎言刻写在她母亲的墓碑上——而制造这个谎言的两个男人至今仍然活着,逍遥法外。那座庄园将会当着每一位参加过送假葬的人的面,重新敞开大门,迎接她。那一家之主将会下令当众把那谎言从墓碑上铲除。尽管坐在法官席上的法官无权追究那两个人的法律责任,但我定要让他们恶有恶报。我已把生命托付给了这一目标,而尽管我孤立无援,但如果上帝宽容我,我将取得成功。"

他退回到桌边,什么也没说。他脸上的表情明明白白地告诉我,他认为我癫狂妄想,丧失了理智,而且他觉得给我忠告也完全白搭。

"克尔先生,我们各自保留意见吧,"我说,"我们谁是谁非,要等到让将来的事实做出决断。同时,我非常感谢您倾听完了我的陈述。您已经向我表明了,无论从哪一点上来说,我们都无法借助法律的手段行事。我们不能提供法律证据,不够富裕,支付不起法律的费用。知道了这一点,也算是有收获啦。"

我行了个礼,然后走向门边。他把我叫回去,把我们见面开始时我看见他放在桌上的那封信交给我。

"这信是几天前通过邮局寄来的,"他说,"您转交一下,不介意吧?同时,请告诉哈尔寇姆小姐,迄今为止,我除了提点建议外,未能帮上她的忙,深感内疚——恐怕我的建议在她那儿也不会比在您这儿更受欢迎的。"

他说话的当儿,我看了看信,信封上写着"由大法官巷的吉尔摩先生和克尔先生转交哈尔寇姆小姐收"。我对上面的字迹很陌生。

我走出房间时,提了最后一个问题。

"您是否知道，"我说，"珀西瓦尔爵士还在巴黎？"

"他已经返回伦敦了，"克尔先生回答说，"我昨天碰见了他的律师，至少听他是这么说的。"

听完他的回话，我离开了。

离开律师事务所之后，我首先要注意，停住环顾四周，以免被人发现。我朝霍尔本以北一个最僻静的大广场走去——然后，走过了一段很长的人行道之后，在一处地方突然停了下来，转过身。

广场的一角，有两个人也停住了，站在一起说话。我思忖了片刻，折了回去，以便经过他们身边。快要走近他们时，其中一位走开了，绕过了广场角，拐进了一条街道。另一位原地不动。我路过时看了看他，立刻认出了，此人就是我离开英格兰前盯我稍的人之一。

若是由着我自己的性子行事，我或许会先同他搭讪，最后把他打倒在地。但是，我得考虑一下后果。一旦自己在公众面前暴露出自己的差错，那就是等于立刻把武器交给了珀西瓦尔爵士。我别无选择，只好以诈制诈。我拐进了另一位走的那条街道，他在一家人的门口候着，我从他跟前走过。那人不认识我，令我高兴的是，将来若再遇见骚扰时，我认得出他的相貌。我认清了他之后，再朝北走，一直走到新街。到了那儿后，再往西走（那两个人一直跟在我后面），然后在一个地方停下，我知道那儿离出租马车停靠站有一段路程，等待着一辆空的双轮马车从我身边驶过。几分钟后，确有一辆马车过来了，我跳了上去，告诉车夫快速驶向海德公园[①]。而我身后

[①] 海德公园（Hyde Park）是伦敦最著名的公园之一，属于英国最大的皇家公园，位于伦敦市中心的威斯敏斯特教堂地区，占地三百六十多英亩，十八世纪前是英王的狩鹿场。1851年，维多利亚女王首次在此举办伦敦国际博览会。现是人们举行各种政治集会和其他群众活动的场所，有著名的"演讲者之角"（Speakers' Corner）。

的监视者却无车可乘。我看见他们冲到街道的另一边,跑着追我,直至遇上一辆出租马车或到达出租马车停靠站。但我抢先了一步,等到我叫车夫停下,下了马车之后,他们已不见了踪影。我横过了海德公园,在一片空旷地上,确认自己已安全了。当我最后迈步向家走时,已经过了好几个小时——天已经黑了。

玛丽安独自一人在那间小起居室里等我。她答应了劳拉,说我一回家就把她的画给我看,这才说服了她去休息。这是一幅小素描画,用笔不理想,线条模糊——其本身微不足道,但联想丰富,十分动人——画被小心地用两本书支撑在桌子上。我们只能点一支蜡烛,烛光昏暗,画被搁置在借助烛光看得最清楚的地方。我坐下来看这幅素描,同时低声把事情的经过告诉了玛丽安。由于隔板很薄,我们都可以听见隔壁房间里劳拉的呼吸声,所以,一旦说话声大了,可能会把她吵醒。

我叙述与克尔先生见面的情景时,玛丽安一直镇定自若,但我接下去说到从律师事务所一直跟踪我的那两个人,还有告诉她珀西瓦尔爵士发现了我已经回国,这时,她脸上露出了焦虑不安的神色。

"坏消息啊,沃尔特,"她说,"这是你带来的最坏的消息。没有别的什么要告诉我的吗?"

"我有样东西要给你。"我回答说,一边把克尔先生委托转交的信递给她。

她看了看上面的地址,立刻认出了上面的笔迹。

"你认识写信的人?"我问。

"太熟悉啦,"她回答说,"写信人是福斯科伯爵。"

说完,她把信拆开了。看信时,脸被涨得通红——她把信递给我,要我看,目光中充满了怒气。

信是这样写的:

出于崇敬之心——对己自重,对您尊敬——尊贵的玛丽安,为了您的安宁着想,我写此信要说几句安慰的话:

什么都不要怕!

您天生睿智,好好想想吧,还是遁世隐居的好。可亲可爱的、令人敬慕的女人啊!不要抛头露面,这样很危险。与世无争才是上策——这样做吧。家庭生活平和宁静,生气无限——好好享受吧。生活的风风雨雨掠过幽静之谷,秋毫无损——亲爱的小姐啊,在谷中长住吧。

您若这样做了,我向您保证,您什么都不用怕。您的感情不会再受到严重伤害了——对我来说,您的感情就跟我自己的一样珍贵。您不会受到骚扰。和您共同隐居的亲爱的同伴不会遭到追踪,她已在您心中找到了新的庇护所!我羡慕她,就把她留在那儿吧。

最后,我要充满深情地提醒一声,充满父爱地告诫一声——我要忍痛割爱,舍弃同您交流的快乐,结束这充满炽热情感的话语。

就此止步吧,别再向前了,不要做危及重大利益的事,不要威胁任何人。我请求您,不要逼得我采取行动——我,一个敏于行的人——而为了您的缘故,我一直克制被动,抑制住巨大的能量和威力。如果您有鲁莽行事的朋友,请压制住他们可悲的激情。如果哈特莱特先生返回到了英格兰,请不要跟他联系。我行走在自己选定的路上,珀西瓦尔紧跟在我身后。等到哈特莱特横在路上的那一天,他就灾难临头了。

信的末尾只签了个"福"字,字的周围画了图案复杂的花饰。我满怀蔑视,把信扔在桌上。

"他是想要吓唬你,显而易见,他自己害怕了。"我说。

她毕竟是个女人,所以对待信的态度和我的不一样。信中简慢轻佻的语言使她无法克制住自己。她从桌子对面看着我时,双手紧握着放在膝上,先前那火爆的脾气又发了,怒火燃烧在脸上和眼中。

"沃尔特!"她说,"如果有朝一日那两个人落到了你手上,到时你不得不要放过一个——千万别放过伯爵。"

"玛丽安,我要留着这封信,到时好提醒我。"

我把信放进笔记本里时,她目不转睛地看着我。

"到时?"她重复了一声,"看样子你对未来有把握?难道在克尔先生的事务所听了他说的话之后,有了今天遇到的情况之后,心里反而有把握了?"

"玛丽安,我并不是从今天开始算时间。我今天所做的是请求另一个人替我采取行动。我从明天起算——"

"为什么从明天起呢?"

"因为明天,我要自己采取行动。"

"怎么行动?"

"乘早车去黑水庄园,希望晚上返回。"

"去黑水庄园!"

"对,我离开克尔先生之后,考虑过了。他的看法有一点和我的相同,我们必须坚持不懈查到底,弄清劳拉启程的日期。这是这个阴谋骗局中的薄弱点,我们或许证明她还活着的唯一机会就在于搞清楚该日期。"

"你是说,"玛丽安说,"要搞清楚劳拉是在医生所开具的她的死亡证明书上的日期之后才离开黑水庄园的吗?"

"当然。"

"你怎么会认为,可能会是在那之后呢?劳拉根本不能对我们说清楚她在伦敦的时间。"

"但疯人院的主人告诉了你,她是 7 月 27 日入院的。我不相信福斯科伯爵能够把她滞留在伦敦,并且对周围发生的情况毫无知觉超过一个晚上。情况若是如此,她一定是 26 日动身的,一定是比医生的证明书上她自己的死亡时间晚了一天。如果我们能证明该日期,那我们指控珀西瓦尔爵士和福斯科伯爵的证据就成立了。"

"对啊,对啊——我明白啦!但怎样才能获得证据呢?"

"迈克尔逊太太的叙述给我提示了两条获得证据的途径。一条是去询问医生道森先生——他一定知道,劳拉离开宅邸之后,他是什么时候继续去黑水庄园诊治病人的。另一条是到那天夜里珀西瓦尔爵士亲自驾车出走投宿的那家旅馆去调查。我们知道,他是在劳拉离开了几小时之后离开宅邸的,从这种途径,我们或许可以搞到日期。这至少值得一试——所以,我决定明天就去试一试。"

"而如果不成功——沃尔特,我这是朝着最坏处想,但如果我们遭受挫折,我会朝最好处想的——假如在黑水庄园没人能帮你呢?"

"伦敦有两个男人能帮助我,而且也会帮助我——珀西瓦尔爵士和福斯科伯爵。无辜的人可能会完全忘掉那日期——但他们是有罪的，他们知道。假如我在别处不成功，那就要按照我自己的条件迫使他们中的一位或者两位都招供出来。"

我说话时，女性的全部情感都显露在玛丽安的脸上了。

"先拿伯爵开刀！"她热切地低声说，"为了我的缘故，先拿伯爵开刀。"

"为了劳拉的缘故，我们先从最有可能成功处着手。"我回答说。

她脸上的红晕褪了，然后痛苦地摇了摇头。

"说得对，"她说，"你说得对——我这样说真是可耻又可怜。沃尔特，我会沉住气，而且现在比在往昔幸福快乐的日子里更沉得住气了。但过去的脾气还是有一点儿——而一想到伯爵时就会控制不住！"

"他会有那一天的，"我说，"但是，要记住，我们还不知道他生活中的弱点。"我停了一会儿，让她平静一下自己，然后说出了决断性的话：

"玛丽安！不过，我们两个人都知道珀西瓦尔爵士有个弱点——"

"你是说那个秘密！"

"对啊，那个秘密。这是我们抓住他的唯一把柄。施用其他任何手段，我都不可能把他赶出安全的处境，不可能把他拖入光天化日之下，揭露其罪恶的行径。不管伯爵可能做了什么，珀西瓦尔爵士除了谋利的动机之外还有另外的动机赞同加害劳拉的阴谋。他认为她夫人知道的东西很多，足以毁灭他，你听到他对伯爵说过这一点吧？你不是还听他讲过，如果安妮·卡瑟里克掌握的秘密公之于众，他就完蛋了吗？"

"对啊!对啊!我听说过。"

"那行,玛丽安,倘若我们使用其他办法都失败了,那我就要设法去弄清那个秘密。我仍然抱着过去的迷信观念不放。我还要说一遍,白衣女人依然活生生地影响着我们三个人的生活。目标已经确定,目标激励我们向前——在坟墓中安息着的安妮·卡瑟里克仍然指引着通向目标的路!"

五

我下面要叙述首先在汉普郡调查的情况。

我一早就从伦敦出发了,所以中午前便抵达了道森先生的住所。就我此行的目的而言,我们的会面并未取得任何令人满意的结果。

道森先生的出诊记录簿上当然记有他重赴黑水庄园给哈尔寇姆小姐治病的时间,但是,没有迈克尔逊太太的帮助,不可能根据这个日期准确地向前推算。而就我所知,她无法提供帮助。她记不清(在类似情况下,谁又记得清呢)医生再次来给病人治病和先前格莱德夫人离开之间过了多少天。她几乎肯定,格莱德夫人离开的第二天,便把当时的情形对哈尔寇姆小姐说过——但是,她不能确定讲述情况的那一天的日期,同样不能确定头一天格莱德夫人去伦敦的日期。她也无法较为准确地推算出从女主人离开到收到福斯科夫人未标明日期的信中间过了多长时间。最后,好像非要把事情弄得难上加难不可似的,那段时间里,医生本人又生病了,所以,当黑水庄园的园丁上门向他转达迈克尔逊太太的口信时，他偏偏又省略了平常要记下的月日和星期几。

我既然没有希望从道森先生那儿得到帮助，便决定接下来试一试，看能否弄清珀西瓦尔爵士到达诺尔斯伯里的日期。

事情简直就像是命运安排好了的一样！我到达诺尔斯伯里后，那家旅馆关闭了，墙上满处贴的是告示。有人告诉我，自从铁路修通之后，这里的生意一直不景气。火车站的大旅馆慢慢地把生意都揽过去了。而这家老旅馆（我们知道，这就是珀西瓦尔爵士当时入住的旅馆）关门停业已有两个月左右。旅馆主人带着所有的家产离开了镇上，至于去了哪儿，谁也说不准。我询问了四个人，但他们却提供了四种他离开诺尔斯伯里后的不同计划和方案。

前往伦敦的最后一趟火车还有几个小时开车。于是，我从诺尔斯伯里乘了辆轻便马车返回黑水庄园，以便去问一问那位园丁和门房守卫。如果他们最终也不能助我一臂之力，那我目前没有别的什么办法了，可以回城。

我在距黑水庄园一英里的地方下了马车，然后在车夫的指点下，独自一人走向宅邸。我从大路拐进小路时，看见有个人提着旅行包，在我前面匆匆忙忙朝着门房走去。他身材矮小，衣衫褴褛，一身黑色，头戴一顶大得出奇的帽子。我把他当作是（也可以说是判断）某位律师的书记员，于是停住了脚步，拉开我们之间的距离。他没听见我在后面走，所以没有回头朝后看，径直向前走，看不见了。片刻之后，我自己走过大门口时，不见他的人影——他显然进宅邸了。

门房里有两个女人。其中一个年老的，而另一个，根据玛丽安对她的描绘，我立刻就知道，是玛格丽特·波切尔。我首先问珀西瓦尔爵士是否在庄园内，得到了否定回答后，接下来询问他是什么时间离开的。两个女人都说，他是夏天离开的，仅此而已。玛格丽特·波切尔只会傻笑和摇头，我从她嘴里没有了解到任何情况。老妇人倒是精明一些，我设法引导她谈了谈珀西瓦尔爵士离开时的情形，还有她遭受惊吓的情形。她记得，主人把她从床上喊起来，骂骂咧咧地把她给吓着了——但至于事情发生的日期，正如她实实在在承认的，"完全记不得了"。

我离开门房后，看见园丁在不远处干活。刚开口同他搭讪，他满腹狐疑地看着我。但是，我提到了迈克尔逊太太的名字，还很礼貌客气地提到了他。这时候，他才乐意跟我交谈。我不必叙述我们之间谈话的情况，因为最后的情形同我其他时候企图弄清那个日期的情形一样。园丁只知道，主人在"7月的某个时候，当月的下半月或是最后十天的"某个夜晚驾车离开了——别的就什么也不知道了。

我们交谈过程中，我看见戴着大帽子的黑衣人从宅邸里出来，站在不远处注视着我们。

我心里已经对他到黑水庄园去产生了怀疑，而更加让我怀疑的是，园丁不能（或不愿）告诉那人是谁。于是，我打定主意，如果可能，去和他交谈，以便释疑解惑。面对一个陌生人，我能提出的最直截了当的问题便是，游人是否允许进入宅邸参观。我立刻朝那人走过去，并且用这样的问题同他搭讪。

他的举止神态明白无误地显示，他知道我是谁，而且想要激怒我，惹得我同他吵架。如果我不够坚定，控制不住自己的情绪，那他简慢无礼的回答足以达到目的。但事实上，我在他面前表现得最最克制忍让，彬彬有礼，为自己不请自到（而他称作是"非法闯入"）表达歉意，最后离开了庭院。同我先前怀疑的一模一样。我离开克尔先生的事务所时被人认出来了，此事显然已告知了珀西瓦尔·格莱德爵士，他派遣黑衣人到达黑水庄园，因为预见到了，我定会到宅邸或者附近一带展开调查。我若是稍有不慎，让他有机会对我提出指控，毫无疑问，他会抬出地方治安官来进行干预，这样一来，我的调查行动就会受阻，至少会令我与玛丽安和劳拉分开几天。

　　如同头一天在伦敦时被人监视的情形一模一样，我在从黑水庄园前往火车站的途中，已经做好了被别人监视的心理准备。但是，这一次我无法确定自己是否真的被人跟踪了。黑衣人可能有办法跟踪我而不被发觉——但我无论在去火车站的途中，还是傍晚到达伦敦终点站后，确实不见了他的踪影。我步行着回到了家里，一路上谨小慎微，细心提防，沿着附近冷冷清清的街道兜了一圈，还时不时地停下来，回头张望后面的空阔地。我最早在中美洲的荒野地里学会使用这种策略，以防不测——现如今，身处文明伦敦的中心，我再一次运用这种策略，也是出于同样的目的，而且更加谨慎！

　　我不在家期间，玛丽安没有受到任何惊扰。她神情急切，询问我有何收获。我漫不经心，告诉她自己的调查迄今为止一无所获。这时候，她掩饰不住自己惊讶的表情。

　　实际情况是，调查虽然没有成功，但我一点不觉得心灰意冷。我把调查工作当成一种义务，并不指望有何收获。按照我当时的心境，知道了斗争已缩小至我本人与珀西瓦尔·格莱德爵士之间的较量，我几乎是如释重负了。复仇的动机与我其他的美好动机糅合到了一块了，而我承认，我意识到为劳拉昭雪的最可靠的办法——也是唯一的办法——就是要牢牢地抓住那个娶她为妻的恶棍。我这时便有了一种满足感。

我承认，自己不够坚强，无法让自己的动机超出复仇的心理范畴。尽管如此，我还是能够问心无愧，替自己说句公道话。关于我和劳拉的关系，我内心并未有过任何卑鄙的图谋，并且想到过，珀西瓦尔爵士一旦落入我的手中，我便可以迫使他私下做出让步。我从未对自己说过："如果我真的成功了，成功的唯一结果就是，要使她丈夫无法把她再从手中夺回去。"我不可能怀着这样的想法去看她，去憧憬未来。她已不是从前的她了，变化后的样子令人悲伤不已，所以，我的爱已化作了亲切的关爱和深深的同情，这是她父亲或兄长才可能有的情感，上帝作证，这是我发自内心深处的情感。现在，我的全部希望都集中在她恢复的那一天。到那时，她又强壮健康，又幸福快乐了——到那时，她又可以像先前那样看我，像先前那样同我交谈——这就是我对未来最美妙的憧憬和最殷切的期望。

我写这些文字并非心血来潮，对自己的动机做一番多此一举的自省。人们可以凭接下来要叙述的事情对我本人的品行做出评判。但在那之前，有必要对我的是非曲直公正地权衡一下。

我从汉普郡返回后的那天早晨，领着玛丽安到了我的工作室。为了抓住珀西瓦尔·格莱德爵士生活中的这个可供下手的弱点，我经过了缜密的思考，在房间里把已形成的计划向她摆了出来。

要揭露他的秘密，首先必须解开迄今我们大家都还一无所知的白衣女人之谜。要解开这个谜团,还得设法得到安妮·卡瑟里克的母亲的帮助。而要说服卡瑟里克太太在这件事上有所行动,或说出其中的真相,唯一可靠的途径是,我首先能否从克莱门茨太太那儿了解到一些当地或那个家庭的详细情况。经过慎重考虑之后,我决定要重新展开调查,唯一的办法就是亲自与那位安妮·卡瑟里克最忠实的朋友和保护人联系上。

那么,如何才能寻找到克莱门茨太太,这是我首先遇到的问题。

多亏有了玛丽安,她思维敏捷,立刻想出了行之有效而又简单便捷的办法解决这个问题。她建议给利默里奇庄园附近的农庄(托德角)写封信,问一问在过去数月中克莱门茨太太是否与托德太太联系过。我们无法知晓克莱门茨太太是如何同安妮分别的。但是,她们分开之后,克莱门茨太太肯定设法去各处打探她的行踪,尤其是她魂牵梦萦的地方——利默里奇一带。我立刻意识到,玛丽安的建议很有可能促使我们成功。于是,她给托德先生写了信,当天就邮寄出去了。

我们等待回信期间,我熟悉了玛丽安能够提供给我的有关珀西瓦尔爵士的家庭和他的早期生活的全部情况。她提供的情况是根据传闻来的,但她有理由相信,她能够说出的仅有的情况却是真实可靠的。

珀西瓦尔爵士是独子。他的父亲菲力克斯·格莱德爵士天生有缺陷,痛苦不堪,无法治愈。因此,他从小不与人交往,欣赏音乐是其唯一的兴趣。于是,娶了个同自己志趣相投的小姐做太太,据说还是个颇具素养的音乐家。他年轻时便继承了黑水庄园的地产。接下了黑水庄园后,无论是他还是他太太都从未主动同本区域的人交往过。除了那位带来灾难的教区牧师之外,也没有人试图劝导他们放弃离群索居的生活。

牧师是个过于热心的人——虽无恶意,却带来了最大的麻烦。他听说,菲力克斯爵士大学毕业,但品行不比政治上的革命者和宗教上的异教徒强多少。于是,他煞费苦心,认为自己应该负起责任,敦促这位园主前去教区教堂听酣畅淋漓的说教。菲力克斯爵士对这位牧师出于好心但方法不当的干预极为气愤,横蛮粗俗、毫无掩饰地对他进行辱骂,结果当地的住户写信到黑水庄园,表明他们的愤慨,连黑水庄园佃户都斗胆表达了他们的不满。从男爵毫无乡村情调,对这座宅邸毫无眷恋之心,对生活在其中的人毫无顾念之情,所以他公开声称,黑水庄园的人不可能再有机会惹他生气了,随即就离开了此地。在伦敦小住后,他便同太太一道去了欧洲大陆,再也没有重返过英格兰。他们在法国住了一段时间,又在德国住了一段时间——一直离群索居,与世隔绝。因为菲力克斯爵士身体上有缺陷,形成了病态心理,所以他认为必须过这种生活。他们的儿子珀西瓦尔出生在国外,并且在那儿接受了家庭教师的教育。双亲中母亲先去世。没过多少年,父亲也去世了,是在 1825 年,或者 1826 年。在那之前,年轻的珀西瓦尔爵士去过一两次英格兰,但他同已故的费尔利先生相识始于他父亲去世之后。他们很快就关系密切了起来,不过,珀西瓦尔爵士那时候极少或者根本就没到过利默里奇庄园。弗里德雷克·费尔利先生或许在菲力普·费尔利先生的陪同下同他见过一两次面,但是,他在当时或者其他时候对他的情况知之甚少。珀西瓦尔爵士在费尔利家族中唯一的知心朋友也就是劳拉的父亲。

以上就是我从玛丽安那儿获得的全部情况。这些情况对我目前要实现的目标没有什么用处，但我还是认认真真地记录下来了，说不定以后还会有重要作用呢。

我去打听托德先生的回信时，信已经到了（应我们的要求，信寄到了离我们有一段距离的邮局）。我们先前一直都运气不佳，但从那时开始，我们时来运转了。托德先生的信中提供了我们正在寻找的第一条信息。

果然不出我们所料，克莱门茨太太曾向托德角去过信，信一开始表示道歉，因为她和安妮仓促匆忙地离开农庄上的朋友（就是我在利默里奇教堂墓地遇见白衣女人后的那天早晨），接着把安妮失踪了的事告诉了托德太太，并恳求她到附近了解一下，因为失踪的女人有可能漂泊流浪，返回利默里奇。克莱门茨太太提出请求时没有忘记附了个地址，还注明通过该地址随时可以联系上她，托德太太现在把该地址转抄给了玛丽安。地址在伦敦，离我们租住的房子有步行半小时的路程。

正如有句谚语说的：当跑不跑，脚下长草。我决定不坐失良机。翌日早晨，我出发去见克莱门茨太太。这是我的调查工作向前迈出的第一步。我义无反顾、决心干到底的行动就此开始了。

六

我顺着托德太太提供的地址到达了一幢寄宿公寓。该公寓坐落在格雷律师学院①路附近的一条很气派的街道上。

我敲了门,应门的是克莱门茨太太本人。她好像不记得我了,问我有什么事。我提醒她说,我同白衣女人在利默里奇墓地交谈快结束时,我们见过面的,特别强调我是在安妮·卡瑟里克逃离疯人院后帮助她躲过了追踪的人(因为安妮自己曾说过)。这是我赢得克莱门茨太太信任的唯一条件。我一提起这个情况,她便回忆起来了,于是请我进客厅。她心情格外焦急,想要知道我是不是带来了什么关于安妮的消息。

我若是把全部实情都告诉给克莱门茨太太,那就不可避免会牵扯到这桩阴谋骗局的细节。而事情若要向一个外人透露,那是很危险的。我只有谨小慎微,尽量不要造成误解,以为还有希望,于是解释说,我此行的目的是要找到真正导致安妮失踪的人。为了事后不至于感到内疚,我甚至还补充说,对于能否找到她,已经不抱任何希望了。我认为,我们可能再也见不到活着的她了,在这件事情上,我主要关心的是,要惩处两个涉嫌把她诈骗走的人,因为他们造成了我和我的几位亲密朋友蒙受莫大的冤屈。我做了这样一番解释之后,让克莱门茨太太说说,我们在这件事上是否利益一致(不论我们所怀有的动机有多么不同),关于我要了解的情况,她是否还犹豫把她知道的情况告诉我,以便帮助我达到目的。

刚开始时,可怜的女人过于心神不安,情绪激动,无法完全明白我对她说的话。她只是回答说,她愿意把知道的任何情况都告诉我,以报答我对安妮表现出的仁慈友好。但是,即便是在最良好的

---

① 格雷律师学院(Gray's Inn)是伦敦四个培养律师的机构之一,成立于1569年。另外三个是林肯律师学院(1422年)、中殿律师学院(1501年)和内殿律师学院(1505年),但四个律师学院互不隶属。

状态下,她同陌生人交谈时,反应都不会很敏锐,所以她请求我指点她,我希望她从哪儿说起。

根据经验,要一个思路不清晰的人叙述一件事,最简单的方法就是让他从头说起,以便避免颠来倒去说不清楚。于是,我请克莱门茨太太先告诉我她离开利默里奇后的情况,谨慎提问,把她一步步引导到安妮失踪的那个时候。

以下就是我通过这种方法了解到的情况:

那天,克莱门茨太太和安妮离开了托德农庄后,便一路不停到达了德比①。为了安妮,她们在那儿待了一个星期。随后去了伦敦,在克莱门茨太太当时租用的公寓里住了一个多月。后来,由于出现了与公寓和房东有关的一些情况,她们不得不更换住处。安妮诚惶诚恐,生怕她们冒险外出时会在伦敦或附近什么地方被人发现,这种精神状态慢慢地也使克莱门茨太太受到了感染,于是,她决定迁往林肯郡②的格里姆斯比镇去——那是英格兰最偏僻的地方之一③,她已故的丈夫在那儿度过了早年岁月,其亲戚都是些体面人,住在镇上。他们对克莱门茨太太一向热情友好,所以她认为到那儿去是上上策,还可以请她丈夫的朋友们出主意。安妮不会同意回到威尔明汉她母亲那儿去,因为她就是曾在那儿被送往疯人院的,而且珀西瓦尔爵士也肯定会再去那儿找她。这样做阻力很大,克莱门茨太太觉得这个阻力难以克服。

---

① 德比(Derby)是位于英格兰东米德兰兹的城市和单一管理区,地处德文特河(River Derwent)河畔,德比郡的南部。
② 林肯郡(Lincolnshire)是英格兰三十四个非都市郡之一,东临北海,东南与诺福克郡相邻,南与剑桥郡相邻,西南(下小半部)与北安普敦郡相邻,西南(中半部)与拉特兰郡相邻,西南(上半部)与莱斯特郡相邻,西与诺丁汉郡相邻,北与约克郡东瑞丁相邻。
③ 格林姆斯比(Grimsby)是英格兰林肯郡的一座海滨城镇。不过,小说的故事发生时(1849年),格林斯比已经通了火车,不断给人口日益增长的伦敦、伯明翰和米德兰兹等地运送鱼类产品。通了火车之后,那儿就不再是个偏僻之地了。

安妮在格里姆斯比首先显露出了病情的严重症状。格莱德夫人婚礼的消息在报上公布于众,安妮通过报纸得到了消息,随后不久,她就出现了病状。

请来诊治的医生马上就发现,她患有严重的心脏病。该病拖的时间很长,她已经十分虚弱,而且时不时地会发作,只是没那么严重罢了。鉴于此,她们在新一年的上半年都待在格里姆斯比镇,本来会在那儿待的时间更长一些的。但就在那时,安妮突然决定要冒险回汉普郡去,以便设法跟格莱德夫人私下会面。

克莱门茨太太想方设法,极力反对她去做这样一件危险重重而又令人不解的事。安妮说自己不久于人世,心里有些事必须冒任何风险私下里告诉格莱德夫人,除此之外,她未对自己的动机作任何解释。她决心要这样做,于是说如果克莱门茨太太觉得陪同她去勉为其难,那她就打算独自一人去。克莱门茨太太因此去请来了医生,医生认为,如若执意违背她的意愿,很可能导致她病情复发,还可能危及生命。既然医生都这样说了,克莱门茨太太无可奈何,只好做出了让步。她悲痛地预感到,她们面临着麻烦和危险,所以再一次同意安妮·卡瑟里克按她自己的意思行事。

从伦敦到汉普郡的旅途中,克莱门茨太太发现,有个同伴对黑水庄园一带很熟悉,给她提供了她所需要的地形方位方面的情况。因此,她了解到了,她们唯一可去的地方就是一个叫桑敦的大村庄——那儿离珀西瓦尔爵士的宅邸不是很近,不会有危险。村庄距离黑水庄园三四英里——安妮每次到湖畔去都要来回走那个距离。

她们在桑敦村待了几天,没被人发现。她们住在村外不远处一个乐于助人的寡妇家里,后者租出了一间卧室。至少在第一个星期里,克莱门茨太太尽了最大努力确保寡妇态度审慎,保持沉默。她还想方设法劝说安妮,要她同意先给格莱德夫人写封信,但安妮曾在送往利默里奇庄园的匿名信中提出了警告,结果毫无效果。所以,她决定这次要面谈,而且固执己见,决意要单独赴会。

然而,她每次去湖畔时,克莱门茨太太都会悄悄地尾随其后——不过,没有斗胆走近停船棚屋,结果未能目睹在那儿发生的事情。当安妮最后一次从那个危险的区域返回时,日复一日,她体力无法承受远距离的步行。她精疲力竭,加上先前因情绪激动而心力交瘁。因此,克莱门茨太太一直提心吊胆,担心出现的后果出现了。心脏的老毛病和在格里姆斯比镇出现过的其他病症复发了,安妮在村上卧床休息。

克莱门茨太太凭着经验知道,面对这种危急的情况,首先必须设法使安妮焦虑不安的心情平静下来。为了实现这一目的,好心的妇人翌日亲自到达了湖畔,看看能否找到格莱德夫人(根据安妮说的,夫人肯定每天都会散步到停船棚屋去),再劝她秘密到桑敦村附近的房舍去一趟。克莱门茨太太刚一到达园林的边缘处时,遇到的不是格莱德夫人,而是一位身材高大、体形肥硕、上了年纪的先生,手里拿了一本书——也就是福斯科伯爵。

伯爵目不转睛看了她一会儿,然后问她是否在那儿等什么人,未等她开口回答,接着补充说,他在那儿等着,有格莱德夫人的口信要转达,但他不能确定,此刻面对的是不是夫人要他与其接头的人。

克莱门茨太太听到这么一说,立刻把她要完成的差事告诉了他,并恳求他放心把口信转达给她,以帮助安妮消除忧虑。伯爵态度友好，欣然同意了她的请求。他说，口信极为重要。格莱德夫人请求安妮和她的好朋友立即返回伦敦去，因为她肯定，如果她们继续滞留在黑水庄园附近，珀西瓦尔爵士会找到她们。她自己也打算不久后就去伦敦，而如果克莱门茨太太和安妮先期到达那儿，并且把她们的地址告诉给她，那她们就会收到她的信，并且在两星期或者更短的时间同她见面。伯爵还说，他自己早就想友好地给安妮提个醒，但她见他是个生人，被吓得诚惶诚恐，不让他走近跟她说话。

克莱门茨太太听后惊惶失措，痛苦不堪。她回答说，她就想把安妮平安带到伦敦去，别无他求，但眼下无法把她从这危险的区域弄走，因为她正卧病在床。伯爵问克莱门茨太太是否请过医生，对方说她至今打不定主意，因为怕旁人知道她们在村上的事，于是他告诉她，他本人就是医生，如果她乐意，他可以随她同去，看能对安妮采取什么措施。克莱门茨太太（伯爵作为受格莱德夫人委托转达秘密口信的人，自然会信任他）心怀感激地接受了该提议，于是，他们一同回到了村上。

他们到达时，安妮睡着了。伯爵一见到她，便突然怔了一下（显然是因为看见她长得像格莱德夫人而感到吃惊引起的）。可怜的克莱门茨太太还以为，他是看到她病情严重而感到震惊。他不让叫醒她，就向克莱门茨太太问了一些关于她病症的情况，一边还看着她，轻轻地触摸她的脉搏。桑敦是个大村庄，村上有杂货店和药店，伯爵去了那儿，开了药方，配好了药，还亲自把药也取回来了，并且嘱咐克莱门茨太太说，那药有很强的兴奋作用，肯定会使安妮有力气起床，并且经受得了去伦敦的只有几个小时的旅程所带来的疲劳。当日和次日，药必须按规定的时间服用。到了第三天，她就会好起来，可以出门旅行，他约定在黑水庄园车站同克莱门茨太太见面，送她们乘中午的火车走。如果她们没有到车站，那他就会认为安妮的病加重了，便会立刻赶到村上去。

结果，上述意外情况并未发生。

安妮服药后效果非常好。加上克莱门茨太太向她保证，她马上就要在伦敦见到格莱德夫人了，效果更是锦上添花。到了约定的日子和时间（她们在汉普郡总共待了还不到一星期时间），她们到达了车站。伯爵在那儿等她们，正在跟一个上了年纪的妇人讲话，她好像也是乘火车去伦敦的。他热情友好地帮助她们，亲自把她们安顿到车厢，请求克莱门茨太太别忘记把地址寄给格莱德夫人。那妇人没跟她们在同一车厢，所以到了伦敦终点站后，她们也未注意她去了哪里。克莱门茨太太在一个宁静的区域里找到体面的寄宿公寓，然后，照她约定好的，把该地址通告给格莱德夫人。

两个星期多一点过去了，没有回音。

在那之后，有位太太（就是她们在火车站看见的那位上了年纪的妇人）乘了马车来访，她说自己从格莱德夫人那儿来，以便安排下一步跟安妮会面。克莱门茨太太表示愿意（当时安妮在场，也请求她去）促成这件期待要做的事，尤其是她只需要最多离开半个多小时。她和那位太太（显然是福斯科夫人）随后乘马车离开了。马车驶出一段距离之后，她们还未到达旅馆，那位太太便在一家店铺门口叫马车停了下来，并请求克莱门茨太太等她几分钟，她忘记买东西了。她再没有出现。

克莱门茨太太等了一段时间后，开始慌了，于是吩咐车夫把车赶回公寓去。她回到那儿时，也就离开了半个多小时的光景，安妮不见了。

克莱门茨太太找公寓里的人打听,好不容易从为房客服务的仆人那儿了解到了唯一的情况。仆人替街上来的男孩开了门,他给"住在三楼的一个年轻女人"留下一封信(就是克莱门茨太太租的楼层)。仆人把信送到了,然后下楼,五分钟过后,看到安妮开了前门,头戴帽子身披披肩出去了。她可能随身带了信,因为信未找到。因此,无法知晓是什么事情使得她离开住处的。一定是事情很紧要——因为她在伦敦从未主动单独出去过。要是克莱门茨太太不明这个底细,说什么她也不会乘那马车走的,哪怕只是这短短的半个小时也罢。

克莱门茨太太刚一镇定下来,她最先想到的自然就是去疯人院打听情况,她担心安妮已经被送回那儿了。

翌日,她去了那儿——安妮已亲口告诉了她疯人院的地址。得到的回答是该人未被送回(她极有可能是在假安妮·卡瑟里克真正被监禁到疯人院的头一两天去那儿打听情况的)。然后,她给威尔明汉的卡瑟里克太太写信,看看她是否看见过女儿或听到过女儿的情况,得到的回答也是否定的。她收到回信后,已毫无办法了,完全不知道上哪儿去打听,不知道怎么办。从那时到现在,她对导致安妮失踪的原因完全一无所知,对安妮的结局也还蒙在鼓里。

到目前为止,我从克莱门茨太太那儿了解到的情况——虽然确认了我并不知道的事实——只是初步的。

很显然,把安妮·卡瑟里克弄到伦敦去,又把她与克莱门茨太太分开,这一连串的骗局完全是由福斯科伯爵和伯爵夫人包办完成的,而丈夫或妻子的行为是否会使他们因此受到法律制裁,这兴许是值得以后考虑的问题。可是,我现在期待实现的目的不是要让他们接受法律制裁，而是要做别的事。我走访克莱门茨太太的直接目的是要至少找到发现珀西瓦尔爵士的秘密的办法，可她并未提供什么情况，使我能够朝着那个重要目标迈进。我觉得，有必要想办法让她回忆起其他时候，其他人和事的情况，而不仅仅是她迄今记起的那些，于是，我再跟她谈话时，便暗暗地把话题往那上面扯。

"发生了这样一件令人悲痛不已的事，我希望自己能够对您有所帮助，"我说，"可我所能做的就是对您的不幸表示深深的同情。克莱门茨太太，您对安妮充满了慈爱，为了她您甘愿做出任何牺牲——即便她是您自己的亲生女儿，也莫过于此啊。"

"先生，这算不了什么，"克莱门茨太太坦率地说，"对我来说，这可怜的女孩就像我自己的孩子一样宝贝。先生，从她还是个婴儿起，我就抚养她，是我一手把她带大的——抚养她可是件艰难的事啊。她最早的小衣服是我缝制的，走路也是我教的，如若不是这样，失去了她也不至于令我这样伤心。我老是说，我自己从未生儿育女，她是被送来安慰我的。而现如今她失踪了，我心里老回想起过去的光景，即便我这么一把年纪了，也还是忍不住替她哭泣——真的忍不住，先生！"

我稍等了一会，让克莱门茨太太有时间平静下来。难道我这么长时间以来一直寻觅的那道光竟在这位善良纯朴的妇人对安妮早期生活的回忆中——虽然还很遥远——向我闪烁吗？

"您在安妮出生以前就认识卡瑟里克太太吗？"我问。

"她出生前不久，先生——不超过四个月。那时我们经常见面，但关系不是很密切。"

她说这话时，声音更加平稳了。虽然她对往事的回忆中不乏令人伤心痛苦的事,但我发现,长时间沉浸在眼前这清晰实在的悲痛中之后,转而回忆往昔朦胧的苦恼,她的情绪不知不觉中有所缓和了。

"您跟卡瑟里克太太是邻居吗?"我问,尽可能带着鼓励的口吻引导她继续追忆往事。

"对啊,先生——在旧威尔明汉时是邻居。"

"旧威尔明汉?这么说来,汉普郡有两个地方叫这个名字的吗?"

"呃,先生,那时候是有——二十三年前。人们在大约两英里外建了新镇,靠近河边——旧威尔明汉从未超出一个村庄的规模,最后还是被废弃了。新城就是现在叫威尔明汉的地方——但是,旧的教区教堂仍然是教区教堂。周围的住房都倒的倒,塌的塌了,唯有教堂独自耸立。我已经历了种种令人悲伤的变故。在那个时代,那可是个美丽可爱的地方啊。"

"您出嫁前住在那儿吗,克莱门茨太太?"

"不,先生——我是诺福克人,我丈夫家也不在那儿。我告诉过您,他是格里姆斯比人,曾经在那儿当学徒。但他南边有朋友,还听说那边有发展机会,于是到南安普敦做生意了。尽管生意做得不大,但所挣的钱足够一个普通人退休后的生活,于是他在旧威尔明汉定居下来了。他娶了我之后,我便随着他去了那儿。我两个人都不年轻了,但是,我们在一块日子过得很幸福——比我们的邻居卡瑟里克先生夫妇更幸福,他们是一两年后到旧威尔明汉的。"

"您丈夫先前同他们交往过吗?"

"同卡瑟里克交往过,先生——没同他太太。我们夫妻二人都不认识她。有位绅士帮了卡瑟里克的忙,于是他才到威尔明汉教堂任了司事。就这样,他到我们那儿定居了。他带来了新婚的太太。我们后来听说,她曾给南安普敦附近的瓦内克庄园的女主人当贴身仆人。卡瑟里克觉得要说服她嫁给自己真不容易——因为她把自己看得高不可攀。他一次又一次求婚,最后看见她执意不肯答应,才放弃了追求。等到他放弃了这件事情之后,她的态度却来了大逆转,主动找到了他,看起来叫人摸不着头脑。我已故的丈夫常说,这时应该给她一点教训才是。但是,卡瑟里克过于宝贝她了,根本不会那样做。无论婚前婚后,他从不责备她。卡瑟里克是个情绪化的人,容易受情感支配,时而这样,时而又那样。即便他娶了个比卡瑟里克太太更好的太太,也是会被他惯坏的。我不喜欢揭别人的短,先生——但是,她是个冷酷无情的女人,喜欢一意孤行,爱虚荣,爱穿着打扮。尽管卡瑟里克一直对她关爱体贴,她却对他还是不屑一顾,连出于礼貌表面上的尊重都没有。我丈夫就说过,自从他们开始做我们的邻居起,他觉得好日子长不了。他的话果然应验了。他们在我们那儿还没有待上四个月,家里便传出可怕的丑闻了,情况十分可悲,家庭破裂了。他们两个人都有错——恐怕错误各占一半。"

"您是说他们夫妻二人吗?"

"噢,不是的,先生!我指的不是卡瑟里克——他只会得到人们的同情。我是指他太太,还有那个人——"

"是制造丑闻的那个人吧?"

"对啊,先生。一位凭出身和教养堪称楷模的绅士,您认识他的,先生——而我那可怜的宝贝安妮对他太熟悉了。"

"珀西瓦尔·格莱德爵士吗?"

"是的,珀西瓦尔·格莱德爵士。"

我心跳加速——我觉得,自己的手抓住线索了。但当时,我哪儿知道这个扑朔迷离的情节仍然会误导我啊!

"珀西瓦尔爵士当时住在你们那儿吗?"我问。

"不,先生。他刚到我们那儿去,大家都不熟悉他。他父亲不久前在国外去世了。我记得他还穿着丧服呢。他下榻在河边的一家小旅馆里(从那以后,旅馆被拆除了),绅士们常去那儿钓鱼。他刚到时,并不怎么引人注目——英格兰各地的绅士们跑到我们那儿的河边钓鱼是常有的事。"

"安妮出生之前,他在村上露过面吗?"

"露过面,先生。安妮出生于1827年6月——我记得他是4月底或5月初到的。"

"他到达时你们都不认识吗?卡瑟里克太太也跟所有的街坊邻居一样不认识他吗?"

"我们刚开始时是这么认为的,先生。但是,爆出了丑闻后,大家就都不相信他们不认识了。这件事情我记得很清楚,如同发生在昨天一样。一天夜里,卡瑟里克进入到我们家院子,在路上抓起了一把沙砾朝我们家窗户上扔,把我们给惊醒了。我听见他恳求我丈夫,说看在上帝的分上,下楼来有话跟他说。他们在门廊里聊了很长时间。我丈夫上楼后,浑身颤抖。他在床沿边坐了下来,然后对我说:'莉齐!我一直都跟你说过的,那女人是个坏东西。我一直说她没有好下场——我觉得,恐怕下场已到了。卡瑟里克发现,他妻子的抽屉里藏了很多花边手绢,两枚精致的戒指,一块带链子的金表——这些东西只配有身份的女士才有,别人不可能有——但他太太就是不说她如何弄到那些东西的。''他觉得那些东西是偷来的吗?'我说。'不,'他说,'偷盗是很坏的事,但比那更坏——她根本没机会偷到那么些东西,即便有机会,她那种女人也偷不成。那些东西全是礼物,莉齐——表的内侧刻有她名字的首字母呢——卡瑟里克发现了她私下里与那个穿丧服的绅士珀西瓦尔爵士交谈,而且持续不断。而作为有夫之妇是不应该有这种行为的。你不要议论这件事——我今晚已劝卡瑟里克平静下来了。我对他说了,要他把话埋在心里,注意听,注意看,再等上一两天,他就会知道个究竟了。''我觉得你们二位的看法都不对,'我说,'卡瑟里克太太在这儿又舒适又体面,说她会与珀西瓦尔·格莱德爵士那样偶尔见面的陌生人有过密交往,那是不符合实际的。''唉,但他在她面前是陌生人吗?'我丈夫说,'你忘了卡瑟里克太太是如何嫁给他的。他向她求婚,而她一次又一次拒绝,后来,她自己倒是找上门来了。莉齐啊,在她之前,就有过堕落的坏女人利用对她情真意笃的男人来保全自己名声的事——而我非常担心,这位卡瑟里克太太恐怕就是那种品德败坏的女人。我们就等着看吧。'我丈夫继续说:'我们很快就会看清楚的。'而两天之后,我们就看到了结果了。"

克莱门茨太太停顿了片刻后继续讲述。即便到了这个时刻,我都开始怀疑,我以为自己找到了的线索是不是真的在把我引向这个错综复杂的事件中的核心谜团。这是个有关男人背信弃义和女人意志薄弱的故事,是个普通得再普通不过的故事了,难道这就是打开令珀西瓦尔·格莱德爵士毕生惊恐不安的秘密的钥匙吗?

"呃,先生,卡瑟里克听从了我丈夫的劝告,观望等待着,"克莱门茨太太接着说,"而正如我对您说过的,他没等多长时间。第二天,他就发现自己的太太和珀西瓦尔爵士在教堂法衣圣器储藏室旁窃窃私语，态度显得很亲密。我估计，他们觉得，任何人都不会想到去法衣圣器储藏室附近寻找他们——但是，不管怎么说，有人在那儿发现他们了。珀西瓦尔爵士显得惊慌失措，无地自容。但仍脸带愧色地替自己辩护，可怜的卡瑟里克（我已告诉您了，他脾气急躁）蒙受了这样的耻辱，一时间丧魂落魄了，于是动手打珀西瓦尔爵士。（我很遗憾地说）他根本就不是给他带来耻辱的那个人的对手——结果，街坊邻居们听到骚乱之后，还没有来得及赶到现场把他们两个人拉扯开来，他反而先遭到了一顿毒打。这一幕是临近傍晚时发生的，天黑前，我丈夫到卡瑟里克家去时，没有见到他，谁也不知道他去了哪儿。村庄上没有人看见过他。到那时，他清楚地知道了，自己的太太是如何卑鄙无耻地要嫁给他的。他感觉到自己处境悲惨，名誉扫地——尤其是发生了与珀西瓦尔爵士之间的事以后——这种感觉太强烈了。教区牧师在报上登了个告示，请求他回家，劝他不要舍弃自己的职位和朋友。但是，正如有些人说过的那样，卡瑟里克过于心高气傲了——依我看，是过于感情用事了，先生——不愿再见街坊邻居们，企图让人们淡忘掉他蒙受的耻辱。他离开英格兰时，我丈夫收到了他的信。他定居在了美国，并且生活得很美满，还收到过一次他的信。据我所知，他现在仍然生活在那儿。但是，老家的人——尤其是他那品德败坏的太太——不可能再见到他了。"

"珀西瓦尔爵士怎么样了呢？"我问，"他待在那附近了吗？"

"他没有，先生。那儿群情激愤，他根本无法容身。丑闻爆出的当天夜里，人们听见他同卡瑟里克太太吵得很凶——翌日早晨，他便独自开溜了。"

"卡瑟里克太太呢？那儿的人都知道了她的丑事，她肯定不会再待在那村庄上吧？"

"她在啊，先生。她无情无义，铁石心肠，根本不把街坊邻居们的意见当一回事。她对所有人，上自牧师起，郑重其事地宣布，她是一场可怕的误会的受害者。当地有人散布谣言，目的就是想要把她驱除出去，好像她是个有罪的人似的，办不到。我待在旧威尔明汉期间，她一直生活在那儿。我离开后，新城正建，体面的人开始迁往新城，她也迁移了。看起来，她铁了心要生活在他们中间，令他们反感，坚持到底。她现在还在那儿，而且还要待下去，公然同他们作对，一直到死。"

"但是，她这么些年怎么过的啊？"我问，"她丈夫能够而且乐意供养她吗？"

"能够也乐意，先生，"克莱门茨太太说，"他给我丈夫写第二封信时表示，她可使用他的姓氏，而且住在他家里。尽管她道德败坏，但绝不能像流落街头的乞丐一样饿着。他可以给她补贴一小笔钱，她可以在伦敦的某处地方按季度提取。"

"她接受了那笔补贴金吗？"

"一分钱也没有要啊，先生。她说，即便自己活到了一百岁，也绝不会领卡瑟里克的半点情。从那以后，她还真说话算话。我可怜的亲爱的丈夫去世后，把一切都留给了我。这时候，卡瑟里克的信也和其他物品一同留给我保存——我对她说过，她若是需要什么，可以告诉我。'我会告诉整个英国的人我需要什么，'她说，'也不会告诉卡瑟里克，或卡瑟里克家的朋友。这就是我对你的答复——他若是再写信来，也把这个答复告诉他吧。'"

"您觉得她自己有钱吗？"

"有也很少，先生。据说，她的生活费用由珀西瓦尔·格莱德爵士私下提供，这事恐怕是真实的。"

我听了这个回答后停顿了片刻，琢磨一下话的内容。我若是毫无保留地接受这个故事的内容，那么，显而易见，我还没发现任何直接或间接可以解开那秘密的途径。毫无疑问，我实现目标的行动再次失败了，真是令人痛惜啊。

但是，以上叙述中有一点令我生疑，不应当毫无保留地全盘接受。我不禁想到，表面之下是不是还隐藏着什么。

我无法解释清楚，教堂司事的有罪之妻为何会心甘情愿地在其丢人现眼的地方度过余生。那女人自己声称，她选择这种令人不可思议的生活方式，是证明自己清白无辜的实际行动。这一点不能令我心悦诚服。我觉得，更加合理、可能性更大的看法应该是，她并非像她自己声称的那样，面对此事，她完全可以自行其是。情况如若如此，谁最有可能是那个有力量强迫她滞留在威尔明汉的人呢？毫无疑问，她的生活费用来自那个人。她拒绝了丈夫的帮助，自己又没有足够生活来源，还是个举目无亲、品行堕落的女人，除了人们传说的那个来源——珀西瓦尔·格莱德爵士那儿，她能够从哪儿得到资助呢？

我对上述种种假设进行了推理，同时，心里面总是记住一个确切的事实，并以此来指明方向，即卡瑟里克太太知道那个秘密。这样一来，我很容易理解到，珀西瓦尔爵士是为了自身的利益才把她滞留在威尔明汉的，因为她凭着自己的品性，当地的女伴们肯定会断绝同她交往。她同时也没有机会同无话不谈的知心朋友闲聊，不至于说漏了嘴。但是，要隐瞒的秘密是什么呢？不会是珀西瓦尔爵士与卡瑟里克太太丑事之间有什么见不得人的瓜葛——因为这事附近的人都已知道了。不会是怀疑他就是安妮的父亲——因为要说怀疑，威尔明汉人首先会这样做。如果我像别人那样毫无保留地相信上述向我描述的各种丑恶现象，如果我也从中得到和卡瑟里克先生和他的邻居们得到的一样肤浅的结论——那么，我所了解到的情况中，有哪一点可以看出珀西瓦尔爵士与卡瑟里克太太之间从那时到现在一直隐藏着一个危险的秘密呢？

然而，当初教堂司事的太太和"身穿丧服的绅士"之间偷偷摸摸地约会，窃窃私语地交谈，这其中毫无疑问存在着揭示秘密的线索。

有没有可能，这件事的表面情况向人们指向一个方向，而实际情况一直不被人觉察，却存在于另一个方向呢？卡瑟里克太太坚称自己是一场可怕的误会的受害者，这话是不是有可能是实话呢？或者说，假如这是假话，那把珀西瓦尔爵士与她的丑行联系在一起的结论会不会可能是因为某种不可思议的差错而得出的呢？难道是珀西瓦尔爵士故意扰乱视线，误导人们猜疑，以便掩盖自己的真实行为？如果我能在此找到揭示秘密的途径——它就隐藏在我刚听到的这些看起来毫无结果的表面情况之下。

我接着还提了些问题，这一次是要搞清楚，卡瑟里克先生是否确信他太太有不轨行为。根据克莱门茨太太给我的回答，我搞清楚了，他确信无疑。证据再清楚不过了，卡瑟里克太太出嫁之前已跟某个人做了有损名誉的事，于是，为保全名声，嫁了人。根据对时间和地点的推算,我对此无须详述,便确切无疑地知道,那个跟她丈夫姓的女儿不是她丈夫的孩子。

我接下来要搞搞清楚的是,是否可以肯定,珀西瓦尔爵士就是安妮的父亲?而这方面的难度要大得多。在这一点上,除了验证一下外貌是否相像以外,我不可能有什么更理想的办法。

"我估计,珀西瓦尔爵士在你们村上时,您常常看见他吧?"我问。

"对啊,先生——常常看见。"克莱门茨太太回答说。

"您注意过安妮长得像他吗?"

"她长得一点都不像他,先生。"

"那她长得像她母亲啦?"

"也不像,先生。卡瑟里克太太皮肤黑黑的,脸盘圆圆的。"

她长得不像母亲,也不像(假定的)父亲。我知道,通过外貌是否相像来验证的办法不能绝对有把握——但是,从另一方面来说,也不是完全不可以用。关于珀西瓦尔爵士和卡瑟里克太太两人中任何一人到旧威尔明汉之前的生活情况,如果能了解到某些确凿无疑的事实,是不是有可能加重证据的分量呢?我随后提问时,有意朝这方面问。

"珀西瓦尔爵士最初到达你们那一带时,"我问,"您听说过他是从哪儿来的吗?"

"没有,先生。有些人说他从黑水庄园来,有些人又说他从苏格兰来——但没人知道。"

"卡瑟里克太太嫁人前夕是在瓦内克庄园做仆人吗?"

"对啊,先生。"

"她待了很长时间吗?"

"三四年时间吧,先生。我说不准三年还是四年。"

"您听说过当时瓦内克庄园主人的名字吗?"

"听说过,先生,他叫唐桑少校。"

"卡瑟里克先生,或您认识的别的什么人,听说过珀西瓦尔爵士是唐桑少校的朋友或在瓦内克庄园一带看见过珀西瓦尔爵士吗?"

"根据我的记忆,先生,卡瑟里克从未听说过或看见过——我认识的人当中也是如此。"

我记下了唐桑少校的名字和地址,他若是还健在,将来找他时用得上。同时,我有了完全不同的想法,珀西瓦尔爵士绝不是安妮的父亲。于是完全可以肯定,他与卡瑟里克太太偷偷会面与这个女人给她的丈夫带来的耻辱也完全不相关。我想不出更多的问话来证实我这一点想法——只能敦促克莱门茨太太接下来谈谈安妮小时候的事,看看这样能否得到什么对我有用的启示。

"我还没有听您说,"我说,"可怜的孩子降生在罪恶与苦难之中,她是如何托付给您照管的,克莱门茨太太。"

"没有任何别人,先生,照管无依无靠的小东西,"克莱门茨太太回答说,"狠毒的母亲似乎从小东西降生的那天起就恨她——好像可怜的婴儿有什么过错似的!我心里替孩子难受,于是便主动承担起了抚养她的责任,把她当成是自己的孩子。"

"安妮从那时起就一直完全由您照管吗?"

"不完全是,先生,卡瑟里克太太经常变化无常,时不时地会把孩子要回去,好像因为我抚养了孩子,故意要找我的茬儿。但是,她一时的兴趣往往都持续不了很长时间。可怜的小安妮总是会被送回给我，而她也总是很乐意回来——尽管她在我家的日子也是过得郁郁寡欢，不像别的孩子那样有玩的伙伴让她开开心心。我们分开时间最长的一次是她母亲把她带到利默里奇去的时候。正是在那段时间里，我失去了丈夫，沉浸在痛苦悲伤之中，所以觉得安妮不在家里也好。她当时是十到十一岁的样子，可怜的孩子，学习成绩不好，不像别的孩子那样快乐活泼——但小女孩漂亮秀丽，人见人爱。我一直在家里等着，直到她母亲把她送回来。后来，我主动提出要把她带到伦敦去——先生，实际情况是，自我丈夫去世后，我眼中的旧威尔明汉已是个面目全非、阴郁凄凉的地方了，所以没有心情再在那儿待下去。"

"卡瑟里克太太赞同您的提议吗？"

"没有，先生。她从北方回来了，人变得比以往更加尖酸刻薄，冷酷无情。街坊邻居们都说，她不得不开始请求珀西瓦尔爵士允许离开，只是去利默里奇侍候她那生命垂危的姐姐，因为据说那可怜的女人存了些钱——实际上，她留下的钱连支付安葬费都不够。卡瑟里克太太对这些情况心怀不满——但是，不管事情是否如此，她就是不肯让我把孩子带走。她好像存心要把我们两个人分开，好让我们伤心难受。我只好把要去的地方告诉安妮，而且私下里跟她说，如遇到什么困难，就去找我。但过去了好些年后，她才有了自由去找我。可怜的孩子啊，直到她逃离疯人院的那天夜晚，我才又见到了她。"

"克莱门茨太太，您知道珀西瓦尔·格莱德爵士为何要把她监禁起来吗？"

"我只知道安妮自己告诉过我的情况，先生。可怜的孩子常伤心痛苦地提到过。她说，她母亲保守着珀西瓦尔爵士的某个秘密。我离开汉普郡很久以后，她母亲把秘密泄露给了她——而当珀西瓦尔爵士得知她知道了秘密之后，便把她监禁起来了。但我问她时，她又不告诉我秘密的内容，她所能告诉我的就是，假如她母亲要采取什么行动，可以把珀西瓦尔爵士给毁了。卡瑟里克太太或许泄露给她的仅此而已。我几乎可以肯定，倘若安妮果真如同她自己声称的那样，她知道秘密，我应该会从她身上知道事情的原委的——可怜的孩子，她极有可能想象着自己知道了秘密。"

我的脑海里不止一次闪现这种念头。我已经告诉过玛丽安了，我怀疑，劳拉和安妮在停船棚屋被福斯科伯爵撞破时，她是不是真的快要有重大发现了。安妮根据母亲在自己面前无意中露的一点口风，便模棱两可地猜疑，以为自己完全掌握了秘密，这与她心烦意乱的心理状态完全吻合。若是如此，珀西瓦尔爵士问心有愧，心里自然会产生怀疑，误认为安妮从她母亲那儿知道了一切，正像后来心里同样误认为他夫人从安妮那儿知道了一切一样。

时光流逝，上午过去了。我若是再待下去，恐怕也不一定能从克莱门茨太太身上获得更多对实现自己的目标有用的东西。我已经了解到了与卡瑟里克太太有关的当地和家庭的细节，而这些情况正是我一直在寻求的。我已经得出了对我而言全新的结论，大大地有助于我的下一步行动。我起身告辞，感谢克莱门茨太太热情友好，为我提供了情况。

"我担心，您准会觉得，我是个爱刨根问底的人，"我说，"因为我已经提出了这么多问题来打搅您，很多人是不会很乐意回答的。"

"我由衷地欢迎您前来打听我知道的情况，先生。"克莱门茨太太回答说。她说着停了下来,看着我,一副愁眉苦脸的样子。"但是,我真诚地希望,"可怜的妇人接着说,"先生,关于安妮的事,您能多告诉我一些。您刚一进门时,我便从您脸上的表情觉察出了,您是能这样做的。我连她是死是活都不知道,您真想象不出这有多么难受啊。哪怕有了个准信儿,我心里也会好受一点的。您说过,我们再也别指望见着她的活人了。您知道,先生——您确切地知道——上帝乐意把她带走吗?"

面对如此请求,我无法不动摇。我若是拒绝了这个请求,那未免太问心有愧,不近人情了。

"恐怕这已经是无可置疑的事实了,"我回答说,语气柔和,"我心里很清楚,她已解脱了尘世间的一切烦恼。"

可怜的妇人瘫坐在椅子上,挡住脸,不让我看见。"噢,先生,"她说,"您是怎么知道的?是谁告诉您的?"

"没人告诉过我,克莱门茨太太。但是,我有理由认为,这事是真的——我答应您,等到我能把这些理由明说的时候,您会知道的。我肯定,她在生命的最后时刻不会没有人照管。我肯定,她患有严重的心脏病,这是她死亡的真正原因。您很快就会和我一样对此确信无疑——您不久就会知道,人们已经把她安葬在一片偏僻幽静的乡间某地,那是个风景秀丽、平静安宁的所在。您若是可能的话,也会替她选择那样的地方的。"

"死啦!"克莱门茨太太说,"年纪轻轻就死啦——而留下我在世上来听这消息!她最初的上衣是我替她缝制的,是我教会她走路,她开口叫的第一声'妈妈'是冲着我叫的——可现如今,我还活着,安妮却被带走了!您说说,先生,"可怜的妇人说着,一边把手帕从脸上移开,第一次抬头看着我,"您说她安葬得体面吗?葬礼办得像是我亲生孩子一样体面吗?"

我向她保证,是那样的。她听了我的回答后,似乎有了一种无法言表的自豪感——从中得到了慰藉,这是任何更高的奖赏都无法给予的。"如果安妮没有得到体面的安葬,"她直截了当地说,"我的心都会碎——但是,您是怎么知道的呢,先生?谁告诉您的?"我再一次地恳请她,等待到我能毫无保留地向她明说的时候。"您肯定还会再见到我的,"我说,"因为等到您心里平静了一些之后,我还要请您帮个忙——可能一两天之后吧。"

"先生,不要为了顾及我而等待吧,"克莱门茨太太说,"我若是能够帮上什么忙,不要在意我哭哭啼啼。如果您心里有什么事想要对我说,先生——现在就请说吧。"

"我只想问您最后一个问题,"我说,"只想知道卡瑟里克太太在威尔明汉的住址。"

我的请求令克莱门茨太太吓了一大跳,所以,一时间,连安妮死亡的消息都从她心里吓跑了。她的泪水突然止住了,坐在那儿看着我,神色茫然,惊恐不安。

"看在上帝的分上,先生!"她说,"您要找卡瑟里克太太干什么?"

"我想要,克莱门茨太太,"我回答说,"我想要知道,她与珀西瓦尔·格莱德爵士私下里会面的秘密。您告诉了我那女人过去的行为和那男人过去同她的关系,这其中还有您或您的其他街坊邻居未曾怀疑过的内情。那两个人之间还有我们两个人都不知道的秘密——而我准备去找卡瑟里克太太,决心弄个清楚明白。"

"此事可要三思啊,先生!"克莱门茨太太站起身说,语气诚挚恳切,把手放在我的胳膊上,"她是个令人厌恶可怕的女人——您不如我了解她。此事可要三思啊。"

"我知道,您提醒我是出于好意,克莱门茨太太。但是,不管结果如何,我主意已定,一定要见到那女人。"

克莱门茨太太盯着我的脸看,神态焦虑不安。

"我看出了您主意已定,先生,"她说,"我把那住址给您。"

我把它记在了笔记本上。然后拉着善良友好的妇人的手,告别了。

"您很快就会收到我的信的,"我说,"您将知道我答应要告诉您的一切情况。"

克莱门茨太太叹息了一声,满腹狐疑地摇了摇头。

"一个老妇人的忠告有时候是值得听取的啊,先生,"她说,"您去威尔明汉之前可要三思啊。"

七

我和克莱门茨太太见过面后回到家时,看见劳拉变化后的样子,吓了一跳。

她那始终如一的温柔和蔼的性格和坚忍不拔的意志,虽然经历了长时间苦难的残酷折磨,却从未被消磨掉,但现在却似乎突然间从她身上丧失殆尽了。她端坐着,把画扔在桌上不管,玛丽安竭尽全力地安慰她，逗她开心，她都无动于衷，目不转睛地朝下看，手指在膝上不停地绞在一起又松开。我进门时，玛丽安站起身，没有吭声，脸上露着痛苦不安的神色，稍等了片刻，看看劳拉见我来了会不会抬起头来看，低声对我说了声"看看你能否唤醒她"，然后离开了房间。

我在一把空椅子上坐下，轻轻地把那些动个不停、软弱无力的手指掰开，然后握住了她的双手。

"你在想什么，劳拉？告诉我，亲爱的——试试看，告诉我在想什么。"

她犹豫了一阵，然后抬起头看我。"我开心不起来，"她说，"我忍不住要想——"她停住了，身子向前倾一点，把头伏在我肩膀上，默默无语，一副可怕而又无助的样子，令我肝肠寸断。

"告诉我看看，"我重复了一声，声音很柔和，"告诉我你为何不开心。"

"我一点用都没有——成了你们两个人的累赘，"她回答说，厌倦而又失望地叹了口气，"你在做事挣钱，沃尔特，玛丽安也帮着你。但我为何偏偏就无所事事呢？到头来你会更加喜欢玛丽安，而不喜欢我——你会的，因为我毫无作用！噢，别，别，别把我当孩子侍候！"

我扶起她的头，理了理她那搭在脸上的乱发，吻了她——我可怜凋谢的花朵！我失望受难的妹妹！"你会对我们有帮助的，劳拉，"我说，"从今天开始，亲爱的。"

她看着我，兴奋不已，表情热切，呼吸急促，兴趣盎然。就这么一句话便唤起了她新的对生活的希望，我不禁颤抖起来。

我站起身,理了理她画的画,重新摆到她身边。

"你知道,我做事,绘画挣钱,"我说,"你已经勤学苦练,而且大有长进,你也会开始做事挣钱的。试着画完这幅素描,尽量画得细致些,漂亮些。完成之后,我把它带走,买我的画的那个人也会把它买走的。到时你钱包装的就是你自己挣的钱啦,玛丽安为了帮助我们会向你要钱,如同她常常向我要钱一样。想想看,你对我们多么有用啊,而劳拉,你很快就会整天开开心心的。"

她脸上的表情热切起来,绽出了笑容。她露着笑容的片刻,她把搁置在一边的画笔重又拿起的瞬间,看上去几乎又是过去的劳拉了。

她的心中滋生了一种新的力量,这在她关注她姐姐和我忙于日常事务时无意地表露出来了,我及时捕捉到了这种最初的迹象。玛丽安(当我把出现的情况告诉她时)和我一样也看出来了。劳拉渴望自己有所作为,以增强自信心和提升她在我们心中的形象——于是,我们从那天开始,精心呵护,培植这种新的愿望,以便带来充满希望和更加快乐的未来,而这样的情形或许不会那么遥远了。她已经完成了的或者试图要完成的画作都交给我看,玛丽安再从我这儿拿去,小心翼翼地把它们藏起来。我然后每星期从自己的收入中抽一点点钱给她,作为是陌生人购买她那笔触粗糙、线条模糊、毫无价值的素描画的价钱,其实我是它们唯一的买主。她充满了自豪感,拿出钱包,为各种开销贡献出她的一份,而且还兴致勃勃、郑重其事地问,那个星期我和她谁挣得更多。面对这样的情况,我们有时真是很难持续进行我们善意的欺骗行为。那些藏起来的绘画作品至今还在我手上,它们是我无法用价格来衡量的珍宝——是我要保存的珍贵的纪念品——是我在过去的艰难困苦中的朋友,我的心灵永不能与它们分离,我的柔情永不能将它们忘怀。

我有迫不及待的事情要去处理,而在此是不是浪费时间闲聊了呢?我是不是就在憧憬起本叙述尚未讲到的更加幸福快乐的时光呢?对啊,回来吧——回到那心神不定、担心受怕的日子。当时,在无尽的悬念与凄凉的寂静中,我的灵魂为了生存而苦苦地挣扎。我在向后叙述的过程中已经停顿和休息了片刻。如果阅读本书的朋友也停顿和休息了片刻,那或许也不能说浪费了时间。

我迫不及待地找机会与玛丽安私下交谈,把我那天上午调查的结果告诉她。关于我提出要去威尔明汉的事,她看来也赞同克莱门茨太太已向我表明过的观点。

"毫无疑问,沃尔特,"她说,"你知道的情况还不够多,不足以指望卡瑟里克太太说出隐情吧?你为了完成使命,在尚有更稳妥更简便的办法使用的情况下,就采用极端的办法,这样做明智吗?你告诉我珀西瓦尔爵士和伯爵是唯独知道劳拉启程的确切日期的两个人,当时你忘了,我也忘了,一定还有第三位知道那个日期的人——我指的是鲁贝尔太太。花功夫要她说出来比迫使珀西瓦尔爵士供出不是更加容易,更少危险吗?"

"或许更加容易吧,"我回答说,"但是,我们还不完全知道鲁贝尔太太在这场阴谋骗局中扮演的角色和得到的好处。因此,我们不能肯定,那个日期会像确切无疑地印在珀西瓦尔爵士和伯爵心上一样也印在她心上。现在已为时太晚,不能再把时间消耗在鲁贝尔太太身上,现在也许对于抓住珀西瓦尔爵士生活的弱点至关重要。玛丽安，你是不是对于我重返汉普郡可能碰到的危险想得过于严重了一点？难道你开始担心到头来我不一定是珀西瓦尔·格莱德爵士的对手吗？"

"他不是你的对手，"她回答说，语气很坚定，"因为他同你较量时，得不到捉摸不透、罪大恶极的伯爵的帮助。"

"你凭什么得出如此结论的呢？"我说，显得很惊讶。

"我知道，珀西瓦尔爵士顽固不化，缺乏耐性，不愿意受伯爵的牵制，"她回答说，"我相信，他会坚持单枪匹马地面对你的——如同当初在黑水庄园时那样，坚持要自行其是。珀西瓦尔爵士不信任伯爵的干预之时，就是落入你的手中之日。到时候，他的切身利益受到直接威胁——而他呢，沃尔特，为了保全自己，会不顾一切地采取行动的。"

"我们事先就可以缴了他的械，"我说，"我从克莱门茨太太那儿了解到的一些具体事实可以用来对付他。我们还可以施用其他手段来扩充证据。迈克尔逊太太的叙述中有些段落描述了伯爵认为有必要亲自与费尔利先生交流的事。此事当中，某些情节或许会让他露出马脚。我外出期间，玛丽安，给费尔利先生写信，就说你想要他把伯爵和他本人之间发生的事情原原本本地描述一番，并且还要告诉你与他侄女有关的他所知道的详情。告诉他，如果他不愿意照你说的办，那么，不会就此罢休，迟早要他写出来的。"

"信我会写的，沃尔特。但是，你真的打定了主意要去威尔明汉吗？"

"主意已定，我接下来的两天里要拼命干活，挣回够支付一个星期费用的钱。我大后天就去威尔明汉。"

到了那一天，我做好了启程的准备。

因为我很有可能要在外面待一段时间，所以我跟玛丽安约定，我们每天要通信，当然为了慎重起见，我们相互间不用真名。只要我按时收到了她的信，那就认为家中一切正常。但是，如果到了早晨我未接到信，那就会尽快乘车赶回伦敦。我对劳拉说，我要去乡下为她的画和我的画物色新的买主，以便让她放心让我离开，同时也让她忙着，并且开心。玛丽安陪我下楼，走到临街的门口。

"记住，留在这儿的人有多么焦虑不安，"我们共同站在过道上时，她低声说，"记住，一切都寄希望于你平安回家。如果你的这次出行有什么意外，如果你和珀西瓦尔爵士相遇了——"

"你怎么会想到我们会相遇呢？"我问。

"我不知道——我担心，我想象，但我说不清楚。如果你认为这样说可笑，沃尔特，那你就笑吧——但是，看在上帝的分上，如果你碰上了那个人，一定要沉住气啊！"

"别担心，玛丽安！我会沉住气的。"

说完，我们分手了。

我迈着轻快的步伐，到达了车站。我的内心怀着热切的希望。我越来越相信，此次出行不会无功而返。这天早晨天气晴朗，空气清新，气候寒冷。我的神经绷得很紧，但意志坚定，感觉浑身充满了力量。

我横过了火车站的站台，对着拥挤在上面的人群左顾右盼，看看他们中有没有我认识的面孔。这时，我突然觉得，自己如果启程去汉普郡之前乔装改扮一下，或许会更加有利一些。但是，我又觉得这样想有点恶心——如同平常情况下间谍奸细动不动就要乔装改扮一样，卑鄙无耻——所以，我刚一冒出了这样一个念头，便立刻又打消了。即便是作为权宜措施，其结果也是极难预测的。如果我在家里尝试这种办法，房东迟早会发现我，他马上就会对我产生疑心。如果我离开家门后再尝试，普通人会无意中看见改装后的我和原本的我。这样一来，我就会招来人们的注意和疑心，而这正是我迫切需要避免的情况。迄今为止，我是以我本来的面目出现的——而我决定以我本来的面目进行到底。

下午的时间还很早，我便在威尔明汉下了火车。

英格兰的乡间小镇，在其初建阶段，在其繁荣后的衰变阶段，阿拉伯沙漠中那荒无人烟的沙地，巴勒斯坦的废墟中那凄凉萧瑟的景象，还有哪一片能够同它相比吗？让人看过后感觉触目惊心，精神沮丧。威尔明汉的街道干干净净但却萧条冷落，井然有序但却丑陋不堪，整整齐齐但却了无生气。我穿过街道时，心里就在问自己这个问题。商人们在他们那门可罗雀的店里盯着我的背影看。树林在未加整理的月牙形和四方形的贫瘠荒地上毫无生气地垂着枝丫。死气沉沉的房屋是些空架子，徒劳地等待着人们给它们带来生气。我看见的每个生灵，经过的每一个物体——好像都在异口同声地回答：阿拉伯的沙漠没有我们文明世界这么凄凉萧条的景象，巴勒斯坦的废墟也没有我们现代社会这么令人忧郁沮丧的气氛！

我一路打听卡瑟里克太太在镇上的住址，最后到达了由小平房围成的广场，广场中间是光秃的小草坪，边上用廉价的铁丝篱笆围着。一位上了年纪的女佣和两个孩子站在篱笆围栏的一角，正看着一只拴在草坪边的瘦山羊。房屋前人行道的一侧，有两个过路人在说话，另一侧，有个无精打采的小男孩正在遛一条无精打采的小狗。

我听见远处传来钢琴单调乏味的叮当声，近处则有断断续续的锤子敲击声相伴。这些就是我进入广场之后看见的生活中的景象，听见的生活中的声响。

我立刻走到十三号住房——卡瑟里克太太的门牌号码——然后敲了敲门，事先也没有考虑好我进门之后如何介绍自己。最要紧的是要见到卡瑟里克太太。然后根据我自己的观察做出判断，拿出最稳妥、最简便的方法来达到我此行的目的。

一个神情忧郁的中年女仆把门打开了。我把名片递给她，并且询问能否见一下卡瑟里克太太。女仆把名片送到前客厅后返回了，带话来问我，有什么事情。

"请你说，我到此与卡瑟里克太太的女儿有关。"我回答说。这是我当时想到的解释自己登门的最好理由。

女仆又去了客厅，然后又返回了。她这回神情忧郁，令人困惑，请我进去。

我走进了一个小房间，房间四周的墙壁上糊着低俗艳丽的墙纸，也就是最大图案的那种。里面的椅子、桌子、柜子和沙发全都闪闪发亮，漆的是廉价油漆，犹如涂了一层胶。一张最大的桌子摆放在房间的中间，桌子正中间，一块红黄相间的羊毛垫上立着一本装帧精美的《圣经》。有位上了年纪的妇人坐在桌子靠近窗户的一侧。只见她头戴黑色网眼帽，身穿黑色丝绸外套，手上戴了暗蓝灰色的连指手套。一只小编织篮摆放在膝上。一条长毛老狗气喘吁吁，睡眼惺忪，蜷伏着身子，躺卧在她脚边。她铁灰色的头发很浓密，一缕缕垂在脸颊两边。深色的眼睛直勾勾地看着前面，透出的神色冷酷无情，目空一切，毫不宽容。她面部宽大方正，下颏长而硬实，嘴唇宽厚,透着肉感,但无血色。她身材矮胖,体格健壮。行为举止既显得专横跋扈,又显得沉着克制。这就是卡瑟里克太太。

"您来对我说关于我女儿的事情,"我还没有来得及开口说话,她便说,"那就心平气和,把您要说的话说出来吧。"

她说话的语气如同她的目光一样,冷酷无情,目空一切,毫不宽容。她指了指一把椅子。我坐下时,还从头至脚打量了我一番。我明白了,同眼前这个女人打交道,唯一的办法就是用与她一样的语气同她说话,从见面的时刻开始就同她针锋相对。

"您清楚,"我说,"您女儿失踪的事情吗?"

"我完全清楚。"

"您难道就没有担心过,她不幸失踪可能伴随而来的是不幸死亡吗?"

"担心过。您来这儿是要告诉我,她已经死亡了吗?"

"是的。"

"为什么呢?"

她提出这个莫名其妙的问题时,说话声音、面部表情、态度举止毫无半点变化。即便我告诉她的是外面围栏里的那只山羊死了,她恐怕也不可能显得比这更加麻木不仁。

"为什么?"我重复了一声,"您问我为什么到这儿来告诉您您女儿死亡的消息吗?"

"对啊。我或者她关您什么事呢?您是怎么知道我女儿的情况的?"

"是这么回事,她逃离疯人院的那天夜里,我遇上她了。我当时帮了她的忙,让她逃到了一个安全的地方。"

"您真是做错了啊。"

"我很遗憾,她母亲竟然会说出这样的话。"

"她母亲确实就是这么说的。您怎么知道她死了呢?"

"我是怎么知道这件事情的,不便说——但我确实知道。"

"那您是否方便说说,您是如何找到我的住址的呢?"

"当然方便说。我从克莱门茨太太那儿得到您的住址的。"

"克莱门茨太太是个傻女人。是她告诉您到这儿来的吗?"

"她没说。"

"那么,我再问您一声,您为何要来这儿呢?"

她态度很坚决,一定要我作出回答,所以,我直截了当告诉了她。

"我到达这儿,"我说,"因为我觉得,安妮·卡瑟里克的母亲可能还有一点做母亲的情义,关心着她女儿是活着或者还是死了。"

"因为这个啊,"卡瑟里克太太说着,态度更加镇定自若,"没有别的什么动机吗?"

我犹豫迟疑了片刻。一时间难以找到合适的回答。

"倘若您没有别的什么动机,"她接着说,一边还不慌不忙地取下暗蓝灰色的连指手套,并且卷了起来,"对于您的到来,我只能表示感谢,并且要说一声,我不再留你在这儿耽搁时间啦。倘若您愿意说明您是如何知道这一消息的,那就更好了。不过,我觉得,我应该穿丧服才是。您也已经看到了,我的服饰其实无须做更多改变。我若是换了一双手套,那就全身都是黑色的啦。"

她在外套口袋里摸索了一番,掏出了一双黑色手套,冷漠无情、不动声色地把手套戴上,然后一声不吭地把手交叉放在膝上。

"祝您早安。"她说。

她傲慢冷漠,目中无人。这种态度激怒了我,我直言不讳地表示,自己此行的目的尚未实现。

"我来到这儿还有另外一个目的。"我说。

"啊!我觉得也是。"卡瑟里克太太接过话说。

"您女儿的死——"

"她是怎么死的?"

"患了心脏病。"

"是吗?接着说吧。"

"有人拿您女儿的死做幌子,严重加害了一位我深爱着的人。我知道了一些情况,有两个男人涉嫌犯了这桩罪行,其中一个就是珀西瓦尔·格莱德爵士。"

"真的吗?"

我凝神注视着,想要看一看,她突然听见提到这个名字是否会感到胆战心惊。但她面不改色——目光神色没有丝毫改变,还是那么冷酷无情,目空一切,毫不宽容。

"您或许想要知道,"我接着说,"有人如何利用您女儿死亡这件事情来加害另外一个人的。"

"不,"卡瑟里克太太说,"我一点都不想知道。这好像是您自己的事情吧,您关心我的事,但我不关心您的。"

"这么说来,您或许要问了,"我说,紧追不舍,"我为何要当着您的面提这件事。"

"对啊,我确实要这样问。"

"我之所以要提起它,那是因为我决心要把珀西瓦尔·格莱德爵士揪出来,让他恶有恶报。"

"您的决心关我什么事?"

"您听好啦,我要实现目的,有必要全面了解珀西瓦尔爵士过去生活中的一些情况。而您知道那些情况——正因为如此,我才来找您的。"

"您指的是什么事情?"

"在旧威尔明汉发生的事情,您丈夫当时在那儿当教堂的司事,您女儿尚未出生。"

我冲破了那妇人竭力在我们之间设置的难以逾越的障碍,终于让她有所领悟。我看见她眼中郁积着怒气——我看得真真切切,还有她的手不停地动着,接着又松开手指,开始机械地抚平膝上的衣服。

"关于那些情况,您都知道些什么啦?"她问。

"克莱门茨太太能告诉我的,我都知道了。"我回答说。

她那绷得很紧的四方脸上瞬间泛起了一片红晕涨得通红。她那动个不停的手也顷刻间停顿下来了。这似乎预示着她立刻要勃然大怒,丧失警觉了。但是,情况并非如此——她抑制住了往上冒的怒气,向后靠在椅子上,双臂交叉放在宽阔的胸前,然后,宽厚的嘴唇上掠过了一丝冷酷的嘲笑,接着又和先前一样不动声色地看着我。

"啊!我现在全明白啦,"她说着,煞费苦心,故作揶揄嘲讽之态,但强压的怒气还是流露出来了,"您自己对珀西瓦尔·格莱德爵士怀恨在心——而我得帮助您报仇雪恨。我得告诉你这个情况,那个情况,还有关于我本人和珀西瓦尔爵士的其他情况,是不是这么回事?对,真的吗?您处心积虑地要打探我的私事。您以为自己对付的是一个名誉扫地的女人,而该女人在此忍辱求生,她会答应做您要求的任何事,就因为她害怕您会在镇上的人中间坏她的名声。我看透您啦,看透了您自鸣得意的设想——我看透了,真有意思。"

哈！哈！"

她停顿了片刻，双臂紧紧地裹在胸前。独自哈哈大笑了起来——笑得冷酷无情，刺耳难听，怒气冲冲。

"您不知道，我在这个地方是怎么过日子的，都做了些什么，您这位什么先生来着，"她接着说，"我摇铃让人领着您出去之前，我会告诉您的。我背了个污名来到了这儿。名誉受辱，我来到这儿下定决心要恢复名誉。多少年来，我一直努力——而我已经恢复名誉了。我在那些有头有脸的人中间公平公开地同他们平起平坐了。他们现在若是想要说我什么不是，也只能在暗地里说说了。他们不能公开说，也不敢公开说。我在这座镇上享有很高的地位，高得恐怕您都高攀不上了。牧师要向我鞠躬致意。啊哈！您来这儿时没料到吧。至于我的情况，您到教堂去打听一下——便会发现，卡瑟里克太太同其他人一样有她自己的座位，而且按时交纳租金。您到镇公所去打听一下，那儿有一份请愿书，请愿书是由有头有脸的人签名呈交的，请求不准马戏团到这儿来表演，以免败坏我们的道德。对啊！我们的道德。我今天上午已在那请愿书上签名了。您到书店去打听一下，牧师星期三晚上《因信仰上帝而获救》的布道词在那儿正募资出版印行呢——捐资名单上有我的名字。我们上一次为慈善举行的布道活动中，医生的妻子只往奉献盘中放了一个先令——而我放了半个克朗①，教区俗人委员索沃德先生端着奉献盘，向我鞠躬致意。早在十年前，他曾对药剂师皮格卢姆说，我应该随着马车，被鞭子抽着赶出镇子。您母亲还健在吧？她桌上摆放的《圣

---

① 克朗（crown）是英国旧制硬币，一克朗相当于五先令，即四分之一英镑。先令也是英国的旧币，一先令相当于十二便士，二十先令相当于一英镑。1971年之后，英国货币采用了十进制，即一英镑等于一百便士，取消了先令的货币单位。

经》比我桌上的更精美吗？她和店主们相处得比我跟他们相处得更融洽吗？她凭着自己的收入过日子吗？我可是一直凭着自己的收入过日子的。啊！牧师从广场上过来了。看看吧，您这位什么先生来着——请看看吧！"

她像个年轻活泼的女人似的，突然一跃身子站立了起来，走向窗户边，待牧师走过去了，还郑重其事地向他鞠了个躬。牧师礼貌周到，抬了抬帽子，然后继续走。卡瑟里克太太回到椅子边，看了看我，露出比刚才更加冷漠揶揄的神态。

"行啦！"她说，"对于一个名誉扫地的女人而言，您看到了这个后，有何感想呢？您现在打算怎么办呢？"

她莫名其妙地选择这样一种方式来展示自己，刚才还列举了不同凡响的事实证明自己在镇上的地位，令我困惑不解。所以，我听她说话时，心里暗暗地感到惊讶。然而，我还是决心要再试一次，以便攻破她的防线。假如这个妇人的火暴脾气再一次控制不住，把怒气再次往我身上发，那么，她的话中可能会有被我抓住的线索。

"您现在打算怎么办呢？"她把问题重复了一声。

"和我刚才进入这儿的情况一模一样，"我回答说，"您在镇上赢得了地位，我对此并不怀疑。即便我能够危及您的地位，我也不想这样做啊。我之所以到这儿来，那是因为，据我所知，珀西瓦尔·格莱德爵士既是我的敌人，同时也是您的敌人。如果说我和他有仇，那您和他也有仇。您想要否认那就尽管否认好了，您也可以不信任我。您想发火就发吧——不过，英国的所有女人中，如果您觉得自己受到了伤害，那您就应该是那位助我一臂之力毁掉那个男人的女人。"

"为了您自己毁掉他，"她说——"然后返回到这儿，看看我对您说些什么。"

她说话时的语气同先前的大不一样——更加急促，更加凶狠，更加充满了敌意。我把洞中的毒蛇多年的深仇大恨给激发出来了——但只是瞬间的事。她迫不及待地把身子倾向我坐的地方时，像一条潜伏着的蛇，猛然向我扑来。她立刻缩回到椅子上原先的位置上时，像一条潜伏着的蛇，突然一溜又不见了。

"您信不过我吗？"我说。

"对啊。"

"您害怕了吗？"

"我看上去像害怕吗？"

"您害怕珀西瓦尔·格莱德爵士。"

"是吗？"

她脸红了，手又动起来了，开始抚平衣服。我紧追不舍，步步逼近——不停地说话，不让她有片刻拖延。

"珀西瓦尔爵士地位很高，"我说，"您害怕他，这也不奇怪。珀西瓦尔爵士是个有权有势的人物——从男爵——拥有豪华的宅邸——还是名门之后——"

她突然哈哈大笑了起来，我别说有多震惊了。

"对啊，"她重复着答案，语气尖刻，沉静而又透着轻蔑，"从男爵——拥有豪华的宅邸——还是名门之后。对啊，确实如此！一个名门世家——尤其是他母亲那一边。"

我没有时间斟酌刚从她嘴里冒出的话，心里闪过一个念头，即这些话颇值得回味待我一离开这幢住宅后。

"我来这儿不是要跟您争论家族问题的,"我说,"我对珀西瓦尔爵士的母亲一点儿都不了解——"

"而且,您对珀西瓦尔爵士本人了解得也很少。"她打断了我的话,语气尖刻。

"我劝您对此不要过于肯定,"我说,"我掌握了他的一些情况——对许多情况还感到很疑惑。"

"您疑惑什么呢?"

"我告诉您我不疑惑的吧。我不疑惑他是安妮的父亲。"

她猛然站起身,走到我身边,怒气冲冲地看着我。

"您竟敢当着我的面说安妮的父亲!您竟敢说谁是她父亲,或谁不是!"她脱口而出,由于情绪激动,脸部发抖,声音发颤。

"您和珀西瓦尔爵士之间的秘密不是那个秘密,"我说,紧追不舍,"令珀西瓦尔爵士的生活变得隐晦模糊的那个谜团不是因您女儿出生而出现的,但也没有因为您女儿的死亡而消失。"

她向后退了一步。"走吧!"她说,表情严厉地指了指房门。

"您或者他心里都没有想到那孩子的事,"我接着说,一定要把她逼到最后的防线,"你们当时偷偷摸摸约会——您丈夫发现你们在教堂法衣圣器储藏室内窃窃私语,其实您和他之间并没有什么通私情的纽带。"

我说出这句话时,她立刻把指向门的手放了下来,脸上的怒气也消失了。我说到"教堂法衣圣器储藏室"几个字时——看到了她脸上表情的变化,看到了这个冷酷无情、铁石心肠、无所畏惧、镇定自若的妇人,由于某种恐惧而颤抖着。这种恐惧是她使出浑身解数都无法抵挡得了的。

有一两分钟时间,我们默默无语地对视着。我先开口说了话。

"您还是拒不信任我吗?"我问。

她脸上的气色没有恢复过来——但是,她回答我的话时,说话的声音稳定了,也恢复了那目空一切、镇定自若的神态。

"是这样的。"她说。

"您还是要赶我走吗?"

"对,走吧——永远都不要再回来了。"

我走到门边,开门前等待了片刻,然后转过身看着她。

"关于珀西瓦尔爵士,我有出乎您预料的消息要告诉您,"我说,"那样的话,我就得再次回来啦。"

"关于珀西瓦尔爵士,不存在什么令我预料之外的消息,除了——"

她停住了,苍白的脸沉下来了。然后一声不吭,动作诡异,像一只猫似的溜回到椅子边。

"除了是他死亡的消息。"她说,重新坐回到椅子上,冷酷无情的嘴唇上挂着一丝揶揄的微笑,坚定的目光中隐现着刻骨仇恨。

我正要打开门出去时,她迅速地扫视了我一番。带着冷酷无情的微笑,她慢慢地张开了嘴——她上下打量我时,透着一种怪异诡秘的兴趣——脸上挂满了不怀好意、难以言表的期待。她的内心深处是在揣测我年轻气盛,感受伤害的能力有多强,自我克制的限度有多大吗?她是否在考虑,假如有朝一日我和珀西瓦尔爵士不期而遇,这些素质能够帮上我多大的忙呢?想到这个后,我赶紧离开了她,连一般的客套告别话都没说。我们两个人都没再吭声,我便离开了房间。

我打开通向室外的门时，又看见了先前从屋边经过的那位牧师。他正横过广场返回经过这儿。我停在门口的台阶上等待他走过去。这时候，我扭过头看了一眼客厅的窗户。

客厅里冷冷清清，寂寞无声。卡瑟里克太太听见他的脚步声过来了，便又站起身走到窗前等着他。我激发了那女人心中满腔的愤怒，但其强度并未使她松弛下来。她仍然拼命抓住那根社会上人家看得起的稻草不放，因为那是她多少年来经过不懈努力之后才获得的待遇。我刚一离开她，她便又出现在那儿，有意站立在那个地方，以便牧师再一次出于礼貌向她点头示意。他再次抬了抬帽子。我看见窗户里面那张冷酷无情、阴森可怕的脸变得柔和了起来，而且绽放出感激自豪的喜悦。我看见那戴着阴森森的黑帽子的头礼貌周到地还礼。牧师对着她鞠躬致意——而且当着我的面——仅仅一天当中出现两次！

我离开那幢住宅时，心里已经清楚了自己要进行调查的新去向了。尽管卡瑟里克太太对我不予配合，但已经帮助我向前迈出了一步。毫无疑问，下一步的调查要着手弄清楚教堂法衣圣器储藏室的情况。

八

我还没到达从广场出去的拐弯处时，身后一排住房里发出来的关门声引起了我的注意。

我回头看了看,发现住宅门口的台阶上站着一位身穿黑衣服的矮个子男人。根据我的判断,那幢住宅靠近卡瑟里克太太家——她家靠近我的一侧与那幢住房相邻。那人毫不犹豫地往他要去的方向走了。他一副心急火燎的样子,朝着我停住的拐弯处走。我认得,他就是我去黑水庄园时走在我前面的那位律师书记员,我当时问他能不能去参观宅邸时,他还故意找碴同我吵架。

我站在原地等待着,看看他这次是否会走过来同我搭讪。我感到惊讶的是,他匆忙走过去了,路过身边时,一声没吭,甚至都没有朝我脸上看一眼。这个情况同我预料的大相径庭,所以我很好奇,或者说起了疑心。于是,我决定小心翼翼地盯住他,看看他这次准备要干什么。我顾不得他是否看见了我,跟在他身后走。他没有回头看,而是领着我穿过街道,径直地走向火车站。

火车即将开动了,三两个迟到的旅客围在售票的小窗口。我向他们凑过去,清晰地听见律师书记员要买去黑水庄园车站的票。我确认了他真正乘火车离开之后,这才离开了。

针对我刚才听到的情况,我只能作出一种解释。我真真切切地看到,那人离开了紧靠着卡瑟里克太太住处的一幢住宅。珀西瓦尔爵士预见到,我要进行调查,迟早会上门找到卡瑟里克太太。因此,他可能差遣那人以房客的身份住到那儿。他肯定看见我进去,又出来,然后匆匆忙忙搭乘最早的火车去黑水庄园报告消息——珀西瓦尔爵士自然而然要亲自赶往那儿(很显然,他清楚我的行踪),以便如果我重返汉普郡,他也可以在那儿严阵以待。我很清楚这一点,于是首先感觉到,我出发时玛丽安担心的情况可能要出现了。现在看来，过不了多少天，我极有可能同他照面。

无论事情最终的结果如何，我决心要按照自己的打算行事，朝着心中的目标勇往直前，绝不因为珀西瓦尔爵士或别的什么人而止步或躲闪。我既然已经到了汉普郡，那么，我在伦敦时心里一直担心着的那种巨大可能性——即自己采取任何一点点行动都得谨小慎微，以免不经意间让人发现了劳拉的藏身之所——已经消除了。我可以在威尔明汉自由出入，即便自己不留神没有采取必要的预防措施，至少其直接的后果除了殃及我自己之外，不会殃及任何他人。

我离开火车站时，冬季里的暮色已经降临。我置身于这样一处人生地不熟的地方，天黑之后无法指望展开有目的的调查。于是，我走向最近的一家旅馆，要了晚餐，订了床位。待这一切完成之后，给玛丽安写信，告诉她一切安好，而且有希望成功。我离开家嘱咐过她，写给我的第一封信（我翌日早晨便可以收到）寄到"威尔明汉邮政所"。我现在要请她把第二天的信寄到同一地址。如果信寄到后，我碰巧离开了镇上，只需要给邮政所长写封信，就可以很容易拿到。

天色已晚，旅馆的咖啡厅里幽静无声。我在毫无干扰的情况下理顺自己的思路，想一想下午遇到的情况，好像旅馆是我自己的家一样。就寝之前，我认认真真从头至尾把同卡瑟里克太太别具一格的会面情况回忆了一番，而且从容不迫地证实了白天早些时候仓促间得出的结论。

从旧威尔明汉教堂的法衣圣器储藏室开始，我听了卡瑟里克太太的全部叙述，看了她做的全部事情。我把这些情况从头至尾全部在脑海里缓慢地梳理了一遍。

克莱门茨太太最初向我提起法衣圣器储藏室时，我心里就在琢磨着，珀西瓦尔爵士为何不选别处，偏偏选了那么个地方同教堂司事的太太偷偷摸摸幽会，此事真是太不可思议，太令人费解了。我凭着这种感觉而不是别的什么，纯粹是猜测性地向卡瑟里克太太提起"教堂法衣圣器储藏室"一事——这只是我叙述事情的过程中内心里突然想到的一个次要情节而已。我有了心理准备，她会语无伦次或者火冒三丈地回答我的话。但是，我提出这件事情时，她不知所措，诚惶诚恐，把我给吓了一跳。很早以前，我就觉得，珀西瓦尔爵士的秘密与一桩隐秘的严重罪行有关，而卡瑟里克太太对该罪行是知情的——但我没有对此展开深究。现在，从那女人突然诚惶诚恐的表情中可以看出，那桩罪行直接或者间接地同法衣圣器储藏室联系起来了。我因此坚信，她不仅仅是罪行的见证人而已——毫无疑问，还是同伙。

那是什么性质的犯罪呢？可以肯定，既有危险的一面，又有令人不齿的一面——否则，卡瑟里克太太听到我提起珀西瓦尔爵士的地位与权势时，不会那样表露出那么明显的蔑视之情，竟然会重复我说过的话。这么说来，那是一桩卑鄙无耻的罪行，也是一桩充满危险的罪行。而她也参与在其中，而且罪行同教堂法衣圣器储藏室紧密相关。

接下来思考的一件事让我又向前迈出了一步。

卡瑟里克太太对珀西瓦尔爵士怀有未加掩饰的蔑视，同时也明显指向他母亲。她提到他是名门之后——"尤其他母亲那一边"，语气尖刻揶揄。这是什么意思呢？事情好像可以作出两种解释。是他母亲出身低微？还是他母亲品行不端，有什么污点不为外人所知，只有卡瑟里克太太和珀西瓦尔爵士两个人私下里知道？作为进一步调查的基础性工作，我只能去查看一下她的婚姻登记，搞清楚她出嫁前的姓氏和父母的身份，以便验证头一种解释。

另一方面，如果属于第二种情况，她品行中的污点又是什么呢？我记得，玛丽安曾向我叙述过关于珀西瓦尔爵士父母的情况。他们离群索居，令人生疑，所以寻思着，他母亲是不是根本就没有结过婚呢？不过话又说回来，结过婚登记簿上纸写笔载地记录着婚姻的凭证，不管怎么说，那会向我证明，这种怀疑是毫无根据的。但是，上哪儿去寻找结婚登记簿呢？至此，我又开始关注起我先前得出的结论来了。我先前把那桩隐秘的罪行定位在旧威尔明汉教堂的法衣圣器储藏室，现在要顺着同样的思路也把放结婚登记簿的地方定位在那儿。

以上就是我同卡瑟里克太太见面后取得的结果——是我的种种考虑，但全部都汇合到了一点，这一点决定了我翌日要采取的行动。

早晨，天空乌云密布，昏暗阴沉，但没有下雨。我把包放在旅馆，过后再去取。我打听好了路线之后，便出发到到旧威尔明汉教堂去。

路程有两英里多，一路的地势徐徐上升。

教堂耸立在一个制高点上——该建筑年代久远，经历了风吹雨打，四周有宽厚的扶壁，前面有个方塔，形状丑陋。法衣圣器储藏室坐落在教堂后面，年代好像和教堂一样久远。教堂的四周，克莱门茨太太向我描述过的村庄的废墟随处可见。她丈夫早年的家就在那儿，大多数居民多年前就离开村庄，迁移到新镇了。有些空房子拆除得就只剩下外墙了，有些则随着时间的推移成了残垣断壁。还有些仍然住着人，很显然，他们都是些一贫如洗的人。此情此景凄凉萧瑟——然而，废墟再破败不堪，也不像我刚刚离开的那个现代城镇那么沉闷单调。在这儿，四周是褐色的田野，微风徐徐吹过，令人赏心悦目。在这儿，树虽然落了叶，但仍然打破了单调的景致，令人憧憬起夏季的树荫。

我从教堂后面出发，路过了一些拆除的房舍，想要找一位能够引路到教堂司事那儿去的人。这时，我看见了两个人从一堵墙后面出来，悠闲地跟随在我后面。其中个高的那位——身强体壮，一身猎场看守人的装束——我不认识。另一位是我那天在伦敦从克尔先生的事务所出来时跟踪我的人之一。我那天特别注意过他，所以，心里很有把握，这次不会看错人。

他和他同伴都没有打算同我搭讪的意思，所以两个人都同我保持了一段相当的距离——但是，他们到教堂来的意图已昭然若揭。和我先前想象的一模一样——珀西瓦尔爵士对我已严阵以待了。我去找卡瑟里克太太的事已在头天晚上就向他报告过了。那两个人是被派过来到教堂附近监视我的，因为他预料到了，我会到旧威尔明汉去。如果说我需要找到证据来证明自己最终选择了正确的调查方向的话，那他现在对我实施的监视行动已经提供证据了。

我离开教堂继续朝前走，后来到了一幢有人居住的房舍边。住房连着一块菜地，里面有个人在干活儿。他告诉了我，去教堂司事家怎么走——那是一幢坐落在不远处的农舍，房子孤零零地耸立在被遗弃的村庄边缘。司事在家里，正要穿上长外套。他是个态度爽朗、性格随和的老人，说话滔滔不绝，嗓门又大，但（我发现）他对自己居住的这个地方不怎么满意，不过同街坊邻居相比，他有一种自豪的优越感，因为他与众不同，曾经到过伦敦。

"幸好您来得早啊，先生，"我说明了来意后，老人说，"我十分钟后就出门。去处理教区的事务，先生——对我这个年纪的人来说，办事前得走很长一段时间的路啊。但是，愿上帝保佑您，我腿脚还利索！一个人只要腿脚还行，就会有很多事情等待着他去办。您难道不这么认为吗，先生？"

说话间，他从壁炉后的钩子上取下钥匙，我们出门后锁上了农舍的门。

"没有人在家里替我操持家务，"司事说着，对自己自由自在、没有家庭拖累的状况津津乐道，"我太太已经在墓地了，孩子们都已结婚成了家。这是不是个凄惨的地方啊，先生？但教区很大，我干的事别人都干不了。这是学问在起作用，我有胜任工作的学问，而且还超出了一点。我会女王英语①（愿上帝保佑女王！）——这就要强过这儿的大多数人了。我猜您是从伦敦来的吧，先生？二十五年前，我也到过伦敦。请讲讲那儿现在有什么新鲜事，好吗？"

他这么一路聊着，领着我来到了法衣圣器储藏室。我环顾四周，看看那两个密探是否还在。没有了他们的踪影。他们看到我找了教堂司事，可能藏匿在什么地方，以便自由自在地监视我的下一步行动。

法衣圣器储藏室的门是厚重的老橡树木板，上面钉了坚固的饰钉。司事把又大又重的钥匙塞进锁孔，举止神态如同有一种人，知道自己遇上了困难，但对于能否克服困难，心里没有底。

"我只能领着您往这边走啊，先生，"他说，"因为从法衣圣器

---

① 即标准英语、规范英语（Standard English）。当时由于维多利亚女王在位才称作 Queen's English，其他时间也称作 King's English。

储藏室通向教堂的门在储藏室一边给钉死了。否则,我们可以从教堂那边进去。如果世界上有倔强任性的锁,那这把就是。锁大得可以用来锁牢门。我们已经用锤子敲过多次了,应该换把新的才是啊。我已向教会堂区俗人委员提过这事了,少说也提了五十次啦。而他总是说'我会处理的',可就是不见行动。啊,这地方是个无人问津的角落。不像伦敦——对吧,先生?愿上帝保佑您,我们全都在这儿沉睡!我们合不上时代的节拍。"

钥匙左拧右转了一阵之后,笨重的锁终于就范了。他推开了门。

法衣圣器储藏室比我感觉的要大些,我先前只是根据外面的情况来判断的。一个老式房间,天花板很低,装了橡子,里面光线暗淡,霉气扑鼻,气氛压抑。房间的两侧——即靠近教堂里面的两侧——摆满了笨重的木柜,由于摆放的时间很长,已被虫蛀了,还裂开了口了。有个柜子里的一角挂了几件教士及唱诗班成员穿的白色法衣,其下摆全都鼓鼓囊囊的,成了一捆凌乱不堪、松松垮垮的布匹。法衣下方的地板上摆着三个装货的木箱,箱盖子半开着,稻草从四面八方的各个裂缝里钻出来了。箱子后面的一个角落里是一堆满是灰尘的纸,有些很大,而且卷起来了,像是建筑用的图纸,有些松散地捆成一扎一扎的,像是账单或信件什么的。房间的侧面曾经有个小窗户,用于采光,但窗户已用砖头堵掉了,取而代之的是开了个灯笼式的天窗。这里空气沉闷,散发着霉味,加上通往教堂的门又是关闭着的,更加让人觉得透不过气来。这扇门也是坚硬的橡木做的,而且在储藏室的这一边上下闩起来了。

"我们本该收拾得更整齐些,对吧,先生?"欢快爽朗的司事说,"但是,您若是处在这个无人问津的角落,您该怎么办呢?对啦,看这儿——就看看这些装货木箱,摆放在这儿有一年多啦,准备运到伦敦去的——就这么摊在地上——只要钉子能够不至于使其散架,那就会这么一直摆放着。我告诉您吧,先生,正如我前面说过的,这儿可不是伦敦啊。我们全都在这儿沉睡,愿上帝保佑您,我们合不上时代的节拍!"

"木箱里面装的是什么呢?"我问。

"教堂讲坛上的旧木刻,圣坛上的嵌板,还有风琴台上的雕像,"司事说,"十二使徒的木刻像——其中没有一具鼻子是完好无损的,全都破了,被虫蛀了,边上碎成粉尘——如同陶器一样容易打碎啊,先生,不说比教堂更加古老,起码和教堂一样古老。"

"为何要运到伦敦去呢?拿去修复吗?"

"是这么回事啊,先生。拿去修复。若是有修整不了的,那就用优质木材复制下来。不过,愿上帝保佑您,资金不足——于是等待着有人来捐资,但却没有人捐。事情始于一年前,先生。有六位先生还为这事在新镇的一家旅馆里共进了餐宴呢。他们发表了演说,通过了决议,而且还签上了他们的名字,印制了几千份倡议书。精美漂亮的倡议书,先生,全都是红颜色的哥特式花体字,上面写着,如不修复教堂,不修整好这些著名雕刻,真是奇耻大辱,如此等等。没有散发出去的倡议书,还有建筑图纸和预算报告,以及众说纷纭、表达不同意见的所有信件,统统都堆放在装货箱后面那个角落里。刚开始那一阵子,是零零星星地收到了一些捐款——但在伦敦以外的地方,您能指望什么呢?您知道,那钱只够用来把破损的雕刻装箱,请人做预算,支付印刷费——完事后,就一个子儿也没有了。正如我刚才说过的,事情就这样了。这些东西没有别的地方好摆放——新镇里没有人愿意替我们提供场所——我们在一个无人问津的角落——也就是这个不整齐的法衣圣器储藏室了——谁肯帮一把呢？这是我想要知道的。"

我心急火燎，一门心思想要查看结婚登记簿，所以，老人在滔滔不绝地说话时，我不愿意激励他再往下说。他说到储藏室凌乱不堪，没有任何人肯助一臂之力。我对此表示赞同——我随后便提议，我们开始进行我们的活动，不要拖延。

"哎，哎，结婚登记簿，肯定的，"司事说着，从衣服口袋里掏出一小串钥匙，"您要查看多久以前的，先生？"

我和玛丽安谈到珀西瓦尔爵士与劳拉的婚事时，她告诉了我他的年龄。她当时说他四十五岁。由此向前推，再加上得知该信息后又过去了一年。我知道，他一定是 1804 年出生的，所以，我就从那个时间开始查起。

"我想从 1804 年的开始看。"我说。

"怎么个查看法，先生？"司事问，"向后查看，还是向前？"

"从 1804 年向前查看。"

他打开了其中一个柜子的门——即挂法衣旁边那个柜子——拿出一本油光闪亮、棕色装帧的大册子。结婚登记簿存放在如此不安全的地方，我着实感到震惊。由于年代久远，柜子已经变形开裂了，锁也很小，而且还是最普通的那种。我用我手上的手杖就可以轻而易举地弄开。

"你们觉得结婚登记簿存放在此安全吗？"我问，"如此重要的登记簿想必应该用更加牢固的锁锁起来，并且小心谨慎地存放在铁制保险柜里吧？"

"对啊,呃,真是很有意思啊!"司事说,刚把登记簿打开就又合上了,然后兴高采烈地用手拍了拍封面,"很多年前,我当时还是个小伙子,我的那位老前辈一向说的就是这话。'为何不把结婚登记簿'(即我手上的这种登记簿)——'为何不把它存放在铁制保险柜里呢?'我后来听他说过不知多少遍。他当时是律师,先生,同时担任了本教区委员会的司事。一个亲切热忱的老绅士——而且还是个很特别的人。他在世时,会在诺尔斯伯里的律师事务所存有本登记簿的副本,常常定期在副本上补充新内容。您简直难以想象,他每个季度都要约定日子来一两回,骑着他的老白马过来亲自把登记簿与副本进行核实。'我怎么知道'(他常说)——'我怎么知道存放在这储藏室里的登记簿不会被偷窃或损坏呢?为何不把它存放到铁的保险柜里啊?我怎么就没有办法说服别人和我一样认真办事呢?哪一天如若发生意外——登记簿遗失了,那么,本教区的人就会发现,我的这个副本可有价值啦。'他说完总会吸一口鼻烟,然后环顾一番四周,像个国王似的,可威风啦。啊!如今像他那样办事的人可是不容易找到啊。您可能会去伦敦,那儿也找不到。您刚才说哪一年,先生?18多少年?"

"1804年。"我回答说,心里暗下决心,查看完结婚登记簿之前,决不让老人再有说话的机会。

司事掏出眼镜,一页一页地翻着登记簿,每翻过三页便小心地舔湿一下指头。"这儿呢,先生,"他说着,再次兴高采烈地在翻开的登记簿上拍了一下,"这就是您要查看的那个年份。"

我不知道珀西瓦尔爵士出生的月份,所以,从当年的开头几个月向前查。登记簿是老式的那种,条目全都是用手写在空白纸上,一个条目记完后，便会在末尾处画一道横线，以便条目与条目之间分开。

我查到了1804年年初，没发现有那桩婚姻的登记，然后往前查到1803年12月，再到11月，10月，再到——

不！还未查遍9月，我在该月的条目中查到了那桩婚姻登记！

我认认真真地查看该条目。在一页的下端，由于篇幅有限，不像上面的记载，字迹很小，挤成了一团，前面紧挨一条婚姻登记引起了我的注意，因为新郎的教名和我的一样。后面紧接着一条（就是次页顶端那条）则在另一方面引人注目，占了很大篇幅，是两兄弟同时登记结婚的记载。菲力克斯·格莱德爵士的婚姻登记除了篇幅小，挤在一页的下端之外，毫无引人注目之处。他太太的情况也就是婚姻登记通常要提供的那些。上面记载着，她是"诺尔斯伯里镇赏园村的塞西莉娅·珍妮·埃尔斯特，已故帕特里克·埃尔斯特先生的独生女，原籍巴思①"。

我在自己的记录本上记下了这些内容，心里一边思考着自己下一步的行动，疑虑重重，黯然神伤。此时此刻之前，我相信，秘密近在咫尺，但现在看起来，它比以往任何时候都更加遥不可及了。

我此行到法衣圣器储藏室对解开什么尚未解开的谜团有启示吗？看来没有任何启示。关于自己怀疑的珀西瓦尔爵士的母亲在品行方面的污点，我取得了什么进展了吗？有个事实倒是验证了，她是清白无辜的。我面前呈现着新的疑点，新的困难，新的阻碍，纷至沓来，没完没了。下一步该怎么办啊？接下来要进行的事情似乎

---

① 巴思（Bath）是英格兰西南部的一座城市，坐落在布里斯托尔港的东南面。巴思以乔治王朝的建筑和古罗马温泉而著名，是英国著名的度假胜地。

是，我可以去调查了解"诺尔斯伯里的埃尔斯特小姐"，先找到卡瑟里克太太对珀西瓦尔爵士的母亲持蔑视态度的秘密，说不定对我调查的主线能够有所突破呢。"您找到了需要的东西了吗，先生？"我合上登记簿时，司事问了一声。

"找到了，"我回答说，"不过，我还要调查了解一下。我估计，1803 年在这儿主事的牧师已不在人世了吧？"

"不在了，不在了，先生。我到这儿来的三四年前，他就已经去世了——那是 1827 年前的事了。我接受了这个职位，先生，"我的这位老年朋友不停地说着，"原因是我的前任司事离开了这个职位。人家都说他太太把他赶出了家门——但那位太太还在，就住在新镇那边。我本人不知道事情的来龙去脉。只知道，自己获得了这个职位。万斯布拉先生要我担当此任——他是我刚才告诉您的我那位老前辈的儿子。他可是世上最洒脱自如、风流倜傥的绅士，骑马纵犬打猎，饲养猎犬，诸如此类。他现在是本教区委员会的司事，其父是他的前任。"

"您刚才不是告诉我您那位老前辈住在诺尔斯伯里吗？"我问。刚才，我的这位喋喋不休的朋友打开登记簿前讲了一段冗长的故事，说到那位办事一丝不苟的老派绅士，我听得有点厌烦了。我此时想起了那段故事。

"对啊，没错，先生，"司事回答说，"老万斯布拉先生住在诺尔斯伯里，小万斯布拉先生现在也住在那儿。"

"您刚才说了，他和他父亲一样，也是教区委员会的司事。但是，我不知道，教区委员会的司事是干什么的。"

"您确实不知道吗，先生？您也是从伦敦来的！您知道，每个教区教会都有一个教区委员会司事和教堂司事。教堂司事就是像我这样的（只是我比大多数司事更有学问——不过，我不自我吹嘘）。教区委员会的司事的职位需要具备律师资格。如果教区委员会有什么事，司事就去处理。伦敦的情况也是如此，每个教区教会都有一个教区委员会司事——您尽管相信我的话好啦，他一定是位律师。"

"这么说来，我看小万斯布拉也是位律师吧？"

"他当然是，先生！诺尔斯伯里镇高街的一位律师——在他父亲先前开的律师事务所办公。我不知有多少次打扫过那些办公室，看见过老绅士骑着他的白马上班，沿街左顾右盼，向每一个人点头示意！愿上帝保佑您，他可是个受欢迎的人啊！——他即便在伦敦也是如此！"

"从这儿到诺尔斯伯里有多远？"

"路程可远啦，先生，"司事说，对距离夸大其词，把从一个地方到另一个地方的难处说得惟妙惟肖，所有乡村的人都有这个特点，"有将近五英里呢，我告诉您吧！"

时间还是上午前半段，有充足的时间步行到诺尔斯伯里去，然后再返回威尔明汉。关于珀西瓦尔爵士的母亲婚前的品行和身份，除了当地的律师，本镇或许没有任何人可以帮助我搞清楚。我决定立刻步行去诺尔斯伯里，于是率先走出了法衣圣器储藏室。

"由衷地谢谢您啊，先生，"我把一件小礼物塞到司事手里时，他说，"您确实打算一路步行到诺尔斯伯里去，然后再返回吗？那行啊！您腿脚也有劲——这多有福气啊，对不对？就这条路，您不会走错。我真希望能够陪同您一块儿去——在这个无人问津的角落，遇上了伦敦来的绅士，真令人开心。可以听一听新鲜的事儿。再见吧,先生——再次由衷地谢谢您。"

我们分别了。我离开教堂时,回头看了看——那两个人又出现在下面的路上,而且还多了一位同伴,第三者是那个穿黑衣服的矮个子,也就是头天傍晚我一路跟踪到火车站的那位。

三个人站在一起说了一会儿话——然后分开了。穿黑衣服那位独自朝威尔明汉去了,另外两位留在原地不动,显然准备等到我继续向前走时跟踪我。

我一路前行,不让那些家伙看到我在刻意注意他们。我其实当时并没有对他们感到恼火——相反,他们倒是激活了我濒临破灭的希望。我找到了结婚证据后感到很惊讶,一时间竟然忘记了开始在法衣圣器储藏室附近看见那两个人时所得出的推断。他们两次出现,这让我想到,珀西瓦尔爵士曾预见到我同卡瑟里克太太会面后会去旧威尔明汉教堂——否则,他不至于差遣密探在那儿等我。从外表上看起来,法衣圣器储藏室平静安宁,一切正常,但背后却隐藏着邪恶——说不定那本婚姻登记簿里面隐藏着我尚未发现的东西。

"我会返回来的,"我转过身最后看一眼旧教堂的尖塔时,心里想着,"我将要再次麻烦那位欢快爽朗的司事去征服那把倔强任性的锁,再次打开法衣圣器储藏室的门。"

九

我一走到看不见教堂的地方时,便加快脚步向着诺尔斯伯里走去。

道路的大部分地段都是笔直平坦的。我每次回头张望时，都看见那两个密探在跟踪着我。一路上，他们大部分时间都与我保持适当的距离。但是，有一两次，他们加快了步伐，好像想要超过我——然而又停住了——一块儿商量着——保持先前的距离。他们显然怀有特别的目的，不过，如何才能完美地实现目的，他们似乎还犹豫迟疑着，或者说还没有统一看法。我无法准确猜测出他们的意图，但我疑虑重重，感到前往诺尔斯伯里的途中一定会遭遇到什么不测，而我的担心应验了。

　　我刚进入一段僻静无人的地段，向前走了一段后出现了一个急转弯，心想（根据时间推测）距离镇上一定不远了，突然听到那两个人的脚步声就在我身后。

　　我还未来得及回头看一眼，其中一位（我在伦敦跟踪过的那位）急促地从我左边走过，并用肩膀猛然碰了我一下。他和他的同伙从旧威尔明汉一路跟踪我，我看见他们的那副模样后本来就窝了一肚子火，于是，怒气冲冲地用手掌把那家伙狠狠推开。他立刻大声呼救，他的同伙，就是那位穿了一身猎场看守服装的高个头，猛然蹿到我右边——一时间，两个流氓恶棍一左一右架住了我的双臂把我夹在路中间。

　　我意识到，他们给我设置好了一个陷阱，而且知道，自己已经落入了其中，心里很难受。幸亏如此，我克制了自己，没有同他们进行无谓的争斗，情况这才没有变得更加不可收拾——面对他们中的一位，如果单打独斗起来，我可能都不是他的对手。我抑制住了自己要挣脱他们的本能反应，而是环顾四周，看看附近有没有我可以求助的人。

附近的田地里有位农工在干活儿,他一定目睹了刚才发生一幕。我对着他喊话,要他一路跟随我们到镇里。他无动于衷,只是一个劲地摇头,然后朝着离大路很远的一幢农舍的方向走了。与此同时,夹住我的两个家伙声称,他们要控告我打了人。我很镇静,也很理智,没进行任何反抗。"放开我,"我说,"我陪你们到镇上去。"穿猎场看守服装的那位粗暴地拒绝了。但那个身材矮小一些的头脑精明,他想到了后果,所以不想让他的同伙不必要地使用暴力给自己惹麻烦。他示意了对方,放开了我的双臂。我在他们中间继续向前走。

我们到了路的拐弯处,前面就是诺尔斯伯里镇的边缘了。当地的一位警察正在大路旁的小路上走着。那两个人立刻向他求援。他回答说,治安官正在镇公所办案,建议我们直接上那儿去找他。

我们继续朝着镇公所走。镇政府书记员填写了一份正式的传票,受理了对我的指控。遇到这种情况,指控通常都是夸大其词,颠倒是非。治安官(一个脾气暴躁的人,洋洋得意于自己的权力,令人厌恶)问,路上或附近是否有目击证人看见了打人的事。我感到惊讶的是,原告承认,田地里有位农工。然而,治安官接着说的话令我豁然开朗,明白了他们承认这一事实的目的。由于有了证人,治安官立刻把我还押候审。同时还表示,如果我能找到愿意承担责任的人,保证我随传随到,他还允许保释。如果我是本镇的熟人,交上一笔保证随传随到的保证金,他也可以释放我。但是,我是个人生地不熟的外地人,因此,必须要找到担保人。

我现在完全清楚了他们施用这个诡计的目的。他们策划好了,必须在这样一个完全陌生的地方把我还押候审,而我又找不到担保人,获得保释。还押期只有三天,治安官就又要来审讯。但是,我在拘押期间，珀西瓦尔爵士可以任意使用各种手段来阻碍我以后的行动——他或许会暗中进行，完全不被人发觉——完全用不着担心我会从中干扰。三天结束后，指控毫无疑问会被撤回，当然也就根本用不着证人到场了。

他们居心叵测，使用伎俩，阻挠我的进一步行动。面对如此行径——其本身卑劣可耻，无聊透顶，但可能导致的结果却是会很令人痛心疾首，担惊受怕——我义愤填膺，几乎可以说是绝望了。一开始，我简直想象不出摆脱目前困境的有效办法。我迟钝愚蠢，竟然要来了纸笔，想私下里把自己的真实情况告诉治安官。等到我真正动笔写信之后，这才突然意识到，这样做徒劳无益，而且贸然轻率。我把纸推开——说起来害臊，我都快要被这令我伤心痛苦的孤独无助的境况击垮了——直到这时，心里才突然有了一个方案，这事珀西瓦尔爵士或许没预料到，我可以在几个小时后重获自由。我决定把情况告知橡树山庄的道森先生。

我最初在黑水庄园一带展开调查时，到过那位绅士家里，这事他可能还记得。我当时把哈尔寇姆小姐写的一封信给了他，她在信中言辞恳切地把我推荐给他，要他热情友好地关照我。我现在向他提到信的事，以及先前告诉过他的情况，我的调查既艰难棘手又危险重重。我没有向他透露劳拉的真实情况，只是说我做的事情十分重要，关系到与哈尔寇姆小姐有关的家庭利益。

我现在采取同样谨慎的态度，用同样的方式向他解释我来到诺尔斯伯里的事——我在信中对医生说，我受到一位他所认识的小姐的信赖，在他家时，还承蒙他盛情接待，我是不是可以据此请求他到这个我举目无亲的地方来助我一臂之力。

我终于得到许可，雇请一个信使带上我的信立刻驾车出发，返回时还可以把医生带过来。橡树山庄到诺尔斯伯里比到黑水庄园要近些。信使说他四十分钟就可到达那儿，再过四十分钟便可把道森先生带来。我叮嘱了他，如果医生不在家，不管在哪儿，都要找到他——然后，我坐下来耐着性子等待结果，心里满怀希望，会得到帮助的。

信使出发时，时间还不到一点半。三点半之前，他就返回了，医生随他一块儿来的。道森先生善良仁慈，体贴周到，立刻伸出了援助之手，并把它视作理所当然的事。我几乎感动得受不了啦。我们提出了保释的事，而且立刻获得了认可。下午四点钟不到，我在诺尔斯伯里的街上同心地善良的老医生热情洋溢地握手——我重获自由了。

道森先生热情好客，邀请我和他一同回橡树山庄去，晚上住到那儿。我只能回答说，时间紧迫，身不由己，请求允许我几天之后再去拜访他，到时再表谢意，向他说清原委为何当时无法做到。我们互致珍重，友好地分别了。我立刻转身去高街万斯布拉先生的事务所。

现在，时间至关重要。

毫无疑问，我获得了保释的消息天黑前就会传到珀西瓦尔爵士那里。接下来的几个小时里，我若不能弄清楚他最害怕的秘密，让他败在我的手下，那我已经取得的成果便会丢失殆尽，而且永远也不可能再赢回来。那个人本性残忍，刚愎自用，在当地颇有影响力，我暗中进行的调查让他受到了威胁，其罪行有公之于众的危险，定会孤注一掷——所有这一切都警示我，刻不容缓，要快马加鞭，查明真相。我先前等待道森先生时，已经有了思考的时间，而且很好地利用了它。我先前对那位滔滔不绝的老司事讲话感到很厌烦，但现在又想起了其中一些片段，而且赋予了新的意义。我心里隐隐地产生了一种怀疑，而我在法衣圣器储藏室时是没有想到的。去诺尔斯伯里的路上，我只是想向万斯布拉先生了解珀西瓦尔爵士的母亲的情况。我现在打算要查阅旧威尔明汉教堂结婚登记簿的副本了。

我要求见万斯布拉先生时，他在事务所里。

他是个性情开朗、脸色红润、态度随和的人——更像是个乡绅，而不是律师——他听了我的请求之后，好像觉得既意外突然，又开心有趣。他听说过父亲有登记簿副本的事，但没有亲眼见识过。后来也没有人问起过——副本毫无疑问与其他文件一同存放在保险室里，自从他父亲逝世后，那些东西从未动过。很遗憾（万斯布拉先生说），老先生没有活着听见终于有人要查看他珍贵的副本，否则，他现在更会对自己的这个癖好如痴如醉了。我是如何知道副本的事的？难道是听镇上哪个人说的吗？

我尽量回避这个问题。调查进入了目前这个阶段，怎么谨慎都不为过。同样不能让万斯布拉先生过早就知道我已查看过登记簿原本了。因此，我声称自己正在进行一项家史调查，要完成任务，节省时间至关重要。我急不可待地要趁当天的邮班向伦敦寄回具体情况，而看了看结婚登记簿副本（当然会支付必要的费用）之后，或许就有了我想要的东西，这样免得今后再往旧威尔明汉跑。我补充说，如果以后需要查看原本结婚登记簿的副本的话，我会到万斯布拉先生的事务所请求提供该文本的。

有了这一番解释之后，他没有反对提供副本。他派了个书记员去保险室。过了一阵,书记员拿着文本回来了,和法衣圣器储藏室那本大小一模一样,唯一的区别是,副本装帧得更精美。我拿着副本走到一张空桌旁,双手发颤——头脑灼热——我觉得,自己壮着胆子翻开登记簿前,必须竭尽全力,掩饰住自己激动的情绪,不让室内其他人觉察出来。

我一开始翻到前面的空白页,看到了几行墨迹褪了色的字。其内容是——

"威尔明汉教区教会结婚登记簿副本。遵本人之嘱完成,后经本人亲自与原本逐条核实。(签名)教区委员会司事:罗伯特·万斯布拉。"在该说明的下面又加了一行,是另一个人的笔迹,内容是:"从1800年1月1日至1815年6月13日。"

我翻到1804年9月份,看见教名跟我的一样的那个人的结婚登记,还看到了那两兄弟同时结婚的记载。而在这两个条目之间的该页底端——

什么都没有!教堂里那本结婚登记簿上记载的菲力克斯·格莱德爵士和塞西莉娅·珍妮·埃尔斯特婚姻状况的条目,在此无半点痕迹。

我的心猛跳了起来,怦怦跳得都令我喘不过气来。我再看了看——不敢相信亲眼看见的证据。不!没有半点疑问。那儿没有记载该婚姻状况。副本上各条目所占的空间同原本上各条目所占的空间一模一样。我这个教名的那个人的婚姻状况条目是该页的最后一条,以下是空白——之所以留下空白,显然是空白太少,记不下两兄弟的婚姻状况,因此,副本也跟原来一样,他们的婚姻状况记在了另一页的顶端。那道空白显露了一切真相!教堂的登记簿上一定从 1803 年时起就一直有这道空白（庄严的婚礼举行过后，副本也照录），直到 1827 年，当时珀西瓦尔爵士到了旧威尔明汉。在这诺尔斯伯里，副本向我显示，有人可能伪造了结婚登记条目——而在那旧威尔明汉，教堂的结婚登记簿上，有人就是伪造了条目！

我觉得天旋地转了起来。我抓住桌子，不让自己倒下去。我对那穷凶极恶之徒所产生的一切怀疑中，没有一点是接近这个真相的。我压根儿就没有想到，他根本不是什么珀西瓦尔·格莱德爵士，根本就无权享有从男爵的爵位和黑水庄园，实际上和在庄园里干活的一贫如洗的农工差不多。我有时认为，他可能是安妮·卡瑟里克的父亲，有时又认为，他可能是安妮·卡瑟里克的丈夫——但他真正犯下的罪行却自始至终远在我的想象之外。这个骗局所施用的伎俩，卑鄙恶劣，所涉及的罪行，情节严重，胆大包天，败露之后所带来的后果，令人恐惧。我想到这一切后简直受不了了。无耻的恶棍丧失理性，惶恐不安，丧心病狂地时而使用卑鄙下流的骗术，时而施用不顾后果的暴力。只是因为怀疑安妮·卡瑟里克和格莱德夫人知道了他可怕的秘密，于是内心不安，狂暴激动，疑神疑鬼，把安妮·卡瑟里克关进疯人院，还手段恶劣地玩弄阴谋，加害夫人。面对所有这一切，现在有谁还会感到惊讶吗？若是在过去，秘密揭开之后，他可能会被绞死——而现在，可能是终身被流放到海外。秘密一旦揭开，即便骗局的受害者肯让他免受法律制裁，他也会被一举剥夺他曾盗取的名号、爵位、财产以及整个社会地位。这就是那个秘密，它已属于我啦！我话一出口，宅邸、地产、从男爵爵位就都永远从他那儿消失——我话一出口，他就要被流放海外，变成个无名无姓、一文不名、举目无亲的流浪者！这个人的整个前途系在了我嘴唇上了——此时此刻,他也跟我一样,确确实实地知道了这一点!

我想到了最后这一点后便镇定下来了。为了那些比我自己的利益更加重要的利益,我必须格外小心谨慎,这是我进行哪怕是在细微的行动时的指南。珀西瓦尔爵士为了对付我,什么样的奸诈手段都会用上。面对危险,濒临绝境,他会不顾一切,孤注一掷。他会肆无忌惮,继续犯罪——事实上,他为了保全自己,什么都干得出来。

我思忖了片刻。我首先必须做的就是,把刚才发现的情况记录下来,使之成为确凿的证据。一定要把证据放在珀西瓦尔爵士拿不到的地方,以免我本人遭受到什么不测。结婚登记簿的副本放在万斯布拉先生的保险室里肯定是万无一失的。但正如我亲眼看到的,放在法衣圣器储藏室里的原本却毫无安全可言。

情况紧急,我当即决定重返教堂,在晚上睡觉之前,再一次请求司事帮忙,把登记簿中的所需内容摘录下来。我当时并不知道,必须要有符合法律要求的文本,仅凭我本人摘录的文件是不能作为证据发生效用的。我对此不知情,加上决心要对目前的行动保密,所以也就没有去询问打听,否则,我是可以获得必要的信息的。我火急火燎要做的一件事就是,迫不及待地返回旧威尔明汉去。万斯布拉先生已经注意到了我表情不安,动作慌乱,对此,我把能找得到的借口都找出来了。我把需要支付的费用放在桌上,说好一两天之后再写信给他,然后离开了事务所。我感到头晕目眩,周身热血沸腾。

暮色四合。我突然想到,自己在大路上可能再次被人跟踪,再次遭到袭击。

我的手杖很轻巧，对于防卫，派不上什么用场，或者根本就用不上。我离开诺尔斯伯里前停了下来，买了一根乡下用的又粗又短的棍棒，一头还很重。有了这一简便的武器，即便有人拦住了我，我也能对付他。如果袭击我的人不止一个，我还可以跑。我在上学时，跑步出了名——后来在中美洲时，也没有缺少这方面的锻炼。

我迈着轻快的步伐开始走出镇子，并且一直走在路中间。

天下起了蒙蒙细雨，路途的前一段，我还无法确认是否有人跟踪，但是，到了后一段，我估计离教堂还有约莫两英里路时，看见有一个人冒雨从我旁边跑过去——这时，我听见路边一片场地上的一扇门砰地关上了。我径直地往前走，手里握住棍棒，做好准备，耳朵注意听，眼睛在细雨和夜色中一直注视着。我还未向前走上一百码，便听见右边树篱中发出窸窸窣窣的声音，三个人蹿到了路的中间。

我立刻闪身到了人行道上。领头的两个人停下脚步时，已经超过我了。第三个像闪电般迅速，停住了——半转过身子——用棍子攻击我。这一棍子不厉害，没击中要害，落在了我的右肩上。我奋力反击，往他头上击打，他身子向后摇摇晃晃，同他那两位正冲向我的同伙撞了个满怀。这个情况给了我拔腿逃跑的瞬间。我一闪身超过了他们，以最快的速度返回到路中间，奔跑了起来。

那两个没有受伤的继续追赶我，都跑得很快。路面平坦光滑，开头五分钟左右，我意识到，自己跑不赢他们。在黑暗中长时间地奔跑很危险，路两边的树篱，我只隐隐约约看见黑色的轮廓，若是在路上偶尔碰上个障碍，必定会被绊倒的。不久后，我感觉路面有了变化,到达某个拐弯处时,地势向下,然后又向上。下坡时,那两个人跑得比我快,但到了上坡时,我便开始与他们拉开了距离。他们疾速匀称的脚步声在我耳畔变得越来越微弱了。我根据声音推断,自己已经把他们远远地甩在了后面。可以往地里跑,好让他们黑暗中扑个空。我偏向人行道,朝向了树篱的第一个缺口。我猜想是缺口,但并没有看清楚。结果是一道关闭的大栅门。我翻越了过去,到了一块地里,背对着大路,继续横过那块地。我听那两个人过了大栅门,还在跑——片刻之后,听见其中一个叫另一个回来。现在已经无所谓了,他们看不见我的身影,也听不见我的动静。我径直横过了田地,到达边缘时,停下来休息片刻,缓口气。

我不可能再冒险回到大路上,不过已经打定了主意,当天傍晚要到旧威尔明汉去。

我好像既没有月亮也没有星星替自己指引方向。我只知道,自己离开诺尔斯伯里时,是顺风顺雨向前的——而现在若仍然这样向前走,肯定大方向不会出错。

我按照这个计划行事,横过乡野——除了树篱、沟渠和树丛时不时使我走点弯路之外,没有遇到什么更加难以克服的障碍——最后,我到达了一座小山旁,前方是陡峭向下的坡地。我下到了坡底,从树篱间挤了过去,踏上了一条小道。我刚才是向右拐离开大路的,现在要向左,希望这样可以折回到我已偏离了的路线。我顺着满是泥泞、蜿蜒起伏的小路走了大概十分钟后,看见一幢农舍的窗户里射出亮光。院门朝向这条小路,我赶紧进去打听路。

我还没有来得及敲门,门突然打开了,有个人手提着灯跑出来。他一看见我便停住脚步,举起了灯。我们相互看清对方时都吓了一跳。我漫无目标地走,已经沿外围绕过村庄到了村尾了。我回到了旧威尔明汉,提灯的不是别人,正是我上午接触过的教堂司事。

很奇怪,我离开后的这段时间里,他的态度好像有了变化。他似乎满腹狐疑,局促不安,本来红润的脸颊涨得更红了。他开口说的第一句话令我摸不着头脑。

"钥匙在哪儿呢?"他问,"是您拿了吧?"

"什么钥匙?"我重复了一声,"我此刻刚从诺尔斯伯里回来呢。您是指什么钥匙啊?"

"法衣圣器储藏室的钥匙。愿上帝拯救我们,帮助我们!我该怎么办啊?钥匙不见了!您听见了吗?"老人大声嚷嚷着说,情绪激动,朝着我晃动着灯,"钥匙不见了!"

"怎么回事?什么时候的事?谁可能把钥匙拿走呢?"

"我不知道啊,"司事说,情绪急切,黑暗中睁大了眼睛看着四周,"我刚刚回来。上午告诉过您的,我今天一整天有事情要处理——我锁上了门,窗户也关上了——而现在门却开着,窗户也开着。您看吧!有人进去过,拿走了钥匙。"

他转身走到竖铰链窗户边,指给我看,窗户洞开。他转身时晃了一下,提灯的小门松开了,风立刻吹灭了里面的蜡烛。

"再拿盏灯来吧,"我说,"我们两个人一同到法衣圣器储藏室去。快!快啊!"

我催促他进屋。我先前有充分的理由预料到其中有奸计,该奸计可能令我已经获得的优势消失殆尽。而此时此刻,奸计或许正在实施的过程中。我心急火燎,迫不及待想要赶到教堂那边去。司事把灯重新点亮的当儿,我不能在住宅里被动等待,于是走出院门,上了小路。

我还没有向前走上十步，有个人便从教堂的方向朝着我走了过来。我们相遇时，他毕恭毕敬地说话。我看不清他的脸。但是，仅从说话的声音来判断，我根本就不认识他。

"我请求您原谅，珀西瓦尔爵士——"他开口说。

我打断了他的话，没有让他接着往下说。

"天黑，您看错人了，"我说，"我不是珀西瓦尔爵士。"

对方立刻向后退了。

"我还以为是我家主人呢。"他喃喃地说，急促不安，心神不宁。

"你是在这儿等待你家主人吗？"

"他吩咐我在这小路等待来着。"

他回答完话便往回走。我转身看了看那幢住宅，看见司事出门了，手里又拿着提灯。我搀扶着老人的胳膊，以便加快步伐。我们在小路上快步向前，超过了刚才同我搭讪的那个人。在灯光的照明下，我看到了，他是个未穿号服的仆人。

"他是谁啊？"司事低声问，"他知道钥匙的事吗？"

"我们先不要问他，"我回答说，"我们先去法衣圣器储藏室。"

即便是白天，那也得走到小路的尽头才能看见教堂。我们登上坡地向教堂走去时，村上有个孩子——是个男孩——看到我们提的灯便走近我们，他认出了司事。

"我说啊，司事老爷啊，"男孩说，显得积极主动，扯住司事的外衣，"那边有个人进了教堂，我听见他开了门锁——听见擦火柴的声音。"

司事全身颤抖，身子沉重地倚靠在我身上。

"快！快啊！"我催促着说，"我们来得还不算太晚，不管那人是谁，我们都要抓住他。别让灯灭了，尽量跟着我。"

我快速登上山，黑色夜空下，首先辨认出的是教堂尖塔的黑影。我转向一边绕道到储藏室去，这时，听见身后有沉重的脚步声。那个仆人跟随着我们到达了教堂。"我没有恶意，"我转身面对他时，他说，"我只是寻找我家主人。"他说话的语气中真真切切地透着恐惧。我没理睬他，继续向前走。

我转过拐角看见储藏室的当儿，只见房顶灯笼形天窗从里射出通亮的光。没有星星的夜空本来一团漆黑，闪亮的光线令人目眩。

我急忙横过教堂墓地，到达门边。

我走近时，闻到夜晚潮湿的空中弥漫着一种奇怪的气味。里面传出噼噼啪啪的声音——我看到房顶的光线越来越亮——有块玻璃打碎了——我跑向门口，用手推门。储藏室起火了！

我发现起火后，未来得及动一下，未来得及喘口气，被里面沉重的撞门声吓了一大跳。我听见钥匙在锁里疯狂拧转的声音——听见门后一个男人的声音——尖叫得吓人，呼叫救命。一路跟着的仆人哆嗦着跟跟跄跄后退，双膝下跪。"噢，上帝啊！"他说，"是珀西瓦尔爵士。"

他话音刚落，司事到达了——与此同时，又传来了钥匙在锁里吱嘎转动的声音，这也是最后一声。

"上帝怜悯他的灵魂吧！"老人说。"他注定要死，他把锁弄得打不开了。"

我冲到门边。多少个星期来，我全神贯注，满脑子想的、行动上全力以赴的就是这个目标，而此刻这个目标却从我的脑海里消失得无影无踪了。我平时心里记着,那个人罪恶累累,残酷无情,做了伤天害理的事情。他毫无怜悯之心,践踏爱情,玷污清白,破坏幸福。我曾从内心深处发誓,一定要严惩他,让他恶有恶报——所有这一切都有如梦中情景,从我的记忆中消逝了。我的心中只有一个印象,他身处可怕的境地。我只有一种感觉,那就是人性的自然冲动:我要把他从恐怖的死亡中救出来。

"试试另外那扇门吧!"我大声叫喊着,"试试通向教堂的门!这把锁打不开啦。你若再在这上面耽搁片刻,那就死定啦!"

刚才钥匙在锁里拧转了之后,再没有了救命的喊叫声。现在什么声音也没有了,他已经没有了生命的迹象。我只听见迅速蔓延的大火噼噼啪啪地响着,天窗上的玻璃破碎时发出刺耳的声音。

我转身看了看我的两个同伴。仆人已站起来了。他已接过了提灯,神色茫然地举灯照着门,吓得呆若木鸡——在我身后等待着,像条狗一样跟着我转。司事蹲伏在一块墓碑上,颤抖着,独自呻吟着。我看他们一眼就知道,他们两个人都无能为力。

我都不知道自己干了什么,一时冲动,铤而走险,拽住仆人,推着他靠到储藏室的墙上。"弯下腰!"我说,"抓住石头,我要踩着你的身子爬到房顶上去——去砸破天窗,好让他有新鲜空气!"

那人全身颤抖着,但他抓得很牢。我踩上了他的背,嘴里咬住那根短棍,双手紧紧抓住护栏,一下就爬上了房顶。一时间,我手忙脚乱,焦躁不安,根本没有想到,非但不能使空气进入里面,反而火苗会往外延伸。我拼命敲击天窗,四分五裂、松松垮垮的玻璃顷刻全被敲碎了。大火像猛兽出洞一样蹿了出来。风正好把火苗从我所处的位置挡了回去,若非如此,我的一切努力当时就结束了。

我蹲伏在房顶，浓烟夹着烈焰从我上面喷涌而出。火光闪烁，一片通亮，我看见那人在墙根下神色茫然，仰面望着。司事站在墓碑上，神态绝望，搓着双手。村上居民寥寥落落，集聚在那边的墓地上，男人形容枯槁，女人丧魂落魄——在通红的令人恐怖的火光中，在漆黑的令人窒息的浓烟下，他们全都若隐若现。而我脚下的那个人！——那个人在遭受窒息，在被燃烧，在走向死亡，离我们那么近，而我们却根本束手无策！

我想到这儿几乎要发疯了。我躬下身子，双手抓牢，从房顶下到了地面。

"教堂的钥匙！"我冲着司事大喊，"我们试试那边——如果我们能够打开那边那扇门，或许还可以救他。"

"不，不，不！"老人大声说着，"毫无希望了！教堂的钥匙和储藏室的钥匙是串在一块儿的——全部都在室内啊！噢，先生，他已没救了——他此刻已经化作灰烬了！"

"镇上的人都看得到火啊，"我背后的人群中传来一位男士的声音，"镇上有辆灭火车，他们会来保住教堂的。"

我喊了那个人——他有点理智——我喊他过来跟我说话。镇上的灭火车到这儿来至少需要一刻钟。这期间，我无法面对惊恐不安、束手无策的场面。我不相信自己的理智，坚持认为法衣圣器储藏室里那个已遭灭顶之灾的无耻恶棍或许还神志不清地躺在地上，或许还没有死。如果我们把门砸开，还可能救他吗？我知道，那把锁又重又结实——知道橡木门很厚实，还钉了饰钉——我知道，运用普通的办法想要打开其中任何一扇门都是毫无希望的。但是，教堂附近那些拆除的房舍里不是还留有一些梁木吗？我们扛一根过来，把它当成大槌撞门怎么样呢?

我心里闪过了这样一个念头,犹如火苗蹿出破碎的天窗一样。我询问先前提到镇上有灭火车的那个人。"您家有镐吗?"有,他们有。有斧头、锯和绳子吗?有!有!有!我手里提着灯跑到居民中间。"凡帮我忙的人都可得到五个先令!"他们听到这么一说,全都跃跃欲试了。贫穷导致的另一种饥饿——对金钱的渴求——一时间使他们蜂拥上来,争先恐后。"你们如果还有提灯,去两个人多拿几盏过来!去两个人拿些镐和别的工具来!其余人随我找梁木去!"他们欢呼雀跃——欢呼的声音里充满了饥饿,尖声刺耳。妇女和儿童迅速往两旁退。我们则一同顺着教堂墓地的小路冲向最近的空房舍。除了司事,男人们都离开了——可怜巴巴的老司事站立在平的墓碑石上,对着教堂哭泣、呻吟。那位仆人还跟在我身后。我们冲进一幢住宅时,他那张苍白无神、茫然无措、惊恐万状的脸紧靠在我的肩膀上。地上横着一根根从房上拆下来的椽子——但分量太轻。我们头顶上横着一根梁木,但伸长胳膊和举起镐头都够得着——梁木的两端牢牢地卡在毁坏的墙体内,天花板和楼板都掀掉了,上面的房顶对天开了个大口子。我们立刻从两端动手拆下梁木。天哪!卡得多牢固啊——墙体的砖头和砂浆对我们实施了多么顽强的抵抗啊!我们敲呀,拉呀,拆呀。梁木的一端下来了——脱落时,随即塌下一堆砖头。女人们发出一声尖叫,她们全聚在门口看着我们干——男人中传来一声喊叫——有两个人摔倒了,但没有伤着。大家同心协力又用劲拉了一下——梁木的两端都松下来了。我抬起梁木,吆喝着要门口的人闪开。现在要行动啦!现在要冲向门边啦!烈火熊熊,火光冲天,把我们照得更加明亮!我们步伐稳健,沿着教堂墓地的小路向前——稳稳地抬着梁木冲向门边。一、二、三——撞。大家又情不自禁地高声呼喊。我们已撞得门松动了,即便不能把锁撞开,铰链也一定抵挡不住。我们抬着梁木再来一次!一、二、三——撞。门松开了!门内的火苗透过门四周的裂缝迅速往外冒。最后再撞一下!门砰的一声往里面倒了。在场的每一个活人都诚惶诚恐,不敢出声,屏住呼吸,静观事态。我们寻找那具尸体。热浪扑面,不得不向后退。我们没有发现什么——上面,下面,整个房间,除了熊熊烈火,什么也没有发现。

"他在哪儿呢?"仆人低声问着,目光呆滞,盯着烈火看。

"他已化作灰烬了,"司事说,"登记簿也化为灰烬了——噢,先生们!教堂也立刻就会化作灰烬。"

唯有他们两个人开口说了话。他们沉默下来之后,除了大火升腾时发出的噼啪声,四周悄无声息,一片寂静。

听啊!

远处传来嘈杂刺耳的咔嚓声——接着是马匹狂奔时空洞沉闷的马蹄声——再接着是低沉的喧闹声,几百人闹哄哄的声音乱成一片,有呼喊的,有吼叫的。灭火车终于来了!

我周围的人全都转身离开火灾现场,争先恐后地往山坡上跑。老司事也随同其他人离开,但他已精疲力竭了。我看见他扶着一块墓碑。"挽救教堂啊!"他有气无力地喊着,好像灭火的人听见了他叫喊似的,"挽救教堂啊!"

只有那位仆人一动不动。他站在那儿,神色茫然,目光呆滞,仍然直勾勾地盯着大火。我跟他说话,抓住他的胳膊摇了摇,但毫无反应，只是再次低声地重复了一声："他在哪儿呢？"

十分钟过后，灭火车准备就绪了。用教堂后面井里的水灌满了灭火车，输水软管接到了法衣圣器储藏室的门口。如果他们要我帮忙，我现在也使不上劲，意志力消失了，精疲力竭了——我心惊胆战，混乱的思绪突然间平静了下来。我现在知道他已经死了。我站立着，不知所措，无能为力——朝着那熊熊燃烧的室内看啊，看啊，看啊。

我看见大火被慢慢地控制住了，明亮的火光也暗下来了——水汽像团团白云向上升腾，透过水汽可以看见地上一堆堆烧得发红发黑的灰烬。停了片刻——紧接着，聚集在门口的灭火人员和警察再次共同行动起来了——接着是低声商量的声音——最后，有两个人离开了众人。他们要穿过围观的人群，走出教堂墓地。人群中一片沉默，让开了路，让那两个人过去。

片刻之后，人们大惊失色，慢慢后移，留出通道。那两个人沿着通道返回，抬着一扇从空房里卸下的门板，走向储藏室，然后进去了。警察再次把门口围起来了。人们三三两两偷偷地溜出人群，站在警察身后，想先要看上一眼。其他人则站在附近等待，想先要听听消息，其中有妇女和孩子。

"他们找着他了吗？""找着了。"——"在哪儿呢？""靠在门上，脸朝着门的。"——"哪扇门？""通向教堂的那扇门，头靠在上面，脸朝下倒的。"——"脸烧坏了吗？""没有。""不，烧坏了。""对，灼伤了，但没有烧坏，因为他脸朝下，我可是告诉你们。"——"他是谁？""是个勋爵，他们说的。""不，不是勋爵。是个爵士什么的。爵士就是骑士。""也叫男爵。""不是。""是，是这样。"——"他去那里面干什么？""没有好事，你相信好啦。"——"他是故意纵火吗？"——"故意纵火烧死自己吗？"——"我不是说他要烧死自己，而是说他要烧毁法衣圣器储藏室。""他的面目很可怕吧？""可怕！"——"但脸不可怕吧？""不，不，脸不那么可怕。"——"有人认识他吗？""有个人说他认识他。"——"谁？""一位仆人，他们说。他被吓傻了，但警察不相信他说的话。"——"没有别的什么人认识他吗？""嘘——"

有位负责人的声音洪亮清晰，我周围人的低声议论即刻就平静下来了。

"那位千方百计想要救人的先生在哪儿呢？"那个声音在问。

"在这儿呢，长官——他在这儿！"我周围几十张面孔迫不及待地催促着——几十双胳膊迫不及待地推开人群。那负责人手里提着灯向我走来。

"请这边走，先生。"他轻声说。

我对他说不出话来。他拉住我的胳膊时，我也无法拒绝他。我极力想要对他说，那人生前我从未见过——别指望我这个陌生人能够辨认出他。但这话没有说出口。我软弱无力，沉默不语，无可奈何。

"您认识他吗，先生？"

我站在一圈人中间，对面三个人提着灯，放低到要靠近地面了。他们和其他人一样沉默不语，充满着期待，全都目不转睛地盯着我的脸看。我知道，自己脚边是什么——我知道，他们为何把提灯放得靠近地面了。

"您能够辨认出他吗，先生？"

我的目光慢慢地向下移。一开始，我只看见了一块粗陋的帆布。令人恐怖的沉静中，细雨滴在上面的声音都可以听见。我顺着帆布看过去，泛黄的灯光下，在那尽头，有个直挺僵硬、模样可怕、黑不溜秋的东西——那是死者的脸。

就这样，第一次，也是最后一次，我看见了他。就这样，蒙上帝安排，我同他相遇了。

十

事件在当地影响甚大，验尸官和镇当局深感压力，于是由陪审团参与的死因调查迅速展开。调查工作翌日下午就开始了。我作为事件的见证人之一，当然被传讯去协助调查。

早晨，我要做的第一件事就是去邮政所询问一下玛丽安给我的信到了没有。无论情况发生了多么不可思议的变化，都无法消除我离开伦敦后牵肠挂肚的心情。只有早晨收到了来信后，我才能确切知道，自己不在伦敦期间，没有发生什么不幸的事情。因此，每天开始时，我一门心思想着的事情就是要收到来信。

玛丽安给我的信已在邮政所等我去取，我如释重负。

什么事情也没有发生——她们和我离开时一样平安无事，身体康健。劳拉随信寄来了爱，并请求我返回时要提前一天告知她。她姐姐对此解释说，她从自己的私房钱里拿出了"将近一英镑"，还声称要做东准备一顿饭，以便庆贺我回家。这样天气晴朗的早晨，我看着信上这些娓娓道着家庭琐事的文字，同时，头天夜里那恐怖可怕的情景还栩栩如生地在心中萦怀。此信令我想到，不能让劳拉突然知道实情。我立刻给玛丽安写信，把以上我记述的情形告诉给她。我叙述这件事时，尽可能不慌不忙，语气和缓，并且提醒她，我不在家时，报纸之类的东西不要让劳拉接触。如果我面对的是别的哪位不那么英勇无畏、不那么忠实可信的女人，那我可能会犹豫再三才把整个事情毫无保留地告诉她的。但是，我有了过去同玛丽安交往的经验。她忠实守信，我如同信赖我自己一样信赖她。

我的信需要写得很冗长，占去了我参与事件调查前的所有时间。

展开法律程序的调查必然碰到错综复杂的细节问题和种种困难。除了要弄清楚死者遭遇死亡的情况之外，还有一系列严重问题要查明：大火是如何起的，钥匙怎么不见了，法衣圣器储藏室失火时，怎么会有个陌生人在场。连验明死者身份的工作都尚未完成。那仆人一副无可奈何的样子，警察都怀疑他是否真的认识谁是他的主人。他们连夜派人到诺尔斯伯里镇去，找来熟悉珀西瓦尔·格莱德爵士身形相貌的证人，翌日一早便同黑水庄园取得联系。通过这一系列措施，验尸官和陪审团解决了死者身份的问题，验证仆人的陈述准确无误。由有效证人和一些具体事实提供的证据后来通过查验死者手表得到了进一步确认。手表的内侧刻有珀西瓦尔·格莱德爵士的饰章和名字。

接下来就失火的情况展开调查。

首先传讯的目击者是我和那位仆人，还有那个听见储藏室里有擦火柴声音的男孩。男孩把他看到的情况说得一清二楚，但仆人的神志尚未从惊恐中恢复过来——他显然无法协助调查工作，于是他被吩咐退出证人席。

　　令人欣慰的是，对我的询问没有持续很长时间。我不认识死者，从未见过他，也不知道他到了威尔明汉。找到尸体时，我不在储藏室现场。我所能提供的证明是：我在司事的住宅边停下来问路，听他说钥匙不见了，于是陪同他到了教堂，以便给他力所能及的帮助，看到失火了，听见有个不认识的人在储藏室内面，想要打开门锁，但没成功。我出于人道，想了一切办法去救他。其他熟悉死者的证人受到询问，要他们解释，为什么认为是他拿了钥匙，他为什么在失火燃烧的房间里。但验尸官似乎认定，由于我不熟悉这一带的情况，同珀西瓦尔·格莱德爵士也完全陌生，所以，我不可能就上述两点提供什么证据。

　　对我的正式询问结束后，我对自己下一步要采取的行动方案已经很清楚了。首先，既然可资证明我的推测的一切证据都已随结婚登记簿化为灰烬了，我这样做恐怕毫无实际用途。其次，我若不揭露整个阴谋骗局的原委始末，那就不可能把自己的看法——未经验证的看法——陈述得清楚明了，而且这样做毫无疑问还会在验尸官和陪审团心目中造成我已在克尔先生心目中造成了的不良影响。

　　然而，随着时光流逝，我在本叙述中不必像上面描述的那样，谨小慎微，畏首畏尾，束缚住了自己，而是可以畅所欲言，表明自己的看法了。我叙述其他事情之前，想要简明扼要地陈述一下自己的想法，说明钥匙丢失、火灾发生、那人死亡种种现象。

　　我相信，珀西瓦尔爵士听到了我获准保释的消息后，便使出了最后的招数。企图在大路上袭击我的行为便是其中之一。他曾在结婚登记簿上伪造了内容，销毁那一页，便掩盖了一切罪证，这是另一招，也是更加有效的一招。如果我拿不出从原来摘录的内容同存于诺尔斯伯里的已核实的副本进行对照比较，我便拿不出确凿的证据来揭露他，给他造成威胁，置他于死地。为了达到目的，他必须要做的就是，神不知鬼不觉地潜入法衣圣器储藏室，从结婚登记簿上撕下那一页，然后怎么进去的就再怎么出来。

基于上述推测，对于他为何等到夜幕降临后才动手，为何等到司事不在家时乘机拿到钥匙，那就很容易理解了。他不得不擦亮火柴寻找到那本登记簿。按照通常谨慎从事的做法，他把门反锁起来了，以防好事的外人闯入，或者我当时碰巧在附近也会闯入。

我不相信，他会故意到储藏室纵火，以制造因意外失火致使结婚登记簿被毁的假象。救火人员可能立刻赶到，尽管可能性极小，但登记簿还是有可能抢救出来。他只需要思索片刻，就会打消掉这种念头的。法衣圣器储藏室里易燃物品有的是——稻草、文件、货箱、干木头、虫蛀了的旧柜子——依我看来，稍不小心，火柴或灯极有可能引起燃烧。

面对如此情况，他的第一反应无疑应是设法把火扑灭——但是，如果灭不了火，他接下来会想到要设法从他进入的那道门（不过他对锁的情况一无所知）逃生。我对着他喊话时，火焰一定蔓延到了通向教堂的门，而门的两边摆满了柜子，紧靠着的边上又堆满了其他易燃物品。他企图从里面那扇门逃生，但他极有可能受不了浓烟和大火（全闭的室内）。我爬上房顶，打破天窗的当儿，他一定已经晕倒了——一定倒在他被发现的地方。我们即便随后能够进入教堂，而且能够打破那边那扇门，但时间上的延误已经是致命的了。到那时，他已经没救了，早已没救了。我们只会使大火畅通无阻地烧进教堂，如此一来，如今保存下来了的教堂就会遭受法衣圣器储藏室同样的命运。我毫不怀疑——任何人也不会怀疑——我们尚未到达那幢住宅，竭尽全力把梁木拆下来，他就已经死亡了。

这就是我针对这种明摆着的事实结果所作的最符合实际的解释。正如我描述的那样，事情就这么发生了。正如我讲述的那样，他的尸体就这么被找到了。

陪审团参与的调查延期了一天，因为迄今为止，尚未找到任何法律上站得住脚的说法，以解开该扑朔迷离的神秘案件。

他们已经做出了安排，拟传讯更多证人，还将邀请死者在伦敦的律师到庭。鉴于那仆人目前无法提供半点有用的证据，还指定了一名医生负责对其精神状况提出报告。仆人只能恍惚迷离地声称，失火的当天夜晚，他奉命在小路上等候。而他除了肯定死者是他家主人外，别的什么也不知道。

我的感觉是，他先是受主人指使（但他不知道这是在犯罪）探明了那天司事不在家，然后奉命在教堂附近等候（但那儿看不见法衣圣器储藏室），万一我逃脱了在大路上的袭击，并且同珀西瓦尔爵士发生正面冲突，也好助他主人一臂之力。有必要补充一点，从仆人的口中绝不可能获得佐证上述观点的证词。对他进行的医检报告声称，仆人原本就不那么健全的心智受到了严重刺激。调查虽然延期了，但并未从他那儿获得任何令人满意的证据。说不定，他到现在也还没有恢复正常呢。

我返回到了在威尔明汉的旅馆。经历了这一切之后，我感到身心疲惫，意气消沉，精神沮丧，根本无法忍受当地人关于调查工作的街谈巷论，也无法回答咖啡厅里那些人向我提出的一些无聊透顶的问题。我随便吃了点东西填饱肚子，随后便回到了我那房价低廉的阁楼卧室，给自己留出片刻的宁静，在毫无干扰的状态下，想念劳拉和玛丽安。

倘若我手边更加宽裕一点，当天夜里，我定会回伦敦去，去看看那两张亲爱的人的脸，让自己得到安慰。但是，延期调查期间，我得随叫随到，尤其重要的是，自己正处在保释期内，还得到诺尔斯伯里镇治安官面前接受询问。我们收入本来菲薄，已经损失严重，加上前途难以预料——现在比以往任何时候都更加难以预料——因此，我战战兢兢，害怕不必要地花钱，即便乘坐火车的二等车厢的往返行程这样微不足道的开支也罢。

翌日——紧接着陪审团的调查之后一天——我可自由支配。早晨，我照例去邮政所询问玛丽安写给我的报平安的信。和平常一样，信已在那儿了，通篇都洋溢着高昂的情绪。我看过信后，颇感欣慰。我随即感到心情舒畅，开始了新的一天，出发前往旧威尔明汉，要在晨光下看一看火灾现场。

我到达了那儿后发现，一切都面目全非了！

在这个不可理喻的世界上，我们经历着种种事情。往往是微不足道的琐事与恐怖可怕的灾难携手并肩。世间万事，结果难以预料，面对人类灾难也往往如此。我到达教堂边时，只有墓地留下的被人们严重践踏过的痕迹，诉说着这儿发生过的火灾与死亡。法衣圣器储藏室门前已用粗糙的木板围起来了，上面已涂了粗俗的漫画。村上的孩子为抢占有利的窥孔往里面看看而打闹着，叫喊着。在我听见烈火熊熊的室内传来呼救声的地方，在那个被吓得呆若木鸡的仆人跪下的地方，一群鸡鸭正在左挑右拣、你争我夺地抢食雨后的蠕虫——在我脚边，就是摆放门板和令人恐怖的尸体的地方，这时有一个工匠的饭被裹好的黄色盆子盛着，等着他来吃，还有一条忠实可靠的杂种狗守护着。狗看见我走近，冲着我狂吠起来。老司事百无聊赖地注视着迟迟才开工的修复工程，他现在唯一要津津乐道的就是——由于事出意外，他本人可以不负责任。村上有位女人，我记得我们拆下梁木时，那恐怖的情景把她给吓得脸色苍白，失魂落魄。她此时正在一只旧洗衣盆边与另外一位看上去愚蠢浅薄的女人咯咯地傻笑着。凡夫俗子，有什么了不起的事啊！所罗门光芒四射，但他也是个凡人，他那皇袍的每个褶皱里，宫殿的每个角落里，也藏着污纳着垢。

我离开那儿时，心里再次想到，当然不是头一回如此，由于珀西瓦尔爵士的死亡，证明劳拉身份的事受挫，眼下一切希望都彻底破灭了。他消失了——而实现我苦苦追求和寄托全部希望的目标的机会也随他消失了。

我能不用比这更加实事求是的目光看待自己的失败吗？

倘若他活着——这种境况的变化会对结局有所改变吗？我发现了窃取他人权利是珀西瓦尔爵士犯罪的实质之后，即便是为了劳拉，我能把我发现的东西当作交易的商品吗？我若缄口不言则可以迫使他对阴谋骗局供认不讳，而这样做的结果是，合理合法的继承人得不到地产，名正言顺的拥有者得不到名分，我能以此为代价吗？绝不可能！倘若珀西瓦尔爵士活着，至于我寄予厚望的发现（我并不知晓秘密的真实性质），我不可能依照自己的想法，为了证明劳拉的合法权利，而自行处理，秘而不宣，或公之于众。出于起码的诚信和廉耻，我必须立刻去找到那位其与生俱来的权利被非法窃取了的陌生人——我必须放弃属于我的胜利，立刻把我的发现毫无保留地告知那位陌生人——而我必须完全像现在这样，内心深处下定了决心，重新面对自己人生中的重重艰难险阻！

我怀着平静的心情回到了威尔明汉，感觉比以往任何时候都更加自信，更加坚定。

回旅馆途中，我路过了广场卡瑟里克太太住的那一端。我该再去一趟那幢住宅，再见她一面吗？不，她最希望听到的消息莫过于珀西瓦尔爵士的死亡了，而这消息几小时后一定传到了她耳朵里。陪审团调查的一切过程刊登在了当天早晨当地的报纸上了。我压根儿没有任何她所不知道的东西要告诉她。我已不那么有兴趣想叫她开口说出内情了。她曾说过，"关于珀西瓦尔爵士的消息，没有什么是我意料不到的，除非是他死亡的消息"。我记得她说这话时，脸上的表情中透着刻骨仇恨。我记得，她说完那话后同我分别时，眼睛盯着我看，目光诡秘而又充满了兴趣。我内心深处有一种感觉，觉得这种直觉是真切的，让我不想再见到她——我转身离开了广场，径直回到了旅馆。

几小时后，我在咖啡厅休息时，侍者把一封信交到我手上。信封上收信人的名字是我的，打听了一下，我得知，信是临近黄昏、点灯之前一位女士放在酒吧柜台的。她没有吭声，别人也没有来得及同她说话，甚至都没有看清她的模样，她便离开了。

我拆开信，里面没注明日期，也没署名，连字迹都明显是伪装的。然而，我还没看完第一句话，便知道了写信人是谁，是卡瑟里克太太。

信的内容如下——我一字不漏地抄录:

先生,您并没有像您说过的那样再回来。没有关系,我已经知道消息啦。所以,我写信告诉您一声。您离开我时,看到了我脸上的表情有点特别吗?当时,我心里想着,他的末日是不是终于快到了,而您是不是被选来惩处他的人。您是——而您已经完成使命了。我听说,您够优柔寡断的,还企图救他一命。您要救成了他,我可该把您当成敌人,但您现在没救成,我则把您当朋友。您到我这儿来调查询问之后,吓得他夜间进入了那间法衣圣器储藏室。尽管您并不知情,也非您的本意,但您的调查询问替我报了二十三年的深仇大恨。尽管非您的本意,但我要谢谢您,先生。

我感激替我报了仇的人,如何才能还这个人情呢?我如若还是个妙龄女子,或许会说:"过来!如您愿意,用手臂搂住我的腰吧,吻我吧。"我会喜欢您,甚至会做到那一步的,而您也会接受我的邀请——如若是在二十年前,您会的,先生!但我如今是个老妇人了。行啊!我能够满足您的好奇心,并以这种方式来偿还我的人情债。您到我家来时,充满了好奇,想要知道关于我私生活的一些情况——关于那些情况,如果没有我帮忙,您再机敏睿智也无法了解到——那些情况,您到现在也还没有发现。我会不遗余力地让您满意的,可敬可爱的年轻朋友啊!

我猜想,1827年,您还是个孩子吧?当时,我可是个亮丽的女子,住在旧威尔明汉。我找了个卑鄙龌龊的傻瓜做丈夫。同时也有幸结识了(别管是如何结识的)某位绅士(别管他是谁)。我不说出他的姓氏，为何要说呢？那不是他自己的姓氏。他根本就没有姓氏。您此刻和我一样清楚了。

我若是告诉您他是如何处心积虑博得我欢心的，则能够把情况讲述得更加清晰一些。我天生就有贵夫人的兴致品位，而他满足了我的追求。换句话说，他爱慕我，送我礼物。女人是无法抵御得了爱慕与礼物的——尤其是礼物，只要那是些她想要得到的东西。他思维敏捷，知道这一点——大多数男人都如此。他自然而然想要得到某种东西的回报——所有男人都如此。不是别的什么东西，而是法衣圣器储藏室的钥匙以及里面文件柜的钥匙，但要背着我丈夫。当我问他为何要我这样私下里给他弄到钥匙时，他当然说了谎。他其实不必多此一举——我没有相信他的话。但我喜欢礼物，而且还想要得到更多。因此，我给他弄到了钥匙，没让我丈夫知道。我留神观察他，没让他知道。一次，两次，一共四次，我留神盯他的梢——到第四次时，我发现了他的秘密。

涉及别人的私事时，我从来都不会去多管闲事，所以，关于他为了一己私利在结婚登记簿上加上一个条目的事，我也没有太认真。

我当然知道这样做是错误的，但毕竟于我无害——这算是我没有大惊小怪多管闲事的充分理由。况且我还没有一块带链子的金表呢——这是另一个更加充分的理由。然而，就在头一天，他答应给我从伦敦买一块过来——这是第三个也是最充分的理由。我若是当时知道了法律会给这种罪行定什么性，会如何惩处，我定会小心从事，替自己着想，并且当即就揭发他。

但是，我一无所知——而且渴望得到金表。我提出的全部条件是，他要把我当知心人，告诉我事情真相。如同您现在充满了好奇想要知道我的事一样，我当时也迫不及待地想要知道他的事。他答应了我的条件——行啦，您马上就清楚啦。

长话短说，下面的情况是他说给我听的。我在此告诉您的一切。他当时吞吞吐吐。其中有些是我软磨硬泡诱使他说出来的，有些是我打破砂锅问到底问出来的。我决心要掌握全部实情——而且相信我掌握了。

关于他父母之间的真实情况，他在母亲去世之前并不比别人知道得更多。后来，他父亲透露了实情，并且承诺力所能及地替儿子做点什么。他并未做成什么就离开人世了——连遗嘱都未立。做儿子的（谁能责怪他呢？）很精明，自己的事自己办了。他立刻赶赴英格兰，接下了那份产业。没有人对他表示怀疑，没有人对他说个不字。他父母一直以夫妻的名义生活着——少数认识他们的人当中也未曾有人起过疑心。这份产业的合法继承人应该是位远亲（如果真相大白的话）。而那位远亲根本未曾想过可以获得遗产，况且他父亲去世时，人家还远在海上航行呢。至此，他并未遇到任何困难——名正言顺地接下了遗产。但是，他不可能名正言顺地拿这份产业来抵押贷款。若要贷款，他还缺少两样东西。一样是他的出生证，另一样是他父母的结婚证。出生证很容易弄到——他出生在国外，有现成的证书。而另一样东西却很难搞到手——他因此到了旧威尔明汉。

若不是事出有因，他或许就到诺尔斯伯里去了。

他母亲遇上他父亲之前,一直住在那儿——她名义上是个未婚妻子,但实际上已经结婚嫁人了,是在爱尔兰结的婚,丈夫对她百般虐待,后来带着另一个女人走了。我告诉您这件事,是有真凭实据的。菲力克斯爵士向他儿子解释了他为何没有结婚的缘由。您兴许要问了,儿子既然知道其父母是在诺尔斯伯里认识的,而那儿的人都会满以为他们是结了婚的夫妻,那他为何最初不在那儿教堂的结婚登记簿上做手脚呢?其理由是,1803年(根据其出生证上的日期,其父母应该是那时结的婚)在诺尔斯伯里教堂主事的牧师在他1827年接受遗产时仍然健在。情况不妙,他只得到我们那儿打探,那儿可没有这个危险,过去在我们教堂主事的牧师已经去世好几年了。

旧威尔明汉和诺尔斯伯里一样是个合适的地方,他可以实现自己的目的。他父亲领着他母亲离开了诺尔斯伯里,同她住在离我们村不远处河边的一幢房舍里。人们知道,他单身一人时就孤单寂寞生活惯了,所以,所谓的婚后仍然离群索居,也就见怪不怪了。如果他不是个相貌丑陋可怕的人,那他同一位女子隐居兴许会引起众人疑心。但实际情况是,他绝不与人交往,一心要掩盖自己丑陋和畸形的外貌,这就谁也不会感到奇怪了。他拥有黑水庄园之前,一直住在我们那儿。过了二十三四年之后,谁还会以为(因牧师已去世了)他的婚姻不和他生活的其他方面一样诡秘隐蔽,而且婚礼不是在旧威尔明汉教堂举行的呢?

因此,正如我对您说的,做儿子的发现,为了自己的切身利益,要把事情秘密办妥,选择我们那儿最有把握。您听到后或许会感到惊讶,他真正在结婚登记簿上做手脚是一时的念头——改变了原先的打算。

他开始的想法只是要撕下那一页(记有年月对得上的那一页),私下里销毁它,再回伦敦去,找几个律师为他弄一份父亲结婚的必要证明,当然还要若无其事地向他们提出已销毁的那一页上的日期。那样的话,无人会说他的父母亲没有结过婚——而在这种情况下,不管人家是否肯通融贷款给他(他认为他们肯的),如果有人对他获得封号和地产的资格提出质疑,他也成竹在胸,知道如何回答。

但是,当他偷偷摸摸看到了结婚登记簿时,他在1803年的记载中发现有一页的底端留有一些空白,好像篇幅长的条目又容纳不下,所以就记在了次页的顶端。这一偶然的发现促使他改变了计划。这是个千载难逢的机会,他未曾指望,也未曾想到过——他抓住了这一机会,情况您都知道了。如果要跟他出生证完全吻合,那空白应该是在登记簿中的7月份。但它是在9月份。然而,在这种情况下,若是有人提出疑问,那也不难自圆其说。他只需说自己7月份出生的就行。

我真的很愚蠢,他把自己的故事讲给我听时,还觉得有趣,而且对他产生了几分怜悯——您会看到,这正是他处心积虑想好了的。我认为他很不幸。他父母没有结婚这件事,并不是他的过错,但也不是他父母的过错。比我更加心细的女人——不那么一心想要得到带链金表的女人——也会为他寻找到借口的。不管怎么说,我缄口不言,帮助他把做过的事掩盖起来了。

他花了些时间把墨水调配成吻合得上的颜色(用我的瓶瓶

罐罐调了又调），后来又花了些时间练习书写。但他最终还是成功了——把他那死后躺在坟墓中的母亲打扮成了一个洁白无瑕的女人！我至今也不否认，他当时确实够意思。他把带链金表给了我，是不惜代价买来的。链子和表都做工精湛，价格昂贵。我还保留着呢——表走得很准。

您那天说过，克莱门茨太太把她知道的一切都告诉您的。这么说来，我就没有必要记述那轰动一时的丑闻了，那件事弄得我抬不起头——我毫不含糊地说，自己是个无辜的受害者。您一定和我一样清楚地知道，我丈夫发现我同一位风度翩翩的绅士暗地里约会，而且窃窃私语，这时，他会有什么想法。但是，您不知道，我与那位绅士之间的事是如何了断的。您看下去就知道了，他是如何对待我的。

我看到事情有了变故之后，一开始就对他说："您要对得起我——洗刷我身上的污点，我不应蒙冤受屈，这您是知道的。我不要您把事情坦陈无遗地告诉我的丈夫——以您一名绅士的名誉担保，只告诉他，他误会了，我不应像他认为的那样受到谴责。看在我替您做这一切的份上，您至少要这样做才对得起我啊。"他说了一大通，断然拒绝了。他直言不讳地告诉我，让我丈夫和街坊四邻对那个假象信以为真，符合他的利益——因为，只要他们认为那是真的，他们才永不可能怀疑事情的真实性。我也是个有脾气的人，于是告诉他，他们将会从我嘴里知道真相。他的回答很简短，但清楚明确。如果我说出去，就像他毁了一样，我也肯定毁了。

是啊！事情应验了。关于我冒着风险帮助他的事，他欺骗了我。他利用了我的无知,用礼物引诱我,用他的身世来博得我的同情——其结果是,他让我成了他的帮凶。他态度冷峻地点明了这一点,最后对我说,第一次这么说,犯他那种罪行的人以及协同犯罪的人,最后真正会怎样受到可怕惩处?那个时候,法律可不像现在我听到的这样讲人性。不单单杀人犯会被绞死,女犯也不能享受什么优待。我承认,他把我给吓着了——卑鄙无耻的骗子!胆怯懦弱的无赖!您现在明白了我有多么恨他了吧?我费尽心思——心怀感激地这样做——要满足您这位对他穷追不舍终于使其原形毕露的年轻功臣的好奇心,您明白了我为何这样做了吧?

好吧,我接着讲吧。他还不至于傻到把我逼上绝境的地步。一旦走投无路,我可不是那种服服帖帖的女人——这一点他是清楚的,于是精明狡猾地替我筹划未来,以便让我平心静气下来。

我为他出了力,理应得到奖赏(他亲切友好地说)。我蒙冤受屈,理应得到补偿(他感激不已地补充说)。他心甘情愿——慷慨大方的恶棍!——每年按季支付我一笔可观的津贴,但有两个条件:其一,我必须守口如瓶——为了他的利益,同时也为了我自己。其二,事先未告知于他,并未得到许可,我不得离开威尔明汉。在我自己的地方上,不会有哪个品性正直的妇女在茶余饭后同我嚼舌,从而触及那个危险的话题。在我自己的地方上,他随时都找得到我。这第二个条件很苛刻——但我还是接受了。

我还能有别的办法吗?我处在无依无靠的境地,眼看就要有个孩子来拖累我,还能有别的办法吗?去请求我那件丑闻搞臭了我然后一走了之的白痴丈夫的宽恕吗?我宁可死了。况且那津贴是一笔数目可观的钱。那些见了我翻白眼的女人，我的条件超过了她们中的一半人，收入比她们的高，住房比她们的豪华，地毯比她们的精美。在我那地方，道德楷模们穿的是印花棉布，而我穿的是丝绸。

于是，我接受了他向我提出的条件，而且尽可能利用它们，在他们的地盘上，与我那些体面的左邻右舍们展开斗争，而且最终获胜了——这一切您都亲眼见识了。至于从那时到现在这些年当中，我是如何保守他的秘密（也是我的秘密）的，我那亡故的女儿安妮是否真的博得了我的信任，知道了秘密，并且也守着秘密——我敢说，这些是您充满了好奇想要得到答案的问题。好吧！我心怀感激，满足您一切要求。我要翻开新的一页，马上就把答案给您。

我翻开新的一页之际，哈特莱特先生，必须要声明，您好像对我亡故的女儿挺有兴趣，这令我惊讶。我对此无法理解。如果这种兴趣促使您迫不及待想要知道她小时候生活的情况，我得请您去找克莱门茨太太，她对此知道得比我多。请您谅解，我承认，自己对亡故的女儿并不是太喜欢。她自始至终对我是个负担，加上还有智力不健全的缺陷。您喜欢坦诚直率，而我希望这会使您满意。

我没有必要说一大堆个人的陈年旧事来烦您。说说我遵守了协议书中我该要遵守的条件，按季享受到了自己丰厚的收入，这就够了。

我时不时地会短时间离开，以便换换环境，但事先要请示主人，一般都会获得允许。我已告诉过您，他并不傻，不会把我逼得太厉害。他完全相信，我即使不为他，为了我自己，也会守口如瓶的。我离开家走得最远的一次是去利默里奇，去服侍我的一个生命垂危的同父异母姐姐。据说，她积攒了些钱。我觉得，这样也可以（万一出现什么不测，得不到津贴）替自己捞点好处。然而，到头来，我的辛苦全白费了，什么也没有得到，因为她根本就是一无所有。

我把安妮带到北方去了，因为我有时候一时心血来潮会对自己的孩子生出几分爱怜来，而这样的时候，面对克莱门茨太太对她施加的影响，心里便不是滋味儿。我根本不喜欢克莱门茨太太。她是个贫穷寒酸、愚不可及、垂头丧气的女人——您可以叫她是天生的苦工——我有时把安妮带走，故意让她难受。在坎伯兰伺候病人期间，由于想不出别的办法来安排女儿，我便把她带到利默里奇学校去。庄园的女主人费尔利夫人（一个相貌平平的女人，竟然让英国最英俊潇洒之一的男人上当受骗娶了她）竟打心眼里喜欢上了我女儿，我觉得这挺有意思。结果是，她在学校里毫无长进，而在利默里奇庄园倒是被娇生惯养溺爱坏了。他们在那儿教会了她异想天开，想入非非，比如她有了一直穿白衣服这样荒诞无稽的想法。我自己讨厌白色，喜欢花花绿绿，所以一返回到家里，我就决心要打消她那荒唐的怪念头。

说起来很奇怪，我女儿坚决不依我。她头脑中一旦有了个想法，如同别的弱智的人一样，倔强得像头驴，冥顽不化认死理。我们大吵大闹。而克莱门茨太太呢，我估计，她不乐意看到这个情况,便主动提出把安妮带走,住到伦敦去。假如克莱门茨太太不偏袒我女儿,认可她穿白衣服,我本来会同意的。但是,我决心已定,她不可以穿白衣服,同时,克莱门茨太太又合着一齐来同我作对,我比以往更加厌恶她,所以,我说不行,就是不行,坚决不行。这样一来,我女儿便仍然留在我身边,于是就有了关于那个秘密的第一次严重的争吵。

争吵发生在我刚写到的那个时期之后很久。我已在新镇住了好些年了,我的坏名声也慢慢地被人们淡忘了。我逐渐在体面人中间赢得了地位。有我女儿在身边,对实现这个目标有很大的帮助。她天真无邪,迷恋穿白衣服,引起了一些人的同情。既然如此,我也就不再反对她顺应自己的性情了,因为,久而久之,我也肯定可以分享到了人们的同情。同时也确实得到了同情。从那时起,我就可以在教堂里挑选两个最好的座位,而自从我有了座位之后,牧师便开始向我鞠躬致意了。

对啦,有了这样的地位之后,一天早晨,我收到了那位出身高贵的绅士(已亡故)的来信,此信是写给我的回信。根据约定,我提前告知他,想离开镇子换换空气和环境。

我认为,他收到我的信后,一定露出了凶恶残暴的品性——因为他写过来的回信中,出言不逊,措辞粗俗,拒绝了我的要求,以致我控制不了自己的情绪,当着我女儿的面大骂他是"卑劣下流的骗子,如果我要开口把他的秘密说出去,他就一辈子都完蛋了"。关于他的事,我就说到这儿为止,因为我的话刚一出口,便看见我女儿脸上的表情,她目光敏锐,充满好奇,眼睛盯着我看,我立刻就回过神来了,立刻叫她从房间里出去，等我平静下来再说。

我可以告诉您，我想起自己说了傻话，感觉很不舒服。安妮那一年比往常更加神思恍惚，怪异失常。她有可能把我的话传到镇上去，而若是有好事的人缠着她不放问个究竟，她还可能把他的名字同我的话联系起来。每当我想到这一点，想到可能招致的结果时，我就吓得要命。我很替自己担心受怕，对他可能干出的事极为害怕，但也就只有担心害怕而已。但是，对于翌日真正发生的事情，我实在没有想到。

翌日，他来到了我家，事先并未告诉我。

他一开始说的话以及说话的语气明明白白地告诉我，他悔不该用简慢无礼的言辞回复我的请求，他心情很不好，来这儿是想趁为时不是太晚把事情补救一下。他看见我女儿跟我一起待在房里（有了头天的事之后，我不敢让她离开我），便吩咐她出去。他们相互都看对方不顺眼，他有火不敢朝我发，便拿她来出气。

"出去。"他扭过头看了她一眼说。她也扭过头看了他一眼，磨蹭一下，好像并没有要走的意思。"你听到了吗？"他大声吼着，"离开房间。""对我说话客气点。"她说，满脸通红。"把这个白痴赶出去。"他说，一边看着我。她想法怪异，自尊心极强。"白痴"这个词立刻激怒了她。我还未来得及劝一声，她便情绪激动地走到他跟前。"立刻向我赔礼道歉，"她说，"否则，我让你好看，我要把你的秘密说出去！如果我要开口说，你就一辈子都完蛋了。"那是我的话啊！——和我头天说的一模一样——当着他的面重复那话，好像是她的话。我把她推出了房间。他脸色煞白，白得像我现在写字的纸，一声不吭地坐着。当他回过神来时——

不！我是个体面女人，对他回过神来后说的话，我都说不出口。我的这支笔是属于教友会成员的笔，是为星期三《因信仰上帝而获救》的布道词的出版印行而捐资的人的笔——您想想看，我怎么会用它来写那些粗俗下流的言辞呢？您自己想吧，英格兰最卑鄙下流、丧心病狂的无赖，气急败坏、张口大骂时会说出什么话。我们接着讲吧，尽快看看这事是如何了结的。

此时，您或许已猜到了。最后，为了保证他自己的安全，他坚持要把她监禁起来。

我企图挽回局面。我告诉他，她只是鹦鹉学舌，把我说的话复述了一遍而已，其实她对具体情况一无所知，因为我并未露半点口风。我解释说，她是出于对他的强烈怨恨，才谎称说她知道了其实并不知道的事。因为他刚才冲着她说了那话，她只是想威胁他，激怒他。她一直要胡闹捣蛋，我那不合时宜的话正好给她提供了机会。我向他说了她其他方面怪异失常的行为，而且还提醒他自己看见过的弱智人奇特怪异行为的情况——白费了口舌——我信誓旦旦，他也听不进去——他断定我已泄露了全部秘密。总之，他不听我解释，就是要把她监禁起来。

事已至此，我尽了一个母亲的责任。"不能是贫民疯人院，"我说，"我不允许把她关到贫民疯人院去。如果你愿意，就送到一家私立疯人院去吧。作为母亲，我是有感情的，我还要在镇上保全自己的名誉呢。除了私立疯人院，我哪儿都不同意。我的那些有身份地位的街坊邻居，家里有亲属患了病，也是选择这种疯人院的。"这是我的原话。想到自己尽到了责任，我心里颇感欣慰。尽管我对已故的女儿向来就不是太喜欢，但关于她的事，我还是要面子的。

由于实现了我的意图（因为有私立疯人院，我很容易就达到了目的），我不得不承认，把她监禁起来还是有好处的。首先，她受到了悉心的照料——把她当一位富家小姐看待（我喜欢在镇上这样说）。其次，她离开了威尔明汉，而在镇上她若把我一时疏忽说的话传出去，可能引起人们的疑心和询问。

把她监禁起来只有一点欠缺，那也是无关紧要的。她凭空夸口说知道了那秘密，可在我们心中却产生了一种挥之不去的错觉。她最初说那话时，纯粹是因为那人冒犯了她，而要发泄对他强烈的怨恨。但她精明狡猾，一眼看出她把他给吓坏了。后来更是机智敏锐地发现了，是他策划把她监禁起来的。因此，她去疯人院时，义愤填膺，怒不可遏地对着他。当护士使她平静下来之后，她对她们一开始说的话就是，因为她知道了他的秘密，她才被监禁起来的，等到适当的时候，她就要开口说，把他给毁了。

您不假思索地帮助她逃跑时，她或许也对您说了同样的话。她肯定也对那个不幸的女人说了（我夏天的时候听说了）。不幸的女人嫁给了我们那位没有合法名义而且最近亡故了的绅士。如果您或那位不幸的女人刨根问底，仔细询问我女儿，执意要她解释话里的真实含义，您就会发现，她高傲自大的神气顿然消逝，变得神情茫然、焦躁不安、六神无主——您会发现，我这儿写的一五一十全是事实。她知道有那么个秘密——也知道谁与秘密有关——秘密披露后,谁会遭殃——除此之外,不论她多么神气活现,不论她多么疯疯癫癫,在陌生人面前夸夸其谈,她到死也不知道更多的情况。

我满足了您的好奇心了吗?无论如何,我是殚精竭虑地要满足您。关于我自己或者我女儿,我没有更多的情况要告诉您了。就她而言,在她被监禁在了疯人院之后,我最艰巨的责任也就结束了。关于她被监禁的情况,我被嘱咐按一个格式给一个叫哈尔寇姆小姐的人写了回信,那位小姐对这件事很好奇,她一定从某个惯于造谣生事的人那儿听了一大堆关于我的谎言。有人说看见了我那离家出走了的女儿,其实是谣传,我竭尽了全力,亲自到那个地方去,寻访打探,一定要找到她,以防她胡作非为生出事来。但是,您听了上面的情况之后,对于诸如此类鸡毛蒜皮的琐事,您一定不感兴趣。

至此,我一直怀着最诚挚友好的态度。但是,此信结束之前,我不得不补充一点,向您提出严正的抗议和谴责。

您与我会面时,您肆无忌惮地提到我已故女儿的父亲的事,好像她父亲的身份还有什么值得怀疑的。这话出自您的口,显得太唐突无礼,缺乏绅士风度!如果我们后会有期,请您记住,我不会允许任何轻率无礼的言辞败坏我的声誉,威尔明汉的道德风尚(借用我一位神父朋友最爱用的一个词)不容任何闲言碎语玷污。如果您任由自己怀疑我丈夫不是安妮的父亲,那就是您本人对我最粗俗的侮辱。对于这件事情,如果您曾经怀有而且现在仍然怀有动机不纯的好奇心的话,那我要奉劝您,为了您自身的利益，千万打住。哈特莱特先生，不管此后会发生什么事，今生今世，此等好奇心是永远得不到满足的。

或许，我刚才挑明这个事之后，您会明白有必要给我写封致歉信吧。写吧，我会欣然接受的。如果您随后希望同我再会面，我会更进一步，接纳您。鉴于我的境况，我只能请您喝茶——倒不是因为发生了事情之后我的境况变坏了。我记得告诉过您，我凭我的收入一直生活得很富裕，二十年来，我有了足够的积蓄，够我余生丰衣足食，舒舒服服。我不打算离开威尔明汉。我在镇上还有一两点小的优势有待赢得。牧师向我点头致意——这您已看到了。他已结了婚，而他妻子对我不那么彬彬有礼。我欲加入广行善事的多加联合会。我想接下来叫牧师的妻子对我也行礼致意。

如果您来做客，要让我高兴，请明白，只谈一般性话题。若想谈及此信，那是白费了口舌——我坚决不会承认是我写的。我知道，证据已在大火中销毁了，但是我觉得，还是宁可谨慎一点。

出于这种考虑，这儿没有对谁指名道姓，末尾也未署名，字迹也通篇是伪装的。我要亲自送信，这样做不必担心会有人跟踪到我家。我采取这些预防措施，您没有理由表示不满，因为这样做并未影响我对您感恩报德提供的信息。我吃茶点的时间是五点半钟①，而涂了黄油的面包却不等候任何人。

---

① 英国人每天花费大量的时间用在喝茶上，清晨刚一醒来，便靠在床头享受一杯"床前茶"（early morning tea），早餐时再来一杯"早餐茶"（breakfast tea），上午公务再繁忙，也得停顿二十分钟品一口"工休茶"（tea break），下午下班前又到了喝茶（afternoon tea）吃甜点的法定时刻，回家后晚餐前再来一次"傍晚茶"（high tea）（下午五六点之间、有肉食冷盘的正式茶点），睡觉前还少不了"告别茶"（bedtime tea）。可谓是以茶开始每一天，以茶结束每一天。

十一

　　看了卡瑟里克太太不同寻常的叙述之后，我的第一反应就是要把信撕毁。信自始至终暴露了冷酷无情、厚颜无耻的堕落心态——牵强附会，心理变态，硬要把一件我不负任何责任的灾难和一次我舍命相救而未能幸免的死亡牵扯到一起——这令我忍无可忍。我正要把信撕毁掉，心里突然冒出了一个念头，提醒我缓一缓再撕毁。

　　这个念头同珀西瓦尔爵士风马牛不相及。我已经知道的有关的情况只是验证了我已经得出了的结论而已。

　　正如我先前推测的那样，他犯下了罪行。卡瑟里克太太丝毫未提及诺尔斯伯里那个结婚登记簿副本，这证实了我先前的想法，即珀西瓦尔爵士绝不知道有那么个副本存在，更不可能意识到会被人发现。关于伪造结婚登记的事情，我已经没有兴趣了。我留下此信的唯一目的是，将来要用上它，解开仍然困惑我的最后一个谜团——安妮·卡瑟里克的父亲是谁。在她母亲的叙述中，有那么一两句话，待我处理完眼下更重要的事情后有工夫寻找那缺少的证据时，再去看一看或许有所帮助。我有信心寻找到那个证据，而且也渴望寻找到，因为我充满了兴趣，要弄明白谁是现已躺在费尔利夫人墓中安息的可怜姑娘的父亲。

　　因此，我把信密封了起来，小心翼翼地把它夹在笔记本中，到时候再看。

翌日是我待在汉普郡的最后一天。等我再次去了诺尔斯伯里镇治安官那儿,并且出席了延期的陪审团调查之后,便没有什么事情了,可以乘下午或晚上的火车返回伦敦去。

和平常一样,我早晨要做的第一件事就是去邮政所。玛丽安的信到了,但我拿到信时,觉得信特别轻。我迫不及待打开信封,里面只有一张对折的小纸条,上面潦潦草草的几行字,字迹模糊,但依然辨得出是下列内容:

尽快回来。我不得已搬了家。到富尔汉姆的高尔街(五号)来。我留心等着你。不要担心我们。我们两个都安好。速归。

——玛丽安

这字里行间透出的信息——我立刻把这消息与福斯科伯爵玩弄的阴谋诡计联系了起来——把我给吓蒙了。我把信揉成一团捏在手里,气喘吁吁地站着。发生了什么事?我不在家时,伯爵又神出鬼没策划实施了什么阴险恶毒的诡计?玛丽安写了纸条后又过了一夜了——还要过去几个小时,我才能回到她们身边——说不定已经发生了什么新的灾难,而我却浑然不知。而我必须留在这儿,远离她们——滞留着,被两件事滞留着,听从法律的安排!

要不是我对玛丽安充满了信任,这一点让我能够平静下来,我真不知道自己心急如焚,惊恐不安,会不会忘记了自己的义务。我绝对信赖玛丽安,这是唯一有助于我克制自己的因素,它也给了我等待下去的勇气。陪审团的调查是限制我自己行动的头一道障碍。

我按规定的时间参加了调查。根据法律程序，我到达了指定的地点，但他们实际上并没有传我到庭复述自己的证词。这种徒劳无益的拖延实在是令人难以忍受的折磨，但我还是全神贯注于调查程序，从而耐住了性子。

死者在伦敦的律师（梅里曼先生）也是到庭的人之一。但他对所调查的事爱莫能助，只能说，自己万分震惊，简直难以言表，对该扑朔迷离的案情一无所知。在延期调查的休庭期间，他就验尸官提出的问题表明了看法，但毫无结果。陪审团经过长达三个小时的耐心调查，问遍了每一个可能了解情况的人，最后按偶然事故导致暴死的案件，做出了例行的判决。他们在正式判决之后附了一个声明，即无任何证据表明钥匙是如何被盗的，火灾是如何引起的，死者为了何种目的进入法衣圣器储藏室。这样一来，所有调查工作便宣告结束了。死者的法定代表留下来拟定有关安葬的必要事宜，证人则自由退场。

我决心要争分夺秒赶到诺尔斯伯里去，于是结了旅馆的账，然后租了辆轻便马车去镇上。有位绅士听到我要租车，还看见我孤身一人去，便对我说，他住在诺尔斯伯里附近，问我同不同意他随我一同乘车前往。我当即接受了他的提议。

我们一路上的交谈自然集中在当地的这个热门话题上。

我的这位新相识认识已故珀西瓦尔爵士的律师。他同梅里曼先生就这位已故绅士的家务状况和财产继承问题进行过讨论。珀西瓦尔爵士手头拮据，困难重重，这在全郡都已是路人皆知的事实。他的律师只能不得已而为之，直言不讳地承认这一点。他人死了，未留下遗嘱，其实，即便他留有遗嘱，他也没有半点动产可供继承的。

他从他夫人那儿得到过一笔钱，但全部被债主拿走了。宅邸地产的继承人（珀西瓦尔爵士无子嗣）是菲力克斯·格莱德爵士嫡堂兄弟的儿子——是一艘与东印度群岛进行贸易的大货船的船长。他会发现，他的这份意料之外的遗产已无可挽回地被抵押出去了，但随着时间的推移，或许可以收回来。不过，假如"那位船长"谨慎从事，他或许去世前会成为富翁的。

虽然我一门心思要回伦敦去，但这个消息（事实证明，实际情况就是如此）引起了我的注意。我认为，对于珀西瓦尔爵士设置的骗局，我应当守口如瓶。他窃取了合法继承人的权利，而那位继承人现在将得到这份产业。过去二十三年来，该产业的收入应属于他，但却被死者挥霍得不剩分文，现已无法收回。假如我将其公之于众，不会给谁带来好处。假如我三缄其口，我的沉默便掩盖了骗得劳拉嫁给他的那个人的真实面目。为了她的缘故，我要隐瞒这事——还是为了她的缘故，我要用化名来讲述这段故事。

我同邂逅的旅伴分别后，立刻往镇公所走去。正如我预计的那样，无人到场控告我——履行了必要的手续之后——我被释放了。我正要离开法庭时，道森先生的一封信送到了我手上。信上告诉我，他因外出看病不能前来，但一再表示，若再需要他帮忙，我尽可以去找他。我写了回信，对于他热情友好的帮助，深表谢意，并表示歉意，因为有急事要赶回城去，不能当面道谢。

半小时后，我乘快车赶回伦敦。

十二

九点至十点钟之间,我到达了富尔汉姆区,然后寻找高尔街。

劳拉和玛丽安两人都到门口迎接我。我觉得,直到晚上我们又团聚后,我们才知道,我们三个人命运相连,关系有多么密切。我们相聚的情景,如同分别了几个月,而不是才仅仅几天。玛丽安一脸倦容,焦虑不安。我一看见她就明白,我外出期间,是谁历尽了重重危险,克服了一切困难。劳拉满脸喜悦,情绪高昂,这表明,玛丽安小心谨慎,把发生在威尔明汉那可怕的死亡事件全部隐瞒下来了,还有变换住处的真正原因。

搬家改变了环境,这好像令她兴高采烈,兴趣盎然。她只说,从那拥挤喧闹的街道搬到这个区域,这儿环境优雅宜人:树木成荫,田野开阔,河水清澈。这是玛丽安想出来的绝妙主意,等我回来时,要给我来个惊喜。她满脑子想着未来的事——她要完成的绘画呀,我在乡下找到买她的画的买主呀,还有积攒的一个个先令和便士呀,直到钱包沉甸甸的,她自豪地请我把它拿到我手上掂掂分量。我才离开几天的工夫,她的情况就有了这么大的好转,我简直没有想到,令我惊喜不已——看到这一切,我幸福快乐的心情难以言表,对玛丽安不胜感激,是她表现出了勇气,是她给予了爱。

劳拉离开了我们,我们可以毫无拘束地交谈。这时候,我极力要向她表达我满腔的感激和敬意。但是,慷慨大度的小姐不要听。

这个品德高尚、毫不利己的女人只讲奉献，不讲索取，根本不考虑自己，而是顾念着我。

"只剩片刻时间邮班就要走了，"她说，"否则我也不会那么匆匆忙忙写的。你看上去憔悴疲惫，沃尔特——恐怕我的信把你给吓坏了吧？"

"开始有点，"我回答说，"有我对你的信任，玛丽安，我的心情就平静下来了。我认为这次突然变换住处，是福斯科伯爵在捣乱，对不对？"

"一点不错，"她说，"我昨天看见他了，而更糟糕的是，沃尔特——我同他说了话。"

"同他说了话？他知道我们住的地方吗？他到了家里？"

"到了。到了家里——但没上楼。劳拉没看见他。劳拉毫不知情。我告诉你是怎么回事，我相信也希望，现在危险过去了。昨天，我在旧住处的起居室里。劳拉在桌边画画，我把四处的东西收拾好。我走过窗户边，当时朝外面的街上看了看。我看见伯爵在街对面，有个人在同他说话——"

"他注意到了你在窗口吗？"

"没有——至少我认为没有。我吓得要命，心里没有底。"

"另外那个人是谁？陌生人吗？"

"不是陌生人，沃尔特。我缓过气来之后，便认出他了。他是那疯人院的主人。"

"伯爵把那房子指给他看了吗？"

"没有，他们在一块交谈，仿佛是在街上巧遇的。我一直站在窗帘后面注视他们。如果我转过脸，那一刻正好被劳拉看见了——谢天谢地,她聚精会神在画画!他们很快分开了。疯人院主人朝一边走了,伯爵朝另一边。我开始希望他们是在街上巧遇的,但接下来我发现伯爵返回了,又站在我们的对面,掏出名片盒和铅笔,写着什么,然后横过街道到了我们楼下的店铺。我从劳拉身边跑过,没让她看到我,并说我把一件东西忘在楼上了。我一出了房间,就赶忙下到二楼的楼梯口,在那儿等待——如果他想上楼,我一定要把他堵在那儿。他没有这个意思,店里的那个姑娘手里拿着他的名片走进过道——一张烫金大卡片,上面有他的名字,名字上方还有显示贵族的小冠冕,下面的几行字是用铅笔写的:'亲爱的小姐'(可不是!无耻的恶棍还这样称呼我)——'亲爱的小姐,有件事对我两个人都关系重大,我请求同您说句话。'一般人在严峻关头保持头脑冷静,反应会很灵敏。我立刻意识到,同伯爵这样的人打交道,如你我都不了解情况,可能就是个致命的错误。我感觉到,你不在家时,还不知道他会干出什么事来,所以,我拒绝见他比答应见他所经受的考验要大十倍。'请那位先生在店里等着,'我说,'我马上去见他。'我跑上楼去取帽子,因为我不想让他在室内跟我说话。我知道他嗓音深沉清脆,恐怕连在店铺里说话,劳拉都听得见。不到一分钟,我回到了楼下的过道,打开了通向街上的门。他从店里出来见我。只见他一身丧服,平静地点头致意,脸上挂着阴险可怕的笑容。他体形肥硕,黑衣服很高档,大手杖的把手镀着金,引得附近一些闲逛的男孩和女人盯着他看。我看到他的那时刻,脑海里再次浮现出黑水庄园所有可怕的情景。他虚饰炫耀地脱下帽子,然后对我说话,仿佛我们只是一天前才热情友好分了手似的。这时候,我昔日满腔的仇恨一齐涌上了心头。"

"你记得他说的话吗？"

"我说不出口，沃尔特。你会知道，关于你，他说了什么话——但是，他对我说了什么话，我说不出口。比他信中那些表面彬彬有礼实则厚颜无耻的话还要可恶。我双手直痒痒，真想像男人那样揍他！我在披肩下把他的名片撕碎，才算克制住了。我一声没吭，从房子边走开（因为怕劳拉看见我们），他跟了上来，一路低声辩解。到了最近的一个侧街口，我转过身，问他找我有什么事。他有两个要求，其一，如果我不反对，他要表达一下自己的感情。我当即表示不要听。其二，重申一下他在信中提出的警告。我问要重申的理由。他点头微笑着说，他会解释的。他的解释完全证实了你出门前我表示过的担忧。珀西瓦尔爵士固执己见，在对付你时，他听不进他朋友的劝告，而伯爵那儿，唯有他个人的利益受到了威胁，他要为保护自己而采取行动，这时，他才是危险的。这事我告诉过你了，不知你是否还记得？"

"我记得，玛丽安。"

"嗯，事情果然如此。伯爵提出了忠告，但未被采纳。珀西瓦尔爵士凶狠狂暴，刚愎自用，对你充满了刻骨仇恨，他只会我行我素。伯爵只好让他自行其是。而伯爵考虑到接下来自己的利益可能受到威胁，于是他首先秘密地探明了我们住的地点。沃尔特，你第一次去汉普郡返回时被人跟踪了——先是律师派去的人从火车站跟了一段路，接着伯爵本人跟到住所的门口。至于他是如何设法避开你的眼睛的，他并没有告诉我，但他当时以那种方法发现了我们的秘密。有了这个发现之后，他并未采取行动，直到珀西瓦尔爵士的死讯传到他耳朵里——而这时，正如我对你讲的，他为保护自己而采取行动了，因为他相信，你接下来要对付死者在阴谋骗局中的同伙。他立刻做了安排，约疯人院的主人在伦敦会面，于是把他带到了他那个逃跑的病人藏身的地方。他相信，不管最终的结果如何，到头来一定会把你拖入无休无止的法律纠纷和重重困境中，从而把你的双手缚住，使你对他毫无反击之力。这就是他的目的，是他自己向我承认的。到了最后，唯有一个原因使他犹豫不决——"

"怎么啦？"

"难于启口说出来，沃尔特——然而我必须说！我是这唯一的原因。想到这一点，我觉得自己人格受到了侮辱，简直难以言表——但那个铁石心肠的人的性格中有个薄弱点，即他对我极有好感。出于自尊，我极力使自己不予相信，但他的外表神态，行为举止，迫使我不得不满心羞愧地承认那是事实。那个性情凶恶的怪物同我说话，眼睛湿润了——确实如此，沃尔特！他声称，他要把那幢住房指给疯人院医生看的那一刻，他想到了我与劳拉分别后的悲伤，想到了我策划她逃跑所要承担的责任——于是，他不顾一切，甘冒你为我第二次给他带来的危险。他的要求是，我要牢记这种牺牲，为了我的利益制止你的轻率鲁莽的行为——他也许不能再顾及我的利益了。我压根儿就没有跟他讨价还价，我毋宁死。但是，是不是要相信他——他是真的还是假的借故支走了那医生——有一件事可以肯定，我看见那人走了，没有朝着我们的窗户看一眼，都没有看我们这边一眼。"

"我相信，玛丽安。最好的人也不是什么都好——那为什么最坏的人就应该是什么都坏的呢？同时，我怀疑他只是用自己不可能办得到的事吓唬你。既然珀西瓦尔爵士已死亡，卡瑟里克太太已完全没有了牵制,我怀疑他利用疯人院的主人还是不是能够给我们制造麻烦。但让我听下去吧。伯爵说我什么啦?"

"他最后说到你。他两眼发亮,目光严峻,神态变成我记忆中昔日的样子——各种表情交织在一起,冷酷无情,果敢坚毅,华而不实,嘲弄讥讽,显得深不可测,捉摸不透。'警告哈特莱特先生!'他说着,语气飞扬跋扈,'当他掂量着自己要同我较量时,他要对付的可是个智慧超群的人,此人无视法律法规和社会规范。假如我已故的朋友听了我的忠告,陪审团调查所涉及的事就是哈特莱特先生的尸体。但我已故的朋友顽固不化。看看吧!我为他离世而感到悲哀——内至我的灵魂,外至我的帽子。帽子上这条微不足道的黑纱表达了我的感情,而我要提请哈特莱特先生尊重。如果他胆大妄为侵扰了我的感情,那它就会转化为无穷无尽的敌意!叫他见好就收吧——为了您的缘故,我没有打扰他和您。传个话给他(带上我的敬意),如果他惹了我,他要对付的就是福斯科。我用流行的英语告诉他——福斯科豁出去了!亲爱的小姐,再见!'他冷漠无情的灰眼睛盯着我的脸看——郑重其事地取下帽子——光着头鞠了一躬——然后离开了我。"

"没再转身回来?没再说告别的话?"

"他在街的拐角处转了身,挥了挥手,夸张地拍了拍胸口。然后,我就没看见他了。他往我们住房对面的方向走了,我则跑回劳拉身边。我还未进门,心里就打定了主意:我们必须搬走。既然伯爵已经发现了我们住处,那该住所(尤其是你外出时)就成了危险之地,而不是安全之地。如果我确切地知道你的归期,我就会冒险等你回来再说。但是,我心里没有底,于是凭着自己一时的主意行动了。你离开我们前说过，为了劳拉的健康着想，要搬到更加幽静、空气更加清新的地方住。我只对她提到过这一点，还说要趁你不在家时，搬好家，给你一个惊喜，省掉你的麻烦，结果弄得她和我一样迫不及待地要变换住处。她帮着我收拾好你的东西——你在这儿的新工作室也是她给整理好的。"

"你是怎么想到要到这个地方来的？"

"我对伦敦的其他地方都不熟悉，觉得必须离我们原先的住处越远越好，而对富尔汉姆区稍微熟悉一点，因为我曾在此上过学。我派人送了个信，没准那学校还在。果然还在。过去我那老校长的几个女儿在替她管理着学校。她按照我信上的要求安排好了这个地方。送信人刚把住房的地址带回来，就正好是邮班时间。我们天黑之后就搬了——搬过来时没人注意。我做得对吗，沃尔特？我值不值得你信赖？"

我怎么想就怎么回答她，诚挚亲切，感激不已。但是，我说话的当儿，她脸上仍然显露着焦虑不安的神色。我讲完之后，她问的头一个问题就与福斯科伯爵有关。

我看出来了，她对他的看法有所改变。提到他时，她并没有显得怒不可遏，也没再请求我尽快对他报仇雪恨。她坚信，那个人对她的敬慕尽管可恶，但确实是发自内心的。因此，她似乎显得更加百倍地警觉疑惑，诚惶诚恐，因为他捉摸不透，诡计多端，手段恶毒，精力旺盛，反应敏锐。当她问到我对他的口信有何看法，我听了之后下一步准备怎么办时，她声音变得低沉，态度也犹豫不决，眼睛看着我，神色不安。

"我同克尔先生交谈过之后，玛丽安，"我回答说，"还没过去多少个星期呢。我同他分手时,最后对他说了关于劳拉的事:'她叔叔的庄园将会当着每一个参加送假葬的人的面,重新敞开大门,接受她。那一家之主将下令当众把那谎言从墓碑上铲除。虽然坐在法官席上的法官无权追究那两个人的法律责任,但我定要使他们恶有恶报。'两人中已有一人下地狱了。而另一个还活着——我的决心没有改变。"

她目光闪亮,脸露红光。她一声没吭,但我从她脸上看出,她和我一样有同感。

"我对自己和对你都不隐瞒,"我接着说,"我们的前景更加捉摸不定了。我们已经冒了种种危险,但同我们将来要面对的危险比起来,可能是微不足道的——但尽管如此,玛丽安,险还是要冒的。对付伯爵那样的人,没有充分的准备,我是不会轻率鲁莽地同他较量的。我已学会了忍耐克制,可以等待时机。让他以为他的口信起了作用,让他对我一无所知,杳无音信。我们给他充裕的时间,使他吃定心丸——我若没有完全看错他,他那自命不凡的性格将加速那个结果的到来。之所以要等待,这是一个理由,但是,还有个另外一个理由,而且更加重要。玛丽安,我进行我们最后的冒险之前,我在你和劳拉面前的身份会变得比现在更加明确。"

她身子向我靠近,露出惊异的神色。

"怎么变得更加确定呢?"她问。

"到时候,"我回答说,"我会告诉你的,但现在还不是时候。或许永远都没有那个时候。我或许在劳拉面前永不提起——即便现在对你,我也必须三缄其口,直到我本人发现,我能无伤大雅而又正当体面地说出口。我们放下这个话题吧。我们还有一件更加紧迫的事情要关注。你仁慈明智,让劳拉对她丈夫的死亡还蒙在鼓里——"

"噢,沃尔特,想必还必须过很久我才能把事情告诉她吧?"

"不,玛丽安。与其将来某个时候身边没人时,她碰巧知道,还不如你现在就告诉她。细枝末节的情况不要对她讲——告诉她时注意措辞——但要让她知道,他已死亡。"

"沃尔特,除了你刚才提到的理由,你还有别的理由希望她知道她丈夫死了吧?"

"有。"

"是与我们没有谈下去的那个话题有关的理由吗?——也就是或许永远不对劳拉提起的那件事?"

她意味深长地强调了最后几个字。我对她作出肯定回答时,也作了强调。她脸色变得苍白了。一时间,她看着我,神情忧伤,态度迟疑。她向旁边的空椅子瞥了一眼,那是与我们同甘共苦的亲爱的伙伴坐过的地方,这时,她那乌黑的眼睛中颤动着少见的柔情,绷紧的嘴唇也变得柔和了。

"我想我明白了,"她说,"我觉得,为了她,也为了你,沃尔特,要把她丈夫的死讯告诉她。"

她叹息了一声,把我的手紧紧地握了一会儿——然后突然松开,离开了房间。翌日,劳拉明白,他的死使她得到了解脱,她生活中的过错与灾难已埋进了他的坟墓。

我们不再提到他的名字。从今往后,对于同他的死亡有关的再细微的事情,我们都加以回避。我和玛丽安说定了,对于那个我们之间尚未点破的另一个话题,我们也同样谨小慎微地加以回避,缄口不言。但是，心里并不是没想着——由于我们强行克制自己，心里反而想得更加厉害了。我们两个人看着劳拉时，比以往更加牵肠挂肚了，时而等待中怀着希望，时而等待中怀着忧愁，直到那个时候到来。

慢慢地，我们回归到了平常的生活。我又开始因赴汉普郡而中止了的日常工作。我们现在的新居比先前那处空间更小、设施更简陋、住处开支要大一些，加上前景难以预测，因此，我需要更加勤奋努力地工作。我们还可能遇上紧急情况，需要动用存在银行里的那一点点存款，到头来，我们大家的生活就全指望我的双手工作来维持了。面对我们的处境，我必须要谋到一份比现在的更加稳定、收入更加丰厚的差事——要以自己的勤奋努力来满足需要。

千万不要以为，我现在描述的这段平静安宁、与世隔绝的日子里，我完全中止了对本书中那个我魂牵梦萦、全力以赴的目标的追求。随后的月复一月中，我从未放松对它的追求。我的目标需要一个缓慢过程才能水到渠成，其间，我要采取预防措施，了却一桩人情，解开一个谜团。

预防措施必然与伯爵有关。有件至关重要的事情需要设法弄清楚，他为了实施自己的计划，是否必须留在英国——或者，换句话说，留在我的活动范围之内。我要通过极为简便的方法弄清这件事。我知道他在圣约翰林的地址，于是去那儿进行了调查，找到了管理他居住的那幢备有家具的出租公寓的负责人，问他森林路五号是否可能在适当时间内租到。得到的回答是否定的。他告诉我说，住在公寓里的外国绅士已续租了六个月，要住到来年的6月底。当时还是12月初。我离开了负责人，心里松了口气，不必担心伯爵会从我面前溜走。

我要了却一桩人情，所以再次找到了克莱门茨太太。我们头一回见面时，我不得不向她隐瞒有关安妮·卡瑟里克死亡和安葬的详情。我曾答应过她，要回去把事情的原委说给她听的。时过境迁，现在无所顾忌，完全有必要把这个阴谋骗局尽可能详细地讲给那位友好善良的妇人听。同情和友情都名正言顺地让我要尽快履行自己的诺言——我也确实认认真真、谨慎周到地这样做了。见面的详情在此无须赘述。我还是有必要说一句，见面时，我想到了那个悬而未决的疑问——即谁是安妮·卡瑟里克的父亲。

此事牵扯到众多细微的小事——其本身虽然微不足道，但联系到一块儿可就十分重要了——我后来根据这些情况得出了一个结论，决心要证实这个结论。我征得玛丽安的同意，给瓦内克庄园的唐桑少校写了信（卡瑟里克太太婚前曾在那儿当了几年仆人），问了他一些问题。我以玛丽安的名义去了解情况，并说事情关系到她家庭中的个人利益问题，这样一来，我的请求也就可能说得通并得到谅解。信写完后，我对唐桑少校是否健在没有把握，但是，我把信发出去了，碰碰运气，说不定他还健在，而且能够也乐意回信呢。

过了两天，有信来了，说明少校还在，而且他也乐意帮助我们。

从他的回信中可以很容易看出我给他写信的初衷以及我提了些什么问题。他在信中提供了下列重要的事实，对我的问题一一做了解答：

首先，"黑水庄园已故珀西瓦尔·格莱德爵士"从未踏进过瓦内克庄园。唐桑少校及其家人根本不认识那位已故的绅士。

其次，"利默里奇庄园已故菲力普·费尔利先生"年轻时是唐桑少校的挚友和常客。少校查阅了昔日的书信和文件后，回忆起了一些事，他很肯定地说，1826年8月，菲力普·费尔利先生做客瓦内克庄园，9月和10月上半月留在那儿狩猎。后来离开了，据少校回忆，去了苏格兰，一段时间都没有回瓦内克庄园，但他重新露面时，却是刚刚结过婚。

就该叙述本身而言，它或许没有什么可资利用的价值——但与其他情况联系起来看，我和玛丽安便确认了一些情况，可从中得出一个显而易见的无可置疑的结论。

我们现在已经知道了，菲力普·费尔利先生于1826年秋季在瓦内克庄园，而当时卡瑟里克太太也在那儿做仆人。除此之外，我们还知道：其一，安妮于1827年6月出生。其二，她外表长得同劳拉出奇地相似。其三，劳拉本人长相酷似其父亲。菲力普·费尔利先生是个远近闻名的风流美男子。他性格上完全不像其弟弗里德雷克。在社交圈里，尤其在女性中间，他是个宠坏了的宝贝儿——他无拘无束，无忧无虑，容易冲动，多愁善感，对缺点错误苟且宽容，向来不讲原则，在对待女人的问题上，则是出了名的缺乏道德责任。这就是我们知道的事实，这就是那个人的品性。想必结论显而易见，无须点破吧？

我根据已经掌握的新线索，再去看卡瑟里克太太的信，便可以发现，她在信里无意中提供了些许帮助，有利于证实我得出的结论。把费尔利夫人描述（给我的信中）为"相貌平平"，但"竟然让英国最英俊潇洒的男人之一上当受骗娶了她"。这两点都是毫无根据的断言，全是不实之词。她在本来没有必要提及的情况下，却用如此奇特古怪的简慢之词说费尔利夫人，我觉得，嫉妒憎恨（像卡瑟里克太太那样的女人,不仅会表露出这种情绪,而且还会用猥琐恶毒的语言加以表露)是唯一可以说明问题的原因。

我们在此提到了费尔利夫人的名字,那自然就引出了另一个问题。那个被带到利默里奇庄园她身边来的小女孩可能是谁的孩子,她想过这事吗?

玛丽安澄清了这一点。她过去念给我听的费尔利夫人写给她丈夫的那封信——信中谈到安妮长得像劳拉,而且承认自己喜欢那个陌生小孩——毫无疑问不是有意写的。仔细想一想,菲力普·费尔利先生本人是不是和他夫人不一样,会对事实真相产生疑心,都说不准。卡瑟里克太太采用了不光彩的欺骗手段结婚,其目的是为了掩盖事实真相,因此,她出于谨慎,同时或许出于保全自尊心,而保持沉默——即便未出生的孩子的父亲不在身边,她有条件与他取得联系,也会保持沉默的。

我的脑海里浮现这种猜测时,记起了《圣经》中的警告,我们大家一生一世都惊讶恐惧地想起它,"父亲的罪孽将殃及子女"。如果不是一个父亲名下的两个女儿长得不祥地相像,他们绝不可能策划成这个阴谋骗局,以致使安妮成了被利用的工具,劳拉成了无辜的受害者。从那个父亲轻率盲目地犯下罪孽开始,有一根长长的链条把一系列事件连接了起来,一直准确无误而又直接可怕地连到对孩子惨无人道的伤害。

这些想法连同其他想法一同涌上我的心头。我心有旁骛,想到了掩埋安妮的那块坎伯兰的小墓地。想到了与她在费尔利夫人墓边见面、也是最后一次见面的一去不复返的往昔。想到了她那软弱无力的手拍着墓碑,意气消沉,满腔思念,向地下她的保护人和朋友的遗骨喃喃地倾诉衷肠:"噢,假如我死了,和您埋在一起,一道安息多好啊?"她倾吐了那个愿望之后才过了一年多一点的时间,那个愿望竟然就实现了,多么不可思议,多么恐怖可怕啊!她曾在湖畔对劳拉说过的话现在都已应验了,"噢!我能与您母亲埋在一起该有多好啊!如果当天使吹响号角,坟墓里的死者复活时,我能够在您母亲身边醒来该有多好啊!"那个死去的姑娘在上帝的指引下,目睹了多少可怕的人间罪恶,走过了多么暗无天日、蜿蜒曲折通向死神的路途,最后找到在生时无法企及的归宿!在那儿(我默默地祝愿)——如果我的祝愿能实现该有多好——就让她的遗骨长留在那儿,让她怀着一生珍贵的记忆与儿时敬爱的朋友分享那块墓床吧。那是个神圣的地方——那对伙伴永不被打扰!

那个徘徊在本书中就像徘徊在我生活中一样的幽灵般的人就这样进入了深不可测的黑暗世界了。她最初在那个寂寞凄凉的夜晚像个阴影一样地出现在我面前,她如今又在那寂寞凄凉的死者之地像个阴影一样消逝。

* * * * * * * * * * * *

现在向前吧!沿着蜿蜒曲折的发生过其他事件的场景的道路继续向前,走向更加阳光明媚的未来。

第三部

由哈特莱特叙述的故事

一

四个月过去了。4月来到了——春天之月，变化之月。

我们在新家里度过了入冬以来的那段时间，日子过得平静祥和，幸福快乐。我充分利用了这个漫长的闲暇，大大地增加了我从业的收入。因此，我们的日子能够过得更加殷实。玛丽安由于解脱了长时间严重困扰她的挂念与忧虑，振奋了精神，已开始恢复她本来的性格状态。她多少又重现出昔日那直爽坦率、充满活力的样子。

劳拉比姐姐更容易受环境变化的影响。她在新生活的作用下，有了更加显而易见的好转。她曾满脸憔悴，形容枯槁，过早显得衰老，那情形很快就消失了。昔日那一眼就可以看到的妩媚动人的表情如今又最先在美丽的脸上呈现。我仔细观察了她之后发现，那个曾威胁她的理智与性命的阴谋骗局只给她留下了一个严重的后果，那就是，她完全记不起从离开黑水庄园到利默里奇教堂边的墓地我们相见那段时间所发生的事情，丧失的记忆根本没有恢复的希望。只要稍稍一提起那段时间，她便大惊失色，浑身颤抖。说话前言不搭后语，记忆和先前一样混乱不堪，完全丧失。在此，只有在此，依然深深地留有先前的痕迹——痕迹太深了，根本无法抹去。

她在其他各个方面都已开始恢复了，碰上她身体状况最佳、情绪最高昂的日子，她有时言谈举止又像是昔日的劳拉了。这种令人倍感欣慰的变化自然影响了我们两个人。在我们两个人的心目中，昔日在坎伯兰生活的那永不可磨灭的记忆经过了漫长的沉睡之后又唤醒了，那全部都是我们爱的记忆啊。

　　日复一日，不知不觉中，我们两个人平日里相互间变得拘谨起来了。在她痛苦悲伤、饱受磨难的日子里，我会很自然地对她说出温情爱怜的话，但现在不知怎的，那些话到了嘴边就打战。在那些我时刻战战兢兢害怕失去她的日子里，我总是以亲吻来向她道晚安和早安。现在，我们之间亲吻也省掉了——已从我的生活中消失。我们握手时，手也开始颤抖了。背开了玛丽安，我们两个几乎也不能长时间地目光相遇。两人单独在一起时，说话就不自然。我若是不小心触到了她的身体，我就会和在利默里奇庄园时一样，心跳加速——会看到她的脸上随之泛起可爱的红晕，又成了教师与学生的关系。她久久地默然不语，若有所思。而当玛丽安问她想什么时，她会说没想什么。有一天，我自己都很吃惊，竟然如入梦境，盯着我们最初相见时在那纳凉小屋替她画的那幅小水彩肖像画出神，连工作都忘了——就像过去我刚完成它之后，看着它出神，忘了糊裱费尔利先生那些画的情形一样。现在一切都变了，随着我们爱的复苏，我们最初在那些幸福快乐的日子里相处的情形又回来了。仿佛时间之神把我们从最初破灭希望的海上带回到了昔日那熟悉的岸边！

　　我若是面对别的女人，会直接表明自己的心迹，但面对她，却仍然犹豫不决。她处于完全无能为力的境地，而且孤苦伶仃，依靠我对她的精心呵护，而我作为男人，直觉不够敏感，无法看出她内心深处的敏感脆弱之处，所以害怕过早地触动了它——出于上述考虑，还有其他一些情况，我缺乏自信，于是保持沉默。然而，我知道，双方的拘谨定会结束的。我们之间的关系将来一定会以既定的方式加以改变。而这首先取决于我认清了改变的迫切需要。

我们三个人自入冬以来共同生活的环境始终平静安宁，所以我对我们的处境考虑得越多，企图改变它的决定似乎就越难以做出。我心情不定，以致产生这种感觉。我对此无法作出解释——但我却有这样的想法：先变换住处和环境，我们宁静单调的生活突然中止，我们彼此习以为常的家庭氛围得到了改变，这样或许会为我开口说做好准备，或许会让劳拉和玛丽安听起来更加顺耳，不会那么局促不安。

一天早晨，我怀着这个目的开口说，我认为我们都应该出去短时间度个假期，换一换环境。经过一番考虑之后，我们决定到海滨去待两个星期。

翌日，我们从富尔汉姆区出发，到达了南部海岸边一座恬静安宁的小镇。当时正值初春，我们是那儿仅有的游客。冷寞寂静的环境里，到处是悬崖峭壁、海滨沙滩、陆上小径，这正中我们的意。微风和煦，4月天时明时暗，山野丛林，还有沙丘，景色变换，美不胜收。我们窗下的大海，惊涛拍岸，它也仿佛像大地一样，感受到了春天里明媚的阳光和清新的空气。

我向劳拉开口表白之前，必须请教玛丽安，然后再按她的建议行事。

我们到达后的翌日，我找到了一个同她单独交谈的合适机会。我们的目光刚一相遇，我还未开口说点什么，她感觉敏锐，看透了我的心思，和平常一样精神饱满、坦诚直率，立刻先开口说话了。

"你正想着你从汉普郡返回的那天晚上我们谈到过的那个话题,"她说,"一段时间以来,我正等待着你提起它呢。我们小家庭里必须有所变化,沃尔特。我们不能再这样下去。我心里和你一样,对此清清楚楚——也像劳拉一样清清楚楚,只是她没说罢了。往日在坎伯兰的时光又多么奇特地回来了!你我又在一起,我们共同关心的话题又集中在劳拉身上。我几乎可以把这个房间想象成利默里奇庄园的纳凉小屋,而且那边的波涛正在拍打着我们那儿的海岸。"

"那时候,我遵从了你的建议,"我说,"而现在,玛丽安,我更加十倍地信任你,再一次听从你的指挥。"

她紧紧地握住我的手,作为回答。我看得出,自己提了往事,她深深地触动了。我们一同坐在窗户边,我说着,她听着,还一边眺望着阳光倾泻在气势磅礴的大海上的绚丽景观。

"无论我们这次交心的谈话结果如何,"我说,"对于我而言,到头来无论是幸福快乐,还是痛苦悲伤,劳拉的利益就是我终身的利益。我们离开这儿后,不管我们是以什么样的关系离开的,我定要迫使福斯科伯爵开口招供,把我未能从他的同谋那儿得到的情况说出来,我要带着这个决心回伦敦去,就像我本来就要回伦敦那样,决不动摇。倘若我把那个人逼得到了走投无路的境地,你我都不知道他会怎样攻击我。根据他的言行,我们只知道,他会毫不犹豫,毫无愧疚,以袭击劳拉来袭击我。就我们目前的状况来说,我对她毫无社会认可的法律允许的权利,以使我能够抵御他,保护她。因此,我处于极为不利的境地。假如我要为我们的使命而同伯爵展开斗争,斗志昂扬,心系劳拉的安危,我就必须为了我的妻子而斗争。你现在同意我的想法吗,玛丽安?"

"每一句话都同意。"她回答说。

"我不会以我的内心情感为理由，"我接着说，"也不会以经历了种种变故和重重摧残之后保存下的爱情为理由——我把她看作、叫作我的妻子，唯一的理由就是我刚才说过的那一番话。假如能迫使伯爵招供是公开证明劳拉活着的最后机会，我相信是这样，那我们两个人都会认可。我提出要与劳拉结婚，不是出于自私的理由。但是，我的想法或许是错的，我们或许还可以使用其他更可靠、危险性更小的办法来实现我们的目的。我搜肠刮肚想别的办法——但想不出，你想到了吗？"

"没有。我也想过，但想不出。"

"极有可能，"我接着说，"你在考虑这件棘手的事情时，也想到我想到过的那些问题。诸如，她既然已恢复到过去的样子，我们何不带着她返回利默里奇去，让村上的人或学校里的孩子来识别她呢？我们何不对她进行当场笔迹鉴定呢？假如我们这样做了，假如把她认出来了，笔迹也认定了，这两件事的成功除了给庭审提供依据，便于断案之外，还有别的作用吗？面对她姑妈提供的证言，面对医生开具的证明，面对葬礼和墓志铭的事实，对她的确认和笔迹的认定能在费尔利先生面前证明她的身份，从而把她召回利默里奇庄园吗？不能！我们只能希望激发起人们对她死亡结论的强烈怀疑——离开了依照法律程序的调查，怀疑也无济于事。假如我们有（我肯定没有）足够的钱来支付调查的费用，使之历经所有程序，假如费尔利先生恢复了理智，消除了偏见，假如伯爵和他夫人的不实之词，还有其他形形色色的虚假证明，都能被一一驳倒，假如辨认身份时，不再把劳拉和安妮·卡瑟里克混为一谈，或鉴定笔迹时，我们的敌人不再把它说成是巧妙的伪造——这全都是些假设，有些明显不可能实现，但是，我们暂且不考虑这些——让我们问一问自己，假如一开始就对劳拉本人提几个关于那阴谋骗局的问题，会有什么样的直接后果呢？我们对其后果太清楚了——因为我们知道，她根本没有恢复在伦敦的那一段经历的记忆。无论私下里问她，还是公开场合问她，她都根本无法表明自己的情况。玛丽安，倘若你不像我一样清楚明白地看到这一点，我们明天就可以赴利默里奇试一试看。"

"我肯定看到了，沃尔特。即便我们有办法支付全部法律费用，即便我们最终成功了，这期间的延宕也是叫人受不了的。我们已经历了担心受怕的日子，还要没完没了地提心吊胆下去定会叫人肝肠寸断。你说得没错，去利默里奇庄园毫无希望。你决心要去试一试那最后的机会，同伯爵拼一拼，我希望自己能肯定，你这样做也是对的。那是机会吗？"

"毫无疑问，是的。利用它搞清楚那至今不明的劳拉启程去伦敦的日期。无须再重复我曾经向你提出过的那理由。我仍然和过去一样坚信，那个出发的日期与死亡证明书上的日期对不上号。整个阴谋骗局的薄弱环节就在这儿——我们如果从那方面下手，就可以彻底摧毁它。而进攻的方法却由伯爵掌握着。如果我能成功地迫使他把方法说出来，那你我一生的目标就算实现了。我若是失败了，劳拉蒙受的冤屈恐怕今生今世都无法洗刷。"

"你自己担心会失败吗，沃尔特？"

"我不敢指望一定会成功，而正因为如此，玛丽安，我现在说话才开诚布公，直截了当。说句心里话——劳拉未来的希望十分渺茫。

我知道，她已经失去了自己的财产了。我还知道，要恢复她在世上做人的地位，最后的可能性在于，把她不共戴天的敌人击垮，而那个人现在还绝对拿不下，或许到最后都还是拿不下。她已经失去了全部物质财富，而要恢复名义地位更是前景暗淡。她的未来也只有依靠她丈夫来安排——因此，可怜的绘画教师最终可以真诚地向她表达心意。在她幸福快乐的日子里，玛丽安，我只是个绘画教师，把着她的手教——而她面对苦难的逆境时，我却要求娶她为妻！"

玛丽安深情地看着我——我说不下去了。我异常激动，嘴唇颤抖。我尽力克制，但还是差点儿要乞求她怜悯。我起身要离开房间。她也同时起身，把手轻轻地搭在我肩膀上，拦住了我。

"沃尔特！"她说，"为了你和她，我曾把你们两个分开。等一等，我的兄弟！等一等，我最亲爱的好朋友，等着劳拉来对你说我已做了什么！"

从在利默里奇分别的那天早晨之后，她这是第一次亲吻我的前额。她吻我时，泪珠滴到了我的脸上。她急忙转身，指一指我坐过的椅子，然后离开了房间。

我独自一人坐在窗前，等着挨过我人生的紧要关头。我气喘吁吁，头脑一片空白。内心紧张，痛苦难受，平时那些熟悉的感觉没有了。太阳的光线亮得刺眼，远处白色的海鸥相互追逐着，它们好像要从我的眼前掠过。海滩上柔和低沉的波涛声却雷鸣般地在我耳畔响着。

门开了，劳拉一个人进来。我们在利默里奇庄园分别的那天早晨，她也是一个人走进早餐室的。她当时走近我时，神情忧伤，态度犹豫，步伐缓慢，颤颤巍巍。此时此刻，她走近我，却步伐迅速，兴高采烈。她主动把那可爱的双臂搂住我，主动把温柔的双唇凑近我。"亲爱的！"她低声说，"我们现在可以表白，我们相爱了！"她亲切温柔，心甘情愿，把头贴在我的胸前。"噢！"她天真烂漫地说，"我终于幸福美满啦！"

十天之后，我们品尝着进一步的幸福。我们结婚了。

二

从我们结婚的那天早晨起，我将把本故事像流水一样不间断叙述完。

又过了两个星期之后，我们三个人回到了伦敦。即将到来的斗争像阴影一般悄然笼罩着我们。

我和玛丽安小心翼翼，不让劳拉知道促使我们匆忙返回的原因——必须摸清伯爵的底细。现在是5月初了，他在森林路租住的公寓6月份到期。如果他要续租（而我有理由认为他会这样做，我很快就会谈到），我可以肯定，他逃不掉。但是，万一他使我的计划落了空，离开了这个国家——因此，我必须争分夺秒，做好一切准备同他较量。

我享受着新婚生活的美满幸福。开始时，我的决心有过片刻动摇——我已拥有了劳拉的爱，人生梦寐以求的愿望已经实现了，这时候，不禁产生了安逸满足的感觉。我第一次有了胆怯的感觉，想到要去面临巨大的风险,想到各种各样的不幸事会同时发生在自己身上,想到我们拥有美好生活的前景,而我们历尽千辛万苦换来的幸福可能被置于危险的境地。是啊!我要心地坦然地承认这一点。一段短暂的时间里,我陶醉在爱的甜蜜之中,远远地偏离了在更加严峻的考验下和更加困苦的日子里我执着追求的目标。不知不觉中,劳拉引得我偏离了那条艰辛的道路——不知不觉中,劳拉又注定要把我领回来。

有时候,神秘莫测的沉睡中,可怕的往事仍然会断断续续地呈现在梦境里,那都是些她清醒时记忆深处毫无踪影的事。一天夜间(我们婚后仅两个星期),我端详着她睡着的样子,我当时发现她紧闭着的眼睑慢慢流出了泪水,听见她喃喃自语。我从她话语中知道,她的思绪回到了从黑水庄园出发的那次攸关命运的旅程。她在神圣不可侵犯的睡眠中发出请求,那么感人,那么可怕,如同在我的胸中点燃了一团火。翌日就是我们返回伦敦的日子——那天,我再次下定了十倍的决心。

首先必须做的就是要了解那个人的一些情况。迄今为止,他真正的人生经历对我来说还是个未解开的谜团。

我从自己掌握的极为有限的一点点情况开始。弗里德雷克·费尔利先生写的那段重要的叙述(冬季里,玛丽安按照要求要他写的)对我现在要实现的特殊目的并无参考价值。我调阅那段叙述时,再次考虑了克莱门茨太太向我讲述的情况,她讲到了一系列的欺骗手段:骗得安妮·卡瑟里克到了伦敦,骗得她在那儿置身于阴谋骗局中。在此,伯爵也没有露出马脚,在此,我也没有抓住他的什么破绽。

我随即转回到玛丽安在黑水庄园写的那些日记上。应我的要求,她又给我念了其中的一段，记述她曾对伯爵充满好奇，还有她发现的与他有关的几个具体情况。

我指的是她日记中描述了他的性格和外貌的那一段。她描述他时，说他"多年从未跨进自己祖国的国界"——"迫不及待地想知道，离黑水庄园最近的镇上有没有意大利绅士居住"——"收到上面贴了五花八门的邮票的信，有一封信上面盖了个很大的看上去像官印的邮戳"。她倾向于认为，他之所以长期离开祖国，或许是政治流亡者吧。但是，他收到海外的来信，上面盖了"很大的看上去像官印的邮戳"——从欧洲大陆给政治流亡者的信件通常不大可能以那样的方式邮寄，那会引起国外邮局注意的——从这一点来说，她又不能自圆其说。

日记中的这些观点，结合我自己由此得出的一些看法，便有了一个我先前从未有过的结论。我现在对自己说——劳拉曾在黑水庄园对玛丽安说了，福斯科夫人也在门口偷听到了——伯爵是个间谍！

劳拉由于他对自己的所作所为而愤怒不已，这才随口把这个词用在了他身上。而我把该词用在他身上，是因为经过了深思熟虑，认为他的职业就是当间谍。基于这种假设，我心里完全明白了，为何那个阴谋骗局成功实施了之后，他还滞留在英国，真是令人觉得不可思议。

我这里叙述到的那一年，正好著名的水晶宫博览会在海德公园举行①。大批外国人已经到达或正在陆续到达英国。我们周围有成千

---

① 水晶宫（Crystal Palace）是伦敦一个以钢铁为骨架，玻璃为主要建材的建筑，属于19世纪的英国建筑奇观之一，专门为1851年举行的第一届世界博览会而建造的，最初坐落在海德公园。博览会结束后，于1854年移至伦敦南部的西德纳姆。1936年11月30日，南部的水晶宫作为伦敦的娱乐中心存在了八十二年之后，被大火烧毁。

上万的外国人，其政府对他们缺乏信任，于是委派间谍秘密跟踪他们到了我国。我压根儿没把伯爵这样能力强地位高的人同普通的外国间谍混为一谈。我怀疑他所效力的政府信任他，对他委以了重任，要他负责组织和管理专向本国派遣的间谍，其中有男的，也有女的。我认为，凑巧被找去黑水庄园负责护理工作的鲁贝尔太太极有可能是其中的成员。

假如我的这个想法属实，那伯爵的处境会使他比迄今我所希望的更易受到攻击。有关此人的历史和现实，我去向谁了解更多的情况呢？

情况紧迫，我自然想到要找一个他的同胞，此人我可以信赖，他或许是助我一臂之力的最合适的人选。在这种情况下，我首先想到的，也是我唯一关系密切的意大利人——我那位性格怪僻的小个子朋友：帕斯卡教授。

教授已经很长时间没有在本书中露面了，恐怕读者也已经把他忘得一干二净了。

我叙述这个故事有一条必要的原则，那就是，对那些与本故事有关联的人，只有事件进程牵涉到他们的时候，他们才会登场亮相——他们或现或隐，不是由我个人的偏爱决定，而是由他们是否与要详述的情况有直接关系来决定。正因为如此，不仅仅是帕斯卡，连我母亲和妹妹，都被远远地留在了故事的背后。我去过了汉普斯特德的乡间小屋。母亲坚决不承认劳拉被那个阴谋骗局剥夺了的身份。我极力要消除母亲和妹妹的偏见，但无济于事，因为她们出于对我的疼爱，两个人都仍然抱着那偏见不放。而由于有了偏见，我忍受着痛苦,不得不把我结婚的事向她们隐瞒,直到她们能公正地对待我的妻子为止——所有这些家庭琐事都略而不叙了,因为它们对故事的主旨不起决定作用。这些事使我更加忧心忡忡,更加痛苦失望,这算不了什么——随着故事在稳步地向前推进,它们也被无情地搁置在了一边。

　　基于同样的理由,我突然离开利默里奇庄园之后,同帕斯卡重逢了。他对我充满了兄弟情谊,我倍感安慰,这事我在此也未提及。我没有叙述,当初自己启程去中美洲时,热情友好的小个子朋友情真意笃,一直把我送到港口码头。还有后来我们在伦敦再次相会时,他来迎接我,大声嚷嚷,情不自禁。如果我觉得,我归来后,他主动给我提供帮助时,我可以心安理得地接受的话,那他早就登场亮相了,而不至于等到现在。然而,尽管我知道他是个正人君子,有胆有识,绝对可靠,但他是否谨慎沉稳,我却不大有把握。仅仅是因为这个原因,我才孤身一人展开调查。现在大家可以充分理解了,虽说帕斯卡迄今为止仍被排除在本故事的进程之外,但他与我本人和我的利益息息相关,无法割断。他终身都是我诚挚守信、慷慨相助的朋友。

　　我请帕斯卡前来助我一臂之力之前,有必要亲眼见识一下自己要对付的是什么样的一个人。迄今为止,我还从未看见过福斯科伯爵。
　　我陪着劳拉和玛丽安返回伦敦后的第三天,上午十点到十一点之间,独自一人去了圣约翰林的森林路。那是个天气晴朗的日子——还有几个小时——我估计,如果等待一会儿,伯爵可能会外出的。我并不很担心他大白天会认出我来,因为他唯一一次看见我时,是他在夜里跟踪我回家的那一次。

那幢公寓前面的窗户边未出现任何人影。我拐弯绕到了住宅的一侧,从花园的矮墙上面看过去。下层有一个后窗向上掀起,窗口装了网。我没有看见任何人,但听见室内有声音,开始是尖声刺耳的口哨声和鸟的鸣叫声——随后是玛丽安描述过的我已熟悉了的深沉清脆的说话声。"出来,爬上我的小指,我的漂……漂……漂亮宝贝儿!"他大声说着,"出来,跳上楼!一、二、三——上!三、二、一——下!一、二、三——啾……啾……啾……啾啾!"伯爵像玛丽安在黑水庄园时一样,又在训练他的金丝雀。

我等待了片刻,鸟鸣声和口哨声停止了。"过来,亲亲我,漂亮宝贝儿!"低沉的声音说着。紧接着是一阵叽叽喳喳的鸟鸣声——一阵低沉甜润的笑声——一分钟左右的沉静——然后,我听见开房门的声音。我转身返回。圆润洪亮的男低音唱出了罗西尼的《摩西》中的"祈祷"片段,美妙悠扬的旋律打破了郊外的寂静。公寓前面花园里的门开了又关上。伯爵出门了。他横过了大路,走向西界的摄政公园。我一直在大路我处的这一边,稍稍在他后面一点,也朝着那个方向走。

玛丽安事先就描述过了,我知道他身材高大,体形肥胖,令人可怕,一身丧服,引人注目——但却没想到他竟这般精神爽朗,兴高采烈,精力充沛。六十岁的人了,但看上去不到四十。他悠然自得地走着,帽子稍稍歪向了一边,步伐轻盈,摆动着大手杖,嘴里低声哼着曲子,还时不时抬头看看两边的住房和花园,露出微笑,一副飞扬跋扈的赞助人气派。若是有某位陌生人被告知,整个这一片地方都是属于他的,那人听后不会大惊小怪。他没回头看过身后,好像没注意我，也没注意在他那边从身边走过的哪个人——只是偶尔遇见保姆和孩子时，才会显得像个慈父一样态度随和，心情愉悦，露出得意的笑容。我就这样跟在他后面，最后到达了公园西侧草坪外的一排店铺边。

他在一家点心铺前停了下来，进了门（可能要买食品），很快手里拿了块馅饼出来了。有个意大利人正在店铺前有气无力地演奏手摇风琴，一只可怜巴巴的小猴蔫头耷脑地坐在琴上。伯爵停了下来，自己咬了一口馅饼，郑重其事把剩下的给了小猴。"可怜的小东西！"他说，语气温柔、腔调怪异，"你看起来饿了啊，我出于神圣的人道主义，给你午餐吧！"演奏琴的人摇尾乞怜地要向这位慈善的陌生人讨一个便士。伯爵不屑一顾地耸了耸肩——然后走了。

我们到了处于新大道与牛津街之间的街道，那儿店铺的档次要高些。伯爵再次止步，进了一家小眼镜店，橱窗上张贴了告示，说里面承接精工修理业务。他手里拿了个观剧镜出来了，又向前走了几步，然后在一家乐器店边停下了脚步，看一张贴在外面的歌剧海报。他聚精会神地看了海报，思忖了片刻，然后叫了一辆从他身边经过的空马车。"歌剧售票处。"他对赶车的说——然后乘车走了。

我横过街道，也看了看那张海报。告示上剧目是歌剧《卢克丽齐娅·博尔吉亚》①，于当晚演出。伯爵手里拿了个观剧镜，仔细看了海报，对车夫作出了吩咐。由此看来，他打算去剧场看演出。那剧场有个布景画师，我先前同他很熟悉。我可以带个朋友通过画师进入正厅后座。我和随同我进入的人便可以很容易在观众中看清伯

---

① 意大利多尼采蒂的歌剧，多尼采蒂（Gaetano Donizetti 1797—1848）是意大利19世纪前期三大歌剧作曲家之一（另外二人是罗西尼和贝里尼），一生创作了六十余部歌剧，是柯林斯喜爱的作曲家之一。

爵。这样一来，我当晚便可以确认，帕斯卡是不是认识他的这位同胞？

我想到了这一点后，立刻决定晚上才去行动。我设法买到了票，并顺路到了教授的住处，给他留了个条。八点差一刻，我找了他一同去剧场。我的小个子朋友兴奋不已，扣眼里插了一朵花，以示喜庆，腋下还夹了一个我从未见过的那么大的观剧镜。

"你准备好了吗？"我问。

"好啦，都好啦。"帕斯卡说。

我们出发前往剧场。

三

我和帕斯卡到达剧场时，歌剧演出前的序曲就要结束，正厅后座也已座无虚席了。

然而，后座区周围的过道空间很大——如此情形正好符合我来看演出的目的。我首先走到我们区与正厅前座区的隔离栏边，在剧场的那一片区域寻找伯爵。他不在那一片。我沿着从舞台看过来的左侧通道返回，一边认认真真地往四处张望，结果发现他在后座区。他坐的位置极好，离前座区三排从边上数过去大概第十二或十三座。我站在他的正后方，帕斯卡站在我身旁。教授对我把他领到剧场来的目的还不知情。他感到纳闷，我们为何不向前移，离舞台近一些。

幕启后，歌剧开始了。

整个第一幕期间，我们原地未动。伯爵陶醉于管弦乐队的演奏和舞台上的表演，目不斜视，没瞟过我们一眼。他全神贯注，不放过多尼采蒂那悦耳动听的音乐的任何一个音符。看他在那儿坐着，高出附近的观众，露着微笑，时不时地点一点他那硕大的脑袋，显得轻松愉快。他周围的人每当一个独唱曲完成时就会鼓掌喝彩（面对此类情形，英国观众总会鼓掌喝彩），根本不顾及接着乐队要进行的演奏。这时，他就会环顾一下他们，表达同情而又规劝的意思，举起一只手，做出彬彬有礼的恳求动作。碰到那些更加优雅动听的唱段，更加美妙动听的音乐片段，别人没有鼓掌喝彩，他那双肥胖的适得其所地戴了黑羊皮手套的手便会轻轻地拍起来，以显示他卓有品位，懂得欣赏音乐。这种时候，他就像一只高兴得打呼噜的大猫，发出甜润低沉的赞许声："妙哇！妙—妙—妙—妙！"声音打破了周围的宁静。左右两边紧挨着他的人——一些热情洋溢、脸色红润的外地人，有滋有味同时又迷惑不解地享受着首都伦敦的时髦——看着他的样子，听着他的声音，也开始模仿起他来。整晚演出中，后座区的多次鼓掌喝彩都是那双戴着黑手套的手轻柔悠然地击节赞赏引起的。不言而喻，这表明人们对这个人在本地具有至高无上的音乐鉴赏力的褒扬，而他正兴致勃勃、来者不拒地领受这一切，从而满足他贪婪的虚荣心。他肥胖的脸上一直绽着笑容。每当音乐停止的间隙，他就会朝四周看看，外表安详，表明对自己和周围的人都很满意。"对啊！对啊！这些野蛮粗俗的英国人已向我学习了，这儿——那儿——到处，我——福斯科——是个实实在在有影响的人物，是个至高无上的人！"如果脸会说话——他的脸当时就在说——说的就是这些话。

第一幕结束时,幕落了。观众站起身环顾四周。我等的就是这个时候——看看帕斯卡是不是认识他?

他也随其他人一同站立了起来,洋洋得意地用观剧镜看坐在包厢里的人。刚开始时,他背对着我们,但后来转身,对着我们,用观剧镜对着我们上方的包厢看了几分钟——然后把观剧镜拿开,还接着往上看。我就选择了这个时机,他整个脸都看得清,能够引起帕斯卡对他的注意。

"你认识那个人吗?"我问。

"哪个人啊,朋友!"

"那个又高又胖,站在那儿,脸朝着我们的。"

帕斯卡踮起脚尖,看了看伯爵。

"不认识,"教授说,"我不认识那个高大胖子。他很有名气吗?你为何偏要指出他来呢?"

"因为我有特别的理由,想要你了解他。他是你的同胞。他名叫福斯科伯爵。你知道那个名字吗?"

"不知道,沃尔特。名字和人我都不熟悉。"

"你肯定不认识他吗?再看看,仔细看看。我们离开剧场后,我会告诉你,为何对这事很急。等一等!让我帮你站得高一点,你好看得清楚一些。"

后座区所有座位都在高出四周过道的台上,我扶矮个子站在台的边缘。在此,他的小个头不会给他带来阻碍。在此,他可以朝坐在外侧座位上的女士们的头顶看过去。

有个身材瘦高、灰色头发的男子站在我们身边,我先前没有注意过此人——左边脸颊上有块疤痕——我扶帕斯卡站上去时,那人正目不转睛地看着他,然后更加目不转睛地顺着帕斯卡的视线朝伯爵看过去。他说不定听见了我们对话呢。我突然想到,他或许因此产生了好奇心。

与此同时,帕斯卡态度严肃,眼睛盯着那张绽放着微笑的四方大脸看,那张脸稍稍向上昂起,与他正对着。

"不认识,"他说,"我有生以来从未见过那高大胖子。"

他说话的当儿,伯爵朝下看我们后面的包厢。

两双意大利人的眼睛对视着。

片刻前,帕斯卡反复声明,我确信,他不认识伯爵。但片刻后,我同样确信,伯爵认识帕斯卡!

认识他,而且——更加令人惊讶的是——还害怕他!一点没错,那恶棍的脸上表情有了变化。泛黄的脸瞬间变成了铅灰色,五官突然间僵硬麻木了,冷漠的灰眼睛偷偷摸摸地扫视着,浑身上下一动不动,这一切正说明着问题呢。极度的恐惧感把他的灵魂与肉体都镇住了——这是他认出了帕斯卡的缘故!

那个脸上有块疤痕的瘦高个仍在我们身边。他显然也和我一样从伯爵看见帕斯卡之后的反应得出了自己的结论。他温文尔雅,有绅士风度,看上去像个外国人,他对我们的行为挺有兴趣,但并不讨人嫌。

我看到伯爵表情的变化后大吃了一惊,事情竟然会出现如此始料不及的变故,着实令我震惊不已。我都不知道该说什么,该怎么办。帕斯卡下来回到原先的位置,先开口说话,我这才回过神来。

"那胖子为何那样盯着人看啊?"他大声说,"看我吗?我难道很出名吗?我不认识他,他怎么会认识我呢?"

我仍然注意看伯爵。我发现,帕斯卡移动时,他也开始移动,以便小个子下到现在站的较低处时保持在他的视线之内。我倒是想要看看,面对如此情形,帕斯卡的注意力若是从他身上转移,会怎么样。因此,我问教授,他是否看见了当晚包厢里的女士中有他的学生?帕斯卡随即把观剧镜举到眼前,慢慢地扫视剧场的上层,仔细认真找他的学生。

他的注意力一转移,伯爵便转过了身,从坐在离我们站的地方较远一侧的观众身边溜走了,消失在后座区中间过道的中段。我抓住帕斯卡的手臂,令他惊讶不已,拽着他和我一同急忙绕到后座区的后面,以便赶在伯爵到门口前把他截住。我感到震惊的是,那个瘦高个抢先我们一步出去了,他避免了被一些从后座区退场的观众堵住,而我和帕斯卡却被那些人给耽搁了。待我们到达出入口大厅时,伯爵已不见了踪影——而有疤痕的外国人也不见了。

"回家,"我说,"回家,帕斯卡,到你的住处去,我得私下跟你谈——我得跟你明说。"

"我的天啊我的天!"教授摸不着头脑,大声说道,"到底是怎么回事啊?"

我匆忙赶路,没有搭理他。伯爵离开剧场的情形令我想到,他诚惶诚恐,迫不及待地要逃避帕斯卡,说不定他会采取进一步的极端手段。他可能也会离开伦敦逃避我。我若是多给他一天时间,让他自由自在,自行其是,今后的事情就难以预料了。而我对那个抢先我们出去的外国人也有了怀疑,我怀疑那人是有意要跟他出去的。

我心里怀着这双重的疑虑。不久,帕斯卡明白了我的意图。我们刚一到达他的住处,我就像在这儿说的,直截了当,毫无保留,把我的目的告诉了他，结果，他更加百倍地困惑不解，惊恐不安。

"朋友啊，我能做什么呢？"教授大声问，伸出双手哀求，"见鬼啊见鬼！沃尔特，我连那个人都不认识，怎么帮你啊？"

"他认识你——他害怕你——他离开剧场目的是逃避你。帕斯卡！这一定是有原因的。回忆一下你来英国前的经历吧。你告诉过我，你是因为政治原因离开意大利的。你从未向我提起过那些原因，我现在也不想了解。我只是要请你回忆一下过去的事情，看看是不是有什么事情让那个人一看见你就产生恐惧感？"

我感到很惊讶，这些在我看来并无恶意的话，却像伯爵看见了帕斯卡一样，同样令帕斯卡诚惶诚恐。我的小个子朋友红润的脸顿时变得煞白，身子从我身边慢慢往后退，浑身颤抖。

"沃尔特！"他说，"你知不知道你都问了些什么啊？"

他压着嗓门说话——他看着我，仿佛我突然向他点破了某种对我们两个都有威胁的潜在危险。不到一分钟的光景，他就变了个人，不是我先前接触的那个为人随和、生气勃勃、有点怪癖的小个子了。倘若我在大街上遇见他，看到他变成现在这个样子，肯定认不出他来。

"我若是无意中让你感到痛苦，让你震惊，请原谅我，"我回答说，"但是，请记住，福斯科伯爵犯下了残酷的罪行，令我妻子蒙受冤屈。请记住，除非我有办法叫他还她公道，否则她蒙受的冤屈就永远不能昭雪。我是为了她的利益而说，帕斯卡——我再一次请求你原谅——别的我就不说了。"

我起身要走。还未走到门边，他把我拦住了。

"等一等,"他说,"你的话令我心烦意乱。你不知道我是如何离开自己的祖国的,为何要离开自己的祖国。让我平静一下——让我看看能不能平静下来想一想。"

我回到椅子边。他在房间里来回踱着步,用他的母语不连贯地自言自语。来回走了几趟之后,他突然走到我跟前,态度异常和蔼而又郑重其事,把他的一双小手放到我的胸前。

"你凭着自己的良心起誓,沃尔特,"他说,"除了通过我这种冒险方式,难道就没有别的办法对付那个人了吗?"

"没有别的办法。"我回答说。

他又离开了我,打开了房门,谨慎地看了看过道,再把门关上,然后走回来。

"从你救了我的那天起,沃尔特,"他说,"你就赢得了安排调遣我的权利。从那一刻起,只要你愿意接受,我的生命属于你的。现在接受吧。对啊!我说到做到。上帝作证,我下面说的话将会使我的生命交到你的手上的。"

他作这一番非同寻常的表白时,态度诚恳,声音颤抖,我听后坚信,他说的是真心话。

"听好啦!"他接着说,神色焦虑,情绪激动,向我挥动双手,"看在你的分上,我回忆了过去的事,但在我的内心深处,那个叫福斯科的人同我的过去毫无关系。你若是找到了什么线索,那就留着好啦——千万别告诉我——我跪下恳求你,别让我知晓任何情况,让我清清白白,让我像现在一样盲目地面对未来吧!"

他还说了几句,含糊不清,语无伦次——然后停下来了。

我看到,他面对过于严肃的场合时,不能使用自己平常词汇中的那些古怪的措辞和用语。但是,他从一开始同我说话时就有困难,而偏偏又要努力用英语表达自己的想法,这就更是难上加难,痛苦不堪了。我们在过去的亲密交往中,我学会了用他的母语阅读和理解(不过不会说),因此,我向他提议,他用意大利语讲述,而我为了明白起见,用英语提些问题。他同意了。他语言流畅——说话时,面部五官不停地抽搐,他那外国人特有的手势动作张狂而又突兀,由此可以看出,他神情焦虑,情绪激动,但声音没有提高——我现在听着那些话,会因此武装起来,去迎接本故事要叙述的最后战斗[1]。

"除了知道是政治原因之外,"他开始说,"你根本不知道我离开意大利的动机。倘若我是受了政府的迫害才不得已来到这个国家,我根本就不应该向你或其他人隐瞒其原因。我之所以隐瞒,那是因为政府根本未曾宣布我流亡。沃尔特,你听说过欧洲大陆每座大城市都有秘密政治团体的事吗?我在意大利时属于其中一个团体——而现在在英国依然属于它。我之所以来到这个国家,是受了头领的派遣。我年轻时过于激情狂热,敢冒危及自己和他人的风险。因此,我受命移居英国,等待着。我移居了——我等待了——我还要等待。明天,我可能被召走,十年后,我可能被召走。对我来说都一样——我在这儿,以教学为生,再就是等待。我把自己所属的团体完全告诉你,并未违背誓言(你立刻就会知道原因)。我所做的一切都是为了把我的生命交给你。若是有人知道,我现在对你说的话是我们坐在这儿出自我的口,毫无疑问,我死定了。"

---

[1] 这里应当说明,在复述帕斯卡对我的陈述时,鉴于事情的严重性和出于我对朋友的一份责任,我谨慎地对其进行了压缩和删改。总的说来,我在这部分叙述中向读者隐瞒的是那些需要谨慎对待的内容。——作者注

他随即对着我的耳朵低声说话。我把他这样对我说的话保密。对于他所属的那个团体①，在本叙述中必须提到它时，我管它叫"同志会"，这样可以说明问题。

"同志会的宗旨，"他接着说，"简单说来，和其他同类政治团体一样——消灭专制，给人民以权力。同志会有两条原则：人只要活着，或只要不会带来危害，他就有权享受生命。但是，如果他活着给他的人类同胞的幸福造成危害，他从那一刻起就丧失了生命权。剥夺其生命不仅不构成犯罪，而且是有功劳的行为。我不必说本团体是在怎样恐怖的镇压和苦难的环境下发展壮大起来的。你不必说——你们英国人很早以前就赢得了自由，但是，你们在争取自由时，流了多少血，采取过什么严厉的措施，你们却轻而易举就给忘记了——你不必说每况愈下的社会境况能使受奴役的民族中怒火中烧的人们再忍多久。钢铁般的意志烙在了我心上，埋在了心底，你无法看到。不要管流亡者！嘲笑他，怀疑他，睁大眼睛，用惊异的目光看着他那埋藏在心灵深处的秘密自我吧。有时候，他像我一样，处在平日里体面与安宁的掩护下。有时候，他不如我幸运，不如我易适应，不如我有耐性，而是蓬头垢面，忍受贫穷的煎熬——但不要给我们定论！在你们那个查理一世②时代，你们或许会对我们公正评价，但在你们长期以来尽情地享受了自由之后，你们现在却不可能给我们公正的评价了。"

---

① 此处指烧炭党。烧炭党（Carbonari）是意大利的资产阶级秘密革命团体，19世纪初在那不勒斯王国成立，因其成员最初逃避在烧炭山区而得名，旨在驱除法国（后是奥地利）侵略者，消灭专制的封建制度，统一意大利，建立共和国。
② 查理一世（Charles I, 1600—1649），英国斯图亚特王朝国王（1625—1649），詹姆斯一世之子，1612年，其兄威尔士亲王亨利去世后成为王储。1625年，即位为不列颠国王，因对抗国会，压迫清教徒，引起内战，战后作为"暴君、叛徒、杀人犯和国家的公敌"于1649年被国会判处死刑。

他隐藏在心灵深处的全部情感都在这一番话中表露出来了，自我们交往以来，他还是头一次这样酣畅淋漓地向我表露心迹——但他的声音还是没有提高。他对向我披露可怕的隐情所持有的恐惧感仍然挥之不去。

"迄今为止，"他接着说，"你认为，我们的团体和别的团体一样。其宗旨（根据你们英国人的看法）是无法无天，主张革命。要了恶劣国王或大臣的命，他们如同毒蛇猛兽一样危险，必须一有机会就要将其格杀勿论。我同意你这个看法。但是，同志会的规章不同于世界上任何别的政治团体的规章。成员之间互不相识。意大利有个会长，国外也有会长。每个会长都有秘书。会长和秘书们知道成员的情况，但成员与成员之间完全是陌生人，直到有一天出于政治上的需要或团体自身状况的需要，领袖们认为他们可以相互认识了为止。有了这样的防范措施之后，我们入会时便无须宣誓。我们每人都有秘密的标记来体现同志会成员的身份，只要一息尚存，标记就与他相伴。我们都可以从事自己正常的事业，但每年需向会长或秘书报告四次，以便受命。我们都接受了警告：如果出卖同志会，或者为了别的利益而伤害同志会，按照同志会的规章，就得被处死——执刑者可能是来自天涯海角的陌生人——或许是我们心心相印的朋友，因为他可能是一个成员，只是在多少亲密无间的岁月中我们不知情罢了。有时候，处死行动会推迟。有时候，一发现变节行为就执行。知道如何等待是我们首先要做的事——其次是接到命令后如何服从。我们有人可能等待一辈子，永不起用。有的人可能一加入团体就奉命投入工作，或者为工作做准备。说到我本人——你知道，我身材矮小，为人随和，性格开朗，哪怕一只苍蝇在脸边上嗡嗡乱飞都不会主动掏出手帕把它打掉——但是，我年轻时，受到可怕的煽动，详情我不告诉你，一冲动就加入了同志会。我当时一冲动起来，连自己都会杀的。现在，我必须待在同志会中——无论身处更加优越的环境和到了成熟冷静的年岁怎么看它，我到死都是它的人。我在意大利时，曾被推举为秘书，那时，凡是应召要去面见会长的成员也都要面见我。"

我开始理解他了。我明白了他此次非同寻常地披露隐情所要导致的后果。他稍等了片刻，热切地注视我——久久地注视我，直到他明白了我的心思，才又接着说。

"你已经有了结论了，"他说，"我从你脸上的表情看得出。什么都不要对我说，不要让我知道你内心的想法。为了你的缘故，让我做最后一次牺牲——然后忘掉这件事，永不再提起。"

他示意我不要回他的话——站起身子——脱下外套——卷起左臂的袖子。

"我答应过你的，要把隐情完整地说出来，"他凑近我的耳朵低声说，眼睛警觉地看着门，"不管情况如何，你都不会责备我向你隐瞒了任何为了你的利益你必须要知道的情况。我说过了，同志会的成员都有终身相随的标记。你自己看看，这儿，标记在这儿呢。"

他把赤裸的手臂抬起亮给我看。手臂上半截的内侧，肉上烙了个很深的印记，涂成了血红的颜色。我有意不描述印记上的图案，只说一下它是个圆圈就够了，面积很小，用一个先令的硬币便可完全把它盖住。

"一个人若是在这儿烙了个印记，"他说，一边放下袖子，"他就是个同志会的成员。一个成员若背叛了同志会，那他迟早会被熟悉他的领袖发现的——或是被会长,或是被秘书。而被领袖发现了的人那就死定了。任何人类法律都保护不了他。记住你看到的情况,听到的话。随你怎么下结论,悉听尊便。但是,看在上帝的分上,不管你发现了什么,不管你做了什么,什么也不要对我说!不要让我承担想起来都毛骨悚然的责任——我心里明白,那不是我现在的责任。我最后再重申一遍——以一位绅士的荣誉担保,以一位基督教徒的名义起誓,假如你在剧场里指给我看的那个人认识我的话,他一定整过容,或者化过装,所以我辨认不出他来。我对他在英国的行动和目的一无所知——从未见过他。就我所知,今晚之前,我从未听说叫他这个名字的人。我不再说了,沃尔特,让我保留一点儿。我无法忍受已经发生了的事情。我说了这些话,感到胆战心惊。我要设法在我们下次见面前恢复常态。"

他往椅子上一坐,然后双手捂住脸转开。我轻轻打开门,以免惊扰了他——然后,不管他是否听得见,低声说了几句告别的话。

"我会把今晚的话深深铭刻在心,"我说,"你信赖了我,决不会后悔。我明天来找你好吗?九点钟过来如何?"

"行啊,沃尔特,"他回答说,深情地抬头看了看我,他又用英语说,似乎迫不及待要恢复我们先前的关系,"来用点早餐,然后我要去教学生。"

"晚安,帕斯卡。"

"晚安,朋友。"

四

我一从帕斯卡的住处出来,心里立刻深信不疑。我别无选择,只有利用自己刚刚得知的消息立刻采取行动——当晚就得确认伯爵的下落,否则,若是拖延到了翌日早晨,恐怕就要失去替劳拉昭雪的最后机会。我看了看表——十点钟。

我毫不怀疑伯爵离开剧场的目的。他当晚避开我们只是他逃离伦敦的前奏,这是毫无疑问的。他手臂上有同志会的标记——我很肯定,仿佛他曾经给我看过那印记似的——从他认出帕斯卡后的表情中,我看出了这一点。

为何不是双方彼此认出对方,这很容易理解。伯爵那种品性的人深知,改行当间谍会有什么样的可怕后果。他一定会像注重金钱奖赏一样注重自己的人身安全,否则绝不可能去冒风险。那张在剧场我指出的修得干干净净的脸也许在当年帕斯卡看到的时候盖着大胡子呢。他的棕黑色头发或许是假的,姓名显然是化名。岁月流逝无形中也帮了他的大忙——硕大肥胖的身材可能是后来形成的。这充分说明帕斯卡为何认不出他来——也充分说明他为何认出了帕斯卡,因为后者外形奇特,走到哪儿都引人注目。

我说过,自己很肯定伯爵在剧场避开我们的目的。尽管他外表有了改变,但他仍然以为自己被帕斯卡认出来了,因此,他就有了性命之虞。这我可是亲眼所见,怎么会对此有怀疑呢?假如我当晚能够对着他说一说,假如能够让他明白,我也知道他性命难保,那会有什么后果呢?情况再清楚不过了,我们两个人有一个一定占着优势——有一个一定会落入对方的手中。

我自己首先应该考虑好对我的不利因素,然后才好去面对。对于我妻子,我要竭尽全力减少风险。

关于对我不利的因素,我无须左思右量,归结起来只有一条。我承认,伯爵如若发现,我的性命直接关系到他的安危,那一旦我们面对面时,他会毫不退缩,趁我不备结束我的性命。一番认真的思索之后,我心里很清楚了,只有一个办法可以对付他,并且减少危险。我把自己发现的情况当面告诉他之前,必须把这一发现置于一个可以随时用来对付他,同时又不会受到他的阻挠的位置。假如我接近他之前事先就在他脚下布好地雷,假如我把引爆的指令给了第三者,到了一定的时候就引爆,除非在那之前得到我取消行动的书面或口头指令——那样的话,伯爵的安全完全取决于我的安全,而且,即便在他家里,我也可能稳操胜券。

我想到这一点时,已经快要走到我们从海滨回来后的新住处了。我带了钥匙,未惊动她们便进了门。厅堂里有盏灯,我悄悄拿着灯上楼到自己的工作室,开始做准备。我将独自一人去见伯爵,在那之前,绝不让劳拉或玛丽安对我的行动意图看出半点蛛丝马迹。

现在,我要采取的最可靠的预防措施就是给帕斯卡写封信。信的内容如下:

我在剧场里指给你看的那个人是同志会的成员。他变节了。请立刻对这两点予以验证。你知道他在英国叫什么名字。他的住址是圣约翰林森林路五号。凭你曾对我的情义,运用你的权力,不要手软,不要迟疑,惩办那个人。我把身家性命都押上了——如果失败,其代价就是我的性命。

我看了看信的内容,写了日期,然后装入信封,封好了口子。在信封外表还写了下面的话:

此信明天上午九点才可拆封。如果在那之前,你没收到我的信或见到我,九点一到就拆封,并看内容。

我用自己的姓名首字母落了款,再把它装入了另一个信封,然后在上面写上帕斯卡的住址。

所有的事情都办完了,只差设法把信立刻送到目的地。然后,我所能做的就都完成了。假如我在伯爵家里遭到什么不测,我已经安排好了,叫他用性命偿付。

无论出现什么情况,只要帕斯卡全力以赴,他完全有办法阻止伯爵逃跑,我对此毫不怀疑。他神态异常,焦虑不安,表示不要知道伯爵的身份——或者换句话说,不弄明某些事实,以被动的态度来求得心安理得——他的态度清楚地表明,他可以施用同志会的极端惩处手段。但是,他是个心地善良的人,不会当着我的面说明这一点。

国外政治团体对待变节分子,不论其藏匿何处,都会对他穷追不舍,直至实行报复,这样千真万确的实例常常可以看见,即便凭着我肤浅的阅历,我都毫无怀疑。我只要想想看过的报纸,就会回想起很多这类案件来,在伦敦和巴黎,都有外国人在大街上被刺杀的,而暗杀他们的人却渺无踪影——有尸体或碎尸被扔进泰晤士河[①]和塞纳河[②]的,而凶手却无处查寻——还有秘密施暴致死的案件,那也只有一种解释。通篇叙述中,我没有隐瞒自己的事——我在此也不隐瞒——相信,假如帕斯卡被授权打开密信的那一性命攸关的情况发生了,那我就已为福斯科伯爵开具了死刑执行令了。

我走出了工作室,准备到一楼去请房东给我物色个送信的。他正好此时上楼,我们在楼梯口相遇。他听了我的要求后,提出要他儿子当信使,那是个反应敏捷的少年。我们把孩子叫上楼,我把要求告诉了他。他搭乘马车把信送去,交到帕斯卡教授手上,要那位先生写个字条带回给我,再乘那辆马车回来,让马车在门口等候着,我要用。时间已经接近十点半了。我估计孩子二十分钟后就会回来。他返回后,我再过二十分钟就可到圣约翰林。

孩子出门送信去了之后,我返回到自己的房间待了一会儿,把一些文件整理好了,一旦出现了什么不测,玛丽安她们可以找到文件。我把文件锁在那张旧式书桌里,钥匙放在一个小袋里封好,放置在书桌上,外面还写了玛丽安的名字。完成之后,我下楼到了起居室,估计劳拉和玛丽安在那儿等着我看完歌剧回来。我触碰到门锁时,第一次感觉到自己的手在颤抖。

---

① 泰晤士河(River Thames)是英国著名的"母亲"河。发源于英格兰西南部的科茨沃尔德希尔斯,全长三百四十六公里,横贯英国首都伦敦与沿河的十多座城市,在伦敦下游河面变宽,形成一个宽度为二十九公里的河口,注入北海。在伦敦上游,泰晤士河沿岸有许多名胜之地,诸如伊顿、牛津、亨利和温莎等。泰晤士河流域在英国历史上占有举足轻重的地位。
② 塞纳河(Seine River/La seine)是法国北部大河,全长七百八十公里,是欧洲有历史意义的大河之一。自中世纪初期以来,塞纳河一直就是巴黎之河。巴黎是在该河一些主要渡口上建立起来的,河流与城市相互依存,密不可分。

起居室内只有玛丽安,她在看书。我进去时,她惊讶地看了看表。

"你怎么这么早就回来啦!"她说,"你一定是没看完就离开了吧。"

"对啊,"我回答,"我和帕斯卡都没有等到结束。劳拉呢?"

"她今晚又患了头痛的老毛病。我们喝完茶后,我就劝她睡觉去了。"

我离开了房间,借口想去看看劳拉是否睡着了。玛丽安目光敏锐,用探询的眼神看着我的脸。她很敏感,瞬间便觉察出,我心里有事。

我走进了卧室,借着夜间的微光,蹑手蹑脚地走到床边,妻子睡着了。

我们结婚还不到一个月。我看到,她在沉睡中仍然忠贞不贰地把脸侧向我的枕头——看到她张开着的手放在被子外面,仿佛在等待着我的手——这时,倘若我心情沉重,倘若我的决心有片刻动摇,想必是可以谅解的吧?我只让自己在床边跪了几分钟,仔细地端详她——靠得那么近,我的脸都感觉到了她呼吸的气息了。我吻了吻她的手和脸颊告别。她睡梦中动了一下身子,低声呼唤我的名字——但没醒。我在门边逗留了片刻,再看了她一眼。"愿上帝保佑你,亲爱的!"我低声说——然后离开了。

玛丽安在楼梯口等着我。她手上拿了张折着的字条。

"房东的儿子给你的,"她说,"他叫了辆马车停在门口——他说,你吩咐过他叫马车在那儿等,你要用。"

"对啊,玛丽安。我要马车,立刻要外出。"

我边说边下楼,借着起居室桌上的灯看了一下那张字条。上面有两句话,是帕斯卡的手迹。

> 来信收到。如果你提到的时间之前我没有见到你,时间一到,我就开封。

我把字条夹在笔记本内,然后向门边走。玛丽安在门槛边迎我,把我推回到室内,烛光下看得清我的整个脸。她抓住我的手,用探询的目光注视着我。

"我明白了!"她说,声音很低,神情热切,"你今晚要去抓住最后的机会。"

"对啊——最后的机会,也是最好的。"我小声回答说。

"不要单枪匹马去干啊!噢,沃尔特,看在上帝分上,不要单枪匹马去干!让我随同你一块儿去吧。不要因为我只是个女人就拒绝我。我必须去!我愿意去!我在外面的马车上等着!"

现在轮着我抓住她了。她极力要挣脱我,想要抢先下楼出门。

"如果你想要帮我,"我说,"那就就此止步,今晚睡到我妻子的卧室去。好让我对劳拉放得下心再走,去应对别的所有事情。过来,玛丽安,亲吻我一下,以表明你有勇气等待我回来。"

我不敢再给她时间说什么话了。她想要再次抓住我。我挣脱了她的双手——立刻出了房间。楼下的孩子听到了我在楼梯上,打开了厅堂里的门。没等车夫从驭座上下来,我便跳上了马车。"圣约翰林的森林路,"我对着前窗向他招呼,"如果你一刻钟之内到达了那儿,我付双倍车费。""到得了,先生。"我看了看表,十一点——一分钟也不能耽搁。

马车奔驰着向前,我感觉到随着分分秒秒逝去,离伯爵越来越近了。因此,我坚信,我终于可以畅通无阻地执行自己的冒险行动了。我热血沸腾,兴奋不已,于是冲着车夫吆喝,敦促他快些,再快些。我们驶过了大街小巷,穿越了圣约翰林大道。这时候,我完全失去了耐心,再也等不得了,便在马车里站了起来,把头探出窗口,以便看到终点。远处教堂的钟声报响一刻钟的时候,我们拐进了森林路。我吩咐车夫在离伯爵的公寓有一段距离的地方停了下来——付了车费,打发他离开了——然后步行到门口。

我快要走到花园的门口时,看到另外一个人从对面也朝门口走。我们在路上的煤气灯下相遇,相互对视了一下。我立刻认出,此人是那个脸颊上有疤痕、头发浅色的外国人,估计他也认出了我。他一声不吭,不像我一样在公寓旁停下,而是继续缓步向前。他是偶然出现在森林路吗!抑或从剧场跟随着伯爵到了家呢?

我没有细想这些问题。我等待了片刻,直到外国人慢慢地从视线中消失。我随后按响了门铃。时间是十一点二十分——时间已经很晚,伯爵很容易找到理由说,他已经上床睡觉了,而把我打发离开。

为避免这种情况发生,唯一的办法就是不搞什么寒暄,直接把我的名字通报进去,同时要让他知道,时间虽然很晚了,但我有很要紧的事要见他。因此,我一边等开门,一边掏出名片,并在我的名字下写上"有要事"几个字。我用铅笔写到最后一字时,女仆应了门,满腹狐疑地问我:"有何事?"

"请劳驾把这个递给你家主人。"我回答说,一边把名片给她。

姑娘神情犹豫，我由此看出，我若是先提出要见伯爵的请求，她会遵照吩咐告诉我说，他不在家。我很自信地把名片递给她，结果她犹豫迟疑起来了。她一副心神不宁的样子，眼睛盯着我看了一会儿，然后关上门，拿着我的名片进去了，让我留在花园里等待。

大概一分钟过后，女仆出来了，说她家主人向我致意，请她问一问我有什么事。"代我向他致意，"我回答说，"就说事情只跟你主人讲，不能跟别人讲。"她再次离开了我——然后再次返回——她这次请我进入。

我立刻跟随她。片刻之后，我到了伯爵家里。

厅堂里没有灯，女仆举着从厨房里拿来的蜡烛上楼。凭借着昏暗的烛光，我看见一个上了年纪的太太从一楼的一间后室无声无息地走了出来。我走进厅堂时，她瞪了我一眼，目光凶狠，但没有吭声，也没有给我的点头回个礼，接着就慢慢上楼了。我对玛丽安日记中的内容已经很熟悉，所以肯定，这位太太就是福斯科夫人。

女仆把我领到伯爵夫人刚才出来的那间房。我走了进去，同伯爵面对面了。

除了外套横搁在一把椅子上之外，他身上仍然穿着晚礼服。袖口在手腕上卷了——但没再往上卷。身体的一侧放着一个旅行包，另一侧摆着一只箱子。书籍、文件、衣物凌乱不堪，满房间都是。靠近房门一边的桌上放着一只笼子，里面装了他的白鼠，我对这个情节很熟悉。金丝雀和鹦鹉可能在别的房间里。我进入房间时，他坐在箱子前装东西，然后手里拿了些文件起身招呼我。脸上还留有从歌剧场里受了惊吓后的明显痕迹。他肥胖的脸颊松松垮垮往下耷，冷漠无情的灰眼睛显得既诡秘又警觉。他上前一步来迎我，冷淡而礼貌地请我坐下,这时,他的声音、神态和举止都显得格外可疑。

"您来这儿有事吗,先生?"他问,"我真不知道可能会有什么事情。"

他说话时,表露着掩饰不住的好奇,眼睛牢牢地盯着我的脸看。我由此坚信,在剧场时,他没注意到我。他先看见了帕斯卡,便即刻离开了剧场,显然没有看清别的任何东西。我的名字一定会使他联想到,我一定是怀着寻仇的目的到家里来找他的——但他至今似乎完全不知道我此行的真正意图。

"我真幸运,今晚在这儿找着您了,"我说,"您好像是要出门旅行去?"

"莫非您要办的事情同我旅行有关系?"

"从某种程度上说,是这么回事。"

"什么程度?您知道我要去哪儿吗?"

"不知道。我只知道您为何要离开伦敦。"

他反应敏捷,瞬间从我身边掠过,把房门锁上了,钥匙装进了口袋里。

"我和您,哈特莱特先生,早已久闻大名,很熟悉了,"他说,"您来到这幢公寓时,难道就没有想到我并不是那种可以随便耍弄的人吗?"

"我确实想到了,"我回答说,"而我不是来这儿耍弄您的。我来这儿是为了一件生死攸关的大事——您即便把刚才锁上的门打开,无论您说什么,做什么,我都不会从门口走出去。"

我再朝着房间里面走,在壁炉前的地毯上同他面对面站着。他从门前拉过一把椅子,坐了下来,左臂伏在桌上。装着白鼠的笼子离他很近，他笨重的手臂震动桌子时，小家伙们惊慌失措地从睡觉的地方匆忙跑出来，透过漆成彩色的铁丝间隙凝视着他。

"为了一件生死攸关的大事？"他冲着自己重复了一声，"这话可能比您想的还要严重。您什么意思啊？"

"我说的意思。"

他宽阔的前额上汗涔涔的，左手沿着桌子的边缘悄悄移动。桌子上有个抽屉，有锁，钥匙在锁眼里。他用手指捏住钥匙，但转不动。

"这么说来，说您知道我为何要离开伦敦啦？"他接着说，"请您告诉我原因。"他说话时转动了钥匙，打开了锁。

"我不仅能够说出来，"我回答说，"如果您愿意的话，我还可以向您指出那个理由呢。"

"您怎么指出？"

"您已脱下了外套，"我说，"请把您左臂的袖子卷起来——您就会在那儿看到的。"

他面如死灰，其情形同我在剧场里看到的一模一样。眼睛里闪烁着恐怖的光芒，目不转睛地直盯着我。他一声不吭，但左手慢慢打开了桌子抽屉，随即轻轻地伸进去。他在移动什么我看不见的重东西，刺耳难听的声音响了一会儿——然后停止了。然后是一片寂静，连小白鼠咬铁丝笼的微弱的声音都在我站的地方听得清清楚楚。

我已是命悬一线——这我是知道的。最后时刻，我猜透了他的心思，觉察到了他的手指的动作——我犹如亲眼看见了一样，确认他在抽屉里藏着什么东西。

"等一等，"我说，"您已把门锁上了——您看到我并没有动——

看到我两手空空。等一等，我还有话要说。"

"您已说得够多啦，"他回答说，态度突然平静下来了，但显得很不自然，显得很恐怖，"我的神经受到了比任何暴力行为都更加严重的折磨，请让我想一想。您猜得出我在想什么吗？"

"或许猜得出吧。"

"我在想，"他轻声说，"要不要在这壁炉边把您打得脑浆满地，给这个房间再添点乱。"

我从他脸上的表情看得出来，假如我此刻动一动，他是做得出来的。

"我建议您先看一看我身上带来的两行字，"我回答说，"然后您再做决定不迟。"

他好像对这一提议产生了兴趣，点了点头。我把帕斯卡收信后写给我的字条从笔记本里拿出来，伸手递给了他，然后回到我在壁炉前原先站的位置。

他大声念出了那两行字：

　　来信收到。如果你提到的时间之前我没有看见你，时间一到，我就开封。

假如换了别人处在他的境地，定会要求对这些话作一番解释——但伯爵觉得没有这个必要。他只要看一下这个字条，就明白我已采取了防范措施，如同他在场一样清清楚楚。他脸上的表情突然间有了变化，手也空着从抽屉里收回来了。

"我没锁抽屉，哈特莱特先生，"他说，"而我也还没有说，我不会在这壁炉边把您打得脑浆满地——但我事先得承认,您的大脑比我想象的要聪明。直说吧,先生!您想从我这儿得到什么?"

"对——但必须得到。"

"什么条件?"

"无条件。"

他的手再次伸进了抽屉里。

"呸!我兜了一个圈又回来了,"他说,"您聪明的大脑再次面临危险啦。您口气这么大,太出言不逊了,先生——在这儿还是客气点吧!除了我开出的条件得到满足,对我来说,在这儿当场打死您比放您离开这幢公寓,危险要小。您现在对付的可不是我那已故的朋友——您前面站的是福斯科!如果在通向我安全的路上,要有二十个哈特莱特先生的性命来做铺路石,我定会兴高采烈、不顾一切地振作精神,毫不动摇、镇定自若地从上面跨越过去。假如您爱惜生命的话,就对我放尊重点!您开口说话之前,我要向您提三个问题。听好啦——问题对这次会面很有必要,要回答——问题对我很有必要。"他举起右手的一根手指。"第一个问题!"他说,"您带着消息来这儿,而消息或许是真实的,也或许是虚假的——您从哪儿得到的消息?"

"我拒绝告诉您。"

"没有关系,我会查出来的。假如那消息是真实的——注意我强调说的假如两个字——如果您玩弄奸诈手段,或者别的什么人玩弄奸诈手段,您在此同我做交易。我的记忆力极佳,我记住这件事,将来有用。接着说,"他再举起一根指头,"第二个问题!您给我看的那两行字,没有署名。是谁写的?"

"此人我有充分的理由信赖,而您有充分的理由害怕。"

我的回答对他起了一点作用。他的左手在抽屉里颤抖,发出了声响。

"时间一到便把信拆开,在那之前,"他提出第三个问题,语气温和了一些,"您给了我多长时间?"

"有足够的时间让您满足我想要得到的东西。"

"说得更明确一些,哈特莱特先生。那时间一到是指几点?"

"明天上午九点。"

"明天上午九点?对,对——我能够签护照离开伦敦之前,您给我设置了一个陷阱。我想不会更早一些吧?我们这就来考虑一下——我把您扣押在这儿作人质,同您谈谈条件,把您的信要回来,我才放您走。同时,请您谈谈您的条件吧。"

"您会听到的。很简单,我立刻就告诉您。您知道我代表谁的利益来这儿吗?"

他态度极为镇定,微笑着,同时还随意地挥了一挥右手。

"我来试着猜一猜,"他用揶揄嘲讽的口气说,"当然是一位夫人的利益啊!"

"我妻子的利益。"

他看着我,脸上头一次在我面前呈现出真实的表情——一种茫然无措、呆若木鸡的表情。我看得出,从那刻起,我在他心目中的危险性降低了。他立刻关上了抽屉,双臂交叉放在胸前,脸上露出讥讽的微笑,一边认真听我讲。

"您很清楚,"我接着说,"我经历了几个月的调查过程,要知道,面对确凿无疑的事实,在我面前抵赖是完全没用的。您犯了罪，策划了一桩卑鄙可耻的阴谋骗局。您设置骗局的动机就是要获取一万英镑的财富。"

他没有吭声，但脸上却顿时蒙上了一层阴影，显得焦虑不安。

"留着您获取的财富吧，"我说，（他脸上又立刻云开雾散了，用惊异的目光看着我，眼睛睁得越来越大。）"我不是来同您讨价还价谈条件要回那笔钱的，那样有损我的人格，因为那些钱经过了您的手，钱是以肮脏邪恶的罪行为代价换来的——"

"别激动，哈特莱特先生。您这套哗众取宠的道德说教在英国效果极佳——那就请留给您自己的同胞们受用吧。那一万英镑是已故费尔利先生留给我的好夫人的遗产。如果您乐意基于这一点来讨论事情，我倒是可以奉陪。然而，对于一位像我这样阅历丰富的人来说，这个话题实在是可悲可叹，无聊透顶，我看还是不讨论为好。我请您继续提要求，您想要得到什么？"

"首先，我要您把阴谋骗局彻底坦白出来，当着我的面亲自写下来并签上名。"

他再次举起一根手指。"第一！"他讲求实际，一丝不苟地替我核实。

"其次，我要一个名副其实的证据，那就是我妻子离开黑水庄园前往伦敦的日期，而不是您个人说说的。"

"行啊！行啊！我看出来了，您抓住了那个薄弱环节，"他说，态度显得很镇定，"还有吗？"

"目前没有了。"

"很好！您已经提出自己的条件了，现在就听我的吧。从总体上来说，要我承认您乐意称作的'阴谋骗局'，其责任也许要比在这炉前地毯上结果了您所要承担的责任小一些。我们就这么说吧，我满足您的要求——但我有我的条件。您要求我写的陈述我会写。名副其实的证据也会出示。我那已故的朋友给我写过一封信，告诉了我他夫人到达伦敦的日期和时间，信是他亲笔写的，署了名，写了日期，我看您可以把它称作证据吧？我可以把信给您，还可以送您去找我租马车的那个人，她到达的那天，我租了马车到火车站去接——即使他的车夫帮不上忙，他的订车登记簿可以告诉您那个日期。这些事我都能办得到，而且也愿意办，但有条件。我来列举一下吧，第一个条件！我和福斯科夫人愿意什么时候、以什么方式离开这幢公寓，您不得有任何干扰。第二个条件！您陪我在此等候我的代理人，他明天早晨七点来帮我处理事情。您写一个书面指令给我的代理人，送给持有您那封未开封的信的人，把信撤回。您在这儿等着，直到我的代理人把信原封不动地交到我手上，然后您允许我有足足半个小时时间离开这幢公寓——您随后即刻恢复行动自由，想去哪儿去哪儿。第三个条件！鉴于此次谈话中，您干涉了我的私事，还使用如此言辞，令一位绅士蒙受了侮辱，所以，我要和您决斗。我平安抵达欧洲大陆后，会亲笔给您写一封信，确定时间和地点，并随信附一张字条，其长度正好和我使用的利剑相同。这些就是我的条件。告诉我您是否接受——接受，还是不接受？"

这番表述非同寻常地糅合了诸多特征：反应敏捷，当机立断。深谋远虑，狡诈诡秘。夸夸其谈，虚张声势。片刻之间，令我难以应对——不过只是片刻而已。我要考虑的唯一一个问题是，我为了能够帮助劳拉恢复做人的权利，是不是应该付出代价，即让这个掠夺了她的权利的流氓恶棍从我眼前逃之夭夭，逍遥法外。我知道，我的妻子被人当成了冒名顶替的骗子而从她出生的地方被赶了出来，她母亲的墓碑仍然被谎言玷污着，而我要让她在出生地得到确认，让那谎言当众予以铲除，其中不包含有任何的邪恶情感，比我刚一开始的目的混合进了复仇的动机要纯洁得多啊。然而，我不能断言，自己的道德信念牢不可破，其本身就可决定我内心斗争的胜负。我对珀西瓦尔爵士的死亡情况的回忆对其起了些帮助作用。多么不可思议啊在那最后的时刻，报仇雪恨的机会就那样从我软弱无力的手中被夺走了！平凡的我可怜巴巴，无法预测未来，我凭什么认定，这个人就因为从我眼前逃之夭夭，他就一定会逍遥法外，逃避惩罚呢？我想到这些事——或许是由于天性中的迷信观念，或许由于比迷信观念更加高尚的意识。我已牢牢地把他捏在了手掌心里了，而到最后又要主动松手，这真是难以忍受的事——但是，我迫使自己做出这种牺牲。说得更加明了一些，我决心要服从已认定的更加高尚的动机，也就是为了劳拉的事业和真理的事业而服务的动机。

"我接受您的条件，"我说，"但有一条要保留。"

"哪一条要保留？"

"关于那封密封着的信，"我回答说，"信到了您的手上后，不予开封，当着我面立刻把信销毁。"

我提出这一条的目的显然是要避免他带走我与帕斯卡联系的文字证据。早晨，我把那地址给他的代理人时，他必然会发现这一事实。但是，如果仅凭他缺乏旁证的表白——即便他确实想要斗胆试一试——那也无济于事，因此，我不必替帕斯卡担心。

"我答应您保留的条件，"他态度严肃地考虑了一两分钟后回答说,"这没有什么值得争论的——我一拿到信就把它给毁掉。"

他一直在我对面的椅子上坐着。这时,他边说边站起身,仿佛顷刻间从与我面谈的紧张压力中解脱了出来。"哎!"他舒舒服服地伸了伸胳膊,大声说,"短兵相接,这场争执真热烈。请吧,哈特莱特先生。我们今后相遇时就是死敌啦——同时,我们也和侠肝义胆的绅士一样,相互以礼相待吧。请允许我把夫人叫出来。"

他打开了锁和门。"埃莉诺!"他喊了一声,声音很深沉。那位脸部表情很险恶的夫人进来了。"这是福斯科夫人——这是哈特莱特先生,"伯爵介绍我们两个人,态度随和,但又郑重其事。"我的天使啊,"他接着对他夫人说,"你在收拾行李时能抽空给我煮一点味正爽口的浓咖啡吗?我和哈特莱特先生有事,要写点东西——我要集中思想,充分发挥我的才能。"

福斯科夫人点了两次头——一次对我板着面孔,一次对丈夫唯唯诺诺——然后不声不响地离开了房间。

伯爵走到窗户边的写字台前,打开抽屉,从里面拿出几沓纸和一把鹅毛笔。他把笔散在桌上,以便从任何一边都可以随时拿到,然后把纸裁成小张,就是专业作家写作投稿时用的那形状。"我要把它写成优美出色的文稿,"他扭过头来看着我说,"我写文章很在行。一个人若能够把思想表达得洋洋洒洒,说明他具有了超凡的智力。不得了的优势!我拥有它,您呢?"

咖啡上来之前,他在房里走来走去,独自哼着曲调,还时不时地用右手掌拍打前额,以显示构思时碰上了阻碍。我把他置身于这种境地,而他却恬不知耻,迫不及待地抓住这样一个机会,津津有味地上演了自我展示的一幕,以满足虚荣,这着实令我惊讶不已。

尽管我对此人厌恶至极，但他性格坚忍不拔，即便表现在细微的方面，也不得不令我刮目相看。

福斯科夫人端来了咖啡。他吻了吻她的手，以表谢意，把她送到了门边，返回后，替自己倒了一杯放在写字台上。

"我给您也来一杯怎么样，哈特莱特先生？"他坐下之前询问了一句。

我谢绝了。

"怎么啦！您以为我会对您下毒吗？"他说着，态度爽朗。"众所周知，英国人才智超群，明智达理，"他接着说，一边在桌子边坐下，"但有个严重的毛病——谨小慎微总是用错地方。"

他用笔蘸了蘸墨水，在前面摊好第一页纸，手"嘭"的一声击在桌上，清了清嗓子，开始写起来。他书写时，发出巨大的声响，而且速度很快，字体粗大醒目，行距又宽，从纸的抬头到底端，不到两分钟就写完了。他每写完一页都会标上页码，然后往肩后向远处地上一甩。第一支笔磨损用坏了，他也往肩后一扔，然后从散满桌面的笔中一把抓起第二支。一页又一页，五十，一百页，就这样从两侧向肩后甩过去，最后纸张像雪片在椅子周围盖了一层。时间一个小时又一个小时过去了——我坐在那儿看着，他坐在那儿写着。他没有停止过，只是时不时地抿一口咖啡，而等到咖啡没有了时，就会拍拍前额。一点的钟声敲响过，二点、三点、四点——写完的纸还在周围飘落，不知疲倦的笔还在不停地从纸的抬头往底端疾书，椅子周围的纸页还在越堆越高。到四点时，我听到笔突然发出噼啪一声，说明那是用花体字签名时发出来的声响。"妙啊！"他大喊一声——像个年轻人生气勃勃，蓦地站了起来，带着大获全胜后的喜悦笑容，直盯着我的脸看。

"完成啦，哈特莱特先生！"他宣布说，充满了活力，用拳头在自己宽阔的胸前砰地捶了一下，"完成啦，我自己心满意足——而您看了之后，会大为吃惊的。事情点点滴滴已写完了，而人——福斯科——的精力没有完。我要开始整理手稿了，要润色一下，还要通读一遍——要特别念给您个人听。四点的钟声刚敲响过了。很好！从四点到五点，整理、润色、朗读。五点到六点，休息一下。六点到七点，最后的准备。七点到八点，交代代理人办事，处理好那封密封的信。八点，上路了。看这活动安排啊！"

他盘着腿坐在地上的纸堆里。用锥子和线把纸张装订在一起，修改润色，在首页的顶头写上所有的头衔和荣誉称号，以便隆重推出自己，然后绘声绘色，动作夸张，大声把手稿朗读给我听。不久，读者就有机会看到这份文稿，到时自可评判。这儿只要提一句就行了：此稿符合我的要求。

接着，他把自己租用其马车的车夫的地址写给了我，还把珀西瓦尔爵士的信也交给了我。信是7月25日从汉普郡发出的，上面通告"格莱德夫人"26日启程赴伦敦。因此，就在那天（25日），医生开具的证明书上说她在圣约翰林死亡时，由珀西瓦尔爵士本人点明，她还在黑水庄园活着——而次日，她才要踏上旅程！等到从马车出租行的人那儿拿到行程证明之后，证据就完备无缺了。

"五点一刻，"伯爵看了看表说，"我要休息一会儿养养神了。您可能已经注意到了，哈特莱特先生，我这个人外表长得像拿破仑大帝[①]——还像那位不朽的伟人一样可以随意控制睡眠。对不起,就睡一会儿。我叫福斯科夫人来,以免您闷得慌。

我很清楚,他把福斯科夫人叫来,目的是要确保他睡着时我不会离开公寓,因此,我没有吭声,只是一门心思把他交给我的手稿扎牢。

夫人进来了,还和先前一样,表情冷漠,脸色苍白,态度恶劣。

"陪哈特莱特先生坐一会儿,我的天使。"伯爵说。他帮她挪过一把椅子,再次吻了她的手,走到沙发旁边。三分钟之后便幸福安详地入睡了,像个世界上道德最高尚的人。

福斯科夫人从桌上拿起一本书——坐下——不动声色,满腹仇恨,眼睛看着我,像个永不忘旧恶的女人。

"我一直在听您同我丈夫的谈话,"她说,"如果我处在他的地位——我会在壁炉前的地毯上收拾了您。"

她说完这话便翻开书。从那一刻起到她丈夫醒来,她没再看过我一眼,也没对我说过一句话。

他睁开眼睛,从沙发上起来,自他开始睡算起,正好一个小时。

"我完全神清气爽了,"他说,"埃莉诺,我的好夫人,你楼上的东西都收拾好了吗?那好。我这儿东西不多,十分钟就好——再用十分钟,行装便就都打点好了。代理人来之前还有什么事要处理吗?"他环顾了一下房间四周,注意到了装他的白鼠的笼子。"啊!"

[①] 此处指拿破仑一世(名为拿破仑·波拿巴,Napoléon Bonaparte,1769—1821),即法兰西第一共和国执政、法兰西第一帝国皇帝(1804—1814,1815),是一位卓越的军事天才,多次击败保王党的反扑和反法同盟的入侵,捍卫了法国大革命的成果。他颁布的《民法典》更是成为后世资本主义国家的立法蓝本。他执政期间多次对外扩张,形成了庞大的帝国体系,创造了一系列军事奇迹。1812年兵败俄国。1814年被反法联军赶下台。1815年复辟,随后在滑铁卢之战中失败,被流放到圣赫勒拿岛。1821年病逝,1840年尸骨被迎回巴黎隆重安葬在塞纳河畔。

他悲悯同情地叫了一声，"还有最后一件让我肝肠寸断的事。我天真无邪的宝贝儿！我掌上明珠般的小孩子！我拿它们怎么办啊？我们眼下还居无定所，我们眼下要浪迹天涯——随身携带行李越少越好。我的鹦鹉，我的金丝雀，我的小白鼠——它们慈爱的爸爸走了之后，谁会疼爱它们啊？"

他在房间里来回走着，陷入了沉思。他写供认材料时倒是一点不觉得费神，但是，在如何安置他的这些宠物宝贝儿的这个更为重要的问题上，他却明显看上去茫然困惑，痛苦忧虑。思忖良久，他突然又在写字台前坐下。

"有办法啦！"他大声说着，"我把金丝雀和鹦鹉送给这座大都市——要我的代理人以我的名义赠送给伦敦动物园。我这就立刻写个说明吧。"

他开始写起来，笔边写，嘴里边念。

一、鹦鹉，其羽毛美丽绝妙，定会吸引所有有品位的游客。
二、金丝雀，活泼伶俐，无与伦比，值得置于伊甸园①，亦值得置于摄政公园。敬赠英国动物学界。福斯科赠。

笔再次发出噼啪一声，签名时用的花体。

"伯爵！白鼠还未写上呢。"福斯科夫人说。

他离开桌边，握住她的手，然后放到他心口。

"人类的所有决心，埃莉诺，"他一本正经地说，"都是有局限

---

① 典出基督教《圣经》，根据《旧约·创世纪》记载，上帝耶和华按照自己的形像造了人类的祖先男人亚当，再用亚当的一个肋骨创造了女人夏娃，并安置第一对男女住在伊甸园中。伊甸园含有乐园的意思。

的啊。我的局限都写在那说明书上了。我不忍心同我的白鼠们离别。宽容我吧,我的天使,把他们转移到楼上的旅行笼里。"

"慈爱之心令人钦佩!"福斯科夫人一边赞美着丈夫,一边还恶狠狠地朝着我瞪了最后一眼。她小心翼翼地提起笼子,离开了房间。

伯爵看了看表。尽管他强作镇静,但还是显得焦虑不安,等着代理人的到来。蜡烛早就熄灭了,新一天的晨曦已泻进了房间。直到七点过五分,门铃才响起来,代理人到了。他是个长着黑胡子的外国人。

"这是哈特莱特先生——这是鲁贝尔先生。"伯爵给我们两个人作了介绍。他把代理人(如果有外国间谍的话,从他脸上可以看出,他百分之百是)拽到房间的一角,对他耳语了指令,然后离开了我们。就剩下我们两人时,"鲁贝尔先生"彬彬有礼地建议,我应该同他合作,照他说的办。我给帕斯卡写了两行字,授意他把密封的信给"持条人",又在纸条上写了帕斯卡的地址,然后递给鲁贝尔先生。

代理人和我一同等待着,直到他的雇主穿了身旅行装返回房间。伯爵认认真真看了我写在纸条上的地址,然后才打发代理人走。"我想情况会是如此!"他说,目光阴险地转身看着我,从此态度又变了。

他整理完行李,然后坐下来查阅一张旅行地图来,并在笔记本上记录些东西,时而不耐烦地看一看表。再没有对我说一句话。他出发的时间临近了,加上他看到了我与帕斯卡之间交流的证据,这显然使他聚精会神地要想出确保自己脱身的必要措施。

八点钟快到,鲁贝尔先生回来了,手里拿着我那封密封的信。伯爵仔细认真地看了看信封上的姓名地址和封口——点了支蜡烛——然后把信烧毁了。"我履行了诺言,"他说,"但这件事,哈特莱特先生，并未就此了结啊。"

代理人把他返回时搭乘的马车留在门口。他和女仆这阵子正在忙于搬行李。福斯科夫人下了楼，严严实实地戴着面纱，手里提着装了白鼠的旅行笼子。她没跟我说话，也没朝我看一眼。丈夫把她送到马车边。"跟我到过道上去，"他对着我的耳朵低声说，"我最后还要跟您说一说。"

我走到门口，代理人站在我下方的花园前。伯爵一个人返回，拉着我朝过道里走了几步。

"记住第三个条件！"他低声说，"您会收到我的信的，哈特莱特先生——我也许会比您想的要早一点提出决斗。"我还未反应过来，他就抓起我的手，使劲捏着——然后转向门边，停住了，又向我走回来。

"我还有一句话，"他语气亲切地说，"我上次看到哈尔寇姆小姐时，她看上去瘦弱无神，气色不佳。我心里惦念着那个令人钦佩的女人。照顾好她，先生！我把手按在胸前，郑重地恳求您啦——照顾好哈尔寇姆小姐！"

这就是他最后对我说的话，然后他把肥大的身子挤进了马车，随之离去了。

我和代理人在门口等待了片刻，看着他离去。我们两个人站立在一块儿时，另一辆马车从路不远处的一个拐弯处驶了出来，朝伯爵乘的马车的方向开去。马车经过公寓和敞开的花园门时，车内有个人从窗口向外朝我们看。又是歌剧场那个陌生人！——左边脸上有疤痕的外国人！

"您要在这儿跟我待半个小时，先生，明白吗？"鲁贝尔先生说。

"我会的。"

我们回到了起居室。我没有心思同代理人说话,也不想他对我说什么。我拿出伯爵交到我手上的文稿,阅读起由他策划和实施的令人毛骨悚然的故事来。

伊西多尔·奥塔维奥·巴尔达萨尔·福斯科讲述的故事

(神圣罗马帝国的伯爵,荣获铜质王冠骑士团大十字勋章的骑士,美索不达米亚古传秘术玫瑰十字会之共济会终身会长,全欧音乐协会、全欧医学协会、全欧哲学协会、全欧慈善总会之荣誉成员,等等,等等,等等)

1850年夏天,我肩负着一项海外微妙的政治使命抵达英国,得到了授权,指挥有关秘密人员的活动,他们同我保持半官方的联系——成员中包括鲁贝尔先生和夫人。我在伦敦郊区安顿下来正式履行使命之前,有几个星期时间供我自由支配。刨根问底者或许会就此打住,要求解释一下我的使命是什么。我完全理解这种要求,但也要遗憾地说一声,由于外交秘密的原因,恕我不能从命。

我做出了安排,首先在我已故的朋友珀西瓦尔·格莱德爵士那幢富丽堂皇的宅邸里度过了上面提到的那段休闲时光。他携他的夫人从欧洲大陆回来,我带我的夫人从欧洲大陆抵达。英格兰是家庭温馨的乐园——我们如此夫唱妇随,踏上了这片土地,多么适宜啊!

我和珀西瓦尔爵士惺惺相惜,同为金钱所困。这样一来,我们之间的友谊倍增。我们两个人都需要钱,有燃眉之急!普天下都缺钱！有哪个文雅之士不同情我们的吗？那人一定麻木不仁！要么就是有万贯家财！

谈到这个话题时，我不详述那些可悲可怜的细节。想到那些细节，心里就会战战兢兢。我不怕把公众吓着，打算以罗马人朴实无华的态度向他们展示自己毫无分文的钱包，还有珀西瓦尔爵士的。我要以这种方式最后一次用惨不忍睹的事实说话——然后就不再提起了。

我们在那幢宅邸里受到了那位名叫"玛丽安"的杰出女子的迎接。她的形象已铭刻在我心中——她在更加冷漠的社交场合则被称为"哈尔寇姆小姐"。

天哪！我立刻便对那女子产生了爱慕之情，速度之快令人难以想象。我已年届六十，竟然还像十八岁那样，热情奔放，对她顶礼膜拜。我全部丰富的似水柔情喷涌而出，不可抑止地向她倾注。我的夫人——可怜兮兮的天使——爱慕着我的夫人，除了得到几个先令和便士之外，一无所有。世界就是如此，人类就是如此，爱就是如此。我们除了是木偶箱中的木偶还能是什么呢（我倒是要问）？噢，全能的命运之神啊，轻轻地拉动控制我们的线吧！显示仁爱之心，让我们在这肮脏污秽的小舞台上不停地手舞足蹈、虚度光阴吧！

上述开场白若是被恰如其分地理解了的话，它阐述了一个完整的哲学体系，即我的哲学体系。

我接着叙述吧。

玛丽安以惊人的准确性和深邃的洞察力描述了我们入住黑水庄园开始时的家庭境况。（请求原谅，我心醉神迷，亲昵冒昧地用那位杰出女子的教名称呼她。）我已对她日记中的内容一清二楚——通过秘密手段阅读过她的日记，对我记忆往事无比珍贵——所以，对于那位殚精竭虑的女子已经叙述过的事，我这支神来之笔就不予重复了。

同我利害攸关的事——关系可大啦，简直令人窒息，无法形容！——始于玛丽安那场令人深感遗憾的大病。

当时的情况极端严峻。到了一定的时间，珀西瓦尔需要巨额款项（且不提我也同样需要一小笔钱）。然而，唯有动用他夫人的那笔钱才是获得巨款的唯一途径，而在她去世前，他对其中的一个法寻都无权动用。至此，情况已很糟了，而且还雪上加霜。我已故的朋友有他自己不为人知的烦恼，尽管我同他情谊深厚，但亦要有所顾忌，所以对此不便好奇太甚，予以深究。我只知道，有位叫安妮·卡瑟里克的女子隐匿在当地，同格莱德夫人有接触，最后可能泄露了一个秘密，而该秘密肯定会毁掉珀西瓦尔。除此之外，我一无所知。他亲口告诉我，他死定了，除非不让他妻子开口，除非把安妮·卡瑟里克找到。如果他完蛋了，我们钱的问题怎么解决？我虽生性无所畏惧，但一想到这一点便就战战兢兢！

就这样，我运用自己的全部心智力量来寻找安妮·卡瑟里克。我们需要钱的事情虽然很重要，但可以拖一拖——而寻找那女人的事则刻不容缓。我只是根据描述知道，她外表长相酷似格莱德夫人。有了关于这个古怪离奇的事实的陈述——原本仅仅是有助于我们辨认要寻找的那个女人——另外还有个附加信息，即安妮·卡瑟里克逃离了疯人院，我们把两者联系起来考虑后，我的心中首先产生了那个绝妙的念头，该念头后来导致了令人惊愕不已的结果。这个念头就是促成两个不同身份的人彻底换位。根据安排，格莱德夫人和安妮·卡瑟里克相互间名字、地位和命运都换位了。——这种换位所要取得的奇妙结果就是，获得三万英镑，还要永远保守住珀西瓦尔爵士的秘密。

经过反复分析了情况之后，我的直觉（很少出差错）告诉我，我们那位隐匿的安妮迟早会重返黑水庄园的停船棚屋。我守候在那儿，事先向女管家迈克尔逊太太打了招呼，有事可以在那个偏僻静谧之处找到我，我在那儿静心读书。我有个原则，决不故弄玄虚，决不让人们怀疑我缺乏应有的坦诚直率。迈克尔逊太太自始至终对我坚信不疑。那位具有贵夫人气质的太太（一位新教牧师的遗孀）满腔热忱，情真意切。这样一位成熟女性的身上，竟然洋溢着如此丰富的天真无邪的信念，我深为感动。于是，我敞开了胸怀，全部接受。

我等候在湖畔，得到了回报。有人露面了，但不是安妮·卡瑟里克本人，而是看护她的人。那个女人也热情洋溢，纯朴真诚，同前面提到的一样，我接受了她的信任。我会让她来描述（如果她不是已经这样做了的话），她介绍我去看她像慈母一样照顾的那个人。我第一眼瞥见安妮·卡瑟里克时，她睡着了。我惊讶不已，不幸的女人竟然同格莱德夫人长得如此相像。到当时为止，那个宏伟的计划还只是有了个大体的轮廓，但一看见那张睡熟的面孔时，我心里便有了其具体环节的巧妙布局。同时，我一向多情善感，看到眼前的人备受煎熬的情景，心就软了，落下了泪水。我立刻着手为其减轻痛苦。换句话说，为使安妮·卡瑟里克身体强壮起来，能够有劲完成去伦敦的旅程，我要提供必要的兴奋药物。

至此，我要提出一个必要的异议，并且纠正一个可悲的错误。

我热衷于钻研医学和化学,生平最美好的年华都是在那中间度过的。尤其是化学,掌握了其知识可拥有取之不尽、用之不竭的力量,因此,化学一直对我有具有无法抵挡的魅力。我坚定不移地认为,化学家可以左右人类命运。我先要解释一下这一点,然后再继续叙述下去。

人们常说,思想支配世界。但是,什么支配思想呢?肉体,而肉体(请注意准确理解我的意思)又是由无所不能的能者——化学家——来支配的。赋予我——福斯科——化学知识吧。莎士比亚构思出了哈姆莱特[①]这个人物形象,然后坐下展示思维时——在他每日的食物里撒上几格令[②]粉末,我就可以通过其肉体的行动来削弱他的思想,直到他的笔连篇累牍地写出卑鄙下流、幼稚无聊的蠢话来糟蹋纸张。在类似的情况下,假如让杰出的牛顿在我面前复活,我保证,当他看见苹果落下时,他会把苹果给吃了,结果发现不了万有引力学说[③]。尼禄[④]尚未消化完晚餐,他就变成了性情最温和的尼

[①] 哈姆莱特(Hamlet)是威廉·莎士比亚(William Shakespeare, 1564—1616)同名悲剧的主人公。
[②] 英美制最小重量单位,一格令等于0.0648克。容量单位有干量(dry measure)和液量(liquid measure)之分,英美的容量单位折合成公制时有所差别,例如:一(干量)蒲式耳(bushel)等于英制的36.368升,美制的35.239升;一(干量)加仑(gallon,仅用于英制)等于4.546升;一(干量)夸脱(quart)等于英制1.136升,美制1.101升;一(干量)品脱(pint)等于英制0.568升,美制0.55升;一(液量)加仑等于英制4.546升,美制3.785升;一(液量)品脱等于英制0.568升,美制0.473升。
[③] 据说,1666年,二十三岁牛顿还是剑桥大学圣三一学院三年级的学生。一天,牛顿坐在自家院子的苹果树下苦思着行星绕日运动的原因,这时,一只苹果恰巧从树上掉落,落在牛顿的脚边。这次的苹果下落同以往无数次苹果下落不同,因为它引起了牛顿的注意。牛顿从苹果落地这一理所当然的现象中找到了苹果下落的原因——引力的作用。这种来自地球的无形的力拉着苹果下落,正像地球拉着月球、月球围绕地球运动一样。本故事据说是由牛顿的外甥女巴尔顿夫人告诉法国哲学家、作家伏尔泰之后流传开来的。伏尔泰将它写入《牛顿哲学原理》一书中。牛顿家乡的那棵苹果树后来移植到了剑桥大学校园。
[④] 尼禄(Nero, 37—68)是罗马皇帝(54—68),即位初期施行仁政(54—59),后转向残暴统治,处死其母(59)及妻(62),因帝国各地发生叛乱(68),逃离罗马,途穷自杀,一说被处死。

禄了。亚历山大大帝①早晨吃下了药剂,当天下午会一看见敌人就逃命。我以神圣的荣誉起誓,凭了无限的好运气,现代化学家成了人类群体中最与人为善的人,这是社会之幸。他们中绝大多数人开店营业,是受人尊敬的父亲。少数人是哲学家,沉醉于自己的说教之中。是幻想家,异想天开,在不可能实现的事情上,耗费生命,蹉跎岁月。是江湖骗子,胸无大志,鼠目寸光。正因为如此,社会才逃脱了劫难,而化学那无穷无尽的力量才依然用来满足于泛泛肤浅、无足轻重的需要。

我为何会这样情绪激动?我为何会这样咄咄逼人地慷慨陈词?

因为我的行为被人歪曲,因为我的动机被人误解,人家以为我运用了自己广博的化学知识加害安妮·卡瑟里克。还说,如果可能,我还会用它来加害杰出的玛丽安本人。简直是令人作呕的无稽之谈!我兴致勃勃,一门心思(很快就会看到)要保住安妮·卡瑟里克的性命。我心急如焚,全心全意要把玛丽安从那个诊治她的领有行医执照的庸医手中拯救出来,伦敦来的医生向他证实,我的建议自始至终是正确的。只有两次——均对我施用的对象无害——我借助了化学方面的知识。第一次是,我跟随玛丽安到了黑水庄园旅馆之后(她步履轻盈,如诗似画,我非常便利地躲在一辆马车后面,没让她看见,细细欣赏)。通过我的贤妻,把我爱慕的敌人交与一个被辞退的女仆的两封信做了处理,仿造了一封,截下了另一封。当时的情况是,两封信被置于女仆的前襟内,福斯科夫人只有通过科学来帮忙——我把那能助一臂之力的东西装在一只半盎司容积的瓶

---

① 亚历山大大帝(Alexander the Great,前356—前323)是世界古代史上著名的军事家、政治家和最伟大的军事天才。曾师从古希腊著名学者亚里士多德,十八岁随父出征,二十岁继承王位。

子里——拆开信、看信、执行指令、再封好、然后放回。第二次使用同样的办法，是在格莱德夫人到了伦敦之后（我立刻要谈到这一点）。而在别的任何时候，我都不曾启用自己精湛的技术。面对其他所有危急的境况、复杂的困难，我都是毫无例外地凭自己天生的才能，孤军奋战，控制局面。我坚信这种能力无所不能。我舍弃了一个化学家的作为，但照样对人反击。

我义愤填膺，请尊重这种情感的宣泄吧，发泄之后，我心里说不出有多轻松。言归正传！我继续叙述吧。

我向克莱门特太太（或者叫克莱门茨太太，我不能肯定是哪个名字）建议，让安妮远离珀西瓦尔最佳途径是，把她转移到伦敦。她欣然接受了我的建议，并且约定了在火车站会面的日子，我到了车站给她们送行——这一切实现了之后，我便自由自在返回宅邸，再去面对那些仍需克服的困难。

我行动的第一步就是借助于我品德高尚、乐于奉献的夫人。我和克莱门茨太太约定好了，为了安妮，她应该把她在伦敦的地址写信告知格莱德夫人。但这还不够。我不在她身边时，心怀叵测的人可能会动摇她天真无邪的信念，她可能根本不写信。我可以找个人乘同一趟火车去伦敦，然后悄然跟踪她到家吗？我这样问自己。我立刻想到了我的夫人——福斯科夫人。

我决定了由我夫人赴伦敦执行使命之后，便做出了安排，此行要达到两个目的。根据我当时的情况，迫切需要一个护士来照顾饱受疾病痛苦的玛丽安，对该护士有双重要求：既对病人兢兢业业，又对我忠心耿耿。我运气真好，受我指挥的人中正好有一位绝对可靠而又能力卓著的女士。我是指那位受人尊敬的护士——鲁贝尔太太——我夫人亲手把我给她的一封信送到了她在伦敦的住处。

到了我们约定的日子,克莱门茨太太和安妮·卡瑟里克在火车站同我见了面。我彬彬有礼地送走了她们。同时也彬彬有礼地送走了乘同一趟火车的福斯科夫人。我夫人准确无误地奉命办完了事之后,当天夜晚便返回了黑水庄园。她带来了鲁贝尔太太,也给我带来了克莱门茨太太在伦敦的住址。事后证明,后面这个措施多此一举。克莱门茨太太准确及时地把她的住址通报给了格莱德夫人。我保留了那封信,以便将来情况紧急时有用。

同一天,我同那位医生进行了简短的交谈。为了神圣的人道主义,我其间对他诊治玛丽安的疾病的方法提出了抗议。他和所有不学无术的人一样简慢无礼。而我并未表露出有丝毫的愤慨情绪,不等到时机成熟时,我不同他争吵。

我行动的第二步就是亲自离开黑水庄园。为了面对即将要发生的事情,我要在伦敦找好住处。我还有一件家庭小事要去找弗里德雷克·费尔利先生商量。我在圣约翰林找到了自己需要的公寓,在坎伯兰的利默里奇庄园也找到了费尔利先生。

我秘密了解了玛丽安书信来往情况,所以,事先知道,她已给费尔利先生写了信,信中建议,带格莱德夫人回坎伯兰她叔叔家去,以便缓和夫妻矛盾。我头脑清醒,让这封信寄达目的地。我当时感觉到,自己这样做不仅不会有坏处,反而可能有好处。现在,我要到费尔利先生跟前去,支持玛丽安本人的建议——但要做某些更改,由于她生病了,更改非进行不可,这样也便于我的计划顺利完成。格莱德夫人应叔叔的邀请,应单独离开黑水庄园,而且还根据她叔叔的特别建议,应在她姑妈家里待一宿(即待在我在圣约翰林租的公寓里),这样做很有必要。这就是我去找费尔利先生所要达到的目的。同时,我还要得到那封邀请信,以便给格莱德夫人看。我只要提一提那位绅士身心虚弱,萎靡不振,我向他释放了自己性格中的全部力量,这就够了。我来到了,我看见了,我征服了费尔利先生①。

我返回到了黑水庄园之后(带了那封邀请信),发现那个庸医对玛丽安的疾病治疗的愚蠢办法导致了令人震惊的恶果。高烧转化成了斑疹伤寒。我返回的那天,格莱德夫人极力要闯入姐姐的房间护侍她。我和那位夫人之间毫无共同语言。她不可饶恕地伤害了我的感情,竟然把我说成是间谍。她碍手碍脚,是我和珀西瓦尔的绊脚石——但是,尽管如此,我为人宽宏大度,决不会亲手把她置于受到传染的危险境地。同时,她自己要私闯禁区,我也未加阻拦。假如她果真进了病室,以致情况发生变化,那我一直缓慢耐心地对付的那个复杂难题也许迎刃而解了。实际情况是,医生出面阻挠,她被挡在了病室之外。

我先前已经建议派人去伦敦求医问药,结果现在才采用了这个方案。医生到达后肯定了我对病情的看法。情况十分危急。但是,到出现斑疹伤寒之后的第五天,我们看到了希望,因为那位魅力十足的病人有了转机。这期间,我只离开过黑水庄园一次——乘早晨的火车去了伦敦,去最后敲定在圣约翰林租下那幢公寓的事情,通

---

① 此处原文为"I came, saw, and conquered Fairlie."此语的背景是:公元前50年,盖乌斯·尤里乌斯·凯撒与格奈乌斯·庞培为主宰罗马共和国的命运而爆发内战。元老院支持庞培,但是,凯撒在法萨卢斯战役中决定性地击败了庞培,并将其追赶到了埃及。本都国王法尔纳克二世企图利用这次机会扩张势力,并于公元前48年进军安纳托利亚。但是,庞培在埃及被希望讨好凯撒的托勒密十三世杀害,凯撒立刻回师前往亚洲。公元前47年8月2日,凯撒在泽拉成(今土耳其境内)附近彻底击溃法尔纳克二世。凯撒随即驰书元老院:"Veni! Vidi! Vici!"(我来,我见,我征服)。凯撒写给元老院的全部讯息就只有这三个词,但却戏剧化地宣告了他的胜利和不可抵抗的力量。同时也是对元老院一种示威。

过秘密询问，确认克莱门茨太太没有搬家，再与鲁贝尔太太的丈夫一起对一两件事情做了前期安排。我夜间便返回了。五天过后，医生宣布，我们关心挂念的玛丽安脱离了危险，只需要悉心护理。我等待的时机到了。既然医生的诊治不是非要不可，我便公开对先前那位医生叫起了板，从而走出了我的第一步棋。他是对我不利的众多见证人中的一个，所以必须把他清除掉。我们发生了激烈的争吵（珀西瓦尔事先得了我的嘱咐，不予出面劝解），这达到了预期目的。我满腔怒火一股脑儿地朝那个可怜蛋身上发——结果把他扫地出门。

那些仆人是接下来要清除的障碍。我再次嘱咐了珀西瓦尔（他表现在道德上的勇气需要不断加以激发），因此，有一天，迈克尔逊太太听到主人说要遣散所有仆人后甚为震惊。除了留下一个照管家务之外，我们清除了宅邸的全部仆人。留下的那位愚蠢迟钝，冥顽不化，可以靠得住，不会看出什么破绽。仆人离开后，万事俱备，就只要避开迈克尔逊太太——这件事情很容易办到，把那位和蔼可亲的太太打发到海滨去为女主人寻找住处就得了。

这时候，一切都完全按要求进行着。格莱德夫人由于精神紧张而病倒了，待在自己的房间里。那位愚蠢迟钝的女仆（我忘了她的名字）夜间留在那儿护侍女主人。玛丽安虽然恢复得很快，但仍卧在床上，由鲁贝尔太太护理。宅邸里除了我夫人、我本人和珀西瓦尔之外，再没有其他人了。这样一来，我们占了天时地利。于是，我要勇于面对下一个险情，走出了我的第二步棋。

我走第二步棋的目的是要诱使格莱德夫人在没有她姐姐随同的情况下离开黑水庄园。除非我们能够令她相信，玛丽安已先出发到坎伯兰去了,否则根本不可能让她自愿离开宅邸。为了在她心里产生这种必要的效果,我们把大家关心挂念的病人藏匿在黑水庄园一间不住人的卧室里。夜深人静时,福斯科夫人、鲁贝尔太太和我本人(珀西瓦尔头脑不冷静,不可信赖)完成了藏匿的任务。那情景十分别具一格,神秘莫测,扣人心弦。按照我的吩咐,那天上午,已经把床铺在一个结实的可移动的木架上。我们只要在两头轻轻抬起木架,便可以把病人转移到随便什么地方,而不至于惊扰病人,或弄乱了床铺。这种情况无须用化学药物来帮忙。我们关心挂念的玛丽安处在康复之中,睡得很沉。事先我就摆好了蜡烛,开好了门。我身强力壮,抬着床架头部一端——我夫人和鲁贝尔太太抬着脚部一端。我怀着男人的温柔之情和慈父般的关爱,承起了珍贵无比的重负。能够描绘我们深夜行进队伍的现代伦勃朗在哪儿呢?遗憾啊,艺术!遗憾啊,这如诗如画的题材!现代伦勃朗无处寻觅。

翌日早晨,我和夫人动身前往伦敦——留下玛丽安在宅邸楼中段无人住的房间里,与世隔绝,由鲁贝尔太太照料着。鲁贝尔太太同意把自己禁锢起来,陪着她的病人过上两三天。我们出发前,我把费尔利先生写给他侄女的邀请信给了珀西瓦尔(信中嘱咐她去坎伯兰的途中到她姑妈家待一宿),并指示他,接到了我的信后就把那邀请信给格莱德夫人看。我还从他那儿拿到了监禁安妮·卡瑟里克的那个疯人院的地址和一封给院主的信,通知那位绅士,他那位逃跑了的病人又要送回去治疗了。

我上次进城时,已经做了安排,叫人把我们简朴的住处准备好,以便我们乘早车到了伦敦后可以住进去。由于采取了这个明智的措施,我们才在当天就走了第三步棋——控制住安妮·卡瑟里克。

在此，日期至关重要。我身上具备性情中人和事务中人两种截然不同的性格特征。我把所有日期都记得清清楚楚。

1850年7月24日，星期三，我派我夫人乘马车首先把克莱门茨太太骗走，只是冒充一下格莱德夫人在伦敦有口信，事情即可办成。克莱门茨太太被马车接走，然后又被留在马车里，而我夫人（假称到一家店去买点东西）随即溜走了，回圣约翰林的家里接她要等的客人去了。这几乎用不着补充说明，对仆人说那客人叫"格莱德夫人"。

与此同时，我乘了另一辆马车出去，带了张便条给安妮·卡瑟里克，只说格莱德夫人欲挽留克莱门茨太太在那儿待一天，叫安妮也过去，由等待在门外的那位热情友好的绅士照料，他已在汉普郡帮了她的忙，她才躲了珀西瓦尔爵士。那位"热情友好的绅士"在街上随便找了个男孩送便条，自己在隔一两个门户的地方等着。待安妮出现在门口，并把门关上时，那个大好人便驾了马车去迎接她——她一进了马车——便离去了。

（这里请允许插一句表示惊奇的话：这多有意思啊！）

前往森林路的途中，我的同伴毫无惧色。只要我乐意，我就能够表现得像慈父一般和善——无人比我更像，而这一次我尤其像个慈父。我太有资格得到她的信任啦！我曾给她配过药，让她身体好转。我给她提过醒，要她提防珀西瓦尔爵士。也许由于我自己做过这些事情，而过于自信了。也许由于我低估了弱智的人的反应敏感度了——我自然忽视了要她做好充分的思想准备，以免进了我的家门后失望。我领着她进入客厅时——当时除了她不认识的福斯科夫人外，没有其他任何人——她情绪狂躁，异常激动。即便她像狗能嗅出有隐蔽的动物一样，能够凭直觉意识到有危险要发生，她那惊恐不安的神态也不可能来得更加突然，更加莫名其妙。我想开口解释，但无济于事。我可以安慰她，让她恐惧的心理能够稳定下来——但是，她患了严重的心脏病，这是任何道德缓和剂都无法生效的。我说不出有多恐慌，她不停地抽搐——就她那个身体状况，如此全身震动，她随时都有可能死在我们面前。

我们派人去把住得最近的医生请来，告诉他"格莱德夫人"需要急诊。令我颇感欣慰的是，医生的医术很高超。我给他介绍说，我的客人是个弱智者，容易产生幻觉。于是，我做了安排，病室里就我夫人一个人，不需要护士。然而，不幸的女人病情太严重，根本不必担心她会说出什么话来。我唯一感到忧心忡忡、担心害怕的是，真正的格莱德夫人到达伦敦之前，虚假的格莱德夫人已经死了。

早晨，我给鲁贝尔太太写了封短信，告诉她，26日星期五傍晚在她丈夫的住处同我会面。同时，还给珀西瓦尔写了信，提醒他把他夫人叔叔的邀请信给她看，还要坚持说玛丽安已先期前往，而且还要在26日送她乘中午的火车到伦敦。仔细思索了一番之后，我觉得，根据安妮·卡瑟里克的身体状况，有必要加快事情的进展，要比开初我设想好的时间更早一些就把格莱德夫人置于我的控制之下。形势严峻，结果难料，我还能有什么新的办法吗？我无可奈何，只有听天由命，看医生的了。我可怜兮兮，情绪低落——当着别人的面唤"格莱德夫人"这个名字时，还能镇定自若，控制住自己的情绪。但是，在那难以忘怀的一天中，福斯科在其他所有方面却只是个黯然失色、毫无光彩的福斯科了。

她夜间的情况很糟——醒来时疲惫不堪——但到了白天晚些时

候,却恢复了生气,这着实令人惊讶。我也随着她的好转重振了精神。我要到翌日早晨才能收到珀西瓦尔和鲁贝尔太太的回信——即26日。我预料到,如若不发生意外,他们定会按我的吩咐办。所以,我去订了一辆轻便马车到火车站接格莱德夫人,要马车26日两点钟抵达我的公寓。我看见了我订马车的事写在了登记簿上之后,便接着同鲁贝尔先生一道落实其他事情。我还去找了两位先生,他们可以给我开具必要的间歇性精神错乱症的证明。其中一位是我认识的,另一个是鲁贝尔先生的熟人。两个人都有胆有识,无所畏惧——两个人都为暂时拮据的窘境所困——两个人都信得过我。

已是下午五点多钟了,我这才办完上面提到的事情返回。到家时,安妮·卡瑟里克已经死亡。是25日死的。而格莱德夫人到26日才抵达伦敦!

我目瞪口呆慌了神。想想看吧,福斯科都慌了神!

为时已晚,我们不能再折回去了。事发当天,我还没有返回到家里,医生便过分殷勤地为我省力,亲自去作了死亡登记。迄今为止,我的宏伟计划无懈可击,但现在却露出弱点了——关于25日发生的致命事件,我已回天无力。我坚定果断地朝向未来。我和珀西瓦尔的利益仍然悬着,别无他法,只有把这棋下完。我恢复了本来面目:镇定自若,捉摸不透——接着下棋。

26日早晨,珀西瓦尔的信到了,告知他夫人乘中午的火车到达。鲁贝尔太太也写来信说,她将在傍晚到达。我把假格莱德夫人的尸体留在家,乘马车出发去接乘火车三点到达的真格莱德夫人。我把安妮·卡瑟里克到达我家时穿的全部衣服带上藏在马车座位下面——衣服一定能够帮上忙,让已经死亡的女人在仍然活着的女人身上复活。多么精彩的人物换位啊！我要把它推荐给英国新一代小说家。我要把它作为一个全新的情节奉献给江郎才尽的法国戏剧家。

格莱德夫人到了火车站。车站人头攒动，秩序混乱，认领行李耽搁了不少时间，我不耐烦了（生怕她的某个朋友碰巧撞上）。我们乘马车离开时，她一开口便请求我把她姐姐的消息告诉她。我编造出了最令人欣慰的消息，让她相信，她正要去我家见姐姐。仅仅是这一回，鲁贝尔先生在莱斯特广场附近租住的公寓成了我的家，他在厅堂里迎接我们。

我把客人领到了楼上的客房，那两位医生在楼下候着，要看看病人，然后要把他们开具的证明交给我。我向格莱德夫人作了必要的保证，说她姐姐平安无事，让她心平气和，然后把我的两个朋友分别向她作了介绍。他们把必要的程序过了一遍，简简单单，灵活机智，小心谨慎。他们刚一离开房间，我便进去，惊惶失措地提到"哈尔寇姆小姐"的身体状况，从而立刻加速了事情的进程。

果然不出我所料，格莱德夫人受到了惊吓，昏过去了。我第二次、也是最后一次借助了科学手段。一杯加了药的水和一瓶加了药的嗅盐让她不再心力窘迫，惊恐不安。傍晚时分，我再次对她用了些药，她安安稳稳地睡了一宿好觉。鲁贝尔太太及时赶到，对她进行了一番乔装改扮。到了晚上，好心的鲁贝尔太太严格得体地把格莱德夫人自己的衣服脱掉拿走，早晨再给她穿上安妮·卡瑟里克的衣服。我让我们的病人整个白天都处于昏昏沉沉的状态，直到我的医生朋友聪明灵巧地助了我一臂之力，把我需要的授权证明书在比我所希望的时间更早的时候就拿到了手。当天傍晚（即27日傍晚），我和鲁贝尔太太把我们复活了的"安妮·卡瑟里克"送到了疯人院。

他们收下了她,但很惊诧——不过没起疑心,因为有了授权证明书、体检证明、珀西瓦尔的信、相似的外貌,衣着打扮,还有当时病人神志不清的状况。我立刻返回,协助福斯科夫人为安葬假"格莱德夫人"做准备,因为我手上有真"格莱德夫人"的衣服和行李。我后来把那些东西随送葬的车运到了坎伯兰。我参加了葬礼,全身丧服,神态庄严。

我对这些不可思议的事件的叙述是在同样不可思议的情形下进行的,至此,叙述快要接近尾声了。至于我在同利默里奇庄园联系时所施用的那些雕虫小技,人们已经知道了——我的冒险行为所获得的巨大成功也是如此——还有随后得到的不菲的钱财。但是,我心知肚明,必须要指出,如若我先前没有暴露自己内心的弱点,我计划中的薄弱环节永远也不会被人发现。当玛丽安帮助她妹妹成功逃脱之后,只是因为我对她怀有致命的爱慕之情,这才使我未能进一步采取行动,实现自我拯救。我冒了风险,相信格莱德夫人的身份已被彻底毁了,无法恢复。假如玛丽安或者哈特莱特先生企图要表明那个身份,那么,他们就会因为欺世盗名、弄虚作假而在公众面前身败名裂,从而被人猜疑和鄙视。因此,他们也就无能为力,损害不到我的利益,也无法对珀西瓦尔的秘密造成威胁。我盲目估计了形势,心存侥幸,结果犯了一个错误。珀西瓦尔因自己刚愎自用、狂热暴戾而遭到了惩罚之后,我却没有及时把格莱德夫人再次送到疯人院,给了哈特莱特先生再次逃脱我的机会,结果我又犯了第二个错误。总而言之,在这危急关头,福斯科一反常态。这是多么可怜可悲而又有悖他性格的错误啊!在我的心中找到了原因——

在玛丽安·哈尔寇姆小姐的形象中找到了我福斯科一生中唯一的弱点!

我以六十高龄竟然写下了这样一份无与伦比的告白。年轻的男士们啊!我祈求你们表示同情。妙龄的少女们啊,我要求你们洒下泪水。

再补充一点——读者们(屏住了呼吸,全神贯注在我身上)便可以放松了。

凭我的感觉,好奇的人不可避免会提出三个问题,下面我来陈述,并给予解答。

问题之一:福斯科夫人毫不犹豫,忠心耿耿,对实现我胆大冒险的设想,对推进我诡秘难测的计划,全力以赴,这其中有什么秘密吗?我只要提一下我的性格,并且反过来问一声,这个问题就有答案了——世界历史上,有谁看见过像我这种地位的男人身后没有一个女人心甘情愿为他奉献一切的吗?但是,我记住了,我这是在英国写这份文稿。我记住了,我是在英国结的婚——但我要问一声,在这个国家,女人结婚嫁人后有没有权拥有自己的意志,对丈夫的为人说三道四呢?没有!她要毫无保留地奉献自己,爱他,尊敬他,服从他。我的夫人就是不折不扣这样做的。我站立在至高无上的道德高处,庄严神圣地要求她切实履行婚姻赋予她的义务。安静,不要恶语中伤!英国的夫人们,向福斯科夫人表示同情吧!

问题之二:假如安妮·卡瑟里克当时没有那样死亡,我该怎么办呢?情况若是如此,我该协助精疲力竭的自然之神,寻找永恒的安息。我该打开生命的牢笼之门，给那个囚徒（身心备受折磨，无可救药）一个幸福安宁的归宿。

问题之三：平心静气地对所有情况做一番回顾——我的所作所为有该受到严厉指责的地方吗？我斩钉截铁地说，没有！难道我不是小心翼翼，尽量避免不必要地犯罪而导致自己背上恶名吗？凭借我广博的化学知识，我本可以剥夺格莱德夫人性命的。而我作出了巨大的个人牺牲，任凭自己的聪明才智、人道之心、谨慎想法的支配——只剥夺了她的身份。凭我本可以做的事替我做个评判吧。相比之下，我有多冤啊！从我实际做了的事情上可以间接地看出，我多么仁慈善良啊！

我刚开始写这份文稿时就已声明过了，这将是一篇精彩的叙述。我想要表达的东西都完完全全地表达了。请接受这些充满了炽热情感的文字吧——我要永远离开这个国家，这是我给它的最后馈赠。它们与这个时刻相宜，它们代表得了。

福斯科

尾声：由哈特莱特叙述

一

我看完伯爵手稿的最后一页时，承诺了的在森林路滞留半个小时的时限也到了。鲁贝尔先生看了看表，点头示意。我即刻起身，留下代理人独守着空空荡荡的寓所。我再没有看见过他了，也没有听到过有关他或者他夫人的消息。他们从充满了罪恶与欺诈的阴暗小道上爬了出来，横过我们前面的路——然后又鬼鬼祟祟地爬回到原先的小道，便销声匿迹了。

离开森林路一刻钟之后，我回到了家。

但是，只用了几句话便告诉了劳拉和玛丽安，我不顾一切的冒险行动是如何结束的，我们以后的生活将会是个什么样子。我把详细过程留着当天晚些时候再叙述，然后便急急忙忙返回圣约翰林，去找那个出租马车的人，因为福斯科伯爵去车站接劳拉乘的马车就是向他订租的。

我拿着地址，到了离森林路大约四分之一英里处的一家马车出租行。车行老板的确是个礼貌和气、体面正派的人。我解释说，自己为了一件重要的家事要搞清一个日期，于是只有请求他允许查阅一下他的业务登记簿，因为那上面可能有那个日期，这时，他二话没说便答应了我的请求。拿出了登记簿，在"1850年7月26日"这个日期的下面，用下列文字记录了预订马车的内容：

森林路五号的福斯科伯爵订租四轮布鲁厄姆马车一辆。下午两点（约翰·欧文）。

我经过了解发现，附在预订登记后面的"约翰·欧文"那个名字是指被派去出车的那个人。他当时正在院里干活，应我的要求，他被叫到了我的跟前。

"您还记得去年7月份驾车送森林路五号一位先生到伦敦滑铁卢

桥①车站吗?"我问。

"呃,先生,"那人说,"记不大清了。"

"您或许记得起那位先生吧?您回忆得起来吗,去年夏天,驾车送一位外国人——一位身材高大的先生,而且特别肥胖?"

那人的脸上立刻亮堂起来了。"我记得他,先生!我从未见过那么肥胖的人——也从未拉过那么重的顾客。对啊,对啊——我想起他来了,先生。我确实是到车站去,是从森林路出发的。窗户里好像有一只鹦鹉之类的鸟在尖叫着。那位先生在找那位夫人的行李时着急得很。我眼神好使,找到那些行李箱了,他还给了我一份精美的礼物。"

"您见过那夫人了吗?"我问,"她长得什么样子?她年轻还是年老?"

"呃,先生,当时急急忙忙,人多拥挤,推来搡去的,我说不上那位夫人长得怎么样。关于她,我记不起什么来——只记得她的姓名。"

"您记得她的姓名!"

"对啊,先生,她叫格莱德夫人。"

"您连她长得怎么样都记不起来,怎么又记得起姓名来啊?"

那人笑了笑,脚动了动,有点难为情的样子。

"呃,实话告诉您吧,先生,"他说,"我当时刚结婚不久,太太改跟我姓之前同那夫人是一个姓——我是说也姓格莱德,先生。那

---

① 滑铁卢桥(Waterloo Bridge)是伦敦一座跨越泰晤士河的桥梁,介于黑衣修士桥(Blackfriars Bridge)和亨格福德桥(Hungerford Bridge)之间。该桥始建于1817年,是一座九孔石桥,大桥通车时正值英国的威灵顿公爵在滑铁卢战役中大胜拿破仑两周年,便据此命名。因此也有了与这座桥同名的滑铁卢火车站。美国电影《魂断蓝桥》中的桥就是指滑铁卢桥。

夫人自己说了她的姓名，'您行李箱上写了您的姓名吗，夫人？'我问。'对，'她回答说，'我的姓名写在了行李箱子上面——叫格莱德夫人。''得啦！'我自言自语说，'我脑子不好使，一般上等人的姓氏我也记不住——可不知怎么的，这个姓像是个老朋友那么熟悉。'至于时间，我一点都记不清了，先生，也许是一年前，也许不是。但是，我发誓，那位胖先生，那位夫人的姓，是不会记错的。"

他记不记得那个时间已无必要了，日期不是在他雇主的预订登记簿上明明白白写着吗？

我觉得，自己掌握了确凿无疑的事实，掌握了无法抵抗的武器，现在完全可以一举粉碎整个阴谋骗局了。我毫不迟疑，立刻把马车出租行的老板拽到一边，把他登记簿上的证据和他的车夫提供的证据两者的真正重要性告诉了他。我们很快就商定好了，车夫因暂不出车给他造成了损失要给予补偿。我把登记簿上的记录项摘抄了下来，请主人签了名，以示真实。我们商定好了，在随后三天，或若需要更长的时间内，约翰·欧文由我使唤。我随后离开了车行。

我现在掌握了全部所需的书面材料了——区注册官开出的死亡证明件，珀西瓦尔爵士写给伯爵的标明了日期的信，全部都稳稳当当地夹在我的笔记本里了。

我身上带着书面证据，心里清楚地记得车夫回答问题时说的话，随后转身迈步走向克尔先生的事务所。这是自我展开调查以来头一次去那儿。我重访他的目的之一必然是要告诉他自己已经做过的一切。另一个目的是要先通知他，我已经决定翌日早晨领着我太太到利默里奇庄园去，要让她在自己叔叔的庄园里得到公开接纳和认可。我把事情交与克尔先生去决定，面对如此情况，吉尔摩先生不在家，作为家族的律师，事关家族的利益，他是不是有义务出席那种场面。

至于克尔先生如何惊讶不已，或者就我从调查一开始到结束的所作所为，他是如何发表自己的看法的，我不予述说。只是有必要提一提，他当即就决定陪同我们前往坎伯兰。

我们翌日早晨乘早车出发了。劳拉、玛丽安、克尔先生和我本人都在一个车厢里，而约翰·欧文，还有克尔先生事务所的一个书记员坐在另一个车厢里。到达利默里奇车站后，我们先去了托德角的农庄。我坚决主张，劳拉必须得到人们的公开认可：她是她叔叔的侄女，然后才能进入她叔叔的庄园。热情友好的托德太太听了我们到坎伯兰的目的后，迷惑糊涂，待她回过神来之后，我便叫玛丽安同她落实吃住的问题。我则同她丈夫做了安排，要农庄上的雇工们热情接待约翰·欧文。我们完成了这些预备工作之后，我便和克尔先生出发前往利默里奇庄园。

我无法详述我们同费尔利先生会面的情况，因为我回想起来会觉得受到了难以忍受的污辱，其情形即便只是回顾一下都会十足地令我作呕。我选在只是简略记述一下，达到目的就行。费尔利先生企图以他一贯的姿态对待我们。我们从一开始见面便不理会他那所谓客气的简慢态度。他紧接着便喊冤叫屈，极力让我们相信，那个阴谋骗局揭露出来了之后，他承受不了打击。我们对此听之任之，毫不同情。他最后像个烦躁不安的孩子，干脆哀声啼哭了起来。人家告诉他，说他侄女已经死亡了，他怎么知道她还活着啊？如果我们给他时间，让他回过神来，他肯定会满心欢喜地欢迎亲爱的劳拉。我们是不是觉得他看起来像个急于想进坟墓的人呢？不，那么，为何要催他呢？他一有机会便就喋喋不休，说着这类表示不满的话，直到最后，我说话的语气很强硬，只让他在两者之中做出选择，才制止住了他。我给他的选择是，他要么按照我的要求还他侄女以公正——要么到法庭上去公开认定她的身份。他求助于克尔先生，而后者直截了当地告诉他，他必须当即做出抉择。他当然选择了能够最快让他摆脱个人烦恼的办法。于是，他突然激情迸发地宣布，他精力不支，无法经受更多折腾，我们爱怎么办就怎么办吧。

我和克尔先生立刻下楼，以费尔利先生的名义草拟了一封信，发送给周围四邻参加过送葬的佃户，要他们第三天到利默里奇庄园集会。还写了个预约单，告知卡莱尔的一位石雕匠，要他同一日期派个人来利默里奇庄园，以便铲除一则墓志铭——克尔先生已安排在庄园住下来。他负责把信念给费尔利先生听，而且要他亲笔签上名字。

那之前的一天，我待在农庄上，简明扼要地用文字叙述了那个阴谋骗局，后面附了个说明，用事实推翻了劳拉已死亡的断言。翌日，我把文字材料念给佃户们听之前，先让克尔先生看过了材料。我们还安排好了宣读完材料后展示证据的形式。一切安排就绪后，克尔先生接着竭力把话题转到劳拉的事情上。我对那类事情一无所知，同时也希望对其一无所知。我而且还不能肯定，克尔先生作为法律代理人，会不会赞同我在我妻子对给福斯科夫人的遗产拥有终身权益问题上的做法。因此，我请求他原谅，自己不愿意涉及那个话题。我老实坦诚地告诉他，该话题会让人联想起往昔的那些痛苦悲伤、烦恼揪心的事。我们自己从不谈起，当然也不愿同别人谈。

夜幕降临时，我最后要去做的一件事是，那则假的墓志铭被铲除之前,抄录下来,取得一份"墓志铭"。

那个日子来到了——劳拉再一次走进了利默里奇庄园那熟悉亲切的早餐室。我和玛丽安领着她进去时,在场的所有人都站起身。众人一看见她的脸,都表露出震惊的神态,都兴趣盎然地低声议论着。费尔利先生到了场(我特别提了这个要求),克尔先生在他身旁,男仆站在他身后,一只手拿着嗅盐瓶准备随时供他用,另一只手拿着一方洒满了科隆香水的白色手帕。

仪式开始后,我当众请求费尔利先生说一说,我到场是不是经过了他授权,是不是有他的特许。他把双臂伸开,一边搭着克尔先生,一边搭着他的男仆,在他们的搀扶下站立起来了,然后说出了下面的话:"请允许我介绍哈特莱特先生。我仍然和往常一样,沉疴在身。他体贴周到,乐意代我讲话。所谈之事极令人难堪。请听他说吧——不要吵闹!"他说完便缓慢地坐回到椅子上,然后躲到洒满了科隆香水的手帕后面。

我首先用寥寥数语,作了简明扼要的解释——接着便开始揭露那个阴谋骗局。我到场来(我告诉听众说),首先要宣布,当时坐在我身旁的太太是已故菲力普·费尔利先生的女儿。其次,要用确凿无疑的事实证明,他们在利默里奇墓地参加过的葬礼是为另外一个女人举行的。再次,要把所发生的一切,清楚明了地向他们说明。没有更多的开场白,我立刻就宣读对那个阴谋骗局的叙述,为了避免因提及珀西瓦尔爵士的秘密一事把我的陈述弄得冗长复杂,我提纲挈领地讲个大概,只是涉及金钱动机时才进行了详述。骗局揭穿之后,我向听众点明了墓地里墓志铭上的那个日期(7月25日),

并把死亡证明书出示给他看,以确认其真实性。然后,我再把珀西瓦尔爵士25日的信念给他们听,信上说,他夫人拟于26日从汉普郡去伦敦。我接着又向他们指明,马车夫亲自作证,她经历了那个旅程,而我又用出租马车行的预订登记簿上的内容作了证,证明她是按照指定的日期去的。玛丽安还陈述了她与劳拉在疯人院见面以及妹妹逃离那儿的情形。玛丽安补充陈述结束后,我把珀西瓦尔爵士已经死亡和我结婚的事告诉了在场的人,这样,仪式便宣告结束。

我在位子上坐定之后,克尔先生站起身,以家族律师的身份宣布,我调查的这个案件已被用他有生以来所听过的最确凿的证据证明了。他说这个话的当儿,我用手臂搂着劳拉,扶她起身,以便让室内的每一个人都看见她。"你们大家都这么认为吗?"我问,一边向前走几步,指着我的太太。

我这么一问便产生了强烈的反响。房间对面一端,有位老人站了起来,他是庄园最年老的佃户之一,引得其他人也都立刻站立起来。我看清了老人纯朴黝黑的脸庞和铁灰色的头发,他爬上窗台,把赶车的沉重的鞭子举过头顶挥舞着,并且带头呼喊:"她活着,活生生的——愿上帝保佑她!大声欢呼吧,孩子们!大声欢呼吧!"响应他的高喊声一次又一次地响起,这是我听过的最美妙悦耳的音乐。村上的农工和学校里的孩子们聚集在草坪上,他们听到了欢呼声,也都和着我们欢呼起来。农民的太太们簇拥着劳拉,争相要同她握手,她们自己泪流满面地恳求她要坚强挺住,不要哭。她情不自禁,受不了了,我不得不领她离开她们,走到门口,把她托付给玛丽安照顾——玛丽安意志坚定,沉稳克制,她从未令我们失望过,现在也不会。我独自一人留在门口,于是,邀请所有在场的人(在以我和劳拉的名义向他们表示了感谢之后）随我到墓地去，去亲眼见证假墓志铭被从墓碑上铲除的情景。

他们全都离开了庄园，加入围在墓地的村民中间。石雕匠在那儿等着我们。人们屏住呼吸，一片沉静。这时，大理石墓碑上传来了第一声清脆的凿击。没有人吭声，没有人走动，直到"劳拉，格莱德夫人"几个字全部铲除。这时，大家才如释重负，大大松了一口气，仿佛觉得阴谋骗局的枷锁这才最后从劳拉身上解开——然后人群慢慢散去。到了下午很晚的时候，整个墓志铭才被凿除。后来，原先那地方只刻了一行字："安妮·卡瑟里克，1850年7月25日。"

傍晚时分，我及时返回到利默里奇庄园，去同克尔先生告别。他和他的书记员，还有出租马车夫，一同乘晚上的火车回伦敦。他们刚一离开，费尔利先生一封简慢无礼的信便送到了我的手上——当佃户们首先爆发出热烈的欢呼声来响应我的请求时，他全身散架了，被人抬出了房间。信中向我们表达了"费尔利先生最诚挚的祝贺"，并请求告知"我们是不是考虑在本庄园住下去"。我给予了回复，我们此次踏进庄园大门的唯一目的已经达到了，除了我自己的家，我们不打算在任何人的家里住下去，费尔利先生大可不必担心再会看到我们，或者听到我们的消息。我们回到了农庄上朋友家里，当晚就住在那儿。翌日早晨——整个村上的人，还有附近的农民，怀着满腔的热情，带着美好的祝愿，送我们到车站——我返回到了伦敦。

当坎伯兰的山野风光渐渐消失在远处时，我想起了当初那令人心灰意冷的境况。我们在当时的那种情形下，开始了现在已经结束的这场旷日持久的斗争。现在回过头来看还真有点不可思议，我们生活贫困，走投无路，我不得不自己行动起来，这反而间接地促成了我们的成功。倘若我们很富有，最后求得法律的援助，那会是什么样的结果啊？获胜的希望（按照克尔先生的看法）很渺茫，而若凭确凿事实进审案判决——失败倒是肯定的。法律绝不可能让我有机会同卡瑟里克太太见面。法律也绝不可能通过帕斯卡迫使伯爵招供。

二

我要在把故事自始至终串起来的这条链上再加上两件事。

我们过去长时间处在苦闷压抑之中，现在感觉到自由了，但还不是很习惯。就在这时，当初为我提供木刻画工作的那位朋友来找我了，他要再次对我的生活给予关照。他的雇主们委托他前往巴黎，帮他们了解法国人在他所从事的艺术实践中已取得的一项新发现，因为他们迫不及待想要知道该发现的优点。他自己的工作抽不开身，无暇承担这项差事，于是，热忱友好地建议把这事交给我去办。我心怀感激之情，毫不犹豫地把事情承接下来了，因为我若按照自己希望的那样圆满完成差事，便可长期为这家带插图的报纸工作，而我现在只是偶尔跟他们有点业务关系。

我明确了任务要求，打点行装，翌日启程。我再一次把劳拉托付给她姐姐照顾（时过境迁，多么不一样啊！），这时候，再次想到了一件需要认真考虑的事情，此事我和我太太已不止一次想到过了——我是指玛丽安未来的事。我们难道有什么权利为了我们自己的情感而接受那个慷慨大方的人一生的奉献吗？我们忘却自己，一心只替她着想，难道这不是我们应尽的义务，不是我们感恩图报的最好表达方式吗？我出发前，我们单独待了一会儿，我当时极力想表达这个意思。她握住我的手，没让我把话说下去。

"我们三个人共同历经磨难，"她说，"今生今世，我们绝不可能分离。沃尔特，我的心灵和幸福与劳拉和你联系在一起。等上一段时间，你们的壁炉前就会有孩子的声音了，到时，我会教他们用他们的语言替我说话，他们给他们的爸爸妈妈讲的第一课就是——我们不能离开大姨！"

我并非独自一人进行巴黎之行。到了我临行时刻，帕斯卡决定陪同我前往。他自从那晚到了剧场之后，平常兴奋快乐的心情一直没有恢复。因此，他决定度一个星期的假，看能否振作精神。

到达巴黎后的第四天，我便办完了交给我的差事，并且草拟出了必要的报告。第五天，我安排好了，全身心陪同帕斯卡观光游玩。

我们下榻的旅馆住客很多，无法把我们两人安排在同一层楼。我的房间在三楼，帕斯卡的在我头顶的四楼。第五天早晨，我上楼去看看，教授是否做好了外出的准备，刚走到楼梯口，看见他的房门从里面开了，一只修长纤弱、紧张颤抖的手（肯定不是我朋友的手）抓住门半掩半开着。同时，我听见帕斯卡声音很低，用他的母语急切地说着："我记得那个名字，但我不认识人。你在剧场看见他了，他变化太大，我认不出他来。我会呈交一份报告——如此而已。""没有必要再干什么了。"第二个声音回答说。门敞开了，那个脸上有块疤痕、头发浅色的人出来了——就是我一个星期前看见的跟踪福斯科伯爵马车的那个人。我退到一旁给他让路时,他点了点头——他脸色苍白,很吓人——他下楼时紧紧抓住楼梯的扶栏。

我推开门,进了帕斯卡的房间。他蜷缩在沙发的一角,一副很古怪的样子。我走近他时,他似乎要向后缩。

"我打扰你了吗?"我问,"我看见他出来才知道你这儿有朋友。"

"没有朋友,"帕斯卡急切地说,"我今天是第一次也是最后一次看见他。"

"是不是他给你带来了什么坏消息啊?"

"恐怖可怕的消息,沃尔特!我们回伦敦去吧——我不想在这儿停留——我后悔来了这儿。年轻时那些不幸事又沉重地压到我身上了,"他边说边把脸转向墙壁,"后来很沉重地压在我身上,我极力想忘掉它们——但它们忘不了我!"

"恐怕下午之前我们不能返回,"我回答说,"在那之前你愿意跟我一同外出吗?"

"不,朋友,我要在此等待。但我们今天回去吧——我求求你,回去吧。"

我向他保证了下午离开巴黎之后离开了他。本来头天晚上我们安排好了,要以维克多·雨果①卓越的小说作为向导,上巴黎圣母院去。在法国首都,那是我最渴望要去看一看的地方——于是,我独自一人去那教堂。

---

① 维克多·雨果(Victor Hugo,1802—1885)是法国作家,19世纪前期积极浪漫主义文学的代表作家,人道主义的代表人物,法国文学史上卓越的资产阶级民主作家,被人们称为"法兰西的莎士比亚"。一生写过多部诗歌、小说、剧本、各种散文和文艺评论及政论文章,在法国及世界有着广泛的影响力。主要作品有剧本《爱尔那尼》,小说《巴黎圣母院》《悲惨世界》,诗歌《惩罚集》等。

我沿河畔走向圣母院时，途经那令人毛骨悚然的巴黎陈尸所。门口围了一大堆人，七嘴八舌，长吁短叹。很显然是里面有什么情况引得众人好奇，满足了众人关心悲惨情景的心理。

倘若人群外围两位男士和一位女士之间的交谈声没有传到我的耳畔，我本来是会径直地走向教堂的。他们正好刚才看到了陈尸所里的情况出来，于是在给旁边的人描述，说有一具男人的尸体——死者体形硕大，左臂上有个奇特的标记。

我一听到这话，便停住了脚步，随人群往里走。我在旅馆楼梯口透过半开的门听到了帕斯卡说的话，随即又看见了那个陌生人脸上的表情。我当时便隐隐约约有种预感，觉得会发生什么事。现在，事情已经摆在我面前了——几句偶然传到我耳畔的话便把事实真相解开了。除我之外的寻仇者盯上了那个在劫难逃的人，从剧场跟踪到他家，又从他家跟踪到了巴黎他的遁身之处。除我之外的寻仇者清算了他的罪行，让他以生命为代价受到了惩罚。我在剧场里把他指给帕斯卡看时，站在我旁边的那个陌生人听到了，他也在寻找他——那一时刻，他的厄运便被锁定了。我记得，我同他面对面站着时，自己内心的思想斗争——也就是我让他在我面前逃脱前的思想斗争——我想起来心里就颤抖。

我随着人群缓慢地一步一步往里挤，离陈尸所里把死人与活人隔开的大玻璃屏风越来越近——越来越近，最后站在第一排观众的身后，能够看到里面。

他躺在那儿，无人认领，无人知晓，暴露在一群轻狂无礼、大惊小怪的法国乌合之众面前！他虽才华横溢，但卑鄙堕落，残忍无情，罪恶累累，落得个可怕的下场。死亡之地，庄严肃穆，那宽阔的脸庞，坚定的面容，硕大的脑袋，威风凛凛地对着我们，我周围一群喋喋不休的法国女人钦佩不已地举起手，尖着嗓子齐声说，"啊，多么英俊潇洒的男人啊！"他是被刀或匕首杀死的，伤口正好落在心脏部位。身上的其他地方都没有施暴过的痕迹，只有在左臂上，正好在我看见帕斯卡手臂留下标记的地方，有两道深深的刀痕，构成字母"T"，结果把同志会的标记完全掩盖掉了。他的衣服挂在他上方，由此可以看出，他自己意识到了危险——所以穿上那衣服他就乔装成了个法国工匠。我透过玻璃屏风勉强看到了这些情况，就一会儿，没有久留。我不能详述了，因为我没看到更多东西。

本书结束这个话题之前，我可以把一些与他死亡有关的事实在此叙述一下，那是我随后才确知的（一部分从帕斯卡那儿听来的，一部分通过其他渠道）。

如上所述，他乔装改扮过了，尸体是从塞纳河里打捞上来的，他身上没有任何显示姓名、社会地位、家庭住址的东西。凶手渺无踪迹，被杀的情形无法查明。关于这桩暗杀案的秘密，我自己有了结论，也让别人自己下结论去吧。我已提到了，那个长了疤痕的外国人是同志会的成员（他是帕斯卡离开祖国后在意大利入会的），我还进一步指出了，死者左臂上两道刀痕构成字母"T"，这意思是意大利语中的"traditore"[①]，表明同志会已对叛徒实施了惩罚。我说这些话时，已经把我所知道的一切都用来阐明福斯科伯爵死亡之谜了。

有人匿名给他夫人写了一封信，所以在我看到的第二天，尸体

[①] Traditore 意为"叛徒"。

就被确认了。福斯科夫人把他葬在谢斯神父公墓。直到现在,墓四周装饰性的铜制围栏上还挂着伯爵夫人亲手制作的花环。她与世隔绝,隐居在凡尔赛。不久前,她出版了一本亡夫的传记。关于他的真实姓名和生前秘密,该书未作任何披露,通篇几乎都在讴歌他家庭生活中的美德,认定他是个旷世奇才,历数他获得的种种荣誉。关于他死亡的情况只是一笔带过,是在最后一页用如下句子概括的——"他的一生始终在维护着贵族的权利和骑士团的神圣原则——而他为了自己的事业以身殉职。"

三

我从巴黎返回之后,夏天和秋天过去了,其间没有什么变故需要在此记述。我们生活简朴,平静安宁。所以,我现在稳定的收入足够满足我们所有的需求。

新一年的2月,我们的第一个孩子诞生了——是个男孩。我母亲和妹妹,以及维齐太太都来参加了我们为孩子洗礼命名而举行的小型聚会,克莱门茨太太也来助我太太一臂之力。玛丽安是我孩子的教母,帕斯卡和吉尔摩先生(后者由他人代理)为教父。这里我要补充一句,一年之后,吉尔摩先生回来时,应我的要求,写了一篇叙述,从而使本书得以圆满完成,他的叙述已经以他的名义放在前面了。尽管如此,我却最后才收到他的文稿。

我们生活中只有一件事在此仍需记述。事情发生在我们的小沃尔特六个月大的时候。

那时,我供职的那家报社派我去爱尔兰,去那儿画几幅随时可发表的插图。我离家将近两个星期,但同太太和玛丽安一直通书信,只有最后三天,我居无定所,无法收到她们的信。我返程旅途的后一部分是在夜间,所以当我清早到达家里时,令我大吃一惊的是,家里竟没人迎接我。劳拉、玛丽安和孩子在我回家的头一天就走了。

我太太要仆人转交给我一张便条,告诉我他们到利默里奇庄园去了,这更加令我惊讶。玛丽安不让在条上说明原委——请求我一到家就去找他们——到了坎伯兰就一切都清楚了——同时,我用不着担半点心。条上就写这么多内容。

还有时间去赶早一班车。我当天下午就到利默里奇庄园。

我太太和玛丽安都在楼上。她们待在我曾受雇给费尔利先生糊裱那些画的那间小画室里(这是要让我的惊奇达到高潮)。玛丽安这时就坐在我曾工作时坐的那把椅子上,孩子在她的膝上一个劲地啃着助婴儿长牙的骨质咬环——劳拉则正站在我过去常用的那张熟悉的桌边,手边打开了那本我昔日为她画的小画册。

"你们怎么到这儿来了啊?"我问,"费尔利先生知道?"

我还没问完,玛丽安就告诉我,费尔利先生去世了。他中了风,从此再没有恢复。是克尔先生把他的死讯告诉了她们,并建议她们立刻赶往利默里奇庄园。

我心里隐隐约约感觉到有一种大的变故,但尚未回过神来想清楚,劳拉便开口说话了。她悄悄走近我身边,看到我仍然一脸的惊讶表情,很开心。

"亲爱的沃尔特,"她说,"我们真的必须解释为何贸然到这儿来吗？亲爱的，恐怕要破例提及往事才能解释清楚啦。"

"根本没有必要这样做嘛，"玛丽安说，"我们尽可以坦率直言，畅谈未来，这样更有趣得多啊。"她站起身，双臂抱起蹬着小腿欢叫着的孩子。"你知道这是谁吗，沃尔特？"她问，幸福的泪水在眼中闪亮。

"我再迷惑糊涂也有限度啊，"我回答说，"我认识我的孩子，我想这个问题回答得出吧。"

"孩子！"她像过去一样欢快爽朗地大声说，"你就是用这种随随便便的口气来指称英国一个拥有大片土地的豪绅吗？我把这个前途无量的婴儿举给你看时，你知道自己站在谁的面前吗？显然没有意识到啊！让我介绍两位杰出人物相互认识一下吧：这是哈特莱特先生——这是利默里奇庄园的继承人。"

她就是这么说的。写完最后这些话，我的叙述也就完成了。我手中的笔摇晃着，几个月漫长而快乐的工作结束了！玛丽安是我们生活中杰出善良的天使——让玛丽安来结束我们的故事吧。